MICHEL BUSSI

NÄCHTE des SCHWEIGENS

atb aufbau taschenbuch

MICHEL BUSSI, geboren 1965, Politologe und Geograf, lehrt an der Universität in Rouen. Er ist einer der drei erfolgreichsten Autoren Frankreichs. Seine Romane wurden in zahlreiche Sprachen übersetzt und sind internationale Bestseller.
Bei Rütten & Loening und im Aufbau Taschenbuch liegen seine Romane »Das Mädchen mit den blauen Augen«, »Die Frau mit dem roten Schal«, »Beim Leben meiner Tochter«, »Das verlorene Kind«, »Fremde Tochter« und »Tage des Zorns« vor.
Mehr zum Autor unter www.michel-bussi.fr

Rouen, eine malerische Hafenstadt in der Normandie, ist wie jedes Jahr Austragungsort der Armada, einer Marine-Veranstaltung, die Tausende Zuschauer anzieht. Dann passiert das Unfassbare: Unter den Augen aller wird ein Matrose getötet. Doch von dem Mörder keine Spur. Die Polizei ist ratlos. Wie kann ein solch öffentlicher Mord gelingen? Und wer hat Interesse an so viel Aufmerksamkeit? Schon bald führt die Spur zu einem geheimen Schatz, der seit Langem gesucht wird. Oder handelt es sich um eine falsche Fährte, die das eigentliche Motiv vertuschen soll?

MICHEL BUSSI

NÄCHTE des SCHWEIGENS

THRILLER

Aus dem Französischen
von Ina Böhme

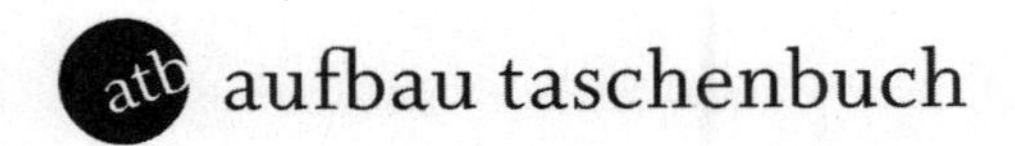

Die Originalausgabe unter dem Titel
Mourir sur Seine
erschien 2008 bei Éditions des Falaises, Tanis.

Hinweis

Versuchen Sie nicht zu entschlüsseln, wer sich hinter dieser oder jener Romanfigur verbirgt. Es gibt keine Schlüssel. Dieser Text ist ein reines Fantasieprodukt des Autors. Jede Ähnlichkeit mit realen Personen ist zufällig.

ISBN 978-3-7466-3696-2

Aufbau Taschenbuch ist eine Marke
der Aufbau Verlag GmbH & Co. KG

1. Auflage 2020

Umschlaggestaltung www.buerosued.de, München
unter Verwendung eines Bildes von
© mauritius images / CW Images / Alamy
Gesetzt aus der Bembo durch Greiner & Reichel, Köln
Druck und Binden CPI books GmbH, Leck, Germany
Printed in Germany

www.aufbau-verlag.de

Für die Liebesbande,
die unter Segeln entstanden sind

O, ich erinnere mich jetzt, ich erinnere mich des wunderschönen brasilianischen Dreimasters, der am letzten 8. Mai die Seine herauf unter meinen Fenstern vorüberfuhr. Ich fand ihn damals so hübsch, so hell, so freundlich. Das Wesen war darauf. Es kam von da drüben, wo es herstammt, es hat mich gesehen, hat mein weißes Haus gesehen und ist vom Schiff in den Strom gesprungen. O mein Gott! Mein Gott!

Nun weiß ich alles. Nun errate ich es. Die Zeit, da der Mensch herrschte, ist vorüber.

Guy de Maupassant, *Der Horla*

Deutsch von Georg von Ompteda

1

ABDRIFT

Oktober 1983, 7 Uhr 45, Marais Vernier

Die zaghafte Morgensonne färbte den Horizont an der Baie de Seine allmählich rot. Es wurde Tag über dem Marais Vernier. Aus dem Fluss stieg ein sanfter Nebel auf, hin zu der Steilküste La Roque. In dieser Mondlandschaft wirkte die Straße wie eine sich windende silberne Schlange.

Der Geländewagen war allein, fast geräuschlos, auf der verschlungenen Landstraße unterwegs. Einige Kilometer vor dem Pont de Tancarville wurde der Wagen langsamer, bis er im rechten Winkel in einen schmalen Pfad einbog.

Der Weg war voller Schlaglöcher und zu beiden Seiten von einer breiten, überschwemmten Böschung gesäumt, welcher auch die zahlreichen Erlen und Kopfweiden nicht das Wasser zu entziehen vermochten. Links wie rechts erstreckten sich seltsame, lange flache Streifen Land von der Straße bis zur Seine.

Muriel blinzelte. Der Widerschein der aufgehenden Sonne, die zwischen den Bäumen scheinbar Versteck spielte, störte sie. Im Rückspiegel sah sie den blassen Lichtstrahl des Leuchtturms von La Roque, der hoch oben auf seinem merkwürdigen Fels thronte und wie der Bergfried einer Ritterburg über die Flussmündung wachte.

Trotz der Stoßdämpfer des Geländefahrzeugs wurden die Erschütterungen unangenehm. Muriel warf ihrem Mann, der neben ihr saß, einen Blick zu. Er fuhr vorsichtig.

Konzentriert.

Dennoch fühlte Muriel sich nicht sicher.

Diese Spritztour an die Baie de Seine war keine gute Idee.

Sie hatte ein ungutes Gefühl. Vielleicht lag das nur an der gespenstischen Stimmung in der Bucht am Morgen. An der Stille. Dem Zwitschern der Vögel. Den zahllosen Vögeln, die sie gerade unsanft weckten.

Ja, der Tauchsport in der Seine beunruhigte sie! Zunächst war sie von dem sonderbaren Hobby amüsiert gewesen. Den Legenden. Den Tauchgängen im Meer. Doch inzwischen wurde all das immer mehr zur Besessenheit. Sie sah erneut zu ihrem Mann. Er spürte ihren Blick nicht einmal. Die Aufmerksamkeit blieb auf das Steuer gerichtet, die Hände fest am Lenkrad, die Augen starr …

Er war anderswo. In seinem Universum.

Das Radio übertrug ein Lied, das Muriel gefiel. *Morgane de toi,* diesen Hit von Renaud.

Muriel drehte sich zu ihrer Tochter Marine um, die auf dem Rücksitz noch immer schlief.

Der Kopf an die Wagentür gelehnt. Ein engelhaftes Lächeln. Leise, regelmäßige Atemzüge. Leicht beschlagene Fensterscheiben. Das hübsche Puppengesicht eines zehnjährigen Mädchens. Die Unschuld in Person. Marine war heute Morgen sehr früh aufgestanden. Mit welch einer Begeisterung! Die Aussicht auf einen Tauchgang versetzte sie stets in Hochstimmung. Sie war nicht eingeschlafen, bevor sie die Autobahn erreicht hatten. Und doch wurde Muriel das ungute Gefühl nicht los.

Warum solche Risiken eingehen?

Solche Risiken?

Ihr Mann war da natürlich ganz anderer Meinung.

Risiken? Welche Risiken? Er war ein erfahrener Taucher. Er hatte alle Weltmeere ergründet. Er war ausgebildeter Tauchlehrer und besaß sogar den Open Water Diver, eine Art internationalen Tauchschein. Unter Wasser zu sein war seither fast Routine für ihn. Es gab keinen Grund zur Panik! Auch Marine hatte ein bisschen Erfahrung. Sie tauchte seit ihrem achten Lebensjahr. O nein, natürlich nicht besonders tief. Drei bis fünf Meter. Diesen Sommer auf Korsika war sie beinah jeden Tag getaucht.

Marine liebte es.

Ja … Aber das Mittelmeer, die türkise See, die Schulferien … Es war nicht das Gleiche, in der kalten, trüben Seine zu tauchen, dem verschmutzten Wasser, den Strudeln der Schiffsschrauben.

Allein!

Im Radio stimmte Renaud die letzten Akkorde an. Der Geländewagen bremste und kam auf einem kleinen Parkplatz gegenüber einem Lichtsignal zum Stehen. Auf dem weiß-grünen Betonpfosten las Muriel »Leuchtbake«. Sie befanden sich auf einer Lichtung an der Kreuzung mehrerer Wanderwege. Muriel fühlte sich ein bisschen besser. Ihr Mann fand sich offenbar gut zurecht. Niemand kannte die abgelegenen Stellen am Fluss besser als er. Er war versessen auf die Seine und ihre Geheimnisse. Sie stiegen aus.

Marine erwachte fröstelnd, reckte sich und warf ihren Eltern ein zufriedenes Lächeln zu. Muriel umarmte sie und strich ihr kräftig über den Rücken.

Es war in Ordnung.

Sie näherten sich der Seine, erklommen die wenigen Stufen zu dem Lichtsignal, dessen schwacher Schein sich in der hereinbrechenden Dämmerung verlor.

Eine ganze Weile standen sie dort zu dritt, schweigend, von der Landschaft bezaubert. Ein paar Hundert Meter zu ihrer Rechten zeichneten sich die eleganten Konturen des Pont de Tancarville ab, des einzigen Menschengemachten im morgendlichen Schimmer der Flussmündung, zwischen Himmel und Meer. Vor ihnen der glatte Spiegel des breiten Flusses. Wie ein riesiges, kaltes, abgründiges, bodenloses Quecksilberbecken.

Muriel übermannte abermals das unbehagliche Gefühl.

Dorthinein tauchen?

»Seht!«, zerriss Marines Stimme die Stille.

Ein riesiger Schwarm Fischadler ließ sich in ihrer Nähe nieder.

Muriel überblickte die unermessliche Weite. Vögel, Hunderte Vögel, so weit das Auge reichte: Knäkenten, Löffler, Möwen, sie kannte nicht alle mit Namen.

Ein einzigartiges Naturschauspiel, das musste Muriel zugeben.

Doch die Angst blieb.

Sie wandte sich um, durchsuchte den Kofferraum und bot ihrem Mann eine heiße Tasse Kaffee aus der Isolierkanne an.

Er trank langsam.

Er war vollkommen ruhig, selbstgewiss. Bestimmt auch glücklich. Marine aß ein Croissant. Sie schenkte ihrer Mutter ein strahlendes Lächeln. Das beruhigte Muriel. Ein bisschen.

Als er ausgetrunken hatte, rieb sich ihr Mann die Hände und durchbrach seinerseits die Stille der Flussmündung:

»An die Arbeit!«

Das waren fast seine ersten Worte. Er hatte wohl eine beinah religiöse Furcht, die behagliche Atmosphäre zu zerstören. Erneut durchforsteten sie das Heck des Wagens. Jeder half beim Tragen der schweren, umfangreichen Tauchausrüstung: Flaschen, Anzüge, Flossen.

Muriel beobachtete das präzise Vorgehen ihres Mannes. Er war ein durchaus gewissenhafter Ehepartner und Vater. Auf dem Boden kniend überprüfte er sorgfältig die Druckventile und Kompressoren. Sie bewunderte ihn. Natürlich liebte sie ihn. Auch wenn sich manchmal dieses alles verzehrende Hobby zwischen sie drängte. Wie eine Geliebte, die immer besitzergreifender wurde. Eine Geliebte, die ihr den Mann wegnahm. Muriel zwang sich wie immer, an etwas anderes zu denken, die Eifersucht aus ihren Gedanken zu vertreiben. Sie würde nicht wie all die Frauen werden, die an den nutzlosen Hobbys ihrer Männer verzweifelten, die versuchten, deren Eigenheiten und Persönlichkeiten herabzusetzen und nach ihrem Ideal zu formen. Nein, so eine war sie nicht! Sie akzeptierte ihren Mann, wie er war.

Und doch …

Und doch, es wollte ihr nicht gelingen, einen quälenden Gedanken zu verscheuchen: Das Hobby ihres Mannes, seine Besessenheit, seine sinnlosen Untersuchungen würden sich allmählich seines Verstandes bemächtigen, ihn verschlingen, ihn zu einem anderen Menschen machen.

Nein! Muriel schüttelte sich. Sie argumentierte wie ein eifersüchtiges Mädchen. Ihr Mann tauchte gern und mochte das Geheimnisvolle. Das war alles! Ihre Tochter übrigens auch, und Muriel konnte schlicht und ergreifend schwer akzeptieren, dass sie bei dieser Gemeinsamkeit außen vor war. Schließlich war sie es, die nicht tauchen lernen wollte.

Marine dagegen war von dem Hobby ihres Vaters begeistert. Hingerissen. Sie schlüpfte in ihren schwarz-lila Neoprenanzug. Sie schulterten die Tauchausrüstung, Muriel folgte Marine und ihrem Vater in eine kleine, nur wenige Schritte von dem Geländewagen entfernte Bucht mit einem sanft abfallenden Strand, der aus großen Gesteinsbrocken künstlich angelegt worden war.

Anfangs hatte Muriel bei dem Gedanken an einen Tauchgang in der Seine vor allem die Schiffe gefürchtet: Die Seine war ein schiffbarer Fluss. Ohne Erlaubnis zu tauchen war wegen der Passagierschiffe verboten. Doch in der Bucht bestand offenbar keine Gefahr.

Dennoch wurde die schlimme Vorahnung, das beklemmende Gefühl immer stärker, dass sich ein Drama abspielen würde, hier im nächsten Augenblick.

Es ergab überhaupt keinen Sinn.

»Wir sind nur fünfzehn, höchstens zwanzig Minuten unter Wasser«, erklärte ihr Mann ruhig. »Es dauert nicht lange.«

Muriel wartete für gewöhnlich an der Küste, überblickte den Wasserspiegel und hielt ängstlich nach einem Gesicht Ausschau, das die Oberfläche durchdringen sollte. Sie selbst tauchte nicht. Sie schwamm auch nur selten, es war nicht ihr Ding. Sie ging lieber spazieren oder wandern.

»Seid vorsichtig«, murmelte sie.

Ihr Mann hörte sie nicht. Ebenso wenig Marine, längst auf die kleinsten Details konzentriert, die ihr Vater bereits bis zum Überdruss wiederholt hatte. Das Atmen, die sanften Bewegungen, die Unterwasserzeichen.

Kurz spürte Muriel erneut ihre Eifersucht auf die Verbundenheit zwischen Vater und Tochter, auf seine Begabung, Marine durch Geschichten, Abenteuer, kontrollierte Risiken zu verzaubern.

Sie lächelte die beiden Taucher liebevoll an.

Nein, sie war nicht eifersüchtig. Auch sie hatte ihren Platz. Ihren Platz, wenn sie der Tochter, die zitternd aus der Seine steigen würde, das warme Handtuch reichen, sie in den Arm nehmen, ihren begeisterten Bericht anhören würde. Ihren Platz als Mutter. Genau hier, am Ufer.

»Was machst du solange?«, frage ihr Mann.

»Auf euch warten … Vielleicht ein bisschen herumschlendern.«

Sie küsste ihn flüchtig auf die Lippen und fügte hinzu: »Du hast das Talent, immer wieder kleine Wanderparadiese zu entdecken.«

Mit einer Angst, die sie nicht zurückdrängen konnte, sah sie die beiden in das Totwasser eintauchen.

Als sich die Seine wieder über ihnen zutat, hob sie ungewollt den Blick. Zwei Graureiher folgten einander in einem anmutigen Flug entlang der eleganten Wölbungen des Pont de Tancarville.

Die kommenden Augenblicke kamen Muriel wie eine Ewigkeit vor. Sie brachte es nicht fertig, am Wasser zu bleiben. Sie würde ein paar Schritte gehen, einen Abstecher in den Sumpf machen, die Vögel aus der Nähe beobachten, vielleicht auf ein Hochlandrind oder Camargue-Pferd stoßen, die seit einigen Jahren wieder im Marais heimisch waren.

Gedankenversunken, auf den mütterlichen und ehelichen Beschützerinstinkt konzentriert, hörte sie nicht die Schüsse weitab im Moor.

Seit fast einer Woche war die Jagdsaison eröffnet. Aber Muriel wusste nichts davon.

Nach ihrer Mutter Ausschau zu halten war wie immer das Erste, was Marine tat, wenn sie aus dem Wasser stieg. Sie suchte das Steilufer nach der tröstlichen Gestalt ab.

Nichts.

Marine blickte zu ihrem Vater. Auch er sah sich nach Muriel um.

Sie schritten nur langsam vorwärts. Der matschige Schlamm am Strand erschwerte ihr Fortkommen. Sie zogen die Flossen aus und gelangten ans Ufer.

»Ist Maman nicht da?«, fragte Marine.

»Sie ist spazieren gegangen«, beruhigte sie der Vater. »Sie kommt bestimmt gleich. Zuallererst müssen wir uns abtrocknen und anziehen.«

Marine war enttäuscht. Soweit sie denken konnte, war Maman immer dagewesen, wenn sie mit Papa tauchen gewesen war, hatte an der Küste mit einem strahlenden Lächeln, einem dicken Handtuch und, wenn es sehr heiß gewesen war, einer Flasche frischen Wassers auf sie gewartet.

Nicht so an diesem Morgen.

Doch dann hatte Marine zum Nachdenken nicht mehr viel Zeit. Ihr Vater zog kraftvoll an dem Reißverschluss ihrer Montur. Das konnte Marine nicht ausstehen. Den Tauchanzug abzustreifen fühlte sich an, als ob einem jemand eine zweite Haut abziehen würde, vor allem an Armen und Beinen. Und Papa zog heftiger, brutaler an dem Neopren, als in der Regel Maman es tat. Marine kam zu dem Schluss, dass es normalerweise weniger schmerzhaft war. Aber sie beschwerte sich nicht, wenn sie mit Papa zusammen war.

Plötzlich war sie in ein riesiges Handtuch gewickelt.

»Schlüpf schnell in deine Sachen«, befahl ihr Vater.

Das ließ sich Marine nicht zweimal sagen. Es war wirklich sehr kalt! Nicht zu vergleichen mit Korsika. Während der Vater sich umzog, griff sie nach ihrer Kleidung. Allmählich wurde ihr wärmer. Sie streifte den Pullover über und vergaß auch nicht, die naturweiße Wollmütze mit den malvenfarbenen Blumen aufzusetzen. Marine dachte an Mamans Rat: Immer den Kopf bedecken, wenn man aus dem Wasser kam oder wenn es kalt war.

Und es war kalt! Außerdem mochte Marine die Mütze, deren Wolle sie selbst ausgesucht hatte, bevor Maman sie ihr gestrickt hatte. Aus der gleichen Wolle war der Pullover, den Maman trug.

Maman?

Wo blieb sie denn? Was machte sie?

Ihr Vater verstaute die Sauerstoff-Flaschen und Tauchanzüge im Wagen. Marine trat näher, um die Seine zu betrachten. Man konnte jetzt gut die beiden Brücken erkennen.

Mit einem Mal nahm sie etwas Seltsames in der Landschaft wahr, etwas Ungewöhnliches. Sie dachte nach, kam aber nicht darauf, was nicht stimmte.

Der Kofferraum schlug zu. Ihr Vater war fertig. Marine hatte einen Geistesblitz.

Die Vögel!

Es gab kein Vogelgezwitscher mehr! Da war überhaupt kein Vogel mehr, weder im Wasser noch auf den Bäumen. Nur ein paar wenige, fern am Himmel.

Warum nur?

Marine warf ihrem Vater einen leicht beunruhigten Blick zu. Der antwortete mit einem beschwichtigenden Lächeln. Er war angezogen. Er reichte ihr seine große Hand:

»Sollen wir Maman entgegenlaufen?«

Die Schüsse hörten sie kaum. Es waren vor allem die dicht über ihren Köpfen hinwegfliegenden Saatkrähen, die sie erstaunten.

»Was war das?«, fragte Marine.

»Jäger«, erwiderte ihr Vater sanft. »Die Jagd ist wohl eröffnet. Aber keine Sorge, sie sind weit weg. Es gibt im Marais bestimmte, für sie ausgewiesene Gebiete …«

»Sie erschießen die Vögel?«

»Sie versuchen es.«

Marine hatte ihre Erklärung für das Verschwinden der Vögel, aber das beruhigte sie nicht. Sie wollte gern mehr über diese Jagdgebiete erfahren, spürte aber, dass gerade nicht der richtige Zeitpunkt war. Papas Hand war feucht. Das war ungewöhnlich. Er schwitzte normalerweise kaum. Ohne zu wissen warum, hatte Marine das Gefühl, dass ihr Vater anders war als sonst, dass er Angst hatte und die Angst vor ihr verbergen wollte. Noch dazu lief er immer schneller.

Marine konnte kaum Schritt halten.

»Papa! Nicht so schnell!«

Ihr Vater wurde nicht langsamer. Sie folgten immer demselben Weg. Er war in einem schlechten Zustand. Hohe Gräser, noch feucht vom Morgentau, machten Marines Jeans bis zu den Knien nass. Sie beklagte sich nicht. Es war nicht der Zeitpunkt dafür.

»Wir könnten sie rufen«, schlug Marine vor.

Nicht weit entfernt knallte es erneut zweimal. Die Entfernung war schwer abzuschätzen. Zu ihrer Rechten sah sie einen Weg, der zu einem von Röhricht gesäumten Wattenmeer führte. Der Boden wurde immer sumpfiger. Kurz befürchtete sie, ihr Vater würde rechts abbiegen. Ihre Schuhe waren durchnässt. Sie fror. Sie hatte genug von alldem.

Ihr Vater änderte die Richtung nicht.

Er blieb stehen.

Marine spürte, wie Papas Hand auf einmal schlaff wurde, als ob sie schlagartig keine Knochen mehr hätte. Marine konnte nichts sehen, sie war zu klein, die Gräser waren zu hoch.

Sie stellte sich auf Zehenspitzen.

Zuerst sah sie im Schilf die malvenfarbenen Blumen des Wollpullovers.

Sie schüttelte die reglose Hand ihres Vaters ab und machte ein paar Schritte nach vorn.

Ihre Mutter lag im Gras.

Die Augen weit geöffnet. In einer Pfütze aus Schlamm und Blut. In ihrem Bauch ein furchtbares schwarzes Loch.

Der Vater fasste Marines Hand so brutal, dass ihre Fingerglieder brachen. Marine spürte keinen Schmerz. Mit der anderen Hand hielt er seiner Tochter die Augen zu.

Zu spät.

Sie hatte genug Zeit gehabt, um den Blick auf das Entsetzliche zu richten, um die furchtbare Tragödie für immer in ihr Gedächtnis zu brennen.

Ein weiterer Schuss erschütterte den wattigen Himmel über der Bucht. Rund zwanzig Meter von ihnen entfernt stoben ein Dutzend Drosseln aus einem Holunder.

Der feste Druck seiner Hände löste sich weder an ihrer Hand noch vor ihren Augen.

Marine war in Schwärze gehüllt, in tiefste Schwärze.

Nur noch der Pulsschlag in den Fingerspitzen ihres Vaters verband sie mit dem Leben, der Zeit, dem Rest der Welt.

Der Pulsschlag ihres Vaters.

An jenem Morgen nahm Marine nichts anderes mehr wahr.

Sie sah nicht, wie sich der Blick des Vaters trübte, wie seine Augen ihren menschlichen Ausdruck verloren, wie ein Stück seiner selbst für immer verschwand. Gefangen in der Dunkelheit, umgeben von der beschützenden Wärme des Vaters, bemerkte sie mit ihren zehn Jahren nicht, wie er die Linie überschritt.

Den schmalen Grat.

Zwischen Vernunft und Wahnsinn.

Wie der kleine Hebel umschlug.

Marine konnte gar nichts ahnen, nichts bemerken.

Doch an jenem Morgen glitt ihr Vater langsam und unweigerlich den Hang des Unverstands hinab.

Dem Bild des Schreckens, das ihn die darauffolgenden Monate bis Jahre immer wieder heimsuchte, sollten eine Wahnvorstellung, falsche Gewissheiten und die unaufhaltsame Spirale des Irrsinns entspringen …

Sobald die Ereignisse selbst außer Kontrolle gerieten, sollte dieser Irrsinn tödlich werden.

All das konnte Marine nicht wissen.

Die Hand, die sie noch mit der Welt verband, die ihre kindlichen Finger zerquetschte, die eiserne Faust des Vaters würde sie niemals loslassen, würde auch sie in den Abgrund treiben.

Fünfundzwanzig Jahre später

2

TANZ DER UNIFORM

Freitag, 4. Juli 2008, Quillebeuf-sur-Seine

Es war fast Mittag, als in der letzten Flussschleife vor Quillebeuf der Umriss der *Cuauhtémoc* auftauchte.

Jubel erhob sich an beiden Seineufern. Die *Cuauhtémoc* war nicht das erste Schiff der Armada 2008, das stromaufwärts nach Rouen fuhr, aber gewiss eines der erhabensten. Der Dreimaster, weiß vom Rumpf bis zu den trapezförmigen Segeln, näherte sich den gut tausend Zuschauern, die sich an den Kais versammelten. Die Kleinstadt Quillebeuf am linken Flussufer schien ihren Glanz von damals, als sie noch der wichtigste Hafen der Flussmündung gewesen war, wiedererlangt zu haben. Die sonnigen Straßencafés waren bis auf den letzten Platz besetzt. An den Anlegestellen bildeten sich Menschentrauben.

Genau gegenüber, am rechten Flussufer, hatte sich die Raffinerie Port-Jérôme schlagartig geleert. Sekretärinnen, Arbeiter und Führungskräfte nutzten die Mittagspause, um ein spontanes Picknick und die Parade der Großsegler zu genießen. Alle Schiffe gelangten mithilfe der Gezeiten die Seine hinauf, sodass die alten Takelagen eine nach der anderen einen kompakten Festzug bildeten.

Cuauhtémoc, letzter aztekischer Herrscher, beeindruckende Galionsfigur des mexikanischen Schiffes, die stolze Miene dem Horizont zugewandt, schien von der Begeisterung des Publikums unberührt. Nicht so die mexikanischen Matrosen. Quillebeuf und Port-Jérôme waren nach Le Havre die ersten Ortschaften an der Seine. Ihr erstes Bad in der Menge ... Um ihren Bewunderern Ehre zu erweisen, hatten sich etliche Seemänner durch einen spektakulären Trapezakt auf die Rahen gehievt. Wie Seiltänzer mehrere Dutzend Meter über der Seine, dem Schwindel trotzend, winkten sie dem Publikum zu, als wäre es das Normalste der Welt.

Die gebräunten Gesichter der jungen Mexikaner und ihre tadellosen, schwarz-weiß gestreiften Hemden verliehen dem Schauspiel zusätzlich etwas Exotisches. Die Matrosen lächelten, einige waren von dem überschwänglichen Empfang überrascht, andere, die bereits vorher an Armadas teilgenommen hatten, kannten das herzliche Publikum schon und schätzten es umso mehr.

Sie wussten, dass Hunderte Amateurfotografen den Augenblick für die Ewigkeit festhalten würden. Und ahnten die bewundernden Blicke des schönen Geschlechts.

»Seht!«, rief plötzlich eine Stimme am Quai de Saint-Jérôme.

Ein Finger reckte sich.

Die Blicke richteten sich auf eine Stelle am Fockmast, dem vordersten der drei Masten.

»Das macht er jetzt nicht ernsthaft«, gluckste eine hübsche kleine Blondine, an zwei Kolleginnen geklammert.

»Doch!«, entgegnete eine der beiden, während sie das Objektiv ihres Mobiltelefons einstellte.

Auf der ersten Rah des Fockmasts lüpfte einer der Mexikaner langsam sein Hemd.

Die anderen Matrosen der *Cuauhtémoc* schienen ebenso verwundert wie die Zuschauer an Land. Der Striptease war im offiziellen Programm wohl nicht vorgesehen … Ohne das Gleichgewicht zu verlieren, zog sich der junge Matrose das Hemd über den Kopf, hielt es eine Weile am Ärmel fest, wirbelte es im Kreis herum und ließ es schließlich auf das Deck fallen.

Ungeniert stellte der Mexikaner seinen perfekten, muskulösen, braunen, unbehaarten Oberkörper zur Schau. Das Publikum überlief ein Schauer. Ein paar Frauen pfiffen oder applaudierten. Manche waren so beflügelt, dass sie ihre Ferngläser auf den Adonis richteten. Während die Menschen am Ufer ein leichter Sinnentaumel befiel, schien die Posse auf dem Schiff wenig Beifall zu finden, und eine Gruppe von Offizieren begann geschäftig hin- und herzueilen.

»Er springt!«, schrie es plötzlich aus der Menge.

Das Publikum erschauderte.

Allmählich wich das Gelächter einer gewissen Beunruhigung.

Etwas Ungewöhnliches geschah! Das war auch in den ungläubigen Blicken der anderen Matrosen zu lesen.

Alle rissen sie die Augen auf. Es gab keinen Zweifel mehr: Der junge Mexikaner hatte den Sicherheitshaken entfernt, mit dem er an der Rah festgemacht gewesen war. Er blickte zum Himmel, sprach ein paar Worte, vielleicht ein Gebet, und spähte erneut zu den Kais, als ob er die verführerischste seiner Bewunderinnen ausmachen wollte.

Mit einem Mal grüßte er wie ein Torero das Publikum und schwang sich empor.

Ein paar unwirkliche Momente lang bot er Himmel und Seine die Stirn, mit seitlich ausgestreckten Armen, wie die gespreizten Flügel eines riesigen Vogels.

Entsetzensschreie gingen durch die Reihen. Fotoapparate klickten.

Es war noch keine Sekunde vergangen, da streckte der mexikanische Matrose die Arme nach vorn. Der Körper des Tauchers neigte sich in eine formvollendete Kurve.

Wie ein Torpedo durchstieß er das graue Wasser der Seine.

Nahezu ohne einen Spritzer.

Ein Kopfsprung aus über fünfzehn Metern Höhe. Ästhetisch von absoluter Perfektion.

Die Zuschauer an Land, fassungslos, wussten nicht recht, wie sie sich verhalten sollten. Kaum jemand applaudierte. Alle sahen sie zu der wieder glatten Wasseroberfläche. Die Zoomobjektive der Fotoapparate und Ferngläser wurden neu ausgerichtet und lauerten dem geringsten Wellengang. Dutzende mexikanische Seekadetten, allesamt genauso beunruhigt, eilten auf der *Cuauhtémoc* zum Freibord. Der mexikanische Dreimaster verlangsamte die Fahrt, bis er fast zum Stillstand kam.

Lange Sekunden verstrichen. Die Anspannung erreichte ihren Höhepunkt.

Es war bereits über eine Minute her, seit der Matrose in der Seine verschwunden war.

An Deck der *Cuauhtémoc* wurde hastig ein Beiboot losgemacht.

Am Ufer wurde die Stille unerträglich.

Eine weitere Minute verging.

»Wir müssen etwas tun!«, rief eine Stimme.

Ein paar Zuschauer hatten kurzerhand den Notarzt oder die Polizei gerufen. Andere waren nahe daran, ins Wasser zu springen.

Zwei Minuten und siebzehn Sekunden.

Plötzlich wirbelte die Oberfläche auf, und das feine Gesicht des mexikanischen Matrosen tauchte hervor. Auf den Lippen ein Lächeln.

Einen Augenblick später waren beide Seiten des Flusses von gewaltigem Lärm erfüllt, vereint in derselben freudigen Erregung. Auf der *Cuauhtémoc* wurde das Boot doch nicht zu Wasser gelassen. Der junge Held grüßte erneut in die Menge und gelangte mit einem tadellosen Kraulschlag zu dem Segelschiff zurück. Während er die Strickleiter emporkletterte, winkte er ein letztes Mal seinen Bewunderern zu, die im Übrigen vornehmlich Bewunderinnen waren.

Ein paar Hundert Fotos verewigten ein letztes Mal die glänzende Brust und die triefnasse weiße Leinenhose, die fast durchsichtig an seinen Oberschenkeln klebte.

Der Taucher verschwand an Deck. Die *Cuauhtémoc* setzte ihren Kurs fort, und die Menschen verstreuten sich, nicht ohne sich darüber Gedanken zu machen, was die soeben erlebte Vorstellung zu bedeuten hatte.

Eine blöde Wette? Ein Wahnsinnsakt? Eine Provokation? Eine kindische Verführungsaktion?

Kein Zuschauer kam der Wahrheit nahe.

Keiner konnte ahnen, dass das, was er gesehen hatte, vollkommen belanglos war. In Wirklichkeit lag die Vorstellung in etwas begründet, was niemand bemerkt hatte.

Niemand außer dem mexikanischen Matrosen.

Carlos Jésus Aquileras Mungaray, genannt Aquilero.

Er wusste, was er riskierte: eine Beurlaubung, einen Verweis, nicht enden wollende Frondienste. Auf jeden Fall ein paar Tage Arrest auf dem Schiff. Mit striktem Ausgangsverbot.

All das wusste er, und er akzeptierte es.

Das Spiel war den Einsatz wert gewesen.

All das, diese ganze Inszenierung, hatte nur ein Ziel gehabt. Zwei Minuten und siebzehn Sekunden lang vor Quillebeuf unter der Oberfläche der Seine zu sein.

Am Mittwoch, dem 9. Juli, um Punkt 18 Uhr, also fünf Tage nach seiner »Glanzleistung« vor Quillebeuf, durfte Carlos Jésus Aquileras Mungaray die *Cuauhtémoc* zum ersten Mal wieder verlassen. Der Kopfsprung von Quillebeuf hatte ein paar Tage lang viel Aufsehen erregt. Von den höchsten Dienstgraden bis zu den Zimmergenossen hatten alle versucht zu verstehen, warum er das getan hatte. Vergeblich.

Um Druck auszuüben, hatte die oberste Befehlsgewalt der *Cuauhtémoc* die Angehörigen des jungen Mexikaners benachrichtigt. Aber jeder auf dem Segelschiff wusste, dass die Mungarays eine reiche und mächtige Familie mexikanischer Waldbesitzer waren, die durch den Handel mit Tropenholz über mehrere Generationen hinweg zu Geld gekommen war. Carlos Jésus, der darauf bestand, ausschließlich bei seinem Spitznamen Aquilero genannt zu werden, war jung, schön, reich … und arrogant.

Die Drohungen seiner Vorgesetzten kümmerten ihn nicht.

Um kurz nach 18 Uhr verließ Aquilero gemeinsam mit drei anderen mexikanischen Matrosen das Schiff, fest entschlossen, die verlorene Zeit nachzuholen. Gut sitzende weiße Mützen, makellose weiße Hemden, Offizierstressen an den Schultern und akkurate Hosen: Die vier Matrosen, unter ihnen drei, die bereits an früheren Armadas teilgenommen hatten, wussten, dass die Nacht lang werden würde. Sie kannten die Wirkung ihrer Uniform. In den darauf folgenden Stunden streiften sie durch die mittelalterlichen Gassen von Rouen. Sie erwiderten das charmante Lächeln der Sommerurlauberinnen, schäkerten auf Spanisch, ließen sich widerstandslos fotografieren, tauschten gegenseitig die Mützen, ließen sich in den Straßencafés nieder, bestellten Corona und bewunderten die Beine der Passantinnen.

Die Zeit verging wie im Flug. Als beinah zehn Biere später die Dunkelheit hereinbrach, beschlossen die vier Mexikaner, zur Sache zu kommen.

La Cantina!

Nicht nur, weil es dort ermäßigte Preise für Seefahrer gab, sondern vor allem, weil sich allabendlich fast zweitausend Tanzende in dem riesigen Zelt versammelten. Nacht für Nacht eine unglaubliche, nicht enden wollende Party. Ein Fest, auf dem die Matrosen natürlich die Könige waren …

Die vier Matrosen der *Cuauhtémoc* wussten, dass sie bei dem kleinen Konkurrenzspiel zwischen den Mannschaften wenig zu befürchten hatten. Sie waren am beliebtesten. Sie hatten einen guten Ruf, den sie sich im Zuge der Armadas seit 1989 erarbeitet und verteidigt hatten.

Die *Latinlover* der Armada!

Aquilero hatte sich vier Nächte lang wie ein Adler in einer Voliere gewunden und sich die fantastischen Eroberungen der Zimmergenossen immer begieriger angehört.

Es war so einfach!

So einfach, wenn man zu südländischen Rhythmen tanzen, eine Uniform tragen und mit lateinamerikanischem Akzent ein paar nette französische Komplimente aufsagen konnte.

Als sie ankamen, war die *Cantina* bereits zum Bersten voll. Die Hitze war drückend, die Warteschlange am Biertresen beeindruckend lang. Die vier Mexikaner wünschten einander viel Glück und gingen auseinander.

Aquilero bahnte sich einen Weg durch die schwitzende Menge. Auf Timba folgte Salsa. Die meisten Tänzer bemerkten den Unterschied nicht.

Bevor er sich auf die Tanzfläche begab, beobachtete er kurz das Geschehen: Die Röcke schwangen hin und her, die völlig enthemmten Mädchen wanderten von Hand zu Hand, tanzten und lachten.

Die Leiber schmiegten sich aneinander und lösten sich wieder. Die Hemdenknöpfe der Matrosen sprangen einer nach dem anderen auf. Belustigt sah Aquilero ein paar jungen Einheimischen dabei zu, wie sie versuchten, gegen die südamerikanischen Seemänner anzukommen – wie sie das Tanzbein schwangen und sich bemühten, Hüfte, Gesäß und Lenden so natürlich wie möglich zu kreisen … Wahrscheinlich übten sie nur. Aquilero grinste. Nicht nur die Uniform fehlte ihnen, sondern vor allem Attitüde, Gewandtheit, etwas, das man nicht lernen konnte.

Auf Salsa folgte Tango. Aquilero beschloss mitzutanzen. Er hatte eine kleine Brünette von klassischer Schönheit entdeckt, deren Haar fast länger als ihr Rock war. Er bahnte sich einen Weg durch die Menge, und schon landete die junge Frau wie durch Zauberei in seinen starken Armen. Es dauerte nicht lange, bis sich ein Kreis um die zwei Tanzenden bildete. Die verschmolzenen Körper wirbelten eine Weile herum, bis Aquilero seine Partnerin erschöpft durch eine andere Französin austauschte, die ihn nicht mehr aus den Augen ließ.

Mädchen jeden Alters, mehr oder weniger angetan, mehr oder

weniger gute Tänzerinnen, wechselten sich stundenlang in seinen Armen ab.

Der Schweiß lief ihm den Rücken hinab und durchtränkte sein dünnes weißes Hemd. Nach einem glühenden Salsa mit einer jungen Frau, die doppelt so schwer sein musste wie er, kehrte Aquilero zu der Bar zurück, trank ein Bier und überließ es den anderen Matrosen der *Cuauhtémoc,* für Stimmung zu sorgen.

Er blieb eine Weile dort stehen, um wieder zu Atem zu kommen.

Kurz dachte er an das, was er wirklich suchte. An den wahren Grund, aus dem er nach Rouen gekommen war, obwohl er das Matrosenleben schon vor langer Zeit hätte aufgeben und mit der Jeunesse dorée von Cancún von dem Geld seiner Familie hätte leben können. Er dachte an die Mission, die er seit Monaten bis zum Überdruss gedanklich wiederholte. An diese wenigen Tage, die er bereits seit fünf Jahren plante. Er würde vorsichtig sein. Er hatte nur begrenztes Vertrauen in andere. Alles, was er über dieses Fleckchen Erde, das Seinetal, wusste, hatte er sich angelesen und sorgfältig einstudiert.

Sein Blick blieb an dem flachen Bauch einer Tänzerin hängen, die nur eine Schrittlänge von ihm entfernt hin und her wogte.

Die Mission konnte bis morgen warten! Heute Abend würde er leben, mit ganzer Seele, bis zum Ende der Nacht. Dann würde er wieder Kontakt mit den anderen aufnehmen müssen. An die Beute denken. Zeichen suchen. Tauchen. Er wusste, was zu tun war.

Er leerte sein Bierglas in einem Zug und verschwand in der Menge.

Sein Hemd war jetzt bis zum Bauchnabel hin geöffnet. Die meisten Mädchen, denen er sich näherte, wandten sich ab. Wenige andere hielten seinem Adlerblick stand. Manchmal streifte ihn bei einem Richtungswechsel eine Brust, wagten sich ein paar Hände an seinen nackten Oberkörper.

Aquilero tanzte weiter, mit immer neuen Partnerinnen, allerdings auch mit nachlassendem Elan. Die Reihen lichteten sich. Die Matrosen wurden weniger. Oft in Begleitung machten sie sich davon.

Aquilero richtete sich an der Bar ein und unterhielt sich auf Englisch oder Spanisch mit den Mädchen um ihn herum.

Gegen zwei Uhr morgens verließ Aquilero die *Cantina* mit einer hübschen Blondine.

Niemand bemerkte sie.

Die wenigen Zeugen erinnerten sich erst tags darauf, als die Polizei sie befragte. Aquilero war vielen aufgefallen. Keiner aber war in der Lage, das Gesicht der jungen Frau zu beschreiben, mit der er die *Cantina* verlassen hatte.

Nur ein paar Zeugen erwähnten die perfekten Kurven des Mädchens, das dem mexikanischen Matrosen in den Armen gelegen hatte.

Donnerstag, 10. Juli 2008:
Die schwarzen Engel der Utopie

3

STILL-LEBEN

5 Uhr 45, Quai Boisguilbert, Rouen

Mit der Staffelei unter dem Arm erreichte Maxime Cacheux das Seineufer um kurz vor sechs Uhr früh. Die Sonne war gerade aufgegangen. Er gehörte zu den wenigen Malern, die tagtäglich in der Morgendämmerung aufstanden, um eine menschenleere Sicht auf die Großsegler zu haben.

Er ließ sich gegenüber der *Cuauhtémoc* nieder, um das Aquarell fertigzustellen, das er tags zuvor skizziert hatte. Etwa zehn Bilder wollte er während der Armada malen. Er hatte sich die Zeit daher gut eingeteilt. Sein Vorgesetzter von der Regionalen Wirtschaftskammer hatte ihm genehmigt, dass er diese Woche nur halbtags arbeitete.

Er stellte seine Staffelei auf, platzierte die Palette und suchte die exakte Stelle, an der er gestern gestanden hatte. Er schimpfte.

Das Licht war nicht das gleiche! Wie dumm von ihm. Er durfte nur ein Bild pro Tag zeichnen, und damit basta. Nicht ein zweites anfangen. Er dachte sehnsüchtig an die Galerie in Honfleur, die ihm so gut wie versprochen hatte, im August seine Werke auszustellen. Er wusste sehr wohl, dass seine Gemälde nicht besonders originell waren. Er wusste aber auch, dass sich das Motiv der

Armada verkaufte … Er sah in den Himmel und seufzte. Es war bereits zu hell. Er war fünf Minuten zu spät gekommen. Gestern war der Himmel besonders eindrucksvoll gewesen.

Egal. Er griff nach einem Pinsel und machte sich daran, gründlich die Landschaft in Augenschein zu nehmen.

Die Kais waren wie leer gefegt.

Dumm sind die Leute, dachte Maxime. Jetzt ist doch die beste Zeit.

Er fuhr in seiner Betrachtung fort. Ein Detail erregte seine Aufmerksamkeit. Eigentlich mehr als nur ein Detail.

Rechts des Bildrands, etwa zehn Meter von der *Cuauhtémoc* entfernt, lag ein Mann auf dem Boden.

Maxime lächelte. Der arme Kerl hatte wohl gestern zu viel getrunken.

Dann entdeckten seine nunmehr wachen Augen eine ungewöhnliche Komponente.

Unter dem Körper befand sich eine rote Pfütze.

»Scheiße«, schimpfte Maxime Cacheux.

Er dachte daran, dass er wertvolle Zeit verlieren würde, den flüchtigen Augenblick, bevor die Ufer sich belebten. Er zögerte. Widerwillig traf er einen Entschluss und ging auf den ausgestreckten Körper zu.

Maxime Cacheux hat nie vergessen, was er an jenem Morgen gesehen hat. Es heißt, dass seine Aquarelle seitdem wesentlich besser sind. Dunkler, tiefgründiger.

Maxime beugte sich über den reglosen Körper. Es war kein Clochard.

Es war ein Matrose, ein mexikanischer Matrose. Er erkannte das weiße Hemd, das Abzeichen.

Ein mexikanischer Matrose, der zu viel Tequila getrunken hatte, um auf sein Schiff zurückzufinden?

Nein, leider nicht.

Die Augen des jungen Mexikaners waren verdreht und weit aufgerissen.

Eine tiefe, klaffende, blutrote Schnittwunde befleckte sein Hemd, genau an der Stelle des Herzens.

Carlos Jésus Aquileras Mungaray, genannt Aquilero, lag tot da, erstochen am Ufer der Seine, direkt vor der *Cuauhtémoc.*

4

UFER DES VERBRECHENS

7 Uhr 15, Quai Boisguilbert, Rouen

Entschieden bahnte sich Kommissar Gustave Paturel einen Weg durch den Pulk. Seine neunzig Kilo Körpergewicht halfen ihm dabei, die zähe Masse der Schaulustigen zu durchdringen. Seine dröhnende Stimme erledigte den Rest:

»Polizei! Aus dem Weg!«

Wie er vermutet hatte, war die Besucherdichte bereits jetzt beeindruckend.

Wie würde es erst im Laufe des Vormittags sein?

Der Fall musste schnell gelöst werden. Schnell, aber ohne ein Risiko einzugehen.

Als er weiterging, fuhr er mit seiner Bestandsaufnahme fort. Eine Leiche am Ufer, auf der Armada, das war eine Premiere! Wenn man es sich aber recht überlegte, dann musste so etwas früher oder später passieren. Der Alkohol, das Zusammentreffen verschiedener gesellschaftlicher Gruppen, die Aufregung. Obwohl überall Polizisten und Kameras postiert worden waren, war es nur eine Frage der Zeit gewesen, bis ein Streit eskalieren würde. Die Ermittlungen machten dem Kommissar wenig Sorgen. Da der Andrang tags wie nachts groß war, würde es nicht schwer sein,

Zeugen zu finden. Der Mörder des Matrosen würde sich vielleicht sogar selbst anzeigen, wenn er erst einmal wieder nüchtern war. Nein, am meisten beschäftigte Kommissar Paturel der Umgang der Medien mit dem Fall. Die Armada von Rouen mit ihren Millionen Touristen war inzwischen die zweitgrößte Veranstaltung Frankreichs, nach der Tour de France. Sogar die größte, wenn man bedachte, dass die Tour de France drei Wochen lang und im ganzen Land stattfand.

Als Sicherheitsbeauftragter der Armada musste er behutsam zu Werke gehen. Er musste alles direkt mit dem Präfekten, mit der Crème de la Crème von Rouen besprechen. Ein solcher Zwischenfall sollte so wenig Wirbel wie möglich machen ... Es würde für Schlagzeilen sorgen ... Er sah die weißen Segel der *Cuauhtémoc.*

Er war da!

Beherzt schob er die letzten paar Schaulustigen zur Seite.

»Polizei. Machen Sie Platz.«

Er schritt über das orange Band, das nachlässig rund um den Leichnam aufgespannt worden war. Langsam begriff er, warum es sich am Kai derart staute. Neben den Touristen, die eine Art morbide Neugier befriedigten, nahm die Absperrung um den ausgestreckten Leichnam drei Viertel des Ufers ein und bildete vor der *Cuauhtémoc* ein Nadelöhr.

Kommissar Paturel tupfte sich die Stirn. Er überblickte den Tatort und entspannte sich. Seine beiden wichtigsten Assistenten, die Inspektoren Colette Cadinot und Ovide Stepanu, waren bereits vor Ort.

Colette Cadinot, durch die Ankunft ihres Chefs sichtlich beruhigt, kam dem Kommissar als Erste entgegen.

»Hallo, Gustave. Endlich ... Wir haben auf dich gewartet.«

Die Inspektorin sah unmissverständlich auf ihre Armbanduhr. Der Kommissar überhörte die Anspielung auf seine Verspätung. Er würde doch der Kollegin nicht anvertrauen, dass er mit seinen beiden Kindern allein zu Hause gewesen war, als er gegen sechs Uhr früh angerufen worden war, und dass er lange gebraucht hatte, um das Problem zu lösen, diesmal durch das Telefonat mit einem Online-Netzwerk von Babysittern. Im Juli hatte er die Kinder an der Backe, da hatte ihm dieser Mord gerade noch gefehlt!

Kommissar Paturel musterte die Inspektorin. Je älter sie wurde, desto mehr ähnelte sie Miss Ratched, der Krankenschwester aus *Einer flog über das Kuckucksnest*. Eine kleine, strenge Frau mit klarem Blick. Der Kommissar kannte sie seit bald dreißig Jahren. Schwer zu glauben, dass die Fünfzigerin einmal jung, anziehend und zu Beginn ihrer Karriere beinah witzig gewesen war. Seitdem hatte der lange Kampf um ihren Platz bei der Polizei die zierliche Person ernst und verbittert werden lassen. Kommissar Paturel mochte sie trotzdem. Zwischen ihnen bestand eine lange Verbundenheit. Außerdem schätzte er, dass sie eine unbescholtene, kompetente und sehr sorgfältige Mitarbeiterin war. Zwar ein bisschen anstrengend, aber eine verdammt gute Fachfrau, auf die er sich verlassen konnte. Das war die Hauptsache.

»Schafft mir die Leute fort«, befahl er.

Ein Dutzend Polizeibeamte in Uniform versuchten, die Schaulustigen zurückzudrängen, ohne großen Erfolg.

»Colette, gibst du mir einen Lagebericht?«, fuhr Paturel fort, leise genug, um keine Details nach außen zu lassen.

»Okay. Wir sind seit ungefähr einer Stunde da. Gefunden hat die Leiche ein Hobbymaler, um 5 Uhr 45. Ein gewisser Maxime Cacheux. Er arbeitet bei der Rechnungskammer. Er wird derzeit vernommen, aber da wird nichts zu holen sein.«

»Und das Opfer?«

»Wir haben ihn identifiziert. Es war nicht schwierig: Er hatte seine Papiere bei sich. Er war hier in der Gegend ein kleiner Star.«

Sie sah in ihre Notizen und las vor:

»Carlos Jésus Aquileras Mungaray. Seit fünf Jahren Matrose auf der *Cuauhtémoc.* Einer der Offiziere auf dem Segelschiff, nachdem er bis vor vier Jahren Seekadett war. Soweit wir wissen, gehört er einer einflussreichen mexikanischen Familie an. Wir haben diesbezüglich Nachforschungen eingeleitet. Der Kapitän der *Cuauhtémoc* kümmert sich darum, die Angehörigen zu verständigen. Mungaray war anscheinend ein ziemlicher Hitzkopf. Er nannte sich Aquilero. Ein Held des Rouener Nachtlebens, von der Sorte Playboy, Draufgänger … Vor einer Woche hatte er seinen Spaß daran, bei Quillebeuf vom Mast der *Cuauhtémoc* in die Seine zu springen, um seine Teilnahme bei der Armada zu feiern …«

All die Informationen beruhigten den Kommissar. Das Opfer war ein eingefleischter Verführer, ein Provokateur. Bestimmt hatte er bei einem beschwipsten Rivalen den Bogen überspannt. Paturel warf einen Blick auf die mexikanische Flagge, die über der *Cuauhtémoc* wehte. Da kam einer von so weit her, nur um sich im Morgengrauen einfach umbringen zu lassen …

»Und der Mord?«, fuhr der Kommissar fort, »irgendwelche Details?«

»Mungaray hat den gestrigen Abend in der Stadt verbracht, gemeinsam mit ein paar anderen Matrosen von der *Cuauhtémoc.* Sie waren dann tanzen in der *Cantina,* bis ungefähr zwei Uhr morgens. Den ersten Zeugenberichten zufolge hat man ihn Arm in Arm mit einer Blondine weggehen sehen, die niemand identifizieren konnte.«

»Und dann?«

»Nichts. Nichts, bis der Maler die Leiche gefunden hat … Ein Stich mitten durchs Herz. Wahrscheinlich ein Dolch, aber es gibt in der Nähe der Leiche keinerlei Spuren der Tatwaffe.«

Der Kommissar sah zu den dicht gedrängten, zehn Meter entfernt versammelten Zuschauerreihen, deren Vorrücken die Absperrung lediglich ein bisschen zurückhielt.

Er dachte kurz nach.

Vielleicht wäre es besser, die Ufer während der Ermittlungen für ein paar Stunden vollständig zu sperren. Er dachte sofort an die Folgen eines solchen Unterfangens. An die Proteste, die Beschwerden. Vielleicht konnte man eine Art Umleitung für die Touristen einrichten.

Er seufzte.

Er hatte dafür keine Zeit. Sie mussten sich beeilen. In weniger als vielleicht einer Stunde würde der Tatort geräumt und der Leichnam fortgeschafft sein. Es war wohl am besten, die Masse durch das Absperrband ausreichend auf Distanz zu halten. Das war die gängigste Methode, die auch bei Verkehrsunfällen angewendet wurde, es musste nur schnell gehen. Die Journalisten würden auch jeden Moment aufkreuzen. Vielleicht waren sie schon da. Kommissar Paturel wusste aber auch, dass er keinerlei Risiken eingehen durfte, dass er die Kriminalpolizei ihre Arbeit machen lassen musste. Jeden einzelnen Schritt musste er genauestens befolgen, auch wenn die Umstände außergewöhnlich waren. Sollte sich der Sachverhalt je als schwierig erweisen, wäre er im Falle eines Verfahrensfehlers als Erster gefeuert.

»Und was hältst du von dem Ganzen, Colette?«, fragte Paturel.

Die Inspektorin antwortete mit sachlicher Genauigkeit:

»Wenn man von der Armada, den Touristen und dem ganzen

Druck einmal absieht, den der Mord ausüben wird, dann würde ich sagen, dass wir es mit einem Kriminalfall aus der Rubrik ›Vermischtes‹ zu tun haben. Einem Streit, der böse ausgegangen ist.«

»Wurde der Alkoholpegel des Opfers gemessen?«

»Wir sind dabei. Aber laut Zeugenaussagen hat er im Laufe des Abends über zehn Biere getrunken.«

Der Kommissar lächelte erleichtert. Der Fall würde sich schnell lösen lassen. Er drehte sich um und erblickte einen Seekadetten, der sich auf den Klüverbaum der *Cuauhtémoc* schwang, um die grün-weiß-rote Fahne des mexikanischen Segelschiffs auf halbmast zu setzen.

Schon!

Er drehte sich wieder zur Inspektorin.

»Du bist bestimmt auf der richtigen Fährte, Colette. Hatte Mungaray Geld bei sich? Wurde ihm etwas gestohlen?«

»Offenbar nicht. Er hatte nur ein paar Euros.«

»Hm … Wir müssen dieses Mädchen finden. Die Blondine. Sie ist der Schlüssel. Ohne psychologisieren zu wollen, würde ich an eine Liebelei denken, die ein böses Ende genommen hat. Der schöne Südamerikaner verdreht der jungen Frau den Kopf und schleift sie in eine dunkle Ecke. Die Hübsche hat einen hiesigen Liebhaber, der den unlauteren Wettbewerb nicht gerade toll findet. Er verfolgt Mungaray und seine Eroberung. Die Aussprache läuft schief … Leuchtet dir das ein, Colette?«

»Gut möglich …«

An der mangelnden Begeisterung der Inspektorin merkte Kommissar Paturel, dass ihm eine ganze Reihe von Details fehlte. Colette Cadinot hatte ihm noch nicht alles gesagt. Er stellte eine Frage, die ihm unbedeutend vorkam.

Aber sie war es nicht.

»Was wissen wir über den Todeszeitpunkt?«

Colette Cadinot holte tief Luft. Paturel erkannte sofort, dass es ein Problem gab.

»Der Gerichtsmediziner arbeitet daran«, erwiderte sie. »Ihm zufolge ist der Tod sofort eingetreten. Um kurz nach zwei Uhr morgens. Aber die Angabe wird noch konkretisiert.«

Der Kommissar verzog das Gesicht.

»Um zwei Uhr morgens? Und die Leiche wurde um sechs Uhr gefunden?«

Er warf einen Blick auf die überfüllten Ufer. Er wurde unruhig. Dieser Fall nahm eine böse Wendung. Er brüllte die Polizisten an, die taten, was sie konnten:

»Herrgott, schafft mir doch diese Leute weg! Sie trampeln noch auf uns herum!«

Wieder zu Colette gewandt fuhr er etwas ruhiger fort:

»Es ist unmöglich, dass zwischen zwei und sechs Uhr morgens niemand die Leiche am Kai gesehen hat. Es sind die ganze Nacht über Leute vorbeigekommen! Ist sich der Gerichtsmediziner da ganz sicher? Kann es nicht sein, dass Mungaray bloß verletzt war und versucht hat, sich zur *Cuauhtémoc* zu schleppen?«

Colette Cadinot schüttelte den Kopf.

»Es ist eindeutig. Der Stich war tödlich. Kurz nach zwei Uhr früh.«

»Scheiße! Du weißt, was das heißt, Colette?«

»Ja«, erwiderte die Inspektorin gelassen. »Dass Mungaray woanders getötet wurde und erst danach, vier Stunden später, in die Nähe der *Cuauhtémoc* gebracht wurde. Das scheinen die Experten übrigens zu bestätigen. Mungaray wurde nicht am Ufer ermordet … Das macht die Theorie von dem Eifersuchtsdrama ein wenig problematisch …«

»Wir werden sehen«, beruhigte sich der Kommissar. »Wir werden sehen. Der Mörder wollte die Leiche vielleicht verstecken. Sie zur *Cuauhtémoc* zurückbringen. Es gibt bestimmt eine vernünftige Erklärung.«

»Die gibt's immer …«

Der Kommissar hüstelte. Er starrte zu einem Mann, der zwischen zwei Uniformen hindurch ein Foto schießen wollte, und ließ seinen Ärger an ihm aus:

»Fotografieren verboten! Noch einmal und das Ding wird beschlagnahmt!«

Der Mann trat widerspruchslos zurück. Der Kommissar tupfte sich die Stirn.

»Okay, gut. Die Gerichtsmediziner sollen sich sputen. Der Tatort muss geräumt sein, bevor es Krawall gibt. Ich setze mich mit dem Bundeskriminalamt in Verbindung, die sollen die Leiche untersuchen. DNA und der ganze Firlefanz. Wir wollen kein Risiko eingehen.«

Der Kommissar trat näher und beugte sich über den ausgestreckten Leichnam des jungen Matrosen. Mehrere Polizisten in Zivil, gewappnet mit Spezialgeräten, machten sich an ihm zu schaffen, nutzten eine forensische Lichtquelle, um mögliche Fingerabdrücke auszumachen, griffen mit einer winzigen Pinzette nach jedem noch so kleinen Haar und legten es in Tütchen, nahmen mit langen Wattestäbchen das Blut vom Asphalt auf.

Kein Wunder, dass die Leute sich drängelten, um die Szene zu beobachten.

Die Profis live!

Der Kommissar wandte sich genervt ab und herrschte einen weiteren Zaungast an, der sich für eine Aufnahme anschlich:

»Der Saint-Romain-Jahrmarkt ist gegenüber!«

Der Tourist machte sich sang- und klanglos aus dem Staub.

Eine Hand berührte die Schulter des Kommissars. Paturel drehte sich um und erkannte Ovide Stepanu, den zweiten Inspektor, den er mit dem Fall beauftragt hatte. Ovide Stepanu war rumänischer Herkunft und lebte seit rund zwanzig Jahren in Frankreich. Er war ein bemerkenswerter Polizist mit außergewöhnlicher Intuition und Einbildungskraft.

Manchmal zu außergewöhnlich.

Auf dem Polizeirevier von Rouen wurde er hinter seinem Rücken »Inspektor Kassandra« genannt. Als praktizierender und abergläubischer orthodoxer Christ schien er das Elend der Welt auf seinen Schultern zu tragen, und er hatte die Gabe, jedes Mal eine Trauermiene aufzusetzen, wenn er schwere Unglücke oder fürchterliche Erklärungen für Verbrechen zu melden hatte ... die sich häufig als richtig erwiesen!

Seiner Beliebtheit war das nicht gerade zuträglich. Ebenso wenig sein trauriges Erscheinungsbild eines alten Junggesellen, die formlose Kleidung – als hätte er sich seit der Ankunft aus Rumänien nicht mehr umgezogen – oder das meist ausbleibende Lächeln. Kommissar Paturel hatte Jahre gebraucht, um zu verstehen, warum Stepanu nicht lächelte. Es war keineswegs eine Frage des Charakters. Es war Scham. Stepanu hatte aus Rumänien ein hässliches Gebiss mitgebracht. Mit der Zeit hatte er sich eine Grimasse antrainiert, mit der er seine gelben Zähne so wenig wie möglich zeigen und insbesondere nicht unnötig lächeln musste.

Im Gegensatz zu vielen seiner Kollegen hatte der Kommissar verstanden, dass Inspektor Stepanu kein blasierter Mensch war, der ununterbrochen schmollte, sondern im Gegenteil ein anständiger Kerl, brillant, schüchtern und verklemmt.

»Das ist scheiße, Gustave«, fing Stepanu an, mit seiner unnachahmlichen Eigenart zu sprechen, ohne die Lippen zu bewegen.

Ein brillanter, schüchterner und verklemmter Kerl ... der außerdem das Wort nur ergriff, um für einen Haufen Ärger zu sorgen!

Paturel seufzte.

»Was gibt's, Ovide?«

»Ich will ja kein Spielverderber sein. Ich habe Ihre Theorie mitbekommen, *Commissaire.* Eifersuchtsdrama ... Tut mir leid, aber das haut nicht ganz hin ...«

Der Kommissar bemerkte den ebenso freudlosen Blick der Inspektorin.

»Ich muss Ihnen etwas zeigen, *Commissaire*«, fuhr Ovide fort.

Der Inspektor beugte sich über den leblosen Körper des jungen Mexikaners, bat die Forensiker, ein wenig Platz zu machen, und knöpfte das Hemd der Leiche auf. Völlig ungeniert machte er eine Schulter frei und drehte leicht den Rumpf, um das ganze Schulterblatt zu demonstrieren.

»Sehen Sie sich das an.«

Der Kommissar und die Inspektorin bückten sich. Die Schulter, das Schulterblatt und der obere Rücken waren von Tätowierungen übersät. Sie sahen genauer hin. Es waren deutlich vier Tiere zu erkennen: eine Taube, ein Krokodil, ein Tiger und ein Hai. Die Tattoos waren schlicht, die tierischen Merkmale gut erkennbar.

»Na und?«, fragte der Kommissar. »Wo ist das Problem? Tätowierungen kommen unter Matrosen häufiger vor. Oder?«

»Hier liegt nicht das Problem, Gustave«, machte Ovide weiter, ohne seine Leichenbittermiene abzulegen. Er entblößte den Rücken des Matrosen noch ein bisschen mehr. Ein fünftes Tattoo kam zum Vorschein.

Das war aber nicht mehr erkennbar!

Die Tätowierung war verbrannt. Genau an der Stelle des fünften Tattoos bildete die Haut des Leichnams üble Brandblasen und begann sich zu lösen.

Colette Cadinot sah weg. Der Kommissar schluckte.

Himmeldonnerwetter! Das hatte er nicht erwartet!

»Ist, äh … ist diese Brandwunde frisch?«, brachte er hervor.

»Den Gerichtsmedizinern zufolge«, erwiderte Stepanu, »fällt sie mit dem Todeszeitpunkt ungefähr zusammen. Entweder kurz davor oder kurz danach … In ein paar Stunden wissen wir mehr. Sie haben recht, das Detail ist wichtig. Vor allem für den armen Jungen.«

Auf der Stirn des Kommissars bildeten sich erneut Schweißperlen.

Jetzt saß er also wirklich in der Scheiße!

Unter diesen Umständen war die Theorie von dem Eifersuchtsdrama oder dem Raubmord nicht länger haltbar. Er wagte kaum daran zu denken, dass ein Sadist frei herumlief. Ausgerechnet während der Armada, inmitten von Millionen Touristen.

Es musste ja gerade ihn treffen!

Die Summe der erwartbaren Probleme machte ihn schwindlig. Er traute sich nicht einmal mehr, den Blicken der Neugierigen zu begegnen. Mit etwas Pech hatte alles ein Journalist gesehen.

»Wissen wir, was die verbrannte Tätowierung abgebildet hat?«, fragte der Kommissar mit monotoner Stimme.

»Ja«, entgegnete Stepanu fast ausgelassen. »Es besteht kein Zweifel. Es war ein Adler.«

»Aquilero«, schaltete sich Inspektorin Cadinot ein. »*Aquila* heißt ›Adler‹ auf Spanisch. Er selbst ist der Adler … Ihn wollte man verbrennen … Ein Racheakt?«

Kommissar Paturel lief der Schweiß den Rücken hinab. Das ging ihm jetzt alles zu schnell. Stepanu ließ jedoch keine Atempause zu und hieb noch einmal in dieselbe Kerbe:

»Auf die Gefahr hin, eine Spaßbremse zu sein: Es gibt da noch etwas, *Commissaire*.«

Paturel hätte sich gewünscht, abgestumpft zu sein. Aber er war es nicht.

»Was denn?«

»Die Verbrennung … Sie ist ungewöhnlich. Das Fleisch sieht aus, als wäre es mit einem Brandzeichen versehen worden. Wie bei einem Tier … Außerdem …«

Er zögerte.

»Außerdem?«, beharrte der Kommissar, obwohl er es eigentlich gar nicht wissen wollte.

»Den Gerichtsmedizinern zufolge stellt die Brandwunde eine Art Signatur dar.«

Er zog eine aus seinem Terminkalender herausgerissene Seite aus der Hosentasche.

»So sieht sie aus.«

Paturel und Cadinot beugten sich über das Papier. Inspektor Stepanu streckte ihnen eine Zeichnung entgegen: M<.

Ein M und eine Art liegendes V …

»Ich habe das Symbol schon nach Paris gemailt«, erklärte Stepanu. »Dort wollen sie Vergleiche anstellen. Sie haben Kryptologen. Es handelt sich vielleicht um ein kabbalistisches Zeichen, etwas Religiöses, etwas von einer Sekte … Weiß der Teufel. Sie haben Symboldatenbanken …«

Kommissar Paturel hörte seinen Inspektor nicht mehr. Er musste diese Einzelheiten nicht kennen.

Er spürte, wie seine Füße über das Kopfsteinpflaster glitten.

Unverwandt sah er zu der auf halbmast wehenden Flagge, dann zu Colette Cadinot.

Auch sie hatte verstanden.

Wie der Kommissar lebte sie seit vielen Jahren im Pays de Caux. Sie kannte die Geschichte der Seinemündung. Die Legenden und Traditionen. Sie brauchten keine Datenbanken oder Experten aus Paris. Die Inspektorin wusste genauso wie er, was das rätselhafte Symbol zu bedeuten hatte.

M<.

Woher es kam und wofür es stand.

Doch anstatt Licht ins Dunkel zu bringen, verdunkelte es das Rätsel noch.

Machte es unergründlich. Unfassbar.

»Verdammter Mist«, sagte der Kommissar. »Kein Wort davon an die Presse! Absolute Nachrichtensperre. Offiziell gehen wir dem Eifersuchtsdrama nach – und den Zeugen, vor allem dieser Blondine, die Mungaray wahrscheinlich zuletzt lebend gesehen hat. Offiziell setzen wir alles daran!«

Der Kommissar glaubte, die Aufregung sei fürs Erste vorbei.

Er könne sich wieder fassen, sich die Arbeit einteilen.

Aber das Schlimmste kam erst noch.

Als sich die Spurensicherung erneut über die Leiche des jungen Mexikaners beugte, klingelte plötzlich ein Mobiltelefon.

Höchstens einen Meter von ihnen entfernt.

Alle sahen einander an. Niemand hob ab.

Lange Sekunden verstrichen, zu denen das beharrliche Klingeln den Takt schlug.

»Himmelherrgott noch mal«, rief der Kommissar, »kann sich der Besitzer dieses Telefons vielleicht die Mühe machen, den Anruf entgegenzunehmen?«

»Das wird schwierig«, sagte Ovide Stepanu trocken.

Der Kommissar stellte fest, dass alle Blicke auf den leblosen Körper am Seineufer gerichtet waren.

Das Klingeln kam aus der Hosentasche der Leiche.

Jemand versuchte, mit einem Toten zu kommunizieren!

5

FACHWERK UND BRUMMSCHÄDEL

7 Uhr 30, Rue Saint-Romain 13, Rouen

Maline Abruzze schlief tief und fest, als das Telefon klingelte. Sie tastete nach dem Hörer. Eine heitere Stimme malträtierte ihr Trommelfell:

»Aufstehen, Mitbürgerin!«

Die Journalistin erkannte sofort die Stimme des Chefredakteurs Christian Decultot. Sie antwortete gar nicht erst, sondern ließ seine Tirade über sich ergehen:

»Maline? Bist du da? Ich habe dich doch nicht geweckt, oder? Na los! Hopp, hopp! Beweg dich in die Redaktion. In einer halben Stunde in meinem Büro. Ich habe einen Scoop für dich!«

»Hä?«, war alles, was Malines verschlafene Stimme hervorbrachte.

»Komm schon, Schätzchen. Einmal duschen und dann ab zur Meldung. Einen Scoop, ich sag's dir. Wir haben es mit einem Mord zu tun! Dem Mord an einem Matrosen, heute Nacht am Ufer, mitten in Rouen.«

Der Chefredakteur legte auf.

Maline konnte sich nur schwer aus ihrer Erstarrung lösen.

Ein Mord? An einem Matrosen? Am Ufer?

Wahrscheinlich ein schlichter Vergeltungsakt … Nichts, worüber man sich aufregen musste.

Sie versuchte, sich aufzurichten. Sie hatte furchtbare Kopfschmerzen. Sie schob die Decke beiseite und setzte sich auf die Bettkante. Maline fühlte sich leer.

In ihrem Kopf spielte noch immer das Blasorchester. Die Fortsetzung des gestrigen Konzerts. Die Gedanken der Journalistin schweiften einen Augenblick zu der vergangenen Nacht. Nach dem großen Konzert am Ufer von Rouen und dem traditionellen Feuerwerk hatte sie den Abend in einem kleinen Pub in Déville-lès-Rouen ausklingen lassen. Das Rahmenprogramm der Armada. Eine örtliche Bluesband, Rock en Stock, hatte bis zum Morgengrauen einen Hit nach dem anderen gespielt.

Maline versuchte aufzustehen. Sie schwankte ein bisschen. Sie ging zum Fenster, ihre Nacktheit kümmerte sie nicht. Es war brütend heiß in den Altstadtwohnungen. Die gespenstischen Schreie in ihrem Kopf kamen einem Höllentanz gleich. Das Spiel des Schlagzeugs schien gegen ihre Schädelwand zu prallen.

Der Bandleader hatte nach etwa zehn Stücken einen letzten Titel gespielt, eine Hommage an den Austragungsort. Déville … Die berühmte *Sympathy for the devil* von den Stones. Vor diesem Abend hatte Maline nie darüber nachgedacht, dass die Gemeinde am Cailly den Namen des Teufels trug … lustig. Die Variationen über den Hit der Rolling Stones dauerten fast eine Dreiviertelstunde. Sämtliche Kneipengäste begleiteten die Musiker durch lautstarke »Huh«-Rufe und schnappten sich alle möglichen Gegenstände, mit denen man Lärm machen konnte, um das Voodoo-Getrommel zu begleiten. Improvisierte Maracas, Löffel, die gegen Gläser schlugen, Finger und Hände auf den Tischen …

Junge Frauen, Tigerinnen gleich, das Haar zerzaust, in katzenhaften Posen, hatten auf Stühlen vor jungen Männern gestanden, die sich an den Hüftschwüngen haitianischer Zombies versucht hatten.

Maline drückte ihr Gesicht an das Fenster. Das Wetter war bereits schön. Sie gab ein Aspirin in ein Wasserglas und seufzte.

Mit ihren fünfunddreißig, fast sechsunddreißig Jahren fiel es ihr wahrhaftig schwer, sich von solchen Partynächten zu erholen.

Sie schleppte sich zur Dusche. Der lauwarme Wasserstrahl machte sie ein bisschen wacher. Sie musste feststellen: Bereits am fünften Tag der Armada war sie am Ende.

Völlig erschöpft.

Sie wusste, dass sie vernünftiger sein musste.

Alles klar! Als ob ihr Vater zu ihr sprechen würde. Das Problem war, dass die Armada erst wieder in vier oder fünf Jahren stattfinden würde. Zehn Tage, zehn Nächte, einmal in fünf Jahren! Warum sollte sie das nicht genießen? Diese paar Tage, in denen Rouen, das Dornröschen, zum Leben erwachte, bevor es erneut in tiefen Schlaf fiel – warum sollte Maline sie nicht in vollen Zügen genießen?

Der Duschstrahl wechselte von lauwarm zu eiskalt. Natürlich. Der Boiler war kaputt.

Maline dachte an ihre erste Armada 1989 zurück. Damals war sie gerade achtzehn geworden. Jene Woche behielt sie als endlose Party in Erinnerung, das erste Mal frei, das erste Mal Herzklopfen … Wie alle anderen Bürger von Rouen hatte sie mit ungläubigem Blick beobachtet, wie sich die brave Hauptstadt der Normandie in einen riesigen multikulturellen Marktplatz verwandelte. In den Mittelpunkt der Welt, wo alles erlaubt war. Eine kulturelle Revolution. Ein wundervolles Geschenk zu ihrer Volljährigkeit!

Wer zur Armada von 1989 noch keine achtzehn Jahre alt war, der würde das nicht verstehen. Zum Glück hatte ihr Vater nie das Geringste von den Kneipentouren erfahren, zu denen sie und ihre Freundinnen sich in jenen verrückten Tagen hatten verleiten lassen. In kürzester Zeit hatte sie ein Dutzend Sprachen gelernt. Zumindest das Grundvokabular. Bestimmt kam daher ihre Reiselust. Zwölf Jahre lang war sie für die größten Zeitungen Reporterin auf Weltreise gewesen. Selbst wenn die Lust sich unterdessen in Luft aufgelöst hatte und Maline wieder in ihrer Heimatstadt Rouen gelandet war …

Als Journalistin bei der *SeinoMarin*. Der größten Wochenzeitung in der Region.

Maline stieg ohne Abtrocknen aus der Dusche und überschwemmte den abgewetzten Linoleumboden.

Zwischen 1989 und 2008 hatte Maline, wenn auch am anderen Ende der Welt, nie eine Armada verpasst. Immer wieder war sie nach Rouen zurückgekehrt, sogar 1994, als sie wenige Wochen zuvor von dem Völkermord in Ruanda berichtet hatte. Die letzten drei Armadas, 1999, 2003 und 2008, hatte sie als offizielle Lokaljournalistin bei der *SeinoMarin* erlebt. Mit jeder Armada vergrößerte sich ihr Freundeskreis. Die Freundinnen aus dem gesegneten Jahr 1989! Fast alle waren sie inzwischen verheiratet, Mutter, geschieden, deprimiert, verblüht … Alt! Maline fühlte sich anders. Anders und allein. Was für ein Theater, wenn man seine Handvoll Freundinnen aus ihrem Alltag holen wollte …

War sie so sonderbar?

Fast sechsunddreißig? Single?

Maline nahm ein zusammengerolltes Handtuch und wischte über den ovalen Badezimmerspiegel. Sie betrachtete einen Augenblick ihr Spiegelbild.

Na schön, sie war eher klein, aber sie fand sich immer noch gut aussehend, wohlgeformt, sogar mehr als mit zwanzig. Weiblicher … Üppiger …

»Das liegt daran, dass du fett wirst, meine Liebe!«, spöttelte Maline über sich selbst. »Du bist wohl stolz auf deine Kurven, auf deinen Hintern und deine Brüste, aber dir ist hoffentlich klar, dass das die letzten Jahre, die letzten Monate vor dem Verfall sind. Du musst unbedingt wieder Sport treiben, meine Hübsche!«

Flüchtig dachte sie an die Zeit zurück, als sie beinah jeden Tag zum Sport gegangen war, fünfmal pro Woche! Heute eher einmal im Monat. Vielleicht noch nicht einmal das. Schwimmen oder joggen. Allein laufen zu gehen und dabei Pärchen zu begegnen war ihr inzwischen unerträglich.

Maline zog vor dem Spiegel eine Schnute. Als Lockmittel diente jedenfalls nicht ihr kleiner Puppenkörper, sondern ihr Gesicht. Ihr Clownsgesicht. Ihre spitzbübische Erscheinung, wenn man so wollte. Schwarze Knopfaugen, runde Pausbacken, Wuschelkopf. Derzeit brünett. In den letzten zwanzig Jahren hatte sie alle Haarfarben ausprobiert.

Sie musterte ihr Gesicht in dem beschlagenen Spiegel. Marke Drew Barrymore oder Audrey Tautou … lustiges kleines Luder. Sie beruhigte sich wieder. Männer verknallten sich nicht nur in blonde Häschen mit langen Beinen. Sie mochten auch die sexy Bauart.

Vielleicht … Immerhin war sie Single. Eine Wahl? Eine Nichtwahl? Noch war sie begehrenswert, so viel stand fest. Allerdings nicht mehr oder weniger begehrenswert als unzählige andere Püppchen, wie man sie zur Genüge auf der Straße fand, sobald die Sonne schien. Unzählige andere Frauen wie sie … In jünger!

Die Nachwirkungen der Party machten sie eindeutig griesgrämig! Im Grunde war es das, was sie erschreckte, nicht die zwei Kilo zu viel.

Also los, meine Liebe, beweg dich!

Sie warf einen Blick auf ihr Bett. Der beeindruckende Stapel ungebügelter sauberer Wäsche führte ihr die eigene Einsamkeit vor Augen.

Reagieren. Ausgehen.

Maline zog einen zerknitterten Rock an, der ihr bis über die Knie reichte, ein apfelgrünes, formendes Bustier und einen leichten Häkelpullover. Mit einem Kamm in Form eines Schmetterlings steckte sie ihre nassen Haare behelfsmäßig hoch.

Sie war bereit.

Als ihr Blick auf den Wohnzimmertisch fiel, sah sie das Wasserglas mit dem aufgelösten Aspirin. Keine Kohlensäure mehr! Sie seufzte erneut und trank es trotzdem in einem Zug leer.

Igitt.

Sie machte den Kühlschrank auf und öffnete eine Dose Red Bull, diesen Energydrink mit Koffein und Taurin, ein explosives, in Frankreich verbotenes Gemisch, was den Verkauf hinter vorgehaltener Hand unter Genussmenschen, die wieder zur Arbeit mussten, nur ankurbelte … Während sie direkt aus der Dose trank, tippte Maline auf ihrem Mobiltelefon.

Drei Nachrichten von ihrem Vater. Nicht weniger! Er machte sich Sorgen, weil er nichts mehr von ihr hörte, lud sie zu sich ein, fragte sie, was sie sich zu ihrem Geburtstag in fünf Tagen wünsche – ob sie wohl vorbeikomme? Er erwähnte außerdem drei entfernte Cousins aus der Bourgogne, an die sie sich nicht erinnern würde, die aber anscheinend zur Armada kommen wollten.

Ihren Geburtstag feiern! Sechsunddreißig Jahre! Damit der Vater ihr eine Moralpredigt halten konnte. Ihr zum wiederholten

Mal sagte, dass er so allein war und so gern Enkelkinder hätte. Ganz zu schweigen von diesen Cousins, die sie noch nie gesehen hatte. Nein danke, Papa! Wütend schaltete sie ihr Handy aus. Kurz darauf überkam sie schon die Reue.

Er hatte ja recht. Sie musste sich dringend die Zeit nehmen, ihren Vater zu besuchen. Er ging fast nicht mehr aus dem Haus, nicht einmal während der Armada. Dabei hatte er früher das Segeln geliebt, hatte sich für solche Dinge begeistern können. Für Reisen, für die Marine. Jetzt nicht mehr. Er interessierte sich für gar nichts mehr.

So war es also, allein alt zu werden?

Ja, sie musste sich unbedingt zwingen, zu ihrem Vater nach Oissel zu fahren und ihn freiwillig oder nicht freiwillig zu den Docks schleppen. Sie würde nicht auch noch eine Tochter werden, die diesen Namen nicht verdiente! Was aber die Cousins aus der Bourgogne anbelangte, so kam das überhaupt nicht infrage! Die familiäre Nächstenliebe hatte ihre Grenzen.

Sie trank das Red Bull bis zum letzten Tropfen aus und warf die Dose in den Mülleimer.

7 Uhr 53.

Sie wunderte sich. Sie war kaum zu spät.

Getreu einem Ritual sah sie beim Verlassen der Wohnung kurz zu dem Schwarz-Weiß-Foto, das in ihrer Diele hing.

Die Nahaufnahme eines jungen Afrikaners.

»Wo bist du, Fatou?«, flüsterte sie. »Wo bist du?«

Sie ließ sich von der Wehmut nicht überwältigen.

Sie rannte die Treppe hinunter auf die Rue Saint-Romain.

Auf der Straße spürte Maline, wie die frische Morgenluft ihre Lebensgeister wieder ein wenig erweckte. Wenn es nicht die Wirkung des Red Bulls war. Die Rue Saint-Romain war menschenleer. Maline liebte die andächtige Stille der Fußgängerzone, die hohen Steinmauern des erzbischöflichen Palais, die fantastische Sicht auf die Kathedrale.

Die schönste Straße der schönsten Stadt Frankreichs?

Nach ein paar Schritten bog Maline nach rechts in die Rue des Chanoines, die kleinste Straße Rouens. Eine weniger als einen Meter schmale, labyrinthische Passage zwischen vierstöckigen Häusern. Ein mittelalterlicher Ort des Grauens. Ein Muss für jeden Besucher der Altstadt.

Natürlich mochte Maline das Gässchen. Aber heute Morgen unterdrückte sie einen Brechreiz. Das Red Bull stieg ihr säuerlich in den Hals. Das enge Sträßchen stank nach Urin, noch mehr als sonst! Die verborgenen Winkel des Durchgangs boten ideale Verstecke für Männer, die ihre Blase erleichtern wollten, und das bestimmt schon seit dem Mittelalter, aber die Spitze des Bierkonsums während der Armada hatte das Gässlein in ein Pissoir unter freiem Himmel verwandelt.

Mit zugehaltener Nase beschleunigte Maline ihren Schritt, um auf die Rue Saint-Nicolas zu gelangen. Sie erfreute sich an dem verlockenden Duft einer gerade geöffneten Bäckerei und schöpfte frischen Atem. Sie bog in die Rue Saint-Amand. Immer wieder aufs Neue genoss Maline den morgendlichen Charme der alten Gassen von Rouen. Ein paar Touristen, früh auf den Beinen, frühstückten auf der reizenden Place Saint-Amand. Eine junge Frau, mit einem Mobiltelefon am Ohr allein in einem Straßencafé sitzend, trug über dem zerzausten Haar eine Matrosenmütze. Maline lächelte.

Ein lärmender Müllwagen versuchte, sich durch die Gassen zu lavieren. Ein paar recht fröhliche, vor sich hin pfeifende Müllmänner sammelten Altpapier, Flaschen und Dosen ein. Sie waren bemüht, die Überreste einer nächtlichen Feier, bei der sie ganz bestimmt nicht dabei gewesen waren, professionell zu beseitigen.

Maline liebte solche Szenen. Sie wäre jetzt gern stehen geblieben, hätte ein paar Fotos gemacht und Passanten befragt. Ein hübscher kleiner Artikel für die *SeinoMarin:* »Der Morgen nach dem Fest. Rouen erwacht«. Oder ein schlagkräftigerer Titel: »Fachwerk und Brummschädel«. Aber sie hatte keine Zeit. Ein anderes Mal. Sie ging weiter.

Ein Müllmann winkte mit neongelb behandschuhter Hand in ihre Richtung:

»Angenehmen Tag noch, schöne Frau!«

Maline schenkte ihm ein breites Lächeln und hob zum Gruß die Hand, auch wenn der Blick des Arbeiters mehr den unbedeckten Stellen ihrer Beine galt.

Maline fühlte sich leicht. Sie liebte diese flüchtigen Momente. Sie liebte diese Stadt. Sie war in ihrem Element, war vernarrt in diese kurz aufblitzenden Augenblicke der Versuchung. Sie lief weiter bis zur Ecke Rue Eau-de-Robec, wo sich der Redaktionssitz befand. Sie ging hinein. Die Flure waren leer, außer Christian Decultot war noch niemand da. Ohne anzuklopfen trat Maline in das große Büro des Chefredakteurs.

Christian Decultot blickte auf:

»Ah, Maline! Du setzt dich lieber hin, meine Hübsche. Wir stecken in der Scheiße, Mitbürgerin! Wir haben es mit einem Mord zu tun. Einem Mord auf der Armada! Und zwar keinem gewöhnlichen Mord!«

6

OVIDES THEORIE

7 Uhr 45, Quai Boisguilbert, Rouen

Das Klingeln verstummte.

Die Verblüffung hatte ihr Reaktionsvermögen außer Kraft gesetzt. Ungläubig sah der Kommissar seine Assistenten und die anwesenden Polizisten an.

»Himmeldonnerwetter, habt ihr nicht überprüft, ob der Tote ein Telefon bei sich hat?«

»Doch«, konterte Inspektor Stepanu. »Aber wir haben es in der Tasche gelassen. Um es später zu untersuchen ... Was hättest du denn getan? Wir sind seit kaum einer Stunde da.«

Ein anderes Klingeln, wie man es von eintreffenden SMS kannte, unterbrach ihr Gespräch.

Jemand hatte der Leiche eine Nachricht gesendet!

»Na los, mach schon, sieh jetzt mal nach«, murrte Kommissar Paturel.

Er spürte, dass er seine Wut herauslassen musste und in den kommenden Stunden nicht leicht zu ertragen sein würde.

Mehrere Polizisten machten Platz. Inspektor Ovide Stepanu bückte sich und hob das Mobiltelefon behutsam auf. Er tippte darauf herum. Dann streckte er dem Kommissar das Display entgegen.

Gustave Paturel runzelte die Stirn und las:

Sé que me espera.

»Spanisch«, machte der Kommissar. »Ich nehme an, das heißt so etwas wie: Ich hoffe, dass du da bist.«

Keiner wagte ihm zu widersprechen. Eine kurze, bedrückende Stille breitete sich aus. Ovide Stepanu durchbrach sie mit schwerer Stimme als Erster:

»Wer könnte einem Toten eine SMS schicken?«

Inspektorin Colette Cadinot übernahm selbstsicher:

»Stellen wir uns mal vor, es ist die berühmte Blondine. Das würde bedeuten, dass sie von seinem Tod nichts weiß. Sie verbringt einen Teil der Nacht mit ihm, verabschiedet sich und schickt ihm am frühen Morgen eine SMS in seiner Muttersprache, um sich nach ihm zu erkundigen.«

Endlich lächelte Paturel:

»Wenn es die Blondine ist, dann ist das zumindest die erste gute Nachricht heute Morgen. Es würde bedeuten, dass wir ihre Koordinaten haben!«

»Ja, sicher«, erläuterte Ovide, »aber auf die Gefahr hin, eine Spaßbremse zu sein: Es würde auch bedeuten, dass sie keine Zeugin des Verbrechens ist … weil sie denkt, dass Mungaray noch lebt.«

Dass die Kassandra in Stepanu recht hatte, brachte Gustave Paturel zur Verzweiflung.

Einmal mehr.

Er sah zu den Schaulustigen, die den Raum ihrer Ermittlung Zentimeter um Zentimeter beschnitten. Das alles wurde allmählich Wahnsinn. Er musste Entscheidungen treffen.

»Also schön«, ereiferte sich der Kommissar. »Colette, du lässt mir das genauestens übersetzen. Du findest mir die Absenderin oder den Absender der SMS und nimmst mir alle Nummern und Nachrichten auf dem Gerät unter die Lupe!«

Er vertraute der Inspektorin das Mobiltelefon an. Er wollte jetzt schleunigst von den Docks verschwinden. Er wusste, dass bergeweise Formalitäten auf ihn warteten, ganz zu schweigen von den Terminen mit der Presse, dem Präfekten, dem Armada-Organisationskomitee ... Er brauchte ein bisschen Ruhe, um zu sehen, wo sie standen. Unmöglich, hier inmitten der Zuschauermenge einen klaren Gedanken zu fassen. Aber was sollte er tun? Gerade wollte er weitere Anweisungen erteilen, als ihn Colette am Arm packte:

»*Commissaire,* hören Sie sich das an.«

Sie reichte ihm das Handy des jungen Mexikaners.

Gustave Paturel spürte, dass er im Begriff war, einen weiteren Schritt in Richtung Irrsinn zu tun.

»Was soll das sein?«, fragte der Kommissar beunruhigt.

»Mungarays Anrufbeantworter. Die Nachricht, auf die man stößt, wenn er nicht abnimmt.«

Erneut war der untere Rücken des Kommissars feucht von Schweiß. Er hatte Schlimmeres erwartet. Er griff mit seiner großen Hand nach dem winzigen Gerät und hob es ans Ohr. Der junge Mexikaner sprach ein stockendes Französisch mit starkem Akzent. Dennoch konnte man einwandfrei verstehen, was er sagte.

Um sicher zu sein, richtig gehört zu haben, spielte der Kommissar die Ansage ein zweites Mal ab.

Aquilero sagte einen kurzen Satz, der aus dem Mund eines jungen Matrosen voller Lebenskraft unwirklich klang: »Das Sterben beunruhigt mich nicht. Es wird die Rückkehr zu einer alten Gewohnheit.«

Der Kommissar wischte mit der Hand über die nasse Stirn und gab das Telefon an Stepanu weiter. Was mochte diese merkwürdige Nachricht bedeuten?

Gustave Paturel rang um Fassung.

»Okay«, sagte er. »Wir treffen uns in einer Stunde auf dem Revier. In meinem Büro, alle beide! Lasst mir auch den Gerichtsmediziner kommen, falls er fertig ist. Bis dahin erledige ich das Nötigste und kläre den Sachverhalt mit den Behörden. Dann überlegen wir uns etwas und erarbeiten einen Schlachtplan.«

Er blickte auf seine Armbanduhr und entsann sich, dass er auch die Babysitterin anrufen musste, die seine Kinder hütete. Er hatte versprochen, in einer Stunde zurück zu sein.

Verdammter Mist!

Inspektorin Cadinot musste bemerkt haben, wie es um den Kommissar stand. Nach dreißig Jahren Zusammenarbeit wusste sie ihn wenn nötig zu beruhigen:

»Wenn Sie mich fragen, *Commissaire,* es gibt wahrlich keinen Grund zur Panik.«

Ohne zu protestieren hörte Paturel sie interessiert an.

»Ich fasse noch einmal kurz zusammen«, fuhr Colette Cadinot fort. »Wir haben hier einen mexikanischen Matrosen mit einer vielschichtigen Persönlichkeit vor uns. Einen leicht gestörten jungen Mann. Die Besatzung der *Cuauhtémoc* hat mir das bestätigt. Letzte Woche etwa ist er vor einer tobenden Menge kopfüber in die Seine gestürzt. Er hinterlässt morbide Nachrichten auf seinem Mobiltelefon. Er lässt sich tätowieren. Sein Hang zur Lebensmüdigkeit hat etwas Masochistisches, Selbstzerstörerisches.

Nachdem er gestern zu viel getrunken hat, verbrennt er das Tattoo, welches ihn selbst darstellt. Alles läuft auf dasselbe hinaus, nämlich auf eine dem Tod zugewandte Persönlichkeit. Diese Art von Mann kommt bei manchen Frauen gut an, zumal er ein schmucker Bursch war … Gestern Abend, wohl nachdem er das Mädchen getroffen hat, das ihn noch lebend glaubt, ist er zu weit gegangen. Er wurde überfallen, was kein Wunder ist, bei dem Umfeld, in dem er sich bewegt. Vielleicht war es auch nur eine Drogengeschichte. Das können wir zwar noch nicht sagen – aber wahrscheinlich ist, dass wir es schlicht und einfach mit einer Abrechnung unter Dealern zu tun haben. Schließlich kommt Mungaray aus Mexiko und ist letzte Nacht zum ersten Mal ausgegangen. Die Spuren von heute Morgen, sein Tod und die Brandwunde könnten dazu passen. Er wird in einer dunklen Ecke erdolcht, von einem, der noch verrückter ist. Der Mörder versteckt die Leiche und wartet auf einen günstigen Moment, um sie unbemerkt zurückzubringen … *Voilà*. Das ist alles.«

Der Kommissar war dem Gedankengang der Inspektorin gefolgt. Formal betrachtet war natürlich nichts von dem Gesagten unmöglich. Das beruhigte ihn ein bisschen. Letztendlich machte er sich vielleicht umsonst Gedanken. In jedem anderen Kontext außer der Armada wäre dieser Fall als banal eingestuft worden.

Ovide Stepanu postierte seine magere, unförmige Gestalt vor ihnen. Er hatte nicht die gleiche Sicht der Dinge und erinnerte sie:

»Ich stimme dir zu, Colette. Das wäre gegebenenfalls eine geeignete Version, um die Zeitungen ruhigzustellen. Davon abgesehen will ich zwar kein Spielverderber sein …«

Halt doch die Klappe, Ovide, dachte Kommissar Paturel in seinem tiefsten Inneren. Er wusste, dass der Ausdruck »ich will kein

Spielverderber sein« und seine Variante »auf die Gefahr hin, eine Spaßbremse zu sein« aus dem Mund von Inspektor Stepanu die Zauberformeln für haufenweise Scherereien waren. Dennoch konnte er nicht umhin, der Überlegung des Inspektors zu folgen.

»Aber unter uns gesagt«, fuhr Stepanu fort, »müssen wir den Tatsachen ins Auge sehen. Und uns vor allem die richtigen Fragen stellen. Wie ist die Leiche hierhergekommen? Ohne dass irgendjemand es bemerkt hat? Wer eine Leiche mit sich herumträgt, der fällt doch auf, sogar um sechs Uhr früh! Und warum geht jemand das Risiko ein, sie genau gegenüber der *Cuauhtémoc* abzulegen, obwohl Mungaray woanders getötet wurde? Welchen Sinn könnte so ein Unterfangen haben? Das ist meiner Meinung nach eine der Schlüsselfragen in diesem Fall. Das Wie und das Warum. Und noch eine Frage: Den Gerichtsmedizinern zufolge hat Mungaray die *Cantina* verlassen und ist wenige Minuten später gestorben. Entweder also steckt die mysteriöse Blondine mit drin und es ist zwecklos zu glauben, dass die SMS heute Morgen von ihr kam. Oder aber sie hat nichts damit zu tun, und Mungaray wurde erst anschließend getötet, aber warum schickt sie dann um sieben Uhr morgens jemandem eine SMS, mit dem sie nur wenige Minuten verbracht hat? Warum eine SMS auf Spanisch, obwohl Mungaray auf seiner Mailbox Französisch spricht? Warum spricht er auf seiner Mailbox Französisch, obwohl er hier in Frankreich nur mit lateinamerikanischen Matrosen verkehrt?«

Inspektorin Cadinot hatte während Stepanus Bestandsaufnahme ein etwas gequältes Lächeln aufgesetzt.

»Ist ja gut, Ovide«, unterbrach ihn der Kommissar. »Zu den Fragen kommen wir dann später. Ich hätte lieber erst mal ein paar Antworten …«

Der Inspektor ließ dem Kommissar keine Zeit zum Atemholen.

»Ich bin schon dabei, Gustave. Wir können zumindest ein paar Vermutungen anstellen. Der Adler hat Aquilero dargestellt, nach Mungarays selbst gewähltem Spitznamen. Jemand hat den Adler verbrannt und Mungaray erdolcht. Was bleibt also? Die vier übrigen Tattoos! Wer sind sie? Wer verbirgt sich hinter der Taube, dem Tiger, dem Krokodil und dem Hai? Andere mexikanische Matrosen? Andere Matrosen der Armada? Eine Bruderschaft? Eine Art Sekte? Auf jeden Fall können wir annehmen, dass sich irgendwo in Rouen vier weitere Personen aufhalten, die sich die gleichen Tiere auf die Schulter tätowiert haben. Auf die Gefahr hin, eine Spaßbremse zu sein: Wenn man den Gedanken zu Ende denkt, könnte man sich in Anbetracht des sadistischen Brandmals auf seiner Haut sehr gut vorstellen, dass drei von ihnen sterben werden … und dass der Vierte der Mörder ist!«

Inspektorin Cadinot zuckte die Achseln. Stepanus Prophezeiungen schenkte sie meistens nur wenig Aufmerksamkeit.

Kommissar Paturel wäre angesichts der Vermutungen seines Inspektors am liebsten genauso besonnen geblieben. Letztendlich war die Theorie von Ovide Stepanu nicht gehaltvoller als die von Colette Cadinot. Diese Nervensäge von einem rumänischen Inspektor hatte stets die Gabe, sich das Schlimmste auszumalen.

Genau dafür wurde er von allen auf dem Revier gehasst. Dafür, und weil er derjenige war, der fast immer recht hatte!

7

KOKS MIT WAFFE

7 Uhr 50, Boulevard de Verdun, Rouen

Daniel Lovichi musterte den Dolch zu seinen Füßen wie ein Huhn einen Schraubenzieher.

Er konnte sich an nichts erinnern!

Woher kam dieser Dolch? Wo konnte er die Waffe gefunden haben? Er schüttelte die schmutzige Decke aus, in der er geschlafen hatte, und sah wohlgefällig in den blauen Himmel.

Das Messer war doch wohl nicht vom Himmel gefallen!

Er überlegte fieberhaft, aber die Erinnerung kam nicht zurück. Er war gestern Abend zu stoned gewesen.

Nichts, totales Blackout.

Er stand auf und betrachtete die vorbeifahrenden Autos auf dem Boulevard de Verdun. Dann warf er einen geringschätzigen Blick auf ein paar andere Bewohner des Heims Abbé Bazire, die wie er die Nacht draußen verbracht hatten.

Es kam gar nicht in die Tüte, sich diese Woche einsperren zu lassen.

Er wickelte seine Decke zusammen, hob den Dolch auf, verstaute ihn sorgsam in einer Einkaufstasche und ging den Boulevard hinunter. Diese Woche wurde gefeiert.

Er stellte mit Bedauern fest, dass schon jetzt keine Prostituierten mehr auf der Straße waren.

Scheiße! Andererseits war er sowieso pleite. Was ihn aber nicht daran hinderte, sich das Spektakel anzusehen. Auf der Armada gab es neue Mädchen zu bewundern. Richtig viele. Exotische. Die ganze Nacht über hatte er ihr Kommen und Gehen beobachtet. Jetzt erinnerte er sich. Ein bisschen. Bruchstückhaft. Die Parade der Matrosen. Wörter in Sprachen, die er nicht verstand. Er hatte einfach nur zugesehen, bevor er wieder gegangen war. Bevor er einen Abgang gemacht hatte.

Er unterdrückte ein dreckiges Lachen.

Das Fest half ihm, schöne Träume zu haben. Und der Eintritt war frei.

Wenn er eines Tages Geld haben würde, musste er sich ein Mädchen nehmen. Sie würde ihm nichts ausschlagen können, sofern er bezahlte. Seiner hässlichen Visage zum Trotz. Wie lange hatte er nun schon kein Mädchen mehr angefasst? Fünf Jahre? Zehn Jahre? Es war in einem anderen Leben gewesen, einem anderen Leben mit fast zu vielen Frauen, zu vielen Kindern, zu viel von allem. Sich ein Mädchen leisten, ja, warum nicht! Ein Mischling, ein Mädchen von kräftigem Wuchs, wie er sie gemocht hatte, damals. Doch dafür brauchte er Geld. Dafür und für etwas anderes. Etwas inzwischen viel Wichtigeres. Viel Teureres.

Koks.

Es war kein Gerücht. Der Kubaner hatte es ihm letzte Woche gesagt. Die Matrosen der Armada kamen mit den Taschen voller Kokain. Sie wurden nicht durchsucht. Bei ihnen wuchs das Kokain in den Gärten, auf den Straßen. Das war nicht verboten. Hier drückten sie dann die Preise, ohne Scheiß.

Man musste sie nur fragen und bezahlen. Sie hatten alles. Chilenisches Koks, kubanisches Koks, mexikanisches Koks ... Gestern hatte er nur eine kleine Kostprobe erhalten. Verdammt, war das gut gewesen. Deshalb konnte er sich an nichts erinnern. Es war die Mischung aus Koks und Alkohol.

Auf der Place Beauvoisine angekommen, verschnaufte er kurz, dann ging er bis zum Brunnen Sainte-Marie hinab. Etwa zehn Meter weiter unten hatte sich vor dem Lycée Corneille so etwas wie eine Menschentraube gebildet. Daniel Lovichi spuckte auf den Boden. Das junge hysterische Bürgertum, die verwöhnten Kinder stinkreicher Eltern, die ganze Jeunesse dorée von Rouen. Welch ein Jammer! Was suchten sie hier, mitten im Juli? Die Abiturergebnisse? So ein Schwindel! Vor sehr langer Zeit war auch er hier dabei gewesen. Lovichi umklammerte seinen Dolch. Er hatte fast Lust, ein Gemetzel zu veranstalten, diesen dressierten Klonen im Endeffekt einen Gefallen zu tun.

Daniel Lovichi spuckte erneut aus. Nein, er durfte sich nicht ablenken lassen. Er hatte heute nur ein Ziel. Der Dolch, die Armada, das war der richtige Moment, er durfte ihn nicht verstreichen lassen. So eine Gelegenheit würde nie wiederkommen. Das nächste Mal, in fünf Jahren, war er vielleicht schon tot. Also konnte er jetzt alle Risiken eingehen.

Er brauchte Koks. Er brauchte Geld.

Er prüfte nochmals, ob der Dolch immer noch in seiner Einkaufstasche lag. Dieses Messer war ein Geschenk des Himmels. Ein Zeichen. Alles war miteinander verbunden. Alles bewegte sich in die richtige Richtung. Er durfte die guten Zeichen nicht übersehen.

Er hatte nichts zu verlieren.

Jetzt lag es ausnahmsweise bei ihm zu handeln.

8

NACHRUF IN DER *SEINOMARIN*

8 Uhr 05, Redaktion der SeinoMarin,
Place du Lieutenant-Aubert 2, Rouen

Christian Decultot sah sich Maline etwas genauer an. Er war nicht der Typ, der ein Blatt vor den Mund nahm.

»Du siehst echt schlimm aus, Maline. Ich weiß, dass du Tag und Nacht über die Armada berichtest, aber du bist keine zwanzig mehr … Ruh dich doch mal aus.«

Beinah hätte Maline geantwortet, dass sie genau das heute Morgen vorgehabt hatte, bevor ihr Telefon geklingelt hatte … Aber sie hielt sich zurück. Sie zollte dem Chefredakteur der *SeinoMarin* großen Respekt. Christian Decultot war ein ehemaliger Journalist von Radio Monte Carlo. Brillant, provokant, war er jahrelang in das Netzwerk der besten Journalisten von Paris eingebunden gewesen, bevor er eines schönen Tages in den 1980er Jahren den Einfall gehabt hatte, alles aufzugeben und in der Provinz seine eigene Zeitung auf die Beine zu stellen.

Die Geburtsstunde der *SeinoMarin*. Gegründet von einem etwas verrückten Journalisten, der bestrebt war, die lokale Demokratie zu verteidigen. Die Wochenzeitung erschien traditionell mittwochs und deckte das gesamte Departement Seine-Maritime ab. Eine Auflage von sechzigtausend Exemplaren, eine schätzungsweise vierfache Leserschaft. Die *SeinoMarin* hatte sich als drittgrößte Wochenzeitung Frankreichs etabliert. Unnachgiebigkeit, Unabhängigkeit, Freiheit … Seit zwanzig Jahren schrieb Christian Decultot jede Woche ein bissiges Editorial, das die eingesessenen Mandats- und Entscheidungsträger der Region erzittern ließ. Er war unantastbar. An ihm kam keiner vorbei.

Vor ein paar Jahren, als sie ganz weit unten gewesen war, hatte Christian sie persönlich »aufgesammelt«. Ihr Pseudonym, Maline Abruzze, eine Mischung aus einem Gedicht von Rimbaud und einer italienischen Region, hatte er für sie ausgesucht. Maline verspürte eine tiefe Zuneigung und Bewunderung für Christian, und sie bildete sich ein, dass das auf Gegenseitigkeit beruhte …

Maline löste sich aus ihrer Lethargie. Sie wollte wissen, warum ihr Chefredakteur sie aus dem Bett geworfen hatte.

»Okay, Christian. Was hat es mit diesem Mord auf sich?«

Der Journalist seufzte.

»Eine Premiere, eine große Premiere, auf die wir gut hätten verzichten können. Ein Mord auf der Armada! Das erste Mal seit 1989. Noch dazu ein Matrose. Ein Mexikaner.«

»Hast du Details?«

»Noch nicht. Anscheinend wurde er erstochen. Mitten ins Herz …«

Maline blickte enttäuscht drein.

»Wahrscheinlich eine Abrechnung unter Betrunkenen.«

Maline drehte sich um und betrachtete die Fotos an den Wänden von Christians großem modernem Büro. Ihrer Meinung nach hatte der Chefredakteur nur einen einzigen Fehler: Auf seine alten Tage wurde er ein bisschen größenwahnsinnig. Die schwarz gerahmten Bilder zeigten ihn gemeinsam mit den Stars der Region. Ihr Blick blieb an einem der ältesten Fotos hängen: Christian mit Jean Lecanuet, ein paar Monate vor seinem Tod.

»Vielleicht«, erwiderte Decultot. »Sehr wahrscheinlich sogar. Aber es ist das erste tragische Ereignis seit fünf Armadas. Und meines Wissens war das Opfer eine starke Persönlichkeit, ein Hitzkopf, ein Verführer … Er hatte eine Woche lang Ausgangssperre. Erst gestern hat er die *Cuauhtémoc* wieder verlassen. Das letzte Mal lebend gesehen wurde er im Arm einer Blondine von klassischer Schönheit.«

Während sie Decultots Worten lauschte, betrachtete Maline die rechte Wand. Hiesige Persönlichkeiten aus dem Showbiz. Christian an der Seite von Philippe Torreton, Franck Dubosc, Karin Viard, Estelle Hallyday … Die bessere Gesellschaft!

»Und was soll ich jetzt genau machen?«, fragte die Journalistin ein bisschen zerstreut.

»Dem jungen Luftikus vom anderen Ende der Welt, erdolcht an unserem Ufer, die letzte Ehre erweisen. Und dann natürlich nachforschen … Mit Bedacht nachforschen.«

»Okay, okay, schon verstanden. Du möchtest, dass ich eine Art Biopic erstelle: Das tragische Schicksal eines jungen, attraktiven Draufgängers … Dass ich die Menschen im Pays de Caux gleichzeitig zum Träumen und Weinen bringe …«

Christian Decultot lächelte.

»Ich vertraue dir. Du wirst mir ein fein ausdifferenziertes Porträt schreiben. Das hat der arme Junge verdient, oder? Vorausgesetzt, der Fall ist vor der nächsten Ausgabe noch nicht gelöst. Was denkst du über die Sache, Maline? Eine Auseinandersetzung zwischen betrunkenen Matrosen? Ein eifersüchtiger Gehörnter?«

Maline dachte ein paar Sekunden nach, bevor sie antwortete.

»Ich denke eher an einen Studenten, der sich von dem Prestige der Uniform gekränkt fühlt. Kannst du dir das vorstellen, Christian? Ein pickliger Student strampelt sich zwei Semester lang ab, um die Sitznachbarin aus dem Hörsaal einzuwickeln. Dann ist Vorlesungsende. Die Ferien, die Sonne, die Armada. Das Pickelgesicht hat sein Ziel fast erreicht. Er entführt seine Braut in die *Cantina*. Dumm gelaufen! Sein Blondchen verschwindet mit dem erstbesten Latino-Schönling in weißer Uniform, der Lambada tanzen kann.«

Christian lachte auf. Maline fuhr fort:

»Grund genug, um Mordgedanken zu hegen, oder? Grund genug, um durchzudrehen! Vor allem für einen pazifistischen Anarcho-Studenten: Er muss seiner Muse dabei zusehen, wie sie von der Anmut und dem Prestige der Uniform entjungfert wird. Viel mehr braucht es wohl nicht für ein Affektdelikt ...«

»Du wirst es doch nicht wagen, das zu schreiben, oder?«, witzelte Christian.

»Und ob! Die Moral meines Artikels: Wenn man den Wehrdienst nicht abgeschafft hätte, wäre das alles nie passiert!«

Christian brach erneut in Gelächter aus. Um sich wieder zu fassen, stand er auf:

»Kaffee?«

Maline nickte.

Während der Chefredakteur nebenan beschäftigt war, betrachtete sie die Fotogalerie im hinteren Teil des Büros. Die Wand der Sportler! Ein fast zwergenhafter Christian neben dem unumgänglichen David Douillet, Christian auf einem Schiff mit dem seligen Paul Vatine. Einen Augenblick verweilte sie vor einem ihrer Lieblingsbilder: Christian mit Jean-François Beltramini, dem legendären Torschützenkönig aus der Glanzzeit des FC Rouen, inzwischen wieder Maurer in der Île-de-France. Auch eine verdammt gute Idee für eine Reportage, wenn sie wieder ein bisschen Zeit hatte. Schließlich beäugte sie die letzte Fotografie, hinter der Christian ein Jahr lang hinterher gewesen war: Christian Arm in Arm mit Tony Parker. Ein Muss!

Der Chefredakteur kam mit dem Kaffee zurück.

»Mal im Ernst, Maline«, erläuterte er, während er die heißen Tassen abstellte, »du musst mit dieser Geschichte vorsichtig sein …«

»Ich weiß, Christian. Acht Millionen Besucher auf der Armada. Acht Millionen potenzielle Leser. Mach dir keine Sorgen, ich verstehe mein Handwerk. Ich mache sie gerade so neugierig, dass sie kaufen, aber nicht genug, um eine Massenauswanderung zu provozieren! Ich weiß schon Bescheid … Neugierig machen, aber nicht verängstigen. Andeutungen machen, aber keine Behauptungen aufstellen. Spektakulär sein, aber nicht schmutzig.«

Christian lächelte.

»So viel verlange ich gar nicht, Maline. Nicht einmal einen Artikel, wenn du nichts zu sagen hast. Du hast das Kommando. Ich lasse dir freie Hand. Der Absatz, na ja, der ist mir schnurz, das ist nicht das Problem. Die Armada ist hier einfach ein wichtiges Thema. Für sehr viele Menschen, für die Stadt, für Tausende Freiwillige. Die Einwohner von Rouen sind stolz darauf. Es ist ein großes Abenteuer … Ich muss dir das nicht extra erklären. Es ist nicht unser Job, die Aasgeier zu spielen …«

Maline trank ihren Kaffee aus und wollte gerade aufstehen.

»Warte noch, Maline. Ich habe ein Geschenk für dich.«

Der Chefredakteur beugte sich über seinen Schreibtisch und reichte der Journalistin eine Visitenkarte.

»Was ist das?«, wunderte sich Maline.

»Olivier Levasseur. Leiter der Presseabteilung für die Armada. Ich habe mit ihm telefoniert. Er ist auf dem Laufenden. Du kannst noch heute Morgen bei ihm vorbeigehen. Er wird dir die Befugnis erteilen, die Schiffe zu betreten und die Besatzungen zu treffen.«

»Kennst du ihn?«

»Ich bin ihm ein-, zweimal begegnet. Er ist so etwas wie ein Söldner der Globalisierung. Spricht sechs Sprachen. Wird vom Armada-Organisationskomitee teuer dafür bezahlt, dass er die Medien verwaltet.«

»Ein Überflieger?«

»Nein, nicht wirklich. Eher ein alter Haudegen. Er ist ein ehemaliger Matrose, der den Beruf gewechselt hat. Ein ziemlich sportlicher Matrose, von wegen Transatlantikregatta und Apnoetauchen im Roten Meer. Ein außergewöhnlicher Mensch, wie es aussieht … Ich weiß übrigens nicht, ob es so schlau ist, dich dahin zu schicken. Er ist genau der Typ, in den du dich verlieben könntest.«

»Ich hoffe, du hast ihm das Gleiche über mich gesagt!«

Christian lachte. Mit Maline wurde ihm nie langweilig. Er nahm einen Schluck von seinem mittlerweile kalten Kaffee, den er ganz vergessen hatte.

»Ich habe ihm nicht gesagt, dass du hübsch bist. Sondern dass du schlimmer bist …«

Maline war geschmeichelt und errötete.

»Das ist nicht von mir«, fuhr Decultot fort, »das ist von Victor Hugo.«

»Der hat ja viel Blödsinn erzählt, der Victor.«

»Keine Gotteslästerung!«

Christian Decultot war ein begeisterter Anhänger des republikanischen Romantikers. Ein großer Spezialist. Maline bestand nicht weiter darauf. Sie nahm die Visitenkarte und erhob sich.

»Und wo finde ich den Golden Boy?«

»Das ist dein Extrageschenk, Maline. Es wird dir gefallen. Da er nur zehn Tage in Rouen ist, empfängt er seinen Besuch direkt in einem speziell ausgestatteten Hotelzimmer. Offenbar ist es sehr angesagt ...«

»Wie originell«, spöttelte Maline. »Ich mag es angesagt. Welches Hotel?«

Christian spannte Maline ein bisschen auf die Folter. Er trank einen letzten Schluck Kaffee und sagte:

»Du wirst es nicht glauben: Er hat sich im Hotel Bourgtheroulde eingerichtet!«

Maline hielt die Luft an. Das Bourgtheroulde war das größte Privathotel in Rouen. Nachdem es lange der Sitz einer einflussreichen Bank gewesen war, befand es sich derzeit im Umbau, bevor es in einem Jahr die luxuriöseste Einrichtung der Stadt sein sollte.

»Das Hotel Bourgtheroulde? Ausgerechnet? Ich dachte, es sei noch ein Jahr geschlossen?«

»Nur teilweise. Er konnte durchsetzen, dass ein einziges Zimmer zugänglich ist.«

9

EINE BESONDERE LEICHE

9 Uhr 03, Polizeirevier Rouen,
Rue Brisout-de-Barneville 9

Vorsichtig betrat Sarah Berneval den Grauen Saal des Polizeireviers Rouen, in der Hand ein Tablett mit vier Tassen Kaffee und ein paar Croissants. Sie stellte alles auf den großen ovalen Tisch.

»Danke, Sarah«, sagte Kommissar Paturel. »Sobald der Gerichtsmediziner fertig ist, schaffen Sie ihn mir her. Und denken Sie daran: Rufen Sie regelmäßig bei mir an und erkundigen sich nach Léa und Hugo. Ich habe ein begrenztes Vertrauen zu dieser Babysitterin! Sagen Sie ihnen, dass ich versuche, noch heute Vormittag vorbeizukommen. Und könnten Sie mir die ganzen losen Notizen abtippen, die ich Ihnen dagelassen habe, sobald Sie Zeit haben?«

Der Kommissar hatte große Schwierigkeiten mit allen Computerdingen. Die Sekretärin ließ die Ermittler allein. Paturel nahm den Grauen Saal, den größten Raum des Reviers, kurz in Augenschein. Er befand sich in erbärmlichem Zustand: schmutzige Fliesen, abgelöste Tapeten, dreckige Wände ... Daher sein Name. Macht ja nichts! Solange sich nichts Besseres fand, war notfalls das ihr Hauptquartier.

Er sah auf seine Armbanduhr.

9 Uhr 04.

»Okay, los geht's. Tut mir leid, wenn ich das Kommando übernehme, aber wir müssen effizient sein.«

Drei Augenpaare richteten sich auf den Kommissar. Es waren die der Inspektoren Stepanu und Cadinot sowie einer dritten Person, ein etwa dreißigjähriger, braun gebrannter Mann, der trotz der Hitze seine Lederjacke nicht ausgezogen hatte. Er kaute entspannt einen Kaugummi.

Kommissar Paturel fuhr fort:

»Colette, Ovide. Ich möchte euch Jérémy Mezenguel vorstellen. Ihr seid ihm diese Woche sicherlich schon begegnet. Er ist Inspektor in der Probezeit. Er ist seit einem Monat bei uns … Und da wir Denker brauchen und Urlaubszeit ist, dachte ich, dass ich ihn in die Ermittlungen mit einbeziehe. Wir sind also ein Viererteam. Einverstanden? Ich vertraue darauf, dass ihr zusammenhaltet. Weil …«

Ovide Stepanu kritzelte missgebildete Figuren auf ein weißes Blatt Papier, Colette Cadinot sah ihre Notizen durch, und Jérémy Mezenguel kaute seinen Kaugummi im gleichen Rhythmus weiter.

Paturel hatte den Eindruck, dass keiner ihm zuhörte.

Er hüstelte.

»Also gut. Los geht's. Über die Einzelheiten gehe ich hinweg. Ich überspringe das mit der Vorsicht, der Diskretion und den acht Millionen Besuchern. Seit heute Morgen darf ich das immer wieder herunterbeten, gegenüber dem Präfekten, dem Präsidenten des autonomen Hafens, dem Präsidenten der Handelskammer, den Mandatsträgern … Ihr könnt euch das Chaos nicht vorstellen! Na gut, es ist ja mein Job, Informationen zu filtern, damit ihr ungestört arbeiten könnt. Colette, bringst du uns die offizielle Version in Erinnerung?«

Die Inspektorin richtete sich auf und las aus ihren Notizen:

»Ein tragisches Ereignis. Wir lassen durchklingen, dass Mungaray betrunken war. Das stimmt wahrscheinlich auch. Wir sind voll und ganz auf die Suche nach dem Mädchen konzentriert, mit dem er die *Cantina* verlassen hat. Ich habe drei Polizeibeamte entsandt, damit sie jeden in der Nähe der *Cantina* befragen. Die Stammgäste. Aber das wird dauern. Normalerweise geht man zu ihnen nach Hause und weckt sie auf. Bisher haben wir nichts. Wir können nur ein einziges Phantombild von dem Mädchen erstellen, nämlich von ihrem Hintern!«

Die drei Männer grinsten. Sie musste unter Druck gestanden haben, denn solche Bemerkungen waren sie von ihr nicht gewohnt.

Der Kommissar fuhr fort:

»Und das Mobiltelefon von Mungaray, dem jungen Mexikaner. Der Anruf von vorhin?«

Colette Cadinot verzog das Gesicht.

»Da geht keiner ran. Nie! Ich habe einen Polizeibeamten beauftragt, den Mobilfunkanbieter zu kontaktieren, um den Inhaber der Nummer zu finden. Er soll mich zurückrufen.«

»Und sonst hast du auf seiner Mailbox nichts gefunden?«

»Wir nehmen alles genau unter die Lupe. Bisher nichts Verdächtiges, außer der französischsprachigen Ansage auf der Mailbox. Diesem Kauderwelsch. Der Tod, der ihn nicht beunruhigt, sondern wie eine alte Gewohnheit ist. Ach ja, eine Kleinigkeit: Wir haben die Nachricht Mungarays Familie vorgespielt. Er ist tatsächlich derjenige, der die Ansage aufgesprochen hat.«

»Es geht doch voran«, sagte der Kommissar. »Colette, du kümmerst dich weiter darum. Du betraust auch jemanden mit dem

Zwischenfallregister dieser Nacht. Schlägereien, Diebstähle, Rumtreiber, Säufer, Penner. Du setzt mir alle Stadtpolizisten auf den Fall an. Irgendjemand muss doch etwas gesehen haben.«

Die Inspektorin notierte sich die Anweisungen. Für solche Aufgaben war sie sehr nützlich. Paturel blickte erneut auf seine Armbanduhr.

»Kommen wir zur *Cuauhtémoc*. Wer kann Spanisch?«

Inspektor auf Probe Mezenguel hob langsam die Hand.

»Ich. Ein bisschen …«

»Okay. Jérémy, darum kümmerst du dich. Du befragst alle Angehörigen Mungarays. Du durchsuchst seine persönlichen Sachen und das ganze Zeug auf dem Schiff. Nichts übersehen. Colettes Drogentheorie gefällt mir gut. Bei dem geringsten Verdacht lässt du einen Köter kommen.«

Der Inspektor auf Probe nickte in aller Gelassenheit. Er wusste schon, was zu tun war. Das ärgerte den Kommissar, aber er hatte keine Zeit, sich damit aufzuhalten. Er machte weiter.

»Kommen wir zu den Tätowierungen. Die Tierschau! Die fünf Tiere. Ovide, du bleibst als Einziger übrig. Eine Idee?«

Der Inspektor, immer noch damit beschäftigt, das Blatt mit dunklen Graffiti zu bemalen, hob den Blick:

»Ich habe das Dokumentationszentrum damit beauftragt. Sie versuchen, die Informationen abzugleichen. Eine religiöse oder esoterische Bedeutung zu entnehmen, so etwas in der Richtung. Die Mythologie zu studieren. Ich habe auch um die Liste aller Tätowierer von Rouen gebeten. Man weiß ja nie. Falls du ein oder zwei Beamte dafür hast.«

»Wir können nicht alles auf einmal machen«, murrte Paturel. »Also gut, ich vertraue dir mit deiner seltsamen Mythologie, Ovide, aber halte dich nicht zu lange damit auf. Studiere nicht alle

Märchen und Legenden der Welt, die Astronomie der Chinesen und Inka, den Voodookult, oder was auch immer. Ich kenne dich, Ovide! Ja, Jérémy?«

Der Inspektor auf Probe schielte nach Gebäck und Kaffee.

»Darf ich?«

Der Kommissar seufzte:

»Also gut, nehmt euch …«

Alle bedienten sich, außer dem Kommissar, der fortfuhr:

»Okay, letzter Punkt, bevor wir zu der forensischen Analyse kommen.«

Er sah ungeduldig auf seine Armbanduhr:

»Der Onkel Doktor könnte übrigens langsam aufkreuzen. Also, letzter Punkt. Das Brandmal. Das berühmte M mit dem liegenden V.«

Stepanu wollte gerade das Wort ergreifen, als der Kommissar ihm zuvorkam:

»Zumindest damit sind wir ein bisschen weiter! Colette, würdest du es erläutern?«

Stepanu und Mezenguel warfen der Inspektorin erstaunte Blicke zu.

Hatte sie für das rätselhafte Zeichen wirklich eine rationale Erklärung?

Colette Cadinot schluckte einen letzten Bissen Croissant hinunter und begann in einem enzyklopädischen Ton:

»Das Brandmal könnte mit dem traditionellen sogenannten Brandzeichen übereinstimmen. Dabei handelt es sich um ein in das Fell von Zuchttieren eingebrachtes Merkmal. Früher wurde jede Herde mit den Initialen ihres Besitzers gebrandmarkt, aber seit rund dreißig Jahren sind die Gemeinden dafür verantwortlich.

Das Zeichen MV entspricht der letzten französischen Gemeinde, wo die Praxis bis heute ausgeübt wird … Marais-Vernier!«

Ein erstaunter Ovide Stepanu, die Kaffeetasse noch in der Hand, hielt mitten in seiner Bewegung inne.

»Und das V«, fragte Mezenguel kauend, »warum ist es falsch herum?«

»Um Betrug zu vermeiden«, fuhr die Inspektorin fort. »Jedes Jahr wird das V um eine viertel Umdrehung gedreht, wodurch das Alter der Tiere erkennbar ist.«

Mezenguel stieß einen Pfiff aus:

»Gar nicht so dumm … Ich nehme an, dass diese Tradition nur noch von ein paar Illusionisten praktiziert wird. Das dürfte den Kreis der Verdächtigen deutlich eingrenzen.«

Der Kommissar, der sich schließlich doch ein Croissant genommen hatte, musste lächeln:

»Weiter, Colette …«

»Die Brandzeichnung findet einmal im Jahr im Marais Vernier statt. Immer am ersten Mai. Und jedes Jahr zieht das Fest Zigtausende Besucher an. Es ist inzwischen eine echte Touristenattraktion. Es gibt sogar Prominente, die darum buhlen, die armen festgebundenen Tiere selbst zu brandmarken … Es ist total angesagt.«

Mezenguel seufzte. Ovide stellte endlich seine Kaffeetasse ab und mischte sich ein:

»Aber die Brennstempel dürften nicht so zahlreich sein. Die Brandeisen mit dem M und dem V. Vielleicht könnten wir in dieser Richtung suchen?«

Der Kommissar aß sein Croissant auf.

»Da hast du recht, Ovide. Colette, du kontaktierst mir die Gendarmerie von Pont-Audemer. Du bittest sie, alle Archivdokumente des Marais Vernier hervorzuholen. Die Lokalnachrichten, mögliche Zwischenfälle auf dem Fest. Sie sollen die hiesigen Antiquare zu den Brandeisen befragen. Kurzum: Finde alles, was uns nützlich sein kann. Es muss eine Verbindung geben!«

Der Kommissar wandte sich Inspektor Stepanu zu:

»Ovide. Du kennst dich doch bestens mit menschlichen Perversionen aller Art aus. Was könnte es bedeuten, wenn jemand einen Mann mit einem Brandzeichen markiert?«

Stepanu holte tief Luft:

»Das kommt ganz darauf an … Wenn wir Glück haben, wurde das Zeichen unter Einverständnis des jungen Mungaray angebracht, als er noch gelebt hat. Wir hätten es mit einem Fall von *Branding* zu tun, einem geläufigen Ritual unter Verbindungen gewalttätiger Männer, um die Schmerzresistenz unter Beweis zu stellen. Das Brandzeichen kann aber auch etwas anderes bedeuten, versteht sich: Es verweist natürlich auf die Sklaverei und, für uns interessanter, alle möglichen Bestrafungen. Noch im letzten Jahrhundert wurden in Frankreich Sträflinge, Fälscher und zu lebenslanger Haft Verurteilte mit glühenden Buchstaben markiert. Wenn das Marais Vernier das letzte Gebiet in Frankreich ist, wo man das Vieh noch so markiert … könnte das einen Verrückten auf Ideen gebracht haben!«

Gustave Paturel seufzte. Er griff ungeduldig nach dem Hörer:

»Sarah? Paturel hier. Lassen Sie mir sofort den Gerichtsmediziner kommen. Auch wenn er noch nicht fertig ist. Wir brauchen ihn!«

Ein paar lange Minuten verstrichen, bevor es an der Tür klopfte.

»Herein!«

Mit seinem zerzausten, grau melierten Haarschopf wirkte Jean-

François Lanchec, der Gerichtsmediziner, als wäre er gerade erst aufgewacht.

»Hallo, Jean-François«, entschuldigte sich der Kommissar. »Es tut mir leid, dass ich dränge, aber wir brauchen Einzelheiten. Den Zeitpunkt des Todes, den Zeitpunkt der Verbrennung, ob die Leiche bewegt wurde …«

Für einen Chirurgen machte Lanchec erstaunlich unwirsche Bewegungen. Wie ein Nachtfalter, der ans Licht geraten war. Paturel bemerkte, dass Lanchec anders war als sonst, als ob er es mit einem Phänomen zu tun hatte, das seine Möglichkeiten überstieg.

Lanchec stammelte ein bisschen:

»Ich … Ich fange mit dem Einfachsten an. Dem Todeszeitpunkt. Das Opfer wurde von einem scharfen Gegenstand, vermutlich einem Dolch, mitten ins Herz getroffen. Er war sofort tot, daran besteht kein Zweifel.«

»Und der Todeszeitpunkt?«

Der Forensiker zögerte. Er war bleich.

»Kurz nach zwei Uhr morgens«, wisperte er schließlich. »Es gibt allerdings ein Problem. Aber das sehen wir dann später … Weil …«

Paturel betrachtete lustlos die schmutzigen Wände des Raums.

So ein Scheiß! Was für ein neues Problem konnte Lanchec wohl gefunden haben? Er half ihm:

»Okay. Sprich weiter, Jean-François.«

»Mungaray kann nicht am Ufer getötet worden sein. Er wurde erst im Nachhinein dorthin gebracht. Wir haben unter der Leiche und am Kai zu wenig Blut gefunden. Er muss woanders getötet worden sein.«

»Und die Brandwunde?«, hakte Stepanu ungeduldig nach. »Vor oder nach seinem Tod?«

Lanchec fuhr sich mit der Hand durch das wirre Haar.

»Nach seinem Tod … gar keine Frage. Der junge Mungaray war schon tot, als er wie ein Tier markiert wurde.«

Kommissar Paturel atmete erleichtert auf. Der Mexikaner war nicht gefoltert worden! Gleichzeitig war auch die Theorie des *Brandings*, des sadomasochistischen Rituals hinfällig.

»Was ist mit dem Rest?«, fragte Inspektorin Cadinot schroff. »Den Fingerabdrücken? Den Haaren? Irgendetwas, womit wir den Mörder identifizieren könnten?«

Lanchec schien von diesem regelrechten Verhör verunsichert.

»Nein, nein«, stammelte er erneut. »Bisher nichts. Aber ich habe die Anweisungen befolgt, die meisten Proben sind zur DNA-Untersuchung und so weiter schon auf dem Weg nach Paris … Aber …«

»Aber?«, versuchte Paturel nachzuhelfen.

»Aber … es gibt ein weiteres Problem. Ein viel größeres Problem. Ich weiß nicht …«

»Machen Sie schon, Lanchec«, unterbrach ihn Colette Cadinot. »Wir haben auch noch anderes zu tun!«

Paturel seufzte.

»Okay, okay«, machte der Gerichtsmediziner. »*Voilà*. Der Mord geht auf zwei Uhr morgens zurück. Auf eine Viertelstunde genau. Es stimmt alles überein. Der Hieb war mit Sicherheit tödlich. Daran besteht kein Zweifel … Das Problem ist, danach passt nichts mehr zusammen …«

Die Blicke der vier Polizisten hefteten sich auf den Gerichtsmediziner.

»Was meinst du damit?«, fragte der Kommissar mit unverhohlener Angst. »Was passt nicht mehr zusammen?«

»Es ist unbegreiflich«, fuhr der Forensiker mit immer ausladenderen Gesten fort. »Haben Sie Grundkenntnisse in Rechtsmedizin, kennen Sie die wichtigsten Standards für die Bestimmung des Todeszeitpunkts? Ich habe sämtliche Untersuchungen durchgeführt, nach allen Regeln der Kunst. Rektale Messung der Körpertemperatur, die stündlich um etwa ein Grad sinkt, aurikuläre Messung der Temperatur, die stündlich um eineinhalb Grad fällt, Transsudation an den abhängigen Körperpartien, auch Livores genannt, Wundfärbung …«

Der Gerichtsmediziner schien sich an seinen Berufsjargon zu klammern, um wieder zur Ruhe zu kommen. Er fügte hinzu:

»Natürlich auch die Totenstarre. Sie tritt normalerweise nach zwei Stunden ein. Ich habe alles überprüft, sogar die alte Methode der Kaliumkonzentrationsbestimmung in der Glaskörperflüssigkeit des Auges. Als Sie mich gerufen haben, war ich gerade bei der Putrefaktion. Untersuchung des intestinalen Mikrobioms, der berühmte grüne Fleck in der Iliakalregion … Ich habe die Gelegenheit genutzt und die geöffnete Leiche zügig entomologisch untersucht. Die erste von den sieben Larvengruppen der Zweiflügler, die ihre Eier in Kadaver legen, taucht kaum ein paar Stunden nach dem Tod auf.«

Kommissar Paturel bereute sein drittes Croissant. Er spürte, wie ihm die Magensäure hochkam, und unterbrach den Forensiker.

»In Ordnung, Jean-François. Wir haben das Prozedere verstanden. Du kannst die Einzelheiten überspringen. Sag uns jetzt, wo genau es hakt.«

Lanchec sah sie mit großen Augen an:

»Dieser Typ, der Mexikaner, hat um zwei Uhr früh ein Messer in die Brust bekommen. In dem Moment hat sein Herz aufgehört zu schlagen. Daraufhin hat er sein ganzes Blut verloren. Daran besteht kein Zweifel. Wenn ich mich aber auf alle Ergebnisse der Bestimmung der Leichenliegezeit berufe, wirklich alle, dann ist er drei Stunden später noch am Leben gewesen!«

10

IM SON DU COR

9 Uhr 15, Rue Eau-de-Robec 15

Maline saß auf der Terrasse der Bar *Le Son du Cor* und war unschlüssig, ob sie einen zweiten Kaffee bestellen sollte. Nach dem Red Bull und dem Kaffee bei ihrem Chefredakteur würde sie sich bald in ein Aufziehmännchen verwandeln. Als jedoch die Bedienung kam, um ihre Bestellung aufzunehmen, hörte sie sich, fast gegen ihren Willen, einen Espresso ordern.

Sie musste durchhalten.

Die Rue Eau-de-Robec erwachte in der Morgensonne. Alle Generationen tummelten sich hier. Die hippen Geschäfte in den bunten Fachwerkhäusern öffneten allmählich die Fensterläden. Ein paar Kinder spielten mit der Strömung des kleinen Kanals. Die Gäste am Nachbartisch hatten eine Schachpartie begonnen. Auch der kleine Bouleplatz, ganz in der Nähe des Straßencafés, war bereits von seinen Stammkunden besetzt.

Maline wärmte ihre Arme und Beine an der aufgehenden Sonne und saß eine Weile entspannt da, den Kopf im Nacken, die Augen geschlossen.

Das pure Glück.

Als die Bedienung den Kaffee brachte, löste sie sich aus ihrer

Erstarrung. Der spöttische Blick eines zahnlosen Boulespielers ließ darauf schließen, dass er sich während ihrer kurzen Siesta von dem Schauspiel ihres beginnenden Sonnenbads nicht das Geringste hatte entgehen lassen. Maline grinste: »Alter Schlawiner.«

Noch heute Morgen musste sie ins Hotel Bourgtheroulde zu diesem Olivier Levasseur. Christian Decultot hatte es verstanden, ihre Neugier zu wecken. Bis dahin musste sie ein paar wichtige Anrufe erledigen.

Sie verkniff sich einen Fluch. Ihr Vater hatte ihr erneut eine Nachricht hinterlassen. Schon wieder diese Cousins aus der Bourgogne. Das war Telefonterror! Wütend löschte sie die Nachricht. Sie scrollte durch die gespeicherten Nummern bis zum Buchstaben B.

Sarah Berneval.

Nach ein paar Klingelzeichen hob Sarah Berneval ab.

»Sarah? Ich bin's, Maline!«

»Maline? Ich wusste, dass du anrufen würdest!«

Maline hörte, wie ihre Gesprächspartnerin ein kristallklares Lachen überkam.

»Sekunde, Maline, rühr dich nicht vom Fleck, ich gehe raus, um ungestört zu sein.«

Sarah war eine treue Freundin aus Schulzeiten. Ihre Wege hatten sich seitdem getrennt. Sarah hatte einen in Rouen angesehenen Anästhesisten geheiratet, ihre Stelle als Sekretärin des Oberkommissars von Brisout-de-Barneville aber dennoch behalten – wohl aus Furcht vor Langeweile … Sie hatte mehrere Kommissare kommen und gehen sehen. Alle waren sie sich einig gewesen, dass Sarah eine Perle war. Sie war hilfsbereit, ordentlich und konnte vor allem – ihre höchste Kompetenz – die Initiative ergreifen.

Darunter so manche Initiative, die keinem Kommissar jemals in den Sinn gekommen wäre, etwa um gewisse Ermittlungen voranzutreiben, indem sie Informationen in diskrete Ohren flüsterte, die diese klug nutzten.

Beispielsweise in die Ohren ihrer Jugendfreundin Maline Abruzze, auf die sie sich absolut verlassen konnte – ihr traute sie oft sogar mehr als den eigenen überlasteten Vorgesetzten zu, die Kriminalfälle voranzubringen.

»Und?«, wollte Maline wissen. »Herrscht in Brisout gerade Hochbetrieb?«

»Das kannst du wohl sagen! Noch dazu geht es dem *Commissaire* echt beschissen. Er hat nicht nur einen blöden Fall am Hals, bei dem ihn die ganze Regionalverwaltung unter Druck setzt, sondern muss sich auch noch um seine Kinder kümmern!«

Sarah war eine unverbesserliche Quasselstrippe. Maline wusste, dass sie das Neueste in Sachen Eheprobleme des Kommissars über sich ergehen lassen musste, bevor sie auf den Fall zu sprechen kamen.

»Also«, fuhr die Sekretärin fort, »für meinen Gustave kommt das alles äußerst ungelegen. Seit der Scheidung hat seine Frau das Sorgerecht für die beiden Kinder, Léa und Hugo. Anfang Juli hat sie ihm dann gesagt, dass sie ohne die Kleinen auf die Malediven verschwindet. Er wollte die Kinder nehmen, war sogar ganz froh, hat wohl gedacht, er könne im Juli eine ruhige Kugel schieben, nach dem Motto Tretboot fahren und Zuckerwatte essen auf der Armada. Er hat alles geplant und wollte früh Feierabend machen, um die Kinder aus dem Ferienzentrum abzuholen. Von wegen, jetzt sitzt er in der Tinte, der arme Oberkommissar. Jetzt wird er feststellen, was das ist, die Doppelbestrafung berufstätiger Frauen!«

Sie lachte auf und sprach weiter:

»Also gut, ich nehme an, dass dir das alles herzlich egal ist. Da hast du aber unrecht. Die *Gala* verkauft sich viel besser als die *SeinoMarin*. Du willst bestimmt alles über den berühmt-berüchtigten Mord an dem Mexikaner wissen? Da hast du vielleicht Glück, meine Liebe, ich bin gerade dabei, die Notizen meines Lieblingskommissars abzutippen.«

Einige Minuten später kannte Maline alle Einzelheiten über die Ermittlungen. Sie wusste, dass sie ihr Wissen nicht direkt für einen Artikel verwenden durfte: Damit würde sie Sarah bloßstellen und sich selbst wahrscheinlich einer Strafverfolgung aussetzen.

Die Menge an erstaunlichen Informationen beunruhigte Maline zutiefst. Der umgebettete Leichnam, die Tätowierungen, das Brandmal, die Mailboxansage, die SMS auf Spanisch.

Vor allem die SMS auf Spanisch machte Maline stutzig.

Sé que me espera.

Merkwürdig.

Maline hatte das Gefühl, diesen Satz schon einmal gehört zu haben. Irgendwo ... In einem Zusammenhang, der mit einer Liebeserklärung nichts zu tun hatte. Aber ihr Kopf war gerade zu schwer. Sie gab die Suche schnell auf.

Sie stand auf und brachte durch einen verführerischen Blick ihren zahnlosen Bewunderer aus dem Konzept, der gerade die Setzkugel anspielte. Sie wusste, dass er auf ihr flatterndes Röckchen schielen würde, während sie sich entfernte, und darüber seinen Wurf in den Sand setzen würde.

Maline musste lächeln.

Auf zum Hotel Bourgtheroulde!

Langsam bevölkerten Touristen die Straßen von Rouen, machten die Geschäfte auf, nahm das Leben wieder seinen Lauf. Maline holte ihren MP3-Player hervor und brachte die Kopfhörer an. Sie drückte auf *Random,* um die gespeicherten Titel in willkürlicher Reihenfolge zu hören: Cali, Leonard Cohen, The Clash, Raphaël …

Kaum zehn Minuten später erreichte sie die Place de la Pucelle. Ohne langsamer zu werden, überquerte sie den Platz und ging durch das Renaissanceportal hindurch, um in den Innenhof des Bourgtheroulde zu gelangen. Schutt, Zementsäcke und ein Gerüst ließen erkennen, dass sich das Gebäude noch immer im Umbau befand. Doch für die Dauer der Armada waren die Bauarbeiten offenbar unterbrochen worden. Maline hatte in der Schule aufgepasst. Sie bewunderte die berühmte Galérie d'Aumale, das weltberühmte Basrelief im Innenhof, welches das Treffen auf dem Camp du Drap d'Or darstellte …

Ein schlichtes Plakat mit der Aufschrift *Armada-Organisationskomitee. Presse- und Öffentlichkeitsarbeit* wies gen Nordflügel. Maline ging die Stufen hinauf, nicht ohne einen Blick auf die in die Fassaden gravierten Salamander und Phönixe zu werfen. Den unvergleichlichen Charme der Quadersteine und Holztäfelungen bewundernd, ging sie in das zweite Stockwerk hinauf. Dort angekommen lief sie den Gang entlang und landete vor einer dicken Eichentür. Eine blitzende Kupfertafel versicherte ihr, dass sie sich nicht verirrt hatte: *Armada-Organisationskomitee. Presse- und Öffentlichkeitsarbeit.* Zum Anklopfen betätigte sie einen schweren Eisenring.

Nichts.

Sie klopfte noch einmal. Trotz der Türstärke hörte sie diesmal ein Geräusch auf der anderen Seite.

Eilige Schritte. Die schwere Tür öffnete sich und Olivier Levasseur kam zum Vorschein.

Der Schock kam unerwartet. Dann der Schwindel.

Maline verlor spürbar die Beherrschung über ihre Sinne.

11

VERSTECKTE KAMERAS

9 Uhr 31, Polizeirevier Rouen,
Rue Brisout-de-Barneville 9

Lanchec ließ plötzlich die Arme nach unten baumeln. Als ob er eine Marionette ohne Fäden wäre. Keiner der drei anwesenden Inspektoren traute sich, das Wort zu ergreifen. Also musste sich der Kommissar überwinden.

Er spürte, wie sich sein unterer Rücken versteifte.

»Bist … Bist du dir da ganz sicher, Jean-François?«

Der Gerichtsmediziner blickte den Kommissar untröstlich an:

»Ganz sicher, Gustave. Es ist, wie ich es gesagt habe. Ich könnte alle Untersuchungen zehnmal wiederholen, wenn du so willst, ich würde zu immer demselben Schluss kommen! Das Herz des Mexikaners hat um zwei Uhr morgens aufgehört zu schlagen, aber die ersten Todeszeichen, die Putrefaktion, die Leichenstarre, wurden erst drei Stunden später an seinem Körper sichtbar.«

»Und kann es dafür eine rationale Erklärung geben?«, fragte die Inspektorin zaghaft. »Hat es einen ähnlichen Fall schon einmal gegeben?«

»Darüber muss ich nachdenken. Es muss natürlich eine Erklärung geben. Ich werde mich erkundigen … Ein paar Kollegen anrufen. Die Leiche wurde mir vor kaum zwei Stunden gebracht.«

Kommissar Paturel spürte, dass dem Gerichtsmediziner etwas durch den Kopf ging, das er aber nicht preisgeben würde, solange er sich nicht sicher war. Wahrscheinlich eine vollkommen wahnsinnige Hypothese. Wie dieser ganze Fall, der in atemberaubender Geschwindigkeit den Abgrund des Irrwitzes hinabglitt, während er die Kontrolle verlor. Das ging ihm alles zu schnell. Nichts ergab einen Sinn. Er musste diese schreckliche Aneinanderreihung seltsamer Begebenheiten stoppen. Nur wie?

»Okay, Jean-François. Du kannst zurück ins Labor.«

Der Graue Saal wirkte plötzlich düster auf den Kommissar. Wie sollte in einem derart heruntergekommenen Hauptquartier irgendeine Lösung, irgendeine Strategie entstehen, um die Millionen Besucher der Armada zu beschützen? Er hatte das Gefühl, dass im Verborgenen Furchtbares im Gange war, etwas wie ein riesiges Komplott, und dass er absolut nicht imstande sein würde, ihm auch nur das Geringste entgegenzusetzen. Er verstand gar nichts mehr.

Die Stimme von Inspektorin Cadinot holte ihn aus seinem Schwindelanfall zurück.

»Gustave! Können wir gehen? Ist die Sitzung beendet?«

Kommissar Paturel zögerte. Inspektor auf Probe Mezenguel hob die Hand.

»Ja, Jérémy?«

»Nur so eine Idee. Sie haben das bestimmt schon bedacht. Ich nehme an, es gibt auf der Armada Überwachungskameras?«

Der Kommissar griff sich an die Stirn, und das süffisante Lächeln des jungen Inspektors, ein bisschen zu sehr Cowboy für seinen

Geschmack, fachte seine Wut noch mehr an. Über diesem Mordsärger, der sich vor ihm auftürmte, hatte er nicht einmal die Zeit gehabt, an die Überwachungskameras zu denken! Zu beiden Seiten des Flusses waren insgesamt zehn Stück angebracht worden. Ihre Aufnahmen mussten natürlich gesichtet werden. Jede einzelne Sekunde, die alle zehn Kameras Tag und Nacht gefilmt hatten, wenn man nichts dem Zufall überlassen wollte. Noch ein Problem, das ihm Kopfzerbrechen bereitete: die fehlende Verfügbarkeit von Polizisten! Auf jeden Fall schenkte ihm diese Idee mit den Kameras neue Hoffnung. Die Kameras würden etwas zeigen … Zumindest, wenn der Mörder kein Gespenst war …

»Colette«, befahl der Kommissar, »du siehst zu, dass du mir mindestens drei Beamte beschaffst, und setzt sie als Erstes vor die Aufnahmen aller Überwachungskameras von letzter Nacht.«

»Aber woher soll ich …«, protestierte die Inspektorin.

»Lass die Kollegen aus dem Urlaub kommen! Anstatt auf dem Sofa DVDs zu glotzen, sollen sie sich lieber *Die Nacht am Ufer* reinziehen.«

Über Mezenguels Gesicht huschte ein Lächeln. Doch damit war er allein.

Es klopfte an der Tür. Sarah Berneval betrat den Raum.

»Keine Atempause«, seufzte Paturel vor sich hin.

»Verzeihung, *Commissaire*. Das Labor hat mich gebeten, Ihnen das hier zu bringen.«

Sie reichte dem Kommissar ein Mobiltelefon. Paturel erkannte das Gerät von Mungaray.

»Nach allem, was man mir gesagt hat«, bemerkte Sarah, »hat er von derselben Nummer wie heute Morgen eine neue Nachricht erhalten.«

»Danke, Sarah.«

Die Tür schloss sich wieder. Mit schweißnassen Händen nahm der Kommissar das Telefon an sich. Er las auf dem Bildschirm, dann noch einmal laut mit unsicherem Akzent: *»No puedo permanecer lejos ti más mucho tiempo.«*

Es folgte ein recht langes Schweigen.

Stepanu, der schon lange nichts mehr gesagt hatte, ergriff als Erster das Wort.

»Mezenguel, können Sie uns das übersetzen?«

Der Inspektor auf Probe räusperte sich:

»Mehr oder weniger. Es müsste so etwas heißen wie: Du bist schon zu lange von mir getrennt. Wenn Sie mich fragen, gibt es keinen Grund zur Panik. Das ist nur eine von Mungarays Weibern, die von seinem Tod noch nichts wissen …«

Der Kommissar stimmte ihm grundsätzlich zu. Vor dem Haufen Rätsel, die er zu lösen hatte, erschien ihm die SMS einer Liebhaberin vollkommen bedeutungslos.

Doch da täuschte er sich auf ganzer Linie!

12

EIN HERRSCHAFTLICHES STADTHAUS

9 Uhr 47, Hotel Bourgtheroulde

Maline schlug die Augen nieder und versuchte, wieder zur Besinnung zu kommen.

Die Schönheit des Mannes hatte ihr den Atem verschlagen.

Der Hengst stand mit nacktem Oberkörper da, um die Taille nichts weiter als ein großes weißes Handtuch. Karamellbraune Haut. Wie ein Model auf Hochglanzpapier, mit straffem, muskulösem Körper.

Ein strahlendes Lächeln entblößte Olivier Levasseurs alabasterne Zähne. Mit festem Händedruck stellte er sich vor:

»Olivier Levasseur. Sie sind Maline Abruzze, nehme ich an? Ihr Chefredakteur hat mich vorhin angerufen. Aber so früh habe ich Sie nicht erwartet …«

Leck mich am Arsch, dachte Maline.

Sein Auftritt schien ihr perfekt vorbereitet. Was hatte Christian Decultot diesem Schönling bloß über sie erzählt?

Olivier Levasseur bat Maline herein. Aus seinen etwas zu langen Haaren, schwarz bis fast grau, rannen Tröpfchen in die Mittellinie des braunen, V-förmigen Rückens hinab. Er drehte sich um und blickte Maline unverwandt an. Er wusste, was er tat.

Zwei fast schlitzförmige Augen von sehr hellem Grün richteten sich auf sie. Maline hatte das Gefühl, als würde sie ein Laserstrahl durchdringen. Sie hasste dieses Gefühl von Ohnmacht. Der Mann hatte sie überrumpelt, sie verunsichert. Sie hasste es, wenn die Spielregeln nicht festgelegt wurden.

Die sinnliche, sonore Stimme passte zu allem anderen:

»Würden Sie einen Augenblick warten, Mademoiselle Abruzze? Solange ich mir etwas anziehe. Nehmen Sie sich eine Erfrischung. Fühlen Sie sich wie zu Hause!«

Wie durch Zauberei verschwand Olivier Levasseur in einem Zimmer neben dem Salon.

Aus welcher Ecke der Welt er wohl stammte?

Fast asiatische Augen, ein fast afrikanischer Teint, alles andere europäisch, ein französischer Familienname und eine tadellose Aussprache … Sie erblickte an der Wand ein Poster, auf dem ein Vulkanausbruch zu sehen war. Natürlich! Er kam eindeutig von La Réunion! Der kleinen Insel im Indischen Ozean am Kreuzungspunkt der drei Kontinente. Ein Schmelztiegel, der bekannt war für die Vermischung ethnischer Gruppen …

Fühlen Sie sich wie zu Hause, hatte er gesagt.

Sie zierte sich nicht und sah sich um.

Der Salon war riesig. Neben dem Vulkan hingen an den Wänden auch klassische Poster der schönsten Großsegler der Welt, fast alle zur Stunde in Rouen am Kai liegend: die *Amerigo Vespucci,* die *Christian Radich,* die *Dar Młodzieży,* die *Dewaruci,* die *Mir,* die *Statsraad Lehmkuhl* … und natürlich die *Cuauhtémoc.*

Der weitläufige Salon war in mehrere Bereiche unterteilt. Ein großer, rechteckiger Glastisch war von Designersesseln umrundet und mit haufenweise Armada-Prospekten, Werbebroschüren und

Pressedossiers in mehreren Sprachen sowie renommierten Zeitschriften aus der ganzen Welt übersät, auf dem Titelblatt stets ein Segelschiff. Wahrscheinlich fanden an dem Tisch seine Arbeitstreffen statt.

Der in einer Ecke befindliche Wohnbereich – zwei indische Sofas, exotische Wandbehänge, ein niedriger Tisch und eine kleine Bar – musste für weniger offizielle Besuche sein. Eine ganze Wand wurde von einem imposanten Bücherregal und einem großen Plasmafernseher eingenommen. Auf einem längeren Wandbord drei hochmoderne Laptops.

Der moderne Mann, dachte Maline amüsiert. Extremsport und Informatik. Glas und Velours. Leder und Plasma. Die Welt zu seinen Füßen …

Schein oder Sein, fragte sich Maline, obwohl sie von dem Stilkontrast bezaubert war.

Die Tür ging auf und herein kam Olivier Levasseur. Seine komplette Garderobe war von Blanc du Nil. Ein kleines Vermögen aus Leinen. Elegant und lässig. Die weite Hose und das bis zur Brust hin offene Hemd sorgten für einen raffinierten Kontrast der Farben, Materialien und Texturen.

Levasseur kam näher. Barfuß.

»Haben Sie gar nichts zu trinken?«, wunderte er sich. Er schenkte ihr ein verführerisches George-Clooney-Lächeln. »Möchten Sie einen Kaffee?«

Die Gelegenheit war zu gut. Während sie versuchte, ernst zu bleiben, musste Maline einfach erwidern:

»What else?«

Olivier Levasseur verstand die Anspielung und lachte auf, natürlich alle weißen Zähne zeigend.

»Touché, Mademoiselle Abruzze. Wirklich hervorragend. Nehmen Sie Platz.«

Maline ließ sich in ein Sofa sinken, während Levasseur zwei Tassen Kaffee brachte und sich anschließend genau gegenüber setzte.

Noch ein Kaffee, dachte Maline.

»So«, fing der Pressesprecher an, »Sie wollen also für die *Seino-Marin* eine Reportage über den jungen mexikanischen Matrosen schreiben, der heute Morgen verstorben ist?«

Obwohl er mit den größten internationalen Zeitungen zu tun haben musste, hörte Maline keinerlei Geringschätzung in seiner Stimme.

»Ja, genau. Ich möchte mehr über ihn erfahren. Ihm die letzte Ehre erweisen.«

»Da haben Sie recht. Es gibt keinen Grund, Sie dabei nicht zu unterstützen. Ihr Chef ist mit Sicherheit der einflussreichste Journalist der Armada. In den letzten zehn Tagen habe ich miterlebt, wie ihm hier keiner etwas ausschlägt.«

Maline errötete. Geschickt war er auch noch, der Beau. Sie versuchte, sich nicht von seinem Blick und, wenn er sich über den niedrigen Tisch beugte, dem halb offenen Hemd hypnotisieren zu lassen. Sie fühlte sich immer noch unsicher. Er hatte die Oberhand. Schon von Anfang an. Sie sah zu seinem Schlafzimmer. Olivier Levasseur hatte die Tür offen gelassen.

Absichtlich?

In einer Ecke sichtete sie ein Bett, zerknitterte Laken und, zusammengeknüllt, das Handtuch, das sich um seinen Po geschmiegt hatte. Wenn sie den Kopf noch ein bisschen drehte, würde sie bestimmt eine Krawatte, eine Unterhose und ein paar Hanteln sehen … die Höhle des Raubtiers!

Olivier Levasseur war ihrem Blick gefolgt:

»Bitte entschuldigen Sie, Mademoiselle Abruzze, ich habe mich hier wohl ein bisschen breitgemacht. Ich bin nur zehn Tage hier. Es muss Ihnen furchtbar anmaßend vorkommen, aber da ich dazu neige, häufig unterwegs zu sein, und zwischen zwei Flügen sehr schnell einsatzfähig sein muss, nehme ich in meine Verträge immer die Bedingung auf, so viel Arbeit wie möglich in mein Hotelzimmer verlagern zu dürfen. Besonders die meisten Interviews und Konferenzen … Jedenfalls arbeite ich vor allem auf internationaler Ebene und muss ständig mit Zeitverschiebungen zurechtkommen, weshalb inzwischen fast alles über Webcam oder Blackberry läuft …«

Er griff mit einer geschmeidigen Bewegung aus dem Handgelenk nach seiner Tasse und fuhr fort:

»Aber Sie sind bestimmt nicht hergekommen, um mich reden zu hören, Mademoiselle Abruzze. Ich habe Sie schon lange genug warten lassen. Was genau erhoffen Sie sich von mir?«

Zwei hellgrüne Laser bohrten sich in Malines Haut. Sie erschauderte. Das konnte er nicht übersehen haben. Sie schaffte es trotzdem zu antworten:

»Ich glaube, Sie sprechen Spanisch. Und Sie müssten den Kapitän der *Cuauhtémoc* kennen. Könnten Sie mir ein Treffen mit ihm arrangieren? Mit ihm und ein paar Freunden des Verstorbenen?«

»Dieser unglückselige Carlos Jésus Aquileras Mungaray«, brachte er hervor.

Der Pressesprecher erhob sich und demonstrierte damit seine Überlegenheit.

»Kein Problem, Mademoiselle Abruzze. Das mache ich doch gern. Ich nehme an, es eilt?«

Maline nickte. Levasseur ging in Gedanken seine Tagesordnung durch.

»Also gut. Heute Nachmittag muss ich einen chinesischen Fernsehsender, ein skandinavisches Pressekonsortium und ein auflagenstarkes kanadisches Boulevardmagazin empfangen. Diese drei Termine kann ich nicht verschieben … Aber die anderen können warten. Würde es Ihnen passen, wenn wir uns heute Nachmittag gegen 17 Uhr vor der *Cuauhtémoc* treffen?«

»Perfekt!«

Jetzt erhob sich auch Maline.

Olivier Levasseur begleitete sie zur Tür. Im Flur musste sie noch einmal den kupferfarbenen Körper des Kommunikationsbeauftragten berühren, seinen natürlichen Geruch einatmen und seine starke Hand schütteln.

Die schwere Eichentür fiel hinter ihr ins Schloss.

Sie atmete tief durch. Es war schon sehr lange her, dass ein Mann sie derart aus dem Konzept gebracht hatte.

Sie versuchte, Vernunft anzunehmen.

Dieser Typ war ein erstklassiger Redner, ein professioneller Verführer. Er hatte das ganze Theater perfekt inszeniert, von den indischen Wandbehängen bis hin zu dem zusammengeknüllten Handtuch.

Sie war kein Kind mehr, sie würde sich nicht hereinlegen lassen. Sie ging die Steintreppe hinunter und fand sich auf der Place de la Pucelle wieder. Sie setzte sich in ein Straßencafé und bestellte ein Perrier. Schluss mit dem Kaffee! Sie musste etwas tun, Artikel schreiben und Korrektur lesen, sie hatte viel Zeit verloren.

Sie hatte gerade eine halbe Stunde gearbeitet, als ihr Mobiltelefon sie unterbrach.

Es war Sarah Berneval.

Sie wollte sie darüber in Kenntnis setzen, dass Mungarays Handy auf dem Revier erneut geklingelt hatte. Sie schrieb ihr die spanische Nachricht ab.

No puedo permanecer lejos ti más mucho tiempo.

Maline verstand ein bisschen Spanisch. Sie konnte leidlich übersetzen. Wie bereits bei der ersten SMS hatte sie das beklemmende Gefühl, dass ihr die Worte vertraut waren.

Sie hatte sie irgendwo schon einmal gehört.

Sie lagen irgendwo vergraben in einer fernen Kindheitserinnerung.

13

STANDBILD

11 Uhr 17, Polizeirevier Rouen,
Rue Brisout-de-Barneville 9

Raynald Marsac zog eine Schnute. Normalerweise müsste er Urlaub haben. Vor kaum zwei Stunden hatte man ihn angerufen.

Ausdrücklicher Wunsch des Kommissars.

Vorladung!

Und das alles nur, um sich auf einen Stuhl zu setzen und zehn Stunden lang anzusehen, was eine Überwachungskamera am Ufer von Rouen aufgezeichnet hatte. Spannend! Es deprimierte ihn, wenn er an die Terrasse seines Einfamilienhauses dachte, die er noch machen musste. Tja, Pech gehabt. Es war doch immer das Gleiche. Und dann hatte ihn ausgerechnet Inspektorin Cadinot benachrichtigt, diese herrschsüchtige Person. Er hatte den wichtigsten Mitschnitt zugeteilt bekommen, von der Kamera, die sich der *Cuauhtémoc,* dem mexikanischen Segelschiff, gegenüber der die Leiche gefunden worden war, am nächsten befand.

Er musste die Augen offen halten. Das hatte sie ihm mindestens fünfmal gesagt. Er hatte es kapiert, er war ja nicht blöd. Sie hatte ihm geraten, sich vorzugsweise den Zeitraum von zwei bis sechs Uhr morgens anzusehen.

Wenn es sonst nichts war!

Sie hatte ihm ein Foto des armen Kerls ausgehändigt, das war alles. Sein einziger Trost bestand darin, dass er auch nach einer blonden, gut gebauten Frau Ausschau halten sollte, die das Opfer möglicherweise begleitete.

Ein bombiger Job! Es gäbe Anlass genug, ein Buch darüber zu schreiben. Dafür bezahlt werden, Mädchen anzuglotzen! Wenn er das seinen Freunden erzählen würde … Also gut, er musste sich konzentrieren!

Eine Dreiviertelstunde später, als die Leuchtuhr auf dem Bildstreifen 2 Uhr 37 morgens anzeigte, riss Raynald Marsac die Augen auf. Ein Detail hatte ihn stutzig gemacht. Die Ufer waren jetzt wie ausgestorben. Aber er sah einen Mann, der an der *Cuauhtémoc* vorbeiging und nicht weit davon stehen blieb, fast dort, wo die Leiche des Mexikaners gefunden worden war, vor der geschlossenen Anlegestelle eines Ausflugsschiffes, der *Surcouf*. Er wartete kurz, bis ein anderer Mann aus dem Ausflugsschiff kam. Wahrscheinlich ein Matrose, oder der Kapitän. Die zwei Gestalten unterhielten sich, offenbar sehr lebendig.

Eigenartig!

Eigenartig, mitten in der Nacht über Geschäftliches zu reden. Zumal der Erste ein bisschen zwielichtig wirkte. Raynald Marsac fiel ein solches Betragen immer sofort auf. Der Typ in dem Video verhielt sich wie jemand, der beunruhigt war, der sich etwas vorzuwerfen hatte und versuchte, sich nicht zu verraten.

Er nahm die Fernbedienung, spulte zurück und spielte die Sequenz erneut ab, diesmal dichter am Monitor sitzend. Er wartete den kurzen Augenblick ab, in dem der Unbekannte sein Gesicht zur Kamera drehte, und hielt das Bild an. Die Auflösung war nicht herausragend, aber ausreichend.

Er rückte noch näher heran.

Grundgütiger!

Er kannte dieses Gesicht!

Das hatte gerade noch gefehlt!

Er sah noch einmal hin. Eigentlich konnte es auch jemand sein, der ihm ähnelte. Noch einmal. Nein, es bestand kein Zweifel. Das Bild war eindeutig. Er dachte kurz darüber nach, im Internet nachzusehen, wusste aber zugleich, dass das nicht nötig war. Er las regelmäßig Zeitung. Er hatte ein gutes Gedächtnis.

Ihm wurde heiß: Er würde seine Entdeckung dem Kommissar melden müssen. Es konnte passieren, dass das bis nach oben ging, bis nach ganz oben sogar. Ob sein Name irgendwo auftauchen würde? Hoffentlich nicht. Das würde Ärger geben, da wollte er absolut nicht hineingezogen werden.

Bevor er einen Tumult auslöste, war es besser, dachte er, wenn er eine zweite Meinung einholte. Und wenn er die Nachricht dem Kommissar überbringen würde, schadete es auch nicht, in Begleitung zu sein. Er holte den Kollegen, der im Nebenraum zur Sichtung einer anderen Aufnahme nachsitzen musste.

14

MISS ARMADA

12 Uhr 37, Place de la Pucelle

Maline, noch immer gemütlich auf der Place de la Pucelle in einem Straßencafé sitzend, hatte ein Bier bestellt und las noch einmal das Ende ihres Artikels über die Schönheitsköniginnen der Armada. Eine Tradition! Alle Gemeinden im Seinetal durften an dem Wettbewerb teilnehmen. Eine Miss pro Gemeinde. Seit letztem Sonntag befanden sich mehr als zwanzig junge Frauen im Wettstreit.

Maline hatte versucht, humorvoll zu sein. Ein bisschen, nicht zu sehr. Miss Petit-Couronne, Miss La Bouille, Miss Vieux-Port … Bei Dorfnamen wie Kleine Krone, Fratze und Alter Hafen konnte man auf Anspielungen nur schwer verzichten. Maline wollte einen ungewöhnlichen Blickwinkel einnehmen. Das gehörte zum Spiel, zum Fest dazu. Eine alte Jungfer wie sie würde diesen quicklebendigen Mädchen, die lange vor ihr Mann, Kind und Einfamilienhaus mit Flussblick haben würden, keine Lektion erteilen. Sie suchte für den Text ein lustiges Ende. An ihrem Füllfederhalter kauend hoffte sie auf Inspiration. Die arme Verschlusskappe war beinah völlig deformiert …

Sie ließ die Gedanken schweifen. Ihr Vater hatte ihr den Federhalter zu ihrem dreißigsten Geburtstag geschenkt. Sie gebrauchte ihn bis heute: ein Rekord! Zugegeben, sie schrieb immer häufiger direkt auf dem Laptop. Aber ihren Federhalter mit »extrem robuster« Goldfeder – ihr Vater hatte sich unmissverständlich ausgedrückt – hatte sie immer bei sich. Oft kritzelte sie einen Einfall auf einen Fahrschein, eine Rechnung oder etwas anderes in Reichweite. Der alte Federhalter stellte eine indirekte Verbindung zu ihrem Vater dar, solange sie keinen direkteren Kontakt zu ihm fand.

Das animierte sie dazu, ihre Mailbox abzufragen. Nichts! Sie war fast enttäuscht. Ihr Vater musste die Schnauze voll davon haben, auf seine Nachrichten keine Antwort zu bekommen. Sie war einen Augenblick unschlüssig, ob sie ihn anrufen sollte. Was er wohl gerade machte?

Wie immer entschied sie, das auf später zu verschieben. Ihr schwirrte zu sehr der Kopf, sie hatte keine Lust, seine neugierigen Fragen zu beantworten, sie hatte die Befürchtung, für einen Besuch keinen Platz im Terminkalender zu haben. Alle Ausreden waren ihr recht. Innerlich gelobte sie, ihn noch vor der großen Parade der Segelschiffe von Rouen nach Le Havre anzurufen und vorzuschlagen, ihn an die Seine mitzunehmen. Wie in guten alten Zeiten.

Eine Bedienung kam vorbei. Maline bestellte einen Salat, den letzten auf der Liste, ohne auf die Zutaten zu achten. Sie liebte es, nicht zu wissen, was auf ihrem Teller landen würde. Eigentlich ein seltenes Vergnügen, wenn man darüber nachdachte.

Sie liebte den Charme der Place de la Pucelle und die bewundernswerte Restaurierung des Platzes, eine Mischung aus moderner Architektur und Renaissancebauten. Sie warf einen Blick auf das Türmchen des Hotels Bourgtheroulde. Hinter einem der Fenster arbeitete Olivier Levasseur.

Es fiel ihr entschieden schwer, sich von dieser Begegnung zu erholen. Maline wurde das Gefühl nicht los, dass sein ganzer Auftritt nur ein Spiel gewesen war, ein Spiel, das sie verunsichern sollte. Die ganze Geschichte mit der Hotelsuite als Büro war nur eine geniale Marketingstrategie. Auf diese Weise imponierte Levasseur seinen Gästen, gewann er Macht über sie, viel mehr als in jedem Konferenzraum. Es war nichts weiter als ein Bluff! Dieser Typ war vor allem ein Spieler. Maline ertappte sich dabei, wie sie lächeln musste: Das traf sich gut, sie selbst war auch eine Spielerin! Und wenn der schöne Olivier das Heimspiel für sich entschieden hatte, dann würde Maline den Austragungsort für das Rückspiel aussuchen … Sie schmiedete gerade ihren Plan, als der Kellner ihr den Salat brachte.

»Salat Bali«, kündigte er an.

Während der Armada bewiesen die Restaurants Fantasie, um Gerichte anzubieten, die genauso exotisch wie die Segelschiffe waren, die vor Anker lagen. Maline erkannte: Garnelen, Bambussprossen, Gurke, Kochschinken, Pilze, Sellerie.

Sie schmunzelte. Wie originell! Der Zufall hatte es gut gemeint. Noch dazu bekam sie allmählich eine ziemlich genaue Vorstellung von ihrer Taktik, um das Rückspiel zu gewinnen. Sie musste nur noch einmal nach Hause, aber das schaffte sie bis 17 Uhr.

Während sie den Salat in Angriff nahm, ging sie gedanklich die Liste der Dinge durch, die sie erledigen musste. Ein Geburtstagsgeschenk für sich selbst finden. Hochzeitsgeschenke besorgen. Sie kannte drei Pärchen, die sich noch in diesem Monat trauen würden. Verrückt! Warum hatten sie alle diese selbstmörderische Lust zu heiraten? Es war zwar eine altbekannte Weisheit, wie aus einer

Frauenzeitschrift, entsprach aber der Wahrheit: Alle guten Männer waren schon vergeben. Ein paar Geschiedene kamen zwar früher oder später wieder auf den Markt, aber die Vernünftigen unter ihnen hatten mit Sicherheit Nachwuchs. Die Interessantesten sogar gemeinsames Sorgerecht. Maline rümpfte die Nase. Die Kinder von einer anderen versorgen, nein danke! Schon eigene großzuziehen konnte sie sich nicht vorstellen … Wenn sie jemals welche haben sollte.

Scheiße! Das war nicht der richtige Zeitpunkt, um deprimiert zu sein … Wütend köpfte Maline eine unschuldige, angeblich indonesische Garnele. Die Hochzeiten dieser Verrückten würden sie erst nach der Armada erwarten. Der Mord war dringender. Ihr Job! Sie musste sich jetzt auf den Fall konzentrieren. Ein bisschen Mitgefühl für den armen mexikanischen Matrosen aufbringen. Sie hatte nicht den leisesten Schimmer, was sie schreiben sollte.

Unsinnigerweise kreisten ihre Gedanken noch immer um die spanischen SMS.

Maline schluckte mühsam einen Selleriestift hinunter und verzog das Gesicht. Sehr originell, dachte sie, die Idee mit dem Überraschungssalat. Durch den Sellerie schmeckte gar nichts mehr.

Sie versuchte, noch ein paar Bissen zu essen.

Scheiß drauf, gab sie sich zur Antwort und schob ihre balinesische Spezialität beiseite. Heute Nachmittag nehme ich mir Olivier Levasseur vor!

15

NICOLAS NEUFVILLE

13 Uhr 18, Polizeirevier Rouen,
Rue Brisout-de-Barneville 9

Kommissar Paturel kam wie ein Wirbelwind auf den Korridor gestürmt.

»Hätte man mir das nicht früher sagen können?«

»Das habe ich versucht«, verteidigte sich Sarah Berneval und bemühte sich, mit ihm Schritt zu halten, was auf den Pfennigabsätzen nicht einfach war.

»Ich war zu Hause, um meinen Kindern ein Mittagessen zu machen. Das wird doch wohl noch erlaubt sein? Ich bin nicht einmal dazu gekommen, die Schalen in die Mikrowelle zu stellen! Besorgen Sie mir lieber ein Sandwich, Sarah.«

Widerstrebend ließ Sarah den Kommissar allein weitergehen. Gustave Paturel stürzte in den Videoraum und starrte die beiden Zivil tragenden Polizisten an. Die Inspektoren Mezenguel, Cadinot und Stepanu saßen etwas weiter hinten im Raum. Auch sie waren offenbar gerade erst gekommen.

»Wer hat die Aufnahme gesehen?«

Raynald Marsac hob zaghaft die Hand.

»Okay. Gute Arbeit. Zeig her.«

Marsac nahm eine Fernbedienung und hielt das Video an der gewünschten Stelle an.

Paturel trat näher, musterte das Gesicht auf dem Bildschirm und ballte die Faust:

»Du lieber Himmel … Er ist es wirklich … Nicolas Neufville!«

Alle erwarteten eine Reaktion des Kommissars. Sie kam nicht. Er war wie erschlagen.

Jérémy Mezenguel durchbrach die Stille als Erster:

»Blöde Frage: Wer ist dieser Nicolas Neufville?«

Gustave Paturel sank auf einen Stuhl und antwortete dem Inspektor auf Probe mit müder Stimme:

»Natürlich. Du bist nicht von hier. Nicolas Neufville ist ein sehr bekannter Geschäftsmann. Auf der Avenue Mont-Riboulet und der Route de Dieppe gehören ihm über zehn Filialen eines Autohauses. Ein ansehnliches Vermögen, wie man so schön sagt. Er ist außerdem im Begriff, einen Haufen Restaurants in der Innenstadt zu erwerben. Dieser Krake. Und schließlich hat er vor, das ist ein offenes Geheimnis, in die Politik zu gehen. Jeder weiß, dass er mit dem Rathaus von Rouen liebäugelt. Und an Unterstützung fehlt es ihm nicht … Du siehst also, mein kleiner Jérémy, in der hiesigen Rangordnung ist Nicolas Neufville ein dicker Fisch.«

Dem Inspektor auf Probe gefiel es nicht besonders, »mein kleiner Jérémy« genannt zu werden, er kaute aber seinen Kaugummi im gleichen Rhythmus weiter.

»Und was hat er mit der Armada zu tun?«, murmelte er nach einer Weile. »Gehört er zum Organisationskomitee?«

»Im Prinzip nicht, nein«, erwiderte der Kommissar. »Nicolas Neufville würde eher nicht ehrenamtlich in einem Verein tätig sein, wenn ihr wisst, was ich meine.«

»Was hatte er dann am Kai zu suchen?«

Nach einer kurzen Bedenkzeit fuhr der Kommissar fort:

»Nicolas Neufville wittert meilenweit jede Gelegenheit, um Geld zu scheffeln. Und die gibt's bei der Armada zuhauf. Dass er sich zu so einer Veranstaltung selbst einlädt, ist nicht verwunderlich. Bleibt abzuwarten, was er ausheckt ...«

Einen Augenblick wurde es still im Videoraum. Ovide Stepanu äußerte sich als Erster.

»Auf die Gefahr hin, eine ...«

Kommissar Paturel tötete ihn mit seinem Blick. Inspektor Stepanu schluckte und stammelte:

»Äh ... Hm. Sagen wir mal so ... Also schön ... Wir sitzen ziemlich in der Scheiße! Wenn wir gegen diesen Typen ermitteln, wird er uns vielleicht allen die Hölle heiß machen ...«

Colette Cadinot stand auf und sagte gereizt:

»Hey, jetzt aber mal langsam. Keine Panik! Zuallererst: Was haben wir gegen Nicolas Neufville in der Hand? Nichts! Er hat durchaus das Recht, sich nachts am Kai aufzuhalten.«

»Das ist nicht das Problem, Colette«, erklärte Kommissar Paturel ruhig. »Natürlich gilt dieser ehrgeizige Mann noch als unschuldig. Aber er war am mutmaßlichen Tatort. Zur falschen Zeit. Und so, wie er sich verhalten hat, könnte man meinen, dass er nicht gesehen werden wollte. Wenn wir gute Arbeit machen wollen, Colette, haben wir keine Wahl. Wir müssen gegen den Kerl ermitteln ... Er ist ein Zeuge ...«

»Wie ich es gesagt habe«, wiederholte sich Stepanu. »Wir sitzen in der Scheiße! Ich will ja kein Spielverderber sein, Gustave, aber wenn wir dem Typen zu nahe kommen, wirst du im nächsten Moment alle deine Vorgesetzten am Hals haben.«

Der Kommissar seufzte. Er sah erneut zu dem erstarrten Gesicht auf dem Monitor. Stepanu hatte wie immer recht. Schließlich stimmte er zu:

»Das ist vielleicht richtig, Ovide. Sich Neufville zu nähern ist riskant. Jedenfalls solange wir noch keine Beweise haben ... Aber niemand hindert mich daran zu glauben, dass der Kerl sich etwas vorzuwerfen hat. Keiner fetzt sich klammheimlich nach zwei Uhr morgens am Kai mit dem Kapitän eines Ausflugsschiffes, wenn er sich nichts vorzuwerfen hat ... Und ich wette, dass es einen Zusammenhang mit der Armada gibt.«

Colette Cadinot machte sich bemerkbar:

»Glaubst du, der junge Mungaray könnte Zeuge von etwas gewesen sein, das er nicht hätte sehen sollen?«

»Was weiß ich«, sagte Paturel. »Ich hoffe vor allem, dass wir komplett falsch liegen. Ovide, du ermittelst unauffällig gegen den Kapitän von diesem Schiff, der *Surcouf,* direkt neben der *Cuauhtémoc.* Wir haben schließlich zwei Zeugen.«

Der Kommissar erhob sich, mit erkennbarem Bedürfnis, seinem Herzen Luft zu machen. Er fragte in den Raum:

»Davon abgesehen gibt's nichts Neues? Keiner hat bisher verstanden, warum Mungarays Leiche auf einmal aufgehört hat zu gammeln? Keiner hat zufällig einen Dolch gefunden? Oder einen Brennstempel aus dem Marais Vernier? Eine Blondine? Immer noch nicht den Ansatz eines passenden Puzzleteils? Nein? Also los, an die Arbeit! Und versucht, mir so schnell wie möglich einen anderen Verdächtigen als Neufville zu bringen. Einen Unbekannten, einen Säufer, einen kleinen Gauner oder sonst wen, ist mir schnuppe, solange er aus einem einfachen Grund getötet hat, für Geld oder so ...«

16

DER FALLENDE ADLER

17 Uhr 01, Quai Boisguilbert, Rouen

Olivier Levasseur stand genau gegenüber der *Cuauhtémoc.* Ein bisschen abseits der vorbeiziehenden Menschenmenge. Die meisten Frauen drehten sich nach ihm um, aber er merkte es nicht einmal. Er sah auf seine Uhr. Maline Abruzze hatte Verspätung.

Er wartete nicht gern!

Er beobachtete die immer länger werdende Schlange vor der *Cuauhtémoc.* Schon jetzt betrug die Wartezeit drei Stunden, um den Dreimaster betreten zu dürfen. Ohne mit der Wimper zu zucken nahmen die Leute dies auf sich: Der Spaß war den Einsatz wert, die *Cuauhtémoc,* der Star der Armada, war das am besten besuchte Schiff … Bis zu zwanzigtausend Besucher am Tag …

Levasseur sah erneut auf die Uhr.

17 Uhr 04.

Noch immer keine Spur von der Journalistin am Horizont. Er spähte umher. Eine Szene fernab am Kai brachte ihn zum Schmunzeln: Ein Jugendlicher auf Inlineskates fuhr Slalom um die Fußgänger! Man musste verrückt sein, schlussfolgerte er, um mitten im Gewühl Rollschuh zu laufen, oder aber sicher in seiner Technik.

Die Gestalt kam näher. Der Teenager beherrschte seine Kunst anscheinend. Levasseur machte die Augen weit auf. Das war kein Teenie, sondern eine junge Frau! Die Sportliche kam noch näher. Sie war weniger als zehn Meter von ihm entfernt, als Olivier Levasseur sie erkannte.

Maline Abruzze!

Die Journalistin hatte Vollgas gegeben. Enge Jeans-Hotpants, schlanke Beine, eine kurze, nabelfreie Bluse, die ihre vollen Brüste betonte, ihr Haar zu einem Pferdeschwanz zusammengebunden, der die Stirn und die lachenden Augen größer wirken ließ.

Wenige Zentimeter vor ihm kam die schöne Frau zum Halt.

»Ich habe alles versucht, um pünktlich zu sein. Aber es ist Rushhour …«

Auf ihren Skates war sie größer als mit hohen Absätzen. Sie reichte dem aparten Réunionesen fast bis zum Mund. Das verlieh ihr noch ein bisschen mehr Selbstbewusstsein.

»Ist nicht schlimm«, murmelte Levasseur.

»Sie haben sich schick gemacht«, bemerkte Maline amüsiert, Olivier Levasseurs Garderobe musternd.

Trotz der Hitze trug er eine perfekt sitzende Kombination und Markenschuhe. Das Ganze musste ein Vermögen gekostet haben.

»Ich darf Sie daran erinnern, dass ich der Pressesprecher dieser ganzen Veranstaltung bin«, entgegnete Levasseur ernst. »Gerade erst habe ich meine Kanadier verabschiedet.«

Maline sah ihn mit funkelnden Augen an:

»Nur mit einem Handtuch bekleidet waren Sie mir lieber!«

Olivier Levasseur, beinah verlegen, ging nicht darauf ein.

»Mademoiselle Abruzze, erklären Sie mir doch, wie Sie in dieser Aufmachung die *Cuauhtémoc* betreten wollen?«

Die Journalistin trat zurück und hob schamlos ein Bein:

»Das ist modern, passen Sie auf. Die Räder lassen sich abnehmen. Ich packe sie in meinen Rucksack, schon erledigt. Alle jungen Frauen machen das jetzt so.«

»Ich meinte Ihre Kleidung, nicht die Inlineskates …«

»Meine Sachen? Gefällt Ihnen das nicht?«

Sie trat näher an Olivier heran und flüsterte wenige Zentimeter über seinen Lippen:

»Männer lieben in der Regel solche Aufmachungen, ganz bestimmt auch mexikanische Matrosen. Das macht sie generell ziemlich gesprächig … Wollen wir?«

Olivier Levasseur flüchtete sich hinter ein zweideutiges Lächeln und begnügte sich damit, als Zeichen der Waffenruhe seine weißen Zähne zu zeigen. Er machte es sich einfach! Maline konnte nicht beurteilen, ob er verärgert oder belustigt war. Der Pressesprecher sagte zu der Wache an Deck etwas auf Spanisch. Ein anderer Seekadett sauste davon, um den Kapitän zu benachrichtigen.

»Beeindruckend«, raunte Maline. »Sie zerreißen sich förmlich für Sie. Wie viele Sprachen sprechen Sie, Olivier?«

»Sechs. Beziehungsweise zwischen fünf und zehn. Fünf sehr gut und weitere fünf einigermaßen.«

»Und wie ergattert man so einen Posten? Leiter der Pressestelle der Armada?«

Olivier Levasseur richtete sich auf.

»Durch spezialisierte Headhunting-Agenturen. Die Arbeit besteht darin, Sie haben es bemerkt, mit Medien aus der ganzen Welt zu sprechen. Seit dem 4. Juli war ich in siebenundzwanzig Fernsehsendungen, davon neunzehn ausländischen … Unter dreihundert anderen Kandidaten habe ich den Job gekriegt. Dreihundert andere Kandidaten wie ich, polyglott und mit viel

Erfahrung in der Marine. Wissen Sie, was den Unterschied gemacht hat, Maline?«

»Nein …«

Olivier Levasseur beugte sich seinerseits über Malines Lippen.

»Ich war mit Abstand der sexyste!«

Maline fühlte sich aufs Neue verunsichert. Dieser Mistkerl wollte die Oberhand zurückgewinnen!

Ein mexikanischer Seekadett, todernst in seiner blau-weißen Uniform, erlöste sie. Er sagte ein paar Worte auf Spanisch, die so etwas wie »der Kommandant empfängt Sie« bedeuten mussten.

Sie gingen an Deck, unter den bösen Blicken jener Besucher, die seit mehr als einer Stunde in der Schlange auf der Stelle traten.

Über eine lackierte Mahagonitreppe stiegen sie in den Schiffsraum hinab. Maline hatte sich bei den bisherigen Armadas nie die Zeit genommen, das mexikanische Schiff zu besuchen.

Das luxuriöse Innere verschlug ihr die Sprache.

Sie fand sich in einem Reich aus Holz wieder, aus wunderschönem Rotholz, ebenfalls Mahagoni wahrscheinlich, und anderem Tropenholz. Das gelbe Licht auf dem gebohnerten Parkett, den Wandtäfelungen, den langen Tischen und kunstvoll gearbeiteten Stühlen ließ die Räumlichkeiten in allen Orangetönen erstrahlen. Sie kamen in einen Gang. Maline musste einfach mit der Hand über die blitzenden Kupfergriffe streichen. Sie verstand jetzt, warum man stundenlang anstehen wollte, um diesen Ort betreten zu dürfen.

Ihrem Orientierungssinn zufolge mussten sie sich am Heck befinden. Sie gelangten jetzt in das Geviert, den großen Empfangsraum im hinteren Teil der Großsegler. Die Schönheit des Saals zog Maline erneut in ihren Bann. Die Farbnuancen des Mahagonis und der Parkettdecke. Das Licht am hinteren Ende des Raums, das über einem riesigen schwarzen, mit mexikanischen Fähnchen verzierten Ledersofa durch türkise Glasmalereien schien, hatte etwas Unwirkliches. Auf jedem Glasstück war ein Adler mit ausgebreiteten Flügeln zu sehen.

Ein Adler … Maline stellte sofort einen Zusammenhang her. Die Tätowierung mit dem Brandmal auf Aquileros Schulter. Wie alle anderen hatte sie geglaubt, dass der Adler Mungaray selbst verkörperte, wegen seines Spitznamens, Aquilero. Aber der Adler war auch das Symbol der *Cuauhtémoc!* Erneut sah sie zu den Glasmalereien auf, die sie an die Galionsfigur der *Cuauhtémoc* erinnerten: den Gott Cuauhtémoc, nackt, statuenhaft, mit Blattgold verziert … und auf seinem Haupt ein Adlerkopf! Sie wandte sich um. In einem Winkel des Gevierts stand eine imposante Bronzebüste des stolz dreinblickenden Cuauhtémoc.

Olivier Levasseur folgte ihren bewundernden Blicken:

»Das ist Cuauhtémoc«, erläuterte er. »Der letzte aztekische Herrscher. *Cuauhtémoc* bedeutet auf Aztekisch ›fallender Adler‹. 1521 hat er sich den Spaniern in Mexiko fünfundsiebzig Tage lang widersetzt. Bevor Cortés die aztekische Zivilisation endgültig zerstörte, ließ er ihn foltern, damit er ihm verriet, wo sein Gold und all die anderen Schätze versteckt waren. Cuauhtémoc ist in Mexiko und ganz Lateinamerika bis heute das oberste Sinnbild der Freiheit.«

Maline nahm die Informationen auf. All das musste eine Bedeutung haben.

Schweigend folgten sie dem mexikanischen Seekadetten bis in das Büro des Kommandanten. Das Interieur war hier genauso prunkvoll wie im restlichen Segelschiff. Zwei Bücherregale aus Mahagoni standen zu beiden Seiten eines kleinen Bullauges. Das kupferne Inventar schien wie aus einer anderen Zeit: Kleiderhaken, Barometer, Kompasse, ein Telefon … Der Kommandant war ein kleiner Mann mit strengen Gesichtszügen. Die Uniform mit ihren Aufschlägen beeindruckte Maline. Als sie auf ihrer nackten Haut den prüfenden Blick des Kommandanten spürte, bereute sie sofort ihre kleine Show mit den Inlineskates, mit der sie Levasseur hatte überraschen wollen.

Sie nahmen Platz.

Olivier Levasseur fing eine kurze Unterhaltung auf Spanisch an und wandte sich dann an Maline.

»Er ist damit einverstanden, Ihre Fragen zu beantworten, auch wenn er angeblich schon alles der Polizei erzählt hat. Er willigt grundsätzlich in einen Artikel über den jungen Mungaray ein, will ihn aber vor dem Druck lesen. Die Familie Mungaray ist anscheinend sehr einflussreich in Mexiko. Und er legt Wert auf den Ruf seines Schiffes …«

Maline nickte. Sie machte es sich in dem Ledersessel bequem, der ihr an den Oberschenkeln klebte, und sagte sich, dass sie nicht viel erfahren würde von diesem Kommandanten, der bestimmt wunderbar Phrasen dreschen konnte.

Rosario Ayllón Torres polierte die Kupferlampen im Geviert der *Cuauhtémoc* und dachte an die junge Frau, die mit dem großen Anzugträger hier vorbeigekommen war. Er hatte die Befehle des Kommandanten gehört. Sie war Journalistin!

Soeben war die Polizei dagewesen. Sie hatten jeden befragt, Aquileros Zimmer durchsucht und dabei ein wüstes Durcheinander angerichtet. Als ob sie Drogen oder so etwas gesucht hätten.

Drogen auf einem Schulschiff! Was dachten die sich dabei? Nur, weil sie Mexikaner waren? Das machte Rosario wütend.

Rosario nahm die nächste Lampe in Angriff. Die Visage des Polizisten, mit dem Kaugummi in seinem Mund und der Lederjacke, hatte ihm gar nicht gepasst. In seiner Heimat Nezahualcóyotl vor Mexiko-Stadt waren solche Typen, die einen auf Amerikaner machten, nicht gern gesehen. Vor allem, wenn es Bullen waren.

Er nestelte an dem Zettel in seiner Hosentasche. Er zauderte. Er hatte wirklich große Lust, etwas für Aquilero zu tun. Seinen besten Freund auf der *Cuauhtémoc.* Den irgendeiner umgelegt hatte, erstochen. Selbstverständlich musste er etwas für ihn tun. Aber mit den Bullen reden? Das würde er nicht tun! Vor allem nicht mit diesem Deppen von vorhin. Die Bullen verstanden gar nichts.

Er rieb mit immer weniger Kraft über das Kupfer. Er dachte an die letzten Monate mit Aquilero zurück.

Aquilero hatte sich verändert.

Als sie noch Seekadetten gewesen waren, früher, war er ein normaler, unbeschwerter Junge gewesen, der auf Fußball und Mädchen abfuhr. Natürlich hatte er auch etwas von einem verwöhnten Sohn reicher Eltern. Sie stammten nicht aus derselben Schicht, Aquilero und er. Rosarios kinderreiche Familie wohnte nicht in der gleichen Ecke von Mexiko-Stadt, um es gelinde auszudrücken. Aber die Armee hatte sie zusammengeschweißt, dazu war sie da, mindestens. Vor allem die Marine.

Früher war Aquilero ein toller Typ gewesen. Bevor ihm jemand diesen Floh ins Ohr gesetzt hatte, die Geschichte mit dem Schatz. Jede Nacht in ihrem Zimmer hatte er ihm von der Geschichte Mexikos erzählt, von der Hochkultur der Azteken, dem westlichen Imperialismus, Cuauhtémocs Schatz und all dem anderen. Er war seltsam geworden. Hatte ständig im Internet recherchiert. Ganz zu schweigen von seinem Sprung, neulich vom Fockmast in die Seine. Niemand hatte verstanden, warum er das gemacht hatte. Reine Provokation?

Er betrachtete die drei goldenen Adler auf dem bunten Fensterglas. Hatte sich Aquilero am Ende vielleicht wirklich für einen Adler gehalten? Für einen Nationalhelden? Für Cuauhtémoc?

Jedenfalls hatte er wirklich einen tollen Coup gelandet: vier Tage Ausgangsverbot. Immerhin hatte er drei Abende lang einmal nicht alle Aufmerksamkeit auf sich gezogen ... Wehmutsvoll dachte Rosario an den Freund zurück. Die letzte Erinnerung, die er an ihn hatte, war von vergangener Nacht: Umringt von Mädchen tanzte er in der *Cantina* Salsa. Hübscher, reicher Junge – diese Seite hatten sie an ihm geliebt. Und so war es an allen Häfen der Welt gewesen. Die anderen Matrosen, vor allem aber er, hatten nur die Reste abbekommen.

Wieder berührte Rosario den Zettel in seiner Hosentasche. Aquilero hatte ihm das Papier gestern gegeben, bevor sie in die Stadt gegangen waren. »Falls mir etwas zustoßen sollte«, hatte er gesagt. Das hatte Rosario in dem Moment nicht verstanden. Im Übrigen verstand er es immer noch nicht. Er war verärgert.

Was sollte er mit diesem Zettel, diesem gruseligen Spruch? Er hatte nicht die geringste Lust, auch noch erstochen zu werden. Er war anders als Aquilero. Aquilero hatte sich zu viele Fragen gestellt, so war das mit den Kindern der Reichen. Rosario hingegen wollte sich einfach eine schöne Zeit machen. Reisen, Mädchen treffen. Er war mit fünf Brüdern und drei Schwestern in Nezahualcóyotl aufgewachsen, dem damals angeblich größten

Slum der Welt. Seinen Sold auf der *Cuauhtémoc* wollte er nicht verzocken!

Etwas kräftiger polierte er die nächste Lampe. Der Kupferglanz ließ ihn an die orangenen Lichtreflexe auf den Schenkeln der schönen Journalistin denken, als sie vorbeigekommen war. Der Kommandant genoss und schwieg vermutlich gerade.

Die Lösung schien naheliegend.

Danach würde Rosario die ganze Geschichte vergessen können.

17

ROUGEMARE

17 Uhr 43, Place du Lieutenant-Aubert

Beinah mitten auf der Place du Lieutenant-Aubert lag Daniel Lovichi, an den Rand eines kleinen Brunnens gelehnt, und spürte die geringschätzigen Blicke der Passanten.

Es kümmerte ihn nicht.

Ihre Verachtung glitt an ihm ab wie Wasser an den Schuppen eines Fisches. Er wusste, dass er nicht einmal mehr Mitleid erregte. Schon lange hielt er nicht mehr die Hand auf, zählte er nicht mehr die gelben Münzen, sagte er nicht mehr Danke. Das Mitleid hatte er für sie, diese ganzen Hornochsen, die durch die Fußgängerzone bummelten, die Arme voller Markenartikel. Wieder umklammerte er den Dolch in seiner Tüte. Eines Tages würde er auf den Haufen losgehen, würde er wahllos zustechen. Eines Tages … Aber nicht heute. Heute hatte er Besseres zu tun.

Daniel Lovichi stand auf und bewegte sich blindlings auf die Fußgänger zu, die die Rue Damiette hinaufeilten. Eine Bürgerliche berührte ihn beinah und machte einen Satz zur Seite. Er empfand ein diebisches Vergnügen dabei, ihr seinen übel riechenden Atem ins Gesicht zu pusten. Er liebte das. Aber er zügelte sich. Er durfte nicht zu viel Aufmerksamkeit erregen.

Er blickte geradeaus, dorthin, wo die Rue du Père Adam einen Bogen machte.

Der Mann kam aus der *Libertalia*. Den Großteil seiner Tage und Nächte verbrachte er in dieser Kneipe. Lovichi kannte nur seinen Spitznamen: Ramphastos, oder Rami. Er hatte gehört, dass er so etwas wie ein Pirat war. Ein Pirat? Man musste ihn wirklich für dumm halten! Ihn jedenfalls ließen diese blöden Piratengeschichten völlig kalt.

Der Typ schwankte ein wenig. Lovichi wusste, dass er schon am späten Nachmittag angesäuselt war. Noch einmal umklammerte er den Dolch in der Einkaufstasche. Ein Geschenk des Himmels! Pirat oder nicht Pirat, der Blödmann war unvorsichtig. Lovichis Augen glänzten. Fünftausend Euro in der Hosentasche. Fünftausend Euro, zehn Bündel à fünfhundert Euro. Lovichi war seiner kleinen Machenschaft längst auf die Spur gekommen.

Wir sind im Dschungel, Blödmann. Auch ich habe meine Machenschaft. Auch ich brauche Kohle. Deine Kohle!

Er dachte kurz an die Worte des Kubaners, an das mexikanische, chilenische, venezolanische Koks. Reinstes Koks. Direkte Lieferung! Die Matrosen hatten die Taschen voll davon, hatte er ihm gesagt. Man musste nur fragen!

Seit zwei Tagen begann sich das Blatt zu wenden, ganz eindeutig.

Als ob sich da oben endlich jemand ein bisschen um ihn kümmerte. Aber jetzt lag es an ihm!

Er ließ den Säufer ein Stück vorausgehen und stellte ihm nach. Der alte Pirat torkelte langsam die Rue du Petit-Porche hinauf. Einmal mehr umklammerte Daniel Lovichi den Dolch in seiner Tasche. Fast überall auf den Straßen waren Menschen. Es würde nicht einfach sein, am helllichten Tag zuzuschlagen. Nichtsdestotrotz würde der alte Trunkenbold mit ein bisschen Glück nach Hause gehen, in ein abgeschiedenes Viertel, und in einem Treppenhaus eine Weile nach seinem Schlüssel kramen, sodass er ihn unbemerkt von hinten überfallen konnte.

Gemächlich überquerte der alte Säufer die Place de la Rougemare und ging nach der Kapelle Saint-Louis weiter aufwärts. Lovichi folgte ihm aus sicherer Entfernung. Schließlich blieb Ramphastos vor einem Portal stehen und neigte sich nach vorn. Er ging nach Hause! Er versuchte, in das elektronische Türschloss in einer Nische zu seiner Linken eine Zahlenfolge einzugeben.

Daniel Lovichi sah sich kurz um. Die Straßen schienen leer, und das Portal war von dort aus kaum einsehbar.

Das war die Gelegenheit!

Daniel Lovichi zog den Dolch aus der Tasche. Sein Handgelenk zitterte ein bisschen, und er zwang sich dazu, den Griff fest, sehr fest zu halten. Er trat vor. Sein Plan war einfach: Sobald der Säufer das Eingangstor öffnete, würde er ihn hineinstoßen. Dann wäre es ein Kinderspiel, die Kohle einzutreiben.

Er rückte ein paar Meter vor, aber der blöde Pirat schien unfähig, sich an seinen Code zu erinnern oder die richtigen Tasten zu treffen – dieses verdammte Tor zu öffnen. Am Ende würde noch jemand vorbeikommen …

Ein paar lange Sekunden verstrichen. Lovichis Hand zitterte immer deutlicher. Schließlich sah er zu, wie sich der Torweg öffnete. Er näherte sich leise und nahm gedanklich vorweg, wie er dem Betrunkenen einen heftigen Stoß verpassen und die fünftausend Euro einheimsen würde, als eine Stimme hinter ihm die Stille zerriss.

»Ist das echt?«

Verblüfft wandte sich Daniel Lovichi um.

Ein Gör von nicht einmal acht Jahren, das aussah, als würde es den ganzen Tag herumstromern, starrte ihn schamlos an.

»Dein Messer da, ist das echt?«, wiederholte es unerschrocken.

Daniel Lovichi mochte keine Kinder!

Aber war das Grund genug, dem Gör die Kehle durchzuschneiden?

18

DAS GRAS MUSS SPRIESSEN, UND DIE KINDER MÜSSEN STERBEN

17 Uhr 44, Büro des Kommandanten der Cuauhtémoc

Als Olivier Levasseur sich erhob, um dem Kommandanten die Hand zu geben und sich zu verabschieden, atmete Maline auf. Ihr waren die Beine eingeschlafen. Obwohl Olivier ihr das Wesentliche übersetzt hatte, hatte sie die Hälfte des Gesprächs nicht verstanden. Das ärgerte sie. In einer Stunde hatte sie nichts als eine paar mickrige Einzelheiten erfahren, die sie gewissenhaft notiert hatte und die zu nichts nutze sein würden: Geburtsdatum, Vornamen der Geschwister, Beruf der Eltern, Adresse ... Von Aquileros Persönlichkeit wusste sie kaum mehr als vor einer Stunde: Ein Kind aus gutem Hause, das bei der Marine schlechten Umgang gepflegt hatte. Obendrein ein übergroßes Ego. Sie wusste gerade genug, um etwas über das kurze Leben des jungen Mexikaners schreiben zu können, einen überflüssigen Artikel ohne Ecken und Kanten.

Maline hatte darum gebeten, sich Aquileros Kajüte ansehen zu dürfen, um einen Eindruck von seinem Privatleben zu erhalten und Fotos zu machen, die etwas über seinen Charakter preisgaben, aber das hatte der Kommandant ihr verweigert. Die Polizei war anscheinend bereits dagewesen und hatte alles unter die Lupe genommen. Ihre Methode schien dem Kommandanten im Übrigen nicht gefallen zu haben.

Auf dem Rückweg zum Deck holte Maline ihre kleine Digitalkamera hervor und machte ein paar Bilder. Sie stieg gerade wieder die ersten Stufen der Mahagonitreppe hinauf, als sie eine feuchte Hand auf ihrer Schulter spürte. Sie drehte sich ruckartig um. Ein junger mexikanischer Matrose, sorgsam darauf bedacht, sie nicht anzusehen, indem er die gesenkten Augen unter seiner Mütze verbarg, streckte den Arm aus und drückte ihr einen Zettel in die Hand. Ein kleines, aus einem Terminkalender gerissenes Stück Papier.

»Von Aquilero«, bemerkte er in ungelenkem Französisch.

Bevor Maline reagieren konnte, war der Matrose in dem Labyrinth aus holzgetäfelten Gängen der *Cuauhtémoc* verschwunden.

Niemand hatte etwas gesehen, nicht einmal Olivier Levasseur, der bereits an Deck gegangen war. Maline öffnete die Hand, entfaltete den Zettel und las. Der Text war auf Französisch:

Das Gras muss sprießen, und die Kinder müssen sterben.

Ein Schauder lief Maline über den Rücken.

Sie knüllte das Papier zusammen und schob es in die Hosentasche. Was mochte diese makabre Notiz bedeuten?

Die Kinder müssen sterben …

Dieser neue Spruch machte ihr Angst.

Auf welchen tödlichen Brauch mochte er anspielen?

Es war ihr zu hoch. Sie nahm sich vor, alles zu notieren, eine Zwischenbilanz zu ziehen und, sobald sie ein bisschen Zeit hätte, darüber nachzudenken.

Sie ging die Treppe hinauf und atmete an Deck erleichtert die frische Flussluft ein. Olivier Levasseur reichte ihr galant die Hand, als sie von Bord gingen und sich anschließend einen Weg quer durch die Menge bahnten. Sie stellten sich zwischen ein Geschäft für maritime Mode und einen Dönerladen, um abseits des Gedränges eine kurze Pause einzulegen.

Olivier Levasseur sah auf die Uhr.

»Es tut mir leid, aber ich muss Sie bald verlassen, Mademoiselle Abruzze. In ein paar Minuten beginnt eine offizielle Cocktailparty. Alle hohen Tiere aus dem Großraum Rouen werden da sein … Haben Sie alle Informationen, die Sie benötigen?«

Maline fragte sich, wer dieser Olivier Levasseur wirklich war. Ein Dandy, der von der Globalisierung profitierte, um sein Konto zu füllen, oder ein zynischer Abenteurer?

»Wie man's nimmt …«

Sie hielt einen Augenblick inne und fragte dann:

»Ganz ehrlich, Olivier, was denken Sie über diesen Mord? Sie haben doch eine Meinung? Sie stehen an vorderster Front … Wie wollen Sie das alles den Medien erklären? Den Mord an einem jungen Mexikaner, der vom Mast springt und in der Seine Apnoetauchen macht? Der den Rücken voller Tätowierungen hat? Den sein Mörder mit einem Brandmal versieht? Dem ein Mädchen immer noch auf Spanisch schreibt, obwohl er tot ist? Der auf gruselige französische Sprüche steht …«

Ohne mit der Wimper zu zucken entgegnete Levasseur:

»Das ist ganz einfach, Mademoiselle Abruzze. Es ist nichts Geheimnisvolles daran. Der junge Aquilero wollte gefallen. Alles spricht dafür. Er zieht eine Show ab, indem er vor aller Augen in die Seine springt. In der *Cantina* verführt er eine junge Frau, die er anschließend links liegen lässt, und die ihn dann logischerweise telefonisch bedrängt, ohne etwas von seinem Tod zu wissen. Vollkommen banal, oder? Er hat sich irgendwelche Symbole auf den Rücken tätowieren lassen, vielleicht die Spitznamen von ein paar Spielern seiner lokalen Fußballmannschaft. Er ist ein Draufgänger. Er macht gern Witze über den Tod …«

»Und versengt sich lebendig die Haut?«

Olivier Levasseur fuhr fort, ohne darauf einzugehen:

»Bei einer Schlägerei wird er von einem Herumtreiber getötet, der anschließend die Flucht ergreift. Daran ist nichts geheimnisvoll, Mademoiselle Abruzze, verbreiten Sie nicht unnötig Panik, um Ihre Zeitung zu verkaufen.«

Diese Bemerkung ärgerte Maline. Levasseur war definitiv kein origineller Typ. Er war nur eine Schachfigur der Verwaltung. Sollte dieser Südsee-Surfer bloß aufpassen, dass er hier keine hohen Wellen schlug! Gut möglich, dass er im Büro des Kommandanten der *Cuauhtémoc* nur das übersetzt hatte, was ihm gepasst hatte. Er war nur eine Sicherung, eine hübsche kleine Sicherung mit kupferfarbener Haut, die ein dickes Gehalt bekam, damit kein Kurzschluss passierte …

Umso mehr genoss Maline den Coup, den sie als Nächstes landen würde.

»Wo findet Ihre Cocktailparty statt?«

Levasseur neigte den Kopf und sah sie aus smaragdgrünen Augen entschuldigend an:

»Auf der *Bodega en Seine* … Linkes Flussufer. Der berühmte Kahn, der in einen Empfangssaal verwandelt wurde. Es tut mir leid, Sie enttäuschen zu müssen, Mademoiselle Abruzze. Ich hätte Sie sehr gern als meine Tanzpartnerin gehabt. Sie im Arm zu halten hätte mir sehr geschmeichelt, aber diesmal ist die Abendgarderobe absolut erforderlich … So würde man Sie nie einlassen …«

»Gibt es Champagner?«

Levasseur nickte und gaukelte Bedauern vor.

»Petits Fours?«, wollte Maline wissen. »Und sämtliche Entscheidungsträger?«

»Ja … Leider alle in Abendkleid und Schlips und Kragen.«

»Sie tragen gar keinen Schlips!«

»Ich habe einen dabei.«

»Ach ja? Man darf also schummeln?«

Maline atmete tief ein und fuhr fort:

»Im Ernst, Olivier, darf ich Sie um einen Gefallen bitten?«

Er sah auf seine Uhr.

»Wenn es nicht zu lange dauert.«

Maline zeigte auf eine Reihe öffentlicher Toiletten, die anlässlich der Armada etwas abseits vom Ufer standen.

»Würden Sie mich begleiten und mir die Tasche halten?«

Olivier Levasseur ging ihr nichtsahnend hinterher.

Der Andrang vor den Sanitäranlagen war groß, doch Maline fand eine freie Toilette am Ende der Reihe. Sie vertraute dem Kommunikationsbeauftragten ihre Tasche an und verriegelte die Tür hinter sich. Über ihr befand sich ein zehn Zentimeter breiter Spalt, durch den sie einen Arm schob und unbescholten fragte:

»Olivier, würden Sie in meiner Tasche nachsehen? Ganz unten liegt ein rotes Kleid. Könnten Sie mir das geben?«

Sie streckte den nackten Arm aus.

Verwundert öffnete Olivier Levasseur den Rucksack der Journalistin und entdeckte ein zu einer winzigen Kugel zusammengerolltes Abendkleid aus knitterfreiem, dehnbarem Stoff. Maline bekam ein Ende des roten Kleids zu fassen und zog die Hand wieder zurück.

»Danke«, machte ihre kristallklare Stimme. »Olivier, können Sie mir das abnehmen?«

Sie reichte dem verdutzten Pressesprecher ihr kurzes Hemdchen und ihre Jeans durch den Türspalt.

Olivier Levasseur, der ohne zu wollen die Blicke der umstehenden Touristen fürchtete, brachte das Ganze rasch in dem Rucksack unter. Als er wieder aufsah, traute er seinen Augen nicht.

Zwischen den zarten Fingern der Journalistin baumelte ein Büstenhalter über der Tür!

»Olivier?«, fragte Maline ironisch. »Sind Sie noch da?«

Levasseur verstaute den BH hastig in der Tasche.

Die Toilettentür öffnete sich. Hervor kam Maline, triumphierend, barfuß, das offene Haar über die Schultern fallend. Das rote Kleidchen schmiegte sich eng und faltenfrei um ihre großzügigen Kurven.

Provokant. Unwiderstehlich.

Olivier Levasseur wandte seinen Blick von den Brustwarzen ab, die sich unter dem straffen Stoff abzeichneten.

»Ich bin bereit, Herr Leiter der internationalen Presseabteilung von der ganzen Welt. Ist die Tanzpartnerin Ihnen genehm?«

Levasseur kam allmählich wieder zur Besinnung.

Nach einer kurzen, diskreten Begutachtung entgegnete er:

»Sie sehen wundervoll aus, Maline.«

»Wollen wir?«, erwiderte die Journalistin heiter. »Ich schminke mich unterwegs. In der Tasche müssten auch ein Armband und eine Halskette sein.«

Sie hakte sich bei dem Pressesprecher unter, der sich noch nicht ganz von der Aufregung erholt hatte.

»Ich hatte diesen Empfang schon lange in meinem Terminkalender stehen. Nur ein Tanzpartner hat mir gefehlt. Also, Olivier, verraten Sie mir, welche Prominenz zur *Bodega* kommt?«

19

ABHOLZEIT

17 Uhr 53, Polizeirevier Rouen,
Rue Brisout-de-Barneville 9

Als das Telefon klingelte, sah Kommissar Paturel auf die Uhr. 17 Uhr 53. Es war Ovide Stepanu. Der Kommissar seufzte. Hoffentlich würde er sich kurzfassen, dieser Unglücksbote. Paturel musste allerspätestens um 18 Uhr 30 in Sotteville-lès-Rouen sein … vor dem Freizeitzentrum. Und wenn er noch so sehr Oberkommissar war, seine Kinder, Léa und Hugo, musste er abholen.

»Nach 18 Uhr 30 stehen sie auf der Straße«, hatte die biestige Direktorin gesagt. Die Betreuung sei nur bis 18 Uhr 30 gewährleistet. Und, hatte sie ihn erinnert: »Die Abholzeit der Mütter ist um 17 Uhr!« Der Mütter! Blöde Kuh! Der Kommissar erkannte soeben, dass er in einer verdammt sexistischen Gesellschaft lebte. Einer matriarchalen Gesellschaft ohne einen Funken Respekt für die Väter …

»Hallo, Gustave? Bist du da? Hier ist Ovide. Ich bin in der Rue du Champ-de-Foire-aux-Boissons, direkt neben der Rue Pasteur, oberhalb des Ufers. Wir haben die Stelle, an der Mungaray getötet wurde! Eine Streife hat Blutspuren gefunden. Das Gutachten hat gerade bestätigt, dass es sich um Mungarays Blut handelt. Ich bin jetzt dort, wir machen mit den Untersuchungen weiter.«

Gustave Paturel atmete auf. Die Ermittlungen kamen voran.

»Rue du Champ-de-Foire-aux-Boissons«, erwiderte er, »das ist genau oberhalb der *Cantina,* oder? Das könnte bedeuten, dass Mungaray erdolcht wurde, kurz nachdem er die *Cantina* verlassen hat. Und es bekräftigt die Theorie, dass die Blondine eine Augenzeugin ist ... Oder die Mörderin.«

»Auf die Gefahr hin, eine Spaßbremse zu sein«, flötete Stepanu, »das Mädchen ist vielleicht nur ein weiteres Opfer, dessen Leiche wir noch nicht gefunden haben.«

Der Kommissar erschauderte. Stepanu konnte durchaus recht haben.

»Immer zu Scherzen aufgelegt, Ovide«, bemerkte er. »Danke für deinen Optimismus! Rue du Champ-de-Foire-aux-Boissons, das ist auch nicht weit weg von der *Cuauhtémoc.* Der Gerichtsmediziner hat zwar etwas anderes gesagt, aber Mungaray könnte nicht sofort tot gewesen sein, sondern sich zu seinem Schiff geschleift haben. Das ist die logischste Erklärung, oder? Ovide, habt ihr noch woanders Blutspuren gefunden, zwischen der Rue du Champ-de-Foire-aux-Boissons und dem Ufer?«

»Nicht, dass ich wüsste. Ich denke nicht. Der Gerichtsmediziner schien sich sicher zu sein, was den Todeszeitpunkt anbelangt.«

»Überprüfe das! Es wird langsam Zeit, dass wir eine rationale Erklärung für die Tatsache finden, dass die Leiche drei Stunden lang vergessen hat zu verwesen.«

Sarah Berneval kam mit einem zweiten Telefon in das Büro des Kommissars und bedeutete ihm gestenreich, dass es dringend war.

Als Antwort machte Gustave Paturel ein genervtes Gesicht, womit er zu verstehen gab, dass er bereits am Apparat war.

»Okay, Ovide«, fuhr Paturel fort, »wie weit bist du mit dem Kapitän der *Surcouf,* dieses Ausflugsschiffs neben der *Cuauhtémoc?*«

»Tut mir leid, Gustave«, antwortete Stepanu. »Ich musste dringend in die Rue du Champ-de-Foire-aux-Boissons. Ich hatte keine Zeit.«

Kommissar Paturel wusste, dass seine Inspektoren allesamt überlastet waren. Es würde schwierig sein, ohne zusätzliche Leute schneller voranzukommen. Er wusste, dass er in Paris um Verstärkung bitten konnte. Der Präfekt könnte sich dafür einsetzen, wegen der Armada, aber das würde bedeuten, dass schwere Geschütze nach Rouen entsendet würden, die Kriminalpolizei und so weiter und so fort. Er wäre außen vor. So schlecht stand es trotz allem noch nicht um sie.

»Halb so schlimm, Ovide. Nicolas Neufville wird sich bis heute Abend schon nicht in Luft auflösen. Da machen wir Schritt für Schritt. Und noch etwas, hast du inzwischen eine Idee, was es mit dieser Tierschau, den Tattoos, dem Hai und den anderen Dschungeltieren auf sich haben könnte?«

Sarah Berneval ließ nicht locker, trat von einem Fuß auf den anderen, als hätte sie ein dringendes Bedürfnis.

Was will sie bloß, dachte der Kommissar. Er konnte nicht alles gleichzeitig machen. Das würde wohl zwei Sekunden warten können!

Er lauschte Stepanus Antwort:

»Ich habe vom Dokumentationszentrum Dossiers anfertigen lassen. Ich hole sie nachher im Sekretariat ab und setze mich heute Abend damit auseinander.«

»Okay.«

Sarah Berneval schob dem Kommissar das zweite Telefon geradezu ans Ohr.

»Also, Ovide, bis später, ich muss auflegen.«

Entrüstet wandte er sich an seine Sekretärin.

»Was denn?«

»Wir haben gerade einen Anruf von einer gewissen Marguerite Duclos erhalten. Sie wohnt auf der Place de la Rougemare … Sie will von hinten einen Mann gesehen haben, der ein Kind bedroht hat … mit einem Dolch. Ich dachte …«

Der Gesichtsausdruck des Kommissars veränderte sich schlagartig.

»Himmeldonnerwetter! Wie lange ist das her?«

»Höchstens eine oder zwei Minuten.«

»Verdammt! Sie entsenden mir die nächste Streife zur Place de la Rougemare. Auf der Stelle. Und sagen Sie Scotto, er soll mit einem Subaru vorfahren. Er soll mich hinbringen!«

Franck Scotto war bekannt dafür, der schnellste Fahrer des Reviers zu sein. Der Kommissar sah flüchtig auf seine Armbanduhr. 17 Uhr 57. Kurz tauchte vor seinen Augen das Bild von Léa und Hugo auf, die allein vor dem Freizeitzentrum auf der Straße standen. Er hatte jetzt leider keine Zeit mehr, um an sie zu denken. Er griff nach seiner Jacke und hastete nach draußen.

Kaum eine Minute später heulte der Subaru Impreza WRX unter Einsatz aller Sirenen mit mehr als einhundert Stundenkilometern über den Quai Jean-Moulin. Die an dem hohen Ufer versammelten Menschen sahen dem Polizeiwagen erstaunt nach, der entlang der Seine mit aller Kraft beschleunigte. Neben Franck Scotto sah der Kommissar die Flaggen und Fahnen an den Schiffsmasten vorbeiziehen, wie Wimpel entlang der längsten geradeaus führenden Formel-1-Strecke.

Franck Scotto drehte meisterhaft das Lenkrad und bog auf den Pont Corneille. Plötzlich lag die Île Lacroix vor ihnen. Abermals klingelte das Mobiltelefon des Kommissars.

»*Commissaire?* Mezenguel hier.«

Paturel seufzte.

»Mach hin, Jérémy, ich bin mit Karacho unterwegs! Ein Notfall!«

»Okay, ich fasse mich kurz. Ich bin mit dem Bericht über die *Cuauhtémoc* und Mungaray fertig und lege ihn auf Ihren Schreibtisch, Chef. Aber da ist nichts Konkretes. Kein Hinweis auf Drogen. Die mexikanische Armee ist übrigens nicht gerade begeistert, unter Verdacht zu stehen.«

Der Subaru fuhr mit Vollgas die Rue de la République hinauf. Gustave Paturel hoffte, dass sein Inspektor auf Probe auf der *Cuauhtémoc* nicht zu sehr den Cowboy hatte heraushängen lassen. Eine Beschwerde fehlte ihm gerade noch.

»Und der junge Mungaray selbst, Jérémy, bist du damit weiter?«

»Das steht auch in dem Bericht, Chef. Nichts Neues. Mir wurde nur bestätigt, dass er eine Schwäche für verrückte Geschichten hatte, für Märchen und Legenden, die Mythologie der Azteken, für Seeräuberei und Schatzsuchen …«

Gustave Paturel schloss kurz die Augen.

»Schatzsuchen? Das hatten wir aber noch nicht … Das fehlt auf der Liste …«

Der Subaru fuhr am Rathaus vorbei, bevor er kurz darauf mit quietschenden Bremsen auf der Place de la Rougemare hielt.

»Bis später, Jérémy, ich muss auflegen.«

Ein paar Polizisten durchkämmten den kleinen Platz bereits. Noch bevor der Kommissar aussteigen konnte, stürzte ein Beamter auf ihn zu.

»Marcellin mein Name«, keuchte er, »*Commissaire,* es war niemand mehr da, als wir eingetroffen sind. Der Kerl mit dem Dolch ist abgehauen! Uns bleiben nur die Aussagen einer Anwohnerin, Marguerite Duclos, und eines Siebenjährigen, Gregory Viviani. Wir haben eine ungefähre Beschreibung, mehr nicht. Es könnte eine falsche Fährte sein. Die Alte hat so gut wie nichts gesehen – sie hat in ihrer Wohnung hinter dem Vorhang gestanden und nach unten gespickt – und das Kind wirkt nicht sonderlich schockiert.«

Der Kommissar kletterte aus dem Wagen. Er versuchte, in Ruhe nachzudenken. Das Einzige, was den Zwischenfall vielleicht mit dem Mord an Mungaray verband, war der Dolch. Das war mager … Aber keine Fährte durfte außer Acht gelassen werden. Er musste die Zeugen genauer befragen, um mehr herauszufinden. Man wusste ja nie. Er sah resigniert auf die Uhr. 18 Uhr 17. Er konnte die Ermittlungen jetzt noch nicht unterbrechen. Er wandte sich an Franck Scotto.

»Was meinst du, Franck, kannst du vor 18 Uhr 30 in Sotteville in der Avenue Jean-Jaurès 17 sein?«

Der Polizeifahrer lächelte glückselig: Er liebte es geradezu, auf den Straßen von Rouen *Taxi 5* zu spielen. Er wusste noch nicht, dass seine Aufgabe darin bestand, vor dem Ende der »Abholzeit der Mütter« das Freizeitzentrum um zwei Kinder zu erleichtern.

Der Subaru sauste davon und hinterließ eine Staubwolke.

Normalerweise verabscheute Kommissar Paturel es, Beruf und Privatleben zu vermischen, ungerechtfertigte Begünstigungen und Sonderrechte in Anspruch zu nehmen … Aber das jetzt war höhere Gewalt! Er sah auf die Place de la Rougemare. Er musste noch die Zeugen befragen, mögliche Spuren von dem Kerl mit dem Dolch suchen und sich um die Forensiker kümmern.

Fünfzehn Minuten später, er war mit seinen Ermittlungen kaum weiter, klingelte erneut sein Mobiltelefon. Diesmal wollte Colette Cadinot ihn sprechen.

»Ja, Colette?«

»Gustave? Es gibt etwas Neues. Eine weitere Nachricht auf Mungarays Handy. Vor einer Viertelstunde, wieder von derselben Nummer, wieder auf Spanisch. Soll ich sie dir vorlesen? Okay, also: *Es el oro de la noche.* Das bedeutet ganz klar: *Du bist das Gold der Nacht.*«

Der Kommissar war müde.

»Was denkst du darüber, Colette?«

»Es sieht ganz danach aus, als würde seine Liebhaberin ihm eine gute Nacht wünschen …«

Der Kommissar ließ sich auf die nächstbeste Bank fallen.

»Diese Liebeserklärungen gehen mir langsam auf den Geist! Colette, erklär mir doch, warum wir immer noch nicht herausgefunden haben, wem diese Nummer gehört.«

»Das haben wir, Gustave! Seit heute Nachmittag haben wir die Antwort des Mobilfunkanbieters. Die Nummer gehört einer gewissen Laurine Rougier.«

Paturel richtete sich jäh auf.

»Endlich! Es geht voran. Colette, ist sie blond, diese Laurine Rougier?«

Colette Cadinot bestätigte:

»Ja, sie ist blond … Es gibt da nur ein kleines Problem.«

Die Inspektorin hielt einen Augenblick inne, wohl aus Furcht vor seiner Reaktion.

»Sie ist dreizehn Jahre alt! Nach allem, was sie sagt, hat sie gestern ihr Handy verloren, als sie mit ihren Eltern durch die Stadt spaziert ist … Wir haben das überprüft. Es scheint zu stimmen … Wir können der Sache weiter nachgehen, aber mir sieht es nach einer Sackgasse aus.«

»Verdammt nochmal!«, polterte der Kommissar. »Schon wieder eine Sackgasse! Unsere einzige echte Fährte! Colette, sorg dafür, dass das Mädchen die Nummer nicht sperren lässt, ja … Damit wir in Verbindung bleiben.«

Colette murrte vor sich hin, was bedeutete, dass sie daran bereits gedacht hatte.

»Okay … Und sonst, Colette, gibt es Neuigkeiten von der Gendarmerie Pont-Audemer?«

»Sie haben uns ein paar Seiten aus den Lokalnachrichten der letzten zehn Jahre gefaxt … Ich habe sie überflogen. Mir ist nichts Besonderes aufgefallen.«

Paturel stellte ein paar letzte Fragen, bevor er auflegte. Mit einem Mal fühlte er sich sehr erschöpft und sehr einsam auf seiner Bank.

Der Fall entzog sich seiner Kontrolle. Keine Spur schien wirklich handfest zu sein. Alle zerrannen sie ihm unter den Händen. Er verstand nichts mehr. Aber er musste schnell sein. Abermals schloss er einen kurzen Moment lang die Augen. Seine Gedanken schweiften ab.

An seinen Mundwinkeln deutete sich ein Lächeln an. Er dachte daran, dass Léa und Hugo gerade auf der Rückbank eines Subaru Impreza WRX saßen, am Steuer ein Profi … Und dass sie großen Spaß haben mussten.

Daniel Lovichi verließ das Stadtzentrum und ging durch leere Sträßchen zu den Boulevards hinauf, den Dolch sorgfältig in seiner Tasche verstaut. Er würde doch nicht dieses Kind abmurksen. Erst recht nicht am helllichten Tag! Er hatte gut daran getan, sich zu verdrücken, kurz darauf war die Polizei gekommen. Jemand musste ihn gesehen, ihn verraten haben. Die Bürgerlichen machten nichts anderes, als von ihren Fenstern aus die Straßen zu überwachen. Als hätten sie nichts Besseres zu tun. Er war nicht vorsichtig genug gewesen, hatte es zu eilig gehabt.

Sei's drum, aufgeschoben war nicht aufgehoben!

Dieser Ramphastos würde später wieder in die *Libertalia* gehen, er kreuzte jeden Abend dort auf. Er würde viel betrunkener sein als jetzt, viel betrunkener als Daniel Lovichi stoned. Es würde ein Kinderspiel sein. Daniel Lovichi kannte seine Gewohnheiten. Er begegnete ihm nachts häufiger. Nachts war Rouen eine tote Stadt, und die Stammgäste fielen auf.

Ramphastos würde heute Abend wohl oder übel in die *Libertalia* gehen, wie jeden Abend.

Stinkreich und sturzbetrunken.

Daniel Lovichi würde auch da sein, und diesmal würde es keinen hinderlichen Zeugen geben, der sich zwischen ihn und den alten Säufer stellte.

20

COCKTAILPARTY AUF DER *BODEGA*

19 Uhr 25, Deck der Bodega en Seine

Maline spürte, wie sich alle Blicke auf sie richteten. Natürlich wegen ihres Tanzpartners. Mister Armada, wenn es eine Wahl gegeben hätte, und zwar mit Abstand. Darüber hätte sie gern geschrieben! Auch ihr Kleid zog wohl die Blicke auf sich. Das letzte Mal hatte sie es zum Tanzen in der *Ibiza* getragen, als sie noch Freundinnen zum Feiern gehabt hatte. Vor ewiger Zeit, in einem anderen Leben.

Ein Glück, sie passte noch in das Kleid! Sie hatte keine Zeit gehabt, es vor ihrem Striptease in der öffentlichen Toilette anzuprobieren … Sie hatte alles auf eine Karte gesetzt. Wenigstens hatte sie es geschafft, ihren Pressesprecher zu beeindrucken.

Es stand eins zu eins, nach der Handtuchnummer von heute Morgen. Olivier Levasseurs leicht schamhaftes Benehmen hatte sie niedlich gefunden.

Anstatt Teil dieser steifen Gesellschaft zu sein, dachte sie, hätte sie sich lieber in ein kleines Restaurant in Rouens Altstadt zu einem Gespräch unter vier Augen einladen lassen, um alles zu erfahren über das Leben des schönen Abenteurers.

Na los, mach schon!

Olivier Levasseur löste sich mit einem umwerfenden Lächeln aus ihrem Arm.

»Darf ich Sie allein lassen, Maline? Ich habe einiges zu tun – das hier ist mein Job. Ich muss mich mit den Leuten unterhalten … Bis gleich? Wir laufen uns bestimmt über den Weg.«

Er ließ Maline stehen.

Was hatte sie erwartet? Levasseur hatte eine riesige Verantwortung auf seinen schönen muskulösen Schultern zu tragen …

Der Stoff kniff an allen Stellen. Sie hatte mehr das Gefühl, einen Badeanzug als ein Abendkleid zu tragen. Einen roten. Gleich würde sie jemand mit »Pamela« anquatschen.

Was war sie doch für eine dumme Gans! Sie mochte dieses mondäne Leben nicht einmal. Sie bahnte sich einen Weg zum Buffet, wo sie ein Glas Champagner und eine Handvoll Petits Fours von Hardy ergatterte. Das würde sie sich nicht nehmen lassen. Sie blickte sich um. Olivier Levasseur unterhielt sich mit einem grauen Anzugträger, den sie nur zu gut kannte.

Nicolas Neufville.

Christian Decultots liebste Zielscheibe in den Editorials der *SeinoMarin*. Was mochte Olivier Levasseur diesem dubiosen Geschäftsmann zu erzählen haben?

»Madame Abruzze!«

Die Stimme ließ Maline zusammenzucken. Sie drehte sich um. Ein zerknittert aussehender, recht kleiner Mann von ungefähr fünfzig Jahren, das Haar mehr gelb als blond, reichte ihr die Hand.

»Jean Malochet. Vizepräsident des Armada-Organisationskomitees. Ich bin ein Bewunderer, Madame Abruzze. Ich liebe Ihre Artikel!«

Natürlich kannte Maline Jean Malochet. Insbesondere unter

seinem Spitznamen: General Sudoku. Er war Sudoku-Meister der Normandie und stand nebenbei als Vizepräsident des Armada-Organisationskomitees an der Spitze einer Truppe von über dreihundert ständigen Ehrenamtlichen und über dreitausend Freiwilligen in den zehn Tagen der Armada.

»Ich wollte mit Ihnen sprechen, Madame Abruzze.«

Eine Frau von mindestens achtzig Jahren, von oben bis unten mit unechtem Schmuck behängt, kam auf sie zu.

»Jean hat sich nicht getraut. Da habe ich ihn gedrängt …«

Maline erkannte Jacqueline Malochet. Sie wusste, dass General Sudoku nie ohne seine Mutter ausging. Sie kannte ihre Geschichte: Sudoku war Ingenieur bei Shell gewesen. Es hatte einen Vorfall in einer Werkstatt gegeben, bei dem Sudokus gesamter Atemapparat in Mitleidenschaft gezogen wurde. Er wurde medizinisch behandelt und in Frührente geschickt. Damals war er noch keine vierzig Jahre alt gewesen. Seitdem lebte er bei seiner Mutter und pflegte so gut er konnte seinen außergewöhnlichen IQ. Die *SeinoMarin* hatte ihm mehrmals ihre Sport- und Freizeitrubrik gewidmet. Fünffacher Scrabble-Meister der Normandie, davon zweimal im Doppel mit seiner Mutter. Maline erinnerte sich, dass er zudem eine Blitzkarriere in Backgammon gemacht hatte. Und seit ein paar Jahren gehörte er der nationalen Sudoku-Mannschaft an.

»Ich fühle mich geehrt«, murmelte Maline.

»Das stimmt. Mein Sohn liest Ihre Artikel sehr gern. Er sagt, dass sie außergewöhnlich gut sind.«

Maline errötete, aber nicht so sehr wie General Sudoku. Maline wunderte sich, dass ein alter Junggeselle wie er, der in seiner eigenen Welt lebte, mehrere Tausend Freiwillige anleiten konnte.

Ihre journalistische Neugier nahm überhand:

»Monsieur Malochet, sagen Sie doch. Wie wird man Direktor der Armada?«

Sudoku wurde scharlachrot.

»Ich bin nichts von alldem, Madame Abruzze. Eine Vielzahl von Menschen ist für die Armada viel wichtiger als ich. Die Mandatsträger, die Sponsoren … Ich spendiere nur ein bisschen meiner Zeit. Sie wissen ja, wie das ist. Es braucht immer einen Ehrenamtlichen, der macht, was die anderen nicht machen wollen. Den Papierkram und so. Ich begnüge mich damit, so viel zu koordinieren, wie ich kann …«

»Mein Sohn war schon immer sehr bescheiden«, unterbrach ihn Jacqueline Malochet. »Er ist das Gehirn der Armada. Alles ist da drin …«

Sie zeigte auf sein schütteres gelbes Haar. Maline lächelte. Sie hatte ihren Champagner ausgetrunken. Jacqueline Malochet war aufmerksam:

»Jean, bringst du der Dame noch ein Glas Champagner? Und mir bitte auch!«

General Sudoku gehorchte, ohne zu murren.

Während er zum Buffet ging, raunte Jacqueline der Journalistin verstohlen zu:

»Jean darf keinen Alkohol trinken. Seit dem Unfall muss er auf seine Gesundheit achten. Wissen Sie, er ist schon seit Langem auch noch Witwer. Er hat nur noch mich …«

General Sudoku kam mit zwei Gläsern in der Hand zurück.

»Und die Armada?«, wollte Maline wissen. »Wie sind Sie dazu gekommen?«

»Sie werden lachen«, sagte Sudoku. »Vor 1989 habe ich Modellschiffe gebastelt. Auf der ersten Armada 1989 habe ich sie ausgestellt. Seit diesem Film, *Dinner für Spinner,* schämt man sich ja ein bisschen für dieses Hobby!«

Er erging sich in einem Lachen, das ein bisschen wie ein böser Husten klang. Jacqueline Malochet zuckte die Schultern und leerte ihren Champagner in einem Zug. Maline nutzte die Gelegenheit, um nach Olivier Levasseur zu schielen. Er unterhielt sich noch immer mit diesem Schuft Nicolas Neufville.

Sudoku fuhr fort:

»Durch die Modellschiffe bin ich zur Armada gekommen. Danach bin ich Schritt für Schritt aufgestiegen. Sie wissen ja, wie das ist. Ich habe mich immer gemeldet, wenn ein Freiwilliger gebraucht wurde. Es melden sich ja nie besonders viele … Aber genug davon, Madame Abruzze, wir sind nicht hier, um über mich zu sprechen. Das ist nicht der Grund, warum ich Sie gestört habe. Was ich mir eigentlich von Ihnen wünsche, Madame Abruzze, ist ein schöner Artikel über die Ehrenamtlichen der Armada.«

Maline sah ihn interessiert an. Sudoku spann das Thema fort:

»Sie schreiben nicht genug über die Ehrenamtlichen, Sie Journalisten! Sie zeigen die Schiffe, die Matrosen und das Ganze, was ja selbstverständlich ist. Dafür sind wir ja da. Aber alles andere … Der Glamour, die Konzerte, die Schiffstouren, das Business, die Sponsoren … Finden Sie nicht, dass das alles ein bisschen viel ist?«

Maline wusste nicht, was sie erwidern sollte. General Sudoku sprach weiter:

»Sie denken vielleicht, dass ich mich aufspiele, ich auf diesem Deck mit meinem Mineralwasser. Ich gehöre hier genauso her wie ein Pinguin in die Sahara. Die ganzen Cocktailpartys, die Lehrgänge auf Schiffen für Führungskräfte, das ist reine Show. Wie auch immer … Ich bin mir sicher, dass Sie mich verstehen, Madame Abruzze. Ich habe Ihre Texte gelesen. Sie sind feinsinnig.

Was wir jetzt brauchen, ist ein Artikel über die Seele der Armada. Über das, was die Menschen in ihrem Innersten bewegt. Über das, was Tausende dazu bringt, an die Ufer zu strömen. So etwas hat es in der ganzen Region noch nicht gegeben! Ein Artikel über ein kleines bisschen Stolz, ganz ohne Firlefanz. Sie müssen diese Wahnsinnsorganisation von den leuchtenden Augen eines Kindes her denken, das ein Schiff vom anderen Ende der Welt auf der heimatlichen Seine vorbeisegeln sieht. Ich bin mir sicher, dass Sie das verstehen, Madame Abruzze … So einen Artikel brauchen wir!«

Jacqueline Malochet saugte die Worte ihres Sohnes auf. Vielleicht war auch einfach nur ihr Glas leer …

»Ich hole mir noch einen«, sagte sie. »Für Sie auch, Madame Abruzze?«

Maline sagte nicht Nein. General Sudoku hatte sie auf Trab gebracht. Sie dachte, dass sie zwei Fliegen mit einer Klappe schlagen konnte.

»Das merke ich mir, Monsieur Malochet. Versprochen! Das merke ich mir. Aber erst einmal muss ich mich um etwas anderes kümmern. Diesen Mordfall, Sie wissen schon …«

General Sudokus Gesichtsausdruck änderte sich schlagartig. Eine ungeahnte Kraft setzte sich in ihm frei. Maline verstand allmählich, wie er zu einem Direktor avancieren konnte.

»Ach, nein, Madame Abruzze! Sie werden doch nicht alles verderben! Es gibt Leute, die seit fünf Jahren für diese zehn Tage leben. Die Armada bedeutet ihnen alles. Also verderben Sie mit dieser schmutzigen Geschichte nicht die Party. Was schadet es Ihnen, wenn Sie ein paar Tage damit warten? Warten Sie bis Dienstag, bis die Schiffe ablegen. Danach können Sie schreiben, was Sie wollen.«

Sie hatte ihn verärgert. Sie suchte nach einer Ablenkung. All die Rätselhaftigkeiten des Falls kamen ihr in den Sinn. Sie nahm das volle Champagnerglas entgegen, das die Mutter ihr reichte, trank einen Schluck und versuchte ihr Glück:

»Sie kennen die ganze Stadt, Monsieur Malochet. Ich suche jemanden, der mir etwas über die Traditionen der Seemänner erzählen kann. Wissen Sie, die Legenden, die Schätze, die Tätowierungen der Matrosen, die … die Mythen …«

Sudoku warf ihr einen misstrauischen Blick zu. Schließlich erwiderte er:

»Wen Sie suchen, finden Sie in der *Libertalia*. Rue du Père Adam. Fragen Sie nach Ramphastos. Sie können ihn nicht verfehlen. Ich glaube, er schläft sogar dort!«

Maline hatte es geschafft, sich Mutter und Sohn Malochet zu entziehen. Nach drei Gläsern Champagner war ihr etwas schwindlig. Sie ging zum Rand des Stegs vor und sah in das dunkle Seinewasser. Ihr Bewusstsein war vernebelt, sie wusste nicht, wie sie den Fall angehen sollte. Alles kam ihr so undurchsichtig wie der Fluss vor.

Was verbarg sich unter der Oberfläche der Dinge? Welches schreckliche Geheimnis?

Sie schwankte ein bisschen.

Wo steckte ihr schöner Tanzpartner?

Kaum hatte sie sich die Frage gestellt, da tauchte Olivier Levasseur wie durch Zauberei vor ihr auf.

Leider in Begleitung.

»Mademoiselle Abruzze?«, fragte er in professionell neutralem Ton. »Hier möchte jemand mit Ihnen reden.«

Der grüne Blick des schönen Pressesprechers streifte nur kurz Malines eng anliegendes Kleid. Er machte auf dem Absatz kehrt.

Er war nur fünf Sekunden geblieben! Malines Stimmung erhielt einen Dämpfer. Als ihr klar wurde, wer sie sprechen wollte, war das kein Trost.

Nicolas Neufville.

Für seine rund fünfzig Jahre hatte sich der Geschäftsmann gut gehalten. Maline kam der Verdacht, dass eine Klinik an der Côte d'Azur ein wenig mit dem Skalpell nachgeholfen hatte.

»Maline Abruzze? Ich will Sie schon seit Ewigkeiten treffen. Sie sind ein weißer Rabe …«

Vorsichtig sein. Erst einmal abwarten.

»Wie ich sehe, haben Sie ein leeres Glas. Noch ein bisschen Champagner?«

Bei klarem Verstand bleiben.

»Nein, danke.«

Der Geschäftsmann sah einen Augenblick auf das magische Schauspiel der Großsegler, deren Lichter allmählich zu leuchten begannen.

»Ein herrliches Panorama, nicht wahr? Ein großer Erfolg, diese Armada, finden Sie nicht? Es ist alles da. Gutes Wetter, Segelschiffe, Touristen …«

Maline ließ die erste spitze Bemerkung fallen:

»Jetzt, da die Armada eine sichere Geldanlage ist, haben Sie bestimmt investiert … Zumindest inoffiziell. Ich würde mich wundern, wenn Sie es nicht geschafft hätten, mithilfe dieser wunderbaren, beliebten, kostenlosen Veranstaltung ein bisschen Profit zu machen.«

»Ts … Ts … Mademoiselle Abruzze, auf dieser Basis wollen wir zwei doch nicht aufbauen. Spielen Sie nicht die Böse. Sie sind zum Anbeißen schön! Sie sind nicht verantwortlich für das, was Ihr Chefredakteur schreibt. Im Übrigen kratzt es mich nicht, was er schreibt. Ich bin ehrgeizig. Ich kaufe kleine Vertragshändler und unabhängige Restaurants … Na und? Vielleicht wird ein Größerer eines Tages mich kaufen. So ist das Spiel … Wir sitzen alle in demselben Boot. Ich kaufe, ich verkaufe. Auch Ihr Chef, der mich benutzt, um zu verkaufen. So sind die Regeln …«

Maline war vielleicht »zum Anbeißen schön«, doch vor allem war sie es, die beißen wollte. Sie wusste von seinen Wettbewerbern, die schließen mussten. Den katastrophalen Arbeitsbedingungen in seinen Betrieben. Dem Druck, den er ununterbrochen auf die Presse ausübte.

»Ist ein Mord auf der Armada für Ihre Investitionen nicht ein bisschen ungünstig?«

Nicolas Neufville lächelte noch immer.

»Lassen wir die Polizei ihre Arbeit machen … Schuster, bleib bei deinen Leisten.«

»Das trifft sich gut«, bemerkte Maline. »Meine Arbeit besteht darin, nach der Wahrheit zu suchen und sie publik zu machen.«

»Nun machen Sie mal langsam … Die *SeinoMarin* verdreifacht während der Armada ihre Auflage. Sie müssen keinen Sensationalismus betreiben, Sie müssen mit diesem bedauerlichen Ereignis nicht noch einen draufsetzen. Wir werden doch nicht das Huhn, das goldene Eier legt, schlachten … Nicht wahr?«

Nicolas Neufville sah erneut zu den Lichtern auf dem Fluss, blickte zur Île Lacroix und fuhr dann fort:

»Mademoiselle Abruzze, wissen Sie, warum die Armada zu den wenigen Dingen gehört, die in dieser Stadt funktionieren?«

»Sie werden es mir verraten.«

»Es ist mir eine Ehre. Ist Ihnen schon aufgefallen, Mademoiselle Abruzze, dass alle Erfolge Rouens weder links noch rechts des Ufers verortet sind? Sie geschehen genau dazwischen: auf der Seine! Welche beliebten Veranstaltungen locken alle Einwohner Rouens? Das Bootsrennen 24 Heures Motonautiques, die Armada, der Saint-Romain-Jahrmarkt … Sie merken: Die Bühne ist immer die Seine. Welches sind die einzigen Bauwerke, die keine Zwietracht säen? Die sechste Brücke, der Port de Plaisance … Immer die Seine! Nennen Sie mir die einzige Sportart, in der Rouen große Triumphe feiert.«

»Eishockey?«

»Bingo! Der größte Verein Frankreichs, das Eisstadion Île Lacroix, weder links noch rechts des Ufers, mitten in der Seine! Wollen Sie, dass Rouen eines Tages bei der französischen Fußballmeisterschaft gewinnt? Ganz einfach: Bauen Sie ein Stadion mitten in der Seine!«

Der Geschäftsmann war sichtlich stolz auf seine Rede. Er musste sie in mondänen Salons mehrmals geübt haben. Maline fragte sich, worauf Nicolas Neufville hinauswollte.

»Na gut«, erwiderte sie. »Veranstalten wir also schwimmende Konzerte und bauen wir Sozialwohnungen unter Wasser, seien wir innovativ … Aber wohin führt uns Ihre Theorie?«

»Das wissen Sie genauso gut wie ich, Mademoiselle Abruzze. Was die Entwicklung unserer Stadt schon immer gelähmt hat, ist der Kalte Krieg zwischen den beiden Seiten des Flusses. Die Seine ist unsere Berliner Mauer. Wenn die Mauer einstürzt, wird eine neue Ordnung frei. Solange wir eine geteilte Stadt haben, Westufer gegen Ostufer, Bürgermeister des Westufers gegen Bürgermeister des Ostufers, wird sich nichts ändern. Die Leute haben genug davon, Mademoiselle Abruzze. Die Leute wollen das nicht mehr. Rouen braucht jemanden, der über dem Gefecht steht, weder links noch rechts der Seine.«

»In der Mitte?«

»Nein, nicht in der Mitte, Mademoiselle Abruzze. Wie gesagt. Darüber. Woanders …«

Maline blickte skeptisch drein:

»Ist das nicht ein bisschen vage? Glauben Sie wirklich, dass Sie Bürgermeister von Rouen werden, indem Sie sich einfach ›woanders‹ situieren?«

»Die Seine, Mademoiselle Abruzze! Die Seine wird zu dem konkreten Symbol, das die Wählerschaft versteht. Ich bin nicht der Einzige, der das so sieht. Bei Weitem nicht! Die Menschen schließen sich mir nach und nach an. Viele denken wie ich, dass sich etwas ändern muss, und vertrauen mir. Ich bin mir sicher, dass Sie und ich, Mademoiselle Abruzze, dass wir dieselbe Bilanz ziehen werden. Wissen Sie, trotz allem mag ich Ihre unverschämte Zeitung, sie macht klare Analysen. Es gibt auch Platz für Sie in unserem Kreis, es gibt Platz für alle, die einen Wandel wollen. Sehen Sie, die Armada ist der Beginn einer großen Veränderung für Rouen!«

Beinah hätte Maline ihm gesagt, dass er mit dem Erfolg der Armada nichts zu tun hatte, dieser vielmehr der politischen Rechten, Linken und Mitte sowie Tausenden Ehrenamtlichen zu verdanken war, dass er nur ein größenwahnsinniger Karrierist war, dass sein Stern eines schönen Tages im Sinkflug explodieren und sie mit Vergnügen für die *SeinoMarin* einen Artikel darüber schreiben würde.

Nicolas Neufville posierte noch immer am Rand des Stegs, den Horizont überblickend, über sein Schicksal sinnierend. Er drehte sich zu Maline.

»Also, Mademoiselle Abruzze, was denken Sie darüber? Sehen Sie das nicht auch so? Die Armada ist die Auferstehung Rouens!«

»Und der Tod eines Matrosen …«

21

CHASSE-PARTIE

21 Uhr 53, Rue Armand-Carrel 15,
Sotteville-lès-Rouen

Kommissar Gustave Paturel fiel auf seine Couch. Er ließ den Eiswürfel in seinem Whisky zwei- oder dreimal gegen das Glas klirren und trank einen Schluck.

Gott, war das gut.

Er hatte Lust, sein Telefon auszustecken, wusste aber, dass er sich das nicht erlauben durfte. Mehr als fünfhundert Polizisten waren heute Nacht im Einsatz, und wenn einer etwas Verdächtiges sah, musste Paturel als Erster davon erfahren.

Immerhin konnte er momentan die Ruhe genießen. Léa und Hugo waren im Bett. Sie hatten unbedingt *Intervilles* oder einen ähnlichen Mumpitz sehen wollen, aber Gustave war eisern geblieben. Noch dazu musste er sie morgen sehr früh wecken. Sein Telefon zeigte die Nummer des Babysitter-Express-Services an. Sie lieferten Kindermädchen innerhalb von fünf Minuten! Wie Pizza.

Die Welt war wirklich verrückt. Sein Leben war wirklich verrückt.

Dabei hatte er alles richtig machen und ein guter Vater sein wollen. Für den Juli hatte er sich Arbeitszeiten vorgenommen wie ein einfacher Beamter. Er hatte sich ausgemalt, wie er mit Léa an der einen und Hugo an der anderen Hand durch Rouen spazieren würde, am Seineufer entlang, zu McDonald's, eine Spritztour nach Dieppe … Mit seinen saublöden Arbeitszeiten konnte er Léa und Hugo normalerweise höchstens einmal im Monat sehen. Was hatte er sich nur dabei gedacht, in seinem Alter noch Kinder zu kriegen!

Er nahm noch einen kräftigen Schluck Whisky. Sehnsüchtig betrachtete er das Foto über dem Fernseher, ein Foto aus der Zeit, als sie noch zu viert gewesen waren. Er war nie Manns genug gewesen, das Bild abzuhängen. Der ausgeschaltete Fernseher warf sein erbärmliches Spiegelbild zurück. Ein Stereotyp für sich allein. Ein überlasteter Polizist, der selten zu Hause war, die Frau mit dem Nachwuchs abgehauen. In Filmen fanden die Kinder früher oder später heraus, dass ihr Vater, der Unbekannte, über den sie so wenig wussten, in Wirklichkeit ein Held war, der gegen das Böse kämpfte.

Ein Held!

Ein Held, der telefonisch Babysitter bestellte! Was hättet ihr denn gern, Kindermädchen Royal oder Kindermädchen Margarita?

Er trank seinen Whisky aus und musste sich beherrschen, um das Glas nicht wieder aufzufüllen. Er wusste, dass er jederzeit gerufen werden konnte. Es war verrückt: Nach nicht einmal einem Tag stank die Sache schon, stank sie zum Himmel. Er sah auf den leuchtenden Timer des DVD-Players.

21 Uhr 59.

Der Kommissar hatte seine Inspektoren gebeten, ihn vor 22 Uhr möglichst nicht zu stören, wegen der Kinder …

Er war nicht vor 20 Uhr nach Hause gekommen. Der Kerl mit

dem Dolch auf der Place de la Rougemare war schon wieder eine falsche Fährte gewesen: Weder das Kind noch die Alte hatten den Mann genau beschreiben können. Ungepflegt, unrasiert, schlecht gekleidet, das war ungefähr alles, was sie wussten. Er konnte nur abwarten … Die Augen offen halten. Die Daumen drücken. Vielleicht gab es am Ende gar keine Verbindung zwischen dem Typen, der mit einem Dolch durch die Gegend spazierte, und Mungarays Mörder.

22 Uhr.

Jedes Mal, wenn er zu Hause war, nervte ihn einer dieser blöden Inspektoren.

Das Telefon klingelte, noch bevor der Timer auf 22 Uhr 01 sprang.

Wer sagt's denn!

Der Kommissar griff nach dem schnurlosen Telefon, das er neben sich hatte, um die Kinder nicht zu wecken.

»Ja?«

»Hallo, Gustave, hier ist Ovide!«

Inspektor Stepanu. Er hätte darauf wetten können. Und so wie er ihn kannte, wusste er, dass Ovide ihn wahrscheinlich nicht anrief, um ihm eine Gute Nacht zu wünschen.

»Ovide! Ich hoffe, es ist wichtig. Ich warne dich, wenn du mir wieder mit so etwas wie ›Ich will ja kein Spielverderber sein‹ kommst, lege ich einfach auf!«

Der Inspektor kicherte in den Hörer.

»Keine Sorge, Gustave. Ich habe nur eine Idee. Eine Idee, die mir beim Sichten der Unterlagen gekommen ist.«

Der Kommissar beschloss, Inspektor Stepanu einfach reden zu lassen und höchstens ein paar Mal »mhm, mhm« zu sagen, um ihm zu signalisieren, dass er nicht eingeschlafen war.

»Es geht um die Tätowierungen, Gustave. Warum lässt sich jemand fünf verschiedene Tiere tätowieren? Fünf Tiere, die anscheinend fünf verschiedene Personen darstellen. Meine Theorie habe ich beim Lesen aufgestellt. Die fünf Tiere könnten eine Chasse-Partie sein.«

»Mhm?«

»Ich wusste, dass dich das überraschen würde! Du wirst mich bestimmt fragen, was eine Chasse-Partie ist? Die Chasse-Partie ist ein Vertrag, ein Abkommen, eine Charta, wenn man so will. Das Prinzip ist, dass alle, die eine Chasse-Partie unterzeichnen, ebenbürtig sind. Sie nehmen die gleichen Risiken auf sich, erfahren im Falle einer Verletzung die gleiche Solidarität, erhalten die gleichen Auszeichnungen, die gleichen Anteile der Beute ... Es gibt verschiedene Wege, sein Engagement in einer Chasse-Partie anzuzeigen: auf die Bibel schwören, Blutsbrüderschaft ... Oder sich das gleiche Tattoo stechen lassen!«

Der Kommissar auf der Couch richtete sich auf und legte seine Zurückhaltung ab:

»Was erzählst du mir denn da, Ovide? Was sollen das für Typen sein, die dein Dings unterschreiben, deine Chasse-Partie?«

»Na ... Piraten!«

»Hä?«

»Piraten, habe ich gesagt! Die Chasse-Partie ist der Piratenkodex. Es sind die Regeln, denen sich die Piraten gemeinsam unterwerfen ...«

Gustave Paturel stand auf und schenkte sich noch einen Whisky ein. Ohne Eis.

Was soll's.

»Ovide, was erzählst du mir denn da von irgendwelchen Piraten? Ich weiß, dass du manchmal verrückte Ideen hast. Aber das hier … Hat Captain Hook den jungen Mungaray erstochen?«

»Hör mal, Gustave. Das ist mein Ernst. Ich meine nicht die Legenden – Totenkopf-Flagge, Augenbinde und Holzbein … Ich meine die echte Geschichte. Dir ist doch bekannt, dass es Piraten wirklich gegeben hat?«

»Mhm …«

»Ich spreche von einer historischen Tatsache, Gustave. Einer historischen Tatsache, die Anfang des 17. Jahrhunderts aufkam. Du weißt, wer die Piraten waren?«

»Nur zu …«

»Man darf sie nicht mit den Kaperern verwechseln, Gustave. Die Kaperer waren bei Monarchen, Beamten oder Soldaten in Stellung, sie bekamen den Kaperbrief. Mit den Piraten haben sie nichts zu tun! Die Piraten haben sich jeder Hierarchie entzogen – der militärischen, der religiösen, der gesellschaftlichen – und im Laufe von über einem Jahrhundert versucht, eine neue Organisationsform zu errichten, in der alle ihre Mitglieder gleich waren: Die ersten Demokratien! Sogar der Kapitän wurde gewählt. Wenn er die Chasse-Partie verraten hat, wurde er gestürzt … Die Piraten haben eine neue Utopie erfunden! Eine egalitäre Utopie. Nicht ihre Säbel haben die Königreiche erzittern lassen, sondern ihre Werte. Ebendeshalb haben sich die Monarchien, Kaiserreiche und Republiken vereint, um sie zu vernichten. Daher hat man den Kindern von Holzbeinen, narbigen Gesichtern und tonnenweise Rum erzählt. Um die Utopie ins Lächerliche zu ziehen. Um den Umsturz zu verspotten! Das Problem ist, dass solche Utopien nie vollkommen aussterben. Sieh im Internet nach, Gustave. Du wirst merken, dass es sehr viele Seiten über Piraten gibt … Die echten. Die Anarchisten. Die das System stürzen wollen.«

Kommissar Paturel nippte an seinem Whisky. Diese Nervensäge jagte ihm mit seiner blöden Theorie eine Heidenangst ein.

»Okay, Ovide. Kommen wir zu unserem Fall zurück. Wie kommst du auf eine Chasse-Partie zwischen modernen Piraten?«

»Gustave, mach die Augen auf! Hier in Rouen sind fast zehntausend Matrosen von überall auf der Welt. Alle tragen Piratengeschichten in sich. Alle erzählen einander die ganze Nacht lang egalitäre Utopien …«

»Ich kann dir nicht folgen, Ovide. Unsere zehntausend Matrosen sind keine Piraten … Ich habe den kleinen Unterschied verstanden: Es sind vor allem Soldaten, die einer festen Hierarchie unterstellt sind.«

»Da stimme ich dir zu. Angenommen, das trifft auf 90 Prozent der Matrosen zu … Oder auch auf 99 Prozent. Oder auch auf 99,9 Prozent, wenn du so willst. Dann bleiben von zehntausend jungen Matrosen immer noch circa zehn übrig, die vielleicht den Hintergedanken haben, die Piratenutopie zu neuem Leben zu erwecken. Die zehn oder fünf mit Tätowierungen auf dem Rücken … Mungaray hat die Chasse-Partie verraten. Er wurde bestraft. Das Brandmal war eine klassische Foltermethode der Piraten! Das ist eine logische Erklärung!«

»Meine Güte, was könnte Mungaray getan haben, um diesen dämlichen Vertrag zu brechen? Er stand die ganze Woche unter Arrest …«

»Anders, als man von Piraten häufig denkt, verbieten die meisten Chasse-Partien die Vergewaltigung. Stell dir vor, Mungaray will das blonde Mädchen missbrauchen, in einer dunklen Ecke in der Rue du Champ-de-Foire-aux-Boissons. Ein anderes Mitglied der Chasse-Partie beobachtet ihn. Mungaray hat gegen die Regel verstoßen. Er wird gebrandmarkt und hingerichtet.«

Der Kommissar stellte sein Whiskyglas ab. Dieser verdammte Stepanu hatte ihm die Lust am Trinken genommen. Er würde nicht auch noch anfangen, an seine Hirngespinste zu glauben.

Er wollte Gewissheit:

»Angenommen, du hast recht. Was würde die Chasse-Partie deiner Meinung nach eigentlich bezwecken?«

»Du folgst mir also langsam! Das Grundprinzip der Piraterie ist es schon immer gewesen, die internationalen Handelswege zu blockieren. Heute würde man sagen: die Globalisierung auf den Kopf zu stellen. Du hast bestimmt schon einmal von Netzpiraten gehört. Dazu muss ich dir wahrscheinlich nichts mehr erklären …«

»Okay. Ich verstehe. Was genau schwebt dir vor, Ovide?«

»Keine Ahnung … Es kann alles sein. Angefangen bei Matrosen, die die Armada für ein geheimes Treffen der internationalen Piraterie nutzen.«

»So etwas wie ein Off-Festival, das eine schlimme Wendung genommen hat …«

»So kann man es nennen. Man könnte auch an eine terroristische Bedrohung denken … Einen anarchistischen Paukenschlag gegen die Globalisierung … Auf die Gefahr hin, eine Spaßbremse zu sein …«

»Stopp!«, unterbrach ihn der Kommissar. »Sag nichts mehr! Treib es nicht zu weit, Ovide. Die Zeit ist noch nicht gekommen. Das sind nur Vermutungen. Wir sind alle müde. Morgen sendest du die Fotos der Tätowierungen an den Verfassungsschutz. Man weiß ja nie … Ich muss jetzt auflegen, Ovide. Die Leitung freimachen.«

»Okay. Bye.«

Der Kommissar leerte seinen Whisky langsam in das Spülbecken. Niemand verstand es so gut wie dieser vermaledeite Rumäne, einem verrückte Ideen in den Kopf zu setzen.

Ein Piratenkomplott? Wie sollte er das dem Präfekten erklären!

Paturel wusch das Glas aus und trank ein bisschen Wasser. Es hatte den üblen Nachgeschmack von Whisky.

Er spuckte in das Becken.

Was war ihm am Ende eigentlich lieber? Eine terroristische Piratensekte oder ein Finanzskandal, in den der Geschäftsmann Nicolas Neufville verwickelt war? Pest oder Cholera? Herr im Himmel, hoffentlich tat sich bald eine dritte Möglichkeit auf. Ein einfacher Mord – warum nicht diese verrückte, SMS-wütige Spanierin? Findet mir einen Schuldigen, schnell!

Das Geräusch der Toilettenspülung, gefolgt von huschenden Schritten, schreckte ihn auf.

Verdammt!

Die Kinder schliefen auch noch nicht!

22

DER LETZTE PIRAT

22 Uhr 16, Deck der Bodega en Seine

Das Deck der *Bodega en Seine* war fast leer. Die Kellner fingen an, alles aufzuräumen. Auf die Cocktailparty würde vielleicht schon morgen früh ein Geschäftsfrühstück folgen. Maline wusste, dass während der Armada über eintausend öffentliche Empfänge stattfanden. Mehr als einhundert pro Tag. Alles, was auf dem Wasser trieb, wurde bestürmt.

Durchaus verständlich.

Maline sah zu, wie die Lichter der festlich geschmückten Schiffe auf dem Seinewasser tanzten.

Ein einmaliges, magisches Spektakel.

In den zehn Tagen der Armada trat der venezianische Canal Grande der Seine in Rouen seinen Rang als schönste Wasserstraße der Welt ab.

Maline blickte zum Deck und spähte erneut nach Olivier Levasseur. Sie musste den Tatsachen ins Gesicht sehen: Keine Spur mehr von ihrem schönen Réunionesen. Er war in der Menge der anderen VIPs verschwunden. Natürlich. Wie hatte er so passend gesagt: Es war sein Job …

Maline versuchte, ihrem Herzen einen Stoß zu geben. Auch sie hatte einen Job. Ihr Arbeitstag war noch nicht zu Ende. Sie musste noch in die Kneipe, die *Libertalia,* von der General Sudoku erzählt hatte, um diesem Mann, der alles über die Seemannskultur wusste, einen Besuch abzustatten. Dem berühmten Ramphastos …

Maline stolperte aus der *Bodega*. Die Wirkung der drei Gläser Champagner war noch nicht ganz verflogen, da spielte sie schon Kneipenstammgast! Sie hatte noch nie so viel getrunken wie seit ihrer Funktion als investigative Journalistin auf der Armada.

Sie ging über den Pont Guillaume-le-Conquérant an das rechte Flussufer. Das frische Lüftchen tat ihr gut. Aber ihre Stimmung besserte sich nicht. Maline überkam zuweilen eine Champagner-Traurigkeit … Vor allem, wenn sie allein trank.

Auch die Nacht, die über der Armada hereinbrach, erlöste sie nicht von der Melancholie. Die Stunde der Liebenden rückte näher: Mondschein über den Schiffsmasten, Küsse unter dem Feuerwerk … Ob je die Anzahl der Liebesbande erhoben worden war, die unter Segeln entstanden sind? Mehr, weit mehr als es Cocktailpartys gab, hoffte Maline. Der Champagner stimmte sie zusätzlich romantisch. Romantisch und melancholisch. Sie hätte nichts gegen einen Spaziergang gehabt, Hand in Hand unter den Laternen der Segelschiffe. Der schöne Olivier Levasseur wäre die ideale Begleitung gewesen. Eine leichte Brise strich ihr über das Gesicht.

Wie dumm sie doch war!

Was hatte sie sich von ihrer kleinen Nummer erhofft, der Aktion mit den Inlineskates und so weiter? Der schöne Mann hatte drei Sekunden auf ihre Brustwarzen gestarrt, höchstens …

Was hatte sie noch zu erwarten? Sie war fast sechsunddreißig

Jahre alt und eine zweitrangige Journalistin ohne Ehrgeiz, die ihr Talent, sofern sie eines hatte, an eine kleine Zeitung verschwendete. Sie war eine Tochter, die diesen Namen nicht verdiente, die ihren Vater, der ganz allein in einem heruntergekommenen Vorstadthaus saß, Trübsal blasen ließ. Sie hatte mächtigen Bammel, sich auf irgendetwas einzulassen, beispielsweise ihrem Vater ein Enkelkind zu machen oder einen Schwiegersohn mitzubringen, mit dem er über Autos plaudern konnte … Sie hatte eine ganz und gar zynische Lebensanschauung, sie hatte für die Liebesgeschichten anderer nur tiefe Verachtung übrig … Und obendrein war sie seit heute Abend dem Alkohol verfallen!

Gedankenverloren erreichte Maline das hohe rechte Ufer auf der Höhe des Quai du Havre. In dichten Schwärmen strömten die Menschen aus allen Richtungen hierher zu den festlich beleuchteten Großseglern.

Nein, sie war wirklich zu kompliziert, zu vergrämt, zu verschroben! Einer wie Olivier Levasseur musste Siegertypen mögen, Frauen, die sich keine Fragen stellten, die Karriere machten, die auf Cocktailpartys anstatt in Spelunken gingen … Mädchen aus gutem Hause, nicht vom Leben gebeutelte … Also, meine Liebe, mach dir von der Zukunft keine falschen Vorstellungen. Steh zu deinen Wünschen, befriedige deine Lust, solange dein Körper sie noch ein paar Jahre erregen und ertragen kann.

Was dann kommt, wirst du schon sehen …

Sie war noch immer auf dem Quai du Havre unterwegs, als ein Schatten sie erschreckte.

Sie sprang zur Seite.

Von der Fassade des Gebäudes neben ihr sah eine gemeißelte Indianerbüste auf sie herunter. Mit stolzem Blick und Federn auf dem Kopf kam sie ihr wie der Zwilling des Herrschers Cuauhtémoc auf dem mexikanischen Segelschiff vor.

Noch im Affekt wich sie weiter zurück. Sie kam aus dem Staunen nicht mehr heraus: Die Vorderseite des Bauwerks war mit vier weiteren Büsten geschmückt. Sie waren ihr vorher nie aufgefallen. Auf einer Tafel stand der Name des Hauses: Hôtel des Sauvages. Als sie wieder bei Besinnung war, bemerkte Maline, dass das Hôtel das einzige alte Gebäude an dem hohen Seineufer war. Sie vermutete, dass es aus dem Anfang des 19. Jahrhunderts stammte und eines der letzten Zeugen der reichen Kolonialvergangenheit des Hafens von Rouen war, besonders von dem Handel mit Lateinamerika, Brasilien und Mexiko.

Immerhin hatte die Entdeckung auf einen Schlag ihr Selbstmitleid verjagt, demzufolge sie ein kleines, dummes Schaf war, das ein Knallkopf einfach hatte stehen lassen. Sie lief schneller. Ihr war ein bisschen kalt in dem roten Kleid, das so eng anliegend und leicht war wie eine zweite Haut.

Sie würde in der *Libertalia* auffallen. Einen kleinen Vorgeschmack bekam sie, als sie durch das Viertel Saint-Maclou ging. Der hübsche Stadtteil war wie immer sehr lebendig – und so mancher männlicher Blick unmissverständlich.

Sie bog in die Rue Damiette. Die Straße der Antiquitätenhändler war zu dieser Stunde etwas ruhiger. Ein paar Meter weiter und sie stand vor der *Libertalia.* Eine Freiheitsstatue aus Pappe hielt ein Bier in der emporgestreckten Hand sowie eine Speisekarte unter dem Arm, wie auf diesem alten Album von Supertramp, *Breakfast in America.* Die Preise der meisten Getränke standen darauf.

Nicht schlecht, dachte Maline. Sie erinnerte sich, dass die berühmte Freiheitsstatue einst im Hafen von Rouen gestanden hatte und dann die Seine stromabwärts gefahren war, bevor sie New York erreicht hatte!

Ohne sich noch einmal umzudrehen, ging sie hinein.

Sie ahnte nicht, dass ein paar Schritte weiter ein Mann stand, der das Kommen und Gehen vor der Kneipe beobachtete.

Der dunkle Umriss von Daniel Lovichi verschmolz mit dem Schatten einer Toreinfahrt. Unter seiner schmutzigen Kleidung hielt er den Dolch umklammert.

Er spürte, wie die Kraft, die Macht der Waffe auf ihn überging. Bald würde er zuschlagen.

Eine Mischung aus Rauch und Hitze übermannte Maline. Natürlich war die Kneipe brechend voll. Bestimmt trug ihre Einrichtung dazu bei. Der Besitzer hatte es verstanden, das exotische Ambiente einer Piratenbar nachzuempfinden. Es fehlte an nichts: Hängematten und Netze, falsche Papageien auf Plastikpalmen, große Tische auf Steuerrädern und Holzblöcke zum Sitzen … Fässer für alle, die stehen wollten, Säbel an den Wänden, Totenköpfe in den Regalen, eine Bildergalerie der Schurken, von Marlon Brando als Fletcher Christian bis Johnny Depp als Jack Sparrow … Und ein Plakat, das bestimmt alle Rumsorten abbildete!

Leise kubanische Musik lockerte das Ganze ein bisschen auf. Das Ensemble machte seine Sache ziemlich gut, war vielleicht ein bisschen kitschig. Der Wirt musste viel Geld investiert haben – dafür würde die Kneipe in den nächsten zehn Tagen voll sein!

Sie sah zu den Gästen und war beruhigt: Von den Frauen hatte sie fast noch am meisten an!

Sie ging zur Bar und fragte nach Ramphastos. Ein Mann mittleren Alters, erschöpft und mäßig zuvorkommend, vermutlich der Wirt, zeigte auf einen Ecktisch an einem Fenster, das zu einem Bullauge umgestaltet worden war.

Maline ging auf ihn zu. Die Ellbogen aufgestützt, den Rücken gekrümmt, saß Ramphastos allein an seinem Tisch und trank. Der volle graue Bart schien alle Falten in seinem Gesicht nach unten zu ziehen, einschließlich der hängenden Lider und schlaffen Wangen. Nur eine tief in die Stirn gezogene blaue Filzmütze widerstand dem Gesetz der Schwerkraft. Die Karikatur eines alten Seebären! Fehlten nur noch die Pfeife … und ein Glas Rum. Merkwürdigerweise hatte er ein Bier vor sich.

Ohne ihn zu fragen, setzte sich Maline auf den Holzblock gegenüber Ramphastos. Das nahm der Seebär hin und warf der Besucherin sogar einen interessierten Blick zu.

»Monsieur Ramphastos?«

Der Mann brach in ein unkontrolliertes, dreckiges Lachen aus. Maline dachte, dass sie keinesfalls einen Witz reißen durfte, während Ramphastos von seinem Bier trank.

Der alte Seemann wischte sich mit einem Ärmelaufschlag den Bart ab.

»Musst du entscheiden, Püppchen. Du kannst mich Pierre Poulizac nennen. Das ist mein amtlicher Name, aber so nennt mich seit einer Ewigkeit niemand mehr. Inzwischen nennen mich alle Ramphastos. Oder Rami. Mit dem Alter wird man faul. Du siehst aus wie eine Journalistin, die mir die Würmer aus der Nase ziehen will, meine Hübsche. Habe nichts dagegen, wohlgemerkt, hätte es ja mit einer Hässlicheren zu tun kriegen können. Du kannst mir aber trotzdem noch ein Bier bestellen!«

Maline winkte die nächste Kellnerin herbei. Zu Ramis Gezapftem orderte sie für sich einen Rum, von dem man ihr versicherte, er sei zwanzig Jahre im Eichenfass gereift. Das würde sie sich nach alldem nicht entgehen lassen. Sie schrieb ihre Überstunden nicht auf, die *SeinoMarin* konnte ruhig die Rechnung bezahlen.

»Also, meine Hübsche, was kann ich für dich tun?«

Maline hatte Zeit, die ganze Nacht.

»Ich möchte Sie kennenlernen. Ach, zuallererst Ihr Spitzname: Was bedeutet Ramphastos? Wie sind Sie dazu gekommen? Klingt ein bisschen düster, oder?«

»Hört sich nur so an ... In Wirklichkeit steckt nicht viel dahinter. Ramphastos ist der wissenschaftliche Name der Papageien, der Tukane ... Ich bin also nach einem Papagei benannt! Wie Captain Flint von Long John Silver. Aber du musst zugeben: Ramphastos klingt doch aparter als Flint?«

Der alte Seemann gefiel Maline. Die Sympathie beruhte offenbar auf Gegenseitigkeit.

»Wie alt bist du, Kleines?«

Sie konterte schlagfertig.

»Neunzehn ... Ich sehe jünger aus, ich weiß.«

Als Rami vor Lachen hustete, konnte Maline nur knapp ein paar Biertröpfchen ausweichen.

»Du bist lustig. Ich mag dich. Nimm es mir nicht übel, aber wie alt warst du in den Achtzigern? Zehn? Ein bisschen älter? Du hast damals bestimmt Radio gehört? Ferngesehen? Kinderbücher gelesen? Dann erinnerst du dich vielleicht an mich? Ich war sozusagen ein Star. Kapitän Ramphastos. Rami. Ich habe von meinen Erlebnissen erzählt, meinen Weltreisen, alte Seemanns- und

Piratengeschichten … Drei Jahre lang hatte ich eine Sendung bei France Bleu, sogar drei Auftritte in der Sendung *Thalassa,* von den Regionalsendern ganz zu schweigen … Ich war der Pierre Bellemare des Ozeans! Kaum zu glauben, hm?«

Maline konzentrierte sich. Sie kramte in Erinnerungen, die sie bisher nie geweckt hatte. Sie versetzte sich gedanklich zurück nach Oissel in die Küche, lauschte gemeinsam mit ihrem Vater einer Radiostimme, die fantastische Abenteuer aus anderen Zeiten oder einer anderen Welt erzählte. Der warmen Stimme eines Märchendichters. Der Stimme des alten Trunkenbolds ihr gegenüber.

Maline setzte ein verständnisinniges Lächeln auf.

»Ich erinnere mich, Rami. Ich habe Sie nie vergessen. Ich war einer Ihrer Fans!«

Maline freute sich über sein seliges Lächeln. Die Kellnerin brachte Bier und Rum.

Als sie wieder ging, beugte sich Ramphastos zu Maline, als wollte er ihr etwas anvertrauen:

»Weißt du, warum ich den ganzen Tag hier auf diesem Platz sitze?«

»Nein …«

»Weil die Kellnerin einen Knackarsch hat!«

Der Märchendichter war anzüglicher als in Malines Kindheitserinnerungen. Sie drehte sich zu der Bedienung um. Sie musste zugeben, dass der alte Seemann recht hatte!

»Und jetzt, Rami, sind Sie noch beim Radio?«

Ramphastos hob sein Glas:

»Sie haben mich gefeuert. Am Ende haben sie mich alle gefeuert. Einen Säufer wollten die nicht. Sieh mal, nimm die Armada. Aus gegebenem Anlass. Sogar die Armada, diese Saubande, hat mich gefeuert. Dabei war ich einer der Ersten, 1989. Technischer Berater, mittendrin in der Organisation … Ich habe ihnen alles beigebracht, und dann haben sie mich gefeuert. Wie einen Taugenichts. Alles Arschlöcher, die das Meer noch nie gesehen haben.«

Er trank seinen Humpen halb leer und versuchte, den Schaum in seinem Bart mit der Zunge abzulecken. Der Rum brannte Maline in der Kehle.

»Warum? Weil Sie zu viel getrunken haben?«

Ohne darauf einzugehen fuhr Ramphastos fort:

»Wusstest du, dass ich Schiffsjunge an Bord von Charcots *Pourquoi Pas* war? Wer kann das schon von sich behaupten, hm? Von Rouen aus bin ich mit Charcot in See gestochen, an der Antarktis, hoch oben auf den Rouen Mountains, haben wir die Fahne der Normandie aufgestellt. Hast du das gewusst, Kindchen? Dass am anderen Ende der Welt die Rouen Mountains stehen? Also, für wen halten die sich, diese Tölpel von der Armada, dass sie einen Matrosen, der mit Charcot am Südpol war, wie einen Taugenichts behandeln?«

Maline prägte sich alle Details ein. Notizen waren nicht nötig, ihr Gedächtnis war das eines Profis. Sie wusste nicht, warum, aber sie hatte das Gefühl, dass sie zunächst das Seelenleben der Matrosen kennenlernen musste – was sie antrieb, was sie frustrierte –, wenn sie den Armada-Mord verstehen wollte.

Ramphastos beugte sich erneut nach vorn, um ein Geständnis abzulegen oder ihr Dekolleté näher zu betrachten oder beides.

Der Märchendichter stank aus dem Mund.

»Wenn ich überall gefeuert wurde, meine Liebe, dann nicht, weil ich zu viel getrunken habe. Der wahre Grund ist, dass sie keinen Piraten mehr wollten! Und damit meine ich einen echten Piraten. Als ich angefangen habe, den Kindern keine Märchen und Legenden mehr zu erzählen, nichts mehr von Captain Hook und Holzbeinen, als ich davon berichten wollte, was Piraterie wirklich bedeutet, da haben sie mich vor die Tür gesetzt … Schluss mit Fernseher und Radio. Ich war ein Störenfried.«

Er trank sein Bier aus. Maline hatte ihren Rum kaum angerührt, hob aber trotzdem die Hand, um eine weitere Halbe zu bestellen.

Der Märchendichter hauchte ihr erneut ins Gesicht.

»Was, meine Liebe, bedeutet wohl der Name dieses Lokals, *Libertalia?*«

Maline hielt sich für clever:

»Die Freiheitsstatue? Sie hat in Rouen abgelegt!«

»Oh nein, meine Liebe! Das denkt auch diese Pappnase von einem Wirt … *Libertalia,* mein Herz, ist etwas anderes. *Libertalia* ist der Name einer Utopie. Der ersten und schönsten aller Utopien. *Libertalia* ist der Name eines Staates, den die Piraten um 1690 auf der Insel Madagaskar gegründet haben. Ein Staat, den sie geschaffen haben, ohne Privatbesitz, ohne Unterschied zwischen Mann und Frau, sogar die Sklaverei wurde in *Libertalia* verboten! Absolute Gleichheit zwischen den Ethnien, wofür sie sogar eine eigene Sprache erfunden haben. Sie wollten ein Paradies auf Erden. Und das hatten sie auch, fünfundzwanzig Jahre lang. Also wurden sie massakriert! Am Ende massakriert die Gesellschaft die Piraten immer. Das liegt in der Natur der Dinge … Aber in den Herzen der Piraten aller Welt lebt *Libertalia* weiter als das verlorene Paradies. Hör gut zu, meine Liebe, weißt du, wie die Piraten genannt wurden?«

Er gab Maline keine Gelegenheit zu antworten.

»Die schwarzen Engel der Utopie! Ein Pirat, meine Liebe, ist genau das: ein schwarzer Engel der Utopie.«

Die Biergläser kamen und gingen.

Maline fühlte sich geradezu gezwungen, einen zweiten Rum zu bestellen. Wenn er erst einmal angefangen hatte, war Ramphastos tatsächlich ein wunderbarer Märchendichter. Je mehr Bier er trank, je weiter die Nacht fortschritt, desto besser wurde er. Maline lauschte ihm mit der Hingabe einer Zehnjährigen. Schließlich lenkte sie das Gespräch in eine Richtung:

»Und was hat die Seine damit zu tun? Auf der Seine hat es doch keine Piraten gegeben?«

Ramphastos sah sie an, als hätte sie den allergrößten Unsinn gesagt.

»Keine Piraten! Keine Piraten auf der Seine! Ich erzähle dir gern von den Piraten der Karibik, der Insel Tortuga, der Südsee, von den chinesischen Piraten. Die Geschichte der Piraten vom Ende der Welt. Aber eines ist sicher: Die ersten Piraten der Geschichte, die reichsten und grausamsten, die waren von hier!«

Maline machte große Augen.

»Vergiss die Wikinger nicht, mein Herz! In der gesamten Christenheit haben die Wikinger jahrhundertelang ein fröhliches Durcheinander angerichtet, sie haben den Papst zum Zittern gebracht, den Kaiser und alle Könige … Da die Wikinger-Piraten aber mächtig waren und man sie nicht so einfach niedermetzeln konnte, hat man es anders angestellt: Man hat sie gekauft, man hat sie bestochen. Einem Wikinger, der ehrgeiziger war als die anderen, hat man eine Krone aufgesetzt und die Utopie durch ein grünes Land mit einem großen Fluss in der Mitte eingetauscht … die Normandie.«

»Rollo, der erste Herzog der Normandie?«

»Ja … Rollo hat der Wikinger-Utopie, der jahrhundertelangen Seeräuberei und Freiheit ein Ende gesetzt … Das Seinetal, seit Jahrhunderten Hort der Wikingerbeute, wurde zum Herzogtum … Rollo verbot den Normannen zu stehlen, zu plündern, Beute anzuhäufen … Zumindest offiziell. Als ob man einen Vogel am Fliegen hindern könnte … Als ob man Utopien verbieten könnte. Das war der Moment, als Rollo die Idee von dem goldenen Ring hatte … Dem berühmten Ring, der einen Fluch nach sich ziehen sollte!

»Was für einen Fluch?«, rief Maline begeistert.

Ramphastos kam nicht mehr zu einer Antwort. Ein Kneipengast hatte die vorteilhafte Anatomie der Kellnerin wohl aus zu großer Nähe bewundern wollen, worüber die Arme ihr Tablett mit den glücklicherweise leeren Gläsern hatte fallen lassen. Der Wirt warf ihr einen strengen Blick zu. Maline hatte Mitleid mit dem armen Mädchen.

Als sie sich wieder zu dem alten Märchendichter drehte, war dieser wie eine Auster zugeschnappt.

Der Vorfall mit den zu Boden gestürzten Gläsern war außerdem wie das Ertönen eines Signals. Es war fast zwei Uhr morgens, der Wirt zeigte an, dass er schließen würde. Ein paar Minuten später räumten die letzten Gäste die Kneipe.

Maline half Ramphastos beim Aufstehen. Nach drei Gläsern Champagner und zwei Bechern Rum fühlte sie sich ein bisschen wackelig auf den Beinen – der alte Seemann hingegen war vollkommen betrunken. Maline glaubte, er würde niemals einen Fuß vor den anderen setzen können. Sie irrte: Als er erst einmal aufrecht stand, konnte Ramphastos ganz gut gehen, langsam zwar, aber einigermaßen geradeaus.

Er musste daran gewohnt sein! Auch den Wirt der *Libertalia* kümmerte sein letzter Kunde nicht im Geringsten.

In solch einem Zustand wollte Maline den Märchendichter jedoch nicht allein nach Hause gehen lassen. Sie geleitete ihn durch die Tür und warf einen Blick auf die inzwischen sehr düstere Straße. Sie wollte gerade aufbrechen, als der Kneipenbesitzer sie ansprach.

»Mademoiselle?«

Maline wandte sich um.

»Ja?«

»Sie sind Journalistin, wenn ich richtig gehört habe?«

Neuigkeiten machten schnell die Runde …

»Ja.«

»Na dann, wenn ich Ihnen einen Rat geben darf: Sie sollten sich die Ausflugsschiffe der Armada einmal näher ansehen …«

Was war das nun schon wieder? Darauf war sie nicht vorbereitet.

»Ach ja? Warum?«

»Einfach so. Glauben Sie mir. Ich habe alle Armadas erlebt, von 1989 bis 2003. Dieses Jahr bin ich zum ersten Mal nicht mehr dabei. Mit der Armada von 1989, den *Voiles de la Liberté,* konnte ich mir dieses Lokal aufbauen. Im Dezember 1988, als die Grundstücke am Kai gepachtet werden mussten, hätte noch keiner gedacht, dass das so ein Erfolg werden würde. Die größte Fläche habe ich gemietet. Sechs Monate vor den *Voiles de la Liberté* – das reinste Pokerspiel! Ich habe alle meine Ersparnisse darauf gesetzt. Nach nur zwei Tagen Armada waren alle Kosten gedeckt. Das ist heute nicht mehr das Gleiche … Alle wollen sie das große Los ziehen. Aber damit ist Schluss. Nur ein paar wenige werden so richtig abräumen … Ich kenne etliche Kapitäne, die auf ihren Ausflugsschiffen ganz schön meckern.«

Maline verstand nicht im Geringsten, worauf er hinauswollte. Sie beschloss, bei Gelegenheit darauf zurückzukommen, jetzt aber war ihr armer Kopf zu voll. Außerdem wollte sie Ramphastos nicht allein lassen.

»Okay, ich merke mir das! Kann ich Sie bald wieder kontaktieren? Morgen? Ich muss jetzt los!«

Sie versuchte, die Anspielungen des Wirts in einer Ecke ihres Gehirns zu verstauen, und verließ die Kneipe.

Die kalte Nacht ließ sie sogar unter dem Kleid an den Beinen frieren. Sie sah auf die von vereinzelten Straßenlaternen schwach ausgeleuchtete Straße.

Wo war nur der alte Märchendichter geblieben?

Freitag, 11. Juli 2008:
Das Sterben beunruhigt mich nicht

23

DIE FINTE

2 Uhr 06, Rue du Père Adam

Daniel Lovichi wartete, bis der Trunkenbold in der Passage des Anciens-Moulins verschwand, bevor er sich an seine Fersen heftete. Alles lief wie geschmiert. Der Typ war allein und schien nicht in der Lage, sich zu verteidigen. Es würde ein Kinderspiel sein.

Wieder kamen ihm die Fünfhundert-Euro-Scheine in Ramphastos' Hosentasche in den Sinn. Wenn er an all die Drogen dachte, die sich in Reichweite befanden, in den Taschen der Matrosen, spürte er in sich eine Not, eine unerträgliche Not. Es durfte nicht schiefgehen. Er brauchte das Geld.

Ramphastos lief ihm kaum einen Meter voraus. Der Weg war gottverlassen, niemand ging je hier entlang. Zu dieser Uhrzeit war er eine Sackgasse. Doch er durfte kein unnötiges Risiko eingehen, er musste schnell sein und durfte vor allem nicht zögern, seine Waffe zu gebrauchen. Lovichi umklammerte den Dolch und legte die Hand auf Ramphastos' Schulter. Als der sich umdrehte, hielt Lovichi ihm unversehens die Klinge an die Kehle.

»Kohle her, aber schnell!«

Verzweifelt und unbeholfen versuchte der alte Seemann, seinen Angreifer abzuwehren. Aber er war zu langsam, und Lovichi war auf der Hut.

Die Messerklinge traf Ramphastos zwischen Hals und Schulter.

Der Seebär stieß einen heiseren Schrei aus.

»Schnauze! Das nächste Mal schlitze ich dir den Bauch auf. Kohle her, Schweinehund!«

Lovichi dachte daran, dass der alte Trinker ihn kannte, dass er ihm heute Abend auf der Straße schon einmal begegnet war. Er würde ihn wiedererkennen.

Wenn er das Geld erst einmal hatte, würde ihm keine Wahl bleiben. Um nicht bald sämtliche Bullen am Hals zu haben, musste er die Sache zu Ende bringen, musste das alte Schwein krepieren.

Den Schrei hatte hoffentlich niemand gehört. Wer würde so spät noch durch diese Gasse gehen? In weniger als einer Minute würde alles vorbei sein. Er beugte sich über Ramphastos' zusammengekrümmten, zitternden Körper, als eine Frauenstimme die Stille durchbrach:

»Gibt es ein Problem?«

Verdammt!

Eine Passantin! Sie hatte anscheinend nicht bemerkt, dass er eine Waffe bei sich trug. Sie hatte nichts gesehen, bestimmt hatte sie nur der Lärm aufgeschreckt. Lovichi verlor nicht die Nerven. Er musste sie herkommen lassen, ganz nah, und dann auch sie umlegen, er hatte keine Wahl mehr. Die junge Frau trat näher. Er erkannte die Dame in dem roten Kleid, die ein paar Stunden zuvor die *Libertalia* betreten hatte. Wie schade, ein so hübsches kleines Ding zur Strecke zu bringen …

Die junge Frau war kaum einen Meter von ihm entfernt. Er roch ihr Parfüm. Der alte Seemann auf dem Boden wirkte jetzt kaum mehr bei Bewusstsein. Lovichi umklammerte seinen Dolch. Die junge Frau war nicht misstrauisch, sie stand da, ganz nah.

Noch ein paar Zentimeter, und er würde zustechen, mitten in die Brust.

Er konnte sie nicht verfehlen.

Es war so weit! Die junge Frau, arglos, berührte ihn fast. Lovichi nahm den Arm aus dem Schutz seines Mantels und holte aus.

»Pass auf!«, stieß Ramphastos mit letzter Kraft hervor, bevor er bewusstlos wurde.

Maline sprang instinktiv zurück. Sie spürte, wie die Schneide ihre Brust streifte.

In welches Schlamassel war sie nun schon wieder hineingeraten?

Sie hatte keine Zeit, um sich weitere Fragen zu stellen. Der Mann kam bereits auf sie zu. Er sah zwar nicht besonders frisch aus, war aber von imposanter Statur und hatte vor allem einen Dolch!

Sie wich weiter zurück und spielte mit dem Gedanken, davonzulaufen. Aber wohin? Die Torgitter des alten Mühlenwegs waren um diese Zeit versperrt, das wusste sie. Er war eine Sackgasse.

Schreien? Um Hilfe rufen?

Sie konnte nicht länger darüber nachdenken. Der Fremde war bereits über ihr. Er packte ihren Arm, und Maline spürte erneut die Klinge der Stichwaffe an ihrer Kehle. Der Überlebenswille packte sie und sie gab dem Koloss einen wütenden Fußtritt.

Sie traf seinen Unterleib.

Ihr Angreifer fluchte, doch der Stoß schien ihm nichts anhaben zu können.

So würde sie es nicht schaffen! Er wog mindestens doppelt so viel wie sie. Sie musste eine andere Lösung finden.

Mit dem sadistischen Blick einer Katze, die eine Maus jagte, richtete der Angreifer sich wieder auf. Immerhin ein paar Sekunden hatte sie gewonnen. Ein paar Sekunden wofür? Instinktiv durchwühlte sie ihre Tasche. Was hoffte sie zu finden? Sie war nicht von der Sorte Mensch, die Tränengas mit sich herumtrug. Notizbuch, Lippenstift, Telefon … Schnell! Eine Idee. Der Mann kam näher. Sie schnappte sich den nächstbesten Gegenstand, den sie in die Finger bekam, und schleuderte ihre Tasche nach vorn.

Die Tasche landete mehr als einen Meter von ihrem Angreifer entfernt.

Voll daneben!

Der Typ sah ihr erneut in die Augen und streckte den Arm aus, als wollte er ihr ganz genau die Waffe zeigen, die ihr gleich das Leben nehmen würde.

Maline versuchte, mit ausgestrecktem Arm die gleiche Haltung einzunehmen.

Nur, dass ihren Arm kein Dolch verlängerte.

Sie richtete einen Federhalter auf ihren Angreifer!

Goldfeder, extrem robust, zumindest nach dem, was ihr Vater gesagt hatte.

Als er erkannte, was für eine jämmerliche Verteidigungswaffe Maline da schwang, hielt Daniel Lovichi inne und grinste selbstherrlich. Maline spürte die Schwachstelle sofort. Der Kontrast zwischen den beiden Objekten machte ihren Angreifer zu selbstbewusst. Seine Aufmerksamkeit würde unwillkürlich nachlassen.

Das war ihre Chance. Sie musste sie ergreifen.

Maline hoffte, dass der Alkoholspiegel in ihrem Blut nicht ihr Reaktionsvermögen beeinträchtigte. Es war an der Zeit, ihre Erinnerungen wachzurufen. Sie hatte zwar seit über zehn Jahren keinen Fechtsaal mehr betreten, war aber ihre ganze Jugend lang in einem Klub gewesen. Damals nicht unter den Schlechtesten. Sofort kam ihr wieder eine grundlegende Finte in den Sinn, die Balestra, die bereits Anfänger lernten. Mit ein bisschen Glück war der Unbekannte nie Anfänger gewesen.

Maline nahm eine Sixt ein und ließ ihren Gegner einen Meter herantreten. Sein Dolch leuchtete in der Nacht.

Jetzt!

Sie tänzelte zur Seite, trat für eine gelungene Balestra aber nicht mit beiden Füßen zugleich auf, sondern sprang mit dem vorderen Fuß ab und schlug mit der Ferse so fest sie konnte auf den Boden.

Der Mann war erwartungsgemäß kurz überrascht. Ohne zu überlegen änderte Maline den Kurs und holte zum Hieb aus.

Die Goldfeder des Stifts bohrte sich in Daniel Lovichis Kehle.

Er stieß einen Schmerzensschrei aus und sank nieder.

Blut quoll hervor.

Mit dem Fuß stieß Maline den Dolch beiseite, der auf den Boden gefallen war.

Sie wusste, dass der Stich nicht tödlich sein würde, sofern die Rettungskräfte schnell einträfen. Sie wusste auch, dass ihr Angreifer nicht mehr von allein aufstehen würde. Mit einem gezielten Fußtritt in die Rippen gab sie ihm schonungslos zu verstehen, dass er sich gefälligst nicht rühren sollte.

Sie rief nacheinander den Notdienst und die Polizei, dann beugte sie sich über den bewusstlosen Ramphastos.

Weniger als zehn Minuten später bog der erste Polizeiwagen in die Gasse ein, zur selben Zeit wie der Rettungswagen. Aus dem Fahrzeug sprang Inspektor auf Probe Jérémy Mezenguel, zusammen mit drei anderen Beamten. Maline kannte die meisten Polizisten von Brisout, aber nicht diesen.

Wahrscheinlich ein Neuer.

Sein lässiger Cowboy-Look und sein ironisches Lächeln angesichts der misslichen Lage gefielen ihr mäßig.

Nach einer gründlichen Untersuchung der Verletzungen von Daniel Lovichi und Ramphastos kam Mezenguel auf Maline zu, die Hände in den Hosentaschen einer engen Jeans. Er machte sich nicht einmal die Mühe, seinen eindringlichen Blick auf ihr zerrissenes Kleid zu verbergen. Maline musste ein besonders unzüchtiges Bild abgeben.

»So, Mademoiselle, Sie sind anscheinend Journalistin. Als Zuverdienst praktizieren Sie ohne Zulassung den Luftröhrenschnitt, wie ich sehe … ts, ts.«

Maline zuckte die Schultern. Sie war müde.

Mezenguel stellte ihr ein paar Routinefragen, bevor er sich Daniel Lovichis Dolch widmete, der an den Rinnstein gerutscht war.

»Nicht anfassen!«, schallte es durch die Gasse.

Kommissar Paturel marschierte vor, gefolgt von einem guten Dutzend in Zivil gekleideter Beamten. Sie bewegten sich alle mechanisch, wie Schlaftrunkene, die man gerade aus dem Bett gezerrt hatte.

»Finger weg von diesem Dolch, Jérémy!«, fuhr der Kommissar fort. »Er könnte ein erstklassiges Beweisstück sein. Wir fassen nichts an und lassen die Forensiker ihre Arbeit machen.«

Mezenguel fühlte sich gedemütigt, er stand auf, wagte aber nicht, dem Kommissar etwas entgegenzuhalten. Paturel ging auf die Journalistin zu:

»Mademoiselle Abruzze! Immer mitten im Geschehen, wie ich sehe …«

Maline Abruzze und Kommissar Gustave Paturel waren sich schon oft begegnet. Sie kannten sich von früher. Trotz der späten Stunde sah der Kommissar sie erfreut an:

»Wenn Sie mir schlüsselfertig den Mörder Mungarays liefern, Mademoiselle Abruzze, dann verzeihe ich Ihnen nur allzu gern, dass Sie mich und meine Kinder mitten in der Nacht aufgeweckt haben. Jetzt wird sich die Situation vielleicht entspannen …«

»Kennen Sie ihn?« Maline deutete auf ihren Angreifer.

»Oooh ja … Daniel Lovichi ist ein treuer Kunde, wie man so sagt. Ein kleiner Dealer und Drogensüchtiger. Ohne festen Wohnsitz … Abgesehen von Bonne-Nouvelle, wo er sein halbes Leben verbringt! Aber ein bewaffneter Überfall wird ihm zum ersten Mal zur Last gelegt. Sie werden mir erklären müssen, was Sie hier zu suchen hatten, Mademoiselle Abruzze …«

Maline war erschöpft. Sie fror.

Das merkte Kommissar Paturel und gönnte ihr eine Pause.

Er sah auf die kreisenden Lichtkegel, die emsigen Forensiker. Er atmete auf. Das Blatt hatte sich gewendet. Er wusste aus Erfahrung, dass er den idealen Täter hatte, um ihn der Presse zum Fraß vorzuwerfen, einen mutmaßlichen Mörder, mit dem er den Präfekten und die Behörden beruhigen konnte. Eine Messerattacke mitten in der Nacht, das geschah selten. Lovichi hatte das passende Profil. Wenn außerdem sein Dolch derselbe war, mit dem der junge Mungaray getötet worden war, dann konnte sich der Kommissar auf ein deutlich entspannteres Ende der Armada freuen.

24

GOLD MEINER NACHT

3 Uhr 06, Rue Saint Romain

Die Polizei hatte Maline eine knappe Stunde einbehalten und dann entlassen. An der Notwehr bestand kein Zweifel. Es war nach drei Uhr morgens.

Endlich konnte sie nach Hause!

Maline fühlte, wie ihr Kopf fast implodierte und ihre Beine taub waren vor Kälte. Als sie wieder durch die Rue des Chanoines ging, die nachts noch intensiver als morgens nach Urin stank, hätte sie beinah allen Rum und Champagner erbrochen. Müden Schrittes ging sie die drei Stockwerke nach oben und betrat ihre Wohnung. Sie streifte das rote Kleid von ihrem matten Körper, warf es zusammengeknüllt auf den Wäscheberg und ließ sich nackt auf das Bett fallen.

Es war noch drückend heiß unter dem Dach. Es war eine gute Idee gewesen, heute Morgen das Dachfenster offen zu lassen. Sie hatte keine Kraft mehr zu duschen. Das musste bis morgen warten. Um in den Schlaf zu finden, schaltete sie das Radio ein. Die Sender spielten ohne Werbung pausenlos Musik. Oldies.

Schlafen.

Fast ohne es zu wollen, ließ sie ihre Hand in die Tasche gleiten und griff nach dem Handy. Was für eine blöde Angewohnheit! Es war ihr nahezu unmöglich, drei Stunden lang nicht auf das Display zu sehen, und vor allem einzuschlafen, ohne es zu tun.

Ihre Finger huschten über die Tasten. Seit gestern Abend hatte sie drei Nachrichten erhalten. Die erste war wieder einmal von ihrem Vater. Die burgundischen Cousins, ihr Geburtstag, ihr Geschenk. Das konnte warten!

Die zweite SMS ließ sie zusammenzucken. Sie war kurz. Zwei Wörter, zwei Buchstaben: *Gute Nacht. O.L.*

Ein wohliger Schauder überlief Malines nackten Körper.

O.L. … Olivier Levasseur. Er hatte an sie gedacht!

Die Mischung aus Müdigkeit, nachlassender Anspannung und unterdrücktem Verlangen löste in ihrem Unterleib ein starkes Beben aus. Der schöne Olivier hatte an sie gedacht! Wie vielen anderen Frauen schickte er vor dem Schlafengehen so eine Nachricht?

Egal, sie stand auf seiner Liste!

Maline versuchte, ihre wachsende Lust zu bändigen. Sie musste schlafen! Sie kam zu der dritten Nachricht.

Sarah Berneval, Kommissar Paturels Sekretärin, ließ sie wissen, dass eine dritte SMS auf Mungarays Mobiltelefon eingegangen war, eine dritte Nachricht auf Spanisch.

Es el oro de la noche.

Du bist das Gold der Nacht …

Irgendwo schickte eine Verliebte fortwährend zärtliche Botschaften an einen schönen Jüngling … der seit gestern tot war.

Maline sah durch das Dachfenster in die Sterne.

Welch eine Ironie!

Wie bereits bei den vorigen spanischen Nachrichten hatte sie erneut das Gefühl, als ob eine Erinnerung an die Oberfläche ihrer müden Gedankenwelt dringen wollte, als ob die Nachrichten miteinander verbunden wären, als ob sie ein großes Ganzes bildeten, als ob sie alle in dieselbe Richtung wiesen, eine Richtung, die mit zarten Worten nichts zu tun hatte.

Maline sagte sich die Nachrichten gedanklich auf. Die Erinnerung war irgendwo in ihrem Gehirn abgespeichert, da war sie sich sicher.

Sé que me espera.
No puedo permanecer lejos ti más mucho tiempo.
Es el oro de la noche.

Sie war zu müde, um heute Nacht noch eine Antwort zu finden. Wonach suchte sie überhaupt? Ganz bestimmt war dieser Daniel Lovichi der Mörder. Die Polizei war sich ziemlich sicher.

Maline spürte, wie sich ihre Gedanken allmählich in Luft auflösten, wie die Bilder verschwammen und ein Halbschlaf sie überkam. Olivier Levasseur wandte sich zu ihr. Gemeinsam lagen sie nackt in einem Bett, das teilweise mit großen Seidentüchern bedeckt war.

Er wisperte ihr zärtlich ins Ohr: »Du bist das Gold meiner Nacht.«

Maline wälzte sich im Bett, sie konnte nicht einschlafen.

Sie hatte diese Sprüche, alle diese spanischen Sprüche schon einmal gehört, vor sehr langer Zeit.

Sie quälte ihren armen müden Kopf. Sie hatte die sonderbare Eingebung, dass es eine Erinnerung aus der Grundschulzeit war. Etwas, das sie auswendig gelernt hatte. Es ergab keinen Sinn.

In der Grundschule hatte niemand jemals Spanisch gesprochen.

25

DER SCHATZ DER AZTEKEN

3 Uhr 17, Umgebung von Rouen

Der Mann öffnete die Tür.

»Also?«, fragte eine weibliche Stimme.

»Hat alles geklappt!«, antwortete der Mann. »Wie geplant. Sie haben die Tatwaffe, sie haben das Handy, sie haben ihren Schuldigen. Das wird sie eine Weile beschäftigen und daran hindern, überall herumzuschnüffeln. Es wird auch die anderen beruhigen und weniger misstrauisch machen. Die Aufregung wird sich legen. Morgen habe ich mehr Zeit, sodass wir zur zweiten Phase übergehen können: die restlichen Zeugen aus dem Weg räumen …«

»Und …«, fuhr die Frauenstimme fort, »und diese Journalistin, Maline Abruzze, was denkst du über sie, könnte sie uns gefährlich werden?«

Belustigt erwiderte der Mann:

»Oh nein … Nicht gefährlich! Sie ist pfiffig, wie du heute gemerkt hast, aber warum sollte sie uns verdächtigen? Ich glaube sogar, dass sie mir vertraut. Wir haben uns doch heute wie zwei alte Freunde unterhalten, oder? Wir kennen uns jetzt! Und dich kennt sie auch. Warum sollte sie zwischen uns und der Ermordung Mungarays einen Zusammenhang herstellen?«

Der Mann lächelte breit und spann seine Rede fort:

»Sie könnte uns sogar nützlich sein, wenn wir morgen erneut zuschlagen, um den Fluch des Jarls zu erfüllen, um diese leichtsinnigen Idioten anzulocken und zu töten!«

Vor einem weißen Ledersofa war ein riesiger Plasmabildschirm in die Wand eingelassen. Der Mann setzte sich.

»Spiel es bitte noch einmal ab. Ein letztes Mal!«

Die Frau öffnete eine Schublade unter dem Wohnzimmertisch. Mehrere DVDs lagen sorgfältig darin verstaut, allesamt nummeriert und mit großen roten Beschriftungen etikettiert. Kurzerhand griff sie nach einer DVD mit dem Titel *Schatz der Azteken. 15. Juni 1982.* Sie legte sie in den Rekorder, nahm die Fernbedienung in die Hand und drückte eine Taste. Der Bildschirm leuchtete auf.

Es war ein Amateurfilm, gedreht auf einem Boot. Das Bild war verwackelt und nicht besonders scharf, als ob der Film heimlich gemacht worden wäre. Eine Seineschleife war erkennbar. Das Boot sah aus wie ein kleiner Fischkutter. An Deck drängten sich rund dreißig vielleicht zwölfjährige Kinder. Eine ältere, gut eingemummelte Frau, wahrscheinlich die Lehrerin, wachte wie eine Glucke über die Kinder.

Alle lauschten einem Mann mit struppigem schwarzem Bart und einer blauen Filzmütze. Schon damals war er recht korpulent.

Es war Pierre Poulizac, der junge Ramphastos. Es musste sich Anfang der achtziger Jahre zugetragen haben. Die Seekonferenz des Märchendichters schien die Kinder in ihren Bann zu ziehen.

Ramphastos streckte die Hand aus:

»Das Dorf da drüben, Kinder, ist Vatteville-la-Rue. Ein ganz kleines Dorf. Nicht einmal tausend Einwohner! Wie ihr seht, ist es heute landeinwärts gelegen. Weil nämlich die Seine in den letzten fünfhundert Jahren ihren Lauf geändert hat. Aber vor fünfhundert Jahren war Vatteville ein Hafen, ein wichtiger Hafen für Seefahrer auf der ganzen Welt. Kinder, habt ihr schon einmal etwas von den Azteken gehört?«

Keines der Kinder traute sich. Ramphastos fuhr fort:

»Die Azteken lebten in Mexiko, bevor die Spanier dort eintrafen. In zweitausend Jahren schufen sie eine der reichsten Kulturen der Geschichte. Kinder, wenn ihr heute Mais, Kartoffeln, Tomaten, Schokolade oder Erdnüsse esst ... dann habt ihr das den Azteken und ihren landwirtschaftlichen Errungenschaften zu verdanken! Aber dann zerstörte ein einziger Mann, ein Spanier, Hernán Cortés, mit ein paar anderen in nicht einmal zehn Jahren alles, was die Azteken in zweitausend Jahren aufgebaut hatten.«

»Warum?«, fragte eine schüchterne Stimme.

»Wegen der sagenhaften Schätze, die die Azteken im Laufe der Jahrhunderte gesammelt hatten! Hernán Cortés hatte ein einziges Ziel: diese sagenhaften Schätze an sich zu nehmen. Monatelang folterte er den letzten aztekischen Herrscher, Cuauhtémoc, den fallenden Adler, den großen mexikanischen Nationalhelden. 1521 wurde Cuauhtémoc von Cortés hingerichtet. 1522 brach Cortés zurück nach Spanien auf, in drei Karavellen den größten Schatz, der auf dem Meer je gesehen wurde. Hört gut zu, Kinder. Die Chroniken berichten von hunderttausend Goldmünzen, zweihundertdreißig Kilo Goldstaub in Säcken, dreihundertzehn Kilo Perlen, manche so groß wie Haselnüsse, von Gold- und Silbergeschirr, aztekischen Armbändern, Schilden und Helmen, Statuen von Tieren aus der Neuen Welt … Und von einem sagenhaften Smaragd, so groß wie ein Handteller! Den Chroniken zufolge nahm Cortés auch zwei Tiger mit, die auf dem Schiff verrückt wurden. Der eine stürzte sich ins Wasser und tötete dabei drei Seemänner, den anderen mussten sie erlegen …«

Die Kinderaugen funkelten wie die beschriebenen Schätze. Ramphastos war ein fantastischer Geschichtenerzähler.

»Der wunderbarste Schatz aller Zeiten, Kinder! Aber jetzt muss ich euch von jemand anderem erzählen. Ihr habt bestimmt noch nie von ihm gehört. Er heißt Jean Fleury. Er war ein normannischer Seefahrer und lebte in diesem kleinen Dorf Vatteville-la-Rue. Man könnte fast sagen, dass er ein Pirat war. An Bord seines fabelhaften Schiffes, der *Salamandre,* schipperte er kreuz und quer über die Meere. Vor der Küste der Azoren entdeckte er die drei Karavellen von Cortés. Mit unwahrscheinlicher Kühnheit stürzte er sich vor den Augen der spanischen Eskorten wie ein Falke auf die drei spanischen Segelschiffe, kommandierte die Enterung, riss die Befehlsgewalt der Schiffe an sich und plünderte die gesamte Ladung. Die wunderbarste Beute aller Zeiten! Könnt ihr euch das vorstellen, Kinder?«

Mit großen Augen blickten die Kinder auf das kleine Dorf Vatteville. Die amüsierte Lehrerin schien sich zu fragen, was an der Erzählung der Wahrheit entsprach. Ramphastos fuhr fort:

»Einen Teil der Beute entrichtete Jean Fleury an seinen Reeder, Jehan Ango aus Dieppe. Dank der Kühnheit seines besten Kunden wurde Jehan Ango zum reichsten und mächtigsten Mann Frankreichs … Aber das ist eine andere Geschichte. Jean Fleury hatte Cortés auch alle Seekarten gestohlen, alle Pläne von den Expeditionen zu den Westindischen Inseln. Jahrelang ärgerte Jean Fleury die spanische Flotte. Es ist unglaublich … Die Rede ist von über dreihundert Enterungen. In allen Ozeanen der Welt wurde auf seinen Kopf eine Belohnung ausgesetzt. Kaiser Karl V. zürnte. Gemäß der Tradition hätte er ein Fünftel des Aztekenschatzes bekommen sollen, den Cortés aus Mexiko hatte mitbringen wollen. Der Anteil des Königs! Jean Fleury hatte ihm alles vor der Nase weggeschnappt …«

Ein bezauberndes kleines Mädchen hob die Hand:

»Monsieur? Haben die Spanier ihn denn nie erwischt?«

Der Märchendichter blickte trübselig drein.

»Doch, meine Kleine. Die Piraten werden am Ende alle gefasst. Fünf Jahre später geriet er vor dem Kap Finisterre bei Galicien in Nordspanien in einen Hinterhalt. Jehan Ango bot Karl V. ein phänomenales Lösegeld an, um seinen Kapitän freizukaufen, doch der Kaiser gab nicht nach. Seine Ehre und sein Ansehen standen auf dem Spiel. Jean Fleury wurde 1527 in Cádiz erhängt.«

Die meisten Kinder hatten feuchte Augen bekommen. Helden in Geschichten starben normalerweise nicht.

»Nun aber!«, sagte die Lehrerin, um sie zu trösten. »Es steckt viel Fantasie in Monsieur Poulizacs Erzählungen …«

Ramphastos warf ihr einen beleidigten Blick zu.

»Glauben Sie das nicht, Madame! Ich habe Ihnen die reine Wahrheit erzählt! Schlagen Sie ein Geschichtsbuch über die Normandie auf. Sie werden schon sehen! Wer weiß, warum manche Piraten im Gedächtnis bleiben und andere vergessen werden. Ich jedenfalls nicht … Vielleicht war Jean Fleury insgesamt zurückhaltend. Die einzige Spur seines Triumphes finden Sie im Seinetal am rechten Ufer, in der kleinen Kirche von Villequier, gleich vor Vatteville-la-Rue. Eine beeindruckende Glasmalerei zeigt Jean Fleurys Enterung der Karavellen von Cortés. Ansonsten … Was soll ich sagen? Jean Fleury hat sich der wunderbarsten Beute in der Geschichte der Seeräuberei bemächtigt. Wahrscheinlich hat er sie in die Nähe seiner Heimat gebracht, hierher nach Vatteville-la-Rue. Wahrscheinlich ist er zurück aufs Meer gefahren, ohne auch nur eine einzige der hunderttausend Goldmünzen und den ganzen Rest auszugeben. Er wurde fünf Jahre später erhängt, ohne seine Beute angerührt zu haben … Kein einziges Geschichtsbuch oder Archiv kann uns sagen, was aus dem Schatz der Azteken geworden ist … Ich sage Ihnen mal was, Madame, jetzt, wo meine Geschichte zu Ende ist, wo Jean Fleury im fernen Cádiz hingerichtet worden ist, wo er sein Geheimnis mit ins Grab genommen hat, ja, jetzt kann die Fantasie ihren Lauf nehmen …«

Dreißig Kinder spähten zum Seineufer, hielten in dem silbrigen Glitzer des Flusses Ausschau nach dem Schimmer einer wunderbaren Beute.

26

ORESTE ... HÄNGT FEST

7 Uhr 09, Rue Saint-Romain

Erst nach dem fünften Klingeln des Telefons öffnete Maline die Augen. Sie griff nach ihrem Handy und las den eingespeicherten Namen des Quälgeistes, der sie geweckt hatte.

Christian Decultot.

Maline seufzte.

»Aufstehen, Mitbürgerin!«, plärrte die heitere Stimme des Chefredakteurs. »Entschuldige, dass ich dich in aller Herrgottsfrühe wecke. Ich habe von deiner Heldentat gehört. Du hast mit einem Federhalter Laura Flessel gespielt! Chapeau. Ich verlasse mich darauf, dass alle Einzelheiten exklusiv in der Mittwochsausgabe erscheinen.«

Maline antwortete mit einer rauen Stimme, die sie selbst überraschte:

»Wenn du es weißt, warum lässt du mich dann nicht schlafen?«

»Ich habe eine Aufgabe für dich, Mitbürgerin!«

»Ruf mich in zwei Stunden wieder an! Sonst zerre ich dich noch vor das Arbeitsgericht!«

»Unmöglich, ich brauche dich am Bahnhof von Rouen. In dreiundvierzig Minuten.«

Maline versuchte, zu Bewusstsein zu kommen, ihre wirren Gedanken zu ordnen. Sie hatte nicht das Gefühl, geschlafen zu haben. Sie fühlte sich schmutzig. Am liebsten wollte sie sich schonen, ein bisschen Zeit für sich haben.

»Langsam, Christian … Ich komme gerade erst zu mir. Wo ist denn das Problem? Ich dachte, die Polizei hätte den Täter geschnappt. Oder nicht?«

»Doch … hoffentlich. Ich meine, ich weiß nicht. Deine Aufgabe hängt nicht damit zusammen. Du musst mir einen Gefallen tun.«

Der Mistkerl wollte an ihre Gefühle appellieren. Sie wartete ab.

»Es wird dich nichts kosten. Außer Überwindung. Pass auf. Ich möchte dich bitten, am Bahnhof einen Journalisten zu empfangen. Einen jungen Journalisten von der *Monde*. Er wurde geschickt, um über die Armada zu berichten. Der Mord am Ufer hat sie aufhorchen lassen.«

»Hat er keinen Stadtplan von Rouen, dieser Journalist? Was haben wir damit zu tun?«

»Erstens, falls du es vergessen hast, gehören wir zur selben Finanzgruppe. Zweitens ist der junge Journalist der Sohn eines Freundes, Raphaël Armano-Baudry, ein großer Name, ein bekannter internationaler Reporter …«

Maline stieß einen Pfiff aus.

»Ich sehe schon …«

»Du irrst, Maline, der Junge, den du empfangen sollst, Oreste Armano-Baudry, ist nicht allein über Beziehungen an seinen Job gekommen. Sehr gutes Abitur, Jahrgangsbester an der Journalistenschule Sciences Po in Paris, dann sofort bei der *Monde* gelandet …«

»Das bestätigt meine Vorbehalte! Lycée Henri IV, Sprachreise in die USA, großes bürgerliches Apartment im sechzehnten Arrondissement, nehme ich an ... Warum willst du mir diesen Schnösel in die Arme treiben?«

»Dieser Schnösel ist mein Patensohn, Maline! Als seine Mutter starb, ist sein Vater mit ihm und seiner Schwester oft in die Normandie gekommen, um die Wochenenden bei mir zu verbringen. Er ist mir auf den Schoß gehüpft. Verstehst du, Maline? Dann wurde er von seiner Stiefmutter großgezogen und ich habe ihn aus dem Blick verloren. Er müsste jetzt einundzwanzig oder zweiundzwanzig Jahre alt sein.«

Maline beschloss, sich etwas anzuziehen. Nackt und mit dem Telefon in der Hand machte sie sich auf die Suche nach einem sauberen T-Shirt.

»Okay, okay, Christian. Worin genau besteht dein Babysitting-Auftrag?«

»Es wird schon nicht so schlimm. Du gehst ein bisschen mit ihm an der Seine spazieren, erzählst ihm zwei oder drei Anekdoten über Rouen, beantwortest seine Fragen und bringst ihn zurück zum Zug. Es dürfte sich nicht endlos hinziehen. Für Nachforschungen kommt Oreste ein bisschen zu spät, nicht wahr? Du hast den Täter schon aufgespießt ... Wenn ich das so sagen darf.«

Christian Decultot lachte auf. Maline versuchte, mit ihrer freien Hand ein unförmiges T-Shirt überzustreifen. Wirklich alle, einschließlich ihres Chefredakteurs, wollten den Fall möglichst schnell zu den Akten legen. Maline dachte an die unbeantworteten Fragen.

Was war mit den SMS auf Spanisch? Und dem Brandmal? Den Tätowierungen? Den gruseligen Nachrichten? *Das Gras muss sprießen, und die Kinder müssen sterben; Das Sterben beunruhigt mich nicht. Es wird die Rückkehr zu einer alten Gewohnheit* … Die Hypothese von einem niederträchtigen Mord durch einen Drogensüchtigen erklärte nicht gerade viel.

»Okay, Christian«, beugte sich Maline. »Du hast gewonnen, ich bin wach! Ich spiele das Kindermädchen für deinen Kleinen.«

»Mach dich lieber auf ein Rodeo gefasst.«

Maline ging nicht darauf ein:

»Woran erkenne ich ihn? Hat er einen Schönheitsfleck auf der linken Pobacke?«

»Warte einfach auf dem Gleis. Er wird dich erkennen. Ich habe ihm deine vollständige Akte gemailt und gesagt, du seist meine Adoptivtochter. Siehst du, ihr seid fast Bruder und Schwester!«

»Du nervst, Christian!«

Seufzend legte Maline auf.

Sie war ganz schön blöd, dass sie das alles auf sich nahm.

In weniger als einer Dreiviertelstunde am Bahnhof von Rouen zu sein …

Resigniert hakte Maline im Eiltempo folgende Punkte ab: eine kalte Dusche, saubere zerknitterte Kleidung, Fatous Lächeln in dem Spiegel neben der Tür, frische Luft, den Geruch von Bier und Pisse in der Rue des Chanoines.

Sie erreichte den Bahnhof um 7 Uhr 47. Die Anzeigetafel mit den ankommenden Zügen zeigte an: Paris, 7 Uhr 59.

Sie war sogar zu früh! Sie nutzte die Zeit, um einen Kaffee und ein Croissant zu bestellen, und wählte die Nummer von Sarah Berneval. Insbesondere die Fortsetzung der Ereignisse von gestern

Abend wollte sie erfragen. Die Sekretärin des Kommissars war wie vermutet bereits bei der Arbeit.

»Augenblick, Maline, ich gehe vor die Tür …«

Sie verließ den Raum und fuhr fort:

»Hast du gestern Abend meine Nachricht erhalten? Ja? Übrigens, ich habe von deiner Aktion mit dem Federhalter erfahren, das ist ja unglaublich …«

»Ach ja.« Maline, etwas verlegen, versuchte das Gespräch abzukürzen. »Entschuldige bitte, Sarah. Ich bin am Bahnhof und habe es ein bisschen eilig. Wie weit sind die Ermittlungen?«

»Hui … Da gibt es tatsächlich Neuigkeiten! Sie haben die Nacht durchgearbeitet. Alle hier sind auf hundertachtzig. Vor allem der *Commissaire*. Sie sind sich fast sicher, dass es sich bei dem Dolch um das Messer handelt, das Mungaray getötet hat, den mexikanischen Matrosen. Daniel Lovichi hat dich mit der Tatwaffe bedroht. Er sitzt ganz schön in der Scheiße …«

»Wie geht es ihm, körperlich?«, erkundigte sich Maline.

»Du sorgst dich um den Dreckskerl, der dich umbringen wollte? Du bist wirklich ein Unikat! Keine Sorge, Maline, du hast ihn nicht umgebracht, die Verletzung war harmlos. Er wurde heute Nacht aus dem Krankenhaus entlassen, sie konnten ihn bereits vernehmen.«

»Hat er gestanden?«, fragte Maline.

»Noch nicht. Er behauptet, dass der Dolch eines Morgens vor ihm auf dem Boden lag. Wie durch ein Wunder. Außerdem habe er gesehen, wie Pierre Poulizac, dieser Ramphastos, auf der Straße Bargeld gezählt und es anschließend eingesteckt habe, fünftausend Euro! So sei er auf die Idee gekommen, ihn zu überfallen. Er behauptet, er habe mit dem Mord an Mungaray, den er noch nie gesehen habe, nichts zu tun.«

»Hat er ein Alibi?«

»Nein! Die Straße, das ist alles. Jedem hier ist klar, dass er der Täter ist …«

»Und sein Motiv?«

»Drogen! Er scheint zu glauben, dass die Matrosen, besonders die Mexikaner, mit den Taschen voller Kokain durch die Gegend spazieren. Er hat wohl einen kleinen Dachschaden. Er ist es, Maline, ganz sicher! Du hast den Mörder bezwungen … Du bist eine Heldin.«

Maline konnte diese offizielle Version seltsamerweise nicht glauben. Alles war viel zu einfach. Die Person Daniel Lovichi passte nicht zum Rest.

»Und Ramphastos? Wie geht es ihm? Kommt er zurecht?«

»Ja. Ich glaube, er ist noch im Universitätsklinikum. Aber es ist nichts Schlimmes … Nur ein paar Nadelstiche.«

»Was wollte er mit fünftausend Euro in bar? Ist das nicht ein bisschen dubios?«

Sarah lachte auf:

»Als der *Commissaire* ihn fragte, meinte Ramphastos, er könne ihm den Buckel runterrutschen! Das sei doch seine Sache!«

Es passte wirklich nichts zusammen. Warum bummelte Ramphastos, der nicht gerade den Eindruck erweckte, in Geld zu schwimmen, mit so einem Vermögen durch die Gegend? Woher kam das Geld? Warum verriet er es nicht?

»Du bekommst ja alles aus nächster Nähe mit«, sagte Maline. »Findest du nicht, dass der Fall für einen Drogensüchtigen eine Nummer zu groß ist?«

»Er hatte die Tatwaffe in der Hand, er hat ein Motiv, er hat kein Alibi, er hatte eine schwere Vergangenheit … Sie werden sich keine weiteren Fragen stellen und der Presse ein gefundenes Fressen vorwerfen. So können die Armada-Schiffe wieder in Ruhe umhergondeln und der *Commissaire* sich endlich um seine Kinder kümmern.«

Maline sah auf ihr Handgelenk: 8 Uhr 03!

»Ich muss los, Sarah. Danke. Tschüs!«

Sie rannte zu den Gleisen. Die Fahrgäste aus Paris zerstreuten sich bereits, doch Maline erkannte Oreste Armano-Baudry sofort.

Das musste er sein.

Sie musterte einen großen, schlaksigen Kerl mit kurzer hellblonder Bürstenfrisur. In seinem etwas zu feinen Gesicht trug er eine Carrera-Sonnenbrille. Er hatte den neuesten Houellebecq unter dem Arm, *Die Möglichkeit einer Insel.* Er war sorgsam gekleidet. Maline fiel die kaum zerknautschte Leinenjacke auf. Ein Kunststück, nach einer Bahnfahrt.

»Oreste Armano-Baudry?«, brachte Maline hervor.

Der junge Mann wandte sich um, nahm die Brille ab und versuchte, ihre Stimme zu verorten. Seine hellblauen Augen hätten schön sein können, wenn sie ein bisschen fröhlicher gewesen wären. Maline hob die Hand. Oreste bemerkte sie und bemühte sich kaum um ein Lächeln.

»Ein ganz schönes Gedränge«, sagte Maline heiter und gab ihm die Hand. »Es werden sogar Extrazüge für die Armada eingesetzt. Haben Sie noch einen Sitzplatz bekommen?«

»Zum Glück«, erwiderte Oreste. »Über eineinhalb Stunden Fahrt! Man ist ja schneller in Straßburg oder Lyon als bei Ihnen …«

»Immerhin«, antwortete Maline. »Noch vor einem Monat sind wir mit Kohle gefahren. Die Strecke wurde extra für die Armada elektrifiziert!«

Oreste Armano-Baudry deutete ein Lächeln an. Er hatte die Sonnenbrille wieder aufgesetzt.

»Suchen wir uns ein Café?«, fragte Maline. »Ich ertrage das Getümmel nicht mehr!«

Sie setzten sich in das Bahnhofsrestaurant. Die Halle hatte sich vorübergehend geleert, bis zur Ankunft des nächsten Zuges in einer halben Stunde.

Sie tauschten die üblichen Förmlichkeiten aus. Maline bemühte sich, geistreich zu wirken, aber Oreste Armano-Baudry begnügte sich damit, sie und den restlichen Bahnhof mit dem Blick eines Anthropologen zu betrachten, der ein isoliertes Volk entdeckt hatte. Eine Minute später zog der Pariser Journalist einen Palm aus der Jackentasche.

»Mademoiselle Abruzze, erlauben Sie, dass ich ein paar Notizen mache?«

Maline nickte belustigt. Oreste Armano-Baudry hielt das Mikrofon seines Organizers vor den Mund und sprach deutlich und laut:

»Freitag, 11. Juli. Stopp. 8 Uhr 11. Stopp. Bahnhof von Rouen. Stopp. Reise ... Endlos. Stopp. Stimmung ...«

Der Pariser Journalist sah sich um und fuhr fort:

»Provinziell. Stopp. Einrichtung ... Grotesk. Äh, nein. Altmodisch. Stopp. Empfang ...«

Sein Blick legte sich kurz auf Maline:

»Ordentlich. Stopp. Frühstück. Äh. Mittelprächtig. Mittelprächtig minus. Stopp.«

Oreste Armano-Baudry schaltete seinen Palm aus und lächelte zufrieden.

Maline starrte ihn fassungslos an und gab sich Mühe, die hinter ihrer Stirn brodelnden Kommentare für sich zu behalten.

Erster Eindruck. Stopp. Dämlack.

Sie zwang sich, an Christian Decultots Hinweise zu denken. Der junge Schnösel kannte das Leben nur aus seinem hübschen goldenen Käfig … Er war noch ein Junge.

Oreste entschied sich letztendlich, die Sonnenbrille abzunehmen. Wieder dachte Maline, dass er schöne Augen haben könnte, wenn sie nur ein bisschen strahlten. Trotz allem war sie überzeugt, dass sein Harter-Burschen-Blick alle snobistischen höheren Töchter beim Festbankett schwach werden ließ. Sie fand sich damit ab, die Anstandsdame zu spielen.

»Oreste, kennen Sie den Unterlauf der Seine?«

»Den Unterlauf der Seine? O nein … Daran erinnere ich mich überhaupt nicht. Seltsam, ich war schon in der ganzen Welt unterwegs, in gut dreißig Hauptstädten auf fünf Kontinenten, aber ich kenne keine Stadt, die weniger als eine Stunde von Paris entfernt ist! Kurios, nicht wahr?«

»Durchaus …«

Zweiter Eindruck. Stopp. Arschloch.

Oreste schob Kaffee und Croissant beiseite, die er kaum angerührt hatte:

»Ein lausiges Frühstück, oder? Finden Sie nicht? Das ist ganz normal, wissen Sie. Die Leute werden gerupft wie die Gänse. Ihre Armada ist eine schöne Touristenfalle, nicht wahr?«

Maline spürte, wie sich ein tiefer Ärger in ihr regte.

Rodeo, hatte Christian gesagt!

Sie würde das Balg schon abwerfen.

»Haben Sie immer zu allem eine Meinung, Oreste?«

Der junge Journalist sah sie überrascht an. Maline gönnte ihm keine Pause:

»Also, Oreste, ich meine es nicht böse, aber da Ihre Zeit bestimmt sehr kostbar ist, möchte ich offen zu Ihnen sein. Ich habe eine schlechte Nachricht: Sie sind umsonst hergekommen! Der Fall Mungaray ist abgeschlossen ...«

Maline beschränkte sich darauf, ihm die wichtigsten Informationen mitzuteilen, ohne ihre eigene Rolle zu erwähnen. Oreste Armano-Baudry hörte sich alles an. Als Maline zu Ende gesprochen hatte, sank er auf seinem Stuhl zusammen.

»Verdammt! So ein Mist! Der Mörder wurde angeklagt. So ein Pech! Und dafür habe ich die Vernissage der Metallmetamorphosen bei Marie Demange verpasst. Da sind heute Morgen alle.«

Maline amüsierte sich prächtig. Demonstrativ verspeiste sie das von Ovide verschmähte Croissant.

»Dafür müssen noch haufenweise interessante Reportagen über die Armada geschrieben werden«, spöttelte sie. »Die Schiffe, die Menschen, der Jahrmarkt, das verkauft sich gut ... Alle sind da! Das ist hier Konsens.«

»Wenn Sie mich fragen«, geiferte Oreste, »ist Ihre Armada die schlechteste Idee, die Rouen je hatte!«

Diese Haltung überraschte Maline. Sie fragte sich schon lange, wie man gegen die Armada sein konnte. Ob der junge Zyniker zumindest eine originelle Begründung hatte?

»Das müssen Sie mir aber erklären, Oreste!«

»Bevor ich hergekommen bin, habe ich ein paar Artikel über Rouen gelesen. Ich habe mich informiert. Wollen Sie eine Zusammenschau? Sie stehen in Rouen vor einer Wahl. Entweder Sie setzen auf die Vergangenheit, den Hafen, die Fabriken, die Verschmutzung. Oder Sie setzen auf die Zukunft, das Dienstleistungsgewerbe, die Nähe zu Paris, die Büroräume ... Sie müssen sich entscheiden! Blick auf das Meer oder Blick nach Paris! Entweder

Sie behalten Ihre Raffinerien und Silos, die früher oder später ausgelagert werden, oder Sie akzeptieren es, ein schicker Vorort von Paris zu werden. Sind Sie lieber der Mülleimer oder das Geschäftszentrum von Paris? Die Entscheidung liegt bei Ihnen! Sie sehen schon: Für mich ist Ihre Armada die letzte Zuckung des Hafens von Rouen, das beste Beispiel für Ihre Unfähigkeit, die Nabelschnur zu durchtrennen!«

Die Tirade hatte Maline bestens unterhalten. Immerhin war der junge Holzkopf schlagfertig. Dennoch erwiderte sie:

»Ist nicht alles ein bisschen komplizierter, Ovide? Was ist mit dem kulturellen Erbe?«

Er blickte Maline aus kalten Augen an:

»Ist das kulturelle Erbe nicht eher etwas für Ältere?«

Dummer Junge. Sag schon, dass ich deine Mutter sein könnte!

Dritter Eindruck. Stopp. Schwer zu ertragen!

Maline sah ostentativ auf die Anzeigetafel der abfahrenden Züge, dann auf ihre Armbanduhr:

»Oreste, in fünfzehn Minuten bringt Sie ein Zug zurück nach Paris. Wenn Sie jetzt fahren, bleiben Ihnen mit etwas Glück ein paar Petits Fours und zwei oder drei VIPs bei Marie Demange. Es war schön, Sie kennengelernt zu haben. Kurz, aber gut! Wenn Sie einen Sitzplatz möchten, beeilen Sie sich.«

Oreste lächelte provokant:

»Keine Sorge, die *Monde* bezahlt mir eine Rückfahrt in der ersten Klasse …«

Maline reichte ihm die Hand, mehr belustigt als gereizt.

»Nichts für ungut. Ich kann nichts dafür … Das sind die beruflichen Risiken.«

»Wenn Sie das sagen … Ich komme nach Rouen, um das Jahrhundertverbrechen aufzuklären, und stattdessen soll ich eine Reportage über die Schiffe schreiben! Wenn ich das gewusst hätte, wäre ich nicht bei Tagesanbruch aufgestanden.«

Maline sah Oreste Armano-Baudry plötzlich an, als hätte er ihr ein Staatsgeheimnis verraten.

Die Journalistin schien wie vom Blitz getroffen.

Als ob der ganze Bahnhof mit einem Mal stehen geblieben wäre.

Ein Groschen war gefallen, der Groschen, nach dem sie seit gestern suchte.

Sie packte Oreste beim Arm:

»Was haben Sie gerade gesagt?«

»Nichts … Dass ich um fünf Uhr morgens aufgestanden bin, um …«

»Nein! Sie haben wörtlich gesagt, dass Sie bei Tagesanbruch aufgestanden sind!«

Sie ließ Oreste keine Zeit, um zu verstehen, und zwang ihn zurück auf den Stuhl.

»Oreste, sprechen Sie Spanisch?«

»Ja«, stammelte der junge Journalist und blickte mit Sorge auf seine Uhr. »Ich habe ein sechsmonatiges Praktikum an der Casa de Velázquez gemacht, insgesamt fünf oder sechs Aufenthalte … Ich habe sämtliche Gedichte von Jorge Luis Borges im Original gelesen, aber …«

»Okay«, unterbrach ihn Maline. »Vermutlich hat Ihnen ein Haufen Señoritas SMS geschickt, als Sie in Madrid Ihre Unschuld verloren haben. Sie können mir das bestimmt übersetzen!«

Sie kritzelte drei spanische Sätze auf das Tischtuch.

Sé que me espera.
No puedo permanecer lejos ti más mucho tiempo.
Es el oro de la noche.

Oreste Armano-Baudry blickte abermals auf die Uhr, bevor er zu übersetzen anfing. Er fand schnell Gefallen an der Sache.

»*Espera* ist ein falscher Freund«, erläuterte er. »Es bedeutet nicht *hoffen,* sondern *warten.* Aber ich bin mir nicht ganz sicher. Das spanische *noche* kann *Nacht* heißen, ließe sich aber auch mit *Abend* übersetzen. In diesem Zusammenhang erscheint mir das *Abendgold* logischer als das *Nachtgold.* Am Ende haben wir also das hier …«

Maline las auf dem Tischtuch:

Ich weiß, dass du auf mich wartest.
Ich kann nicht länger von dir fern sein.
Du bist das Abendgold.

Oreste wurde ungeduldig. Er wollte verstehen:

»Können Sie mir das erklären, Maline, bevor ich meinen Zug verpasse? Was hat es damit auf sich?«

»Das sind SMS, die Mungaray erhalten hat, der ermordete Matrose. Wir dachten, es seien Liebesbotschaften. Wir haben uns auf ganzer Linie getäuscht! Wenn man sie richtig übersetzt und aneinanderfügt, wird es klar.«

Oreste sah sie verstört an.

»Das sind Auszüge aus einem Gedicht«, brach es aus Maline hervor, »Auszüge aus *Morgen früh, bei Tagesanbruch* von Victor Hugo! Sein berühmtestes Gedicht, das in Frankreich jedes Kind in der Schule lernt. Ich kannte es früher auswendig … Wie alle anderen auch. Ich habe seit gestern danach gesucht!«

»Was hat das Gedicht mit dem Fall zu tun?«

Er sah erneut auf seine Uhr. Maline war heftig erregt:

»Wenn ich Sie wäre, Oreste, würde ich noch ein bisschen bleiben. Ich habe endlich einen losen Faden in diesem Mordfall gefunden … Und glauben Sie mir, ich werde daran ziehen!«

Oreste zögerte. Schließlich setzte sich die journalistische Neugier durch. Er wartete. Maline war bereits am Telefon:

»Hallo, Christian? Ja, ich habe das Paket entgegengenommen. Ein hübsches, rosiges Baby. Er denkt wehmütig an die Zeit zurück, als er auf deinen Schoß hüpfen durfte. Er hat es geliebt.«

»Okay, Maline, grüße ihn von mir. Ich bin in einer Besprechung. Ist es dringend?«

»Ja. Sehr! Aber ich möchte nicht mit dem Chefredakteur sprechen, sondern mit dem Victor-Hugo-Kenner.«

In ein paar Sätzen erläuterte Maline ihre Erkenntnis über die spanischen Zitate.

»Noch eine Frage, Christian«, sagte sie. »Hör mal: *Das Gras muss sprießen, und die Kinder müssen sterben.* Ist das auch von Victor Hugo?«

»Natürlich«, erwiderte Christian Decultot unvermittelt. »Das findest du in den *Besinnlichen Betrachtungen,* wie auch *Morgen früh, bei Tagesanbruch,* als Teil eines langen Gedichts mit dem Titel *In Villequier.* Beide Strophen haben dasselbe Thema: Victor Hugos Schmerz, als seine Tochter Léopoldine in Villequier in der Seine ertrunken war, und sein sinnendes Umherirren am Fluss.«

»Gut! Ich kenne die Geschichte! Und dieser andere Satz ist auch von Victor Hugo, nehme ich an?« Sie las vor: *»Das Sterben beunruhigt mich nicht. Es wird die Rückkehr zu einer alten Gewohnheit.«*

»Es tut mir leid, dich enttäuschen zu müssen, aber das hat Victor Hugo nie geschrieben.«

»Bist du dir sicher? Wie kannst du das wissen? Er hat Tausende Seiten geschrieben.«

»Ganz sicher! Was Hugo angeht, bin ich unschlagbar. Es klingt nach Hugo, wenn du so willst, ist aber nicht von ihm.«

Maline hielt enttäuscht inne, bevor sie fortfuhr:

»Okay, ist nicht schlimm, ich finde es später heraus. Danke, Christian.«

»Sag mal, Maline, ich dachte, der Fall Mungaray sei abgeschlossen? Du suchst doch keinen Ärger? Wenn die Geliebte dieses Mexikaners Victor Hugo mag und ins Spanische überträgt, dann ist das kein Verbrechen, soweit ich weiß. Eher ein Zeichen von Geschmack, oder? Also, grüße mir Oreste, führe ihn brav spazieren und sieh zu, dass du mir deine Artikel für die nächste Ausgabe lieferst, du kannst gern einen Mantel-und-Degen-Bericht schreiben, aber bitte keine neuen Wellen schlagen …«

»Danke, Christian. Mach's gut.«

Sie legte auf und wandte sich an Oreste:

»Haben Sie noch Lust auf einen Spaziergang im Seinetal?«

In Orestes hellen Augen bemerkte Maline eine Spur von Überraschung, einen Hauch von Interesse.

»Was hat das mit den Gedichten zu tun?«

»Es geht nicht um die Gedichte, Oreste. Ich glaube nicht, dass der junge Mungaray ein Liebhaber von Victor Hugo war. Diese Nachrichten, Oreste, sind Bestandteil eines Codes unter tätowierten Matrosen, einer Schnitzeljagd, bei der einer von ihnen den Tod gefunden hat.«

Oreste blickte Maline immer ungläubiger an.

»Oreste, eine Schnitzeljagd, wissen Sie, was das ist? Hat Ihr Papa Sie als Kind nie zu den Pfadfindern geschickt? Auf geht's, ich nehme Sie mit. Wir fahren nach Villequier!«

27

KALTES BUFFET

8 Uhr 49, Polizeirevier Rouen
Rue Brisout-de-Barneville 9

Inspektorin Colette Cadinot kam aus dem Vernehmungsraum. Kommissar Paturel wartete mit zwei Kaffeebechern vor der Tür. Einen reichte er der Inspektorin.

»Und?«, fragte der Kommissar.

»Er wird nichts sagen!«, entgegnete Cadinot. »Er beharrt auf seiner Version.«

Sie schwiegen einen Augenblick. Colette Cadinot trank ihren Kaffee aus.

»Was denkst du denn darüber?«, fuhr sie fort. »Du hast ihn auch befragt, fast die ganze Nacht lang.«

Paturel kratzte sich am Kopf. Er zögerte.

»Keine Ahnung, Colette. Daniel Lovichi wirkt einerseits aufrichtig auf mich. Aber seine Verteidigungsstrategie hat weder Hand noch Fuß. Der Dolch, der vom Himmel gefallen ist, das fehlende Alibi, keinerlei Erinnerungsvermögen …«

Colette zerknüllte den leeren Becher zwischen ihren Fingern und erwiderte:

»Es kann sein, dass er die Wahrheit sagt, wenn er behauptet, sich an nichts zu erinnern, und trotzdem kann er der Mörder sein! Das Koks hat deutliche Spuren bei ihm hinterlassen, Gustave. Sein Gehirn funktioniert anders. Der Typ weiß nicht, was er tut. Gut möglich, dass er sich morgen nicht mehr an den Überfall von heute Nacht erinnert. Zerbrich dir nicht den Kopf, Gustave. Er hatte die Tatwaffe in der Hand, er hat kein Alibi, er hat sogar ein Motiv, das Koks …«

»Ein bisschen kurz gegriffen, das Motiv, Colette. Findest du nicht? Wir haben den Beweis, dass es Drogen, Dealer oder sonst was auf der *Cuauhtémoc* nie gegeben hat.«

»Das wissen wir jetzt. Lovichi konnte es gar nicht wissen. Er hat daran geglaubt. Er glaubt es immer noch, du hast ihn gehört, der Typ ist bekloppt. Es hätte ein gelungener Coup werden können. Ein Wunder, dass wir ihn so schnell erwischt haben. Bis zur Parade auf der Seine am 14. Juli haben wir die Leute beruhigt. Danach können wir uns immer noch um die Details und alles kümmern, was noch im Dunkeln liegt. Wir finden für alles eine Erklärung.«

»Bestimmt hast du recht, Colette. Ruh dich ein bisschen aus.«

Kommissar Paturel ließ die Inspektorin allein und ging durch den Korridor in Richtung Sekretariat. Er hatte sein Mobiltelefon absichtlich ausgeschaltet und Sarah gebeten, nur wichtige Anrufe zu ihm durchzustellen. Er brauchte ein bisschen Ruhe, um den Stand der Dinge zu überprüfen. Seit heute Morgen wurde ihm ständig gratuliert. Um sechs Uhr früh hatte ihn der Präfekt persönlich angerufen.

Alle wirkten erleichtert. Er würde sich zuversichtlich geben auf der Pressekonferenz, ohne weiter auf die bisher ungeklärten Details einzugehen, und alle würden glücklich sein.

Was war jetzt überhaupt noch unklar?

Eigentlich nicht viel.

Die Tätowierungen, die SMS auf Spanisch, die noch nicht identifizierte Blondine, die makabren Nachrichten: All das war womöglich vollkommen bedeutungslos und hatte mit der Sache gar nichts zu tun.

Im Grunde gab es nur zwei heikle Punkte. Erstens das Brandzeichen. Immerhin war Daniel Lovichi von der Rolle, und man musste von der Rolle sein, um jemanden so zu entstellen, um einen Toten zu brandmarken. Daniel Lovichi konnte es genauso wie jeder andere getan haben. Blieb noch das Problem mit Mungarays Leiche, mit der Verwesung, die drei Stunden lang ausgesetzt hatte. Davon erzählte er der Presse natürlich lieber nichts! Aber was änderte diese abgefahrene Tatsache an Daniel Lovichis potenzieller Schuld? Gar nichts!

Am Ende des Korridors sah er die magere Gestalt von Ovide Stepanu sich nähern. Ganz bestimmt einer, der die offizielle Version anzweifeln und ihm seine schönen Gewissheiten austreiben würde.

»Gustave! Ich habe nach dir gesucht.«

Kommissar Paturel machte sich auf das Schlimmste gefasst.

»Ich habe über meine Theorie von gestern Abend nachgedacht. Du weißt schon, die Piraten.«

Würde er nie damit aufhören? Der Kommissar versuchte, ihn zur Vernunft zu bringen.

»Entschuldige bitte, Ovide. Ich habe heute Nacht nicht geschlafen. Wir sind alle sehr gereizt. Wir haben einen Schuldigen, dem der Mord auf den Leib geschnitten ist. Also komm mir nicht wieder mit deinen Piraten und der Chasse-Partie …«

Ovide, sichtlich gekränkt, zeigte dem Kommissar die Stirn:

»Na, na, Gustave. Da oben steht nicht *Presse*. Ich verstehe mein Handwerk. Ich will mit dir nicht über Lovichi sprechen, sondern über den Rest. Die Tätowierungen, das Brandzeichen. Es tut mir leid, wenn ich ein Spielverderber bin, aber du kannst mir nicht erzählen, dass auch dahinter Lovichi steckt!«

Gustave seufzte.

»Also gut.«

»Ich habe Erkundungen über Ramphastos, eigentlich Pierre Poulizac, eingezogen. Der Kerl hat keine gewöhnliche Vergangenheit. Er war Seemann auf Langfahrt vom dreizehnten bis zum vierzigsten Lebensjahr und wurde in den achtziger Jahren als *Monsieur Märchen und Legenden der Marine* ein Medienliebling, bevor er alkoholabhängig und überall gefeuert wurde. Ich habe gerade erst die Akte erhalten, die ich heute Nacht beim Ministerium angefordert habe. Bevor er dem Alkohol verfallen ist, wurde Pierre Poulizac von den Sicherheitsbehörden streng überwacht, vor allem in jenem Jahrzehnt. Er wurde von der Regierung sogar abgehört. Der Kerl war bis 1998 als Anarchist erfasst!«

»Der Nachrichtendienst erfasst Anarchisten?«

»Ein Anarchist auf Abwegen kann schnell zum Terroristen werden, schätze ich. Laut Akte hat Pierre Poulizac sogar ziemlich eng mit Hakim Bey verkehrt …«

»Hakim Bey, der Anarchist und Erfinder der Temporären Autonomen Zonen? Er ist seit 2006 anscheinend wieder in Mode an den Universitäten.«

»Ja, aber Poulizac hatte vor allem in den siebziger Jahren mit ihm Umgang, als er sieben Jahre im Iran verbracht hat. Für die moderne anarchistische Doktrin sind die berühmten Temporären Autonomen Zonen absolut unmissverständlich die moderne

Darstellung der Piratenutopien. Von hier aus ist es nicht mehr weit bis zu dem Gedanken, Pierre Poulizac habe Hakim Bey inspiriert ... Du verstehst also, warum Poulizac, genannt Ramphastos, vom Nachrichtendienst erfasst wurde. Die TAZ sind der Albtraum der modernen Staaten, der Rave bei den Demonstrationen gegen die WTO ...«

Der Kommissar hatte es sich zum Prinzip gemacht, Stepanu vorsichtshalber immer anzuhören, auch wenn er nicht wusste, worauf der Inspektor hinauswollte.

»Na gut, Ovide, du hast recht. Ramphastos, oder Poulizac, wenn dir das lieber ist, hat das anarchistische Milieu frequentiert. Das war der Pirat in ihm ... Aber wo siehst du die Verbindung zu unserem Fall? Wir haben ihn doch, den Täter.«

»Okay, wir haben einen Täter, wenn du so willst, aber wir verstehen den Fall trotzdem nicht! Ich für meinen Teil bleibe bei meiner Idee von einer Chasse-Partie, markiert durch Tätowierungen unter Matrosen, die sich um anarchistische Piratenideale versammeln. Es kann gut sein, dass Daniel Lovichi dafür bezahlt wurde, Mungaray und auch Ramphastos zu töten ... Es kann auch sein, dass er nur ein Sandkorn im Getriebe einer Organisation ist, mit der er nichts zu tun hat ... Unter Entzugserscheinungen tötet er unwissentlich das Mitglied einer anarchistischen Chasse-Partie.«

»Worauf willst du hinaus, Ovide?«

»Ich habe das sichere Gefühl, dass wir uns durch diesen vom Himmel gefallenen Täter in falscher Sicherheit wiegen. Er wurde uns doch praktisch auf dem Silbertablett serviert, findest du nicht? Also frage ich mich logischerweise, warum man uns in falscher Sicherheit wiegen möchte. Auf die Gefahr hin, eine Spaßbremse zu sein: Ich habe das sehr unangenehme Gefühl, dass hinter unserem

Rücken, während wir uns auf Lovichi konzentrieren, ein hinterhältiger Coup, ein sehr hinterhältiger Coup vorbereitet wird.«

Der Kommissar dachte, dass sein Tag prima angefangen hatte und Stepanu gerade dabei war, ihn zu verderben.

»Tut mir leid, Ovide. Normalerweise neige ich dazu, deinem Bauchgefühl zu trauen. Aber jetzt melde ich dem Präfekten doch lieber, und da wirst du mich verstehen, dass ich einen Täter habe, als ihm deinen Spielverderber-Coup unter die Nase zu reiben und ihn davor zu warnen, dass auf der Armada ein terroristisches Komplott im Gange ist!«

Inspektor Stepanu wollte gerade dagegen argumentieren, als am anderen Ende des Korridors der Gerichtsmediziner Jean-François Lanchec auftauchte. So aufgeregt hatten sie ihn noch nie erlebt:

»*Commissaire!* Sehen Sie sich das an!«

Der Gerichtsmediziner hielt mehrere von komplizierten Formeln übersäte Blätter in der Hand.

»Die hat das Bundeskriminalamt mir gerade geschickt! Ich habe seit gestern darauf gewartet. Es ist so, wie ich vermutet hatte, aber ich wollte es vorher nicht sagen.«

»Was denn?«, explodierte der Kommissar und riss ihm die Seiten aus der Hand.

Er warf einen Blick auf die Formeln, konnte sie aber nicht verstehen.

Lanchec antwortete wild gestikulierend:

»Mungarays Leiche! Hier ist des Rätsels Lösung! Die fehlenden Anzeichen einsetzender Verwesung. Es war eigentlich ganz einfach, man musste nur darauf kommen. Das Bundeskriminalamt hat es mir bestätigt. Sie hatten so einen Fall bereits. Hören

Sie, *Commissaire,* Sie werden es nicht glauben: Die Leiche wurde eingefroren! Weniger als fünf Minuten nach seinem Tod wurde Mungaray in eine Kühlkammer, eine Tiefkühltruhe oder etwas Ähnliches verfrachtet. Erst drei Stunden später hat man ihn wieder herausgenommen.«

Lanchec nahm dem bestürzten Kommissar die Unterlagen wieder aus der Hand.

»Ich schreibe Ihnen einen Bericht! Ich wollte Sie nur vorwarnen …«

Er verschwand, so schnell wie er gekommen war.

Der Faustschlag des Kommissars brachte die dünne Wand des Korridors zum Erzittern. Abblätternde Farbe rieselte herab.

»Mungaray hat drei Stunden in einer Gefriertruhe gelegen! Was sagst du dazu, Ovide? Jetzt auch noch eine Gefriertruhe! Wieso versteckt jemand eine Leiche in einer Gefriertruhe?«

»Wenn du erlaubst, Gustave. Die Frage ist doch eher: wie. Wie konnte sich Daniel Lovichi, wenn er der Täter ist, eine Tiefkühltruhe besorgen? Das hat weder Hand noch Fuß! Er schläft in einem Karton und isst bei der Heilsarmee oder aus dem Müll.«

»Gefriertruhen«, sinnierte Paturel, »gibt es auf der Armada an jedem Imbiss, oder? In allen Restaurants, überall, wo man essen kann.«

»Das stimmt, Gustave. Aber sie sind alle mit Vorhängeschlössern versehen. Die meisten haben Eisengitter, vielleicht sogar Alarmanlagen. Daniel Lovichi hätte mit Sicherheit nicht so einfach eine Tiefkühltruhe finden können.«

»Verdammt … Das muss doch alles eine Bedeutung haben. Wieso versteckt jemand eine Leiche in einer Gefriertruhe?«

Der Kommissar ging den Korridor nervös auf und ab. Er sah mehrmals auf die Wände, hielt sich aber im Zaum, um nicht erneut mit der Faust zuzuschlagen. Ein paar Minuten später wandte er sich wieder an Inspektor Stepanu.

»Hör mal, Ovide, für mich gibt es nur eine Erklärung. Mungarays Leiche wurde am Ufer vor der *Cuauhtémoc* gefunden, gleichzeitig aber direkt neben diesem Ausflugsschiff, der *Surcouf,* die offenbar unseren Geschäftsmann Nicolas Neufville so interessiert. Du stimmst mir doch zu, dass diese Ausflugsschiffe, allesamt mit Küchen ausgestattet, eigentlich schwimmende Restaurants sind. Hunderte Gäste fahren auf der Seine spazieren und bekommen von morgens bis abends Mahlzeiten serviert. Diejenigen Tiefkühltruhen, die dem Fundort des toten Mexikaners am nächsten sind, befinden sich in genau dem Ausflugsschiff, vor dem zur Tatzeit Nicolas Neufville herumgelungert ist. Ovide, du düst zum Ermittlungsrichter und bittest ihn um einen Durchsuchungsbefehl der *Surcouf,* besonders ihrer Küche. Sobald du dort bist, durchkämmst du mir alles, was nach einem Kühlraum aussieht. Ich setze auch Colette auf den Fall an, damit sie mehr über das vermutlich sehr lukrative Geschäft der Armada-Ausflugsschiffe herausfindet.«

»Dann verfolgst du die Fährte Daniel Lovichi nicht weiter?«

Kommissar Paturel schien plötzlich all seine Kraft wiedererlangt zu haben:

»Du glaubst doch, dass man uns für dumm verkaufen will, Ovide, mit diesem Täter aus der Wundertüte. Stimmt's? Das glaube ich fast auch. Dann machen wir also einen auf dumm. Wir lullen sie ein. Offiziell haben wir den Täter, die Sache ist geritzt, wir regeln nur noch ein paar nebensächliche Details. Ich kümmere mich um den Stempel, damit die offizielle Version glaubwürdig ist. Inoffiziell sind in einer halben Stunde alle im Grauen Saal, damit wir unsere Ideen zu Ende denken können, von dem aufgeweckten Anarchisten bis zu den Mauscheleien des Nicolas Neufville.«

»Wir werden alle gefeuert«, murmelte Stepanu.

28

HUGOLAND

10 Uhr 37, Seinetal

Der weiße Renault Modus mit dem todschicken Logo der *SeinoMarin* passierte die Kreuzung Chêne à Leu und verließ den Wald von Roumare. Je weiter der Modus den Hang vor Canteleu hinabfuhr, desto mehr von dem großen Mäander konnte man sehen. Das Seinetal war kilometerweit zu überblicken. Zu seiner Linken ließ der Wagen das Dorf Saint-Martin-de-Boscherville liegen.

Maline saß auf dem Beifahrersitz. Sie hatte darauf bestanden, dass Oreste den Dienstwagen fuhr, den sie von der Zeitung geliehen hatte. Sie saß nicht gern am Steuer. Sie versuchte immer, so viel wie möglich zu Fuß, mit dem Zug … oder auf Inlineskates unterwegs zu sein. Oreste war ein bisschen überrascht gewesen, aber Maline hatte ihm keine Wahl gelassen. Sie spürte, wie es ihr allmählich gelang, auf den jungen Schnösel einzuwirken. Schließlich hatte Christian sie gebeten, ihn ein bisschen zu erziehen.

Der Modus gelangte zwischen Seine und Steilküste, auf die lange, gerade Strecke, die nach Duclair führte. Maline dachte über ihre Theorie nach.

Ein Code? Eine Schnitzeljagd? Weshalb? Warum? Eines war jedenfalls sicher: Alle Nachrichten von und an Mungaray, vor allem die SMS, führten an einen einzigen Ort – Villequier. Vielleicht würde sie dort weiterkommen …

»Was machen Sie in diesem Nest, Maline?«, fragte Oreste Armano-Baudry unverblümt.

»Wie bitte?«, entgegnete Maline überrascht.

»Dieses Provinzblatt. Die *SeinoMarin*. Warum versumpfen Sie bei diesem Käseblatt?«

Normalerweise schätzte Maline die Offenheit ihrer Gesprächspartner. Der freimütige Tonfall des Pariser Journalisten störte sie in diesem Fall jedoch. Sie bereitete sich darauf vor, die Auflage der *SeinoMarin* zu zitieren, ihre Reichweite, all die schönen Worte von Christian Decultot. Doch Oreste ließ ihr keine Zeit zu antworten.

»Bevor ich hierhergekommen bin, habe ich mich erkundigt. Ich habe mich schlaugemacht und Ihre Artikel gelesen. Sie haben Talent, Mademoiselle Abruzze, einen Duktus, Stil. Ihren Lebenslauf habe ich mir auch angesehen. Christian hat mir alles geschickt. Sie waren an derselben Journalistenschule wie ich, der Sciences Po in Paris. Der exklusivsten! Sie waren Jahrgangsbeste, wie ich! Drei Monate später haben Sie für die *Libération* gearbeitet! Ich habe Ihre Artikel von damals gefunden. Osttimor, Guatemala, Ruanda … Also, Maline, ich frage Sie noch einmal: Wie sind Sie hier gelandet?«

Maline versuchte, ihre Aufmerksamkeit auf die einstigen Höhlenwohnungen zu richten, die am rechten Straßenrand in den Fels gegraben waren. Der kleine Mistkerl ließ eine Menge Erinnerungen wieder aufleben. Nicht besonders schöne Erinnerungen. Lange hatte man sie nicht mehr derart ausgequetscht.

»Es spricht entschieden zu viel Verachtung aus Ihrer Frage, Monsieur Armano-Baudry junior, entschieden zu viel Verachtung für meine Regionalzeitung, meine Kollegen und Leser, als dass Sie verstehen könnten, wie man eines Tages von der *Libération* zur *SeinoMarin* gelangt. Ich könnte eine Erklärung versuchen, aber Sie würden es nicht verstehen. Immerhin kann ich Sie beruhigen, denn das bezweckt wohl Ihre Frage, die zwangsläufig mit Ihnen selbst zu tun hat. Seien Sie unbesorgt, Armano-Baudry junior, wir waren zwar auf derselben Schule, aber es besteht keinerlei Gefahr, dass Sie eines Tages bei der *SeinoMarin* landen.«

Orestes helle Augen zuckten hinter der Sonnenbrille. Er entgegnete pikiert:

»Ganz wie Sie mögen, Maline … Aber es spricht wirklich keine Verachtung aus meiner Frage. Ich habe nichts gegen die Leser der *SeinoMarin*, wissen Sie … Ehrlich gesagt sind mir die *SeinoMarin* und ihre Leser egal. Ich will nur verstehen … Sie verstehen. Das ist doch unser Job, oder, die Dinge zu verstehen?«

Maline bemühte sich nicht um eine Antwort. Dieser Typ roch nach Ehrgeiz, nach kaltem, systematischem Ehrgeiz. Sie wusste, was das bedeutete. Sie hatte schon genug dafür bezahlt.

In dem Modus breitete sich eine bedrückende Stille aus. So würde Armano-Baudry zumindest einen Augenblick lang den Mund halten.

Sie irrte sich.

Oreste Armano-Baudry ergriff mit einer Hand seinen Palm und unterhielt sich mit dem Mikrofon.

»Landschaft … Trostlos. Stopp. Fluss … Ruhig. Stopp. Stimmung … Eisig. Stopp. Lage … Ungemütlich. Stopp …«

Maline hörte nicht mehr zu. Kurz bevor sich in Yainville die Seine erneut vor ihnen auftat, fuhren sie an Christofle vorbei, einer der größten Goldschmieden außerhalb von Paris. Gerade dachte Maline an den gewaltigen Schmuckbestand, der sich im Innern der eindrucksvollen Fabrik befinden musste, als ihr Handy vibrierte.

Eine SMS!

Ihr Herz machte einen Sprung. Es war Olivier Levasseur.

Ihre Finger bewegten sich fieberhaft über das Display. Sie las:

Fall Mungaray abgeschlossen. Grund erfahren. Bravo. Heute Treffen wg. Artikel? Bis dann. O.L.

Mit der Fingerfertigkeit einer Sekretärin, die in ihren Chef verliebt war, tippte sie schnell eine Antwort.

Unmöglich vor heute Abend. LG.

Einigermaßen stolz las Maline ihre Antwort. Sie war vielleicht ein bisschen kurz, schien ihr aber perfekt formuliert. In wenigen Worten vermied sie es, gleich bei der ersten Einladung angerannt zu kommen … und lud ihn dennoch ausdrücklich ein, den Abend mit ihr zu verbringen.

Große Kunst!

»Das ist professionell«, erklärte sie Oreste, der sie um nichts gebeten hatte.

Als sie durch Le Trait fuhren, standen sie ein bisschen im Stau. Die Armada brachte viel mehr Touristen in das Seinetal als normalerweise. Oreste nutzte die Gelegenheit, um seine Bemühungen wieder aufzunehmen.

»Ihre früheren Artikel in der *Libération* haben Sie unter Ihrem richtigen Namen veröffentlicht. Nicht unter diesem neuen Vornamen *Maline*. Wo haben Sie diesen Künstlernamen eigentlich her? Sie wissen schon, dass es das Wort *Maline* nicht gibt?«

Maline, schwer getroffen, erwiderte:

»Herzlichen Dank für die Belehrung! Wissen Sie, nicht alle haben das Glück, mit Adelstitel und dem griechischen Vornamen einer tragischen Heldenfigur geboren zu werden! Für Ihre Allgemeinbildung sollten Sie aber wissen, dass der Name *Maline* von Arthur Rimbaud stammt. In einem netten Gedicht beschreibt er *Maline* als charmante junge Frau mit ›samtweichen rosig-weißen Wangen‹, die mit ihren ›kindlichen Lippen eine Schnute‹ zieht. Finden Sie nicht, dass das zu mir passt?«

Oreste nahm die Antwort gleichmütig und ohne Widerspruch hin.

Der Wagen raste noch immer entlang der Seine und der Steilküste. Die Stille wurde beklemmend. Oreste kramte in seiner Hosentasche und zückte einen MP3-Player, den er in den USB-Anschluss des Autoradios steckte.

»Was möchten Sie hören?«, brachte er aufgesetzt fröhlich heraus. »Ich habe eine große Auswahl an Crossover-Bands. Hier, nehmen Sie die Drei. Sie spielen Hendrix auf Balalaikas … Das Beste der Rassenmischung – oder Kreolisierung, falls Ihnen das lieber ist …«

»Und der Bastardisierung, oder?«, bemerkte Maline scharf. »Sie haben die Bastardisierung vergessen.«

Ein wilder Balalaika-Riff hinderte Oreste an einer Antwort.

Sie näherten sich Caudebec-en-Caux. Malines Handy vibrierte erneut.

Eine Antwort von Olivier Levasseur.

Hastig las Maline:

O.K. Bis heute Abend. Kommen Sie jederzeit in mein Büro.

Maline erschauderte. Olivier Levasseur in seinem Büro aufzusuchen hieß in diesem Fall, in seine Hotelsuite zu kommen. Sie versuchte, nicht die Nerven zu verlieren. Vielleicht spielte der Satz auf gar nichts an, vielleicht war die Antwort wörtlich gemeint.

Dieser Mann verstand es meisterhaft, Katz und Maus mit ihr zu spielen. Sie stellte sich vor, wie sie genau dasselbe mit ihm machen würde …

»Da sind wir nun also in Ihrem berühmten Dorf«, brummte Oreste.

Maline sah das Ortsschild von Villequier und gleich dahinter, inmitten eines Parks auf der linken Seite, eine imposante Statue, die auf die Seine blickte.

»Halten Sie an!«

Oreste gehorchte.

»Parken Sie, bleiben Sie nicht mitten auf der Straße stehen!«

Oreste seufzte und stellte den Wagen auf einem kleinen asphaltierten Parkplatz ab. Sie stiegen aus und machten ein paar Schritte auf die Statue zu. Es war Victor Hugo, in Verzweiflung versunken, eine Hand den schweren Kopf stützend, der eindrucksvollen Flussschleife von Caudebec zugewandt.

Auf dem Sockel der Statue stand deutlich lesbar in Stein gemeißelt:

Das Gras muss sprießen, und die Kinder müssen sterben. Mein Gott, ich weiß das. Villequier. 4. September 1843.

Maline triumphierte. Sie hatte recht gehabt!

Etwas weiter hinten im Park befand sich ein kleiner Holzpavillon, wo man sich setzen und bequem die Aussicht auf den Fluss genießen konnte. Rings um den Pavillon standen Holzschilder mit den bekanntesten Versen des Gedichts *Morgen früh, bei Tagesanbruch*.

»Ich wusste es!«, jubelte Maline laut. »Die ersten Hinweise auf den Code. Alles passt zusammen! Hier steht es geschrieben. Gut, dass wir hergekommen sind.«

»Und jetzt?«, fragte Oreste, von der Erhabenheit des Ortes wenig beeindruckt. »Haben Sie eine Idee, wie die Schnitzeljagd weitergehen könnte?«

»Der Logik nach müssen wir herausfinden, wo der folgende Spruch steht: *Das Sterben beunruhigt mich nicht. Es wird die Rückkehr zu einer alten Gewohnheit.*«

Der Pariser Journalist sah auf den Park und entgegnete ironisch: »Der müsste doch zu finden sein in diesem Hugoland …«

Maline und Oreste verbrachten fast drei Stunden im Musée Victor Hugo in Villequier. Das Museum befand sich im Vacquerie-Haus, benannt nach der großen, mit Hugo befreundeten Reederfamilie. Auguste Vacquerie, glühender Bewunderer von Victor Hugo, hatte den berühmten Schriftsteller oft in sein Anwesen am Seineufer geladen. Am Ende aber hatte sein Bruder, Charles Vacquerie, Hugos liebste Tochter, Léopoldine, geheiratet und nach Villequier mitgenommen. Sechs Monate nach der Hochzeit hatte ein gewaltiger Windstoß das Boot von Charles und Léopoldine zum Kentern gebracht. Das junge Ehepaar war ertrunken. Victor Hugo, zu jener Zeit mit seiner Geliebten auf Auslandsreise, hatte das nie verwunden …

Maline und Oreste durchforsteten jede Ecke des Museums, studierten die vielen aufschlussreichen Briefwechsel des Dichters, seine Entwürfe, die Entstehung der *Sinnlichen Betrachtungen,* seine herrlich düsteren Gemälde … Der Kontrast zwischen der friedlichen Stille des Ortes und dem tiefen Schmerz, den Hugo in seinen Werken ausdrückte, war ergreifend. Aus allen Räumen des Bürgerhauses war der Blick auf die Seine überwältigend, und es fiel schwer zu glauben, dass sich wenige Meter von ihnen entfernt, an einem so ruhigen Fluss, ein solches Drama abgespielt hatte. Maline befragte alle Museumswärter zu dem besagten Zitat: *Das Sterben beunruhigt mich nicht. Es wird die Rückkehr zu einer alten Gewohnheit.*

Einen Spruch wie diesen hatte niemand in dem Museum jemals gelesen. Dass er von Victor Hugo stammte, wurde stark bezweifelt.

Schließlich gab Maline auf.

Sie verließen das Museum und beschlossen, sich auf der Terrasse der kuriosen irischen Dorfkneipe niederzulassen, des Pub Coach House Inn. Sie bestellten Sandwiches und Bier. Maline schimpfte:

»Wir haben etwas übersehen, es kann gar nicht anders sein! Der Spruch stammt ja wohl nicht von Mungaray. Er hat Französisch gesprochen. Es muss einen Zusammenhang mit dem Rest geben.«

Oreste war von Malines Entschlossenheit beeindruckt und stellte ihre Erfolgsaussichten zugleich infrage. Diesmal klingelte sein Telefon. Er nahm es in die Hand.

»Das ist die *Monde*«, sagte er.

Gut zehn Minuten ließ er Maline mit ihrem Bier allein. Als er zurückkam, beäugte er sie mit neuem Interesse. Dieses eine Mal funkelten seine hellen Augen.

»Sie haben mir vorenthalten, dass gestern Nacht Sie Mungarays Mörder niedergestreckt haben! Und zwar mit einem Stift! Sie sind wirklich eine vielseitig begabte Frau!«

Maline war verlegen, sie versuchte vom Thema abzulenken.

»Das ist kalter Kaffee … Wir sollten uns lieber überlegen, wie …«

»Ts, ts. Das würde ich liebend gern in meinem Artikel erwähnen. Sie waren große Klasse im Fechten?«

»Ja!«, entgegnete Maline, um ihre Ruhe zu haben. »Seit meinem zwölften Lebensjahr. Ein altbackener Sport, ich weiß … Aber ich mache auch Trendsport, wissen Sie. Schwimmen, laufen, reiten und sogar schießen!«

»Das alles?«

»Tja. Die Alten müssen sich fit halten!«

Oreste schien ehrlich beeindruckt, bis er plötzlich auflachte:

»Das glaube ich nicht, Maline! Schwimmen, reiten, laufen, fechten, schießen! Sie machen doch keinen Fünfkampf.«

Maline fühlte sich ertappt und errötete.

»Moderner Fünfkampf! Es heißt Moderner Fünfkampf.«

»Ohne Witz? Wie viele Menschen gibt es in Frankreich, die diesen Sport treiben? Fünftausend? Zehntausend?«

»Fünfhundertsiebenundneunzig«, erklärte sie. »Das ist zumindest die letzte mir bekannte offizielle Zahl. Darunter siebenunddreißig Frauen … Es wird Sie also nicht besonders erstaunen, wenn ich Ihnen sage, dass ich damals, als ich aufgehört habe, eine von Frankreichs Besten war.«

Nun musste Oreste Armano-Baudry schallend lachen:

»Moderner Fünfkampf! Das ist doch eine vorsintflutliche Disziplin! Etwas für Burgherren. Irgendetwas zwischen Golf und Hetzjagd. Ich wusste gar nicht, dass das ohne Adelstitel überhaupt erlaubt ist. Und da halten Sie mir eine Moralpredigt und behandeln mich wie ein verwöhntes Gör … Hat Ihr Papa Sie als Kind nie zu den Pfadfindern geschickt? …«

Maline versuchte vergeblich, sich zu verteidigen:

»Ich wurde in der Grundschule Pierre de Coubertin eingeschult, in Mirville, wo ganz in der Nähe eben jener Baron zu Hause war. Da Pierre de Coubertin den Modernen Fünfkampf erfunden und als olympische Sportart eingeführt hat, kam unser Lehrer auf die glorreiche Idee, uns die Grundkenntnisse beizubringen … Eine Zeit lang fand ich es lustig, weiterzumachen …«

Oreste atmete tief durch.

»Tut mir leid, Maline, ich wollte Sie nicht kränken. Aber meine Freundinnen machen eher Windsurfing oder Skateboarding …«

Maline hatte nicht die geringste Lust, ihm zu entgegnen, dass sie auch Inlineskates fuhr. Sie war keine seiner Freundinnen und wollte es auch nicht werden. Dennoch war sie getroffen.

»Gut, Oreste. Man hat mir Ihren IQ gelobt, nicht Ihren Sinn für Humor. Wenn Sie heute nur einmal einen konstruktiven Einfall haben, würde uns das weiterbringen.«

Oreste lenkte ein.

»Würden Sie den Spruch für mich wiederholen?«

»Das Sterben beunruhigt mich nicht. Es wird die Rückkehr zu einer alten Gewohnheit.«

Oreste ging in sich. Dann sagte er:

»Warum drehen wir nicht eine kleine Runde über den Friedhof?«

Das war nicht dumm.

»Sehen Sie, Oreste, Sie müssen es nur wollen!«

Weniger als hundert Meter von dem irischen Pub entfernt umsäumte der Friedhof die Kirche von Villequier. Maline und Oreste stießen das Eisentor auf und gingen hinein. Der Friedhof war etwas oberhalb der Seine und des Dorfes gelegen.

Maline und Oreste gingen ein Stück. Der Anblick nach nicht einmal zehn Schritten machte sie sprachlos.

Ein Dutzend Gräber standen in Reih und Glied.

Jede Ruhestätte besaß eine hohe Marmorstele und war von einem schmiedeeisernen Zaun umgeben. Um das schwarze Eisen rankten Kletterrosen und Heidekrautsträucher.

Eine eindrucksvolle Mischung aus Romantik und Feierlichkeit.

Die Namen auf den Steinen machten die Grabstätten noch beeindruckender.

Auf einem Grab stand geschrieben: *Adèle, Ehefrau von Victor Hugo,* auf einem weiteren: *Charles Vacquerie und Léopoldine Hugo,* auf einem dritten: *Adèle Hugo, 1830–1913.*

Victor Hugos andere Tochter, die berühmte Adèle H. …

Sogar Oreste schien für das Pathos, das der Ort verströmte, empfänglich zu sein. Sie blieben eine Weile stehen, um das gloriose Andenken an die Familie Hugo, für immer vereint zwischen Seine und Steilküste, auf sich wirken zu lassen. Eine Lösung ihres Rätsels zeichnete sich jedoch nicht ab.

Nachdem sie auch die anderen Familiengräber begutachtet hatte, näherte sich Maline dem Grab von Auguste Vacquerie, Hugos Freund und Besitzer des Grundstücks. Eine lange Grabinschrift war in die Stele gemeißelt. Auguste Vacquerie erklärte, dass er gern neben seiner Mutter begraben sein wollte, weil diese zu Lebzeiten immer in einem benachbarten Zimmer geschlafen habe. Plötzlich spürte Maline das Adrenalin in ihren Adern. Sie musste sich an dem Eisenzaun des Grabes festhalten.

Auguste Vacqueries Inschrift schloss mit den folgenden Worten: *Das Sterben beunruhigt mich nicht. Es wird die Rückkehr zu einer alten Gewohnheit.*

Das war die Lösung!

Maline frohlockte und kostete in vollen Zügen das vertraute Gefühl aus, das sie so mochte, das Gefühl einer Detektivin, die am richtigen Faden zog und das Knäuel nach und nach entwirrte.

Wohin würde sie das führen?

Sie rief nach Oreste, der mäßig erfolgreich gewesen war.

»Der Friedhof. Das war doch klar. Sehen Sie, Maline, Sie müssen mich nur fragen!«

»Und jetzt?«

»Die logische Fortsetzung der Schnitzeljagd? Natürlich die Kirche!«

Sie betraten die kleine Kirche von Villequier. Sie war leer, abgesehen von einem großen jungen Mann mit blondem Haar, der im hinteren Teil der Kirche aufmerksam eine Glasmalerei betrachtete. Oreste widmete sich dem Goldenen Buch, das gut sichtbar auf der ersten Bank lag. Hugo-Bewunderer aus aller Welt hatten in verschiedenen Sprachen bewegende Worte hinterlassen.

Maline genoss den Moment.

Die Kirche von Villequier besaß den Charme einer Seemannskapelle: Ein kühler Hafen der Ruhe. Maline ging ein paar Schritte. Kurz begegnete sie dem Blick des blonden Hünen, der sich zum Ausgang bewegte.

Maline konnte es nicht ahnen!

Wenn sie in jenem Moment besser hingesehen hätte, wenn sie den jungen Mann betrachtet, sich sein Gesicht eingeprägt hätte, ja, dann hätte sie ein paar Stunden später den Fortgang der Ereignisse aufhalten können.

Sie hätte Leben retten können. Viele Leben.

Aber sie konnte es nicht ahnen. Vielleicht hätte die Jacke des weißen Riesen sie an eine Matrosenjacke erinnern können. Aber das war ein schwaches Indiz. Maline hatte keinen Grund, dem Fremden Beachtung zu schenken.

In den kommenden Tagen, Monaten und sogar Jahren musste Maline allerdings immer wieder an jenen Moment zurückdenken, als sie wenige Meter entfernt an dem Mann vorbeigegangen war.

Es hätte genügt, wenn ihr Gedächtnis sein Gesicht abgespeichert hätte.

Ihr ganzes Leben lang machte sie sich Vorwürfe.

Aber es traf sie keine Schuld.

Sie konnte es nicht ahnen.

Maline hörte, wie die Kirchtür hinter dem blonden Mann zufiel. Nun ging auch sie zu der Glasmalerei im hinteren Teil der Kirche. Sie begriff, warum der Mann das bunte Fenster so lange begutachtet hatte. Es war ziemlich merkwürdig!

Es stellte keine Szene aus der Bibel dar, sondern eine Enterung.

Eine Piratenszene!

Maline musterte die wundersame Glasmalerei. Ein Schiff schien auf drei andere Schiffe zu stoßen. Soldaten mit hölzernen Lanzen, deren Helme wie die der Konquistadoren aussahen, versuchten Säbel schwingende Edelmänner abzuwehren, die durch Schilde der Normandie geschützt waren. Maline fragte sich, was das sonderbare Bild in einer Kirche wohl zu suchen hatte. Sie konnte sich nicht länger damit auseinandersetzen: Oreste winkte sie zum Kircheneingang.

»Maline! Kommen Sie her!«

Sie ging wieder nach vorn. Oreste hatte das Goldene Buch auf der letzten Seite aufgeschlagen.

»Sehen Sie sich das an!«

Maline beugte sich über das Goldene Buch. Kurze, heitere Sätze, in denen man sich meist für das reizende Dorf und sein Victor-Hugo-Denkmal begeisterte, gefolgt von Datum und Unterschrift.

»Nein«, erläuterte Oreste. »Da, am Seitenanfang.«

Maline las einen Satz, der ihr unbedeutend vorkam:

Treffpunkt in der Kapelle. 12.07.2008, 1 Uhr 30.

Sie fragte sich, worauf Oreste hinauswollte, als ihr Blick auf die Unterschriften fiel.

Sie traute ihren Augen nicht.

Es gab nicht nur eine, sondern vier!

Vier flüchtige Kritzeleien.

Wenn man jedoch genauer hinsah, konnte man erkennen, dass die Unterschriften vier Tiere darstellten.

Eine Taube.

Einen Tiger.

Ein Krokodil.

Einen Hai.

»Fehlt nur der Adler«, sagte Maline mit zitternder Stimme.

Ihr Blick verklärte sich.

Was sollte das bedeuten? Welche Kapelle konnte gemeint sein?

Sie versuchte, der seltsamen Botschaft auf den Zahn zu fühlen.

Unterzeichnet hatten mehrere Personen, das bewiesen die unterschiedlichen Strichstärken und Farben. Blau für Krokodil und Hai, schwarz für Tiger und Taube. Auch der erste Satz schien aus mehr als einer Feder zu stammen: Für die gesamte Zeile war ein schwarzer Stift verwendet worden, mit Ausnahme des blauen Wortes *Kapelle*.

Warum?

Den wenigen Sätzen nach zu urteilen, die danach auf der Seite geschrieben standen, musste der Text ganz neu sein. Mit zitterndem Finger strich Maline instinktiv über das Blatt.

»Um Himmels willen!«, rief sie.

Ihr Herz überschlug sich.

Die Tinte der Signatur, die den Tiger darstellte, hatte einen schwarzen Fleck auf ihrem Finger hinterlassen.

Sie war noch nicht ganz trocken.

»Er hat gerade erst unterschrieben!«, schrie sie. »Das kann nur dieser Typ gewesen sein, der schon in der Kirche war, als wir gekommen sind! Er muss kurz davor unterschrieben haben!«

Oreste hatte verstanden und stürzte aus der Kirche. Maline wollte ihm nachgehen, hielt aber inne. Sie eilte zurück zu dem Goldenen Buch und riss die letzte Seite heraus. Sie steckte das Blatt in die Hosentasche und hetzte Oreste hinterher.

Sie rannten das abschüssige Sträßchen hinunter, das von dem Dorf an die Seine führte.

Von dem blonden Hünen keine Spur.

Sie liefen ein paar Meter am Ufer entlang, bis sie auf den Parkplatz stießen, wo sie den Modus abgestellt hatten.

Noch immer keine Spur.

Maline glaubte bereits, ihn verloren zu haben, als sie den Riesen wie selbstverständlich auf dem Parkplatz zwischen zwei Autos sah. Unglücklicherweise rief hinter ihr Oreste:

»Da ist er!«

Der Mann wandte sich um. Er erkannte sofort die Gefahr und rannte los. Kurz darauf knatterte ein Motor. Der Unbekannte war auf ein Motorrad gestiegen, das er in der Nähe abgestellt hatte.

»Wir dürfen ihn nicht verlieren«, rief Maline.

Sie hasteten zu ihrem Wagen. Wenige Sekunden nachdem das Motorrad angefahren war, quietschten auf der Erde die Reifen des Modus.

»Lass ihn nicht entkommen!«, schrie Maline erneut.

Oreste Armano-Baudry biss die Zähne zusammen und befolgte blind die Anweisungen der Journalistin. Maline wusste, dass die Landstraße hinter Villequier jenseits der Seine sehr lange geradeaus verlief. Wenn sie beschleunigten, mussten sie den Motorradfahrer einholen.

»Meine Güte, fahren Sie schneller!«

Oreste tropfte der Schweiß von der Stirn, aber er hielt durch.

»Um Himmels willen!«, rief Maline plötzlich.

Das Motorrad hatte die Landstraße jäh verlassen und steuerte auf die Seine zu. Die Uferstraße war durch eine Schranke gesperrt. Der Motorradfahrer bremste ab, fuhr eine kleine Böschung hinauf und gelangte so an das Seineufer.

»Dieser Mistkerl!«, fluchte Maline. »Er nimmt den Seinetal-Radwanderweg!«

Oreste sah zu dem etwa zwei Meter breiten asphaltierten Weg, der sich von der Landstraße entfernte und an der Seine entlang verlief.

»Da kommen wir nicht durch. Die Strecke ist für Autos gesperrt. Er hängt uns ab!«

»Fahren Sie auf der Straße weiter«, verlangte Maline. »Ich kenne mich aus! In dreihundert Metern biegen Sie links ab. An der Kläranlage ist eine Zufahrt. Sie führt direkt auf den Radwanderweg!«

Wenig später sah Oreste zu seiner Linken tatsächlich eine Straße: *Port-Jérôme – Privatweg. Nur für Anlieger.* Ohne lange nachzudenken schlug er nach links auf den Privatweg ein.

Abermals quietschten die Reifen des Modus.

»Meine Güte, fahren Sie doch schneller«, sagte Maline wieder. »Wir verlieren ihn noch.«

Der Modus beschleunigte. Seitwärts der breiten geraden Strecke erkannte Oreste die Rohre einer Kläranlage. Wie besessen von seiner Verfolgung hatte er das Gaspedal bis zum Anschlag durchgedrückt.

Der Wagen raste jetzt mit über hundert Stundenkilometern an der Kläranlage vorbei.

Mit einem Mal öffnete sich die Landschaft.

Orestes Gesicht wurde starr vor Schreck. Maline schrie.

Der Weg endete in einer Sackgasse!

Kaum fünfzig Meter vor ihnen, keine Schutzplanke weit und breit, erstreckte sich das graue Wasser der Seine.

29

CYRFAN SARL

15 Uhr 21, Centre Saint-Sever

Der Subaru Impreza WRX fuhr in das Labyrinth des Parkhauses unter dem Centre Saint-Sever. Kommissar Paturel saß angespannt hinter dem Steuer. Er hatte es eilig. Neben ihm saß Inspektorin Colette Cadinot.

Wegen der Armada war das Parkhaus voll.

Rücksichtslos stellte er das Fahrzeug auf einen freien Stellplatz unmittelbar vor dem Eingang des Einkaufszentrums. Die Fläche war rosa eingefärbt.

Inspektorin Colette Cadinot sah ihn entrüstet an.

»Gustave! Hier kannst du doch nicht parken! Das ist ein Mutter-Kind-Parkplatz!«

»Na und?«, entgegnete der Kommissar forsch. »Was soll diese Diskriminierung: Mütter bekommen reservierte Plätze und Väter nicht? So etwas Blödes! Ist mir jetzt schnuppe. Ich bin auch Vater. Colette, du warst früher ziemlich feministisch, oder? Tja, das bin ich jetzt auch … bloß umgekehrt.«

Inspektorin Cadinot, wenig überzeugt, zuckte die Schultern. Sie verließen die Parkgarage und betraten, wenige Meter nach der Place de la Verrerie, das kolossale Bauwerk Le Bretagne.

Achte Etage.

Im Aufzug wandte sich Kommissar Paturel an Colette:

»Vergessen Sie nicht, mich daran zu erinnern, dass ich weitere Informationen über Daniel Lovichi einhole. Ich bin zwar immer mehr davon überzeugt, dass unser idealer Täter eine falsche Fährte ist, aber man weiß ja nie. Das macht sein Gewahrsam glaubwürdig. Der Kerl hat immerhin studiert, bevor er ins Ausland gegangen ist und drogensüchtig wurde – ohne dass wir eigentlich wissen, warum.«

Colette Cadinot merkte sich die Aufgabe. Auch die Liste der Rechnungen, die sie soeben drei Stunden lang durchgegangen war, hatte sie im Kopf.

In der achten Etage tat sich der Fahrstuhl vor einem Gewusel aus geschäftigen Sekretärinnen auf. Paturel und Cadinot betraten eines der neuralgischen Zentren der Armada.

»Wir haben einen Termin mit Jean Malochet«, sagte der Kommissar.

»Letztes Büro links«, erwiderte ein honigsüßes Lächeln auf hohen Absätzen.

Paturel dachte daran, dass Sudoku seinen Spitznamen verdiente. Er stand einem riesigen Schwarm in ständigem Aufruhr vor. Als sie sein großzügiges, vorbildlich aufgeräumtes Büro betraten, blickte General Sudoku zu ihnen auf. Nirgendwo lag eine Akte herum. Auf dem großen Holztisch standen nur ein Telefon und ein Porträt.

Seine Mutter, auf dem Foto deutlich jünger als heute.

»*Commissaire,* Inspektorin, treten Sie näher«, begrüßte Sudoku sie herzlich. »Ich habe Sie erwartet.«

Sie nahmen Platz. Für die nächtliche Festnahme des Täters sprach General Sudoku den Polizisten die üblichen Glückwünsche aus. Die ganze Armada könne jetzt aufatmen.

Paturel nahm ihm seine Illusionen nicht. Noch nicht.

Inspektorin Colette Cadinot unterbrach die Lobestirade als Erste.

»Monsieur Malochet, wir sind mit einem bestimmten Anliegen gekommen. Wir würden gern mehr über die Ausflugsschiffe der Armada erfahren.«

Sudoku war offen erstaunt:

»Die Ausflugsschiffe?«

»Ja … Wie viele es sind, wie das alles abläuft, wie viel es kostet, wer sich darum kümmert …«

»Wenn Ihnen das hilft …«

Bevor er begann, warf Sudoku dem Porträt seiner Mutter einen nervösen Blick zu, als ob er sie um Hilfe bitten wollte.

»Also gut … Es müsste ungefähr dreißig Armada-Ausflugsschiffe geben. Sie bieten ein bisschen von allem: Flussüberquerungen, Flusskreuzfahrten, Frühstück, Mittagessen, Buffet, Abendessen, Cocktailpartys, Konferenzen, Bälle mit Feuerwerk … Hunderte Fahrten pro Tag, Tausende Passagiere, Gäste, Touristen … Alles, was in der Region als Unternehmen gilt, ist es sich selbst schuldig, dabei zu sein. Der Empfang auf der Seine ist ein Muss, ein unvergessliches Erlebnis. Aber nicht die Seele der Armada. Die Seele der Armada ist …«

»Okay«, unterbrach ihn die Inspektorin schroff. »Ich verstehe das Business … Bringt so ein Ausflugsschiff Ihrer Meinung nach viel Geld ein?«

Sudoku sah erneut zu seiner Mutter, als ob er sich ermutigen lassen wollte. Ein merkwürdiges Lächeln erhellte sein Gesicht.

»Wenn Sie es wirklich wissen wollen: Die Kreuzfahrten, vor allem wenn an Bord Mahlzeiten serviert werden, bringen lange nicht das meiste Geld auf der Armada. Wenn Sie sinnvoll investieren wollen, bieten Sie Spazierfahrten flussabwärts an!«

»Warum?«, fragte Kommissar Paturel dazwischen.

»Ganz einfach: Weil das Angebot begrenzt und die Nachfrage enorm ist … Es gibt gar nicht genug Ausflugsschiffe in Frankreich, selbst wenn sie von überall herkommen, aus der Bretagne, der Vendée, den Niederlanden … Die Preise können explodieren … Das Angebot regelt die Nachfrage! Die Unternehmen sind bereit, für die Veranstaltung ihr Sparschwein zu schlachten. Glücklicherweise ist die Armada aber nicht nur ein Geschäft. Alles andere ist kostenlos. Und gerade die kostenlosen …«

»Wie geht das vonstatten?«, unterbrach ihn Colette Cadinot erneut. »Wem gehören die Ausflugsschiffe? Wer kümmert sich um die ganze Organisation, die Reservierungen, die Mahlzeiten, die Werbung?«

Sudoku seufzte. Abermals sah er aus dem Augenwinkel flehentlich seine Mutter an. Er wirkte betroffen darüber, dass man sich nur für die kommerzielle Dimension der Armada interessierte.

»Die Boote gehören fast immer ihren Kapitänen«, sagte er mit schleppender Stimme. »Dann gibt es zwei Möglichkeiten. Entweder die Kapitäne regeln alles selbst, die Vermarktung, die Mahlzeiten, den Service … Das ist natürlich aufwendig, vor allem, wenn sie von weither kommen und die ansässigen Unternehmen nicht kennen. Die andere Möglichkeit besteht darin, dass sich eine Firma um alles kümmert, auch darum, das Ausflugsschiff herzubringen: Sie pachtet das Schiff, seinen Kapitän und die Besatzung zu einem bestimmten Preis für die gesamte Dauer der Armada. Der Kapitän bekommt ein festes Gehalt und muss sich mit der Vermarktung nicht unnötig das Leben schwer machen.«

Inspektorin Cadinot legte plötzlich eine Akte auf den Tisch. Der Bilderrahmen um Jacqueline Malochet erzitterte.

»Monsieur Malochet, kennen Sie die CYRFAN SARL?«

Sie ließ ihm keine Zeit für eine Antwort.

»Diese Firma hat sechs Ausflugsschiffe gepachtet. Die *Henri IV,* die *Buse,* die *Capitan,* die *Jéricho,* die *Jean-Sébastien Mouche* und die *Surcouf.*«

Sudoku zuckte die Schultern, doch der aus gelben Haarsträhnen tropfende Schweiß ließ sein Unbehagen erkennen.

»Ich ... Davon weiß ich nichts. Ich weiß nur, dass es sich um Ausflugsschiffe der Armada handelt. Die Namen kenne ich natürlich. Aber ich habe keine Ahnung, wie sie organisiert sind. Das ist privat. Ich bin für die Ehrenamtlichen zuständig. Die Namen der Unternehmen also, ihre Geschäfte ...«

Kommissar Paturel fing Sudokus Blick ein, bevor dieser zu dem Foto seiner Mutter flüchten konnte. Er versuchte, sich nahbar zu geben:

»Monsieur Malochet, wir haben eine kleine Untersuchung durchgeführt ... Es sieht ganz so aus, als würden ein paar Kapitäne meckern. Seltsamerweise nur Kapitäne, deren Schiffe und Besatzungen von CYRFAN SARL gepachtet wurden. Die Gesellschaft hat die Schiffe sehr lange im Voraus gepachtet, zu dreißig- bis fünfzigtausend Euro für die gesamte Dauer der Armada. Damals dachten die Kapitäne, sie würden ein gutes Geschäft machen. Aber seit Beginn der Armada haben sie mit den Kapitänen anderer Ausflugsschiffe gesprochen und ihre Taschenrechner hervorgeholt. CYRFAN SARL nimmt mehr, viel mehr als fünfzigtausend Euro ein. Die Firma hat bis zum Schluss gewartet und die Preise explodieren lassen. Die Kapitäne der meisten anderen Schiffe sind an den Einnahmen beteiligt, erhalten einen gewissen Prozentsatz … Nicht so die Kapitäne, die mit CYRFAN verhandelt haben.«

Sudoku hatte den Kopf zwischen den Händen vergraben. Durch die Glasfront des Büros waren ein Großteil der Stadt, ein Stück Seine, die Spitzen der Schiffsmasten zwischen den Gebäuden und die sechste Brücke zu sehen … Eine traumhafte Aussicht. Offenbar verärgert richtete Sudoku sich auf:

»*Commissaire,* Inspektorin, worauf wollen Sie eigentlich hinaus? Sie stellen mir Fragen, deren Antworten Sie bereits kennen. Was soll das? Sie wollen meine Meinung hören, oder? Dann sage ich Ihnen meine Meinung.«

Er setzte eine ernste, fast böse Miene auf und fuhr mit anschwellender Stimme fort:

»Wenn diese Firma, CYRFAN, ein paar blauäugige Kapitäne übers Ohr gehauen hat, dann kann man dagegen nichts machen … rechtlich gesehen zumindest! Sie hat nichts Illegales getan. So macht man Geschäfte … Moralisch gesehen ist das natürlich etwas anderes! Matrosen finden es generell nicht so gut, wenn jemand hinter ihrem Rücken ein kleines Vermögen anhäuft. Das ist ein bisschen so, wie wenn ein Salatbauer feststellt, dass sein Blattgemüse in den Supermarktregalen zehnfach über dem Preis liegt, den er selbst mit dem Großhändler vereinbart hat. Das ist nicht illegal, aber ärgerlich … Finden Sie nicht? Wenn Sie mich fragen, riskieren die Typen hinter CYRFAN SARL höchstens eine handfeste Auseinandersetzung mit den Matrosen … Vor allem, wenn sie es mit bretonischen Matrosen zu tun bekommen …«

»Vermutlich«, sagte Inspektorin Cadinot. »Nur, dass CYRFAN eine Briefkastenfirma ist und alle Ausflugsschiffe an eine Reihe von Zwischenhändlern weiterverpachtet wurden. Die Kapitäne können unmöglich wissen, wer eigentlich dahintersteckt. Wir haben die Steuerfahndung auf den Fall angesetzt … Aber es wird ein bisschen dauern, bis wir herausfinden, wer sich wirklich hinter der Firma verbirgt …«

Sudoku wurde flatterig, als ob er das Gespräch jetzt schnell beenden wollte. Er rückte das Foto seiner Mutter zurecht und warf den Polizisten ein unbeholfenes Lächeln zu.

»Wenn Sie in diese Richtung ermitteln, heißt das immerhin, dass der Mordfall gelöst ist. Das ist doch die Hauptsache … Abzockerei ist mir grundsätzlich lieber als Mord.«

Der Kommissar warf Colette Cadinot einen komplizenhaften Blick zu und sagte dann laut:

»Wir haben den Verdacht, dass der Geschäftsmann Nicolas Neufville hinter CYRFAN steckt. Er wurde in der Mordnacht um zwei Uhr morgens vor der *Surcouf* gefilmt. Er hat sich mit dem Kapitän gezofft.«

Die Offenbarung des Kommissars bewirkte ein Kribbeln in Sudokus Nacken. Sein gelbes Stirnhaar richtete sich auf.

»Und Sie … Sie … Sie denken, dass es zwischen dem Mord an Mungaray und dieser Ausflugsschiffsgeschichte eine Verbindung gibt? Ich dachte, Sie hätten den Mörder gefasst?«

»Das haben Sie jetzt gesagt, Monsieur Malochet«, entgegnete Inspektorin Cadinot kalt.

Sudokus Gedanken rasten. Die Leiche des mexikanischen Matrosen war gegenüber der *Cuauhtémoc* gefunden worden, das hieß, in unmittelbarer Nähe der *Surcouf*. Die Polizei sah unweigerlich einen Zusammenhang mit Neufville, der zur selben Zeit vor Ort gewesen war. Vielleicht kannte die Polizei weitere Details, die er noch nicht wusste.

Sudoku strich das feuchte gelbe Haar auf seiner hohen lichten Stirn glatt. Wenn die Polizei Nicolas Neufville verdächtigte, ging ihn das am Ende nichts an.

»Ich wünsche Ihnen viel Erfolg«, sagte Sudoku. »Streit mit Neufville zu suchen, wegen reiner Geldmacherei, allein das ist keine Kleinigkeit. Aber wenn Sie auch noch beweisen wollen, dass er etwas mit dem Mord an dem jungen Matrosen zu tun hat, beispielsweise einen störenden Zeugen beseitigen wollte … dann machen Sie eine Staatsaffäre daraus!«

In ihrem Bilderrahmen schien Jacqueline Malochet mit dem Schlusswort ihres Sohnes einverstanden zu sein.

Im Aufzug auf dem Weg zurück nach unten zog Colette Cadinot Bilanz:

»Ich würde darauf wetten, dass sich hinter dieser Gesellschaft, CYRFAN, Nicolas Neufville verbirgt. Es versteht sich zwar von selbst, dass ich nicht an Zufälle glaube. Aber das macht aus ihm noch keinen Mörder.«

»Ich weiß, Colette«, seufzte Paturel. »Ich weiß. Das Problem ist, dass die Presse, wenn sie von der Steueraffäre Wind bekommt, nicht lange braucht, um einen Zusammenhang mit dem Mord herzustellen. Daniel Lovichi kann nicht länger unser Brandschutz sein, vor allem nicht, wenn die Presse Einzelheiten erfährt: Nicolas Neufvilles Anwesenheit am Tatort, gefilmt von einer Überwachungskamera, Mungarays Leiche in einer Gefriertruhe … Wir müssen schnell machen, Colette, setz mir alle Steuerfahnder auf diese Briefkastenfirma an und lass Nicolas Neufville beschatten.«

30

MODUS

15 Uhr 32, Uferstraße von Villequier

Oreste Armano-Baudry trat mit aller Kraft auf die Bremse.

Der Modus neigte sich zur Seite. Zwei Räder hoben ab.

Maline schrie noch immer.

Sie glaubte, der Wagen würde sich überschlagen und in den nicht einmal zehn Meter entfernten Fluss stürzen.

Ein paar Sekunden schlitterte das Auto auf zwei Rädern weiter, bevor es knapp drei Meter vor der Seine in einer Staubwolke, die nach verbranntem Gummi stank, sein Gleichgewicht wiederfand.

»Nach rechts, Oreste!«, rief Maline erneut, die sich von dem Schock offenbar schon wieder erholt hatte. »Der Radwanderweg entlang der Seine. Geben Sie Gas, er entwischt uns!«

Oreste hatte weder Zeit nachzudenken noch zu protestieren. Einmal mehr gab er Gas.

Die Landschaft zog an ihnen vorbei. Oreste wurde allmählich bewusst, dass sie etwas Verrücktes taten. Die Uferstraße war für Autos strikt verboten. Sie war kaum zwei Meter breit. Auf der linken Seite trennte sie keine Schutzplanke von der Seine!

Wenn das Fahrzeug ausscherte, und seien es auch nur ein paar Zentimeter, würden sie im Wasser landen.

»Hoffentlich endet dieser Radweg bald«, sagte Oreste beunruhigt.

Malines Antwort ließ ihm das Blut in den Adern gefrieren.

»Er ist über fünfzehn Kilometer lang! Das ist der ehemalige Treidelpfad, wir müssten ihn bis zum Ende befahren können … Glaube ich zumindest … Sie können auf die Tube drücken!«

Orestes Finger glitten über das Lenkrad. Fünfzehn Kilometer! Was für ein Wahnsinn.

»Er ist direkt vor uns!«, schrie Maline erneut und zeigte auf das Motorrad des Flüchtigen, ein paar Hundert Meter vor ihnen. »Wir kriegen ihn!«

Der Modus beschleunigte.

Vor ihnen erstreckten sich am linken Seineufer ein paar Dörfer, eingebettet in herrliches Grün. Aizier. Vieux-Port.

Oreste Armano-Baudry hatte wenig Gelegenheit, die Landschaft zu bewundern. Der Asphalt war inzwischen weniger gut instand gehalten. Der fehlende Schutz zwischen Straße und Seine brachte ihn um den Verstand. Er spürte, wie die Räder des Modus vom Asphalt abkamen und den kiesigen Boden streiften, die lockere Erde, die sie von dem Fluss trennte, der sich etwa einen Meter unter ihnen befand. Oreste fühlte sich, als würde er einen Abgrund entlangfahren, und musste gegen den Schwindel kämpfen.

Nicht zur Seite, nicht zum Fluss sehen, den Blick nach vorn, auf die Straße richten.

»Wir holen ihn ein!«, sagte sie.

Oreste aber wurde ein bisschen langsamer, um sein Fenster herunterzulassen.

»Was machen Sie denn, nicht langsamer werden!«

Oreste wurde noch langsamer, als er den Sicherheitsgurt löste. Maline starrte ihn verdutzt an:

»Sie werden doch wohl nicht springen?«

Der Pariser Journalist erwiderte ängstlich:

»Tun Sie es mir nach, Maline. Ich habe keine Lust zu ertrinken, wenn wir in die Seine stürzen!«

Er wirkte ein bisschen beruhigt und beschleunigte umso mehr. Zum Glück war der Radweg leer! Auch Maline hatte sich abgeschnallt.

Ein paar Hundert Meter lang trennten links ein paar befestigte, mit Bäumen bepflanzte Sandbänke die Uferstraße von dem Fluss. Das Schwindelgefühl ließ ein bisschen nach. Oreste nutzte die Gelegenheit, um noch schneller zu werden. Sie holten gegenüber dem Motorradfahrer auf, der inzwischen circa fünfzig Meter vor ihnen fuhr.

Der Zweig eines Baums schlug heftig gegen die Karosserie.

Maline zuckte zusammen.

Oreste ließ sich nicht ablenken und scherte nicht aus.

Er hält trotzdem die Spur, dachte Maline beeindruckt.

»Wir haben ihn gleich«, ermutigte sie ihn. »Seine Maschine scheint nicht besonders flott zu sein. Er fährt langsamer als wir.«

Maline heftete ihren Blick auf den Motorradfahrer, um die Entfernung abzuschätzen, die sie voneinander trennte. Sie waren kaum noch dreißig Meter auseinander. Nach der nächsten Kurve würden sie ihn haben!

Plötzlich machte der Motorradfahrer einen Bogen. Die Reifen verließen den Asphalt, Maline dachte, das Motorrad würde in die Seine stürzen. Es verharrte einen Augenblick taumelnd zwischen

Erde und Fluss, bevor es in sein Gleichgewicht zurückfand und weiterfuhr.

Was sollte dieses Ausweichmanöver?

Die Kurve öffnete sich.

Mein Gott!

Auf der gesamten Breite der Uferstraße kamen ihnen fünf Radfahrer entgegen. Ein Paar und drei Kinder. Das jüngste war keine fünf Jahre alt und hatte noch Stützräder an seinem Fahrrad.

»Scheiße!«, schrie Maline und klammerte sich an die Tür. Sie schloss die Augen, weil sie den Blick auf den unabwendbaren Zusammenprall nicht ertragen konnte.

Sie hörte das Quietschen der Reifen. Sie glaubte, ihr Arm würde abgetrennt. Ihre Knie knallten gegen das Handschuhfach.

Sie öffnete benommen die Augen.

Der Modus lag wieder sicher auf der Straße. Oreste zitterte wie ein Blatt im Wind.

Zum Aufatmen hatten sie keine Zeit.

»Ja, sind Sie wahnsinnig!«, dröhnte eine Männerstimme.

Als sie die fünf Radfahrer sah, blickte Maline betreten zu Boden.

Mit wachem Beschützerinstinkt hatte sich die Mutter zwischen Auto und Kinder gestellt.

»Sie sind doch irre!«, brüllte der Vater außer sich. »Autos sind hier verboten!«

Maline antwortete nicht. Was hätte sie sagen sollen?

Die fünf Radler fuhren an dem Modus vorbei. Der Familienvater warf ihnen einen vernichtenden Blick zu. Maline wusste, dass er sich ihr Kennzeichen gemerkt hatte und die Polizei rufen würde, dass Christian Decultot Ärger bekommen würde.

Sie hatte den Wagen nicht gestohlen!

Deutlich vorsichtiger fuhren sie weiter.

»Wir haben ihn verloren«, ächzte Oreste.

»Ich weiß nicht«, erwiderte Maline. »Er ist auch langsamer geworden. Und der Radwanderweg endet gleich.«

Nach weniger als einem Kilometer ging die Strecke tatsächlich zu Ende. Der Modus bog in eine Landstraße ein, die sich durch die Schwemmebene der Seine schlängelte. Die flache Landschaft eröffnete ihnen einen weiten Blick. Maline entdeckte den Motorradfahrer ein paar Kurven vor ihnen.

»Da, direkt vor uns!«

Oreste konnte das Bild von der Familie nicht vergessen, ihre angstverzerrten Gesichter, die Furcht, die er ausgelöst hatte, indem er den Wagen wie eine Bombe auf sie hatte zurollen lassen. Er fühlte sich, als ob er den Verstand verloren hätte. Sein Herz hatte noch nie so heftig geschlagen. Zum ersten Mal in seinem Leben hatte ihn nicht sein Gehirn, sondern sein Instinkt geleitet.

Er trat erneut auf das Gaspedal.

»Wir kriegen den Dreckskerl!«

Erstaunt sah Maline zu, dass in dem jungen Journalisten etwas vor sich ging. Noch einmal holten sie gegenüber dem Motorrad auf. Es hatte wahrscheinlich einen 125-cm^3-Motor und fuhr nicht schneller als achtzig Stundenkilometer. Ihr Wagen raste jetzt mit fast hundertzwanzig. Gleich würden sie ihn einholen!

Die Schwemmebene war mit Apfelbäumen bepflanzt. Hinter der nächsten Biegung bot sich ihnen mit einem Mal ein surrealistischer Anblick.

Die Apfelbäume brannten lichterloh!

Flammen und dunkle Rauchschwaden stiegen über der dichten Plantage und den vor ihnen liegenden Scheunen auf. Der Modus setzte seinen Weg fort. Die Landschaft vor ihnen öffnete sich, und Maline begriff.

Sie sausten geradewegs auf Port-Jérôme zu, die größte Raffinerie Frankreichs. Unmittelbar hinter den Apfelwiesen erstreckte sich ein Meer aus Schornsteinen, das lodernde Flammen überragten, deren Rauchschwaden sich am Himmel zu einer bedrohlichen grauen Wolke formten.

Auf einem Schild stand *Notre-Dame-de-Gravenchon*.

Das Motorrad ein paar Meter vor ihnen wurde nicht langsamer. Es fuhr durch einen Kreisverkehr auf die Raffinerie ExxonMobil zu, deren Einfahrt durch eine Schranke versperrt war. Ein schmaler Seitenstreifen ließ nur Fußgänger passieren. Bevor die Wachen reagieren konnten, fuhr der Motorradfahrer durch die Öffnung hindurch und verschwand in dem beeindruckenden Geflecht aus Öl- und Gasleitungen.

Fünf Sekunden später kapitulierte der Modus vor dem Hindernis.

Die bewaffneten Wachen eilten herbei.

Maline verstand. Sie hatten das Spiel verloren. Bis sie den Wachen alles erklärt und sie dazu gebracht haben würden, die Schranke vor dem Privatweg zu öffnen, wäre der Motorradfahrer längst über alle Berge.

Die Raffinerie Port-Jérôme war eine richtige Stadt in der Stadt.

Kurze Zeit später kurbelten sie die Fenster hoch, legten die Gurte an und machten sich auf den Rückweg. Lange schwiegen sie.

Oreste wollte die Stille durchbrechen.

»Für eine Beschattung nicht gerade unauffällig, so ein Dienstwagen der *SeinoMarin* …«

Maline antwortete nicht. Sie musste sich von der Aufregung erholen und über alles nachdenken. Oreste begriff, dass Maline nicht reden wollte. Er tippte auf seinem MP3-Player herum.

»Stört es Sie, wenn ich Musik anmache?«

Müde und bedrückt schüttelte Maline den Kopf.

»Ich spiele Ihnen die New Animals vor, *Pigs and Cats,* ihr bester Song. Das ist jetzt ganz passend, Sie werden sehen, es regt zum Träumen an. Sie bringen sogar Katzen und Schweine zum Singen! Und auf der dritten Tonspur haben sie einen Chor aus Kühen. Irgendwo habe ich gelesen, dass die Spur wirklich in einem Schlachthof aufgezeichnet wurde … So etwas ist gerade total angesagt …«

Maline antwortete nicht. Sie hörte nicht einmal mehr zu. Oreste gab auf, nahm seinen Palm in die Hand und fing an, in das Mikrofon zu säuseln.

Maline verlor sich in ihren Gedanken.

Wer war dieser Motorradfahrer?

Wahrscheinlich die Person, die in dem Goldenen Buch der Kirche von Villequier als Tiger unterzeichnet hatte.

Der Tiger!

Er hatte sich bestimmt wie Mungaray die fünf Tiere auf die Schulter tätowieren lassen. Die Taube, den Tiger, das Krokodil, den Hai und den Adler.

War er ein Armada-Matrose, wie Mungaray? Das war die naheliegendste Theorie. Fünf Matrosen, verbunden durch einen Pakt? Fünf Matrosen, die sich untereinander über Codes verständigten. Codes, die nur sie entschlüsseln konnten. Diese Codes führten nach Villequier. Die Zitate von Victor Hugo hatten vermutlich nur einen Zweck: den Weg zu weisen! Es stand alles da, wie Hinweisschilder, die nur Eingeweihte verstanden. Das Seineufer, der Friedhof und schließlich die Kirche von Villequier. Da es sich um Matrosen handelte, war das Ziel der Schnitzeljagd klar: die Glasmalerei, die rätselhafte Glasmalerei, die einen Seeraub darstellte.

Warum?

Die Matrosen hatten ein weiteres Treffen vereinbart, heute Nacht um 1 Uhr 30. Sie dachte an die Botschaft in dem Goldenen Buch: *Treffpunkt in der Kapelle.* Welche Kapelle konnte gemeint sein? Diesmal gab es keine weiteren Hinweise. Es gab Hunderte Kapellen in der Region und Dutzende an der Seine. Es war unmöglich, den Ort des Treffens noch heute Abend auszumachen.

Es sei denn, man fand heraus, wer sich hinter den vier Tieren verbarg.

Der Adler war ein junger mexikanischer Matrose, der sich Aquilero nannte und an Bord der *Cuauhtémoc*, des *Fallenden Adlers,* unterwegs gewesen war. Seine Identität festzustellen, war nicht schwer gewesen.

Mit den vier anderen war es vielleicht ähnlich.

Während sie so nachdachte, kamen ihr nach und nach Zweifel. Sollte sie mit der Polizei sprechen? Ihre Überlegungen mitteilen? Ihnen das Beweisstück aushändigen, die aus dem Goldenen Buch der Kirche von Villequier herausgerissene Seite?

Natürlich musste sie das …

Aber war das so dringend? Maline hatte die schlechte Angewohnheit, Rätsel am liebsten allein lösen zu wollen. Sie machte nicht gern die Arbeit für andere, lieber hatte sie eine Pferdelänge

Vorsprung. Ihre Aussage bei der Polizei konnte gut bis morgen warten.

Langsam erinnerte sie sich wieder daran, dass sie heute Abend mit Olivier Levasseur verabredet war, *in seinem Büro*. Sie musste sich zu Hause umziehen. Sie war ganz wirr im Kopf. Eine Überdosis an Gefühlen. Sie musste sich beruhigen.

Maline spürte, wie die Anspannung allmählich abfiel. Orestes seltsame Tiermusik wirkte tatsächlich beruhigend. Gerade war Möwengeschrei, begleitet von einem Klavier zu hören. Ihre Wange gegen die Tür gelehnt, nickte sie ein paar Minuten ein.

Den gesamten restlichen Weg tauschten Oreste und Maline keine drei Sätze aus. Maline empfahl Oreste, über Maromme zu fahren, um den Stau an den Kais von Rouen zu vermeiden. Kurz darauf stellte Oreste den Modus an der Ecke Rue Eau-de-Robec auf einem reservierten Parkplatz vor der *SeinoMarin* ab.

Maline streckte die Hand aus.

»Danke, Oreste. Fahren Sie heute Abend nach Paris zurück?«

»Sie machen Witze, Maline! Nach allem, was wir gerade erlebt haben? Mir ist noch nie etwas so Extremes für einen Artikel widerfahren. Die *Monde* hat mir bis zum Ende der Armada ein Zimmer im Hotel Vieux Carré reserviert.«

Oreste atmete tief ein und fuhr fort:

»Maline, darf ich Sie um einen Gefallen bitten?«

Oreste hatte ein Funkeln in den hellen Augen, das Maline bisher nicht bei ihm gesehen hatte. Sie hatte fast den Eindruck, ihn entjungfert zu haben.

»Ja, Oreste? Was für einen Gefallen?«

»Können wir uns heute Abend wiedersehen?«

Das war es also!

Das hatte der Glanz in seinen Augen zu bedeuten. Die Verfolgungsjagd hatte den Jungen in angeregte Stimmung versetzt. Er baggerte sie an, verliebte sich vielleicht sogar in sie. Nur wenige Frauen, auch solche nicht, die fünfzehn Jahre älter waren als er, mussten ihm seit der Pubertät so imponiert haben!

Oreste sprach weiter. Er war ein bisschen plump:

»Es wäre schön, wenn Sie mir bei meinem Artikel helfen könnten. Für die Ausgabe von morgen Nachmittag. Sie haben mehr Erfahrung als ich und wissen besser, was man schreiben darf und was nicht.«

Maline fühlte sich von dem anrüchigen Blick des Jungen geschmeichelt, hatte aber nicht die geringste Lust, einen Teil des Abends mit ihm zu verbringen. Gleichzeitig wusste sie, dass er fähig sein würde, in seinem Artikel für die größte Zeitung Frankreichs ziemlichen Mist zu erzählen. Schon morgen könnte er eine wilde Panik auf der Armada verbreiten. Mit dem Wissen, das er inzwischen hatte, war es wichtig, geradezu wesentlich, ihn unter Kontrolle zu halten.

»Na gut«, akzeptierte sie. »Ich komme heute Abend vorbei ...«

Gegen 18 Uhr 30 überquerte Maline abermals die Place de la Pucelle. Sie hatte geduscht, war geschminkt und trug ein hübsches Kleid mit orangenen Streifen, das sie größer erscheinen ließ. Sie fühlte sich ein bisschen ausgeruht. Und wieder begehrenswert, nicht nur in den Augen eines Jungen. Sie sah zum Hotel Bourgtheroulde, zu den Fenstern des Türmchens.

Olivier Levasseurs Büro.

Sie entsann sich, dass der schöne Réunionese eine beeindruckende Bibliothek über die Seefahrt, insbesondere die Großsegler der Armada, besaß. Er musste auch zahlreiche Unterlagen über die Dreimaster in Rouen haben, ebenso Listen der Matrosen auf den Schiffen.

Olivier Levasseur war bestimmt der perfekte Mann, um die Mitglieder der mysteriösen Bruderschaft und die Bedeutung der Symbole zu bestimmen.

Der Taube.

Des Tigers.

Des Krokodils.

Des Hais.

Außerdem konnte sie das Nützliche mit dem Angenehmen verbinden.

31

VERRAZZANOS GEHEIMNIS

18 Uhr 15, Umgebung von Rouen

Bist du nervös?«, fragte die Frau.

»Du weißt, warum«, entgegnete der auf dem weißen Ledersofa sitzende Mann. »Wegen heute Abend, alles wird sich an der Kapelle abspielen. Ich habe keine Wahl, sie müssen dafür bezahlen. Der Fluch muss erfüllt werden! Sie müssen sterben. Sterben durch meine Hand.«

Die Frau legte ihre offene Hand auf die Hand des unruhigen Mannes.

Sie streichelte ihn. Beruhigte ihn.

»Bis heute Nacht um ein Uhr hast du noch ein bisschen. Entspann dich.«

Die Frau öffnete eine Schublade unter dem Wohnzimmertisch und fuhr fort:

»Möchtest du eine DVD sehen? Du hast noch genügend Zeit. Das tut dir doch gut, oder?«

Der Mann lächelte zaghaft.

»Wenn du meinst …«

Die Frau fasste in die Schublade, schob ein paar DVDs zur Seite und entschied sich für *Giovanni da Verrazzano – Hochschulkollo-*

quium. Sie schaltete den DVD-Player ein. Der große, in die Wand eingelassene Plasmabildschirm leuchtete auf.

Ein großer Hörsaal war zu sehen, vermutlich in einer Universität. Ein Redner auf dem Katheder beendete einen Vortrag. Auf einem Plakat hinter ihm stand das Thema des Kolloquiums: *Die Normandie im Zeitalter der Entdeckungen*. Der Redner war also ein – ziemlich junger – Historiker. Gefilmt wurde das Kolloquium von dem Medienzentrum der Hochschule. Der Schnitt war nahezu professionell.

Der junge Mann beendete seine Rede.

»Und so kehrte Giovanni da Verrazzano am 8. Juli 1524 an Bord der *Dauphine* nach Dieppe zurück. Nachdem er in Rouen aufgebrochen war und sich vertraglich an den großen Reeder Jehan Ango gebunden hatte, entdeckte er als Erster die Bucht an der Mündung des Hudsen, jenes Stück unberührte Natur, das später New York heißen sollte. Die größte Brücke New Yorks, und das ist nur recht und billig, trägt den Namen *The Verrazzano*. Man könnte sich sogar fragen, ob New York seinen Spitznamen *Big Apple* als Hommage an die Normandie bekam!«

Das Fazit des Vortrags wurde von gut zwanzig in dem Hörsaal verstreuten Zuhörern mit heftigem Beifall aufgenommen.

Ein Moderator nahm das Mikrofon an sich und bedankte sich bei dem Dozenten für den glänzenden Vortrag. Er wandte sich an das Publikum. Er sei sicher, dass nach einem derart fundierten Bericht die Fragen nicht auf sich warten ließen.

Beinah prompt erhob sich ein Mann.

Pierre Poulizac, Ramphastos. Er musste etwa fünfzig Jahre alt sein. Ohne auf das schnurlose Mikrofon zu warten, das durch die Reihen ging, stellte er laut seine Frage:

»Es gibt da etwas, das Sie nicht angesprochen haben. Können Sie uns sagen, wo Verrazzanos Beute geblieben ist?«

Eine leichte Unruhe ging durch das Publikum. Ein paar Zuhörer lachten.

»Welche Beute?«, fragte der Redner, von der Frage überrumpelt.

Ramphastos fuhr unbeirrt fort:

»Die Beute. Der Fund, der Raub. Kurz: die Ladung, mit der Giovanni da Verrazzano von der New York Bay zurückgekehrt ist.«

»Er ist ohne Ladung zurückgekommen!«, beteuerte der Dozent. »Wie bereits gesagt!«

»Ich weiß«, sagte Ramphastos, »offiziell hat er von seiner ersten Expedition nur ein bisschen Gold und eine junge Sklavin mitgebracht, das haben Sie uns gerade unmissverständlich gesagt. Aber finden Sie das nicht merkwürdig? Über ein Jahr lang ist Giovanni da Verrazzano auf See, segelt entlang der Küste von Florida, North Carolina, Virginia, Delaware und New Jersey. Er wagt sich als Erster auf unbekanntes Terrain, aber zurück in Dieppe ist sein Laderaum leer! Nur ein bisschen Gold und eine Sklavin bringt er mit. Seltsam, oder? Gleichzeitig werden andere Entdecker reich, indem sie Edelsteine, Gold, Gewürze, Stoffe und Kunstwerke nach Europa bringen. Das riecht doch nach Betrug, finden Sie nicht?«

Das Wortgefecht weckte das spärliche Publikum in dem Hörsaal auf. Der Dozent ärgerte sich langsam über den Störenfried:

»Seltsam oder nicht, es ist nun einmal so! So findet es sich im Archiv! Davon abgesehen bin ich nicht 1524 geboren.«

Er hoffte, die Lacher auf seine Seite zu ziehen, doch sein Witz lief ins Leere. Ramphastos ließ nicht locker:

»Wenn ich Sie richtig verstehe, ist es erwiesen, dass der Frachtraum der *Dauphine* leer war, als Giovanni da Verrazzano in Dieppe eintraf. Wir haben gute Gründe anzunehmen, dass der Frachtraum voll war, als er von dem späteren New York aufbrach! Daher meine Frage: Wo ist die Beute geblieben? Die Antwort scheint mir offensichtlich: Irgendwo zwischen New York und Dieppe hat er sie heimlich ausgeladen.«

»Warum hätte er das tun sollen?«, fragte der Moderator in das Mikrofon, von dem Streitgespräch begeistert.

»Um die ganze Ladung für sich zu haben, ist doch klar! Um nicht alles König Franz I. und Ango geben zu müssen. Es war ein strenger Vertrag!«

»Stimmt das?«, wandte sich der Moderator fragend an den Referenten.

»Ja«, gestand der Dozent.

Eine an die Wand projizierte Overheadfolie zeigte die Details des *Seefrachtvertrags für drei Schiffe auf Entdeckungsreise nach Indien:*

Wir, der Admiral und Ango, erhalten bei Rückkehr der besagten Galeonen und des Schiffes von besagter Reise als Fracht (...) ein Viertel aller Güter, die zurückkommen und mitgebracht werden (...) Und sobald auf See weitere Beute bei Mohren, Türken oder anderen Feinden des Glaubens und des Königs gemacht wird, erhalten Seine Durchlaucht der Admiral zunächst von dieser Beute den zehnten Teil.

»Aber das beweist gar nichts«, ergänzte der Historiker.

Triumphierend fuhr Ramphastos fort:

»Franz I. weigert sich, Verrazzanos zweite Expedition zu finanzieren! Er ist schwer enttäuscht von dem wirtschaftlichen Ergebnis der ersten Expedition. Das wären wir auch, mindestens!

Wer also rüstet Verrazzanos zweite Expedition aus? Die Rouener Bankiers, die sich an der ersten gar nicht beteiligt haben! Merkwürdig, oder? Was könnte die Rouener Bankiers auf einmal von dem wirtschaftlichen Nutzen der Reise überzeugt haben? Welche Beweise haben sie? Und jetzt stellen wir uns vor, dass Giovanni da Verrazzano seine wertvollen Güter, alles, was er bei seiner Erkundung der amerikanischen Westküste angehäuft hat, zwischen New York und Dieppe heimlich ausladen lässt und zwischen Rouen und Le Havre versteckt. Auf über einhundert Kilometern Wasserweg mangelt es nicht an Verstecken. Er verliert zwar das Vertrauen des Königs, hortet aber genügend Schätze im Seinetal, um den Rouener Bankiers ein kleines bisschen davon abzugeben, vor dem Hintergrund seiner zweiten Expedition.«

Der Moderator bat den Referenten erneut um Bestätigung.

»Die Details, auf die Monsieur sich bezieht, sind wahr«, räumte der Historiker ein. »Aber die Art und Weise, wie er sie zusammenfügt, ist reine Spekulation. Meine Stellung als Wissenschaftler gestattet mir nicht, dass ich solche abenteuerlichen Vermutungen anstelle …«

Der Moderator wollte sich nicht damit zufriedengeben.

»Und Giovanni da Verrazzano?«, wollte er wissen. »Hat er seinen Reichtum zur Schau gestellt? Hat er seine wertvolle Beute jemals ausgegeben?«

Ramphastos überließ die Antwort keinem anderen als sich selbst:

»Das werden wir nie erfahren! Giovanni da Verrazzano hat sein Geheimnis mit ins Grab genommen. Wenn man das so sagen kann … Auf seiner zweiten Expedition wurde er 1528 in der Karibik von einem Kannibalenstamm überrascht, der ihn getötet und gefressen hat!«

Der Moderator ließ sich sein Erstaunen anmerken. Er sah auf die Uhr und stammelte:

»Äh … gut. Ich glaube, wir sind nun bestens informiert. Ich … ich danke Ihnen für die lebhafte Diskussion. Und … äh … Ich darf Sie alle ans Buffet bitten …«

32

TAUBE, KROKODIL UND HAI

18 Uhr 39, Hotel Bourgtheroulde

Die schwere Eichentür zu Olivier Levasseurs »Büro« am Ende des Gangs stand offen.

Maline trat überrascht ein. Olivier stand im hinteren Teil der Suite und diskutierte lebhaft mit einem Mann, den Maline sofort wiedererkannte.

Nicolas Neufville!

Was wollte er hier?

Maline versuchte, sich ihre Irritation nicht anmerken zu lassen. Er war in Rouen ein wichtiger Geschäftsmann, es war am Ende kaum verwunderlich, dass er da war. Olivier Levasseur bemerkte Maline. Er bedeutete ihr, hereinzukommen und im Flur Platz zu nehmen, bevor er die Salontür hinter sich schloss.

Was für eine kalte Dusche!

Aus der Höhle des Raubtiers wurde ein gewöhnliches Büro mit trostlosem Wartezimmer. Maline seufzte. Das romantische Wiedersehen, das sie sich ausgemalt hatte, während sie die Steintreppe nach oben gegangen war, fiel ins Wasser. Obendrein wegen Nicolas Neufville, diesem Schuft.

Maline übte sich in Geduld. Sie fing an, ein paar auf dem kleinen Tisch liegende Segelzeitschriften zu durchblättern. Sie konnte sich nicht dafür begeistern. Auch ein kleines Taschenbuch entdeckte sie zwischen den Magazinen: *Schauplatz Der Englischen See-Räuber* von Daniel Defoe. Dieses berühmte Werk über die Seeräuberei kam ihr in der Suite des Armada-Pressesprechers ein bisschen deplatziert vor. Sie überflog ein paar Seiten, konnte sich aber nicht konzentrieren.

Zehn Minuten.

Frustriert holte sie ihr Handy hervor und rief die Nachrichten ab. Ihr Vater hatte ihr schon wieder eine SMS geschrieben! Immer die alte Leier. Wann würde sie ihn besuchen? Was wünschte sie sich zum Geburtstag? Die Burgunder auf Durchreise … Maline antwortete ihm in zwei ausweichenden Sätzen, dass sie versuche, bald vorbeizukommen und ihn zu der Parade auf der Seine am 14. Juli mitzunehmen.

Dreizehn Minuten …

Endlich öffnete sich die Tür. Nicolas Neufville kam strahlend aus dem Salon und schüttelte Maline kräftig die Hand:

»Wir kommen wohl nicht mehr voneinander los, Mademoiselle Abruzze. Verzeihen Sie, dass ich nicht mehr Zeit für Sie habe, aber ich muss mich in Sicherheit bringen.«

In der Tat brachte er sich in Sicherheit. Doch das anspielungsreiche Lächeln, das der Geschäftsmann beim Schließen der Eichentür aufsetzte, gefiel Maline überhaupt nicht.

Er sah sie an wie ein Perlhuhn, das gleich in den Kochtopf musste.

Sie drehte sich wieder zu Olivier Levasseur. Der elektrisierende Blick aus den grünen Augen des Réunionesen hypnotisierte sie.

Ihr kam sofort in den Sinn, dass sie nichts, rein gar nichts gegen den Kochtopf hatte, wenn dieser Mann ihr die Federn rupfte.

Aber noch nicht jetzt.

»Was wollte er?«, fragte sie mit erzwungener Schärfe.

»Ich fürchte, das geht Sie nichts an, Mademoiselle Abruzze.«

Maline fiel auf, dass Levasseur Unterlagen in der Hand hielt.

Auf einer glänzenden Mappe las sie das Logo: CYRFAN SARL.

Sie hatte noch nie davon gehört, doch ihr Blick wurde noch inquisitorischer. Olivier Levasseur geriet in Verlegenheit und sah sich gezwungen, ein paar Informationen preiszugeben:

»Sie sind unverbesserlich! Ich dürfte Ihnen eigentlich nichts sagen … Höchstens, dass das Polizeirevier heute Morgen ein paar Auskünfte bei mir eingeholt hat …«

»Über Nicolas Neufville?«

»Unter anderem über Nicolas Neufville …«

Das beruhigte Maline ein bisschen.

Sie folgte Levasseur in den Salon. Diesmal war er lässig gekleidet, trug eine Jeans und ein T-Shirt, das seinen muskulösen Oberkörper sehr sexy betonte.

Erneut dachte Maline daran, dass sie ihn wirklich anziehend fand … Dass sie zwei Erwachsene in der noblen Suite eines herrschaftlichen Stadthauses waren. Dass sie seit mindestens sechs Monaten mit niemandem mehr geschlafen hatte … Dass sie das brennende Verlangen spürte, diesem Adonis die Hose zu öffnen … Dass sie … Dass sie sich zusammennehmen musste … Dass sie ihren Köder hervorholen, auf den Angelhaken spießen … und ihn auswerfen musste … Dann würde sie schon sehen, wie groß der Fang war!

Olivier bot ihr galant einen Aperitif an. Maline entschied sich, wie Olivier, für weißen Rum. Sie nahm ihren angestammten Platz auf der Couch ein, Olivier setzte sich wieder ihr gegenüber. Mit ihrem ausgeschnittenen Kleid lehnte sie sich vor, wie um ihm zu gestatten, die Tiefe ihres Dekolletés zu ermessen. Er wandte den Blick nicht ab, aber Maline wusste, dass sie einen Köder von anderem Kaliber auswerfen musste, um so einen Fisch zu fangen.

Olivier Levasseur leitete das Gespräch mit professioneller Höflichkeit ein. Noch einmal sprach er ihr seine Glückwünsche für den gestrigen Hieb mit dem Zauberfederhalter aus. Noch nie, nicht einmal für ihre brillantesten Artikel, war sie für einen Federstrich derart gelobt worden. Er wirkte hocherfreut darüber, dass der Mord aufgeklärt worden war, alles wieder in geregelten Bahnen verlief, die Armada ungestört weitergehen konnte.

Maline fiel ihm ins Wort. Sie hatte beschlossen, mit offenen Karten zu spielen. Alles auf den Tisch zu legen, alles, was sie heute Nachmittag herausgefunden hatte, alles, bis hin zu der Flucht des Motorradfahrers.

Warum?

Warum wollte sie diesem Fremden, Olivier Levasseur, alles erzählen?

Weil er ihr nützlich sein konnte, um die Identität der beteiligten Matrosen festzustellen?

Ja, bestimmt.

Weil sie ihm aus unerklärlichen Gründen vertraute.

Ja, auch deshalb.

Doch der Hauptgrund war strategischer Natur.

Sie wollte Aufmerksamkeit erregen, so einfach war das. Indem sie ihre unglaublichen Entdeckungen mit ihm teilte, würde sich zwischen ihr und ihm unweigerlich eine Verbundenheit bilden. Ihr bester Köder: das Geheimnis. Diese Geheimnisse …

Eine Weile erzählte Maline ihm alles, und Levasseur hörte halb begeistert, halb erschrocken zu.

Als der Bericht zu Ende war, erhob sich ein ungläubig dreinblickender Olivier Levasseur. Er wollte das aus dem Goldenen Buch herausgerissene Blatt sehen. Maline zeigte es ihm, und er musste der Tatsache ins Auge sehen. Er wirkte ein bisschen wie ein kleiner, wütender Junge, was Maline besonders gefiel. Der Fall hatte ihn spürbar neugierig gemacht, vor allem aber bereitete er ihm Unbehagen. Er war der Armada-Pressesprecher, er bewegte sich elegant im politisch Korrekten, er wusste, dass er auf Pressekonferenzen früher oder später in vorderster Front vor einer Horde Journalisten stehen würde, um ihnen die verrückte Geschichte zu erklären.

Wie Maline hatte er wenig Lust, zur Polizei zu gehen, zumindest nicht sofort. Wenn die Polizei einen Täter hatte, warum sollten sie die Dinge komplizierter machen, die Ruhe stören, zwei Tage vor der Parade auf der Seine? Diese ganze Geschichte mit den Codes unter Matrosen hatte mit dem Mord vielleicht gar nichts zu tun.

Maline stellte fest, dass der schöne Olivier Levasseur nicht wollte, dass der Fall Wellen schlug, zumindest keine, die seine Position als erstklassiger Redner infrage stellte. Umso mehr war Maline stolz, ihn in Verlegenheit gebracht zu haben: Indem sie ihm alles anvertraut hatte, hatte sie ihn zu ihrem Komplizen gemacht. Er konnte nicht mehr so tun, als wüsste er von nichts, als wäre er neutral. Sie hatte ihn in die Sache hineingezogen, und schon deshalb musste Olivier Levasseur sie innerlich verfluchen. Umso besser! Maline zog es bei Weitem vor, ein kleiner

Satansbraten zu sein, der ihn an der Nase herumführte, als ein bratfertiges Perlhuhn.

Maline beschloss, ihren Vorteil weiter auszubauen, indem sie das Kommando über die Ermittlungen übernahm.

»Es sollte möglich sein, herauszufinden, welche Matrosen sich hinter den Tätowierungen verbergen, Olivier. Ihnen liegen alle erdenklichen Informationen über die Besatzungen vor. Wenn wir uns zusammentun ...«

»Haben Sie Zeit?«

Erste Salve.

»Die ganze Nacht!«

Olivier Levasseur, in sorgenvollen Gedanken versunken, ging nicht darauf ein. Die Aussicht auf einen neuen Skandal während der Armada schien seine Libido für den Rest des Abends sogar auf ein besorgniserregendes Niveau fallen zu lassen. Langsam zweifelte Maline an ihrer Strategie.

Levasseur holte einen Laptop und legte ihn auf seinen Schoß. Natürlich gab es im gesamten Büro WLAN. Maline setzte sich dicht neben ihn.

Zweite Salve.

Genüsslich sog sie seinen Ambraduft ein. Levasseur, auf den Bildschirm konzentriert, schien ihre neue Vertrautheit nicht einmal zu bemerken. Er scrollte sich durch die Eigenschaften der Armada-Segelschiffe. Baujahr, Eigentümer, Größe, Tiefgang, Segelfläche, Fahrtgeschwindigkeit, Heimathafen, Liegehafen ... Sie nahmen sich die Zeit, alles ausführlich zu erörtern. Es würde ihnen nichts entgehen.

Anschließend klickten sie sich durch Olivier Levasseurs riesige Bilderdatenbank, durch Hunderte hübsche Fotos von Galionsfiguren, Holzskulpturen, geschmückten Wappenschilden. Sie erfreuten sich an einer Tonbildschau mit allen möglichen Kreuzen, Ankern, holländischen Meerjungfrauen, indonesischen Drachen … fanden aber nicht, wonach sie suchten.

»Und die Matrosen?«, fragte Maline hartnäckig. »Haben Sie eine Liste der Matrosen?«

»Ja«, seufzte Olivier. »Vom Zollamt und von den Botschaften. Aber es sind fast zehntausend …«

Maline verzog das Gesicht.

»Fangen wir zumindest mit den Matrosen der *Cuauhtémoc* an.«

Namen mit Geburtsdaten, -orten und Staatsangehörigkeiten zogen an ihnen vorüber.

Nichts, rein gar nichts, was an die vier Tiere denken ließ.

Die Taube.

Den Tiger.

Das Krokodil.

Den Hai.

Sie hatten eine halbe Stunde den Bildschirm angestarrt und waren keinen Schritt weitergekommen. Maline hatte sich verkrampft. Sie verlor die Geduld. Sie wollte die Sache in die Hand nehmen: Entweder, sie stieß den Apoll auf die Couch und riss ihm mit den Zähnen das T-Shirt vom Leib, oder ihr fiel etwas anderes ein, um die Nachforschungen voranzutreiben.

Mit einem Mal griff sie nach dem Laptop auf Levasseurs Schoß, klappte ihn zu und legte ihn auf den Boden.

Der verblüffte Oliver Levasseur wollte protestieren.

»So kommen wir nicht weiter, Olivier. Wir müssen das Problem anders anpacken. Wir müssen die Tätowierungen ins Auge fassen!«

Maline änderte abrupt ihre Sitzposition.

In einer geschmeidigen Bewegung kniete sie sich auf die Couch, im rechten Winkel zu Olivier Levasseur. So überragte sie ihn. Er drehte sich zu ihr. Diesmal hatte er ihr Dekolleté wirklich direkt vor der Nase. Maline wusste, dass es üppig und jetzt, Anfang Juli, leicht gebräunt war. Ein kleiner Büstenhalter mit weißer Spitze, den Olivier nicht übersehen konnte, brachte es hübsch zur Geltung. Die Haltung, die sie eingenommen hatte, auf der Couch kniend, hatte ihr Kleid schamlos die Oberschenkel hinaufrutschen lassen – es bedeckte jetzt nur noch ihr Höschen, und selbst das noch nicht einmal … Wenn er sich ein bisschen anstrengte, würde der Kommunikationsbeauftragte feststellen, dass Malines Dessous perfekt aufeinander abgestimmt waren.

Maline legte ihre Hand auf den Oberschenkel des Réunionesen, in der leisen Hoffnung, er würde es ihr gleichtun.

Dritte Salve.

Olivier Levasseur zuckte nicht mit der Wimper, schenkte ihr aber einen Blick aus seinen smaragdgrünen Augen, der Maline Lust machte, ihn direkt auf den Mund zu küssen. Ob er sich seiner Anziehungskraft bewusst war? Mit Mühe konzentrierte sich Maline wieder auf die Nachforschungen:

»Wir stellen es anders an, Olivier! Stimmt es, dass Sie zehn Sprachen sprechen?«

Olivier Levasseur bestätigte mit einem clooneyschen Lächeln.

»Okay, gehen wir davon aus, dass die gesuchten Matrosen unterschiedlicher Nationalität sind. Versuchen wir, die Namen der vier tätowierten Tiere in die verschiedenen Sprachen der Länder zu übersetzen, die auf der Armada am häufigsten vertreten sind, dann werden wir sehen.«

Über eine Viertelstunde lang versuchte Levasseur, die Begriffe Taube, Hai, Krokodil und Tiger in diverse gängige Sprachen zu übersetzen. Es kam nichts dabei heraus. Doch Maline gab sich nicht geschlagen. Mit der freien Hand berührte sie Levasseurs muskulöse Oberschenkel und legte die blanken Knie fast auf seine Beine.

Vierte Salve.

»Okay, machen wir weiter, ich bin mir sicher, dass wir auf dem richtigen Weg sind. Versuchen wir, Assoziationen zu übersetzen. Fangen wir mit der Taube an, die ist sicherlich am Einfachsten. Woran müssen wir bei einer Taube denken … an Liebe?«

»An Frieden«, korrigierte sie Levasseur breit grinsend.

Maline rückte noch näher an ihn heran und positionierte ihre Brust ein paar Zentimeter vor seinen Lippen.

»Es wäre mir lieber gewesen, wenn Sie das Wort Liebe in alle Sprachen übersetzt hätten … Aber fangen wir mit dem Frieden an.«

Olivier Levasseur entging ihr Schauspiel nicht, aber er reagierte nicht darauf, sondern trug stattdessen ein schönes Gedicht vor:

Peace … Paix … Paz … Pace … Vrede … Mir.

Mir?

Ihre Blicke begegneten sich, elektrisiert, verständnisinnig.

Mir bedeutete *Frieden* auf Russisch.

Aber die *Mir* war auch der größte Dreimaster der Armada. Sie waren fündig geworden!

Eine der vier gesuchten Personen musste definitiv Matrose auf dem russischen Großsegler sein.

Sie hatten den zweiten Seemann gefunden!

»Sie sind brillant, Olivier!«

Maline neigte sich jäh nach vorn, wie eine Sprinterin nach dem Schuss, und küsste den Réunionesen auf die Wange. Vielleicht sogar fast auf die Lippen.

Maline ließ nicht zu, dass Olivier reagierte. Hastig stand sie auf. In ihrer verwegenen Stellung hatte sie es nicht länger ausgehalten. Sie hatte gespürt, wie die Oberschenkel allmählich verkrampften. Auch Olivier erhob sich.

Während sie in der Suite auf und ab gingen, assoziierten sie noch eine Weile, ohne etwas zu finden. Maline suchte nach einer neuen Spur, hatte aber kein Glück.

»Haben Sie hier auch Bücher?«, fragte sie in letzter Verzweiflung.

»Einen Haufen ... Über die Seefahrt, das Segeln, die Häfen der Welt ... Wollen Sie wirklich die Bücher in Angriff nehmen?«

Erst jetzt bemerkte Olivier Levasseur, dass ein Knopf von Malines Kleid abgesprungen war. Es war jetzt unmöglich, die Spitzen des reizenden Büstenhalters zu übersehen.

»Ich habe die ganze Nacht Zeit ...«

Fünfte Salve.

Entschieden nahm sie einen Stapel Bücher an sich und setzte sich an den Tisch im Salon. Das Interesse an dem Pressesprecher schien sie für den Moment verloren zu haben. Olivier Levasseur, den Malines Ehrgeiz erstaunte, fühlte sich gezwungen, es ihr gleichzutun. Keine Viertelstunde später beschloss Maline, dass die Lektüre am Tisch wirklich viel zu ungemütlich war.

Verdutzt sah Olivier Levasseur zu, wie die junge Journalistin ihren Bücherstapel unter den Arm nahm ... und auf sein Schlafzimmer zuging!

»Länger als eine Viertelstunde kann ich nur in einem Bett lesen«, sagte sie und lächelte so verschmitzt, wie sie konnte.

Sie betrat die Höhle.

»Seien Sie unbesorgt, Ihr Junggesellenzimmer ist mit Sicherheit besser aufgeräumt als meine ganze Wohnung.«

Sie warf die Bücher auf das Bett. Olivier Levasseur ging ein paar Schritte auf sie zu.

Lässig. Apart. Elegant.

»Sobald ich etwas gefunden habe, rufe ich Sie«, sagte die Teufelin und schloss die Schlafzimmertür hinter sich.

Sechste Salve.

Eine Viertelstunde später steckte Malines Nase in *Die größten Häfen der Welt*. Zu gern hätte sie sich nackt unter Olivier Levasseurs seidener Bettdecke verkrochen. Sie sah zu der Tür, die sie von dem schönen Réunionesen trennte. Und die noch immer hoffnungslos geschlossen war.

Was machte er nur?

Hatte er gar nichts verstanden?

Gefiel sie ihm nicht? Dann sollte er ihr das offen sagen!

War er schüchtern? Das glaubte sie nicht, nach der gestrigen Handtuchaktion!

Wollte er cleverer sein als sie? Das Verlangen steigern? Ja, natürlich …

Maline gähnte.

Dann sollte er das Verlangen steigern … Aber er musste sich beeilen …

Halbherzig blätterte sie eine Seite um.

Surabaya. Zweitgrößte Stadt Indonesiens. Drei Millionen Einwohner. Einer der wichtigsten Häfen Südostasiens. Eine Nachbildung des blau-goldenen Stadtwappens erregte plötzlich Malines Aufmerksamkeit: Um eine Steinsäule herum kämpften ein Krokodil und ein Hai! Maline, die auf einmal wieder wach war, las aufmerksam die Beschreibung: *Suro* hieß auf Javanisch *Hai* und *buaya Krokodil.*

Hai-Krokodil. Der Ursprung des Namens Surabaya.

Maline stellte sofort eine Verbindung her: Einer der beliebtesten Dreimaster der Armada war die *Dewaruci,* ein indonesisches Schulschiff mit Surabaya als Heimathafen!

Amüsiert dachte sie daran, dass sie Zeit gewonnen hätten, wenn ihr schönes Sprachgenie Javanisch sprechen würde.

Niemand ist perfekt …

Sie las weiter.

Der Legende nach hatten die beiden darum gekämpft, welches Tier in der Region das stärkste war. Das Krokodil und der Hai standen also nicht für zwei, sondern für nur einen Matrosen! Eine einzige Hand hatte für beide Tiere in dem Goldenen Buch in der Kirche von Villequier unterzeichnet. Die Bruderschaft bestand in Wirklichkeit aus nur vier Personen.

Aquilero, dem Adler.

Einem Matrosen der *Mir,* der Taube.

Einem Matrosen der *Dewaruci,* gleichzeitig Krokodil und Hai.

Blieb nur noch der Tiger … Das war bestimmt der blonde Hüne aus der Kirche, der Motorradfahrer, der ihnen knapp entkommen war. Er hatte weder russisch noch indonesisch ausgesehen.

Er war der Einzige, den Maline wiedererkennen würde … Und der Einzige, dessen Nationalität Maline noch nicht kannte.

Maline liebte solche Momente, wenn sich der Faden mit einem Mal entwirrte. Sie fühlte sich hellwach. Sie stieß die dicken Bände unsanft mit dem Fuß aus dem Bett. Sie reckte sich wie eine Katze auf dem Seidenlaken. Ihrem Kleid entschlüpfte ein nacktes Bein.

Sie berührte mit dem Innenrist des Fußes die Tür, um sie zu öffnen.

Olivier Levasseur sah aus dem Salon zuerst nur ein verwegenes nacktes Bein, dann das offene Kleid der Schönen.

Siebente und letzte Salve.

33

HYGIENEKONTROLLE

19 Uhr 07, Quai Boisguilbert, Rouen

Die Schlange vor der *Surcouf* war bereits beeindruckend. Senioren. Fünf Hostessen, allesamt mit der gleichen blauen Matrosenmütze mit rotem Pompon, prüften im Akkord die Eintrittskarten und ließen die ergrauten Kreuzfahrttouristen an Deck.

Die Inspektoren Ovide Stepanu und Jérémy Mezenguel drängten sich an ein paar Gästen vorbei, um auf die Pier zu gelangen. Jérémy Mezenguel sprach eine große, spindeldürre Hostess an. Ohne ihn weiter zu beachten, schoss sie an dem Inspektor auf Probe vorbei, gewappnet mit Stift und Notizblock.

Mezenguel kaute seinen Kaugummi und zückte lässig den Dienstausweis. Als die junge Frau zurückkam, hob sie den Blick und blieb abrupt stehen.

»Inspektor Jérémy Mezenguel! Und das ist Inspektor Ovide Stepanu. Wir möchten Ihren Kapitän sprechen.«

In einer Anwandlung von Panik geriet die Organisation des Ameisenhaufens durcheinander. Der Kapitän kam heraus. Er war etwa fünfzig Jahre alt, hatte das Haar wie ein Jungstar im Nacken zusammengebunden und besaß die Arroganz der Trickser, die alle Kniffe kannten, um an Geld zu gelangen.

»Patrick Baudouin. Kapitän der *Surcouf.* Ich hoffe, es ist wichtig. Ich habe nämlich hundertzehn alte Gurken an Bord, die ich bis heute Abend um zehn Uhr spazieren fahren, füttern, tränken und ins Bett bringen muss. Ich stehe also ein bisschen unter Termindruck.«

Inspektor Mezenguel holte einen Durchsuchungsbefehl hervor. Der Richter hatte ihn eine Stunde zuvor endlich unterschrieben.

Verblüfft sah Baudouin auf das Blatt.

»Sie sind Hygieneinspektoren? Das ist ja verrückt! Ihre Kollegen waren vorgestern schon da. Alles in Ordnung, ich habe die Bescheinigung. Die Kühlkette und alles ... Das Schiff ist blitzblank.«

Jérémy Mezenguel hob die Hand.

»Das reicht, Kapitän! Wir sind echte Inspektoren, von der Kriminalpolizei, mit echten Knarren und echten Handschellen. Wir kommen nicht wegen der Kühlkette. Wir wollen nur, dass du uns deine Gefriertruhen öffnest.«

»Reine Routine«, fügte Ovide Stepanu hinzu, um ein bisschen verträglicher zu wirken.

Patrick Baudouin seufzte und winkte sie herein. Sie gingen an Deck und stiegen eine Etage tiefer, bis sie in die Küche kamen. Sie standen vor fünf riesigen Tiefkühltruhen.

»Nachts ist hier alles abgeschlossen?«, fragte Stepanu.

»Selbstverständlich«, entgegnete der Kapitän, als wäre das völlig klar. »Mit Vorhängeschloss und Alarmanlage. Alles tipptopp! Wir sind dazu verpflichtet, wegen der Versicherungen. Außerdem habe ich keine Lust, dass der Nächstbeste daherkommt und sich bei mir bedient. Da drinnen liegt Essen im Wert von über zehntausend Euro!«

»Sie haben in den letzten Tagen keinen Einbruch bemerkt?«, fuhr Ovide fort.

»Nein … Nichts. Überhaupt nichts.«

Baudouins Gesicht hellte sich plötzlich auf.

»Okay, ich verstehe. Sie kommen wegen der Leiche des Mexikaners, die vor dem Schiff gefunden wurde! Das ist nachts passiert, wir haben nichts gesehen und nichts gehört. Niemand kann sich bei mir versteckt haben, das kann ich Ihnen versichern, nachts ist alles abgeschlossen.«

Während der Kapitän seinen Monolog führte, öffnete Ovide Stepanu einen Aluminiumkoffer. Er reichte Mezenguel ein Paar Handschuhe, zog sich selbst welche über und griff nach einer kleinen Taschenlampe.

»Okay, Kapitän Baudouin, wir müssen unsere Arbeit machen.«

Die Inspektoren öffneten alle Gefriertruhen und fingen an, sie gründlich zu untersuchen.

Der Kapitän sah ihnen mit wachsender Panik zu.

»Was suchen Sie eigentlich genau? Sind Sie wirklich Kriminal- und keine Hygieneinspektoren?«

Entweder war Baudouin aufrichtig besorgt, oder er spielte sehr gut Theater.

»Da ist keine zerstückelte Leiche drin«, meinte er anmerken zu müssen.

Oder er war dumm.

Nachdem er ein x-tes Kilo eingefrorenes Fleisch angehoben hatte, entdeckte Ovide Stepanu am Boden der vierten Truhe ein paar Haare.

Ein breites Lächeln entblößte seine schwarzen Zähne. Er rief seinen Partner. Sie wappneten sich mit einer raffinierten Gerätschaft aus Pinseln, Pinzetten und Reagenzgläsern. Jedes Kopf-

und Körperhaar, insgesamt etwa zehn Stück, kam sorgsam in ein verschließbares Reagenzglas, das wiederum in den schaumstoffgepolsterten Aluminiumkoffer.

Ohne ein weiteres Wort und unter den ungläubigen Blicken des Kapitäns und der meisten Hostessen verließen die beiden Inspektoren das Schiff. Patrick Baudouin blieb eine Weile schweigend stehen. Er schien darüber nachzudenken, was gerade passiert war.

Er stellte fest, dass sich sein gesamtes Team, insbesondere die fünf jungen Frauen, nicht um die ergrauten Gäste kümmerte, sondern ihn fragend anblickte.

»Und wenn schon!«, plärrte er, »wir wollen doch wegen drei Pohaaren kein großes Trara machen! Deshalb werden sie die Nussschale schon nicht dichtmachen! Hopp, hopp, an die Arbeit, Mädels, Oma und Opa haben einen Mordshunger!«

Er sah dabei zu, wie die Inspektoren am Ufer verschwanden, und murmelte:

»Habe ich doch gewusst, dass sie vom Gesundheitsamt sind …«

Ein großer, sehr langer Transporter, weiß und unauffällig, parkte auf dem Busfahrstreifen von Mont-Riboudet, was natürlich streng verboten war. Drei Polizisten in Uniform standen Wache. Die Inspektoren Stepanu und Mezenguel näherten sich. Dem hinteren Teil des Fahrzeugs entstieg eine Gestalt in weißem Kittel.

»Die Herren Inspektoren. Haben Sie die Proben?«

Stepanu nickte und übergab den Aluminiumkoffer. Der Mann im weißen Kittel wollte zurück in den Transporter.

»Dürfen wir einen Blick hineinwerfen?«, fragte Stepanu beinah schüchtern.

Der Mann sah ihn milde lächelnd an.

»Waren Sie noch nie in einem MAL?«

Stepanu und Mezenguel verneinten.

»Wissen Sie, das wundert mich nicht. Es gibt in Frankreich nur drei dieser Mobilen Analyselabore. Dieses hier ist das modernste … Wir sind heute Mittag eingetroffen, nachdem der Minister gestern Abend grünes Licht gegeben hat, vor der Festnahme Ihres Drogensüchtigen. Die Armada mit ihren Millionen Touristen sei eine echte nationale Herausforderung geworden. Da lohne es sich, meinte er, das ambulante Labor hierher zu bemühen. Dafür ist es da, wissen Sie?«

Die Inspektoren betraten das MAL. Das Innere des Transporters war wie das Miniaturmodell eines diagnostischen Labors eingerichtet. Fünf Wissenschaftler, allesamt in weißen Kitteln, machten sich an Bildschirmen zu schaffen.

Mezenguel stieß einen beeindruckten Pfiff aus.

»Und in diesem Transporter können Sie alles machen?«

»Ja«, erwiderte der Mann. »Autopsien, Ballistik, Biometrie, Fingerabdrücke, DNA-Tests und so weiter und so fort … Alles mit Eins-a-Spitzentechnologie.«

Ovide Stepanu ließ den Blick durch das beeindruckende Labor schweifen.

»Und wie lange brauchen Sie für unseren DNA-Test?«

»Sie kennen das Verfahren, Inspektor, bei dem die beiden Haare miteinander verglichen werden – die Proben, die Sie uns gerade gebracht haben, mit dem DNA-Profil von Mungaray. Wenn wir einen Primer haben, wie in diesem Fall, benötigen wir für die Suche nach Sequenzreaktionen noch nicht einmal zehn Minuten. Am längsten dauert das Ablesen des Ergebnisses. Mit unserer Apparatur müssen wir die Sequenzierung aber nicht mehr per Hand durchführen. Das würde mehrere Stunden in Anspruch nehmen. Mit den Sequenzierungsgeräten dauert es nur noch ein paar Minuten. Die ersten Ergebnisse gibt es in zwanzig Minuten! Sie sind aber nur zu 99 Prozent sicher … Für das offizielle Ergebnis müssen Sie sich bis morgen gedulden.«

Mezenguel stieß erneut einen Pfiff aus. Ovide Stepanu arbeitete normalerweise gern wie in alten Zeiten.

Aber jetzt war er sichtlich beeindruckt.

Gerade einmal zehn Minuten später holte Inspektor Stepanu sein Mobiltelefon hervor.

»Hallo, Gustave? Hier ist Ovide.«

»Und?«

»Bingo! Ich komme gerade aus dem MAL. Sie haben erste DNA-Tests gemacht. Die Ergebnisse sind zu 99 Prozent amtlich. Die Haare, die wir in der Gefriertruhe der *Surcouf* gefunden haben, gehören tatsächlich Mungaray! Nachdem er erdolcht wurde, hat man ihn in die Tiefkühltruhe dieses Ausflugsschiffs gelegt! Sie wissen, was das bedeutet, Chef? In der Mordnacht hat sich Nicolas Neufville mit dem Kapitän der *Surcouf,* Patrick Baudouin, gestritten. Ein paar Minuten später steckte die Leiche in der Gefriertruhe. Das ist Fakt. Der junge Mungaray hat etwas gesehen oder gehört, was er nicht hätte wissen sollen. Sie haben ihn umgelegt, am nächstbesten Ort versteckt und sind ihn frühmorgens am menschenleeren Kai wieder losgeworden.«

»Vor dem Schiff … Nicht gerade clever.«

»Ich weiß. Vielleicht wurden sie gestört. Vielleicht hatten sie keine Wahl …«

»Wie hat der Kapitän der *Surcouf* auf dich gewirkt?«

»Aufrichtig. Er schien von unserem Auftauchen seltsamerweise überrascht. Wenn ich nicht diese Beweise hätte, würde ich sagen, dass er nichts damit zu tun hat. Er hat mir versichert, dass nachts alles alarmgesichert sei. Kein Einbruch! Es gibt keine andere Möglichkeit, Gustave. Wir können nicht davon ausgehen, dass jemand Mungaray ersticht, das Risiko auf sich nimmt, in die *Surcouf* einzubrechen, den Leichnam in einer Tiefkühltruhe versteckt, ihn drei Stunden später wieder herausholt, am Kai ablegt und alle Spuren des Einbruchs beseitigt …«

»Du hast recht, Ovide«, räumte der Kommissar ein. »Und ich sehe immer weniger Daniel Lovichi vor mir! Eher habe ich das Gefühl, dass sich die Schlinge gefährlich um Nicolas Neufvilles Hals zusammenzieht …«

»Mhm … Vielleicht. Aber wir haben heute nur in eine Richtung ermittelt. Wir sind kaum dazu gekommen, der zweiten Fährte zu folgen, den Tätowierungen, dem Brandzeichen und den spanischen Botschaften. Du kennst ja meine Theorie über die Chasse-Partie, das Komplott der anarchistischen Piraten.«

»Ovide«, tönte die Stimme des Kommissars, »diesmal bin ich der Spielverderber oder die Spaßbremse, was dir lieber ist: Du musst doch zugeben, dass wir für die *Surcouf*- und Nicolas-Neufville-Fährte inzwischen viel eindeutigere Beweise haben … Wir können nicht beiden Fährten gleichzeitig folgen.«

»Wir werden sehen. Wenn du mich fragst, und dieses eine Mal will ich optimistisch sein: Ich glaube, dass der Zeitpunkt kommen wird, an dem beide Fährten zusammenführen.«

34

ZIMMER 25

20 Uhr 39, Hotel Bourgtheroulde

Maline schmiegte sich an Oliviers muskulösen Arm und strich sanft über die kupferfarbene Haut. Sie bewegte sich nicht, aus Furcht, er könnte seine Hand von ihrer Brust zurückziehen.

Sie fühlte sich wohl. Sie hätte gern die Zeit angehalten.

Olivier war ein perfekter Liebhaber gewesen. In Seidenbettwäsche miteinander zu schlafen, war eine neue, sinnliche Erfahrung gewesen.

Das wog alle Hochzeitsnächte der Welt auf, die sie nie haben würde.

Maline kuschelte sich dichter an den stattlichen Oberkörper. Ihre Hand glitt etwas nach unten. Jetzt, wo sie einen Mann im Arm hatte, der ihr ausnahmsweise wirklich gefiel, würde sie ihn nicht einfach einschlafen lassen. Olivier wollte das offenbar auch nicht. Als Maline ihn unverzagt berührte, bebte er vor Lust.

Genau in diesem Moment klingelte das Telefon.

Maline kümmerte das nicht, es war nicht ihr Handy, das hatte sie ausgeschaltet. Ihre Hände fuhren mit der Erkundung fort. Sie spürte, dass Olivier aufstehen und abnehmen wollte.

Sie drückte sich fester an ihn.

»Nimm nicht ab …«

Maline küsste seinen flachen Bauch. Das machte sie gern.

»Ich muss, es ist vielleicht wichtig …«

»Pscht …«

Ihre Zunge glitt nach unten, ihre Finger wurden mutig.

Noch immer versuchte sie, Olivier zurückzuhalten. Sie gegen das Klingeln des Telefons.

Es war ein ungleicher Kampf.

Olivier erhob sich.

Beleidigt flüchtete Maline unter die Bettdecke. Sie liebte die Textur von Seide auf ihrer Haut. Sie betrachtete die hübschen Pobacken, die sich von ihr entfernten, wohl um mit einem der VIPs der Armada zu sprechen. Einem Generaldirektor oder Abgeordneten.

Nackt wie ein Regenwurm.

»Ja, bitte?«

Olivier kam schon wieder zurück. Er stand ihr gegenüber. Sein einziger bedeckter Körperteil war, unter einem schnurlosen Telefon, das rechte Ohr. Maline genoss den Anblick. So leicht würde er ihr nicht davonkommen, sobald er aufgelegt hatte!

Olivier Levasseur richtete seinen magnetischen grünen Blick, der plötzlich nichts Verschmitztes mehr an sich hatte, auf Maline.

»Sie möchten Mademoiselle Abruzze sprechen? Nein, sie ist nicht beschäftigt. Ich gebe sie Ihnen.«

Der Pressesprecher reichte der verblüfften Maline das Telefon.

»Ja?«, machte die Journalistin.

»Maline? Hier ist Oreste. Was machen Sie denn? Ich warte seit einer Stunde auf Sie, ich habe Sie überall gesucht!«

»Oreste? Was ist los? Ist etwas passiert?«

Die Stimme des jungen Journalisten klang verwundert.

»Nein. Nichts Schlimmes, abgesehen davon, dass wir in meinem Hotel, dem Vieux Carré, verabredet waren. Sie meinten, dass Sie vorbeikommen würden …«

Maline schwankte zwischen einem Lachkrampf und der Versuchung, das Telefon quer durch den Raum zu schleudern.

»Und deshalb rufen Sie an, Oreste? Hier?«

»Ihr Handy ist tot. Ich habe Christian im Büro angerufen. Er meinte, Sie seien vielleicht bei Olivier Levasseur. Da habe ich mein Glück versucht.«

Maline stand auf und lief auf und ab. Sie beherrschte sich, die Klette nicht zu beschimpfen. Oreste ließ jedoch nicht locker.

»Maline, wann wollen Sie kommen?«, fragte er nachdrücklich. »Ich … ich bin wirklich hungrig. Wo soll ich auf Sie warten?«

»Bestellen Sie sich was!«

Maline legte auf.

Was für ein Quälgeist!

Sie ging in den Salon und suchte Olivier.

Ein kleines Versteckspiel in der großen Suite?

Nicht wirklich.

Olivier hatte sich angezogen. Jeans und T-Shirt. Er beugte sich über den Computer und las seine E-Mails.

»Das war …«, begann Maline, nach Worten suchend. »Das war ein Quälgeist!«

Olivier antwortete, ohne sich auch nur umzudrehen.

»Schon verstanden … Ihm zufolge warst du mit dem Quälgeist zum Abendessen verabredet. Es tut mir leid, dich aufgehalten zu haben, Maline.«

»Er ist ein Junge. Er hat nichts verstanden.«

»Ich habe verstanden, dass er dich erwartet.«

Maline wollte sich auf den Boden werfen und wie ein kleines Kind weinen. Endlich sah Olivier Levasseur sie mit seinem Laserblick an. Maline entsann sich, dass sie, das Telefon in der Hand, vollkommen nackt war.

Olivier betrachtete sie, ohne den Blick zu senken.

»Du bist wundervoll, Maline. Eine sehr charmante junge Dame. Aber wir sind Erwachsene, oder? Sehr beschäftige Erwachsene. Geh zu dem Jungen, der dich erwartet. Wir finden bestimmt eine Möglichkeit, uns morgen zu begegnen? Einander zu überraschen? So ist es doch viel lustiger, oder?«

»Ja«, hörte Maline sich sagen, auf der Zunge einen bitteren Nachgeschmack.

Sie hatte den schmerzlichen Eindruck, dass er sie höflich, aber bestimmt vor die Tür setzte.

Was hatte er heute Abend so Wichtiges vor?

Ja, das Perlhuhn war tatsächlich im Kochtopf gelandet.

Die beißende Kälte der Nacht ließ sie dem warmen Körper des schönen Réunionesen noch ein bisschen mehr nachtrauern.

Maline würde ins Vieux Carré gehen!

Sie würde diesem jungen Holzkopf Oreste Armano-Baudry Manieren beibringen.

Rodeo, hatte Christian Decultot gesagt, als er ihr die »Betreuung« seines Neffen überlassen hatte.

Er würde schon sehen!

Eilig durchquerte sie die Altstadt von Rouen. Im Gehen fiel die Wut ein bisschen von ihr ab. Die Oberhand gewannen die schönen Stunden, die sie soeben mit Olivier Levasseur verbracht hatte. Die Frustration zerstreute sich. Die Schuld lag letztendlich weniger bei Oreste Armano-Baudry, sondern Olivier Levasseur hatte die Gelegenheit genutzt, um sich rasch wieder anzuziehen. Schließlich hatte er bekommen, was er gewollt hatte … Sie!

Doch Malines Gefühl sagte etwas anderes. Der Kommunikationsbeauftragte hatte sie anscheinend dringend loswerden wollen … weil er heute Abend etwas anderes zu tun hatte!

Das sagst du nur, um dich zu beruhigen, meine Gute, dachte sie. Du bist weit davon entfernt, noch einmal unter der Bettdecke mit ihm Verstecken zu spielen.

Sie ging durch die Rue du Gros-Horloge. Zu so später Stunde hatte es in der berühmten Fußgängerzone vor Menschen noch nie derart gewimmelt. Sie versuchte, ihr Liebesspiel zu vergessen und sich auf die Nachforschungen zu konzentrieren. Sie besaß inzwischen eine beträchtliche Menge an Informationen! Die Polizei war wahrscheinlich noch nicht so weit wie sie. Der Zusammenhang zwischen der Bruderschaft der Matrosen und dem Mord an Mungaray war zwar nicht offensichtlich, aber bestimmt vorhanden, zumindest indirekt.

Sie dachte an das herausgerissene Blatt, das Goldene Buch in der Kirche von Villequier, das Treffen heute Nacht um 1 Uhr 30 in der Kapelle.

In welcher Kapelle?

Was würde geschehen?

Was würde dort besprochen, getan, geplant werden?

Die Vorstellung von einer Sekte, einem Komplott oder etwas Derartigem quälte sie. Heute Nacht war es jedenfalls zu spät, aber sie nahm sich fest vor, Kommissar Paturel morgen früh alles zu erzählen. Dringender war jetzt, Oreste daran zu hindern, in die morgige Ausgabe der *Monde* Mist zu schreiben.

Und ihm seine Krawatte in den Mund zu stopfen!

Maline ging an der beleuchteten Fassade des Justizpalastes zu ihrer Linken vorbei. Rund hundert Meter weiter befand sich das Vieux Carré in der Rue Ganterie.

Jetzt verstand sie Oreste Armano-Baudrys Ungeduld!

Das Vieux Carré war zweifellos das romantischste Hotel Rouens. Sein Restaurant befand sich in einem reizenden grünen Patio, einem gepflasterten, blühenden und geschmackvoll ausgeleuchteten Innenhof, vollständig umgeben von einem prächtigen ockerfarbenen Fachwerkbau. In dem Patio standen etwa zehn runde Tischchen mit niedrigen Korbstühlen.

An jedem Tisch waren natürlich nur zwei Stühle.

Das Vieux Carré war der ideale Ort für Verliebte. Es ließ nichts vermissen. Weder an Kerzen auf den Tischen, noch an gekühltem Champagner, noch an leiser jazziger Hintergrundmusik. An allen Tischen saßen Pärchen jeden Alters und vermutlich jeder Nationalität.

An allen Tischen, außer an einem!

Genau in der Mitte.

Oreste Armano-Baudry aß allein einen erstklassigen Meeresfrüchteteller. Seine Weißweinflasche war ebenso halb leer wie die der Pärchen an den anderen Tischen. Die Kerze verlieh seinen hellen Augen einen leicht rötlichen Glanz.

Maline schwankte zwischen einem Lachkrampf und Mitleid. Oreste Armano-Baudry hatte ihr den besten Tisch reserviert! Er hatte sorgsam das romantischste aller Abendessen bei Kerzenschein arrangiert. Seit über einer Stunde wartete er allein an seinem Tisch. Bestimmt war der Kleine noch nicht oft so versetzt worden!

Maline kam lächelnd auf ihn zu. Oreste hatte sich bemüht, älter zu wirken. Er trug einen dunklen Anzug und sah im Gesicht ein bisschen mitgenommen aus.

»Hier bin ich«, sagte sie strahlend und schob den gegenüberliegenden Stuhl zurück.

Ein halb verzweifelter, halb verärgerter Blick.

»Sie haben gesagt, dass ich bestellen soll. Ich habe nicht auf Sie gewartet …«

»Das ist auch gut so, Oreste, ich habe keinen Hunger. Sie haben sich heute Abend fein gemacht, Oreste.«

Der Blick war nun deutlich verzweifelt.

»Machen Sie sich keine Mühe, Maline. Ich sehe albern aus. Seit über einer Stunde beobachten mich alle. Die Kellner glotzen mich an, als wäre ich ein seltsames Tier. Sie fragen sich bestimmt, ob ich ein gehörnter Ehemann, in der Liebe völlig unerfahren oder homosexuell bin.«

»Vielleicht sogar alles auf einmal?«, versuchte Maline ihn aufzuheitern.

»Würden Sie mir glauben, Maline, wenn ich Ihnen sage, dass ich in Paris einen Haufen Geliebte habe, die von so einer Einladung träumen?«

Maline dachte, dass Oreste ein bisschen zu laut redete, dass den Pärchen um sie herum von seinem Seelenleben nichts entgehen musste, und waren sie noch so verliebt.

»Ich glaube Ihnen, Oreste. Bestimmt viel jüngere und hübschere Mädchen als ich. Aber Sie haben mich gar nicht eingeladen, Oreste. Wir hatten nur eine geschäftliche Verabredung.«

Oreste schenkte sich ein weiteres Glas Gewürztraminer ein.

»Die Arbeit, Maline, muss bis morgen warten. Ich habe ein bisschen zu viel getrunken, als dass die *Monde* mein Geschreibsel von heute Abend annehmen würde. Aber machen Sie sich keine Sorgen, ich bin ein guter Journalist, wissen Sie. Ich arbeite für die *Monde*. Ich komme ohne Ihre Hilfe zurecht.«

Maline versuchte, sich klar auszudrücken:

»Also gut, Oreste, Sie sind ein großer Junge. Aber schreiben Sie keinen Mist. Bringen Sie nicht für einen Scoop oder ein Bonmot den Traum Tausender Armada-Fans zum Platzen, die Tag und Nacht für die Veranstaltung schuften …«

»Ich verstehe mein Handwerk, Maline. Warum sind Sie immer so streng mit mir?«

»Ihr Patenonkel hat mich gebeten, ein bisschen auf Sie aufzupassen …«

Sie schwiegen eine Weile. Das Restaurant wurde leerer. Oreste griff nach seinem Palm und hielt sich das Mikrofon vor den Mund.

»Maline, dürfte ich ein paar Notizen machen?«

Maline nickte. Oreste sprach langsam, während er sie unverwandt ansah.

»Setting … Romantisch. Stopp. Wein … Göttlich. Stopp. Maline … Hinreißend. Stopp. Stimmung … Am Boden. Stopp. Situation … Unangenehm. Nein … Lächerlich. Stopp.«

Maline war gerührt und musste schmunzeln. Oreste neigte sich nach vorn und machte ein bisschen zu sehr von seinen blauen Augen Gebrauch.

»Seien Sie ehrlich, Maline. Gefalle ich Ihnen zumindest ein bisschen?«

Er setzt alles auf eine Karte, dachte Maline. All-In, wie es beim Poker heißt.

Maline wusste, dass sie ehrlich sein musste. Das war der größte Gefallen, den sie ihm tun konnte. Fest zuschlagen, um die Schale der Eitelkeit ein bisschen anzubrechen.

»Sie sind noch ein Kind, Oreste. Zumindest in meinen Augen. Nein, Oreste, Sie gefallen mir nicht …«

Sie hielt inne, bevor sie noch einmal in dieselbe Kerbe schlug:

»Als Sie mich eben angerufen haben, habe ich gerade mit einem anderen Mann geschlafen.«

Ovide schluckte. Wortlos kaute er zu Ende und trank sein Glas aus. Er stand auf, legte seine Serviette auf den Korbstuhl.

»Ich glaube, ich gehe ins Bett. Das ist das Beste, was ich jetzt tun kann, oder? Herzlichen Dank für die Lektion, Mademoiselle Abruzze. Morgen früh werde ich Sie wahrscheinlich hassen … Heute gefallen Sie mir seltsamerweise noch … Sehr sogar. Bleiben Sie, wie Sie sind, Maline. Bleiben Sie anders.«

Ohne ein weiteres Wort, ohne sich noch einmal nach ihr umzudrehen, ging er zum Empfang des Hotels.

»Zimmer 25«, bat er eine hübsche Empfangsdame, brünett und dunkelhäutig, ohne seinen wasserblauen Blick auf sie zu richten.

Oreste hatte der Dame seine Zimmernummer laut genug gesagt, damit Maline sie hören konnte. Der kleine Casanova hatte wahrhaft nichts verstanden.

Sie sah zu, wie er sich entfernte und am Ende des Gangs vor dem Aufzug stehen blieb. Sie bemerkte außerdem, wie er mit der Hand in die Hosentasche griff, ein Taschentuch hervorholte und sich unauffällig die Augen tupfte.

Der Aufzug verschluckte ihn.

Oreste spielte kein Theater mehr. Maline dachte an seine schönen, hellen, feuchten Augen. War sie sein erster Herzschmerz?

Trotz allem fühlte sie sich geschmeichelt. Gerade hatte sie eine sechsmonatige emotionale und sexuelle Durststrecke hinter sich, da machte ihr ein Mann den Hof … und an demselben Abend schlief sie mit einem anderen.

Dann bekam sie doch ein bisschen Hunger. Sie wusste, dass das Café des Vieux Carré berühmt war, und bestellte ein paar Kuchenhäppchen.

Zimmer 25?

Weinte Oreste jetzt in seinem Zimmer? Verfluchte er sie? Stillte er sein Verlangen, während er an sie dachte?

Er hatte ziemlich lang nach ihr gesucht.

Er hatte seine Strafe verdient!

Maline genoss das köstliche Feingebäck und leckte sich die Finger.

Zimmer 25?

Der junge Schnösel war doch eigentlich ganz rührend. Indem er sich als großer Journalist aufspielte, bereit, die Erdkugel sich andersherum drehen zu lassen, erinnerte er sie an jemanden vor fünfzehn Jahren. Eine junge Journalistin von derselben Schule, die damals noch nicht Maline geheißen hatte … Eine junge Journalistin, die ihre Arroganz teuer, sehr teuer hatte bezahlen müssen.

Der junge Journalist war außerdem ganz süß.

Maline beschloss, die Strafe aufzuheben.

Zimmer 25?

Maline stand auf und wendete sich an die Empfangsdame, die aus der Nähe betrachtet noch hübscher war.

Oreste hatte wirklich Tomaten auf den Augen.

Pech für ihn! Glück für sie!

Maline bat die Dame um den Schlüssel für das Zimmer 25.

Samstag, 12. Juli 2008:
Das Blut des Tigers

35

TOD AUF KREDIT

1 Uhr 33, Blaue Kapelle, Caudebec-en-Caux

Paskah Supandji schlich heimlich durch die Dunkelheit. Er lag auf der Lauer. Er traute diesem Treffen nicht, mitten in der Nacht an einem unbekannten Ort.

Die Blaue Kapelle.

Er hatte die Botschaft verstanden, hatte in dem Dörfchen Villequier die Anweisungen befolgt. Die Verse von Victor Hugo, die Grabinschrift, die Glasmalerei in der Kirche, das Buch, in dem er als Krokodil und Hai unterzeichnet hatte, Symbole seiner Stadt, seines Hafens, Surabaya.

Paskah Supandji dachte daran, dass er in Villequier zum ersten Mal eine katholische Kirche betreten hatte. In seinem Dorf auf der Insel Java gab es nur Moscheen und buddhistische Tempel.

Er ging weiter durch das Dunkel. Vorsichtig. Der einzige Lichtschein war der sonderbare blaue Schimmer in der Kapelle oberhalb der Seine. Paskah Supandji hatte davon gehört, was Carlos Jésus Mungaray, Aquilero, zugestoßen war.

Er war erdolcht worden.

Warum? Von wem?

Er durfte dem Frieden nicht trauen. Ihr Vorhaben weckte zweifellos Begehrlichkeiten. Er lauschte den nächtlichen Geräuschen. Er habe Katzenaugen, hatte seine Mutter oft gesagt. Auf der *Dewaruci* wurde immer er zur Nachtwache gerufen. Wenn einer auftauchte, würde er ihn als Erster entdecken.

Er musste das Risiko eingehen. Das Vorhaben war die Chance seines Lebens. Er war zur richtigen Zeit am richtigen Ort gewesen, gemeinsam mit den drei anderen Matrosen.

Die Chance seines Lebens.

Er durfte sie nicht ungenutzt lassen.

Er dachte an sein kleines Fischerdorf Juwana. An seine Familie. Seine Mutter, seine Großeltern, seine Geschwister. Er wusste bereits, was er mit der Beute anstellen würde, sobald er sie mit nach Hause gebracht hätte. Er hatte sich in Surabaya erkundigt, hatte Pläne. Seine Beute würde ihm ermöglichen, einen Fischereibetrieb zu erwerben, einen richtigen industriellen Fischereibetrieb. Sie würden den Fisch salzen, konservieren und in den Städten weiterverkaufen. Seine Mutter und seine Schwestern lebten seit Jahren nur noch von Mikrokrediten über ein paar Tausend Rupiah. Ein Jammer.

Ein Geräusch hinter seinem Rücken ließ ihn die Ohren spitzen. Es musste jetzt nach halb sein. Die anderen würden nicht mehr lange auf sich warten lassen. Ein plötzlicher Schauer stieg ihm in den Nacken. Er dachte wieder an den erdolchten Aquilero. Sie teilten sich die Beute jetzt nur noch zu dritt. In ein paar Wochen konnte er seiner Familie nicht mehr nur einen Fischereibetrieb schenken, sondern ein ganzes Dorf, mit Häusern, Dächern, einem Krankenhaus.

Bald würde er nach Juwana zurückkehren. Reich.

Er musste den zwei anderen vertrauen. Er hatte keine Wahl. Aquilero war anders gewesen. Aquilero war ein unkontrollierbarer

Heißsporn gewesen. Vor aller Augen war er genau an der richtigen Stelle in die Seine gesprungen. Aber die anderen waren vertrauenswürdig. Alle hatten sie die Chasse-Partie unterzeichnet, Blutsbrüderschaft geschlossen, ihr jeweiliges Symbol auf die Schulter tätowiert. Sie waren miteinander verbunden!

Warum sollte er misstrauisch sein?

Weil Aquilero erstochen worden war!

Um ihn zum Schweigen zu bringen? Wer könnte den Mumm dazu haben? Sergei, der Russe? Nein, das sah ihm nicht ähnlich. Er war kein Mörder.

Morten? Paskah zögerte. Er war der Brutalste von ihnen, so viel stand fest. Aber durch die Chasse-Partie waren sie alle miteinander verbunden. Keiner von ihnen würde gegen den Vertrag verstoßen. Er garantierte gegenseitige Solidarität und die gerechte Aufteilung der Beute.

Paskah Supandji, wachsam, vernahm ein leises Geräusch neben sich auf dem Kiesweg. Er trat zurück und versuchte, mit seinem Blick die Dunkelheit zu durchdringen. Er legte die Hand auf das Messer an seinem Oberschenkel.

Er raunte:

»Sergei? Morten?«

Die einzige Antwort war rechts von ihm ein weiteres Kieselsteingeräusch. Er ließ den Sicherheitsriemen des Messers aufspringen. Langsam drehte er sich in die Richtung, aus der das Geräusch kam.

Er hatte Katzenaugen! Wenn sich einer anschlich, würde er am schnellsten sein. Er war geschickt, er wusste mit Messern umzugehen. Mit den Augen suchte er das vor ihm liegende Zwielicht ab.

Da war niemand, nur der blaue Schimmer aus der Kapelle.

Paskah Supandji dachte nicht daran, dass das Kieselsteingeräusch zu seiner Rechten von anderen Kieselsteinen kommen konnte, die ein Schatten hinter ihm in das Dunkel warf.

Paskah Supandji hatte Katzenaugen, aber nicht auf seinem Rücken.

Der indonesische Matrose stieß einen heiseren Schrei aus, als sich der Dolch in sein Schulterblatt bohrte und tief in sein Herz schnitt. In seiner Verzweiflung drehte er sich um und holte mit dem Messer aus.

Er traf seinen Angreifer am Arm.

Blut spritzte. Auf den Boden, auf ihn.

Der Angreifer wich zurück.

Mit der Kraft der Verzweiflung richtete sich Paskah auf und versuchte, ihm einen zweiten Stich beizubringen, doch sein Arm gehorchte ihm nicht.

Seine Brust explodierte.

Seine Finger reagierten nicht mehr, gegen seinen Willen öffnete sich einer nach dem anderen.

Sein Messer fiel auf den Kiesweg.

Seine Katzenaugen trübten sich.

Er sah nicht das Gesicht seines Mörders, der nun auf ihn zukam. Er spürte nur den abscheulichen Schmerz einer Klinge in seinem Herzen.

Das kleine Fischerdorf Juwana sollte niemals erleben, wie ein Fischereibetrieb oder ein Krankenhaus errichtet wurden. Seine Mutter und seine Schwestern sollten weiterhin von Mikrokrediten leben.

Einem zusätzlichen, um Paskahs Grab zu bezahlen.

36

(TÖDLICHE) VERABREDUNG VOR DER KAPELLE

1 Uhr 37, Brasserie Paul, Place de la Cathédrale

Auf der Terrasse der Brasserie Paul auf der Place de la Cathédrale bestellten Maline und Oreste zwei weitere Biere. Als Maline zuvor im Vieux Carré vor Zimmer 25 gestanden hatte, war Oreste keine Wahl geblieben:

»Los, kommen Sie aus Ihrem Loch heraus. Auf geht's! Ich nehme Sie auf eine Kneipentour mit. Aber rein freundschaftlich, Sie sind gewarnt! Und Ihr Palm bleibt im Zimmer!«

Das hatte sich der Journalist nicht zweimal sagen lassen. Maline hatte ihn durch das nächtliche Rouen geführt. Sie waren nicht in der *Libertalia* gelandet, sie hatte ihren Ruhetag. Und die Hauptattraktion der Lokalität, der genesende Ramphastos, hatte seinen Stammplatz bestimmt noch nicht wieder eingenommen. Sie hatten ihre Tour also auf der Place de la Cathédrale ausklingen lassen, wo Oreste die Lichtshow auf der Fassade der Kathedrale in Dauerschleife bewundert hatte: Ein Hauch von monetschem Impressionismus begegnete der modernen Technik der Kubisten.

Maline hatte letztendlich einen angenehmen Abend verbracht. Oreste mangelte es nicht an Humor – auch wenn dieser etwas speziell war. Maline blieb dennoch auf der Hut. Der Journalist hatte den Freundschaftsvertrag zwar akzeptiert, konnte aber nicht umhin, eindringliche Blicke auf das zu werfen, was Maline an sich selbst ansprechend fand: Augen, Lächeln, Beine und die Rundungen der Brüste in ihrem Kleid, glücklicherweise zugeknöpfter als noch in Olivier Levasseurs Suite.

Oreste versuchte sein Glück:

»Ich muss daran denken, was Sie mir heute Nachmittag gesagt haben, Maline, das Gedicht von Arthur Rimbaud, in dem von einer samtweichen Wange die Rede ist, und einer kindlichen Schnute … Ich habe Ihnen vorhin nicht geantwortet. Jetzt kann ich es Ihnen ja sagen, Maline. Es beschreibt Sie wunderbar …«

Er streckte die Hand nach ihrer Wange aus, wie um die samtige Beschaffenheit zu prüfen.

Maline packte seine Hand in der Luft.

»Sachte, Oreste. Rein freundschaftlich, erinnern Sie sich? Seien Sie gewarnt, ich habe gerade einen sehr muskulösen Liebhaber … Und unter uns gesagt: Arthur Rimbaud steht Ihnen nicht besonders … Ein bisschen zu abgedroschen, finden Sie nicht?«

Oreste lachte herzlich.

»Okay, Maline, ich lasse Sie in Ruhe. Rein freundschaftlich. Aber unter einer Bedingung!«

»Ja?«

»Sie erzählen mir, wie Sie von der *Libération* zur *SeinoMarin* gekommen sind.«

Maline spürte, wie die Falle zuschnappte.

»Wollen Sie gar keine Ruhe geben? Warum sollte ich Ihnen das erzählen? Wir kennen uns erst seit gestern. Fast niemand weiß davon, nicht einmal meine engsten Freunde …«

»Vielleicht gerade weil Sie mich nicht kennen. Es ist immer leichter, sich Fremden anzuvertrauen, finden Sie nicht? Vor allem, wenn der Fremde Ihnen ähnlich ist: gleiche Schule, gleicher Ehrgeiz, gleicher Karrierebeginn …«

»Warum wollen Sie das wissen, Oreste? Es würde den Abend ruinieren …«

»Also, ich habe eher den Eindruck, als sei Ihr Leben ruiniert worden. Erzählen Sie mir davon. Und sei es, um zu verhindern, dass ich denselben Quatsch mache! Ich bin ja in verschiedener Hinsicht ein ziemlich beschränkter, dummer Junge. Aber ich glaube, dass ich Sie verstehen würde. Versuchen Sie es zumindest.«

Maline seufzte.

Jahrelang hatte sie nicht mehr über ihre Vergangenheit gesprochen … Und nicht ein Tag war vergangen, an dem sie nicht daran gedacht hatte.

Oreste hatte recht.

Sie war damals wie er gewesen. Er würde sie verstehen, und vielleicht könnte sie ihm ersparen, in dieselbe Falle zu tappen.

Die Müdigkeit und das Übermaß an Erregung machten Malines Widerstreben zunichte.

Sie gab sich geschlagen.

»Sie haben es nicht anders gewollt, Oreste … Aber unterbrechen Sie mich nicht, lassen Sie mich ausreden! Ich war damals siebenundzwanzig und seit drei Jahren Journalistin bei der *Libération,* als gestandene Reporterin hatte ich schon über mehr als zehn Konflikte in der Welt berichtet. Ich war gerade in Mali, anlässlich der Präsidentschaftswahlen. Alles lief gut, routinemäßig, es gab keine Spannungen, Mali ist die friedlichste Demokratie Afrikas. Dann kamen zwischen den beiden Wahlgängen ein paar Journalisten aus Nordmali zurück, aus der Region Mopti im

Binnendelta des Niger. Es hatte völlig unerwartet eine furchtbare Überschwemmung gegeben, die zu einem Dutzend Toten geführt und ganze Dörfer zerstört hatte, Tausende Behausungen auf etlichen Hektar. Global betrachtet war es eine banale Katastrophe, nicht eine einzige westliche Nachrichtensendung hätte sich darum geschert. Aber ich war da! Ich konnte die Welt davon in Kenntnis setzen, konnte die Überschwemmung, die Bilder der Zerstörung, als Beispiel, als Anlass verwenden, um über die Rückständigkeit und so weiter zu schreiben. Wissen Sie, was ich meine … Malische Journalisten hatten die Überschwemmung vor Ort miterlebt und Fotos, Filme und Zeugenberichte nach Bamako mitgebracht. Es gab genug Material für meinen *Libération*-Artikel. Sie waren Profis, es gab mindestens zwanzig unabhängige französischsprachige Zeitungen in Mali. Aber ich wollte mehr, ich wollte die Not der Menschen am eigenen Leib erfahren, um sie niederzuschreiben, um sie in die Welt zu tragen. Bewaffnet mit meinem Stift, wollte ich an den Ort des Geschehens reisen, um die Menschheit zu retten. Was für eine Schnapsidee! Die malischen Journalisten versuchten, mich davon abzubringen. Wegen des Unwetters sei es gefährlich, in Mopti zu landen. Warum ich vor Ort sein wolle? Was ich anders machen würde als sie? Sie seien gerade von dort gekommen, sie könnten alle meine Fragen beantworten. Ich habe darauf bestanden. Ich hatte die Macht, das Ansehen und das Geld auf meiner Seite, mit gerade einmal siebenundzwanzig Jahren. Noch am selben Tag brach ich mit einem Fotografen und drei weiteren Journalisten nach Mopti auf, mit einem von der *Libération* bezahlten Sonderflug. Er dauerte zwei Stunden. Die Landebahn in Mopti war nur noch Schlammland. Sobald wir den Boden berührten, sanken die Räder ein und das Flugzeug überschlug sich. Vier der sechs Insassen, darunter der

Pilot, waren auf der Stelle tot. Wir waren nur zwei Überlebende, die kurz vor dem Crash in den Matsch geschleudert wurden. Vier Tote, und der einzige Grund war meine Arroganz.«

Maline machte eine Atempause. Ihr Blick verlor sich in den aus Stein gemeißelten Flamboyant-Fialen der Kathedrale.

Sie fuhr fort:

»Das ist noch nicht alles. Ich habe in Mali mit jemandem zusammengelebt, einem jungen Mann, in den ich verliebt war. Fatou. Er leitete das frankophone Kulturzentrum in Bamako. Es war eine ganz besondere Begegnung. Auch Sie werden so etwas eines Tages erleben, Oreste. Fatou Keita war der älteste Sohn einer malischen Großfamilie, sein Vater war Chefredakteur einer sehr einflussreichen Zeitung aus Bamako, der *Essor,* und seine zwei jüngeren Brüder waren ebenfalls Journalisten. Fatous Vater und seine beiden Brüder waren mit mir in dem Flugzeug, sie hatten mir vertraut und mich begleitet. Alle drei sind bei dem Unfall gestorben. Nach dem Unglück bin ich fast umgehend nach Paris zurückgekehrt. Fatou habe ich nie wiedergesehen. Ein paar Wochen später habe ich bei der *Libération* gekündigt. Über eineinhalb Jahre habe ich in den Tag hinein gelebt, bevor Christian Decultot mich aufgelesen hat, als ich ganz unten war. Voilà, Oreste, nun wissen Sie alles.«

Eine ganze Weile schwiegen sie. Dann spazierten sie lange und ohne viele Worte durch Rouens Fußgängerzone. Sie waren nicht weit von der Rue Eau-de-Robec entfernt, als Malines Mobiltelefon klingelte. Es war Christian Decultot.

Der Chefredakteur klang atemlos, fast panisch:

»Hallo, Maline? Ich habe gerade eine Nachricht aus dem Revier erhalten. Ein zweiter Armada-Matrose wurde ermordet aufgefunden! In Caudebec-en-Caux, vor der Blauen Kapelle, direkt neben der Barre-y-Va. Die ganze Polizei ist auf dem Weg dorthin.«

Die Blaue Kapelle.

Maline berührte mit den Fingerspitzen die Seite in ihrer Tasche, die sie aus dem Goldenen Buch in der Kirche von Villequier gerissen hatte.

Treffpunkt in der Kapelle. 1 Uhr 30.

Die Botschaft war mit schwarzer Tinte geschrieben worden, mit Ausnahme eines einzigen Wortes: Kapelle, in Blau.

Wenn man es wusste, lag es auf der Hand.

Sie hätte es wissen können.

Oreste hatte alles gehört und alles verstanden. Er sagte der Journalistin deutlich die Meinung:

»Sie konnten es nicht wissen, Maline! Keiner konnte es ahnen. Sie sind für das Schicksal nicht verantwortlich. Kommen Sie in die Gänge, Maline, wir müssen zu dieser Blauen Kapelle. Sie sind wahrscheinlich die Einzige, die verhindern kann, dass die Liste der Morde noch länger wird.«

Hinter Caudebec-en-Caux bog der Modus der *SeinoMarin* rechts in eine schmale Straße oberhalb der Seine, die zu der Blauen Kapelle und der Kapelle Barre-y-Va führte. Maline und Oreste sahen einen großen, langen, weißen Transporter, der die halbe Straße blockierte.

Sie mussten unterhalb der Böschung parken und zu Fuß weitergehen. Das Polizeiaufgebot war beeindruckend. Mehrere Blaulichter strahlten die Steilküste an. Dutzende Beamte eilten geschäftig hin und her.

Eine erste Polizeisperre hielt sie dreißig Meter vor der Blauen Kapelle an.

Maline und Oreste zeigten ihre Presseausweise vor, was aber nicht half. Es gab strikte Anweisungen.

Maline seufzte und fragte den Wache stehenden Polizisten, einen dickbäuchigen, schläfrig wirkenden Mann:

»Ist *Commissaire* Paturel bereits eingetroffen?«

»Selbstverständlich. Aber es würde mich wundern, wenn er jetzt Zeit für einen Presseempfang hätte.«

»Fragen Sie ihn«, beharrte Maline. »Sagen Sie ihm, dass Maline Abruzze ihn sprechen will!«

Der Polizist zuckte die Schultern. Fünf Minuten später trödelte er zurück.

»Er entschuldigt sich. Die Zone sei für die Presse verboten und er könne keine Ausnahme machen, auch nicht für Sie. Er bittet Sie, hinter der Sperre zu warten. Er kommt gleich vorbei.«

Maline hatte nicht die geringste Lust, im Wartezimmer zu bleiben. Sie zog das aus dem Goldenen Buch in der Kirche von Villequier herausgerissene Blatt aus der Tasche und vertraute es dem müden Polizisten an.

»Bringen Sie das dem *Commissaire*. Sagen Sie ihm, es ist von Maline Abruzze. Er wird verstehen.«

»Wie ich Ihnen bereits sagte …«

»Bringen Sie das dem *Commissaire,* verdammt nochmal!«, polterte Oreste.

Der Beamte wollte Oreste nicht die Stirn bieten und ging mit dem Blatt in der Hand noch einmal zurück, so etwas wie »Ich habe auch noch andere Sachen zu tun« murrend.

Weniger als eine Minute später tauchte Kommissar Paturel auf, schwenkte das Blatt und rief:

»Wo haben Sie das her?«

Maline wollte nichts preisgeben, bevor Gustave Paturel sie und Oreste nicht zum Tatort ließ.

Der blaue Schimmer der Glasmalerei in der Kapelle mischte sich jetzt mit dem Blaulicht der Polizei. Gleißende Halogenstrahler erhellten den Ort des Verbrechens. Der sanfte Nebel, der in fünfzig Metern Tiefe dem Fluss entstieg und in dem künstlichen Licht weiß leuchtete, verlieh dem Schauplatz die Atmosphäre eines Horrorfilms.

Maline erzählte alles über ihren gestrigen Ausflug, ohne etwas auszulassen, einschließlich der gescheiterten Verfolgungsjagd mit dem Motorradfahrer. Der Kommissar hörte aufmerksam zu. Als sie zu Ende erzählt hatte, setzte er die zuversichtliche Miene eines Familienvaters auf:

»Gute Arbeit, Mademoiselle Abruzze. Das bringt uns weiter. Ich werde Sie nicht damit belästigen, dass Sie uns das Blatt schon gestern Abend hätten bringen können. Wir sind so überlastet, dass wir vor heute Nacht nie auf die Idee gekommen wären, diese Blaue Kapelle zu überwachen.«

Maline war dankbar. Paturel fuhr fort:

»Sie sind gestern in der Kirche von Villequier vielleicht dem Mörder begegnet. Die Kollegen von der Forensik werden ein Phantombild erstellen. Kommen Sie gleich in den Transporter.«

»Sie auch«, fügte er an Oreste gewandt hinzu.

Oreste antwortete mit einem zaghaften Lächeln. Der Pariser Journalist sagte nichts und blieb im Hintergrund, Maline wusste aber aus Erfahrung, dass er sich jedes Detail einprägte … Auch wenn er bitter bereuen musste, dass er den Palm im Hotelzimmer gelassen hatte. Maline fragte sich, ob sie den Fuchs in den Hühnerstall gelassen hatte und ob der ganze Fall in allen vertraulichen Einzelheiten noch heute Abend auf der Titelseite der größten französischen Zeitung erscheinen würde …

Und wenn schon, das war jetzt nicht mehr das Wichtigste.

Auch sie musste es erfahren.

»*Commissaire,* was ist gestern Abend passiert? Das schulden Sie mir doch?«

Der Kommissar blickte verlegen drein. Er musste jetzt die Ermittlungen leiten.

»Bleiben Sie, wo Sie sind. Ich schicke Inspektor Stepanu zu Ihnen.«

Inspektor Stepanu kam erst gute zehn Minuten später, dem Anlass entsprechend besorgt aussehend:

»Der *Commissaire* hat mir aufgetragen, Ihnen alles zu erzählen.«

Er warf einen argwöhnischen Blick auf Oreste Armano-Baudry.

Ein Polizist mit Instinkt!

Maline versicherte ihm, dass er vor Oreste sprechen konnte.

Wenn sie etwas erfahren wollte, hatte sie keine Wahl.

»Wir haben das Opfer identifiziert«, begann er. »Der Mann hatte seine Papiere bei sich. Es handelt sich um Paskah Supandji, einen indonesischen Matrosen von der *Dewaruci*. Er wurde mit derselben Waffe erdolcht, die vorgestern bei dem Mord an dem mexikanischen Matrosen, Mungaray, zum Einsatz kam.«

»Wurde die Tatwaffe gefunden?«

»Nein … Aber Paskah Supandji hat sich gewehrt. Er hatte ein Messer bei sich und hat seinen Angreifer verletzt. Wir haben auf dem Kies und auf Paskah Supandjis Hand und Arm Blutspuren des Mörders gefunden. Die DNA-Analysen sind eingeleitet.«

»Wie wurden Sie informiert?«

»Die Wächterin der Kapelle wohnt nebenan. Sie hat Schlafstörungen. Gegen 1 Uhr 30 hat sie zuerst einen Schrei und dann Kampfgeräusche gehört. Sie hat die Gendarmerie alarmiert, die keine zehn Minuten später vor Ort war. Da war Paskah Supandji schon tot.«

»Und …«

Maline zögerte. Manche Dinge durfte sie eigentlich gar nicht wissen.

Sie sah auf das unwirkliche Naturschauspiel der großen Flussschleife bei Caudebec, die im Rhythmus des Blaulichts erstrahlte. Sie traf eine Entscheidung. Sie hatte schon zu lange gezögert. Sarah Berneval war schlau genug, um nicht als Maulwurf verdächtigt zu werden.

»Inspektor, war Paskah Supandji tätowiert? Ist er auch gebrandmarkt worden?«

Ovide Stepanu sah sie misstrauisch an. Diese Information hatten sie nie der Presse übermittelt. Diese Maline Abruzze war ihnen schon seit einiger Zeit eine Pferdelänge voraus. Der Kommissar vertraute dem Mädchen, und Ovide hatte die Anweisung, ihr alles zu sagen.

»Ihnen kann man wirklich nichts verheimlichen. Ja, Paskah Supandji hatte fünf Tiere auf der Schulter, Adler, Taube, Tiger, Krokodil und Hai. Wie Mungaray. Auch er wurde mit einem Brandzeichen versehen, dem gleichen Symbol wie Mungaray: M<. Es gibt da nur eine Sache, die wir uns nicht erklären können …«

Maline sagte ruhig:

»Ich nehme an, dass es diesmal nicht nur ein Brandzeichen gibt, sondern zwei. Der Hai und das Krokodil wurden versengt.«

Ovide Stepanus Blick wurde mit einem Mal inquisitorisch.

Niemand konnte das wissen … Außer dem Mörder selbst! Wer war diese Frau? Welche Rolle spielte sie genau?

Er wollte gerade etwas sagen, da sprach Maline weiter:

»Auf Javanisch bedeutet *suro* ›Hai‹ und *buaya* ›Krokodil‹. Surabaya auf der Insel Java in Indonesien ist der Heimathafen der *Dewaruci*. Die Tätowierungen symbolisieren die Schiffe, denen die Matrosen angehören.«

Ovide Stepanu war sprachlos.

Waren sie bei der Polizei so inkompetent?

In diesem Fall musste er Demut beweisen.

»Haben Sie die beiden anderen identifiziert? Den Tiger und die Taube?«

»Den Tiger nicht. Was die Taube angeht, so können wir annehmen, dass einer der beiden verbleibenden Matrosen Russe ist – weil *mir* auf Russisch ›Frieden‹ heißt. Entweder er ist der Mörder … oder das nächste Opfer.«

Ovide Stepanu dachte, dass der Mörder aller symbolischer Logik zufolge nicht die Taube sein konnte, woraus er folgerte, dass der russische Matrose der *Mir* in großer Gefahr schweben konnte.

Er ahnte nicht, wie recht er hatte.

37

DER WEG DER *MIR*

1 Uhr 42, unter den Sternen

Sergei Sokolov verlor Blut.

Er machte die Augen weit auf, er wollte die Sterne sehen.

Da war jedoch kein einziger Stern am Himmel, nur Dunkelheit. Ein schwarzer Himmel, nicht einmal der Mond.

Er merkte, wie er taumelte. Sein Körper schwankte leicht.

Er versuchte, weniger schwer zu atmen, aber das war nicht einfach. Er wusste, dass er das Bewusstsein verloren hatte. Er war gerade erst wieder aufgewacht, er musste jetzt wach bleiben.

Sich zwingen, wach zu bleiben.

Sich zwingen, zu atmen. Atmen hieß leben!

Die Sterne! Die Sterne würden ihm helfen, wach zu bleiben.

Sergei Sokolov versuchte, die Augen noch weiter zu öffnen, aber er sah nur tiefes Schwarz.

Er verlor den Verstand.

Ihm wurde immer kälter, er spürte, wie sein Körper starr wurde. Bestimmt war das der Tod.

Nein! Er musste atmen. Das vertraute Stampfen half ihm, das Stampfen, das ihn hin und her wiegte, das ihn Nacht für Nacht auf dem Schiff begleitete.

Nein, nicht einschlafen.

Wie lange würde er noch durchhalten? Was war ihm zugestoßen? Er erinnerte sich an nichts, er hatte nichts gesehen, nur den furchtbaren Schmerz gespürt. Ein Dolch hatte ihm das Herz durchbohrt.

Er hatte keine Kraft mehr, sich zu bewegen, zu sprechen.

Eisige Kälte umhüllte ihn.

Die Augen öffnen. Er konnte noch die Augen öffnen.

Die Sterne sehen.

Als er zehn Jahre alt gewesen war, hatte ihn sein Vater nach Baikonur mitgenommen, um gemeinsam die Raketenstarts zu sehen. Die Reise hatte ihn für immer geprägt. Seit er zehn Jahre alt war, seit dieser Reise, träumte er davon, Astronaut zu sein. Sein Vater hatte ihm eine kleine Sojus-Rakete gekauft, die Sojus T15, die auch an die Raumstation *Mir* andockte. Sergei hatte sie neben sein Bett auf den Nachttisch gestellt. Seitdem stand sie da. Er hatte sie vergangenes Jahr wiedergesehen, als er das letzte Mal nach Kasachstan zurückgekehrt war.

Als er das letzte Mal seine Eltern gesehen hatte.

Langsam atmen. Nicht an die Kälte denken, die in die Lunge sickert.

Die Augen öffnen. Die Sterne suchen.

Er hatte nicht Astronaut werden können, es war zu schwierig, zu teuer gewesen, also war er Matrose geworden. Sein Vater war trotzdem stolz auf ihn, Sergei hatte seine leuchtenden Augen gesehen, vergangenes Jahr, als er das letzte Mal nach Kasachstan zurückgekehrt war, in der schönen Paradeuniform der *Mir*.

Die Kälte nicht eindringen lassen, die Sterne suchen.

An Deck der *Mir* sah er oft zu den Sternen, manchmal die ganze Nacht.

Wenn das Schiff ihn durch sein Stampfen wiegte, wie an diesem Abend, sah er träumend zu den Sternen.

Er war immer ein großer Träumer gewesen. Ein zu großer, hatte sein Vater gesagt.

Der Vater hatte recht. Sergei hätte nicht träumen sollen, er hätte misstrauischer sein müssen. Der Dolch ließ sein Herz zerspringen.

Die Kälte war jetzt in ihm.

Es war ihm egal, er trug die Paradeuniform, sein Vater lächelte ihm zu.

Er betrat sein Zimmer. Die kleine Sojus T15 stand auf dem Nachttisch. Er berührte das glatte Metall, er war zehn Jahre alt, er wollte Astronaut werden.

Er schloss endgültig den Mund, damit die Kälte nicht mehr hereinkam.

Die Augen öffnen, nur die Augen.

Er fühlte sich gut.

Am Himmel gingen die Sterne auf, er konnte sie jetzt sehen.

Er flog, er konnte sie sogar fast berühren.

Er war Astronaut, er flog weit weg, weit hinter die Sterne, weiter als jede Sojus T15, in eisige Unendlichkeit.

38

ALTWASSER

2 Uhr 24, Blaue Kapelle, Caudebec-en-Caux

Kommissar Gustave Paturel schob die Polizisten, die gerade mögliche Fußspuren auf dem Boden untersuchten, schroff zur Seite und ging auf Inspektor Stepanu zu. Maline und Oreste würdigte er keines Blickes, schien sie nicht einmal zu bemerken. Er stand unter Schock. Barsch sagte er:

»Wir sitzen in der Scheiße, Ovide. Ein weiterer Matrose wurde tot aufgefunden!«

Ovide nahm die Nachricht auf. Maline und Oreste spitzten die Ohren. Der Kommissar fuhr mit abgehackter Stimme fort:

»Er wurde in Rouen am Kai ermordet, an Deck seines Schiffes, der *Mir*. Das Opfer heißt Sergei Sokolov und hatte heute Nachtwache auf der *Mir*. Die Passanten und die anderen Matrosen der *Mir* dachten zuerst, er würde schlafen, weshalb nicht sofort Alarm ausgelöst wurde.«

»Wann ist das passiert?«, wollte Stepanu prompt wissen.

Der Kommissar atmete tief ein. Er sah zu den emsigen Polizisten, die wohl von der zweiten Unglücksbotschaft größtenteils noch nichts wussten. Der Kommissar zögerte.

Etwas stimmte nicht.

Schließlich sagte er:

»Colette Cadinot ist vor Ort. Mezenguel ist zurzeit unauffindbar. Na ja, wir kommen ohne ihn zurecht, das ist nicht das Problem. Ein Gerichtsmediziner ist auch da und hat den Todeszeitpunkt schon ziemlich genau bestimmt. Er hat sich klar ausgedrückt: Er sei kurz nach Sergei Sokolovs Tod eingetroffen, der während seiner Runde um 1 Uhr 15 von den anderen Matrosen noch lebend an Deck gesehen wurde. Für den Gerichtsmediziner besteht kein Zweifel: Der tödliche Messerstich ins Herz hat zwischen 1 Uhr 30 und 1 Uhr 45 stattgefunden.«

Ovide, Maline und Oreste blickten vollkommen verdutzt drein.

Zwischen 1 Uhr 30 und 1 Uhr 45.

Alle wussten, dass Paskah Supandji um 1 Uhr 30 ermordet worden war – hier. Seine Leiche war um 1 Uhr 40 von der Gendarmerie Caudebec-en-Caux gefunden worden. Noch warm. Er war kurz davor erstochen worden, kaum eine Viertelstunde früher, da waren sich die Forensiker sicher.

Der Kommissar wandte sich dem Seine-Panorama zu, als wollte er gezielt den Fluss ansprechen.

»Sie wissen ja, was das heißt. Der eine Matrose, Paskah Supandji, wird um 1 Uhr 30 bei der Blauen Kapelle von Caudebec-en-Caux ermordet. Zur gleichen Zeit, ebenfalls um 1 Uhr 30, wird am Kai von Rouen auf der *Mir* Sergei Sokolov erdolcht. Die Forensiker rechnen mit einer möglichen Abweichung von höchstens einer Viertelstunde. Wenn man bedenkt, dass Caudebec-en-Caux und Rouen mindestens vierzig Kilometer auseinanderliegen, mindestens vierzig Autominuten, dann drängt sich eine Tatsache auf.«

Er atmete tief ein.

»Wir haben es nicht mit einem Mörder zu tun … Sondern mit zwei!«

Die Polizeibeamten eilten umher wie Ameisen vor dem Sturm. Maline schien den Boden unter den Füßen zu verlieren. Ihr schwirrte der Kopf.

Zwei Mörder? Was hatte das zu bedeuten? Die Morde waren nicht von einem Einzeltäter begangen worden? Sie waren vorausgeplant, organisiert, koordiniert worden? Von wem, von wie vielen? Wann würde dieser Wahnsinn endlich ein Ende nehmen?

Inspektor Stepanu dagegen bewahrte Ruhe, zumindest dem Anschein nach. Er wirkte nicht besonders überrascht. Die Theorie von der Chasse-Partie, dem Piratenkomplott, bot sich wieder an, tat sich wieder auf. Ein Meer aus Rätseln.

Das gefiel ihm.

»Und die Vorgehensweise?«, wollte Stepanu von dem Kommissar wissen. »Ist sie mit den anderen Morden identisch?«

»Absolut identisch«, bestätigte der Kommissar. »Ein Stich mitten ins Herz. Ich muss wohl nicht mehr erwähnen, dass Sergei Sokolov fünf Tiere auf die Schulter tätowiert hatte, den Hai, das Krokodil, den Adler, den Tiger und die Taube.«

»Und das Brandzeichen?«

Der Kommissar schien seinen Kopf anzustrengen oder sich in seinen Gedanken zu verlieren. Nach einer Weile erwiderte er:

»Das ist der einzige Unterschied zu den beiden anderen Morden. Sergei Sokolov wurde einfach nur erdolcht. Keine Tätowierung wurde verbrannt …«

Auch Ovide Stepanu dachte nach, während er nacheinander Maline, Oreste und den Kommissar betrachtete. Er schlussfolgerte laut:

»Als Sergei Sokolov getötet wird, ist die Armada in vollem Gang. Zugegeben, es ist nach ein Uhr morgens, das Ufer hat sich gelichtet. Es ist relativ leicht, an einem so gut wie leeren Kai vor der *Mir* an den Posten stehenden Matrosen heranzukommen – sich anzuschleichen, ihn zu überraschen, ihm ein Messer ins Herz zu stoßen, ihn in einer Position zurückzulassen, die glauben lässt, er würde schlafen, sich wieder aus dem Staub zu machen. Aber den Matrosen auszuziehen, ein Brandeisen hervorzuholen und seine Haut zu verbrennen, das ist vor der *Mir,* an einem nach wie vor besuchten Kai, natürlich unmöglich!«

Kommissar Paturel wirkte erschöpft.

»Wir sitzen in der Scheiße, Ovide. Die Presse wird morgen toben. Bis massenweise die Touristen fliehen und Fernsehsender aus der ganzen Welt uns bestürmen. Verdammt, was ist hier eigentlich los! Zwei Mörder! Die gleiche Vorgehensweise.«

Ovide Stepanu gab weder der Panik noch der Verzweiflung nach. Je komplizierter, je gemeiner der Fall wurde, desto wohler schien er sich zu fühlen. Er fügte sogar hinzu:

»Zwei Mörder, Gustave. Vielleicht sogar noch mehr … Dieselbe Inszenierung, dieselbe Vorgehensweise. Ich will ja kein Spielverderber sein, aber alles deutet darauf hin, dass wir es nicht mit einem Einzeltäter zu tun haben, sondern mit einer kriminellen Organisation. Wir lagen falsch, Gustave, die Tätowierungen symbolisieren nicht die einzelnen Matrosen, sondern die Besatzungen. Die *Cuauhtémoc,* die *Dewaruci,* die *Mir* … Ich lag falsch. Es könnte sein, dass die Chasse-Partie nicht nur zwischen vier Matrosen vereinbart wurde. Sondern zwischen einer ganzen Mannschaft, einer ganzen Piratenmannschaft … Wie viele sind es wohl? Ein paar Dutzend Mann? Oder noch mehr?«

Der Kommissar ging einen Meter nach vorn, dominierte den Inspektor in seiner ganzen Beleibtheit und lud ein wenig seine Anspannung ab:

»Geh mir nicht auf den Keks, Ovide. Geh mir heute Nacht bloß nicht auf den Keks! Geh mir bloß nicht auf den Keks mit deinen dämlichen Theorien von anarchistischen Piratensekten! Wir haben zwei Mörder am Hals, findest du nicht, dass das reicht? Wir konzentrieren uns auf die beiden Morde, suchen die zwei Mörder, und du spielst die Kassandra später.«

Ovide Stepanu nahm niemandem je etwas übel. Er hatte das berühmte Kassandra-Syndrom vollkommen verinnerlicht. Wie Kassandra kannte er die Wahrheit, war aber dazu verflucht, dass niemand ihm glaubte. Indem er den Kommissar gewarnt hatte, war seine Aufgabe erledigt. Er kam auf die konkreteren Dinge zu sprechen:

»Okay, Gustave. Das sehen wir später. Kommen wir auf die beiden Morde zurück. Erinnern wir uns daran, dass wir einige Anhaltspunkte haben. Maline Abruzze hat das Gesicht von einem Mitglied der … äh, sagen wir, von einem mutmaßlichen Täter gesehen. Von einem Mörder haben wir außerdem Blutspuren, dem von Paskah Supandji. Wir können seine DNA entschlüsseln. Er ist kein Phantom!«

Gustave Paturel ergänzte:

»Von Colette weiß ich, dass auch an Sergei Sokolovs Uniform, Hals und Händen Blut geklebt hat. Sie hat nicht den Eindruck, dass es von dem russischen Matrosen stammt. Die Blutspuren würden vermuten lassen, dass der Mörder verletzt war und Blut verloren hat. Jedenfalls haben sie dort auch DNA-Analysen eingeleitet.«

Maline schwieg. Nach und nach machten sich die Polizeiwagen auf den Rückweg, ohne Sirenen, als würden sie die Nachbarn nicht wecken wollen. Eine hoffnungslose Vorsichtsmaßnahme: Alle Anwohner standen auf der Türschwelle.

Sie merkte sich alle Informationen über die Ermittlungen.

Zwei Mörder!

Welcher der beiden war der blonde Mann, den sie gestern verfolgt hatten?

War er wirklich einer der Mörder oder das nächste Opfer? Das bezweifelte sie inzwischen …

Sie spürte eine Hand auf ihrer Schulter. Inspektor Stepanu sah sie freundlich an.

»Mademoiselle Abruzze, begleiten Sie uns in den Transporter der Forensiker? Wir wollen versuchen, ein Phantombild von dem Mann zu erstellen, den Sie gestern gesehen haben.«

Der Inspektor lächelte sie wohlwollend an, alle seine faulen Zähne zeigend.

»Ich komme mit«, sagte Oreste. »Ich bin ihm auch begegnet.«

Sie gingen die Straße hinunter. Maline warf einen Blick auf die dunkle Flussschleife, so dunkel wie ihre Gedanken. Wie alle Seemannskapellen an der Seine war die Blaue Kapelle der Jungfrau Maria zum Dank für ein Wunder erbaut worden, für ein paar bei einem Sturm gerettete Leben.

Eine Kapelle für ein paar gerettete Leben, aber für wie viele Wracks auf dem Grund der Seine, wie viele Ertrunkene im Laufe der Jahrhunderte, wie viele Wasserleichen? Ein paar Marmortafeln in einer Kirche, für wie viel Knochenstaub im Flussbett?

Gemeinsam betraten sie das MAL, das unterhalb der Steigung an der Barre-y-Vas geparkt hatte. Maline und Oreste standen staunend vor den neuesten Technologien, die sich in dem Mobilen Analyselabor drängten. Vier Polizisten in weißen Kitteln hantierten vor den Computerbildschirmen. Im hinteren Teil des Transporters befand sich ein zugezogener Vorhang. Maline verstand, dass hinter dem Vorhang, kaum drei Meter von ihr entfernt, bereits Paskah Supandjis Leiche obduziert wurde.

»Der Transporter gehört nicht uns«, erklärte der Kommissar. »Nicht, dass Sie das denken! Das Bundeskriminalamt hat ihn uns geliehen. Inzwischen bin ich fast der Meinung, dass wir zwei hätten bestellen sollen!«

Maline und Oreste wurden vor einen großen Bildschirm gesetzt. Ein aufmerksamer junger Mann in weißem Kittel, der mehr wie ein Arzt aussah, kümmerte sich um sie. Obwohl der junge Polizeibeamte sehr geduldig war, erwies sich das Unterfangen rasch als fruchtlos. Maline und besonders Oreste hatten den Motorradfahrer kaum wahrgenommen. Maline hatte sich nur seine Haarfarbe und Größe, nicht jedoch sein Gesicht eingeprägt. Sie kamen zu einem sehr zweifelhaften Ergebnis, einem Porträt, das der Realität wahrscheinlich nicht im Mindesten entsprach, und noch weniger einer dritten Person ermöglichte, den Mann auf der morphologischen Zeichnung wiederzuerkennen.

Der Polizist, der wie ein Arzt aussah, versuchte es mit unendlicher Geduld weiter. Maline war erschöpft, es war nach drei Uhr morgens, sie konnte nicht mehr, es ging nicht besser. Gerade suchte sie nach einer höflichen Möglichkeit, um den Polizisten zu bitten, sie nicht mehr zu quälen, da stand einer der Beamten im Kittel mit entsetztem Blick auf.

Er trug eine Hornbrille und hatte die gräuliche Gesichtsfarbe eines Tiefseefischs, wahrscheinlich hatte er zu viel Zeit ohne Sonne in dem Transporter verbracht.

»*Commissaire*. Sehen Sie sich das an! Wir haben ein ernstes Problem!«

Der Kommissar und das übrige Team traten näher. Nervös spielte der Wissenschaftler mit seiner Hornbrille. Er zeigte auf zwei nebeneinanderstehende Flachbildschirme.

»Sehen Sie«, sagte er, »der rechte Bildschirm bildet das Elektropherogramm oder auch DNA-Profil von Paskah Supandjis Mörder ab. Es wurde anhand des Blutes erstellt, das wir auf dem Kies und der Leiche des Opfers gefunden haben. Um genauer zu sein: des frischen Blutes von jemandem, der sich zu Paskah Supandjis Todeszeitpunkt am Tatort befand, das neben und auf dem Opfer zu finden war. Wir haben also allen Grund anzunehmen, dass es sich um den Mörder handelt.«

Alle sahen auf den Bildschirm, der eine komplexe Abfolge von Kurven in vier verschiedenen Farben zeigte.

»Ist eine DNA-Sequenz nicht eigentlich eine Buchstabenreihe?«, fragte Oreste.

Maline seufzte. Es war nicht der richtige Zeitpunkt, um den nervigen Journalisten zu spielen. Der Wissenschaftler mit der Hornbrille musterte ihn von oben herab und erklärte zusammenfassend, wie ein Lehrer, der seiner schlechten Schüler überdrüssig war:

»Die Buchstabenreihe, wie Sie es nennen, besteht aus den Anfangsbuchstaben der vier Basen, aus denen sich der DNA-Strang zusammensetzt: A für Adenin, G für Guanin, T für Thymin und C für Cytosin … Aber seitdem es die automatische Sequenzierung gibt, nutzen wir die sogenannte Chromatografie, oder auch fluoreszierende Marker: Blau für Adenin, Grün für Thymin, Gelb für Guanin, Rot für Cytosin. Wir erhalten ein Elektropherogramm, das uns ermöglicht, die Ergebnisse viel einfacher auszulesen und die DNA zu vergleichen.«

Er neigte sich nach vorn und bewegte den Pfeil der Maus.

»Hier also, auf diesem Bildschirm, sehen Sie das Elektropherogramm des Mörders von Paskah Supandji.«

Er rückte seine Brille zurecht, wurde noch ein bisschen grauer und fuhr fort:

»Das forensische Team in Rouen hat uns gerade seine Resultate gemailt. Auf Sergei Sokolovs Uniform, seiner Haut und um die Wunde herum haben sie weitere Blutspuren entdeckt, vermischt mit dem Blut des Opfers. Auch hier Spuren von frischem Blut. Da niemand außer dem Mörder Sergej Sokolov nahegekommen ist, als er vor der *Mir* Wache gestanden hat, haben wir allen Grund anzunehmen, dass es sich auch hier um das Blut seines Mörders handelt.«

Er ließ die Maus auf den linken Bildschirm gleiten und setzte die Demonstration fort:

»Denken Sie daran, dass wir auf dem rechten Bildschirm das Elektropherogramm des frischen Blutes sehen, das zur Tatzeit, um 1 Uhr 30, am Tatort gefunden wurde, vor der Blauen Kapelle in Caudebec-en-Caux. Auf dem linken Bildschirm haben wir das Elektropherogramm des frischen Blutes, das zur selben Zeit vergossen wurde, zwischen 1 Uhr 30 und 1 Uhr 45, aber vierzig Kilometer von hier entfernt, am Ufer von Rouen.«

Alle verglichen sie reflexartig die beiden Bildschirme.

Es stand außer Zweifel.

Die fluoreszierenden Flächen der Elektropherogramme waren vollkommen identisch!

»Donnerwetter!«, machte Ovide Stepanu.

»Haben Sie auch nicht die Dateien verwechselt?«, fragte der Kommissar.

»Nein«, erwiderte der Wissenschaftler trocken.

Mit einem Mausklick schob er das Bild des linken Bildschirms auf das Bild des rechten Bildschirms: Die beiden Kurven waren bis ins kleinste Detail deckungsgleich.

»Die gute Nachricht ist, *Commissaire*«, fuhr der Polizist mit der Hornbrille fort, »dass wir es nicht mit zwei verschiedenen Mördern zu tun haben. Paskah Supandji und Sergei Sokolov wurden von ein und derselben Person getötet. Die schlechte Nachricht ist, dass meine ganze Technologie nicht erklären kann, wie diese Person in der Lage sein konnte, einen Mann in Caudebec-en-Caux und zur selben Zeit einen anderen am Ufer von Rouen zu erdolchen.«

»Hören Sie doch mit diesem Unsinn auf!«, rief plötzlich Oreste. »Ein einziger Typ kann nicht gleichzeitig zwei verschiedene Menschen an zwei verschiedenen Orten töten.«

Inspektor Ovide Stepanu starrte fasziniert auf die beiden Bildschirme:

»Offenbar doch.«

39

KOPFZERBRECHEN ÜBER EINEN DOPPELMORD

3 Uhr 37, Blaue Kapelle, Caudebec-en-Caux

Auch der Rest der Nacht war anstrengend. Maline und Oreste mussten ihre Zeugenaussage in allen Einzelheiten wiederholen. Der Kommissar verließ sie eher, weil er dringend an das Ufer von Rouen musste. Er wusste, dass er heute Nacht nicht ins Bett kommen und der morgige Tag lang, sehr lang sein würde. Die Bekanntgabe des Doppelmords würde wie eine Bombe einschlagen. Die Konsequenzen mochte er sich kaum vorstellen.

Kurz nach vier Uhr morgens setzte Oreste Maline vor ihrer Wohnung in der Rue Saint-Romain ab, bevor er allein in das Vieux Carré zurückging.

Maline war erschöpft, wollte aber nicht schlafen. Eine nervöse Anspannung quälte sie. Sie klappte ihren Laptop auf und notierte eine halbe Stunde lang alle Einzelheiten dieser verrückten Geschichte. Als sie fertig war, sendete sie die Datei an Christian Decultots persönliche E-Mail-Adresse. Er würde sie morgen früh lesen. Die *SeinoMarin* würde zwar erst am Mittwoch erscheinen, aber so konnte der Chefredakteur auf die Informationen stets zurückgreifen, für die nationalen Nachrichten, als Tauschmittel für

Pressekonzerne, Radio- oder Fernsehsender. In der Masse der Medienvertreter, die morgen über die Armada hereinbrechen würden, gehörte Christian Decultot vielleicht zu denen, die gegen die Panikspirale ankämpfen konnten.

Schließlich warf sie sich auf ihr Bett.

Mithilfe einiger reptilienartiger Verrenkungen streifte sie ihre Kleidung und Unterwäsche ab und legte sich nackt auf das Laken, unter den Himmel über ihrem Dachfenster. Es kam ihr vor, als ob ihr Körper die Erinnerung an Olivier Levasseurs Liebkosungen bewahrt hätte, als ob ihre Brüste durch das zu starke Kneten noch ein bisschen schmerzten, als ob ihre Schenkel noch den warmen Atem seines gierigen Mundes spürten.

Es war ein paar Stunden her. Eine Ewigkeit.

Was hatte Olivier heute Abend gemacht? Wusste er schon von dem Medienorkan, der morgen auf die Armada einstürmen würde? Wusste er schon, dass er ihm ganz allein entgegentreten musste, wie ein Lotse an der Ruderpinne, der bei Unwetter den Kurs halten musste, koste es, was es wolle?

Nach gewohntem Ritual fragte sie die Nachrichten auf ihrem Handy ab.

Ihr Vater hatte ihr ausnahmsweise nichts hinterlassen. Sie war beinah enttäuscht.

Sie wälzte sich noch eine Weile in ihrem Bett.

Ihre Gedanken kamen endgültig nicht länger als ein paar Minuten von den vielen Toten los.

Der Fall ergab keinerlei Sinn. Die Sache mit dem unmöglichen Doppelmord grenzte an puren Wahnsinn. Sie kannte natürlich die besten Thriller, von *Die purpurnen Flüsse* bis *Der Kuss der Schwarzen Witwe,* die klassische Auflösung, wenn die DNA-Analytiker in solche Sackgassen gerieten: Die Ermittler waren mit Zwillingen konfrontiert, die genau die gleichen Fingerabdrücke und die gleiche DNA-Sequenzierung haben. Ein schriftstellerischer Trick, so unwahrscheinlich wie abgedroschen!

Es musste eine andere Möglichkeit geben, um das Rätsel zu erklären, um die Gleichung zu lösen, indem man alle Unbekannten in die richtige Ordnung brachte.

Ihr letzter Gedanke vor dem Einschlafen war, dass ihr verständnisvoller Chefredakteur sie morgen früh schlafen lassen und nicht durch einen Anruf zu Unzeiten aufwecken würde.

Es war fast fünf Uhr morgens, und Sarah Berneval hatte Mühe, all die Anweisungen des Kommissars zu Papier zu bringen.

Wie das halbe Revier war sie mitten in der Nacht aus dem Bett geholt worden.

»Das ist mir scheißegal«, hatte Paturel ein Dutzend Untergebene angeherrscht, »Sie hocken mir so viele Leute wie nötig davor. Ich will, dass das Material aller Armada-Überwachungskameras bis morgen früh durchgesehen ist. Und ich will wissen, wie es möglich ist, in weniger als einer Viertelstunde von Caudebec-en-Caux nach Rouen oder umgekehrt zu gelangen, also beschaffen Sie mir einen Helikopter, der die Strecke mit Stoppuhr abfliegt. Dann will ich wissen, ob es möglich ist, sich während der Armada mitten in der Nacht in einen Heli zu setzen, ohne aufzufallen. Und wecken Sie mir einen Motorbootsportler. Daran dürfte es nicht mangeln, wir haben die 24 Heures Motonautiques in Rouen. Finden Sie mir den Besten mit dem schnellsten Boot und setzen Sie ihn mit seiner schwimmenden Formel 1 ins Wasser. Die Dinger kommen angeblich auf bis zu 240 Stundenkilometer! Caudebec-en-Caux–Rouen in einer Viertelstunde könnte so vielleicht machbar sein …«

Ihm gegenüber saß Colette Cadinot, ein Mobiltelefon am Ohr, und blickte den Kommissar mitleidvoll an, als ob alle seine Forderungen aus geistiger Umnachtung resultierten.

Der Kommissar explodierte:

»Und hör auf, mich anzusehen, als wäre ich bekloppt, Colette! Wenn du eine bessere Idee hast, wie der Typ seinen Doppelmord begangen hat, dann nur zu!«

Sie hatte keine.

Sarah Berneval hielt dem Kommissar wieder das Telefon hin.

»Was denn?«, polterte der Kommissar weiter. »Sagen Sie mir nicht auch noch, dass Sie für morgen früh keinen Babysitter gefunden haben! Sonst sende ich ein Einsatzfahrzeug aus und lasse meine Kinder in Ihr Büro bringen, Sarah. Und setze drei Ordonnanzen ein, die Räuber und Gendarm mit ihnen spielen. Wenn schon, denn schon …«

Sarah Berneval begnügte sich, mit professioneller Miene scheinbar ungerührt zu entgegnen:

»Ihre Kinder sind in guten Händen, *Commissaire*. Bei einer gewissen Gwendoline … Einer Perle … Na ja, darum geht es nicht.«

Sie hielt noch immer das Telefon.

»Daniel Lovichis Anwalt. Er fordert, dass sein Mandant sofort freigelassen wird.«

40

DER UNTERGANG DER *TÉLÉMAQUE*

Spätnachts, Umgebung von Rouen

Der Mann kam leise nach Hause und wusch sich sogleich die Hände und den Arm. In das Becken lief Blut.

»Ist es schlimm?«, fragte eine Frauenstimme.

»Nein, es ist nichts. Oberflächlich. Dieser Dreckskerl von einem indonesischen Matrosen war auf der Hut …«

Er schwieg lange.

»Aber die Polizei hat jetzt meine DNA …«

»Sie haben keinen Grund, dich zu verdächtigen, das weißt du doch. Halt still, ich desinfiziere die Wunde.«

Als der Alkohol die Wunde benetzte, verzog der Mann das Gesicht.

»Du hast recht. Heute Nacht hat sich der Fluch erfüllt, das ist das Wichtigste. Die Bullen werden sich eine Weile im Kreis drehen, bevor sie unseren Doppelmord verstehen. Das verschafft uns die Zeit, heute alles abzuschließen. Wir müssen den letzten Zeugen eliminieren.«

»Bist du müde?«, fragte die Frauenstimme.

»Nein … Noch nicht.«

Mit verbundenem Arm setzte sich der Mann auf das weiße Sofa. Die Frau beugte sich über den Wohnzimmertisch und öffnete die Schublade. Sie griff nach einer DVD.

»Die *Télémaque?* Das passt doch, oder?«

Der Mann lächelte. Die Hand der Frau legte die DVD ein und betätigte die Fernbedienung.

Der riesige Bildschirm zeigte ein wunderschönes Renaissancekloster.

In dem Kloster war ein Buffet errichtet worden, um das sich viele sehr elegant gekleidete Menschen drängten. Über dem Kloster prangte auf einem großen Transparent in roten Buchstaben: *Büßerkloster. Ausstellung Erinnerung und Schutz der Seine. Regionale Umweltagentur Haute-Normandie. 10.–13. Mai 2001.*

Das Bild wackelte stark, als ob die Kamera heimlich aufgenommen hätte.

Eine bärtige, dickbäuchige Gestalt, deren ungepflegte Erscheinung in Kontrast zu der Vornehmheit der Versammlung stand, näherte sich einer Gruppe von drei Frauen, jede ein Champagnerglas in der Hand. Der Schmuck, den sie zur Schau trugen, vermittelte eine genaue Vorstellung von der sozialen Schicht, der sie angehörten.

Der bärtige Mann war als Pierre Poulizac, Ramphastos, erkennbar. Er nahm das Entern der Frauenbande in Angriff:

»Wie ich sehe, Mesdames, haben Sie Ihr schönstes Geschmeide herausgesucht … In dieser Renaissanceanlage erstrahlt es in vollem Glanz, finden Sie nicht?«

Die drei verwunderten Frauen waren einen Augenblick unsicher, wie sie sich dem aufdringlichen Menschen gegenüber verhalten sollten.

»Monsieur?«

»Pierre Poulizac. Aber meine Freunde nennen mich Ramphastos. Pirat im Ruhestand, zu Ihren Diensten. Sie müssen um Ihren Schmuck also nicht mehr fürchten, meine Damen.«

Eine der drei Frauen brach in ein Lachen aus, die beiden anderen taten es ihr nach. Ramphastos war zwar nicht gerade schön anzusehen, hatte aber eine samtweiche Stimme, und die Unterhaltung mit ihm versprach, ihre müßige Monotonie zu durchbrechen. Ramphastos betrachtete mit Expertenblick die goldenen Armreife und Ohrringe seiner Zuhörerinnen.

»Das ist zweifellos Lepage. Bis heute das größte Juweliergeschäft Rouens … Wussten Sie, Mesdames, dass der junge Rouener Goldschmied Lepage 1663 für einen indischen Radscha eine goldene Krone ziseliert hat, wodurch der Hafen von Rouen seinen Anfang nahm? Ist die Krone heil angekommen? Was ist aus ihr geworden? Das weiß keiner … Sie sehen, meine Damen, Sie haben nichts zu befürchten. Ich bin ein gebildeter Pirat. Die Piraten sind schon lange keine gefährlichen anarchistischen Revolutionäre mehr.«

Er näherte sich der Frau, die als Erste gelacht hatte, einer verwelkten Blondine, die noch immer recht kess aussah und in jungen Jahren auf Empfängen wie diesem einen Schwarm Höflinge um sich geschart haben musste.

Ramphastos hauchte ihr seinen schlechten Atem in den Nacken.

»Ich möchte Ihnen keine Angst einjagen, schöne Frau, aber eine so hübsche Kehle hätte man dereinst kurzerhand durchgeschnitten, nur um Ihre Halskette zu stehlen, ohne den Verschluss öffnen zu müssen.«

Ein angenehmer Schauder ergriff sie. Die beiden anderen glucksten, ein bisschen eifersüchtig.

»Wissen Sie, Mesdames, was während der Revolution aus den französischen Kronjuwelen wurde? Aus dem Schmuck des französischen Adels, des Königshofs von Versailles?«

Er nahm sich von dem Tablett eines vorbeikommenden Kellners ein Glas Champagner und drei Toasts, die er fast ohne zu kauen verschlang.

Er rückte noch ein bisschen näher und raunte verstohlen:

»König Ludwig XVI. hat den Schmuck auf ein Schiff geladen! Im November 1789 hat er den Frachtraum einer Brigg, der *Télémaque* gefüllt, mit dem Befehl, sie heimlich die Seine hinuntersegeln zu lassen. Heute weiß man, dass der Frachtraum zweieinhalb Millionen Louis d'or von adligen Emigranten enthielt, die ihr Hab und Gut nicht mit sich führen konnten, außerdem alle Goldschmiedearbeiten, Kunstwerke und aus den Abteien des Pariser Beckens gerettete Reliquien. Ganz zu schweigen natürlich von dem persönlichen Vermögen des französischen Königs und dem gesamten Bestand des königlichen Möbellagers, den die Sansculotten nie gefunden haben.«

Ein weiterer Kellner kam zu ihnen, den die drei Frauen nicht einmal bemerkten, so begeistert waren sie von der Geschichte. Ramphastos dagegen scheute sich nicht, den jungen Mann um einen beträchtlichen Anteil seiner Ladung zu erleichtern.

»Und dann?«, wollte die kühnste der drei Bourgeoisen wissen.

»In der Silvesternacht legte die *Télémaque* in Rouen ab. Offiziell war sie auf dem Weg nach Brest, um Talg und Nägel auszuliefern. Der Kapitän, ein gewisser Quemin, hatte einen Umschlag erhalten, den er erst öffnen durfte, wenn er das Cap de la Hève passiert hatte. Als er Quillebeuf erreichte, vertäute er die *Télémaque* sicher am Hafen, um sie vor der Gezeitenwelle zu schützen. In dieser Nacht war die Gezeitenwelle aber so gewaltig, dass sie die *Télémaque* mit sich riss. Nachdem sie kurz auf einer Sandbank aufsaß, ging die Brigg hundert Meter weiter mitten in der Seine unter.«

»Und der Schatz?«, flüsterte eine Zuhörerin, die sich getraut hatte, noch ein bisschen näher an den bestialischen Geruch des alten Piraten heranzurücken.

»Offiziell wurden in dem Wrack nur Talg, Nägel, Holz und Öl im Auftrag des Königs gefunden. Kapitän Quemin starb 1836, 82-jährig, ohne sein Geheimnis je preisgegeben zu haben.«

Eine der Frauen sah enttäuscht aus:

»Und das alles nur für Talg und Nägel! Bestimmt ist in dem Frachtraum der *Télémaque* nie etwas anderes gewesen.«

Ramphastos setzte ein teuflisches Grinsen auf und erhaschte beiläufig ein drittes Champagnerglas.

»Schon möglich, Madame. Schon möglich. Aber nicht alle denken wie Sie. 1818 versuchte Ludwig XVIII., der Bruder des guillotinierten Königs, das Wrack offiziell wieder flottzumachen. 1837 versuchte Monsieur de Magny vergeblich, die *Télémaque* zu bergen. 1841 ließ ein Engländer namens Taylor Peilungen vornehmen und entdeckte Gold- und Silberstücke, bevor er seltsamerweise die Flucht ergriff. Zu guter Letzt starteten 1939 zwei Franzosen, Crétois und Laffite, mit der Hilfe eines Tauchers eine umfangreiche wissenschaftliche Expedition. Sie kamen mit einem goldenen Schmuckstück und einer Kiste voller Gold- und Silbermünzen zurück. 1940 glaubte man, den Bug der *Télémaque* entdeckt zu haben, musste aber schnell wieder zurückrudern: Ein holländischer Experte für die Suche von Schiffswracks, Verloop, beteuerte, dass die gefundenen Trümmer nicht von der *Télémaque* stammten. Ihm zufolge war das Schiff inzwischen im Marais Vernier, nahe dem

Leuchtturm von La Roque, unter einem 1880 trockengelegten Polder begraben.«

Eine der Frauen, recht groß, baute sich vor Ramphastos auf und musterte ihn.

»Wer weiß, ob Sie uns die Wahrheit erzählen, Herr Pirat? Gibt es für Ihre Behauptungen auch nur den mindesten Beweis?«

»Oh, wissen Sie, was ich Ihnen gerade erzählt habe, ist kein großes Geheimnis. Nehmen Sie den Taucher, der 1939 die Goldmünzen geborgen hat, es gibt eine Ausstellung über ihn im Musée maritime am Ufer von Rouen! Die wahre Geschichte kennt oft kaum jemand … Es gibt heutzutage zu wenige Märchendichter. Außerdem habe ich Ihnen nur die oberflächlichen Dinge erzählt … Ich habe meine eigene Theorie. Man kann sich des Rätsels der *Télémaque* auch tiefgehender annehmen.«

Er trat an die schelmischste seiner Zuhörerinnen heran und schielte ihr ungeniert in das Dekolleté. Die über Sechzigjährige errötete vor Glück. Ramphastos flüsterte ihr zu:

»Einige Jahre nach dem Untergang der *Télémaque* bot der Amerikaner Robert Fulton dem Direktorium an, in Rouen, Le Havre und im Seinetal erstmals seine Erfindung zu testen.«

»Was für eine Erfindung?«, gluckste die Frau und legte diskret eine Hand an die Brust.

Ramphastos ging noch näher an sie heran, vielleicht mehr die Goldkette um ihren Hals als die verwelkte Brust bewundernd.

Er wisperte:

»Robert Fulton testete in Rouen und vor der Küste von Quillebeuf zum ersten Mal auf der Welt ein U-Boot! Ein U-Boot, das er *Nautilus* taufte, siebzig Jahre vor Jules Verne!«

41

DIE STUNDE DES PROFILERS

7 Uhr 13, Rue Saint-Romain 13, Rouen

Maline hatte gerade drei Stunden geschlafen, da zerriss das Klingeln des Telefons ihr Trommelfell.

Sie lag auf dem Bauch. Sie tastete mechanisch den Nachttisch ab. Sie drückte auf die grüne Taste und hielt ohne sich umzudrehen das Gerät an ihr Ohr auf das Laken.

»Hallo, Maline. Hier ist Christian. Bist du da?«

Ein Murren.

»Okay, du bist da! Ich habe gerade die Mail gelesen, die du mir heute Nacht geschickt hast. Danke! Meine Güte, da braut sich ja ein Wirbelsturm über uns zusammen, wir werden zusammenrücken müssen. Na ja, ich muss dir nichts erklären, du warst ja dabei, ich komme gleich zur Sache. Ich habe auch eine Nachricht für dich. Kommissar Paturel wird bei Ankunft des 7-Uhr-59-Zuges am Bahnhof von Rouen sein. Sie schicken einen Fachmann aus Paris, einen Experten, wenn du verstehst, eine Art Profiler, der auf die Verfolgung von Serienmördern spezialisiert ist. Eine Granate, wie im Film, einen sogenannten Joe Roblin. Er kommt inkognito nach Rouen, aber ich verlasse mich darauf, dass du ihm einen so vertraulichen wie professionellen Empfang bereitest …«

Ein Seufzen.

»Na los, Maline. Aufstehen. Schlafen kannst du wieder, wenn die Armada vorbei ist. Ein Lob nochmals für deine Informationen. Also, du hast es notiert. 7 Uhr 59 am Bahnhof.«

Ein Brummen.

»Na, na, beweg dich, meine Gute! Du musst dich entscheiden. Eine bombige Nacht mit dem schönen Olivier Levasseur, eine Kneipentour mit meinem Patensohn, ausschlafen … oder deine Nachforschungen!«

Klick.

Tut … tut … tut.

Bevor sie die Wohnungstür schloss, warf Maline den fröhlichen Augen Fatous einen betrübten Blick zu. Er war jetzt irgendwo in Afrika. Woanders. Weit weg von dem Tumult.

Sie hatte noch nasses Haar von der zu schnellen Dusche und im Mund den schlechten Geschmack von einem zu schnell hinuntergestürzten Red Bull.

Die frische Morgenluft machte sie ein bisschen wacher, aber in der menschenleeren Stadt schien der Katzenjammer zu herrschen. Langsam ging sie die Rue Jeanne-d'Arc hinauf. Die Anstrengung machte sie wieder munter, ihre Beinmuskulatur war deutlich zu spüren.

Wenn alles vorbei war, würde Christian teuer dafür bezahlen!

Sie betrat den Bahnhof. Die riesige Halle war wie ausgestorben. Die große Wanduhr zeigte 7 Uhr 47 an. Wieder einmal war sie zu früh. Sie bemerkte gleich Kommissar Paturel. Er stand mit dem Rücken zu ihr und betrachtete das sonderbare Fresko, das die Bahnhofsmauern schmückte: eine naive Abbildung des Hafens von Rouen, ein unruhiges Gewirr von Schiffen an beiden Ufern der Hauptstadt der Normandie. Die großflächige Wandmalerei, an der Maline Hunderte Male vorbeigegangen war, ohne sie zu beachten, schien ihr kein gutes Omen zu sein. Sie postierte sich hinter Paturel:

»Guten Morgen, *Commissaire.*«

Gustave Paturel drehte sich verwundert um. Als er Maline erkannte, schlug sich auf seinem müden Gesicht ein breites Lächeln nieder.

»Mademoiselle Abruzze! Schon wach? Wie Sie sehen, habe ich die ganze Nacht nicht geschlafen!«

Er blickte wieder zu dem Gemälde.

»Ist Ihnen dieses Hafenbild schon einmal aufgefallen? Nein, oder? Mir auch nicht.«

Er fasste sie väterlich am Arm.

»Ich frage Sie gar nicht erst, was Sie hier machen. Sie sind aus demselben Grund wie ich hier, nehme ich an. Ihr Chefredakteur, dessen Ohren bis nach Paris reichen, muss Sie informiert haben.«

Er führte Maline zu einem Zeitungsladen und sprach weiter:

»Sie schicken uns Verstärkung! Einen Superstar des Quai des Orfèvres, wie es scheint. Einen, der sich in den Serienmörder einfühlt, die Beschaffenheit seiner Seele erspürt, ihn erschnüffelt, Sie wissen schon, was ich meine. Hier in Rouen haben wir die Schwelle zur Inkompetenz überschritten, schätze ich. Wir haben noch zwei Minuten, können Sie mir einen Gefallen tun, Maline?«

Sie betraten den Zeitungsladen. Noch machte keine Zeitung mit einer Schlagzeile über den nächtlichen Doppelmord auf. Alle hatten vor Mitternacht Redaktionsschluss gehabt. Doch in diesem Augenblick würden zweifellos ein paar Dutzend Reporterteams, die in aller Herrgottsfrühe aufgestanden waren, die erlaubte Höchstgeschwindigkeit auf der Autobahn A13 überschreiten, um sich vor Ort die ersten Direktübertragungen über den Dreifachmord auf der Armada in den Morgenmagazinen zu sichern.

»Wissen Sie, womit ich die Nacht verbracht habe, Maline? Mit so bekloppten Dingen wie nie zuvor in meiner Karriere. Ich habe einen Hubschrauber bestellt, der ein paar Mal von Rouen nach Caudebec und zurück geflogen ist. Das Ergebnis ist klar und deutlich: Es ist unmöglich, in einer Viertelstunde an den beiden Tatorten abzuheben und zu landen, vor allem nicht, ohne bemerkt zu werden …«

»Das hätten wir uns denken können, oder?«

Er sah Maline müde an.

»Es ist doch immer das Gleiche mit euch, ihr haltet mich für verrückt, seid aber selbst nicht in der Lage, mir eine andere rationale Erklärung zu liefern.«

»Ich komme Ihnen nicht mit Zwillingen …«

»Nein, kommen Sie mir nicht damit. Ovide Stepanu hat trotzdem Wert darauf gelegt zu überprüfen, ob es unter den Besatzungen der Armada, über zehntausend Matrosen, Zwillingsbrüder gibt.«

»Und?«

»Gibt es nicht. Drei Stunden hat das einen Beamten gekostet. Ich habe außerdem Eric Palinski aus dem Bett geholt.«

»Den dreifachen Sieger der 24 Heures Motonautiques?«, wunderte sich Maline und machte große Augen.

»Ja, er ist die Strecke Caudebec – Rouen mit Bleifuß gefahren. Dreiundzwanzig Minuten! Nicht einberechnet die Zeit, um von der Blauen Kapelle zur Seine hinunterzugelangen. Das passt also auch nicht.«

»Und ein Formel-1-Katamaran mit einem 2500-cm^3-Motor inmitten der Großsegler ist für einen Meuchelmörder auch nicht besonders diskret! Wissen Sie, vielleicht ist der Mörder ganz einfach Eric Palinski. Und als er testfahren musste, hat er den Fuß vom Pedal genommen.«

Gustave Paturel lachte auf:

»Köstlich!«

Er brachte eine verwunderte Maline in den Souvenirbereich des Zeitungsladens. Dort befanden sich ein paar Stofftiere, Modellschiffe und Porzellanwaren aus Rouen.

»Sie müssen mir helfen, Maline. Ich habe ein Problem. Ich möchte meinen Kindern ein Geschenk machen. Ich sollte die Ferien mit ihnen verbringen und habe sie seit fast drei Tagen nicht mehr gesehen. Deshalb würde ich gern die paar Minuten nutzen, um ihnen ein Taxi mit einer Überraschung zu schicken, die sie beim Aufwachen entdecken. Ich weiß nicht einmal, wie die Babysitterin aussieht, anscheinend wechseln sie sich alle fünf Stunden ab … Die letzte hieß Gwendoline. Verrückt, oder?«

Maline sah den Kommissar unendlich sanftmütig an. Sie mochte ihn. Er war alle Profiler der Welt wert.

»Wie alt sind sie?«

»Léa ist acht und Hugo sechs … Ich habe keine Ahnung … Wissen Sie, was von dem ganzen Schund einem Kind gefallen könnte?«

Maline schüttelte den Kopf.

»Was soll's«, machte der Kommissar.

Er sah auf seine Uhr.

»Dieser Roblin wird nicht lange auf sich warten lassen. Anscheinend ist er auch noch ein junges Bürschchen. Ich muss ja zugeben, dass ich bei der Psychologie der Meuchelmörder nicht mehr ganz mitkomme. Darin ist Stepanu besser als ich. Ich bin ein primitiver Mensch, die Sorte starrköpfiger Bulle, der mit seiner Zermürbungstaktik am Ende recht hat. Die Psychologie wird uns trotz allem nicht erklären, wie jemand zur gleichen Zeit an zwei verschiedenen Orten zwei Morde begehen konnte.«

»War es sicher derselbe Mörder?«

»Ja, die DNA-Tests wurden bestätigt. Die Experten haben sich sogar mit dem Dolchstoß befasst. Sie haben die Kraft, die Richtung und die Wucht des Stoßes virtuell dreidimensional rekonstruiert. Ihnen zufolge hat beide Male derselbe Mann zugestochen. Und es kommt noch besser. Sie haben die Wunde von Paskah Supandji untersucht, dem Opfer von der Blauen Kapelle. Sie haben darin sowohl Blut des Mörders als auch Blut von Sergei Sokolov gefunden, dem auf der *Mir* tot aufgefundenen Matrosen. Blut von Sergei Sokolov, das in bis zu fünfzehn Zentimetern Tiefe in Paskah Supandjis Schnittwunde entdeckt wurde. Wissen Sie, was das bedeutet, Maline? Dieselbe Waffe, derselbe Dolch hat um 1 Uhr 30 Sergei Sokolov am Ufer von Rouen und um 1 Uhr 30 Paskah Supandji in Caudebec getroffen. Als die Klinge vierzig Kilometer entfernt das zweite Opfer berührt hat, klebte an ihr noch das frische Blut des ersten Opfers!«

Maline betrachtete ein paar Armada-Artikel, die der Zeitungsladen verkaufte: Fahnen, Poster, Sticker …

»Es muss doch verdammt nochmal eine rationale Erklärung dafür geben«, schimpfte der Kommissar. »Die vierte Dimension ist es ja wohl nicht!«

Maline ersparte sich eine Antwort.

Nicht grübeln, nicht verrückt werden, abwarten, zu gegebener Zeit würde es eine Erklärung geben.

Sie beugte sich über die Armada-Artikel und griff nach zwei bunten Ferngläsern, zwei großen Spruchbändern, auf denen in allen Sprachen der Welt ›Willkommen‹ stand, und zwei kleinen Einwegkameras.

Das Ganze drückte sie dem verblüfften Kommissar in die Hände.

»Das bringen Sie Léa und Hugo. Fügen Sie ein Kärtchen bei und schreiben Sie, dass sie anfangen sollen, die Namen der Armada-Schiffe und die Länderflaggen auswendig zu lernen, weil Sie wollen, dass sie vorbereitet sind und nichts von dem Schauspiel verpassen, wenn Sie sie am 14. Juli zu einem Picknick an der Seine mitnehmen!«

Gustave Paturel spürte einen Kloß in seinen Hals steigen. In den tief liegenden Augenwinkeln bildeten sich zwei Tränen.

»Glauben Sie, Maline, glauben Sie wirklich, dass das eine gute Idee ist?«

Auch Maline kämpfte mit den Tränen.

»Wir lassen doch nicht zu, dass dieser Mörder den Augenblick zerstört, von dem Ihre Kinder seit Monaten träumen, *Commissaire?* Wir lassen ihn doch nicht den Traum von uns allen zerstören?«

Sie sah dem Kommissar in die Augen, als würde sie ihm eine Sicherheit geben wollen, die sie selbst nicht hatte.

»Wir kriegen ihn, *Commissaire*. Wir kriegen ihn vor Montag, vor der großen Parade.«

Maline und Kommissar Paturel waren auf dem Weg zu den Gleisen, als eine Frauenstimme in der Bahnhofshalle ankündigte, dass der Zug aus Paris eine Viertelstunde Verspätung hatte. Sie nutzten die Zeit für einen Kaffee. Einen starken!

Kommissar Paturel sah erneut auf seine Uhr:

»Ich hoffe, dass der Zug nicht zu viel Verspätung hat. Das Armada-Organisationskomitee hat auf neun Uhr eine Konferenz angesetzt. In der Espace des Marégraphes am Kai. Alle werden da sein! Ich muss einen Lagebericht abgeben! Verdammt, ich weiß nicht, was ich ihnen erzählen kann, um die Wogen zu glätten, habe aber das Gefühl, dass sich die Halle füllen wird. Ich habe noch nie vor so vielen Journalisten gesprochen. Na ja, wir werden sehen … Ich lasse diesen Olivier Levasseur den Kapellmeister machen, der ist anscheinend ein Profi …«

Maline schauderte.

Paturel wandte sich an die Journalistin:

»Was denken Sie über Levasseur?«

Die Frage brachte Maline aus der Fassung. Sie verschluckte sich, und der Kaffee stieg ihr in die Nase.

»Äh … Hm … Ich weiß nicht so recht … Er wirkt … äh … kompetent …«

»Mhm«, machte der Kommissar. »Ohne den psychologischen Blick eines Profilers zu haben – der Typ ist mir viel zu geschniegelt und gebügelt, um anständig zu sein. Na ja, gut, wir wollen nicht jeden verdächtigen, oder? Eines ist sicher: Die Hysterie im Saal wird er nicht mit seinem Engelsgesicht dämpfen.«

Der Kommissar trank seinen Kaffee in einem Zug aus.

»Los, sehen wir uns diesen Eierkopf an.«

Er zog ein Kärtchen mit der Aufschrift *Joe Roblin* aus seiner Aktentasche und merkte an:

»Meine Sekretärin ist eine Vertreterin der alten Schule.«

Die bunte, lärmende Menschenmenge aus dem Zug von Paris strömte in die Halle. Die meisten Ankömmlinge wussten noch nichts von dem Drama, das sich in der Nacht abgespielt hatte, mit Ausnahme einer kleinen Elite eingeweihter Journalisten.

Als sich die Menge zerstreut hatte, blieb nur ein Mann übrig, der mit dem Gesicht zum Kommissar stand.

Zweifellos Joe Roblin.

Joe Roblin war etwa dreißig Jahre alt. Man konnte ihn nicht übersehen. Mit seinen ellenlangen Beinen, die seine Hose, kuriose schwarze Totenkopfstrümpfe offenbarend, mit Müh und Not bedeckte, sah er aus wie ein Stelzvogel. Am oberen Ende des Stelzvogels erblickte man nacheinander rabenschwarzes, zotteliges Haar, dunkle Augen, die nirgendwohin gerichtet schienen außer nach innen, und einen großen, schwarzen, unförmigen, der Hitze unangemessenen Wollpullover.

Er verwuschelte sein tiefschwarzes Haar noch ein bisschen mehr.

Das war er also, der Star der Stars?

»Joe Roblin?«, fragte der Kommissar.

Paturel begrüßte Roblin mit einem festen Händedruck, den dieser schwach erwiderte. Der Fallanalytiker trug an allen Fingern breite silberne Ringe mit diversen kabbalistischen Motiven.

»Ich bin *Commissaire* Paturel. Willkommen in der Hölle! Haben Sie die Datei erhalten, die Ihnen zugemailt wurde?«

Joe Roblins Blick schweifte überallhin, nur nicht in die Richtung des Kommissars.

»Äh, wann?«

»Heute Nacht!«

Joe Roblin machte Eulenaugen.

»Hm, dann nicht. Ich habe heute Nacht keine E-Mail gelesen. Heute Nacht, da habe ich … habe ich geschlafen …«

Maline spürte, dass der Kommissar fast am Explodieren war. Sie versuchte, das Aufkommen eines heftigen Lachkrampfes zu verhindern, Ergebnis eines Zusammenspiels ihrer Nervosität, ihres Schlafmangels und des überbordenden Enthusiasmus dieses Serienkillerjägers. Sie hatte den Eindruck, einem Typen gegenüberzustehen, der die Nacht vor der Konsole verbracht und sich bei einem Zombiespiel eine fiktive Identität zugelegt hatte.

Der Kommissar stellte sie einander vor:

»Joe, das ist Maline Abruzze. Sie ist Journalistin bei der *Seino-Marin* und in den Fall verwickelt worden. Ich schlage vor, dass wir uns zusammensetzen und kurz zu dritt die Situation erörtern. Ich glaube, dass die kommenden Stunden entscheidend sein werden.«

Roblin sah Maline mit der Aufmerksamkeit eines Leichenbestatters an, der die Maße des Leichnams bestimmte, bevor er den Sarg zusammenbaute. Er ging eine Weile in sich, bevor er den Kommissar fragte:

»Wissen Sie, ob es auf dem Bahnhof Toiletten gibt?«

42

PANIK AM UFER

8 Uhr 45, Espace des Marégraphes

Maline war eine Viertelstunde geblieben, um mit dem Kommissar und dem Fallanalytiker zu sprechen. Es war schwer zu sagen, ob dieser Joe Roblin mit verdeckten Karten spielte oder nicht. Wenn er eng mit dem Kommissar zusammenarbeiten wollte, konnte es jedenfalls Zunder geben. Sie hatte beschlossen, zu Fuß in Richtung Espace des Marégraphes zu gehen. Der Kommissar würde Joe Roblin am Revier absetzen müssen, bevor er selbst zu der Pressekonferenz fuhr.

Als sie die Rue Jeanne-d'Arc hinunterging, wunderte sich Maline über den rastlosen Fleiß der Stadtarbeiter. Alle fünfzig Meter wurden quer über die Straße Fähnchen und Wimpel angebracht. Maline strengte ihren Kopf an. Es stimmte, heute war der 12. Juli, der Tag, an dem die Matrosen durch die Stadt paradieren würden! Mehrere Tausend Matrosen würden zu den Fanfaren aus über zwanzig Ländern durch die Straßen von Rouen marschieren. Maline erinnerte sich, dass die früheren Festzüge der Besatzungen mit ihren bunt gemischten Kostümen, Sprachen und Musikstilen ebenso Militärparaden wie Karnevalsumzügen geähnelt hatten. Die Parade war offenbar nicht abgesagt worden. Das war bestimmt die richtige Entscheidung, die beste Art und Weise, den drei Opfern zu huldigen.

Als Maline jedoch das Seineufer erreichte, fiel ihr auf, dass weitere städtische Mitarbeiter damit beauftragt waren, die französischen, europäischen, normannischen und alle anderen Flaggen, die wie immer an den Brücken und Ufern hingen, auf halbmast zu setzen. Dieses Jahr würde die Parade mehr an einen Leichenzug als an Fasching erinnern …

Ein Marsch unter strenger Bewachung, stellte Maline außerdem fest.

In einer Reihe entlang des Ufers standen über ein Dutzend Wagen der Bereitschaftspolizei.

Die Espace des Marégraphes war jetzt in Sichtweite. Die ehemaligen Lagerhallen von Gustave Eiffel waren vor einem Jahr in einen Repräsentationsbau zwischen Tradition und Moderne verwandelt worden, der Eisen, Backstein, Holz und Glas harmonisch miteinander verband. Maline dachte daran, dass sie selten zu Fuß hierhergekommen war. Während sie die Seine entlanglief, betrachtete sie die berühmten Mareografen, die drei Türme, die den Schiffen den Wasserstand anzeigten.

Einer der Mareografen, durch ein Zusammenspiel aus farbenfrohen Backsteinen herrlich restauriert, stand neben der Empfangshalle. Sie bewunderte ihn, bis eine Marmortafel mit einer Gravur ihre Blicke auf sich zog. Sie näherte sich und las:

Hier, in der Seine vor Bapaume, unternahm Robert Fulton den ersten Versuch einer Unterwasserfahrt, in einem unsinkbaren Schiff, der Nautilus, *nach seinem Entwurf in Rouen erbaut.*

Die *Nautilus?* Das erste U-Boot? In Rouen in der Seine getestet?

Davon hatte sie nie zuvor gehört. Obwohl die Tafel auf dem Mareografen bereits älter schien …

Eine Weile sah sie auf das graue Flusswasser. Sie dachte daran, dass der Kommissar neben dem Helikopter und dem Formel-1-Katamaran die Möglichkeit einer Unterwasserfahrt zwischen Caudebec-en-Caux und Rouen vernachlässigt hatte. Das könnte erklären, warum es keinerlei Zeugen gab … Vorausgesetzt natürlich, man würde ein U-Boot finden, das mit über 250 Stundenkilometern durch das Wasser düste!

Sie besann sich. All das war Science-Fiction.

Es war bereits sehr heiß an diesem Morgen. Sie trug nur ein leichtes Kleid und fühlte sich dennoch klebrig. Wahrscheinlich die Müdigkeit. Und die Angst. Und eine unbeschreibliche Bitterkeit.

Sie konnte nicht aufhören, an den blonden Hünen zu denken, den Flüchtigen, den Verdächtigen Nummer eins, dessen Phantombild jeder Polizist von Rouen in der Hosentasche hatte, ein grobes, unbrauchbares Phantombild, weil sie sich nicht an sein Gesicht erinnerte.

Sie ging noch ein paar Schritte und betrat schließlich die Empfangshalle der Espace des Marégraphes. Auf die Stille des Ufers folgte ein gewaltiges Stimmengewirr.

Eine große Gesellschaft. Die bessere Gesellschaft.

Maline kannte mindestens ein Drittel der anwesenden Journalisten, was bedeutete, dass die anderen zwei Drittel für nationale oder internationale Medien von der Konferenz berichten würden. Auf dem Tisch der Rednerbühne zählte sie mehrere Dutzend Kameras und fast ebenso viele Mikrofone.

Es war eine improvisierte Bühne, ein einfacher Holztisch. Maline kannte die meisten Beteiligten: Olivier Levasseur trug einen schlichten dunklen Anzug. Er hatte eine Brille aufgesetzt, die seinen stechenden Blick ein bisschen milderte. Seine stattliche Erscheinung kontrastierte mit der erkennbaren Müdigkeit des Kommissars zu seiner Linken, der auf sein Telefon starrte und den Beginn der Konferenz sichtlich kaum erwarten konnte. Ganz hinten auf der Bühne, neben dem Abgeordneten und Bürgermeister sowie dem Vizepräsidenten der Handelskammer, erkannte Maline zudem General Sudoku. Er schien sich unwohl zu fühlen und warf seiner Mutter besorgte Blicke zu, die in der ersten Reihe saß, ein paar Plätze neben dem Geschäftsmann Nicolas Neufville. Er war also auch da! An allen Ausgängen standen viele Polizisten. Maline erkannte die Inspektoren Ovide Stepanu und Colette Cadinot.

Maline versuchte, einen Platz zu finden, kam aber kaum voran, da verschiedene Bekanntschaften, die sich vor mehr oder weniger langer Zeit begegnet waren, einander grüßen und ein paar Worte wechseln wollten. Keiner wusste wirklich Bescheid, keiner hatte das Drama der letzten Stunden selbst miterlebt, sie hatten keine Ahnung, was zurzeit im Gange war. Die meisten freuten sich einfach, einander hier wiederzusehen.

Inmitten der Sitzreihen stand eine Gestalt auf und winkte ihr zu. Maline erkannte Oreste Armano-Baudry. Er hatte ihr einen Platz an seiner Seite freigehalten. Maline hatte keine Wahl, sie schlüpfte durch die Reihen zu ihm.

Oreste kam ihr gleich ungewöhnlich selbstbewusst vor. Sein Blick aus den hellblauen Augen hatte die gewohnte Härte wiedererlangt. Er wirkte gleichzeitig sehr aufgeregt und sehr eifrig um Maline bemüht. Darüber hinaus hatte er den frischen Teint eines Jungen, der die ganze Nacht wie ein Baby geschlafen hatte. Die Fähigkeit der Regeneration war ein Privileg der Jugend, dem Maline immer mehr nachtrauerte.

Auf der improvisierten Bühne wurde gegen ein Mikrofon geklopft, das Stimmengewirr wurde nach und nach leiser. Olivier Levasseur sprach als Erster, sehr professionell. Er bezeigte den Familien und Mannschaften der Verstorbenen sein Beileid und verkündete teilnahmsvoll, aber nachdrücklich, dass das Armada-Programm als Hommage an die Opfer nicht geändert werde.

Show must go on, dachte Maline.

Olivier war perfekt, solide, sensibel, glaubwürdig.

Ein absoluter Profi.

Oreste beugte sich zu ihr:

»Ist er das, mit dem du geschlafen hast?«

So ein Blödmann!

Er duzte sie jetzt also?

»Mit ihm, unter anderem …«

Oreste ließ nicht von ihr ab.

»Verständlich, ein hübscher Kerl!«

Dann waren der Präsident der Armada und die Vertreter der Behörden an der Reihe. Alle hielten sie die gleiche steife, aber ermutigende Rede.

Oreste beugte sich erneut zu Maline.

Er würde sie also nicht in Ruhe lassen.

»Hier, lies das«, sagte er und reichte ihr ein Blatt.

»Was ist das?«

»Mein Artikel für die *Monde*.«

Der Vizepräsident der Handelskammer hatte sich in eine zu lange und völlig themenfremde Rede über die Zukunft des Hafens manövriert. Vielleicht wollte er auch bewusst Verwirrung stiften. Der Lärmpegel in der Halle stieg hörbar an. Die Journalisten warteten nur auf eines, auf die Rede des Kommissars, damit sie ihn mit Fragen bombardieren konnten.

Maline nutzte die Zeit, um Orestes Text zu überfliegen. Der Pariser Journalist enthüllte den gesamten Fall bis ins kleinste Detail. Anschließend beschuldigte er klar die Polizei und warf ihr Verschleierung vor. Er schloss seinen Artikel mit der Behauptung, es gebe nicht nur einen, sondern mehrere organisierte, entschiedene Meuchelmörder auf der Armada, wahrscheinlich eine internationale terroristische Vereinigung, die von den zahlreichen anwesenden Nationalitäten profitiere, um anlässlich der beliebten Veranstaltung ein Attentat vorzubereiten.

Maline wandte sich wütend an Oreste:

»Das schreibst du nicht. Damit löst du Panik aus!«

Ihre Sitznachbarn richteten deutliche »Pschts« an sie. Es kümmerte sie nicht.

»Na und«, erwiderte Oreste, »es ist unsere Aufgabe zu informieren, oder?«

»Aber nicht, irgendeinen Mist zu erzählen! Komplott. Terrorismus. Attentat. Das ist reiner Sensationalismus, nur um deinen Scheißartikel zu verkaufen und die ganze Titelseite für dich zu haben! Ich verbiete dir, das zu veröffentlichen!«

Oreste Armano-Baudry hatte die gebieterische Sturheit vom Vortag wiedererlangt, als Maline ihm am Bahnsteig zum ersten Mal begegnet war.

»Du musst dich deshalb nicht so aufregen, Maline. Ich habe den Artikel heute Morgen der *Monde* geschickt. Er wird bestimmt schon gelayoutet.«

»Anrufen und abbrechen!«

»Lieber sterbe ich!«

Maline hatte große Lust, dem jungen Journalisten seinen Artikel in den Mund stopfen, da klingelte ihr Telefon. Zornige Blicke richteten sich auf sie.

Auf der Bühne sprachen jetzt die Mandatsträger.

Maline rempelte gegen eine ganze Sitzreihe und stieg in das Zwischengeschoss der Espace des Marégraphes, um den Anruf entgegenzunehmen.

»Mademoiselle Abruzze?«

»Ja.«

»Hier ist Ramphastos.«

Sie hatte seine unnachahmliche Stimme sofort erkannt.

Was der alte Piratengeschichtenerzähler wohl von ihr wollte?

»Ich habe gerade von den beiden Matrosen gehört. Dem Russen und dem Indonesier. Ihrer Ermordung. Wir müssen uns sehen, Mademoiselle Abruzze. Ich muss Ihnen etwas sagen.«

»Was denn?«

»Etwas, das die Blutung vielleicht stoppen kann, wenn Sie verstehen, vielleicht ein paar Leben retten kann …«

»Okay. Ich habe Zeit, wann immer Sie …«

»Ginge es heute Abend? Dann bin ich ausreichend betrunken, um zu reden, aber nicht betrunken genug, um Blödsinn zu erzählen.«

Heute Abend?

Maline war enttäuscht.

Sie brauchte sofort mehr Informationen.

»Erzählen Sie mir mehr …«

Ramphastos antwortete nicht.

Maline blickte geradeaus. Von dem Zwischengeschoss der Espace des Marégraphes aus hatte man eine herrliche Aussicht auf die Seine und das Ufer. Ein idealer Beobachtungsposten. Maline blieb hartnäckig:

»Wenn Sie etwas wissen, das Leben retten könnte, ist es besser, wenn Sie es gleich sagen oder die Polizei informieren.«

Ramphastos' dreckiges Lachen erschütterte das Telefon.

»Vorsicht, Mademoiselle Abruzze, Sie haben neulich Abend einen guten Eindruck auf mich gemacht, haben mir vielleicht sogar das Leben gerettet, aber gehen Sie nicht zu weit. Sagen Sie einem Piraten nicht, dass er mit den Bullen sprechen soll!«

»Es geht um Menschenleben, Ramphastos.«

»Vierzig Jahre Anarchismus, Mademoiselle Abruzze, gemeinsam mit malaiischen, maltesischen, chinesischen, kapverdischen, iranischen, chilenischen Seemännern und so weiter, um alle nationalen Marinen der Welt zu bekämpfen, alle Uniformen und alle Flaggen außer der schwarzen. Du hast es vielleicht mit einem Säufer zu tun, meine Hübsche, aber einem Säufer, der sich noch nicht von seinen Idealen losgesagt hat! Dem Einzigen, was ihm geblieben ist.«

Maline wollte nichts riskieren. Sie machte rasch einen Rückzieher.

»Okay, okay. Wir machen es ohne die Bullen. Ich komme allein. Wohin?«

»In die *Libertalia,* das erscheint mir der angemessene Ort …«

Er erging sich abermals in einem dreckigen Lachen. Entgegen dem, was er gesagt hatte, schien er bereits getrunken zu haben.

»Ich kann auch vorher kommen, wenn Sie möchten. Sogar schon gleich …«

»Immer mit der Ruhe, meine Süße. Noch bin ich der Kapitän, noch sitze ich am Steuerrad. Komm um 18 Uhr in die *Libertalia.* Mach bis dahin keine Dummheiten, sag nichts der Polizei, und vor allem, hör gut zu: Versuch nicht, der Wahrheit zu nahe zu kommen. Warte bis heute Abend. Auf keinen Fall darfst du versuchen, alles zu erfahren, ohne vorbereitet zu sein, ohne zu wissen, was auf dem Spiel steht. Wer sich stärker glaubt, wer die Regeln nicht befolgt, den ereilt der Fluch, die Strafe. Hör zu, junge Dame, wenn du alles anhalten, wenn du den nächsten Mord verhindern willst, musst du mir heute Abend vertrauen … In der *Libertalia.* Um 18 Uhr. Bis dahin rührst du dich nicht vom Fleck!«

Er legte auf. Von ihrer Esplanade aus blickte Maline eine Weile auf die dichte Menschenmenge, die sich bereits um die Segelschiffe drängte. Noch hatte der Andrang nicht nachgelassen. Im Gegenteil. Vielleicht hatten die Morde die Neugierde der Touristen erst recht geweckt.

Wie lange würde das so weitergehen? Wann würde die ungesunde Neugier der Panik weichen?

Maline fragte sich, was sie von Ramphastos' Anruf halten sollte. Der Wahn eines Trunkenbolds? Eine Falle? Sollte sie zur Polizei gehen? Sollte sie bis heute Abend warten? War Ramphastos ein harmloser Trinker oder ein gefährlicher Anarchist?

Es ging alles zu schnell.

Wie sollte sie die richtige Entscheidung treffen?

Maline beschloss, erst einmal nicht zur Polizei zu gehen. Ramphastos würde nur mit ihr sprechen, und wenn sie petzte, vielleicht nicht einmal das. Bis heute Abend warten … 18 Uhr. Es würde bald so weit sein.

Aber entgegen dem Ratschlag des alten Trunkenbolds hatte sie bis dahin durchaus vor, der Wahrheit so nahe wie möglich zu kommen!

Maline ging zurück in die Halle. Man war zu den ernsten Themen übergegangen. Wieder und wieder erklärte der schweißtriefende Kommissar Paturel die Vorgehensweise der Polizei, die Reichweite der Einsatztruppen und die Fortschritte der Forensik. Er klang nicht besonders überzeugend. Die Journalisten löcherten ihn mit Fragen. Der Kommissar versuchte nicht einmal mehr, ihnen auszuweichen, gab aber keinerlei Antwort.

Maline rempelte erneut gegen die Stuhlreihe vor ihr und setzte sich wieder neben Oreste. Der Pariser Journalist schien sich unheimlich über den weiten Vorsprung gegenüber den anderen Reportern zu freuen. Der Kommissar hatte keinen einzigen in der Sache entscheidenden Punkt angesprochen.

Ein weiterer Journalist aus dem Saal erhob sich, um das Wort zu ergreifen. Maline kannte ihn, es handelte sich um den Reporter eines lokalen Radiosenders, hauptsächlich für Jugendliche. Sie wusste, dass er zu fast allem fähig war, wenn es um kindische Provokationen ging. Doch diesmal schlug er einen traurigen Ton an:

»Ich habe gehört, dass heute Morgen neben den Silos am linken Flussufer die Leiche eines weiteren Matrosen gefunden wurde.«

Die Redner auf der Bühne wurden allesamt kreidebleich.

In Windeseile breitete sich in der Halle Panik aus.

Ein weiterer Mord?

Der Aufwiegler wedelte mit einem Tonbandgerät: Er nahm alle

Reaktionen in der Halle auf. Er nutzte den Überraschungseffekt, um fortzufahren:

»Eine Leiche neben den Silos. Ich glaube, wir haben es mit einem *cereal killer* zu tun!«

Ein wenig Gelächter kam auf, das von Protestgeschrei überlagert wurde. Den jungen Provokateur kümmerte das nicht, er hatte eine Reaktion, die er in seinem lokalen Radio in Dauerschleife abspielen würde. Mit einer Kopfbewegung bedeutete Paturel zwei Polizisten, den Komiker kurzerhand nach draußen zu befördern. Nach diesem Zwischenspiel hagelte es weitere Fragen, die zwar ernst gemeint, aber von der Wahrheit stets weit entfernt waren.

Glücklicherweise!

Plötzlich geschah etwas, das Maline seit Beginn der Pressekonferenz befürchtet hatte.

Oreste stand auf.

Er musterte den Saal wie ein Rockstar sein Publikum.

Maline hatte keine Zeit zu reagieren, aber an Orestes entschlossenem Gesichtsausdruck sah sie, dass er sich nicht würde zurückhalten können. Ruhm, Fernsehinterviews auf der ganzen Welt, die in Hunderten Zeitungen und im Internet zitiert würden, sein Name, der bei einflussreichen Leuten, die Informationsarbeit leisteten, bei Meinungsbildnern, mit einem Mal in aller Munde sein würde: All das war jetzt in Reichweite.

Er musste nur erzählen, was er wusste.

Die Armada war ein gewaltiger Resonanzkörper.

Ein wunderbares Sprungbrett für seine beginnende Karriere.

Sein in wenigen Stunden in der *Monde* erscheinender Artikel würde umso gespannter erwartet werden. Sein mündlicher Beitrag würde nur ein Teaser sein.

Als Kommissar Paturel sah, wie Oreste Armano-Baudry aufstand, begriff er, dass die Pressekonferenz eine schlechte Wendung nehmen würde. Aber es war zu spät.

Oreste setzte mit ruhiger Stimme an, die keinerlei Besorgnis ausdrückte.

»Oreste Armano-Baudry. Von der *Monde. Monsieur le Commissaire,* ich glaube, Sie sagen nicht die Wahrheit. Ehrlich gesagt, ich glaube es nicht nur – ich weiß es …«

In den folgenden zwei Minuten enthüllte Oreste absolut alles, was er wusste, legte Nachdruck auf die schmutzigsten Aspekte und richtete seine Schlussfolgerungen allesamt auf die Theorie von der kriminellen Terrororganisation aus, deren Bedeutung und Ziel zwar unbekannt waren, von der man aber wusste, dass sie hinderliche Zeugen ohne Weiteres tötete, um ihren Plan auszuführen.

Oreste Armano-Baudry musste nicht dem Zorn eines Olivier Levasseurs begegnen, der seine Brille abgenommen hatte und im Begriff schien, ihn mit dem grünen Laserstrahl seines Blickes zu töten, nicht dem Zorn eines Kommissars, der am Rande der Implosion stand, nicht dem Zorn eines General Sudokus, der sich nervös die Finger verbog. Oreste Armano-Baudrys Telefon klingelte, er entschuldigte sich und verließ den Raum.

Dieser Anruf war geplant gewesen, er war Teil der Inszenierung, davon war Maline überzeugt.

Der Journalist bat die vor sich Sitzenden, ihm etwas Platz zu machen, drehte sich ein letztes Mal zu Maline, zwinkerte ihr komplizenhaft zu und ging mit dem Handy in der Hand von dannen.

Maline wagte es nicht mehr aufzusehen. Sie war es gewesen, die gestern Abend den Fuchs in den Hühnerstall gelassen hatte.

Kaum war Oreste Armano-Baudry verschwunden, da hob sich ein Meer von Händen.

Olivier Levasseur versuchte, die Wogen zu glätten, indem er ankündigte, dass alle Fragen, eine nach der anderen, beantwortet würden, dass der Kommissar alles erklären würde.

Zum Pech des Pressesprechers klingelte in diesem Augenblick das Mobiltelefon des Kommissars!

»Entschuldigen Sie mich«, sagte der verlegene Kommissar Paturel.

Er stand auf, bedeutete Inspektorin Cadinot mit einer Kopfbewegung, seinen Platz auf der Bühne einzunehmen, und entfernte sich.

Es war offenbar wichtig.

Doch sein unfreiwilliges Ausweichmanöver wurde von Buhrufen und spöttischem Gelächter aus dem Saal begleitet. Olivier Levasseur wollte gerade die Zügel wieder in die Hand nehmen und die Reihenfolge der Wortmeldungen festlegen, da stellte sich Colette Cadinot auf die Bühne.

Aufrecht. Entschlossen.

»Verehrte Journalisten, ich bitte Sie, über die absurde Geschichte von der kriminellen Terrororganisation hinwegzugehen. Uns liegen eindeutige wissenschaftliche Beweise vor, dass wir es mit einem Mörder, einem einzigen Mörder zu tun haben. Wir haben Augenzeugen dieses Mörders, wir haben ein Phantombild erstellt, das innerhalb der gesamten Beamtenschaft verteilt wurde, die im Großraum der Stadt noch nie so zahlreich im Einsatz war. Wir haben außerdem seinen genetischen Fingerabdruck. Der Verdächtige ist verletzt, wir wissen, dass er der letzte Vertreter einer vierköpfigen Gruppe ist und seine drei Kameraden getötet hat. Jegliche Gefahr eines weiteren Mordes auf der Armada ist damit gebannt. Nichtsdestotrotz haben wir es mit einem gefährlichen Mörder auf der Flucht zu tun, nach dem aber gefahndet wird. Er ist wahrscheinlich längst nicht mehr in der Gegend, wird uns aber nicht mehr lange entkommen können. Ich habe nichts weiter zu sagen. Ich danke Ihnen. Ich denke, wir haben alle zu tun. An den Ausgängen finden Sie Kopien des Phantombilds sowie eine kostenlose Nummer, die Sie im Notfall wählen können.«

Malines Sitznachbarn wirkten, wie der Rest der Halle, von Colette Cadinots Rede nicht überzeugt. Es wurde gemurrt, es wurde protestiert, aber am Ende fand man sich schnell damit ab, denn die Inspektorin war nicht von der Sorte, die ihre Entscheidung rückgängig machte, und das hatten alle verstanden.

Während Olivier Levasseur höfliche Dankesworte aussprach, leerte sich rasch der Saal. Die Journalisten hatten in der Tat allesamt einiges zu tun.

Maline versuchte, sich einen Weg hin zur Bühne zu bahnen. General Sudoku, der nicht ein Wort gesagt hatte, führte ein langes Gespräch mit einer Gruppe, wahrscheinlich leitende Ehrenamtliche der Armada-Kommission. Olivier Levasseur unterhielt sich mit Nicolas Neufville, der während der Pressekonferenz ebenfalls kein Wort gesagt hatte. Was hatte der Geschäftsmann dem Pressesprecher der Armada wohl noch zu sagen?

Maline steuerte weiter auf die Bühne zu, in Richtung Olivier Levasseur, als Ovide Stepanu sie abfing.

»Sympathisch, Ihr Journalistenfreund. So gar keiner, der einem in die Suppe spuckt …«

»Tut mir leid, ich habe die Situation gestern Abend falsch eingeschätzt.«

»Scheint so, ja. Aber wissen Sie, es ist auch ein bisschen meine Schuld. Die These von dem organisierten Komplott, von einer anarchistischen Chasse-Partie, ist von Anfang an meine gewesen. Aber jetzt ist Ihr Journalistenfreund ein bisschen zu weit gegangen.«

Maline hätte gern betont, dass er nicht ihr Freund war, aber was hätte das genutzt?

»Ist der *Commissaire* gegangen?«, begnügte sie sich zu fragen.

»Ja, Ihr blonder Motorradfahrer wurde gesehen, in Grand-Quevilly am linken Flussufer. Paturel koordiniert die Suche mit dem Praktikanten, Jérémy Mezenguel. Der kann das, der ist fit, dieser Mezenguel, hat als Einziger die ganze Nacht geschlafen. Der Trottel hat gestern sein Telefon nicht gehört!«

»Sie haben den blonden Motorradfahrer gefunden?«, fragte Maline hoffnungsvoll.

»Ja … Erst das siebzehnte Mal seit heute Morgen … Seitdem das Phantombild veröffentlicht wurde, ist es unvorteilhaft, in Rouen groß und blond und auf einem Motorrad unterwegs zu sein.«

Maline ließ Ovide Stepanu enttäuscht stehen. Sie wollte Olivier sprechen, zumindest kurz, der aber war noch immer mit Neufville beschäftigt. Auf Sudokus Anweisung hin räumten die Ehrenamtlichen die Stühle beiseite und stapelten sie in einer Ecke.

Ein paar Meter vor ihnen stand Olivier Levasseur. Maline beobachtete ihn. Sie dachte an die Worte des Kommissars von heute Morgen.

Zu geschniegelt und gebügelt, um anständig zu sein.

Ja, sie wusste, was er meinte. Olivier Levasseur besaß stets eine Selbstkontrolle, die einen zur Verzweiflung brachte. Das war es wahrscheinlich, was Maline so anzog, es war die Neugierde, das

Verlangen, herauszufinden, wer dieser Mann war, wenn er die Kontrolle verlor.

Und das unbändige Verlangen, erneut mit ihm zu schlafen.

Maline hatte sich heute Morgen ein leichtes, ausgeschnittenes Blumenkleid übergestreift. Sie hätte sich gewünscht, dass Olivier ihr zumindest einen kurzen Blick schenkte. Aber er war ganz bei der Arbeit.

Sie hatte das Gefühl, dass Olivier Levasseur sich gerade zu ihr umdrehen wollte, als erneut ihr Telefon klingelte. Sie fluchte, nahm jedoch ab.

»Ja?«

»Maline Abruzze? Hier ist Joe Roblin. Heute Morgen am Bahnhof, Sie erinnern sich?«

»Wie könnte ich das vergessen …«

»Ich würde gern mit Ihnen sprechen.«

Heute war eindeutig ein Tag der Verabredungen!

»Wann?«

Die Antwort des Fallanalytikers kam abrupt, als würde es sich um einen Notfall handeln.

»Sofort.«

»Wo?«

»Das Aître Saint-Maclou, einverstanden? In fünfzehn Minuten?«

»Haben Sie Neuigkeiten?«

»Mehr als das! Ich habe die Lösung für den Doppelmord … Aber das steht nicht an erster Stelle. Am wichtigsten ist jetzt Ihre persönliche Sicherheit.«

43

TREIBJAGD

9 Uhr 41, Théâtre des Arts

Die Gruppe der fünf Bereitschaftspolizisten ging mit Schlagstöcken an den Oberschenkeln am Théâtre des Arts vorbei. Einer der Männer hielt einen großen Wachhund an der Leine.

Morten Nordraak ging vorsichtig ein paar Stufen in Richtung Metrobus hinab. Hinter seiner Sonnenbrille wusste er aber, dass es nichts zu befürchten gab. Das Phantombild, das überall verteilt und ausgehängt worden war, sah ihm nicht ähnlich, es war viel zu ungenau, niemand würde ihn anhand der groben Skizze erkennen. Die einzigen klaren Angaben waren seine Größe und sein blondes Haar.

Er lächelte.

Seine blonden Haare waren unter einer khakifarbenen Schirmmütze verborgen. Eine fast unnötige Vorsichtsmaßnahme, schließlich würden sie nicht jeden Blondkopf in der Stadt anhalten!

Er hatte gestern Glück gehabt, dass ihn die Journalistin in Villequier nur flüchtig wahrgenommen hatte. Auf der langen Uferstraße hätten sie ihn fast erwischt. Aber jetzt hatte er seine Ruhe, hatte er nichts mehr zu befürchten.

Jetzt würde er loslegen können. Jetzt war er allein.

Allein im Angesicht der Beute, etwas Besseres hätte ihm nicht passieren können.

Aber er musste vorsichtig sein, sehr vorsichtig. Und schlau.

Dort entlanggehen, wo man ihn nicht vermutete.

Morten Nordraak hielt sich ein bisschen hinter der Pierre-Corneille-Statue versteckt. Er betrachtete die aneinandergereihten Großsegler auf der Seine und dahinter die Espace des Marégraphes. Ein Haufen Journalisten, Bullen und alle anderen für die Armada wichtigen Leute waren soeben aus dem Hangar geströmt. Er wusste, dass die Journalistin auch da war. Natürlich war sie da, sie würde noch auftauchen, wie die anderen.

Sie war die Einzige, die ihn erkennen konnte. Der Junge hatte in der Kirche nicht einmal zu ihm aufgesehen.

Die einzige Gefahr war das Mädchen.

Sie hatte ihn gesehen, in Villequier. Außerdem war sie nicht zufällig dort gewesen. Sie hatte ihre Codes verstanden und entschlüsselt. Sie war die Einzige, die der Wahrheit so nah gekommen war. Ja, das Mädchen war die einzige echte Gefahr!

Aber er musste nachdenken, er durfte nicht voreilig handeln. Bislang war er der Schlauste gewesen. Man konnte nicht als Letzter und Einziger vor der Beute stehen, ohne schlau zu sein.

Auf seinem Beobachtungsposten, hinter seinen Brillengläsern, unter seiner Schirmmütze, war er unkenntlich, unsichtbar.

Sie nicht!

Er sah, wie sie näher kam. Sie marschierte entlang der Seine. Ein hübsches kleines Ding. Der Stoff ihres Kleides, der sich bei jedem Schritt an sie schmiegte, betonte ihren Hintern und ihre Brüste. In der Kirche von Villequier hatte er nicht wirklich Zeit gehabt, sie sich anzusehen. Ohne auch nur in seine Richtung zu blicken, ging sie in einem Abstand von fünfzig Metern an ihm vorbei.

Er sah Maline nach, bis sie verschwand. Sie war die einzige Gefahr. Eine viel konkretere Gefahr als Hunderte von Bullen, die ohne jeden Anhaltspunkt hinter ihm her waren.

Sie allein hatte ihn, den Tiger, gesehen.

Sie allein konnte ihn durchschauen, seinen Namen herausfinden, ihm auf die Spur kommen.

44

LEICHENZUG, TOTENTANZ

9 Uhr 42, auf den Straßen von Rouen, Aître Saint-Maclou

Maline eilte durch die Straßen von Rouen.

Was wollte dieser Joe Roblin von ihr? Warum wollte er sie am Aître Saint-Maclou treffen?

Als sie die Rue de la République wieder hinaufging, sah sie, wie neben dem Rathaus der Umzug der Besatzungen begann. Entlang der Strecke des Festzugs befand sich eine beachtliche Zuschauermenge, umgeben von einem eindrucksvollen Polizeiaufgebot. Maline fiel auf, dass außerdem Überwachungskameras angebracht waren.

Hofften sie wirklich, den Flüchtigen mithilfe der Kameras zu finden? Und des erbärmlichen Phantombilds?

Ein Adagio, nur von den Blechbläsern der Kapelle gespielt, signalisierte den Prozessionsbeginn. Die Musik hatte nichts Militärisches an sich, sondern ertönte wie ein Klagelied als Hommage an die drei jungen, in der Normandie getöteten Matrosen, Tausende Kilometer von ihrer Heimat entfernt. Die Mexikaner der *Cuauhtémoc* eröffneten den Umzug, gefolgt von den Mannschaften der *Mir* und der *Dewaruci*. Ein Seekadett trug eine Flagge auf halbmast. Alle hatten schwarze Armbänder um.

Die Ergriffenheit war spürbar, sichtbar nicht zuletzt in den Blicken der Touristen auf den Bürgersteigen.

Maline ließ den Umzug hinter sich und bog in die Rue Martainville ein, in Richtung Aître Saint-Maclou.

Ein paar Minuten später betrat sie den Innenhof der Kunsthochschule von Rouen. Sie war schon lange nicht mehr hier gewesen, kannte aber die sonderbare Geschichte dieser Stätte, die während der Pestepidemie als Friedhof der Kirche Saint-Maclou gegründet worden war. Über die Jahrhunderte hinweg hatte sich der Friedhof in ein gewaltiges Massengrab verwandelt. Aus Platzmangel hatten die Wandelgänge der Fachwerkhäuser um den Innenhof bald als Ossarien gedient.

Heute nahm der gehetzte Besucher den Kreuzgang lediglich als friedlichen, schattigen Ort wahr, umgeben von mittelalterlichen Fachwerkbauten. Wenn man allerdings genauer hinsah, stellte sich schnell ein Gefühl von Unbehaglichkeit ein: Alle Paneele des Innenhofs waren mit makabren Holzschnitzereien verziert: Totenköpfe, Schädel, seltsam verrenkte Unterschenkel, Sensen, Hacken und andere Totengräberwerkzeuge, die zu morbiden Kulten gehörten.

Maline machte Joe Roblin leicht ausfindig. Seine dunkle, hochgewachsene Gestalt betrachtete fasziniert eines der Fachwerkhäuser. Er hörte Maline sich nähern, drehte sich um und zeigte auf das Holz:

»Das ist fantastisch! Dieser Totentanz wurde in einunddreißig Pfeiler des Innenhofs geschnitzt. Auf jedem Pfeiler verleitet der Tod eine Person zu seinem Tanz, ganz gleich, welcher sozialen Stellung sie angehört, ob Papst, König oder Bettelmann. Das ist einer der schönsten Totentänze der Welt. Ich habe natürlich davon gehört, gesehen habe ich ihn aber noch nie. Ein hässliches Skelett, das einunddreißig Menschen in den Tod treibt, einen auf jedem Pfeiler, das ist fast eine polizeiliche Ermittlung!«

Maline fühlte sich müde und unwohl. Sie unterbrach ihn.

»Haben Sie mich hergebeten, damit wir über diesen mittelalterlichen Serienmörder reden?«

Joe Roblin tat so, als hätte er sie nicht gehört.

»Ich liebe diesen Ort! Man kann ihn für einen ruhigen Rastplatz halten, aber je genauer man hinsieht, desto mehr schreckliche Details nimmt man wahr. Wie die unter den Lampions des Festes getöteten Matrosen, nicht wahr? Wie wir alle? Wenn man hinter das Leben von jemandem blickt, der einen eher ruhigen Eindruck macht, was würde man Ihrer Meinung nach sehen?«

Maline seufzte.

»Sind Sie in Paris wirklich ein Fachmann auf Ihrem Gebiet oder waren Sie als Einziger noch verfügbar?«

Roblin lächelte. Dergleichen musste ihm selten passieren.

»Okay, Maline. Sie haben recht, kommen wir zur Sache, zurück zu unserem Fall. Ich bin nicht nur psychologisch, sondern auch historisch bewandert, weshalb ich Symbole verstehe und nicht unberücksichtigt lasse … Die Symbole, die Seeräuberei und so weiter sind in unserem Fall von Bedeutung. Aber das Wichtigste ist, dass wir es mit einem manipulativen Mörder zu tun haben, der von Anfang an Katz und Maus spielt, der Spuren legt und Verdächtige bestimmt, wie und wann er will. Er ist uns immer um eine Nasenlänge voraus. Er hat das Kommando. Er hat noch keinen Fehler gemacht und wird auch keinen machen. Alle Fakten, die wir vor uns haben, sind bloßer Schein, Augenwischerei, die er uns absichtlich vorsetzt. Wir müssen die Sache anders angehen, ohne die Fakten, die uns der Mörder vorlegt.«

Sie spazierten durch den Innenhof. Roblins Blick schweifte ständig zu den makabren Holzskulpturen. Keinen Blick dagegen hatte er für Malines gebräunte Kurven übrig.

»Okay«, sagte Maline. »Ich verstehe. Aber Fakten sind Fakten. Oder? Der gestrige Doppelmord beispielsweise, der von demselben Mörder zu derselben Uhrzeit begangen wurde, an vierzig Kilometer voneinander entfernten Orten?«

»Das gilt ausschließlich für dieses spezielle Problem. Die Lösung ist ein bisschen anders. Sie ist mathematisch. Es ist nicht schwer, für diesen Doppelmord eine Gleichung aufzustellen.«

Maline ärgerte sich allmählich über den Besserwisser.

»Ach ja«, spottete sie. »Eine einfache Gleichung?«

»Ja. Aber das ist wieder einmal nicht das Wichtigste. Es ist ein Trick, um uns abzulenken. Aber gut, da Sie mir ja nicht zuhören, bevor ich Sie erleuchtet habe … Wie gesagt, eine einfache Gleichung. Es genügt, die richtige Frage zu stellen. Wir stehen vor drei Wahrheiten. Drei Axiomen: Erstens, die beiden Matrosen wurden zeitgleich ermordet, zweitens, die beiden Matrosen wurden von derselben Person ermordet, drittens, die beiden Matrosen wurden an zwei verschiedenen Orten ermordet. Sehen Sie das auch so? Eine der drei Behauptungen ist falsch. Mindestens eine! Nehmen wir also an, dass zwei Behauptungen wahr sind und die Lösung darin besteht, die falsche zu finden. Wir können also drei Kombinationen anstellen, und nur drei: Erstens, die beiden Matrosen wurden zeitgleich von demselben Mörder getötet, aber an demselben Ort, zweitens, die beiden Matrosen wurden zeitgleich an unterschiedlichen Orten getötet, aber von zwei verschiedenen Mördern, drittens, die beiden Matrosen wurden von demselben Mörder an unterschiedlichen Orten getötet, aber nicht zur selben Zeit. Davon ausgehend genügt es, die zwei unmöglichen

Kombinationen auszusondern, sodass logischerweise nur noch eine übrig bleibt. Dann ist auf einmal alles klar …«

»Und?«

»Und was? Haben Sie nicht zugehört, Maline? Drei Kombinationen! Wenn wir berücksichtigen, was wir wissen, ist nur eine davon möglich! Es ist kinderleicht.«

Er widmete sich wieder einem geschnitzten Unterschenkel, den er viel sexyer fand als Malines nackte Oberschenkel.

Redete der Typ dummes Zeug? Er war jedenfalls nicht dazu aufgelegt, mehr zu verraten. Er tat bestimmt das Richtige, aber über den unmöglichen Doppelmord hatte er sie bisher nicht aufgeklärt. Es sei kinderleicht, hatte er gesagt. Maline schwirrte zu sehr der Kopf. Sie hätte ein Blatt Papier benötigt, um alle Axiome zu notieren und die Fakten gegenüberzustellen. Endlich sagte Joe Roblin:

»Zerbrechen Sie sich nicht den Kopf, Mademoiselle Abruzze. Das Wichtigste ist nicht, die Taschenspielerkunststücke dieses Zauberers zu durchschauen, sondern seine Gewohnheiten zu verstehen, seine Denkweise, warum er sich derart in Szene setzen muss. Wonach er sucht, was er uns zeigen will, was er vor uns verbergen will. Das Wichtigste ist, ihn zu verstehen, um vorgreifen zu können …«

»Die seelische Struktur des Mörders. Das ist doch Ihre Spezialität. Also, was denken Sie?«

Plötzlich legte Roblin seine Hand auf Malines nackten Arm.

Sie erschauderte. Seine Nägel waren blutig gekaut, an den Unterarmen befanden sich Brandwunden.

»Das ist es, Maline! Es gibt da ein Problem, einen Widerspruch, der viel merkwürdiger als der unmögliche Doppelmord ist. Wir haben es mit zwei verschiedenen Innenwelten zu tun. Einerseits haben die Morde etwas von einer Bestrafung, einer Züchtigung. Das ist klar. Die drei Matrosen wurden bestraft. Sie haben einen Ehrenkodex, ein Ritual nicht befolgt, haben eine Regel verletzt.«

Maline dachte an den Fluch, von dem Ramphastos erzählt hatte.

»Andererseits«, fuhr Roblin fort, »deutet alles darauf hin, dass die drei Matrosen miteinander verbunden waren, dass sie dasselbe anvisiert haben, dass sie Komplizen gewesen sind: Sie waren gleich alt, hatten das gleiche psychologische Profil, das gleiche Familienleben, die gleichen Tätowierungen …«

»Haben Sie sich über das Leben jedes Opfers erkundigt?«

»Ja. Das ist das Einmaleins. Kurzum, sie sind Komplizen, sie haben dasselbe Ziel, und der Mörder hat mit Sicherheit auch dasselbe Ziel, dieselbe Motivation …«

»Das verstehe ich nicht. Was ist daran widersprüchlich? Es ist ein Pakt, die berühmte Chasse-Partie unter Piraten. Vier Komplizen, die sich ein Geheimnis, einen Schatz teilen. Einer der vier tötet die drei anderen, um den Kuchen für sich allein zu haben …«

Roblin blieb stehen. Seine abgekauten Fingernägel erforschten den Hohlraum eines hölzernen Schädels in einem Balken.

»Wirklich, ich liebe diesen Ort! Er tut mir so gut! Die Kripo schickt mich gern dahin und dorthin, um in ganz Frankreich Rätsel wie dieses zu lösen. Ich weiß nicht, wo ich übermorgen bin, wenn dieser Fall gelöst ist …«

Er drehte sich zu Maline und berührte sie erneut mit den Stummeln an seinem Arm, die ihm als Finger dienten.

»Hören Sie, Mademoiselle Abruzze, Sie verstehen nicht … Es geht nicht nur um einen Schatz. Da ist noch etwas. Eine Moral, Werte. Was ich sagen will, ist, dass der Mörder unter einer dissoziativen Störung leidet, einer Form von Schizophrenie. Er bestraft seine Opfer für ein Verbrechen, das er selbst begeht. Ich versuche, mich deutlicher auszudrücken: Ich vermute, dass die erdolchten Matrosen einer Wahrheit auf der Spur waren, von einer Suche geleitet wurden.«

»Einem Schatz?«

»Wenn Sie so wollen, der Einfachheit halber. Zu diesem Zweck werden sie von jemandem gelenkt, entweder von einem der vier oder von einem anderen, der sich als Hüter dieser Wahrheit aufspielt … der sie aber selber sucht …«

»Wenn er also zu Ende denken würde, müsste er sich selbst bestrafen …«

Roblin strahlte:

»Ganz genau! Darin besteht seine Schizophrenie. Er tötet im Namen eines Wertes, den er selbst nicht respektiert. Dieses Dilemma muss eine tiefe Angst in dem Mörder schüren. Dieses Gefühl müssen wir uns zunutze machen, dieses Gefühl könnte dazu führen, dass er einen Fehler macht …«

»Mhm.«

Maline war nur teilweise überzeugt. Gerade wollte Roblin sich erneut abwenden und ein Skelett untersuchen, da packte ihn Maline schonungslos am Arm.

»Hier entlang! Warum sollte der Mörder die Matrosen nicht schlicht und einfach deshalb töten, weil sie zu viel redeten, weil sie Geheimnisse verraten konnten? Und nicht, weil sie die Wahrheit suchten? Der Mörder könnte sich als Hüter dieses Geheimnisses aufspielen …«

»Das ist das Gleiche! Er ist zwar der Hüter des Geheimnisses, versucht aber auch, das Geheimnis zu durchdringen. Er beschützt und begehrt es gleichzeitig. In gewisser Weise will er es für sich allein. Ich gebrauche eine Metapher: Es ist ein bisschen wie mit einem schüchternen Verehrer, der eine Frau begehrt, die er nicht anzurühren wagt, gegenüber allen anderen Verehrern aber eine zwanghafte Eifersucht verspürt.«

Maline verstand allmählich, worauf der Profiler hinauswollte.

»Okay. Es ist mir klarer geworden … Und was haben wir jetzt von Ihrem psychologischen Profil?«

»Es teilt uns etwas über den Mörder mit! Insgeheim bin ich davon überzeugt, dass er ein Trauma erlitten hat, ein Trauma, das er mit Codes und Symbolen aufgeladen hat. Anhand der Morde büßt er für einen Fehler, für eine Verantwortung.«

Roblin blieb erneut vor dem Totentanz eines Pfeilers stehen. Der Tod verleitete ein Kind zum Tanz! Maline dachte, dass Joe Roblin exakt auf das soeben beschriebene Profil des Traumatisierten passte, das Profil eines Psychopathen, der sich am Ende auf die gute Seite geschlagen hatte, die der Polizei …

Zumindest hoffte sie das.

Roblin spann seine Überlegungen fort:

»Das psychologische Profil kann uns auch dazu dienen, ihn im richtigen Moment in die Falle zu locken. Wir dürfen nicht vergessen, dass alles mit der Armada zusammenhängt. Er will Zeit schinden, Spuren verwischen. Er ist Risiken eingegangen, hat fast öffentlich gemordet. Er handelt aus der Not heraus, als ob er will, dass die Wahrheit nicht vor Abfahrt der Schiffe ans Licht kommt. Der Schlüssel liegt bestimmt in der Marine, der Seine und ihrer Geschichte, der Seeräuberei. Am Ufer wimmelt es wahrscheinlich von Indizien. Die Armada ist vermutlich eine einmalige Gelegenheit, um weiterzukommen, um die Suche zu Ende zu bringen. Sobald wir wissen, was er zu verbergen versucht, wird er verwundbar und kann uns in die Falle gehen … Ich hoffe nur, dass wir es nicht zu spät herausfinden. Ich bin überzeugt, dass in den nächsten Stunden alles ins Rollen kommt. Der Mörder versucht, einen Staudamm abzudichten, der einzustürzen droht. Und dafür tötet er alle, die der Wahrheit zu nahe kommen, im Namen eines Wertesystems, eines Moralsystems, eines Ritualsystems, das nur der Mörder kennt …«

»Glauben Sie wirklich, dass es nur ein Mörder ist?«

»Nur ein einziger, ja. Ich weiß, manche tendieren zu der Theorie von der Sekte, dem Komplott. Nein, ich für meinen Teil spüre, dass nur eine Person dahintersteckt … Eine einzige … diabolische …«

»Vielleicht das Gefühl eines Serienkillerjägers …«

»Vielleicht …«

Maline war dennoch beeindruckt. Er war seit kaum einer Stunde mit der Akte vertraut, zumindest, wenn er nicht geblufft hatte, und schien sie bereits besser zu kennen als Maline. Unwillkürlich warf sie einen Blick auf eine Reihe gebrochener Knochen. Sie waren jetzt allein auf dem Kirchfriedhof, alle Touristen waren gegangen.

»Joe, warum wollten Sie mich sprechen? Sie haben mich um nichts gebeten. Sie haben mir nichts Konkretes mitgeteilt.«

»Nichts Konkretes, aber etwas Wichtiges. Sie können mir glauben. Aber Sie haben recht, ich wollte Sie aus einem anderen Grund treffen.«

Das Unbehagen wurde stärker. Maline dachte daran, dass ihre Schritte den Staub eines Bodens aufwirbelten, auf dem jahrhundertelang Leichen gestapelt worden waren.

»Ich wollte Sie warnen, Maline … Sie müssen sich vorsehen.«

»Was?«, entgegnete die Journalistin irritiert.

»Ich bin zu dem folgenden Schluss gekommen: Alle, die imstande sind, die Wahrheit herauszufinden und zu verbreiten, sind in den kommenden Stunden vor Ende der Armada in Gefahr.«

Maline wurde übel. Sie war überfordert. Müde. Unter ihren Füßen hatten sich Tausende Leichen zersetzt. Die Luft, die sie atmete, kam aus einem Massengrab.

»Ich bin also auch in Gefahr?«, brachte sie hervor.

»Sie vor allem! Sie sind der Wahrheit am nächsten. Villequier, das ist Ihre Entdeckung! Der Mörder weiß das. Der Mörder nimmt in diesem Fall eine zentrale Rolle ein. Er weiß viel, zu viel. Hören Sie, Maline. Bleiben Sie in den nächsten Stunden nicht allein! Verabreden Sie sich mit niemandem an einem abgeschiedenen Ort, nicht einmal mit Leuten, denen Sie vertrauen! Deshalb wollte ich Sie treffen, Maline. Um Sie zu warnen …«

Maline sah jetzt nur noch die makabren Details des Kreuzgangs. Ihr Leben war also bedroht. Der Profiler hatte sie hierher bestellt, um sie zu warnen, sie zur Vorsicht zu ermahnen, sie zu erschrecken.

»Wenn Sie mir Furcht einflößen wollten, ist Ihnen das recht gut gelungen«, sagte sie.

»Ich habe lange zwischen hier und dem Monumental-Friedhof geschwankt.«

Roblins Antwort war frei von jeder Ironie.

Maline schauderte:

»Ich bin also die Nächste auf der Liste?«

»Nur, wenn Sie den Fall im Alleingang lösen wollen, wenn Sie sich in den Bann des Lichts der Wahrheit ziehen lassen … Ich habe Sie gewarnt. Der Mörder hat ein Auge auf Sie!«

Maline dachte an die Verabredung mit Ramphastos heute Abend um 18 Uhr in der *Libertalia*. Das von Joe Roblin gezeichnete Profil des psychopathischen Gurus hätte sehr gut auf Ramphastos gepasst. Aber sie würden sich am helllichten Tag an einem öffentlichen Ort treffen.

Es bestand keine Gefahr.

Joe Roblin stöpselte sich die Hörer eines MP3-Players in die Ohren und ging davon.

Was für Musik ein so durchgeknallter Typ wohl hörte?

Requiem? Wagneropern? Ohrenbetäubender Techno?

Maline hatte jetzt das dringende Bedürfnis, die makabre Stätte zu verlassen. Bevor sie durch den Portalvorbau nach draußen ging, kam sie nicht umhin, das in einer Vitrine ausgestellte Skelett einer toten Katze zu betrachten. Sie kannte die grausame Geschichte: Es war das echte Gerippe einer Katze, die vor vielen Jahrhunderten lebendig eingemauert worden war, vermutlich, um den Bann zu brechen, die Epidemie des Schwarzen Todes einzudämmen. Bestimmt war es eine schwarze Katze gewesen.

War es ein schlechtes Omen, dem Katzenskelett zu begegnen?

Oder würde es ihr helfen, den Bann heute zu brechen?

Sie wusste es nicht.

Gerade verursachte es nichts als starken Ekel.

Als sie wieder auf der Straße stand, dachte Maline unweigerlich an Roblins Empfehlungen.

Nicht alleine bleiben.

Der Mörder kannte und suchte sie vielleicht.

Sie ging an den Straßencafés in der Rue Martainville vorbei. Von Weitem hörte sie das Echo des Festzugs. Die mexikanische Militärkapelle spielte so etwas wie einen langsamen Samba, einen trübsinnigen Rhythmus, der einem die Beine lähmte.

45

JAGD AUF BLONDE

11 Uhr 23, Polizeirevier Rouen,
Rue Brissout-de-Barneville 9

Als er wie ein Wirbelwind in das Revier gestürmt kam, erwartete Gustave Paturel eine positive Überraschung.

Die Kollegen waren gerade dabei, am Empfang einen über einen Meter achtzig großen Mann mit kurzem blondem Haar und Motorradhelm unter dem Arm zu vernehmen.

Sie hatten ihn!

Endlich eine gute Nachricht?

Der Kommissar kam näher.

Im Wartezimmer des Reviers zu seiner Rechten saßen mehr als fünfzehn über einen Meter achtzig große Männer mit kurzem blondem Haar und Motorradhelm unter dem Arm.

»Was soll der Scheiß?«, brüllte der Kommissar.

»Wir ermitteln«, erwiderte ein Beamter ruhig. »Pro Stunde kommen fünf Neue, und wir ermitteln.«

Würden sie das Alibi, die Tätowierung auf der Schulter und die DNA aller Blondköpfe über einem Meter achtzig überprüfen?

Er marschierte rasch weiter und grüßte zwischen Tür und Angel seine Sekretärin Sarah Berneval.

»Sarah, haben Sie Joe Roblin, den Profiler gesehen? Theoretisch sollte der Typ uns helfen!«

»Er ist gerade gegangen.«

»Hat er gesagt, was er macht?«

»Nein … Profiling, schätze ich.«

Kommissar Paturel fluchte und machte mit seiner Inspizierung weiter. Er betrat die Videozentrale. Mehrere Beamte betrachteten aufmerksam die Bilder der Kameras, die anlässlich des Festzugs der Besatzungen angebracht worden waren.

»Dreihundert Bereitschaftspolizisten«, brummelte Paturel vor sich hin. »Dreißig Videokameras. Wenn da noch etwas passiert, verdammt, dann nicht aus mangelndem Einsatz. Augen auf, Jungs!«

Er blickte kurz auf die Videowand, die es ermöglichte, die Menschenmenge an den strategisch wichtigen Punkten Rouens live zu beobachten.

»Ich hätte auch zu Hause eine Kamera aufstellen sollen«, murrte er. »Dann könnte ich zumindest meine Kinder sehen.«

Er kam in einen weiteren Raum. Auf dem Tisch lag eine riesige Karte des Unterlaufs der Seine. Caudebec-en-Caux und Rouen waren durch Linien miteinander verbunden. Zwei Beamte sowie Inspektor Ovide Stepanu machten sich daran zu schaffen.

»Guten Tag, die Herren. Na, hat die beste Kriminalpolizei Frankreichs außer Teleportation immer noch keine rationale Erklärung? Katapultflug? Heißluftballon? So ein Heißluftballon ist leise, nicht schnell, aber diskret.«

»Reagier dich an jemand anderem ab, Gustave«, erwiderte Stepanu. »Hast du über meinen Vorschlag nachgedacht?«

»Dass alle Matrosen der Armada den Oberkörper entblößen, um diejenigen mit einem Tiger auf der Schulter auszumustern? Ich verstehe den Ansatz, Ovide, aber diesmal bin ausnahmsweise ich die Spaßbremse: Es braucht seine Zeit, um mit über zwanzig Botschaften zu verhandeln. Und sei daran erinnert, dass es hauptsächlich Soldaten sind. Eine Genehmigung würde uns niemals vor der Parade auf der Seine und der Abfahrt der Matrosen am Montag erteilt. Noch weniger dürfen wir daran denken, DNA-Proben der Matrosen zu nehmen.«

»Schade …«

»Mhm, schade … Die Matrosen der Armada allesamt splitterfasernackt, um die Tätowierten herauszupicken, zehntausend Chippendales an den Ufern von Rouen, das hätte einen Bombenerfolg! Na ja, ich setze meine Runde zu den nächsten Stubenhockern fort.«

Ohne langsamer zu werden, bog er wieder in den Korridor und betrat das Büro von Colette Cadinot.

»Na? Die Fährte Nicolas Neufville, Ausflug auf der *Surcouf*, Mexikaner in der Tiefkühltruhe, was gibt's da Neues?«

»Wir haben über den Kapitän der *Surcouf*, Patrick Baudouin, Nachforschungen angestellt. Nichts zu beanstanden. Er zieht das ganze Jahr über seine Bahnen auf der Rance, von Dinan nach Dinard, von Dinard nach Dinan. Ich weiß ja, dass Mungaray nachweislich in der Gefriertruhe seiner Küche lag, aber glaubst du, dass das für einen Gewahrsam ausreicht?«

»Wenn schon, denn schon. Entsende zwei Beamte, die ihn abholen sollen. Machen wir zumindest einen DNA-Test.«

Der Kommissar hielt inne.

»Nein, entsende einen ganzen Polizeibus. Verhafte das gesamte

Personal der *Surcouf,* inklusive Köche und Servicekräfte. Kostenloses Epilieren und Zwangsblutspende für alle. Hinz und Kunz hat Zugang zu den Tiefkühltruhen! Sahnen wir tüchtig ab, sonst haben wir ja nichts. Und wer steckt hinter CYRFAN SARL, der Briefkastenfirma, die hinter dem Rücken der Kapitäne astronomische Gewinne macht?«

»Da gibt es nichts Neues. Die Rechtsabteilung ist hinterher. Aber es hakt.«

»Pech für die Rechtsabteilung. Wir machen es wie in alten Zeiten. Colette, wenn du dort bist, entsendest du mir einen zweiten Einsatzwagen an den Kai und nimmst die sechs Kapitäne fest, deren Ausflugsschiffe von CYRFAN gepachtet wurden. Quetschst sie alle einzeln aus. Wir werden schon sehen, ob keiner von ihnen je von Nicolas Neufville gehört hat.«

Die Inspektorin sah ihren Vorgesetzten verwundert an:

»Du hast ja heute Hummeln in der Hose!«

»Ich habe gerade mit meinen Kindern telefoniert. Sie freuen sich riesig. Am Montag wollen wir zusammen in Duclair picknicken und die vorbeifahrenden Segelschiffe beobachten. Ich will also keine Hummeln haben, sondern einen Tiger!«

»Und was machen wir mit Nicolas Neufville?«, wollte die Inspektorin wissen.

Paturel verzog das Gesicht.

»Das ist ein bisschen komplizierter. Ich kann mir nicht vorstellen, ihn für eine DNA-Analyse nach einem Pohaar zu fragen.«

Colette Cadinot lächelte, was angesichts einer ordinären Bemerkung wie dieser eher selten vorkam. Aus einer Schublade holte sie ein Glas in einer Plastiktüte hervor.

»Als ich vorhin bei der Pressekonferenz in der Espace des Marégraphes auf die Bühne gegangen bin, hat Nicolas Neufville auf dem Tisch sein Glas stehen lassen … Er hat offenbar daraus getrunken und sogar ein bisschen Spucke hinterlassen.«

Paturel konnte nur staunen.

»Das hast du gemacht, Colette?«

Colette Cadinot brüstete sich, merklich stolz auf ihre Kühnheit.

»Da war ja ein ganz schöner Menschenauflauf. Bist du dir sicher, dass es das richtige Glas ist, Colette?«

46

VERABREDUNG IN DER *LIBERTALIA*

13 Uhr 18, Square Verdrel

Morten Nordraak beobachtete, wie der Schwan den Hals reckte, um die Brotkrumen zu erhaschen, die ihm ein fünfjähriges Mädchen zuwarf.

Das Mädchen erinnerte ihn an seine Schwester Lena. Als er sie das letzte Mal gesehen hatte, musste sie in etwa so alt gewesen sein, fünf. Inzwischen war sie bestimmt schon sechzehn. Eine richtige Frau. Er hatte sie nie wiedergesehen. Er hatte zu viel Unsinn getrieben, als er jung gewesen war, hatte keinen guten Umgang, kein Glück gehabt, war zu früh erwischt worden.

Dann war er in eine Spirale geraten. Gefängnis. Besserungsanstalt. Gefängnis.

Die Marine war ein unverhoffter Ausweg gewesen. Man hatte ihm zum ersten Mal vertraut, ihm eine Uniform gegeben. Er war noch keine achtzehn gewesen, als er sich verpflichtet hatte.

Plötzlich hatte er guten Umgang gehabt.

Zumindest hatte er das geglaubt. Er hatte geglaubt, dass die anderen vertrauenswürdig seien.

Konnte er sich nur auf sich selbst verlassen? War sein Leben eine einzige Flucht? Würde er Lena eines Tages wiedersehen?

Würde er in das Dorf zurückkehren, bevor sie heiratete, um ihr die schönste Hochzeit der Welt zu bereiten?

Ja, er würde zurückkehren, mit der Beute. Er hatte es verdient!

Er musste durchhalten. Noch zwei Tage! Heute und morgen, am Sonntag, durchhalten. Dann würde er sich wieder unter die Mannschaft mischen und Frankreich verlassen.

Er hätte gewonnen.

Morten Nordraak versicherte sich, dass niemand ihn bemerkte und auf der kleinen Grünanlage keine Überwachungskamera war, bevor er einen karierten Papierschnipsel aus der Hosentasche zog.

Treffen in der Libertalia. *18 Uhr. Maline Abruzze wird da sein. Erfüllung des Fluchs des Jarls. Ramphastos.*

Sogleich knüllte er ihn wieder zusammen. Misstrauisch.

Die Journalistin wurde ihm auf dem Silbertablett serviert! Das war fast zu schön, um wahr zu sein.

Es war schwer zu glauben, dass der alte Ramphastos ihn verraten könnte. Er hatte jahrelang der schwarzen Flagge gedient, er kannte Matrosen an allen Häfen der Welt. Er war eine echte Vertrauensperson, eine der letzten! Aber Morten Nordraak musste sich vor jedem hüten …

Er beobachtete noch immer das kleine Mädchen und den Schwan.

Die Unschuld.

Sie dauert nur eine Weile an. Ein paar Jahre, und selbst das noch nicht einmal …

Inzwischen war Ramphastos nur noch ein alter Säufer, wahrscheinlich bereit, all seine Ideale zu verraten, um nur nicht verdursten zu müssen. Auch Ramphastos konnte ihn identifizieren. Zwei Menschen konnten ihn also erkennen, diese Journalistin, Maline Abruzze, und Ramphastos.

Die beiden würden sich um 18 Uhr treffen!

Wenn es eine Falle war, würde er nicht blind hineinlaufen. Wenn es keine war, wäre er nur vorsichtig gewesen, Ramphastos würde Verständnis haben.

So oder so würde der Fluch sich erfüllen, so viel stand fest.

Er hatte sich schon einmal erfüllt.

Morten Nordraak würde um 18 Uhr dort sein.

Auf seine Art.

47

PLATZ 32

13 Uhr 27, Espace du Palais

In der Altstadt, auf der Esplanade der Espace du Palais, aß Maline einen Döner Kebab von Echiquier zu mittag. Instinktiv blieb sie auf den belebten Straßen und in der Öffentlichkeit. Das war an diesem letzten Wochenende der Armada nicht besonders schwer, die Stadt war voll. Die Straßencafés waren überfüllt. Der Doppelmord schien den Alltag von Einwohnern und Touristen nicht zu berühren.

Mechanisch hörte sie die Mailbox ihres Mobiltelefons ab. Eine einzige Nachricht war ihr hinterlassen worden, von Oreste Armano-Baudry. Seine Stimme klang fröhlich, triumphierend. Er sagte, dass er mit dem erstbesten Zug gut in Paris angekommen sei, dass die gesamte Redaktion der *Monde* von seinem Artikel begeistert sei, dass ihm ein beliebiger Platz auf der Titelseite vorbehalten sei und dass sein Chefredakteur sehr, wirklich sehr gern ein Exklusivinterview mit der fabelhaften Maline Abruzze machen würde. Oreste hinterließ seine persönlichen Kontaktdaten und die des Chefredakteurs, aber sie solle sich beeilen, es sei kurz vor Redaktionsschluss.

Wütend löschte Maline die Nachricht und legte auf.

Was für ein Blödmann!

Er hatte wirklich gar nichts verstanden!

Sie nahm sich die Zeit, den Salat und das Gemüse aus ihrem Döner Kebab zu picken und die sonnige Esplanade zu beobachten. Sie dachte an Joe Roblins Empfehlungen, an das Treffen mit Ramphastos in ein paar Stunden. Konnte es sein, dass Ramphastos in den Fall verwickelt war? Das war doch dumm! Der Täter war der blonde Hüne, nach dem die Polizei fahndete.

Ramphastos war nur ein nostalgischer Pirat, ein Trunkenbold, nicht imstande, irgendeinen Verband anzuleiten, geschweige denn zu töten. War es denkbar, dass Ramphastos so gut Theater spielte?

Gewiss, als Erster hatte er von diesem Fluch gesprochen. Er hasste die Armada und war zudem von ihrer Organisation ausgeschlossen worden. Die makabre Inszenierung der Morde konnte einen einzigen Zweck haben: die Armada zu sabotieren, Panik zu verbreiten! Das könnte dem alten Anarchisten ähnlich sehen …

Doch was sollte man dann von Daniel Lovichis Überfall halten? Ein Akt der Vergeltung gegen einen Komplizen? Ein unglücklicher Zufall? Eine weitere Inszenierung mit einem gut bezahlten Komparsen? Eine Inszenierung, deren Zeugin sie war!

Oder – das war noch die wahrscheinlichste Theorie – eine Inszenierung, bei der sie das Opfer sein sollte. Der tatsächliche Überfall, der auf Ramphastos, war nur ein Täuschungsmanöver, um sie in eine dunkle Gasse zu locken. Daniel Lovichi hatte die Tatwaffe in Händen gehabt und kannte Ramphastos. Es gab für alles eine Erklärung! Er erledigte die Drecksarbeit für Ramphastos. Die fünftausend Euro in Ramphastos' Hosentasche waren nicht das Motiv für den vermeintlichen Überfall gewesen, sondern der vereinbarte Betrag, den Lovichi hatte erhalten sollen, nachdem er sie getötet hatte. Deshalb wollte Ramphastos nicht verraten, woher das Geld kam und wozu es diente!

Von Anfang an war von Seeräuberei die Rede gewesen. Ramphastos besaß zweifellos das Profil des idealen Täters. War die Verabredung heute Abend also eine Falle? Musste sie die Polizei verständigen?

Maline biss herzhaft in ihren Döner Kebab und dachte nach.

Was riskierte sie, wenn sie sich am hellen Tag in eine brechend volle Kneipe begab? Wenn sie die Polizei rief, würde der alte Pirat niemals reden. Sie hatte das Gefühl, verrückt zu werden, genauso verrückt wie dieser Profiler aus einem Trashfilm. Ihre Gedanken führten sie nirgendwohin. Ramphastos war nur ein alter Schnapsbruder, während der Täter, der vierte Matrose, der Tiger auf dem Motorrad, Rouen wohl längst verlassen hatte.

Maline sah auf ihre Uhr. Bis zu dem Treffen blieben ihr noch über vier Stunden. Was tun? Nach Hause gehen? Ein bisschen schlafen? Sie hätte es nötig.

Dieser Roblin hatte ihr mit seinem Hirngespinst dennoch eine Heidenangst eingejagt. Es war ihr durchaus nicht danach, allein zu sein, nicht einmal zu Hause.

Ein öffentlicher Ort, bis sechs Uhr? Kino? Shopping?

Nachdenklich aß Maline ihren Döner Kebab auf. Sie besann sich auf eine viel bessere Idee. Sie war nur einen Katzensprung von der Stadtbibliothek entfernt, und in den alten Bücherregalen würde sie sicherlich etwas über die Geschichte der Seine und ihre Geheimnisse finden.

Während sie die Esplanade Marcel-Duchamp vor dem Musée des Beaux-Arts überquerte, warf sie einen Blick auf den gegenüberliegenden Square Verdrel. Das grüne Inselchen war gespickt mit Familien, denen die Hitze zu schaffen machte.

Ein paar Meter weiter stieg sie die majestätische Marmortreppe der Bibliothek empor. Die Kühle und Stille des alten Gemäuers taten ihr gut. Sie staunte, als sie die Bibliothek betrat: Es war einiges los!

Geschichtsstudenten, fleißige Senioren, Hobbygenealogen … Ein paar Dutzend Leute, gebannt von der Vergangenheit, ungerührt von der Gegenwart, sicher vor dem Lärm da draußen.

Maline wusste nicht recht, womit sie beginnen sollte. An einem frei zugänglichen Computer schlug sie in dem Katalog der Bibliothek nach. Sie entschied sich für eine Stichwortsuche. Unter *Piraten auf der Seine* war nichts zu finden. Also änderte sie die Suche: *Seefahrt auf der Seine*.

Es erschien eine Liste mit über fünfzig Titeln. Sie wählte die fünf aus, die ihr am wichtigsten erschienen. Sie suchte drei Ausgaben der Zeitschrift *Mémoire de Seine* heraus, des Bulletins des Musée maritime von Rouen, und zwei Sachbücher über die Geschichte des Flusses.

Nach über einer Stunde Lektüre wusste Maline allmählich ein bisschen Bescheid. Neben der unendlich reichen Geschichte des Schiffsverkehrs auf der Seine bemerkte sie, dass sehr häufig Ramphastos zitiert wurde, insbesondere zwischen 1979 und 1993. Schließlich fand sie sogar einige von Ramphastos selbst verfasste Artikel: lebendig geschriebene Seemannsgeschichten, ganz wie seine mündlichen Erzählungen.

Ihr fiel sogar ein erstaunliches Detail auf: Eine der Schriften, die von dem Untergang der *Télémaque* in Quillebeuf im Marais Vernier berichtete, war mit der Widmung *Für meine Tochter* versehen. Sie hatte nicht gewusst, dass Ramphastos eine Tochter hatte. Matrosen hatten an jedem Hafen ihre Frauen … Mitunter hinterließen sie dort auch Nachkommen!

Nach zwei Stunden Lektüre hatte sie das Gefühl, sich im Kreis zu drehen. Nichts bezog sich auf Rollos Fluch, den Ramphastos erwähnt hatte, ebenso wenig auf die Symbolik des Tigers. Ihre Lektüre beschränkte sich auf einen Fundus von Geschichten über große Seefahrer, die in Rouen ausgelaufen und deren Schicksale eines außergewöhnlicher als das andere waren: Cavelier de La Salle, Verrazzano, Béthencourt, Charcot …

Nach einer weiteren, diesmal vertieften Suche am Computer ging sie zum Empfang, um weitere Stapel Bücher zu bestellen, die sich mehr mit der Geschichte der Piraterie befassten. Eine etwas strenge Frau, deren Alter schwer einzuschätzen war, antwortete ihr, dass eines der Werke nicht verfügbar sei.

Es war bereits entliehen!

Maline wunderte sich:

»Ich dachte, diese Bücher seien nicht ausleihbar?«

»So ist es«, erwiderte die Bibliothekarin.

»Aber …«

»Das Buch liest wohl gerade jemand anderes vor Ort.«

Sie senkte den Blick, um in ihren Karteikarten nachzusehen.

»Platz 32!«

Maline war verblüfft. Jemand anderes interessierte sich auch für die Piraterie, genau in diesen Augenblick, ausgerechnet in dieser Bibliothek!

Platz 32.

Sie hob den Blick. Platz 32 musste ein bisschen weiter hinten sein, hinter dem hohen Eichenregal. Sie ging weiter.

Platz 32 war tatsächlich besetzt.

Er?

48

GANZ UNAUFFÄLLIG …

16 Uhr 09, Tunnel de la Grand Mare

Der Subaru Impreza WRX heulte durch den Tunnel de la Grand Mare, alle Sirenen waren an. Kommissar Gustave Paturel klammerte sich fest:

»Musst du so rasen?«

Inspektor auf Probe Jérémy Mezenguel, eine Hand am Lenkrad, die andere an der Tür, setzte ein strahlendes Lächeln auf.

»Ich liebe es, Boss, ich steh drauf, nur deshalb habe ich an dem Auswahlverfahren der Polizei teilgenommen!«

Die Lichter des Tunnels zogen an ihnen vorüber. Im Rückspiegel des Subarus sah es so aus, als ob die Autos auf der rechten Spur in Zeitlupe fahren würden.

»Vor allem in einem Tunnel«, ergänzte Mezenguel. »Man fühlt sich wie in einem Videospiel!«

Paturel seufzte.

»Nicht die Ausfahrt verpassen. Nach dem Tunnel die erste rechts, in Richtung Saint-Martin du Vivier.«

»Okay. In diesem Fall gehen Sie ein großes Risiko ein … Oder?«

»Was für ein großes Risiko? Vier von sechs Kapitänen haben

uns gestanden, dass sich hinter CYRFAN Nicolas Neufville verbirgt, dass sie wütend geworden sind, als sie erfahren haben, zu welchem Preis CYRFAN ihre Leistungen den Kunden verkauft, im Vergleich zu dem Preis, den die Firma für die Pacht ihrer Ausflugsschiffe und ihrer Besatzung bezahlt hat. Dass sie versucht haben, mit CYRFAN eine Gewinnbeteiligung, einen Zuschuss auszuhandeln und dass Nicolas Neufville als Antwort ein paar Muskelpakete zu ihnen geschickt hat, um sie ruhigzustellen. Die meisten Kapitäne haben nicht weiter darauf bestanden, ihr Schiff ist ihr Broterwerb, sie haben sich in der Regel bis auf die Knochen verschuldet, um es erwerben zu können. Sie haben sich mit den Krümeln begnügt, die Neufville ihnen hingeworfen hat. Nur Patrick Baudouin, der Kapitän der *Surcouf,* habe ein bisschen gedrängt, wie er uns schließlich gestanden hat, wollte Druck machen, habe ihm gedroht, alles stehen und liegen zu lassen, auch die Kunden, und mit Sack und Pack zu verschwinden, wenn CYRFAN das Honorar nicht erhöhe. In der Nacht auf Donnerstag, den 10. Juli, habe sich Nicolas Neufville persönlich zu ihm bemüht, um ihm zu erklären, dass er keinen großen Wirbel machen solle, wenn er wolle, dass die *Surcouf* nach dem 14. Juli wieder einigermaßen seetüchtig von Rouen bis in die Rance gelange. Diese Ausflugsschiffe sind so empfindlich, kleine gläserne Schmuckstücke … Also, Jérémy, das sind die Beweise. Das nennt sich unangemessene Einflussnahme oder, wenn man ein bisschen übertreibt, Erpressung!«

Sie fuhren aus dem Tunnel, die Sirene heulte noch schriller.

»Willst du das Ding nicht abstellen, man kann sich ja kaum unterhalten!«

Er war nicht sicher, ob Mezenguel ihn gehört hatte. Der schrie weiter:

»Er hat die Kapitäne der Ausflugsschiffe erpresst und bedroht, okay. Aber was hat er davon? Hunderttausend, maximal dreihunderttausend Euro? Damit kommen Sie nicht weit.«

Paturel neigte sich nach vorn, stellte die Sirene ab und brüllte trotzdem:

»Dadurch kann ich ihn anklagen! Ihn aus irgendeinem Grund dingfest machen. Wenn er erst einmal eingelocht ist, bearbeiten wir ihn, überprüfen wir seine Alibis, ringen wir ihm ein Geständnis ab …«

»Ich dachte, seine DNA auf dem Glas sei nicht die gesuchte?«

»Kein Wort darüber, verdammt! Seine DNA stimmt zwar nicht mit der des Doppelmörders überein, aber er könnte Handlanger haben.«

»Zwillinge!«

»Mhm, Zwillinge, nicht übel. Das wird noch ein bedeutender Berufszweig für Zwillinge: Mörder, die DNA-Tests auf den Kopf stellen.«

Der Subaru Impreza wechselte abrupt auf die rechte Spur.

Dieser Inspektor auf Probe fuhr wirklich wie ein Irrer! Noch dazu blickte Jérémy zu dem Kommissar, um mit ihm zu sprechen:

»Vielleicht haben Neufvilles Spielchen gar nichts mit dem Mord zu tun?«

»Sieh nach vorn, verdammt! Immerhin hat Mungarays Leiche zwei Stunden in der Tiefkühltruhe der *Surcouf* gelegen. Und selbst wenn er kein Mörder ist, einen Mistkerl zu schnappen, das reagiert ab! Außerdem wird es die Journalisten ein bisschen beschäftigen. Scheiße, bieg ab! Hier!«

Der Wagen schleuderte nach rechts und verließ die A28 von einem Hupkonzert begleitet in Richtung Saint-Martin-du-Vivier. Sie fuhren noch ein paar Hundert Meter.

»Ganz schön schick hier«, sagte Mezenguel.

»Anscheinend die reichste Gemeinde im Großraum Rouen, und wir besuchen das reichste Viertel der reichsten Gemeinde, Vallon-aux-moines. Geradeaus …«

Mit mehr als achtzig Stundenkilometern innerhalb des Orts schnitt Mezenguel die Kreisverkehre, ließ an einer Bodenschwelle zwei Räder abheben und raste mit durchgedrücktem Gaspedal in das Robectal hinab.

Der Kommissar seufzte.

»Ich bin zwar gerade ziemlich ausgebucht, aber auf fünf Minuten kommt es nicht an.«

Die Reifen quietschten.

»Links!«, rief der Kommissar. »Das Landhaus gegenüber!«

Mezenguel schaltete die Sirene wieder ein.

Der Subaru Impreza bog in eine reizende kleine Siedlung am Talhang ein, wo in großen, zaunlosen Parks imposante Landhäuser zur Schau gestellt wurden.

Frisch gemäht.

Jérémy Mezenguel ließ die Kieselsteine auf dem Weg unter den Rädern hervorspritzen, kam mit quietschenden Bremsen auf der Grünfläche zum Stehen und verwüstete eineinhalb Meter Rasen.

Endlich stellte er die Sirene ab.

»Sie wollten es spektakulär, Boss. Eine Festnahme, die nicht unbemerkt bleibt.«

Paturel seufzte abermals.

Auf der sonnigen Terrasse vor ihnen saß eine Familie bei Tisch.

Paturel machte eine Bestandsaufnahme. Orangenlimonade, Zeitschrift, Gesellschaftsspiele. Zwei große Teenager. Eine sehr elegante schlanke Frau. Eine Alte mit Strohhut, die in einem breiten, tiefen Sessel im Schatten schlief.

Alle, außer der Großmutter, blickten erstaunt zu dem unversehens auftauchenden Wagen. Auch Nicolas Neufville, falls er nicht gut schauspielerte.

Der Kommissar ging auf sie zu und erklärte ruhig und deutlich, dass Nicolas Neufville sie begleiten müsse, dass sie einen ordnungsgemäß vonseiten des Richters unterzeichneten Antrag hätten, ihn in Gewahrsam zu nehmen … dass es sich aber nur um eine Routinevernehmung handele, nichts Schlimmes, und er bestimmt bald wieder zurück sei.

Die ganze heilige Familie zuckte nicht mit der Wimper, harrte auf eine Reaktion des Geschäftsmanns.

Paturel vermutete, dass hinter den Hecken aus Lebensbäumen, Ligustern und normannischen Hainbuchen ein Haufen Nachbarn in Vallon-aux-moines die Szene heimlich beobachteten.

»Ich habe keine Wahl, nehme ich an?«, sagte Nicolas Neufville.

Der Kommissar schüttelte den Kopf.

Die Großmutter hatte noch immer kein Auge aufgetan, die ranke und schlanke Madame Neufville schien mehr die Blicke der Nachbarn als die Festnahme ihres Mannes zu fürchten.

Mezenguel, Kaugummi kauend, eine Hinterbacke auf der Motorhaube des Subarus, hielt sich bedeckt und ließ sich von den beiden Teenagern bewundern. Ihm fehlten nur noch eine Ray-Ban und ein Stetson.

Nicolas Neufville wandte sich an seine Frau:

»Liebling! Ruf sofort Henri an.«

»Henri Lagarde«, erläuterte er dem Kommissar. »Mein Anwalt, er müsste Ihnen bekannt sein … Er ist recht namhaft hier in der

Gegend. Ich schätze, dass Sie gerade eine große Dummheit begehen.«

Kommissar Paturel war nicht weit davon entfernt, derselben Meinung zu sein. Die Schwierigkeit bestand darin, es sich nicht anmerken zu lassen.

49

LA BUSE!

16 Uhr 15, Stadtbibliothek Rouen

Platz 32!

Was hatte er hier zu suchen?

General Sudoku blickte kaum auf, als er Maline näher kommen sah.

Maline musste zehnmal an ihm vorbeigegangen sein, ohne ihn hinter seinem Bücherstapel zu bemerken.

Endlich wandte Sudoku die Augen von seiner Lektüre ab. Die dünnen gelben Haare standen ihm zu allen Seiten seines Kopfes zu Berge, wie bei einem verrückten Professor aus einem Comic.

»Wie ich sehe, interessieren Sie sich sehr für Piratengeschichten, Mademoiselle Abruzze.«

»In diesem Fall sind wir zu zweit, oder?«

Maline und Sudoku musterten einander, ein bisschen misstrauisch, ein bisschen verständnisinnig.

Sudoku brach das Eis:

»Ich glaube, wir sind ähnlich wissbegierig und hatten die gleiche Idee. Haben Sie etwas gefunden?«

»Einiges, was ich noch nicht wusste«, erwiderte Maline, »aber nichts, was auf den Mörder, seine Motive, den Fluch, das Brandzeichen und so weiter deuten könnte … und Sie?«

»Auch nicht mehr. Fast nichts.«

Er hielt inne.

»Obwohl, doch, ein erstaunliches Detail, zumindest, wenn man sich für Piraten interessiert …«

»Was denn?«, fragte Maline, plötzlich hellwach.

»Kann ich Ihnen vertrauen?«

Sie beugte sich vor, das gebräunte Dekolleté auf der Höhe der von Sudoku entliehenen Bücher.

»Das liegt an Ihnen …«

Wenn er sich ein bisschen bemühte, könnte Sudoku erkennen, ob Maline einen Büstenhalter trug oder nicht.

»Da«, sagte Sudoku, gleichzeitig in sein Buch und auf Malines Brüste schielend.

Sie trug keinen!

Sudoku versuchte, sich wieder auf den Text zu konzentrieren. Vor ihm lag in rotem Saffianleder ein dicker Schinken über die Seeräuberei, bestimmt aus dem letzten Jahrhundert, mit goldenem Schnitt und leuchtenden Illustrationen. Er schob es galant zu Maline, damit sie sich nicht verbiegen musste.

Maline las oben auf der Doppelseite den Titel.

La Buse.

Auf der rechten Seite war die Schwarz-Weiß-Zeichnung eines Piraten abgebildet, dessen feines Gesicht apart und elegant zugleich war. Auf der linken Seite ein merkwürdiges Kryptogramm in einer Sprache, die Maline nicht verstand.

»La Buse? Wer ist das?«

»La Buse! Der berühmteste unter den französischen Piraten. Er ist vor allem für sein Kryptogramm bekannt, ein Blatt mit einer verschlüsselten Nachricht, das er am Tag seiner Hinrichtung durch den Strang in die Zuschauermenge geworfen hat. Anschließend rief er: ›Mein Schatz demjenigen, der das Rätsel löst …‹ La Buse hatte sich im Laufe seiner Karriere tatsächlich eine beachtliche Beute zusammengesammelt, die nie gefunden worden ist. Das Kryptogramm ist nie entschlüsselt worden, obwohl viele Menschen ihr ganzes Leben damit verbracht haben, den Schatz zu suchen, das Geschriebene zu entziffern, und obwohl es unzählige Websites gibt, die verschiedene Hypothesen über den Piraten aufstellen, von seriösen bis hin zu absonderlichen.«

»Faszinierend«, räumte Maline ein. »Aber was hat der Pirat mit der Seine zu tun? Kam La Buse aus der Normandie?«

»Nein«, lächelte Sudoku, »es gibt keinen Zusammenhang mit der Normandie.«

Maline zuckte die Schultern und richtete sich wieder auf, zu Sudokus großer Enttäuschung. Der General hob kurz den Blick, bevor er ihn wieder abwandte. Zögerlich strich er mit der Hand durch sein Haar, um es zu glätten, ohne Erfolg. Er hüstelte und fuhr mit einer Überraschung fort:

»Nein, er kam nicht aus der Normandie … Er kam von La Réunion. Sehen Sie doch, Maline, blättern Sie um. Sehen Sie, wie La Buse mit richtigem Namen hieß!«

Maline beugte sich wieder nach vorn, zu Sudokus großem Glück.

Nicht zu ihrem.

Sie las.

Ihr Herz schlug schneller. Der Zufall war zu groß.

Sie las erneut.

Der richtige Name von La Buse, dem Piraten aus dem achtzehnten Jahrhundert, war Olivier Levasseur.

»Meine Güte«, rief Maline, leichenblass.

An den Nachbartischen tauchten hinter Bücherstapeln Gesichter hervor und ermahnten mit autoritären »Pschts« zur Ruhe.

Maline versuchte, sich wieder zu fangen, zu begreifen. Sie musste den Schein wahren und mehr darüber herausfinden.

Sie wandte sich an Sudoku, bemüht, so natürlich wie möglich zu wirken.

»Er … Er heißt genauso wie der Pressesprecher der Armada! Glauben Sie, dass das ein … ein Zufall ist?«

Sudoku setzte ein sadistisches Lächeln auf und entgegnete mit furchterregender Stimme:

»Wir wissen alle, dass Levasseur von La Réunion stammt … Der Zufall ist verblüffend, vor allem jetzt, da sich anscheinend alle für Piraterie, Schätze und Anarchismus interessieren … Eines ist jedenfalls sicher: Unser Olivier Levasseur ist nicht die Reinkarnation von La Buse … Bestenfalls oder schlimmstenfalls ist er einer seiner Nachfahren … Aber was ändert das?«

Maline versuchte, einen gleichgültigen Eindruck zu machen.

»Danke für den Tipp«, sagte sie dennoch zögerlich.

Verstört kehrte sie an ihren Platz zurück.

Ihre Gedanken überschlugen sich.

Die Utopie von Libertalia war auf Madagaskar entstanden, ganz in der Nähe von La Réunion. Der blonde Hüne, der Tiger, hatte in Villequier eine Glasmalerei betrachtet, die eine Piratenszene abbildete.

Ramphastos behauptete, ein Pirat zu sein.

Und nun war auch noch Olivier Levasseur ein Nachkomme von La Buse. Olivier Levasseur hatte ebenfalls einen direkten Bezug zur Piraterie!

Verrückte Gedanken kamen ihr in den Sinn. Ob sie alle unter einer Decke steckten, ob sie alle durch denselben Piratenkodex miteinander verbunden waren?

Sie versuchte, erneut in ihre Bücher einzutauchen, doch die Konzentration war dahin.

Nach etwa einer Stunde klingelte ihr Telefon.

»Pscht!«

Eine Nachricht!

Maline senkte beschämt den Blick und las die SMS.

Es war Olivier Levasseur!

Wie mit Absicht, wie gut geplant.

Wo bist du? Habe Zeit. Und du?

Die Nachricht stürzte Maline abermals in wilde Vermutungen. Sie würde doch nicht Olivier Levasseur verdächtigen, wegen einer Homonymie, weil er denselben Namen wie ein Pirat trug, der seit über zweihundert Jahren tot war!

Verlor sie den Verstand? Wegen solcher törichter Gedanken endete man als alte Jungfer.

Sie entsann sich Roblins Ratschlägen. Alles würde in den nächsten Stunden passieren, niemandem vertrauen, auf der Hut sein, sich mit niemandem treffen …

Allein …

Aber an einem öffentlichen Ort?

Sie würde doch nicht jeden verdächtigen! Warum nicht Sudoku, wenn sie schon einmal dabei war? Er las Piratenbücher, zu Ramphastos hatte am ersten Abend er sie geschickt, nur er hätte soeben Olivier benachrichtigen können … Warum sollte Sudoku nicht deshalb in der Bibliothek sein, um … sie auszuspionieren?

Mit ein bisschen Fantasie konnte jeder der Mörder sein! Warum also ausgerechnet Olivier Levasseur?

Weil ... Weil ... Kommissar Paturel auch ein ungutes Bauchgefühl hatte gegenüber diesem Pressesprecher. Weil Olivier sie gestern Abend vor die Tür gesetzt hatte, um allein zu sein, ein paar Stunden vor dem Doppelmord.

Maline schlug die Hände über dem Kopf zusammen. Fünf Minuten später hatte sie eine Entscheidung getroffen.

Sie würde ihm zusagen ... An einem öffentlichen Ort, wo sie nichts zu befürchten hatte.

Sie verschickte die Nachricht.

Ok. Espace du Palais. 17 Uhr 15.

Das kurze *Bing* der ausgehenden Nachricht löste in der arbeitsamen Bibliothek ein weiteres langes »Pschhht« aus.

Maline beschloss, dass es Zeit war zu gehen.

Maline wartete in der überdachten Ladengalerie des Espace du Palais. Mitten im Getümmel, unter zahllosen Touristen auf der Suche nach kühler klimatisierter Luft, konnte ihr nicht viel passieren. Vor der Rolltreppe ging sie auf eine Buchhandlung zwischen zwei Luxusmodeboutiquen zu.

Die neue Ausgabe der *Monde* war bereits erhältlich.

Die Titelseite war unmissverständlich:

Tödlicher Wahnsinn auf der Armada in Rouen. Was Sie nicht wissen sollen.

Maline wollte die Buchhandlung gerade betreten, da besann sie sich noch einmal. Für dieses Machwerk von Oreste Armano-Baudry würde sie keinen Euro ausgeben! Tröstlich stellte sie fest, dass die meisten Passanten, insbesondere Gruppen von Jugendlichen, die aggressive Schlagzeile keines Blickes würdigten. Gleichzeitig wusste sie, dass der Artikel nur ein Rädchen im Getriebe war und die Zeitbombe wohl schon bald explodieren würde.

Und wenn Oreste Armano-Baudry recht hatte? Wenn es das einzig Richtige war, den ahnungslosen Menschen zuzurufen, dass sie fliehen sollten, weg von der Seine, so schnell sie konnten. Wenn es das war, ihre journalistische Pflicht? Informieren …

Das Klingeln des Telefons riss sie aus ihren Gedanken.

Es war Olivier.

»Maline. Wo bist du?«

Maline antwortete zögerlich:

»Olivier? Ich bin in der Galerie, vor der FNAC.«

»Okay, ich bin da. Ich habe im Parkhaus des Palais geparkt. Ich komme hoch. Gehen wir uns entgegen? Der mittlere Fahrstuhl.«

In seiner Stimme kein Unterton, nichts, was auf eine Falle hingedeutet hätte. Maline drehte sich um und ging rund dreißig Meter auf die drei großen Fahrstühle zu, die eine Etage tiefer in das riesige unterirdische Parkhaus führten, das sich über einen Großteil der Altstadt erstreckte.

Neben ihr standen etwa fünfzehn Leute mit Einkäufen unter den Armen. Als Erstes öffnete sich der rechte Aufzug. Er war groß und geräumig und verschluckte mindestens zehn Personen inklusive der Einkäufe.

Der linke Aufzug öffnete sich, die fünf anderen Personen strömten hinein.

Kling!

Kurz stand Maline allein vor den drei Stahltüren.

Kling!

Das rote Lämpchen neben der mittleren Tür leuchtete auf.

Die Tür öffnete sich.

Olivier war allein in dem Fahrstuhl.

»Steig ein!«

Maline sah sich ein letztes Mal verzweifelt um. Niemand. Dann machte sie einen Schritt nach vorn.

Was hätte sie tun sollen?

Hinter ihr schloss sich die Tür des Fahrstuhls.

Kling!

Sie waren allein.

Olivier hatte ein weites, naturfarbenes Hemd mit langen Ärmeln an, das er über der Hose trug.

Er stand im hinteren Teil des Aufzugs, gut einen Meter von ihr entfernt.

Der Fahrstuhl bewegte sich nach unten.

Kaum eine Sekunde lang.

Mit einem Mal blieb er stehen.

Olivier hielt den Finger auf einen roten Knopf gedrückt, wodurch er den Aufzug offenbar abrupt angehalten hatte.

Ein Gefühl des Schreckens überkam Maline, eine untrennbare Mischung aus Panik und Erregung.

50

DIE ENTERUNG

17 Uhr 16, Fahrstuhl des Espace du Palais

Olivier sah Maline tief in die Augen. Unter gewöhnlichen Umständen hätte Maline an der Situation ducrhaus Gefallen gefunden.

Ein Liebhaber, der den Fahrstuhl blockierte.

Eine flotte körperliche Leidenschaft.

Sich wieder herrichten und unter den argwöhnischen Blicken fremder Menschen aus dem Fahrstuhl steigen, als ob nichts gewesen wäre.

Aber vielleicht war sie nur ein dummes Schaf, das im Fahrstuhl des Espace du Palais erdolcht würde, obwohl alle sie gewarnt hatten.

»Was ist los, Maline?«, fragte Olivier honigsüß. »Geht es dir nicht gut?«

Maline wusste, dass Paskah Supandji seinen Mörder am Arm verletzt hatte … Sie richtete sich auf, versuchte, die Miene eines Vollblutweibs aufzusetzen, und befahl mit einer Stimme, die sie gern ein bisschen rauchiger gehabt hätte:

»Zieh dein Hemd aus, Olivier!«

Nach einem kurzen Moment der Überraschung spielte Levasseur bereitwillig mit. Ohne ein Wort streifte er langsam das Hemd ab und entblößte seine breite, muskulöse Brust.

Er war nicht am Arm verletzt.

Maline beruhigte sich ein bisschen … wusste aber, dass der Mörder seine Opfer erdolchte, dass er eine Waffe bei sich hatte.

Ihre Stimme wurde noch ein bisschen dunkler:

»Zieh deine Hose aus, Olivier.«

Die Hose fiel nach unten.

Olivier trug unter seiner Hose weder einen Dolch noch etwas anderes.

An der Hinterwand des Fahrstuhls war ein riesiger Spiegel angebracht. Dank eines 360-Grad-Panoramablicks konnte Maline feststellen, dass der schöne Réunionese außer seinem Traumkörper keine weitere Waffe besaß.

Er sah sie an.

Wenn das eine Falle war, war es zu spät.

Sie war hineingetappt.

Maline schritt einen Meter nach vorn und atmete den Geruch seiner Haut ein, ohne sie zu berühren.

Anmutig wie eine Tänzerin hob sie langsam die Hände, bis zur Höhe ihrer Schultern, als ob sie von einer Waffe bedroht wäre. Ebenso behutsam schlossen sich ihre Finger, außer den beiden Zeigefingern, über den Handinnenflächen.

Ihre beiden gestreckten Finger näherten sich den nackten Schultern und legten sich unter die Träger des Blumenkleids. Langsam, nur ein bisschen, ein paar Zentimeter, hoben ihre Finger die beiden dünnen Träger an.

Dann zogen sich die beiden Finger plötzlich zurück.

Das Kleid fiel auf Anhieb geräuschlos nieder.

Ein winziges Stück Stoff.

Maline kam näher.

Die Berührung ihrer Brustwarzen mit der Brustmuskulatur des Mannes elektrisierte ihren Körper bis in die entlegensten Zonen.

Morten Nordraak postierte sich in der Rue des Boucheries Saint-Ouen, dort, wo sie in die Rue du Père Adam überging. Er stand etwas abseits, hatte das Kommen und Gehen vor der *Libertalia* aber im Blick. Er hatte außerdem sein Fernrohr in der Tasche, das mitunter sehr nützlich war, genauso nützlich wie ein Messer.

An diesem Beobachtungsposten musste er nicht befürchten, entdeckt zu werden. Während er eine Zigarette anzündete, sah er sich trotzdem vorsichtig um. Es wäre dumm, sich von einer Polizeistreife festnehmen zu lassen, doch solange er sie früh genug entdeckte, bestand keinerlei Gefahr.

Erneut starrte er auf die Tür der *Libertalia*.

Gleich würde er sich anschleichen. Sobald die Journalistin da war.

Auf dem Platz des Blumenmarktes tauchte Maline eine halbe Stunde später wieder auf.

Sie fühlte sich leicht.

Rouen war die schönste Stadt der Welt!

Nach dem Liebesspiel.

Auch der schöne Réunionese war gegangen, nach einem letzten Kuss auf die Lippen, und hatte in dem Fahrstuhl ein Gefühl der Leere hinterlassen.

Auch er war um 18 Uhr verabredet.

Sein Job!

Er war überlastet.

Schön, frei und überlastet.

Vielleicht der Ururenkel eines Piraten. Na und? Die mysteriöse Abstammung stand ihm ganz gut. Nie wieder würde Maline den Fahrstuhl in der Espace du Palais benutzen können, ohne dass sich auf dem Großbildschirm, in der Spiegelwand, der Film ihres Liebesakts abspielte. Erst im Gehen hatte Maline bemerkt, dass der Aufzugschacht nach oben hin nicht geschlossen war und jeder, der sich ein bisschen vorbeugte, sie hätte überraschen können.

Das steigerte ihre Erregung im Nachhinein noch ein bisschen.

Ihr Körper bebte noch immer.

Unwillkürlich ging sie auf die *Libertalia* zu. In wenigen Minuten würde sie da sein. Sie musste schnell wieder zu sich kommen, wieder wachsam sein.

Der Doppelmord und die tödliche Bedrohung kamen ihr plötzlich sehr weit weg vor, wie aus einem bösen Traum. Sie musste sich am Riemen reißen. Es war vielleicht eine Falle, man hatte sie oft genug gewarnt.

Sie war da. Unmittelbar vor der *Libertalia* bot die Freiheitsstatue noch immer ihre Getränke an. Sie trat ein. Sie fühlte sich nicht vollständig sicher. Nur fünf Gäste saßen in der Kneipe, zwei Paare und, an seinem Stammplatz, Ramphastos.

Der Barkeeper erkannte und grüßte sie. Er war allein. Die meisten Leute, und damit auch die sexy Kellnerin, würden erst bei hereinbrechender Nacht auftauchen.

Die melodische brasilianische Musik, die holz- und smaragdfarbene Einrichtung und die wenigen Gäste ließen den Ort friedlich wirken.

Wenn das eine Falle war, dann war sie gut getarnt.

Maline würde sich direkt zu Ramphastos setzen. Vermutlich war er bereits betrunken. Wenn er simulierte, war er ein herausragender Schauspieler. Er schien sie erst wiederzuerkennen, als sie genau vor seiner Nase stand.

Maline hatte mehr Lust auf Kaffee als auf Bier oder Rum, bestellte aber dennoch ein Fassbier, wie um Ramphastos zu beruhigen. Sie achtete darauf, sich nicht wie beim letzten Mal ihm gegenüber, sondern neben ihn zu setzen, mit dem Rücken zur Wand. So konnte sie die ganze Kneipe und, durch die Tür und die großen Fensterscheiben, einen Großteil der Straße überblicken.

Man würde sie nicht hinterrücks überrumpeln.

Maline fühlte sich in dieser ruhigen Kneipe, neben diesem Trunkenbold, der schon beinah nicht mehr aufstehen konnte, immer sicherer.

Er, der Kopf eines anarchistischen Komplotts? Diese Theorie kam ihr immer unwahrscheinlicher vor.

»Hast den Bullen nichts gesagt, was?«, entfuhr es Ramphastos wüst.

»Nein«, entgegnete Maline.

»Gut, ich glaube dir. Scheinst ehrlich zu sein.«

»Das bin ich.«

»Hm, hm. So sagt man …«

Er trank sein Bier aus und bestellte ein weiteres. War er ein bisschen zu barsch?

Vielleicht.

»Sie wollten mir von dem Fluch erzählen«, hob sie an.

»Ah, der Fluch«, schrie Ramphastos fast.

Die beiden Pärchen, halb belustigt, halb beunruhigt, drehten sich zu ihm um. Der Barkeeper brachte das Bier und bedeutete

Ramphastos mit einem Handzeichen, dass er leiser reden sollte. Ohne besonderen Nachdruck. Er schien daran gewöhnt zu sein. Ramphastos gehörte beinah zum Inventar der Kneipe, in gleicher Weise wie die Plastikpalmen und Holzpapageien. Manche Gäste, die Ramphastos zu nahe gekommen waren, mussten überrascht gewesen sein, als er sich plötzlich bewegt hatte: Meine Güte, das war nicht die Wachsfigur eines Piraten!

Maline sprach mit sanfter Stimme weiter:

»Ja. Der Fluch. Wegen der drei verstorbenen Armada-Matrosen.«

»Mhm … Habe ich gehört. Drei erdolchte Jungs … Letztendlich geschah es ihnen recht!«

Maline zuckte zusammen. Der alte Pirat fuhr fort:

»Drei gierige Jungs! Hohlköpfe, die nichts verstanden haben. Sie wollten die Beute, für sich, für sich allein … Um sich zu bedienen und mit vollen Händen heimzukehren! Die Jungen verstehen nichts mehr von Piraterie … Sie denken nur an die Goldmünzen. Als ob man sich nur bedienen müsste!«

Kurz stemmte er seinen schweren Körper hoch und schlug auf den Tisch:

»Was für Dummköpfe!«

Er sank wieder auf den Stuhl. Er leerte sein Bier in einem Zug.

Was wusste er? Fabulierte er? Oder war ihm das Motiv des dreifachen Mordes tatsächlich bekannt? Wie sollte sie ihn zum Reden bringen, wo er bereits betrunken war …

Vorsichtig brachte Maline hervor:

»Sie haben es verdient, dass sie der Fluch ereilt. Aber wer …«

Mit einem Mal erstarrte Maline.

Sie hatte ein Gespenst gesehen.

Unter dem gekrönten Kopf der Freiheitsstatue hatte sich in der Theke das Gesicht des Flüchtigen, des Tigers, gespiegelt. Sie hatte ihn sofort erkannt, trotz der Sonnenbrille und der khakifarbenen Schirmmütze, die sein Haar verdeckte.

Maline neigte sich ein bisschen vor und drehte sich zu dem Eingang der Kneipe. Im Rahmen der Glastür, draußen, unauffällig zwischen der Straßenecke und dem Pappschild stehend, erkannte sie, dieses Mal deutlich, das Gesicht des Unbekannten von Villequier.

In demselben Augenblick fiel der Blick des Tigers auf Maline.

Auch er hatte sie erkannt.

Daraufhin wich er ein paar Meter zurück und verschwand aus ihrem Sichtfeld. Ohne weiter nachzudenken schob Maline den Tisch und den vor ihr stehenden Hocker beiseite und nahm seine Verfolgung auf.

Der Tisch kippte um.

Der Barkeeper fluchte.

Maline hatte keine Zeit mehr, einen weiteren Schritt zu tun.

Im nächsten Moment brachte ein Schuss die Glasscheibe der Kneipe zum Zerbersten.

Instinktiv duckte sich Maline hinter den umgekippten Tisch. Die wenigen übrigen Gäste taten es ihr gleich.

Nur der Wirt blieb stehen und brüllte hinter seiner Theke:

»Saubande! Ihr werdet …«

»Um Himmels willen, gehen Sie in Deckung!«, schrie Maline.

Ein zweiter Schuss fiel.

Dann ein dritter, dann nichts mehr.

Maline harrte ein paar Sekunden aus, die ihr unendlich lang vorkamen. Schließlich richtete sich eines der beiden Paare wieder auf. Maline folgte vorsichtig ihrem Beispiel.

Nur ein dumpfes Atmen war zu hören, und ein Stöhnen hinter der Bar.

»Ich rufe die Polizei«, sagte eine Stimme.

Maline schob den umgekippten Tisch sowie die Stühle beiseite und kniete sich hinter die Theke. Der Barkeeper saß kreidebleich da, ein Arm war blutüberströmt. Er wiederholte pausenlos, wie mechanisch:

»Diese Sauhunde, meine Bar ... Diese Sauhunde, meine Bar ...«

»Er ist tot«, sagte eine weibliche Stimme hinter Maline.

Maline drehte sich um.

Eine junge Frau in Begleitung ihres Freundes, der den Blick abwandte, beugte sich mit angstverzerrtem Gesicht über Ramphastos.

»Er ... Er ist tot.«

Maline kam näher.

Ramphastos atmete nicht mehr.

Die Kugel hatte das Herz des alten Piraten durchbohrt.

Der Fluch war abermals erfüllt worden, doch diesmal nicht mit einem Dolch.

Die junge Frau hatte offenbar ein paar Erste-Hilfe-Kenntnisse und versorgte einstweilen den Kneipenbesitzer. Die Wunde blutete stark, die Kugel musste entfernt werden, aber nur der Arm war verletzt. Mit zornigem Blick betrachtete der Geschäftsführer seine zerstörte Kneipe. Er hatte seinen Spruch abgewandelt und murmelte jetzt mechanisch:

»Diese Mistkerle, wer soll das bezahlen? Diese Mistkerle, wer soll das bezahlen? …«

In der Tat sah die Kneipe jetzt wie ein Piratenschiff nach einer Enterung aus: zerbrochene Fensterscheiben, zerfetzte Piratenflaggen, umgefallene Fässer, Staub …

Kaum drei Minuten später erschien eine Polizeistreife auf der Bildfläche. Kaum hatten die Beamten mit der Inspektion und Vernehmung begonnen, da tauchte Kommissar Paturel in der *Libertalia* auf, in Begleitung von einem Dutzend weiterer Polizisten.

Er stellte das Ausmaß des Schadens fest und wandte sich dann an Maline, beruhigt, dass sie unverletzt war:

»Mademoiselle Abruzze … Immer mitten im Geschehen!«

»Ramphastos ist tot …«

Die triste Atmosphäre in der zerstörten Piratenbar hatte etwas Surreales. Paturel konzentrierte sich zunächst auf den flüchtenden Mörder. Maline und die anderen Gäste taten, was sie konnten, um ihn zu beschreiben: Jeans, weißes T-Shirt, Sonnenbrille, khakifarbene Schirmmütze.

Paturel hatte Inspektor Stepanu damit beauftragt, die Verfolgung zu koordinieren, während Inspektorin Colette Cadinot auf dem Revier geblieben war, um die Vernehmung Nicolas Neufvilles fortzusetzen, die Paturel hatte stehen und liegen lassen.

»Pech, Ovide«, brüllte Kommissar Paturel in ein Walkie-Talkie, »wir riegeln die ganze Innenstadt ab, halten blindlings sämtliche Männer an und überprüfen ihre Schultern nach dem Tattoo. Ich habe fünfhundert Beamte auf den Straßen. Wir kriegen ihn!«

Maline glaubte nicht daran. An diesem Wochenende befanden sich mehrere Hunderttausend Besucher in Rouen. Es war unmöglich, ihn zu schnappen, solange man nicht wusste, wer dieser Mann war, solange man nichts in der Hand hatte als einen flüchtigen Schemen. Seine Kleidung war recht gewöhnlich, Jeans, weißes T-Shirt, Sonnenbrille, khakifarbene Schirmmütze, und er konnte sie wechseln …

Ein paar Beamte, vermutlich Kriminalpolizisten, beugten sich über Ramphastos' Leiche.

Den alten Piraten so zu sehen tat Maline in der Seele weh. Wenn man bedachte, dass sie ihn verdächtigt hatte! Er war einer von denen, die einer anderen Epoche angehörten, ein einzigartiger Mensch, ohnegleichen. Wenn es ein Paradies für Piraten gab, wie auch immer es aussah, ein Pantheon, über dem die schwarze Flagge wehte, oder eine Spelunke in den Wolken: Pierre Poulizac, genannt Ramphastos, letzter Pirat auf der Seine, hatte seinen Platz dort verdient.

»Er musste nicht leiden«, flüsterte Kommissar Paturel hinter ihrem Rücken. »Er war sofort tot. Der alte Pirat ist von uns gegangen, ohne etwas zu merken.«

Der Kommissar zeigte Maline den Einschuss einer Kugel in dem umgekippten Tisch.

»Es hat drei Schüsse gegeben«, erläuterte er. »Der eine hat Ramphastos tödlich getroffen. Der andere hat den Kneipenbesitzer am Arm verletzt. Und der dritte hat Sie knapp verfehlt, Maline.«

Rückblickend stellte die Journalistin erschrocken fest, dass die Kugel, die sich in den Tisch gebohrt hatte, ihr Ohr um kaum zwanzig Zentimeter verfehlt haben musste.

»Er wollte alle Zeugen ausschalten«, analysierte Paturel. »Als erstes Ramphastos. Dann seine Zuhörer. Sie, Maline … Und den Kneipenbesitzer, der ein paar Wortfetzen verstanden haben könnte. Maline, hat Ramphastos Ihnen heute Abend etwas Wichtiges gesagt?«

Maline zwang sich zum Nachdenken.

»Nein, ich glaube nicht, er ist nicht mehr dazu gekommen …«

»Denken Sie gut darüber nach.«

»Er wollte mir von dem Fluch erzählen. Er hatte mir das letzte Mal schon von Rollos Fluch erzählt. Aber er kam nicht mehr dazu …«

Paturel schürzte die Lippen.

»Denken Sie nach, Maline. Ich bin gleich zurück.«

Gustave Paturel ging auf den Wirt zu. Der saß inzwischen mit verbundenem Arm auf einem Stuhl und ließ noch immer fluchend den Blick über die Schäden in seiner Kneipe schweifen.

Der Typ ging Maline auf die Nerven.

Hatte er denn gar kein Mitgefühl für Ramphastos, seinen Kunden, seinen vielleicht treuesten Kunden? War Ramphastos für ihn so sehr Teil des Inventars, dass er weniger wert war als die umgefallenen Stühle und die zersplitterte Scheibe?

Kommissar Paturel nahm den Kneipenwirt ein bisschen beiseite. Der Arzt hatte zur Vorsicht geraten, aber er war in der Lage, vor der Fahrt ins Krankenhaus ein paar Fragen zu beantworten.

Sein Name sei Serge Voranger und nein, er verstehe nicht, warum der Trinker erschossen worden sei. Als berühmten Märchendichter habe er Ramphastos nicht gekannt, damals habe es sein Lokal noch nicht gegeben. Er kenne Ramphastos nur als Säufer, der in seiner Kneipe gelandet sei, weil sie ihn an das Piratenleben erinnert habe. Einen Säufer, der fast durchgehend in seiner Kneipe gesessen, nur jedes zweite Glas bezahlt habe und den er meistens habe hinauswerfen müssen, der sich nun auch noch in seiner Kneipe habe umbringen lassen, am Samstagabend der Armada, dem Tag seines normalerweise größten Umsatzes!

Paturel überließ Serge Voranger seinem lethargischen Zustand, der mehr der Vernichtung seines Broterwerbs geschuldet zu sein schien als seiner Verletzung. Inzwischen hatten ein Dutzend Kriminalpolizisten die *Libertalia* in Besitz genommen. Die Rue du Père Adam war ebenfalls gesperrt: Jeder Quadratzentimeter des Bürgersteigs wurde durchkämmt. Gustave Paturel war sich nur einer Sache sicher, nämlich dass die *Libertalia* heute Abend nicht geöffnet sein würde.

Was den Tiger betraf, so besaßen sie noch immer keinen neuen Anhaltspunkt, um ihn zu identifizieren.

»Verdammt«, rief der Kommissar, »es gäbe sehr wohl eine Möglichkeit: mit Lautsprechern durch die Straßen ziehen und alle Fußgänger auffordern, sich das Hemd auszuziehen! Der Einzige mit einer Tierschau auf der Schulter wäre unser Mann!«

Einen Augenblick dachte er ernsthaft darüber nach, ob so etwas denkbar sei, fühlte sich aber viel zu müde, um den Präfekten zu kontaktieren und ihn von einem solchen Unterfangen zu überzeugen. Wenn er es in seinem Unglück mit einer Mörderin auf der Flucht zu tun gehabt hätte, die sich einen Tiger auf die linke Brust hätte tätowieren lassen, wäre er vielleicht motivierter gewesen!

Sehnsüchtig betrachtete er die Sammlung alter Rumflaschen hinter der Theke. Er lechzte danach, sich ein Glas davon einzuschenken.

Er hatte keine Gelegenheit, gegen die Versuchung anzukämpfen: Die Tür der *Libertalia* ging auf, oder vielmehr das, was von ihr übrig geblieben war. Die hochgewachsene Statur von Joe Roblin, dem Fallanalytiker, verdunkelte die Bar.

»Commissaire«, sprach er atemlos. »Ich habe Sie gesucht. Ich habe den Tiger!«

»Sie haben den Mörder gefasst?«, rief der Kommissar. »Wo ist er?«

»Das weiß ich noch nicht, aber ich weiß, wo er herkommt!«

51

VORZEITIGER RUHESTAND

18 Uhr 15, Polizeirevier Rouen,
Rue Brisout-de-Barneville 9

In Kommissar Paturels Büro pflegte der Geschäftsmann Nicolas Neufville seine herablassende Art. Inspektor Jérémy Mezenguel stand in einer Ecke des Raums und spielte den Bösen, wie Guy Marchand in *Das Verhör,* was den Geschäftsmann, der schon ganz anderes erlebt hatte, in keiner Weise beeindruckte. Ungeduldig sah er auf seine Armbanduhr.

Nicolas Neufville hatte fast umgehend zugegeben, dass er der Hauptanteilseigner von CYRFAN SARL war. Er war raffiniert, er wusste, dass mehrere Kapitäne die Verbindung bezeugt hatten und die Steuerfahndung der CYRFAN früher oder später auf die Schliche kommen würde. Als Inspektorin Colette Cadinot ihm den Vorwurf der unangemessenen Einflussnahme an den Kopf geworfen hatte, schien er beinah beruhigt gewesen zu sein.

»Ist das alles? Was ist daran nicht erlaubt, wenn man seine Leistungen zum Marktpreis anbietet? Ich habe die Kapitäne nicht zur Unterschrift gezwungen … Die Risiken, die mit der Vermarktung ihrer Nussschalen einhergehen, habe ich allein auf mich genommen. Und die angeblichen Drohungen, die Erpressung, das müssen

Sie erst einmal beweisen … Was könnte mir schlimmstenfalls zustoßen? Dafür, dass ich ein paar verantwortungslosen Schiffern ein bisschen Angst eingejagt habe, weil sie gedroht haben, mich und meine Kunden hängen zu lassen? Meine Güte … Ich zittere. Eine schwere Schlappe werde ich deshalb nicht einstecken müssen!«

Inspektorin Cadinot hatte versucht, ihn anderweitig in Verlegenheit zu bringen.

»Und wie erklären Sie Ihre Anwesenheit am Tatort in der Nacht des Mordes an Mungaray, am 9. Juli gegenüber der *Surcouf?*«

»Ich habe diskutiert und verhandelt. Ich habe den Kapitän der *Surcouf* verdächtigt, mir einen Teil seines Umsatzes vorzuenthalten, hinter meinem Rücken Schwarzarbeit zu verrichten – übrigens zu Recht!«

»Um zwei Uhr morgens haben Sie verhandelt?«

Nicolas Neufville bleckte die Zähne:

»Wissen Sie, man muss nicht verbeamtet sein, um auf der Armada ein Geschäft zu führen. Da haben Sie Zwanzig-Stunden-Tage … Außerdem, glaube ich, werden Sie verstehen, dass ich den Kapitän der *Surcouf* nicht in Verlegenheit bringen wollte, indem ich die Angelegenheit öffentlich bespreche, sondern lieber bis nach dem Hochbetrieb abgewartet habe.«

In Cadinot brodelte es vor Groll. Sie ließ ihn gerade ein paar Minuten warten, als Sarah Berneval ihr ein schnurloses Telefon reichte.

Es war Henri Lagarde, Nicolas Neufvilles Anwalt.

»Inspektorin Colette Cadinot«, sagte die Polizistin.

»Ich würde gern mit Kommissar Paturel sprechen«, entgegnete Anwalt Lagarde verächtlich.

»Er ist nicht da! Er wurde zu einem Notfall einberufen. Ich vertrete ihn.«

»Okay. Ist eigentlich auch egal. Wissen Sie, ich verstehe Ihr Spielchen nicht. Es ist absurd, meinen Mandanten wegen einer banalen und übrigens völlig legalen Geldgeschichte in Gewahrsam zu nehmen! Haben Sie wirklich nichts Besseres zu tun? Ich hoffe, Sie hecken nicht den abstrusen Plan aus, meinem Mandanten die Morde an den drei Armada-Matrosen in die Schuhe zu schieben. Da hätten Sie einen weniger zähen Sündenbock finden können! Sie müssen wissen, dass mein Mandant gestern gemeinsam mit zwei anderen Paaren zum Abendessen bei Arnaud Cottereau war, dem Chef des größten Tiefbauunternehmens links der Seine. Ich halte Ihnen ihre Zeugenaussagen zur Verfügung. Oder soll ich sie vielleicht in einer Stunde faxen? So, ich glaube, ich habe mich klar ausgedrückt. Ich vertraue darauf, dass Sie meinen Mandanten auf der Stelle freilassen!«

Colette Cadinot legte gewissermaßen einfach auf.

»Entschuldigen Sie bitte, ich habe einen Anruf auf einer anderen Leitung!«

Was auch stimmte.

Sarah Berneval reichte ihr ein zweites Telefon. Es war Kommissar Paturel.

»Colette? Nur kurz, mitten im Eifer des Gefechts! Pierre Poulizac, Ramphastos, wurde gerade in der *Libertalia* erschossen! Und da Nicolas Neufville zur Zeit des Blutbads in unserem Gewahrsam war, hat er ein verdammtes Alibi!«

Als er Inspektorin Colette Cadinot in das Büro zurückkommen sah, wusste Nicolas Neufville, dass er die Partie für sich entschieden hatte.

»Haben Sie mit meinem Anwalt telefoniert?«, triumphierte der Geschäftsmann. »Ihnen ist wohl klar geworden, dass Sie sich einen groben Schnitzer geleistet haben! Ein bisschen spät!«

Er starrte die Inspektorin verächtlich an und zischte wie eine Schlange:

»Es stimmt übrigens, was ich erfahren habe: Der Kommissar verlässt uns bald. Warum doch gleich? Versetzung nach Honolulu? Vorzeitiger Ruhestand? Wie schade. Haben Sie das gewusst?«

Colette Cadinot spürte, dass Jérémy Mezenguel gern den Cowboy spielen wollte. Sie sprach als Erste. Sie baute sich vor dem Geschäftsmann auf und hob übertrieben freundlich an:

»Ja … Ich glaube, der Kommissar will sich mehr um seine Kinder kümmern. Sie von der Schule abholen, ihnen vorlesen, Räuber und Gendarm mit ihnen spielen. Wenn man spät Vater geworden ist, ist der vorzeitige Ruhestand etwas Schönes.«

Sie warf ihm einen vernichtenden Blick zu:

»Ihre Kinder dagegen sind schon groß. Ein Papa, der wegen Mauschelei im Knast sitzt, wenn auch nur für zwei Tage – ein schwerer Schlag für das Bild, das sie von ihrem Vater haben! Ach, das wissen Sie ja noch gar nicht: Wir behalten Sie zwei Tage hier. Nicht wegen Mordes, sondern wegen Einschüchterungsversuch und Bedrohung eines Dritten auf privatem Grundstück! Was werden Ihre Nachbarn bloß denken? Man wird munkeln in Vallon-aux-moines, nicht wahr? Ihre Frau wird sich nicht mehr aus dem Haus trauen.«

Neufville wollte aufstehen, doch Colette Cadinot legte eine Hand fest auf seine Schulter.

»Bestimmt begraben Sie die Affäre, da mache ich mir keine Sorgen. Aber die Armada ist für Sie gelaufen. Die Armada gehört den eingefleischten Verfechtern, den Ehrenamtlichen, den Mäzenen und Mandatsträgern. Sie ist ihr Baby, da dürfen Sie nicht hineinpfuschen … sogar das Baby aller Einwohner von Rouen … Glauben Sie, dass die Ihre Masche, wenn sie erst einmal davon erfahren, so einfach wieder vergessen? Schwuppdiwupp! Die politische Karriere, das Rathaus …«

Die Inspektorin drückte noch fester gegen die Schulter des Geschäftsmanns, jede Bestrebung zu antworten unterbindend.

»Sie glauben mir nicht? Wir haben da ein paar ziemlich begabte Lokaljournalisten im Großraum Rouen. Ich kenne sogar welche, die Sie nicht gerade ins Herz geschlossen haben, beispielsweise bei der *SeinoMarin* … Kommen Sie schon, zwei Tage, das ist nicht lange, gemessen an der Zeit, die Sie sich anschließend zu Hause langweilen werden …«

Als die Inspektorin den Raum verließ, legte Jérémy Mezenguel noch einmal nach:

»Und nichts beweist, dass Sie nicht doch hinter den erdolchten Matrosen stecken. Auftragskiller, um lästige Zeugen zu eliminieren – das hat es alles schon gegeben!«

Als die Tür zufiel und er allein war, schlug Nicolas Neufville die Hände über dem Kopf zusammen.

Auf dem Gang beglückwünschte Jérémy Mezenguel die Inspektorin:

»Toller Abgang. Hut ab. Da gibt's nichts zu meckern!«

»Mhm … aber wenn wir den wahren Täter nicht finden, sitzen wir in der Scheiße.«

52

INFORMATIK

18 Uhr 30, Libertalia, Rue du Père Adam

Joe Roblin blickte sich nach allen Seiten in der zerstörten *Libertalia* um und fragte laut:

»Gibt es hier WLAN?«

»Mhm«, erwiderte der Kneipenwirt bedrückt. »Wenn sie es mir nicht ruiniert haben …«

»Okay, ich verbinde mich.«

Der Fallanalytiker herrschte einen Polizisten an, der doppelt so alt wie er sein musste:

»Wir setzen uns dahin und wollen nicht gestört werden!«

Joe Roblin holte einen besonders flachen Laptop aus seiner Tasche und legte ihn auf ein Fass. Maline und der Kommissar traten näher.

»Müssen wir das hier machen?«, wollte der Kommissar wissen.

»Keine Zeit zu verlieren! In der Nähe von Gap gibt es anscheinend einen weiteren Mordfall für mich zu lösen. Ich weiß noch nicht, ob ich die Nacht über in Rouen bleibe. Am liebsten würde ich alles bis heute Abend erledigt haben.«

Maline wartete darauf, dass Kommissar Paturel den Profiler erwürgen würde.

»Außerdem«, fügte Roblin hinzu, »mag ich die Atmosphäre hier.«

Er warf einen Blick auf die Säbel an den Wänden, die Schädel in den Regalen und die zerbrochene Fensterscheibe.

»Vor allem die neue Deko!«

Roblins schwarzer Humor brachte Maline noch nicht einmal zum Schmunzeln. Vor ihren Augen war ein Mann gestorben! Ein Mann, mit dem sie sich kurz zuvor noch unterhalten hatte.

Roblin schaltete sein Mobiltelefon ein. Das Hintergrundbild schien auf. Es war *Der Schrei,* das weltbekannte Gemälde des norwegischen Malers Munch mit seinem berühmten schmerzverzerrten Gesicht, das die Maske in *Scream* inspiriert hatte …

Dieser Profiler hat einen Knall, dachte Maline. Roblin tippte ein paar Stichwörter in eine Suchmaschine ein.

»Wie gesagt«, fuhr Roblin fort, »ich habe den Tiger gefunden.«

Maline stellte fest, dass jedes von Roblin eingegebene Wort in gebrochener Schrift auf dem Bildschirm erschien …

Der Typ war vielleicht ein Genie, aber ein krankes Genie!

»Ich habe mich lange verausgabt«, berichtete Roblin, »um herauszufinden, welche Stadt, welchen Hafen oder welches Schiff ein Tiger repräsentieren könnte. Ich habe immer an ein exotisches Land oder eine Kolonie gedacht, Indien, Südostasien, Myanmar … Nichts hat gepasst. Online habe ich dann die Lösung gefunden. Jawohl, in den verborgenen Tiefen des Internets. Dem ungeheuren Abgrund … Ich bin hinein- und wieder hervorgetaucht. Die Stadt des Tigers ist, wer hätte es gedacht … Oslo!«

Maline und Paturel sahen einander ungläubig an.

»Die *Christian Radich*«, flüsterte Maline. »Der Flüchtige ist Norweger, Matrose auf der *Christian Radich*.«

»Ganz genau … Oslo«, fuhr Roblin fort. »Welch Ironie! Ich habe ihn stundenlang in den Eingeweiden des Internets gesucht, während die Lösung auf meinem Hintergrundbild zu sehen war! Der brennende Oslofjord, gemalt von Munch, von dem Ekeberg aus gesehen!«

»Warum Oslo?«, murrte Kommissar Paturel skeptisch. »Gibt es in Norwegen Tiger?«

Joe Roblin klickte eine Datei an.

Sie sahen auf den Bildschirm und lasen einen kurzen Text: *Der Schriftsteller Bjørnstjerne Bjørnson bezeichnete Oslo um 1870 als »Tigerstadt« (Tigerstaden). Der Kosename ist inzwischen so geläufig, dass anlässlich der Tausendjahrfeier eine Reihe von Tigerskulpturen um das Rathaus der Stadt errichtet wurde.*

Das strahlende Gesicht des Kommissars zeigte keine Missgunst.

»Gut gemacht, Roblin, das passt! Der Flüchtige ist ein großer Blonder, genau der norwegische Typ. Sie sind nicht so zahlreich auf der *Christian Radich*. Wir kriegen ihn!«

Der Kommissar wollte gerade nach dem Telefon greifen, als Maline die Stimmung dämpfte:

»Da stimmt etwas nicht.«

»Inwiefern?«, fragte Roblin überrascht.

Maline hatte ihre Worte reiflich überlegt:

»Die *Christian Radich* hat vor fünf Jahren nicht an der Armada teilgenommen.«

»Na und?«, wollte der Kommissar wissen. »Wo ist das Problem?«

»Wir wissen, dass die drei anderen Matrosen bereits vor fünf Jahren in Rouen waren. Die *Cuauhtémoc,* die *Mir* und die *Dewaruci* waren bei der Armada 2003. Nur die *Christian Radich* nicht. Wir sind uns relativ sicher, dass sich Mungaray, Supandji und Sokolov 2003 in Rouen begegnet sind. Sie haben eine Chasse-Partie unterzeichnet, durch die gleichen Tätowierungen ein Bündnis geschlossen, ihren Plan geschmiedet, sich mit Geheimzeichen verständigt und ein Treffen in fünf Jahren vereinbart. Aber die *Christian Radich,* deren Heimathafen Oslo ist, war 2003 nicht dabei!«

»Mein Gott, Sie haben recht«, sagte der Kommissar.

Roblin trat wütend gegen das Fass. Der Laptop wackelte gefährlich.

»Hells Shit!«, fluchte Joe Roblin. »Oslo! Die Tigerstadt! Es hat so gut gepasst. Der große Blonde, ein Norweger …«

Maline legte eine Hand auf das Fass, um es zu stabilisieren. Sie schrie beinah:

»Nun warten Sie doch! Es gibt da noch eine Lösung. Eine Lösung, die uns die Arbeit sogar erleichtern würde. Wenn ich mich recht entsinne, gab es auf der Armada 2003 zwei andere norwegische Segelschiffe: Die *Statsraad Lehmkuhl* aus Bergen, ein alter Stammgast, der seit 1989 an allen Armadas teilgenommen hat, und, wenn ich mich nicht täusche, die *Sorlandet* aus Kristiansand, die mindestens drei Armadas mitgemacht hat.«

»Was für ein Gedächtnis!«, staunte Roblin. »Haben Sie eine Schwäche für norwegische Matrosen?«

Maline ging nicht darauf ein. Sie war nicht zu Späßen aufgelegt. In Rouen war ein Mörder auf der Flucht, ein Mörder, der vor ihren Augen einen Mann getötet und sie knapp verfehlt hatte. Sie spann ihren Gedankengang fort:

»Wenn unser Flüchtiger Norweger ist und aus Oslo stammt, könnte er 2003 auf der *Statsraad Lehmkuhl* oder der *Sorlandet* gewesen sein. Er hat Mungaray, Supandji und Sokolov kennengelernt, sich als Sinnbild den Tiger ausgesucht und ist dieses Jahr auf der *Christian Radich,* dem Segelschiff aus Oslo, Tigerstaden, zurückgekehrt.«

»Wenn ich Sie richtig verstehe«, rief Roblin, »könnte uns das das Leben erleichtern: Der einzige Matrose, der 2008 auf der *Christian Radich* ist und 2003 auf der *Statsraad* Dingsbums oder der *Sorlandet* war, ist mit Sicherheit unser Mann!«

Gustave Paturel konnte ihnen nicht mehr folgen, er schien auf der Stelle handeln zu wollen.

»Das dauert doch Stunden«, seufzte er. »Wir müssten alle Akten sichten, und wenn wir ihn gefunden haben, ist er schon längst auf und davon, finden Sie nicht, dass …«

Weder Maline noch Roblin hörten ihm zu.

Der Fallanalytiker hatte angefangen, verschiedene Ordner anzuklicken, Ordner, die Maline kannte. Sie war sie bereits mit Olivier Levasseur durchgegangen.

Joe Roblin hatte auf seiner Festplatte die Listen mit allen zehntausend Armada-Matrosen.

»Wo haben Sie diese Dateien her?«, fragte Maline, vielleicht ein bisschen zu aggressiv.

»Sachte, sachte! Beruhigen Sie sich! Ich bin den offiziellen Weg gegangen: Mister Armada persönlich … Der schöne Olivier Levasseur … Ich hatte die Ehre, seine gemütliche Suite zu betreten.«

Roblin drehte sich zu Maline, trommelte mit den beringten Fingern auf das Fass und raunte ihr verstohlen zu:

»Was für ein schöner Mann! Und dann hat er mich in seinem Schlafzimmer empfangen. Sie müssen doch ein Gespür für so etwas haben, Mademoiselle Abruzze, glauben Sie, dass ich eine Chance bei ihm habe?«

»Nein!«, entfuhr es der verblüfften Maline.

»Schade. Na ja, selbst wenn er schwul wäre, hätten wir nicht zusammengepasst. Ich glaube nicht, dass er Sadomaso mag.«

Meinte dieser Joe Roblin das ernst oder hatte er Spaß am Spiel?

»Da ich nicht lockergelassen habe«, fuhr der Profiler fort, »hat Levasseur mich immerhin an seine Festplatte rangelassen, und ich durfte meinen Stick einführen. Er hat mir seine ganzen Dateien anvertraut, alle Armada-Matrosen seit 1989.«

»Na gut, öffnen Sie die Dateien«, sagte Maline, die Roblins letzte Bemerkungen unangenehm berührt hatten.

Er öffnete den Ordner *Armada 2008,* dann die Datei *Christian Radich,* eine beeindruckende Namensliste in einer Excel-Tabelle.

»Heiliger Strohsack!«, sagte Paturel, den die Technik offenbar überholt hatte.

Genauso flink klickten Roblins beringte Finger auf den Ordner *Armada 2003,* dann die Dateien *Statsraad Lehmkuhl* und *Sorlandet.* Zwei weitere Namenslisten öffneten sich. Mit einem Klick minimierte er die drei Excel-Tabellen und platzierte die Fenster nebeneinander. Er klappte das Menü Extras des Tabellenkalkulationsprogramms aus, dann Ergänzende Makros. Er machte ein Häkchen bei Analysetool und Automatisierung. Ein weiteres Fenster öffnete sich, in das er einen kurzen Befehl tippte … in gebrochener Schrift!

Eine Sekunde später leuchtete ein einziger Name auf, der einzige, der sowohl in der Tabelle der *Christian Radich* als auch der *Statsraad Lehmkuhl* stand.

Morten Nordraak.

Norwegischer Matrose 2003 auf der *Statsraad Lehmkuhl* und 2008 auf der *Christian Radich.* Roblin knackte mit den Fingern, wie ein virtuoser Pianist nach einer Sonate.

»Erstaunlich«, gab Kommissar Paturel offen zu. »Wenn es doch nur er wäre! Vielleicht verlange ich zu viel, aber haben Sie zufällig irgendwo ein Foto von ihm? Wir haben ja Maline Abruzze, sie könnte ihn identifizieren.«

»Tut mir leid«, sagte Roblin. »Es gibt keine Ordner mit Fotos von den Armada-Matrosen, nur Namenslisten. Aber wenn dieser Morten Nordraak erfasst und vorbestraft ist, haben wir vielleicht eine Chance. Die Skandinavier haben ein ganz anderes Verständnis von Datenschutz als wir.«

»Wollen Sie *hier* auf die Daten der norwegischen Polizei zugreifen?«

»Hier oder woanders, was macht das für einen Unterschied?«

Ein plötzlicher Lärm ließ Maline aufschrecken. Zwei Sanitäter versuchten, den Kneipenwirt mitzunehmen, damit im Universitätsklinikum die Kugel aus seinem Arm entfernt werden konnte. Der Barmann protestierte: Er würde morgen früh gehen, heute Abend wollte er seine Kneipe trotz allem aufmachen. Unter dem Druck der beiden Sanitäter, eines Arztes und dreier Polizisten nahm er schließlich Vernunft an, nicht ohne vor sich hin zu murmeln:

»Wer kümmert sich um meine Kneipe? Wer kümmert sich um meine Kneipe?«

Roblin war inzwischen auf der Website der norwegischen Kriminalpolizei gelandet.

»Erzählen Sie mir nicht, dass Sie einen Zugangscode haben!«, wunderte sich Paturel.

»Ich habe keinen unbeschränkten Zugriff, sondern darf nur einzelne Informationen abrufen. Ich bin so etwas wie ein Vorteilskunde oder ein Mitglied, wenn Ihnen das lieber ist. In jedem Mitgliedsstaat der Europäischen Union gibt es ein paar von uns, das ist der Vorteil des europäischen Binnenmarkts, wir können auf ein großes Verzeichnis mit den Straftätern der Alten Welt zugreifen. Wir werden bald wissen, ob unser Nordraak in Norwegen erfasst ist …«

Die silbernen Ringe an Roblins Fingern beschrieben einen so flotten Totentanz, dass es unmöglich war, sich das eingegebene Passwort auch nur annähernd zu merken, selbst wenn man direkt neben dem Profiler stand. Es tauchten lange Listen auf, mit exotischen Buchstaben wie dem diagonal durchgestrichenen O oder dem A mit kleinem Kreis.

»Erzählen Sie mir nicht auch noch, dass Sie Norwegisch verstehen …«

»Nein!«, gab Roblin zu. »Aber wir müssen die Sprache nicht können, wir haben einen Namen und suchen ein Foto.«

Er scrollte nach unten und tippte den Namen ein.

Morten Nordraak.

Die universale Sanduhr erschien.

Das Internet arbeitete. Langsam.

»Ist sie so lang«, wunderte sich Paturel, »die Liste mit den norwegischen Verbrechern?«

»Scheint so, oder die WLAN-Verbindung ist grottig …«

Nach weniger als einer Minute verschwand die Sanduhr und machte einem Namen Platz, Morten Nordraak, sowie rechts davon einem Foto, das ein Viertel des Bildschirms einnahm.

Maline unterdrückte einen Fluch.

»Er ist es!«

Es war zweifellos das Bild des Motorradfahrers, dem sie in der Kirche von Villequier begegnet war.

»Weswegen ist er in Norwegen erfasst?«, fragte der Kommissar.

»Keine Ahnung, ich kann wie gesagt kein Norwegisch.«

»Was soll's. Legen wir los.«

Der Kommissar stürzte zu seinem Telefon.

»Roblin, senden Sie das Foto an die E-Mail-Adressen aller Polizeireviere und Gendarmerien der Region. Wir arbeiten nicht länger mit dem Pseudo-Phantombild, sondern mit diesem Foto! Wir haben ein ganzes Stück Vorsprung! Mit ein bisschen Glück ist Nordraak selbstsicher und passt nicht auf. Wir pflücken ihn wie eine Blume! Das mit der Teleportation macht er nicht noch einmal mit uns!«

Der Kommissar entfernte sich, um weitere Anweisungen zu geben. Joe Roblin speiste das Netz mit dem Foto von Morten Nordraak.

Maline fühlte sich plötzlich allein und nutzlos.

Sie sah zu dem Platz in der *Libertalia,* an dem Ramphastos immer gesessen hatte.

Leer.

Für immer leer.

Wie viele Geschichten, Abenteuer und Berichte gingen mit Ramphastos für immer verloren?

Hatte er die Zeit gehabt, alles zu übermitteln, alles zu erzählen, das immense Wissen weiterzugeben, das er im Laufe seines Lebens angesammelt hatte, vom anderen Ende der Welt bis zu den Ufern der Seine?

Eine Idee ging Maline durch den müden Kopf.

Wie ein Luftzug.

Und wenn sie die letzten Puzzleteile soeben zusammengefügt hatte?

Wenn die Lösung viel einfacher war als gedacht?

Sie drehte sich wieder zu dem Fass und legte ihre Hand auf Roblins Ringe.

»Schalten Sie Ihren Hotspot noch nicht aus. Können Sie mir mit Ihrer Zauberhand vielleicht die Adresse von Ramphastos oder Pierre Poulizac heraussuchen?«

53

SACKGASSE

19 Uhr 05, Place de la Cathédrale

Morten Nordraak ging fast gemächlich in Richtung Place de la Cathédrale. Er wusste, dass er gesucht wurde, war aber darauf bedacht, nie allein zu sein, sich unter Gruppen zu mischen und hinter Pärchen zu verstecken. Die Stadt wimmelte von Menschen! Wie sollten ihn da ein paar Hundert Polizisten ausfindig machen?

Die Bullen hatten keinerlei Indiz, abgesehen von seiner Größe und Haarfarbe. Die Gäste in der *Libertalia* mussten gegen ihn ausgesagt haben, aber er hatte seitdem das T-Shirt gewechselt und die Schirmmütze gegen ein Bandana getauscht.

Nein, wenn er nicht gerade unglaubliches Pech hatte, würde er durch das Netz schlüpfen. Er würde in der Menge untergehen, würde in aller Seelenruhe durch Rouen zurück auf die *Christian Radich* spazieren. Wenn er erst einmal auf dem Schiff war, würde er rekapitulieren, nachdenken und auf morgen warten.

Oder einen letzten Versuch wagen. Er konnte das Motorrad nehmen, obwohl das inzwischen sehr riskant war. Außerhalb Rouens vielleicht weniger.

Nur noch ein Tag.

Am Montag würde er über alle Berge sein.

Dann fuhr er eben nicht mit den Taschen voller Gold nach Hause.

Zumindest würde er lebendig und frei sein.

Auf der Place de la Calende machte er eine Truppe von etwa zwanzig Polizisten aus, die in seine Richtung gingen. In den letzten Stunden hatte er sich angewöhnt, natürlich zu wirken, sich nicht wegzudrehen, keine Angst zu haben. Sich ungezwungen zu bewegen, eine Gruppe eher hochgewachsener Menschen zu finden, sich unter sie zu mischen. Nicht allein sein, lautete die einzige Regel, sie konnten ihn gar nicht erkennen.

In einer Ecke des Platzes blies eine Gruppe peruanischer Möchtegernmusiker vor einem recht dichten Publikum in Panflöten. Die ideale Deckung! Morten Nordraak mischte sich unter die Zuhörer.

Er musste nur warten, bis die Patrouille vorbeigezogen war.

Trotz seiner Erfahrung kam Morten Nordraak nicht umhin, auf die sich nähernden Polizisten diskrete Blicke zu werfen. Es konnte ihm nichts passieren, er war nicht der Einzige, der sie beäugte. Zwanzig Bullen, die bis an die Zähne bewaffnet waren, blieben nicht unbemerkt!

Plötzlich durchrieselte Nordraak ein Schauer, als hätte man ihm einen Eiswürfel in den Nacken gelegt. Der Bulle hatte ihn flüchtig gemustert. Sein Blick hatte gleichgültig die Zuhörer gescannt … und war an ihm hängen geblieben.

Zwar nicht länger als zwei Sekunden.

Aber Nordraak hatte es sofort gespürt.

Der Bulle hatte ihn erkannt!

Das war doch eigentlich nicht möglich, dieses Phantombild sah ihm nicht ähnlich …

Und doch! Der Bulle, der ihn gemustert hatte, löste sich langsam aus der Streife … und holte sein Funkgerät hervor!

Nordraak entfernte sich aus dem Kreis der Liebhaber südamerikanischer Musik und bog in die Rue du Gros-Horloge ein. Er eilte im Slalom um die vielen Menschen, die sich kreuz und quer in Rouens Hauptgeschäftsstraße drängten.

Keine Panik. Nicht rennen. Natürlich bleiben.

Sie können mich nicht erkennen!

Ohne es zu wollen, drehte er sich um und verlangsamte dabei seinen Schritt. Ein korpulenter Tourist, der aus entgegengesetzter Richtung kam, rempelte ihn an, entschuldigte sich in einer fremden Sprache und ging weiter.

Nordraak beachtete ihn nicht.

Die Polizisten hinter ihm verteilten sich!

Alle zwanzig gingen in einer Linie auf die Rue du Gros-Horloge zu, zwischen ihnen jeweils weniger als ein Meter Abstand. Wie ein ausgebreitetes Netz, das die Passanten filterte.

Sie hatten ihn erkannt, jetzt war es eindeutig.

Nordraaks Gedanken rasten: Die Bullen hinter ihm hatten es deshalb nicht eilig, machten sich deshalb nicht an seine Verfolgung, weil sie ihn einkesseln wollten, weil sie wussten, dass der Weg eine Sackgasse war.

Dank seiner Größe konnte er über die Menschenmenge hinweg auf das Ende der Straße blicken. Weniger als hundert Meter vor ihm kam eine weitere Patrouille auf ihn zu, ebenfalls die gesamte Breite der Fußgängerzone einnehmend.

Sie hatten ihn erkannt und in diese Straße getrieben. Sie hatten ihn in die Falle gelockt.

Keinerlei Ausweg, keinerlei Rückzugsort.

Er hatte keine Zeit mehr, sich zu fragen, durch welches Wunder die Bullen ihn identifiziert hatten, er konnte nicht mehr nachdenken, er musste jetzt seinem Selbsterhaltungstrieb folgen.

Es gab nur eine Gewissheit: Die Bullen würden nicht schießen! Dazu waren zu viele Menschen unterwegs. Deshalb hatten sie ihn in einen Hinterhalt gelockt, in die Zange genommen, um sich zu vierzigst auf ihn zu stürzen, ohne auch nur eine Waffe zu ziehen.

Nordraak sah abwechselnd zu der einen und zu der anderen Seite der Rue du Gros-Horloge. Die meisten Geschäfte machten allmählich zu. Sie waren ohnehin nur Sackgassen, die den Polizisten ihre Arbeit höchstens erleichtern würden. Obwohl er erst vor wenigen Tagen nach Rouen gekommen war, kannte er die Stadt inzwischen sehr gut. Vielleicht sogar besser als diese Bullen.

Er kannte ihre Fallen. Und ihre Abkürzungen!

Er stieß brüsk gegen einen siebenjährigen Jungen, der daraufhin seinen Luftballon verlor, und einen asiatischen Touristen, der vor dem großen Uhrenturm seine Freundin fotografieren wollte. Er stieß sich fest vom Boden ab und sprintete los, wobei er die Passanten beiseiteschob, als wären sie Maiskolben auf einem Feld.

Er hörte einen Pfiff hinter sich, der offenbar bedeutete, dass jetzt vierzig Bullen hinter ihm herrannten. Er drehte sich nicht um.

Er musste in einen Laden, den erstbesten, bevor sie kamen.

Dann hätte er eine Chance.

»Er ist in dem Monoprix!«, rief Brigadeführer Joël Willig, der die Operation leitete. »Er sitzt in der Falle, aber seid vorsichtig, er ist bewaffnet!«

Weniger als zehn Sekunden später belagerten dreißig Polizisten vor den Augen der verstörten Kunden den Monoprix. Die übrigen zehn blockierten alle Eingänge an der Rue du Gros-Horloge. Mit den Waffen in der Hand verteilten sich die Polizisten, inspizierten methodisch jedes Regal und baten die letzten Kunden, den Laden ruhig zu verlassen. Sie würden Nordraak fassen, die Frage war nur noch wann und wie.

Die Polizisten gingen in einer Reihe weiter, inspizierten jeden Quadratmeter, kontrollierten systematisch jede Umkleidekabine und jeden Passbildautomaten. Die erschrockenen Kassierer und Abteilungsleiter verstanden nicht, was vor sich ging, außer, dass es besser war, sich nicht zu bewegen und keine Fragen zu stellen.

»Verdammt, er kann sich doch nicht in Luft aufgelöst haben«, schimpfte ein junger Polizist. Sie suchten noch eine ganze Weile. Joël Willig hatte das Gefühl, dass ihm etwas entging. Sie hätten ihn längst finden müssen. Der Supermarkt war nicht besonders groß. Sie waren dreißig Beamte.

Ohne sein Funkgerät sinken zu lassen, rief er den verängstigten Mitarbeitern an der Kasse zu:

»Es gibt keine Ausgänge außer an der Rue du Gros-Horloge?«

Anstatt zu antworten, zeigte die Kassiererin links außen mit dem Finger schüchtern nach links.

»Du lieber Himmel!«, schrie Willig.

Zwanzig Polizisten eilten in die Richtung des ausgestreckten Fingers, an der Backwarenabteilung vorbei in den linken Ladenbereich. Sie stießen die Eingangstür auf und richteten ihre Waffen aus.

Ein älteres Paar, das gerade Mineralwasserkisten in seinen Peugeot 205 hievte, sah sie entgeistert an.

Außer dem Rentnerpärchen war der kleine Parkplatz mit seinen zehn Stellplätzen – eine unter den Einwohnern wenig bekannte Abkürzung durch den Monoprix in die Rue aux Ours – leer.

Joël Willig hörte das bereits entfernte Geräusch eines davonfahrenden Motorrads.

»Der Mistkerl hat das alles geplant«, schimpfte er.

Resigniert hob er sein Walkie-Talkie an den Mund:

»Inspektor Stepanu? Willig hier. Wir haben ihn verloren!«

54

RAMPHASTOS' GEHEIMNIS

20 Uhr 12, Place de la Rougemare

Aus dem Weg!«

Kommissar Gustave Paturel nahm zwei Meter Anlauf. Er hatte Maline Abruzze vorübergehend sein Funkgerät und sein Mobiltelefon anvertraut, um mit den Einsatzkräften des gesamten Großraums in ständigem Kontakt zu bleiben. Der Kommissar wich noch einen Meter zurück, bevor er sich nach vorn warf und mit der Schulter die Tür aufstieß.

Zwei Schlösser gaben nach. Mit ohrenbetäubendem Krach öffnete sich die Tür und machte den Weg in Ramphastos' Wohnung frei.

»Meine Güte!«, rief Maline.

»Was zum Teufel ist denn hier los?«, staunte Roblin.

Die Wohnung war ein Dschungel.

Es war unmöglich, die einzelnen Zimmer zu unterscheiden, eine üppige Vegetation hatte von Wänden, Böden und Decken Besitz ergriffen. Maline kannte nur manche der Pflanzen mit Namen, Hibisken, Bougainvilleen, Palmen, Bambusse, Passionsblumen …

Sie wuchsen an den Leisten entlang, gruben sich unter die abblätternde Tapete und das sich lösende Linoleum. Die Natur hatte den Raum zurückerobert.

Wie lange Ramphastos dafür wohl gebraucht hatte? Mehrere Jahre?

Maline erinnerte sich, dass tropische Pflanzen, Bambusse und verschiedene Kletterpflanzen, unter günstigen Bedingungen in Rekordzeit gediehen: Sonnenlicht und Feuchtigkeit. Ramphastos' Wohnung befand sich im obersten Stock, die Dachfenster zeigten direkt zum Himmel. Es wurde bestimmt schnell drückend heiß in den Zimmern. Die feuchte Luft und einen unerträglichen Modergeruch bemerkte man bereits auf der Schwelle.

Joe Roblin, sichtlich verblüfft, trat als Erster ein.

»Verrückt«, sagte Paturel und ging ebenfalls hinein. »Ein Urwald mitten in Rouen! Da muss man ja mit der Machete durch.«

Um vorwärtszukommen, musste man Zweige zur Seite schieben und sich unter einer tropischen Flora bücken, die unter dem hellen Dach der Mansardenwohnung gewachsen war und die Durchgangshöhe auf weniger als einen Meter fünfzig reduzierte.

Auch Maline betrat die Wohnung. Die nesselnden Brennhaare eines Aronstabgewächses mit hängenden Blättern, so groß wie Elefantenohren, streiften ihre nackten Arme.

Sie schrie auf.

In diesen Dschungel sollte sie hinein?

Maline wusste, dass es Freaks gab, die Dschungeltiere zu Hause hielten, alle möglichen Reptilien oder Spinnen. Es konnte gut sein, dass auch Ramphastos von der Sorte war.

Joe Roblin kam in Schwung. Er drang in den Flur vor. Sein zerzaustes Haar streifte die Blätter und Lianen über seinem Kopf, was ihn jedoch nicht zu stören schien. Paturel folgte ihm argwöhnisch.

Maline ging ihrerseits ein paar Schritte. Sie kam nur sehr langsam voran und wagte nicht, etwas anzufassen. Sie hatte den Eindruck, dass jede krumme Liane vor ihrem ängstlichen Blick eine tropische Schlange verbarg. Der Modergeruch war abscheulich. Bestimmt hatte Ramphastos den ganzen Tag das Wasser laufen lassen.

Als sie den Flur passierten, lichtete sich das Geflecht ein wenig. Roblin stieß kräftig gegen eine halb offene Tür. Zurückgehalten von den Ästen hinter ihr, schnellte die Tür beinah sofort zurück. Roblin drückte mit seinem ganzen Gewicht dagegen und schlüpfte hindurch. In dem Schlafzimmer gab es weder Bett noch Stauraum, die Klamotten lagen in einer roten Staubschicht aus kaputten Blumentöpfen, zersprungen durch eingeengte, aus ihrem Gefängnis ausgebrochene Wurzeln. Die ockergelben Wurzeln breiteten sich wie schleimige Tentakel unter dem aufgeschwemmten Teppichboden aus. In einer Ecke des Zimmers war zwischen zwei Wänden eine Hängematte befestigt, die Ramphastos als Bett gedient haben musste. Unter der Hängematte lagen ein paar Dutzend leere Flaschen, auch sie von einer Art feuchtem Efeu bedeckt.

Joe Roblin machte kehrt. Maline hatte keine drei Meter in die Wohnung gemacht. Sie begegnete dem erstaunten Blick des Profilers.

»Das Zuhause eines Verrückten«, murmelte er. »Genial.«

In der Küche hielten sie es nicht lange aus, so schlimm war der Gestank. Vom Spülbecken bis zur Arbeitsfläche war alles vermodert, als ob man das Wasser monatelang ohne Abwischen hätte laufen lassen.

»Dort müsste das Wohnzimmer sein«, sagte Roblin und zeigte auf den einzigen Raum, den sie noch nicht betreten hatten.

Der genervte Kommissar rupfte nervös ein paar Pflanzen aus, die ihn an seinem Weiterkommen hinderten.

Plötzlich schrie Maline auf.

Sie legte den Kopf in den Nacken. Ein tückischer Blütenstiel hatte sich in ihrem Haar verfangen. Einen Augenblick hatte sie geglaubt, dass eine Riesenspinne ihr über den Kopf laufen würde.

Sie riss den Stiel heraus, vor Wut und Angst mit den Füßen stampfend.

»Seien Sie vorsichtig«, bemerkte Roblin. »Das ist eine Engelstrompete, von den Indianern Südamerikas Huacacachu genannt: die Grabespflanze, die heilige Pflanze, durch die man mit den Toten in Kontakt treten kann … äußerst halluzinogen. Lecken Sie sich nicht die Finger!«

Blindwütig rieb Maline die Hände an ihrem kurzen Kleid. Andauernd spürte sie Blätter an ihren nackten Armen und Beinen, als ob ihr Tausende Insekten über die Haut huschten. Ihr ganzer Körper begann zu kleben. Auch der Kommissar vor ihr triefte vor Schweiß.

Wie hielt es Roblin nur in seiner Kluft, dem schwarzen Wollpullover aus?

Schließlich kamen sie in das Wohnzimmer. Es hatte von allen Zimmern am wenigsten zugewucherte Wände, die Kronenschicht befand sich mehr als einen Meter achtzig über ihren Köpfen und bildete eine Art Dschungellichtung. Da waren ein Tisch, zwei Stühle, etwa zehn leere Flaschen, Konservendosen und viele mehr oder weniger modrige Bücher.

Doch vor allem eine große Holztruhe inmitten des Zimmers zog ihre Blicke auf sich.

»Dafür brauchen wir einen Säbel«, meinte Roblin.

Maline hatte immer mehr das ungute Gefühl, einen heiligen Ort zu entweihen.

Sie dachte wieder an den Fluch.

War sie leichtsinnig gewesen, als sie den beiden Männern vorgeschlagen hatte, Ramphastos' Wohnung aufzusuchen? Als sie gedacht hatte, dass Ramphastos dort vielleicht den Schlüssel zu dem Fluch, zu dem Zweck der Chasse-Partie unter den vier Matrosen versteckt hielt?

Joe Roblin hatte keine solchen Skrupel, er stemmte sich bereits gegen die Truhe.

»Was wetten Sie?«, fragte er. »Goldmünzen? Rubine? Diamanten? Alte Skelette? Eine nicht verweste Leiche? Ein Kadaver mit ein paar Tausend Larven?«

Gustave Paturel riss nervös ein großes tropisches Blatt aus und tupfte sich damit die Stirn.

»Machen Sie zu, Roblin, wir sind hier nicht im Zirkus.«

Roblin öffnete die Truhe.

Maline schloss die Augen.

Hatte sie richtig gesehen?

Ein breites Lächeln huschte über Joe Roblins Gesicht. Der Kommissar machte einen Schritt nach vorn.

Ramphastos' Schatz!

Maline spähte in den geöffneten Überseekoffer.

Darin stapelten sich Dutzende Bücher, Hefte, Blätter, Zeichnungen …

Roblin nahm ein paar davon heraus und reichte sie Paturel und Maline.

Das Thema war immer das gleiche. Die Seeräuberei, besonders die Seeräuberei in der Normandie.

Maline kam einen Schritt näher, legte das Buch in ihren Händen beiseite und beugte sich über die Truhe. Sie entdeckte ein Notizbuch.

Notizen von Ramphastos?

Sie schlug es auf. Auf allen Seiten prangte eine feine Schönschrift, wie von damals, als man noch mit der Feder geschrieben hatte, eine Großmutterschrift. Sie ließ sich in den Bann der ersten Seiten ziehen. Ramphastos erzählte eine normannische Piratengeschichte über Jean Fleury aus Vatteville-la-Rue, die Maline aus der Stadtbibliothek kannte. Doch Ramphastos' Detailreichtum war nicht zu vergleichen mit den wenigen Zeilen, die Maline darüber gelesen hatte.

Sie las schneller, blätterte Seite für Seite mit tränenfeuchten Augen um.

Ramphastos hatte sein Leben einer einzigen Leidenschaft gewidmet: den Legenden des Seinetals.

Joe Roblin kehrte der Truhe bereits den Rücken und erforschte die verborgenen Winkel unter der üppigen Vegetation. Maline und Paturel dagegen vertieften sich in die Lektüre.

Nach ein paar Minuten rauschte Gustave Paturels Walkie-Talkie. Er hob es ans Ohr. Sein Gesicht verzerrte sich vor rasender Wut.

»Was soll das heißen, ihr habt ihn verloren? Ihr hattet das Foto! Alle zehn Meter müsste doch ein Polizist stehen! Himmelherrgott, ihr seid vielleicht unfähig! Er sollte Rouen nicht verlassen!«

Der Kommissar legte auf und sah Maline und Roblin resigniert an:

»Sie haben Nordraak verloren. Sie haben ihn auf der Place de la Cathédrale gesichtet, ihn dann aber entkommen lassen, er ist auf einem Motorrad geflüchtet. Sie haben neue Polizeisperren aufgestellt … In der ganzen Region, über hundert Kilometer … Aber das gefällt mir nicht. Er sollte gleich im Stadtzentrum geschnappt werden, wo wir noch von dem Überraschungseffekt profitiert hätten! Jetzt kann er überall sein, und er ist sicher auf der Hut. Ich lasse gründlich die *Christian Radich* durchsuchen, sein Schiff in eine Mausefalle verwandeln, aber er wird nicht so dumm sein und zurückkommen. Der Tiger versteckt sich in einer Höhle und kommt erst einmal nicht wieder heraus.«

Maline dachte über die letzten Worte des Kommissars nach.

Der Tiger in seiner Höhle, von nun an unerreichbar.

Kurz tauchte sie erneut in Ramphastos' Bericht ein.

Ihr kam eine so verrückte wie geniale Idee.

Sie las noch ein paar Zeilen, dann hob sie den Blick und musterte eine Weile Joe Roblin und Gustave Paturel, auf ihrem Gesicht ein deutlicher Anflug von Stolz:

»Meine Herren, was ist, wenn ich Ihnen sage, dass ich sie gefunden habe? Dass ich weiß, wo die Beute der Seine-Piraten versteckt liegt?«

55

TOTENPANORAMA

22 Uhr 28, Polizeirevier Rouen,
Rue Brisout-de-Barneville 9

Kommissar Paturel ging auf dem Korridor im Kreis. Er erwartete verzweifelt einen Anruf, endlich eine gute Nachricht! Irgendeine Gendarmerie, die Morten Nordraak an einer Polizeisperre auf einer Landstraße gefasst hatte. Doch in seinem tiefsten Inneren machte er sich keine Illusionen. Morten Nordraak, der Tiger, war ihnen entwischt. Sie hatten ihre Chance vertan.

Er sah auf seine Uhr. Ovide Stepanu, Colette Cadinot und Jérémy Mezenguel warteten immer ungeduldiger neben ihm auf dem Korridor.

Joe Roblin hatte sie um Punkt 22 Uhr 15 einbestellt.

Als ob sie Kinder wären!

Roblin musste noch heute Abend nach Südfrankreich aufbrechen. Er werde ihnen alles erklären, hatte er gesagt. Danach werde er in ein Taxi steigen.

Der junge Mistkerl hielt sich wohl für Hercule Poirot. Wahrscheinlich hatte er heimlich auch noch eine makabre Show für sie vorbereitet. Vor über einer Stunde hatte er sich in dem Grauen Saal eingeschlossen!

Kommissar Paturel dachte daran, dass es gut gewesen war, Maline Abruzze nicht zu bemühen. Wo das gesamte Revier vielleicht zutiefst gedemütigt wurde, sofern Joe Roblin nicht bluffte. Gerade war sie bei der *SeinoMarin* und feilte an ihrem großartigen Plan.

Endlich ging die Tür auf. Der ganze Stab des Kommissars betrat den Raum, den Joe Roblin verdunkelt hatte. Sie setzten sich an den Tisch. Joe Roblin stand vor ihnen, in der einen Hand ein kleiner Laserpointer, der einen roten Punkt auf die dunkle Wand projizierte, in der anderen Hand die Funkmaus seines Laptops. Auf der Maus ein beringter Finger.

Der Beamer, der an seinen Computer angeschlossen war, warf den Monitor vergrößert an die Wand.

Der Kommissar war fassungslos. Dieser verrückte junge Profiler hatte ihnen eine PowerPoint-Präsentation vorbereitet, für den Fall, dass das Team des Provinzreviers so zurückgeblieben sein sollte, dass es seine seltsamen Erklärungen mündlich nicht verstand!

Kommissar Gustave Paturel fühlte sich überfordert. Wer hatte von vorzeitigem Ruhestand gesprochen? Nicolas Neufville, dieser Mistkerl, der jetzt in seiner Zelle verfaulte, Colette hatte ihm alles berichtet. Vielleicht hatte er am Ende gar nicht so unrecht. Wenn man schon auf einen riesigen Bildschirm sah, ging das genauso gut im Kino mit seinen Kindern …

»Vielen Dank, meine Damen und Herren«, leitete Roblin heiter seine Rede ein. »Es tut mir leid, Sie zu drängen, aber wie Sie wissen, reise ich heute Abend nach Paris zurück. Ich werde morgen früh in Gap erwartet, eine obskure Geschichte mit zerfetzten Wanderern. Na ja, gut, das sehen wir später … Um Zeit zu gewinnen und es verständlicher zu machen, habe ich Ihnen eine Präsentation vorbereitet.«

Sein beringter Finger klickte mit der Maus.

Die erste Folie war zu sehen. In roter gebrochener Schrift stand dort:

Das Motiv!

Paturel seufzte. Der Typ war verrückt! Dennoch musste er ihm zuhören.

»Über das Motiv kann ich Ihnen nichts Neues mehr erzählen! Wir kennen inzwischen die Geschichte. Rouen im Juli 2003 während der Armada. Es begegnen sich vier junge, kaum volljährige Matrosen: Carlos Jésus Aquileras Mungaray, Paskah Supandji, Sergej Sokolov und Morten Nordraak.«

Roblin klickte, und die Fotos der vier Matrosen erschienen. Er fuhr fort:

»Was verbindet sie miteinander? Wie entsteht so ein Zusammenschluss? Schwer zu sagen, aber vermutlich haben sie eine gemeinsame Schwäche für Piratengeschichten, Schätze und andere Legenden. Die vier jungen Matrosen beschließen eine Chasse-Partie, ein Bündnis, das sie bekräftigen, indem sie einander die jeweiligen Symbole ihrer Heimathäfen auf die Schulter tätowieren. Sie geben sich fünf Jahre, um ihre Mission zu erfüllen, wahrscheinlich die Spuren einer sagenhaften, in den Seineschleifen versteckten Beute zu finden. Sie kommunizieren untereinander verschlüsselt. Sie vereinbaren ein Treffen auf der Armada 2008 in Rouen, um sich die Beute zu sichern und zu teilen.«

Er klickte. Eine Gesamtansicht der Armada 2008 erschien.

»Aber auf der Armada 2008 läuft nicht alles wie geplant. Ich war lange von der Sache mit dem Fluch irritiert, von der mystischen Suche, dem Piratenkodex … In Wahrheit, wenn ich die Persönlichkeiten der vier Matrosen analysiere, vor allem die von Morten Nordraak, glaube ich schlicht und einfach, dass das einzige Motiv

Habgier ist, die Verlockung des Geldes! Sobald sie sich die Beute geteilt haben, zerbricht die Chasse-Partie, einer der vier verrät die drei anderen. Mungaray ist ein Angeber, er redet zu viel, man kann ihm nicht vertrauen. Sokolov ist ein Träumer, er ist nicht vorsichtig genug. Supandji ist der Schlauste, er ist ehrlich, aber sein Traum vom Glück macht ihn blind. Alle drei ideale Opfer für Morten Nordraak!«

Inspektorin Colette Cadinot stand genervt auf.

»Auch wir haben es eilig, Roblin. Das wissen wir alles schon! Könnten Sie zu den Morden kommen?«

Wie als Antwort klickte der Fallanalytiker auf seine Maus. Ein Foto von Mungarays Leiche am Kai erschien.

Colette Cadinot verzog das Gesicht und nahm wieder Platz.

»Mungaray ist am Geschwätzigsten. Er muss als Erster sterben! Alles deutet darauf hin, dass Nordraak gemeinsam mit einer jungen Frau agiert hat, der berühmten Blondine, die nie gefunden wurde. Nordraak erdolcht Mungaray. Da Mungarays Leiche erwiesenermaßen in der Kühlkammer der *Surcouf* versteckt lag, wäre es gerechtfertigt zu glauben, dass Nordraaks Komplizin eine Kellnerin auf dem Ausflugsschiff ist. Anschließend entledigt Morten Nordraak sich der Tatwaffe in unmittelbarer Nähe eines drogensüchtigen Obdachlosen, Daniel Lovichi, der ein paar Stunden lang als idealer Täter herhalten muss. Aus Rache, aus Wahnsinn, oder einfach, um die Spuren zu verwischen, versieht Morten Nordraak sein Opfer mit einem Brandzeichen. Sie müssen wissen, dass er aus Nordnorwegen stammt, und dass die Samen, das indigene Volk von Norwegisch-Lappland, ihre Rentiere noch brandmarken … Ende der ersten Episode.«

Der Profiler verstummte, wie um sein Publikum durchatmen zu lassen, und klickte erneut.

Bilder der Leichen von Paskah Supandji und Sergej Sokolov erschienen, unter der roten gebrochenen Überschrift: *Der Doppelmord*.

Ovide Stepanu und Jérémy Mezenguel grinsten angesichts der geschmacklosen Show. Gustave Paturel und Colette Cadinot dagegen standen kurz vor dem Nervenzusammenbruch.

»Kommen wir zu dem Moment, auf den alle gewartet haben«, fuhr Roblin fort. »Dem Doppelmord! Wir wissen, dass Morten Nordraak Paskah Supandji und Sergei Sokolov ermordet hat … Aber wie? Das ist der Augenblick, in dem ich meinen Ruf aufs Spiel setze, nicht wahr, liebe Kollegen? Wie einige von Ihnen, die mich nicht ernst genommen haben, bereits wissen, ist die Lösung mathematisch! Wir stehen vor drei einfachen Wahrheiten, drei Axiomen: der gleiche Mörder, die gleiche Uhrzeit, zwei verschiedene Orte. Eine der drei Behauptungen ist zwangsläufig falsch. Welche? Kann das erste Axiom widerlegt werden, nach dem die beiden Morde von derselben Person verübt wurden?«

Er klickte und zwei vollkommen identische Elektropherogramme von der DNA des Blutes erschienen, das sowohl auf Supandji als auch auf Sokolov gefunden worden war.

»Vertrauen wir auf die Wissenschaft! Die DNA lügt nicht. Es handelt sich in den beiden Fällen um die gleiche DNA-Sequenz, wir haben es also mit nur einem Täter zu tun! Kommen wir zum zweiten Axiom: Die beiden Morde wurden zur gleichen Zeit verübt …«

Er klickte abermals. Der Beamer projizierte Supandji und Sokolov an die Wand, auf dem Obduktionstisch liegend, zwei zerfetzte Leichen vor einem geschäftigen Gerichtsmediziner.

Es war deutlich zu hören, wie Inspektorin Cadinot empört vor sich hin murmelte.

»Die Gerichtsmediziner haben sich klar ausgedrückt«, fuhr Joe Roblin fort, ohne dass es ihn kümmerte. »Paskah Supandji und Sergej Sokolov sind beide zwischen 1 Uhr 30 und 1 Uhr 45 gestorben. Vertrauen wir auch hier auf die Wissenschaft! Wollen wir glauben, dass die Forensiker irren oder lügen? Natürlich nicht! Wir müssen also zwingend davon ausgehen, dass das dritte Axiom falsch ist: Die beiden Morde wurden nicht am gleichen Ort begangen. Verzeihen Sie die Tautologie: Die beiden Morde wurden also am gleichen Ort begangen!«

Mit einem weiteren Klick erschien eine Landkarte des Seinetals.

»Gehen wir also von dieser unleugbaren Schlussfolgerung aus. Die beiden Morde wurden am gleichen Ort begangen. Die nächste logische Frage lautet: Ja, aber an welchem Ort? Die Antwort ist eigentlich nicht schwer. Eine Anwohnerin ist Zeugin des Angriffs auf Supandji vor der Blauen Kapelle, sie ruft die Gendarmerie, die keine zehn Minuten später am Tatort erscheint, Supandjis Leiche ist noch warm, er wurde gerade getötet. Wir können also sicher sein, dass der Doppelmord an der Blauen Kapelle in Caudebec-en-Caux stattgefunden hat, oder ganz in der Nähe. Somit ist alles ganz einfach: Sergej Sokolov ist um 1 Uhr 30 nicht in Rouen an Deck der *Mir,* sondern in Caudebec-en-Caux vor der Blauen Kapelle, denn er wurde zur selben Zeit wie Paskah Supandji ermordet. Das ist vollkommen naheliegend, wenn man darüber nachdenkt, schließlich war er in der Blauen Kapelle verabredet! Er hatte in dem Goldenen Buch in der Kirche von Villequier mit einer Taube unterzeichnet. Seltsam war nur die offizielle Version, und doch hat sich niemand gewundert: Sergej Sokolov durfte um 1 Uhr 30 logischerweise nicht an Deck der *Mir* sein, er war woanders verabredet! In Wirklichkeit ist Sergej Sokolov also wie geplant zur Blauen Kapelle gekommen, wo er Morten Nordraak in die Falle geraten ist und ein paar Minuten vor Supandji ermordet wurde.«

Keiner der anwesenden Polizisten wagte es, Joe Roblin zu unterbrechen. Es gab für alles eine überraschend einfache Erklärung. Wie es weiterging, war nicht schwer zu erraten.

Wie konnte es sein, dass sie nicht daran gedacht hatten?

Roblin klickte erneut, und ein prächtiges Foto der *Mir* bei Nacht erschien auf der Wand. Ein russischer Matrose in Uniform bewachte den Zugang zu dem Großsegler.

Roblin triumphierte:

»Ich dachte, das sei der Moment, in dem mir jemand widersprechen würde: Sergej Sokolov könne gar nicht in Caudebec-en-Caux gewesen sein, er habe Nachtwache auf der *Mir* gehabt! Ich gehe also davon aus, dass Sie alle bereits verstanden haben, was auf der Hand liegt … Sergej Sokolov ist seinen Dienst auf der *Mir* angetreten, bis ein anderer ihn still und leise abgelöst hat, vermutlich gegen 0 Uhr 45, damit er seinen geheimen Termin wahrnehmen konnte.«

Roblin richtete seinen kleinen roten Laser auf die Gestalt des russischen Matrosen vor der *Mir*.

»Sehen Sie sich diesen uniformierten Matrosen an. Wer sieht einem uniformierten Matrosen ähnlicher als ein anderer uniformierter Matrose? Er musste sich nur die Mütze in die Stirn ziehen, den Hemdkragen ein bisschen hochstellen und sich von den anderen Matrosen fernhalten, die zu so später Stunde ohnehin nicht an Deck gehen würden, und die Sache war geritzt! Erinnern Sie sich an die Worte des Forensikers? ›Da niemand außer dem Mörder Sergej Sokolov nahegekommen ist, als er vor der *Mir*

Wache gestanden hat, haben wir allen Grund anzunehmen, dass es sich auch hier um das Blut seines Mörders handelt.‹«

Der Kommissar warf Colette Cadinot einen verzweifelten Blick zu.

Wie hatten sie nur so blind sein können?

Paturel starrte auf die Karte des Seinetals und dachte beschämt an den Helikopter, den Formel-1-Katamaran und all die anderen unwahrscheinlichen Erklärungen, die sie aus dem Hut gezaubert hatten.

Dieses junge Arschloch würde sie in Grund und Boden spielen!

»Also«, fuhr Roblin im selben Rhythmus fort, »Nordraak tötet Supandji und Sokolov in der Blauen Kapelle. Nordraak überrascht sie im Dunkeln, aber Supandji verwundet ihn und die Gendarmie wird jede Minute eintreffen. Sein Plan ist einfach: Er versteckt Sokolovs Leiche in seinem Wagen, während sein Komplize auf der *Mir,* der Sergej Sokolovs Platz eingenommen hat, so tut, als wäre er an Deck des russischen Segelschiffs eingeschlafen. In der Blauen Kapelle wurde Alarm ausgelöst, man findet den ermordeten indonesischen Matrosen, alle Polizisten der Umgebung laufen in Caudebec-en-Caux zusammen. Währenddessen fährt Nordraak gemütlich in die andere Richtung, nach Rouen, mit dem zweiten Leichnam im Kofferraum. *Commissaire,* Sie sind ihm vielleicht sogar entgegengekommen!«

Mistkerl, dachte Paturel.

Sichtlich amüsiert setzte Joe Roblin seine Präsentation fort:

»Nordraak erreicht das Ufer von Rouen. Am schwierigsten muss es gewesen sein, mit Sergej Sokolovs Leiche im Kofferraum bis zur *Mir* zu gelangen, ohne entdeckt zu werden. Es ist aber möglich, in der Nähe der *Mir* unauffällig zu parken. Nordraak ist riesig, Sokolov eher zart, und ein Matrose, der einen torkelnden anderen Matrosen trägt, ist kein seltener Anblick. Vielleicht hat er auch einfach den richtigen Moment abgewartet, als keine Fußgänger mehr vorbeikamen, nach zwei Uhr morgens ist das denkbar. Der Komplize, der sich schlafend stellt, macht Platz für die Leiche. Der Austausch muss weniger als eine Sekunde gedauert haben. Geschafft! Die beiden Komplizen können gehen. Bald bemerkt ein Passant, dass der russische Matrose vor dem Deck der *Mir* in einer merkwürdigen Haltung schläft und Blut aus seiner Jacke tropft … Er schlägt Alarm. Es ist 2 Uhr 17! Erinnern Sie sich an Ihr erstes Gespräch, *Commissaire,* Inspektorin, es steht im Protokoll: *Die Passanten und die anderen Matrosen der* Mir *dachten zuerst, er würde schlafen, weshalb nicht sofort Alarm ausgelöst wurde.*«

Erneut sahen Paturel und Cadinot einander bestürzt an.

Dieser Fallanalytiker hatte auf der ganzen Linie recht!

Es regte sich in ihnen der unkontrollierbare Wunsch, das eingebildete Genie loszuwerden. Musste er nicht zum Zug? Musste er nicht die Polizei in Gap lächerlich machen?

Doch Joe Roblin traktierte sie weiter:

»Es war also keine Teleportation. Es waren keine eineiigen Auftragsmörder. Morten Nordraak musste nur einen Komplizen haben, der ein Doppelspiel trieb: Sergei Sokolov musste dem Komplizen ausreichend vertrauen, um ihn während des Treffens in der Blauen Kapelle als seinen Ersatz auf der *Mir* zu akzeptieren. Wir wissen, dass Morten Nordraak diese Blondine als Helferin hatte, die Mungaray aus der *Cantina* gelockt hat. Es wäre nur logisch, wenn der zweite *Mir*-Matrose dieselbe Blondine gewesen wäre!«

Er richtete seinen roten Laser wieder auf den uniformierten Matrosen vor der *Mir*.

»Wer kann sich nachts sicher sein, dass der uniformierte russische Matrose mit seiner Kopfbedeckung keine Frau ist? Was danach kommt, wissen wir bereits! Morten Nordraak eliminiert den letzten Zeugen, Ramphastos, vermutlich, weil er eine Informationsquelle über die Beute ist, und versucht bei der Gelegenheit dasselbe mit Maline Abruzze und dem Wirt der *Libertalia,* die Ramphastos nahegekommen waren. Ich denke, Sie wissen jetzt genauso viel wie ich …«

Joe Roblin klickte auf das Item zur Beendigung der Präsentation.

Plötzlich wurde der Bildschirmhintergrund des Laptops, das entsetzte Gesicht von Munchs *Schrei* angezeigt. Der Anblick war ergreifend. Roblin richtete den roten Laser auf den oberen Abschnitt des verrückten Gemäldes, den Oslofjord unter brennendem Himmel.

»Voilà, meine Damen und Herren. Jetzt liegt es an Ihnen, den Tiger einzufangen, bevor er nach Oslo in seinen Heimathafen zurückkehrt. Es wird nicht schwer sein, seine Komplizin hinter Schloss und Riegel zu bringen, sicherlich ist sie Kellnerin oder Hostess auf der *Surcouf* oder mit dem Ausflugsschiff zumindest eng verbunden. Aber um den Tiger aus seiner Höhle zu locken, ist die Idee von Maline Abruzze wie immer hervorragend!«

Sobald Joe Roblin seine letzten Worte gesprochen hatte, ließen tausend Raketen den Himmel erglühen, explodierten Lichter und Lärm, als ob er es so geplant hätte.

23 Uhr 15.

Die Aussicht aus dem Grauen Saal des Polizeireviers auf das Feuerwerk der Armada war ohnegleichen.

56

POKERSPIEL

23 Uhr 37, Rue Eau-de-Robec, Redaktion der SeinoMarin

Christian Decultot begrüßte den Kommissar mit festem Händedruck.

»Guten Tag, *Commissaire,* ich habe viel von Ihnen gehört.«

»Ich habe viel von Ihnen gelesen«, entgegnete Paturel herzlich.

»Gehen wir in mein Büro? Maline erwartet uns. Danke, dass Sie gekommen sind.«

Paturel betrat das geräumige Büro. Ihm fielen sofort die gerahmten Fotos im hinteren Teil des Raums auf, Christian Decultot mit David Douillet, Tony Parker, Paul Vatine.

Er war beeindruckt. Das also war der Beruf, den man haben musste, um in den Augen seiner Kinder ein Held zu sein ... Journalist, nicht Polizist!

Maline wandte sich um und schenkte dem Kommissar ein strahlendes Lächeln. Nach der Erkundung von Ramphastos' Wohnung hatte sie sich umgezogen. Sie hatte das leichte Kleid gegen enge Jeans und eine weite strohgelbe Bluse getauscht. Der Kommissar fand sie zwar weniger sexy als noch vor ein paar Stunden, aber viel schöner.

Selbstbewusst!

Christian bat Kommissar Paturel, Platz zu nehmen.

Als alle drei saßen, schilderte Maline ruhig und ausführlich ihren Plan. Als sie fertig war, musste Paturel aufstehen.

Er ging in dem Zimmer auf und ab.

»Sie reiten mich noch in etwas hinein, Maline. Schon genug, dass dieser Joe Roblin uns alle beschämt hat. Wenn das schiefgeht …«

»Es ist die einzige Möglichkeit«, argumentierte Maline. »Wir müssen uns schnell entscheiden. Heute Nacht oder nie. Morgen ist es zu spät! Bis wir die Erlaubnis erhalten, vergehen mindestens vierundzwanzig Stunden. Wir können das nicht alles am frühen Montagmorgen direkt vor der Parade arrangieren.«

Die beiden Hirnhälften des Kommissars lieferten sich offenbar einen unerbittlichen Kampf.

Sollte er es wagen?

Alles auf eine Karte setzen oder den Schwanz einziehen?

Schließlich wandte sich der Kommissar an Christian Decultot:

»Was denken denn Sie über die Schnapsidee? Sie sind doch Profi.«

»Ganz ehrlich?«

»Ich bitte darum …«

»Also, ganz ehrlich … Es kann nur unter einer Bedingung klappen: Wir müssen alle Register ziehen. Sämtliche Register.«

Das beruhigte den Kommissar nicht, im Gegenteil:

»Wie meinen Sie das?«

»Ich meine eine mediale Erschütterung, ein Erdbeben, ein Tsunami! Ich habe in der überregionalen Presse, bei Fernsehen und Radio noch viele Kontakte. Wenn ich die Information zeitnah herausgebe, könnte der Scoop die Runde machen. Sie werden sehen, mitten im Juli werden sie sich darauf stürzen, als wären sie am Verhungern. *Entdeckung der geheimen Notizbücher eines alten ermordeten Seefahrers, Entschlüsselung seiner codierten Botschaften, Ortung der genauen Stelle, an der sich ein Schatz befindet, in der Seine vor La Bouille.*«

Maline wandte sich an den Kommissar.

»Wissen Sie, *Commissaire,* wir können uns um das ›Marketing‹ kümmern … Aber der Einsatz liegt bei Ihnen.«

Paturel warf Decultot einen ängstlichen Blick zu.

»Und was hieße das für Sie?«

»Tja … Am Montagmorgen eine Armee aus Polizeibeamten, Gendarmerie und Bereitschaftspolizisten nach La Bouille zu entsenden … Vor allem aber müssten Sie das größte Taucherbataillon zusammenstellen, das es je gegeben hat. Mit Tauchern der Polizei und Gendarmerie natürlich, aber Sie müssten auch die Tauchklubs der Region und Amateure mit Tauchschein bemühen, die auf eigene Faust tauchen … Kurzum: alle, die Schwimmflossen und Atemluftflaschen zu Hause haben. Ziel wäre es, so viele Menschen wie möglich zu versammeln, um jeden Quadratmeter auf dem Grund der Seine abzusuchen!«

Maline knüpfte begeistert an:

»Für Morten Nordraak wäre die Verlockung groß, so groß, dass er nicht widerstehen könnte. Die Entdeckung von Ramphastos' geheimen Notizbüchern und über hundert Taucher in der Seine. Er würde sich selbst ein Bild machen wollen. Der Schatz ist sein Leben, seine Mission. Viermal hat er für ihn getötet! Der Schatz verleiht seinem ganzen Tun einen Sinn. Selbst wenn er also die Falle wittert, selbst wenn er äußerst vorsichtig ist … wird er kommen. Wird er aus seiner Höhle kriechen! Er muss die Beute riechen, um aus seiner Höhle zu kommen.«

Christian Decultot erhob sich zuversichtlich:

»Ist sie nicht überzeugend, *Commissaire,* unsere kleine Maline?«

»Doch«, räumte der Kommissar ein. »Sie haben recht. Wenn wir alle Register ziehen, mit Presse, Militär, einer Kompanie aus Froschmännern, Wissenschaftlern, Sanitätern, dem Präfekten, dem Amt für Bau- und Straßenwesen, ich habe bestimmt etwas vergessen … Dann denke ich auch, könnte das klappen!«

Decultot klopfte dem Kommissar freundschaftlich auf den Rücken.

Die große Operation konnte beginnen!

Alle Taucher der Normandie in der Seine, unter Aufsicht der Ordnungskräfte.

Obwohl er soeben eine Entscheidung getroffen hatte, wirkte der Kommissar noch nicht befreit.

»Na so was, *Commissaire?*«, sagte Decultot. »Sie haben sich richtig entschieden! Was bekümmert Sie noch?«

Der Kommissar antwortete nicht gleich. Eine Weile betrachtete er das Porträt von Christian Decultot auf Paul Vatines Schiff, der *Haute-Normandie.*

Plötzlich brach es aus ihm heraus:

»Was mich an Ihrem Plan bekümmert, wie Sie es nennen, ist ganz einfach. Wir wissen alle drei, dass in Ramphastos' Aufzeichnungen nicht ansatzweise die Rede von einem Schatz in der Seine ist, dass diese ganze riesige Show ausgemachter Schwindel ist! Dass Sie von mir verlangen, Poker zu spielen, All-In zu gehen, obwohl wir absolut gar nichts in der Hand haben.«

»Es hat funktioniert«, jubelte Maline, als der Kommissar gegangen war. »Er macht mit!«

»Eier hat er, das muss man ihm lassen«, gab Decultot zu. »Wir planen die größte polizeilich-mediale Finte, die ich seit Langem gesehen habe. Ich mache mir einen Spaß daraus, diesen Pseudoscoop ein paar sorgfältig ausgewählten Pseudofreunden weiterzuleiten, die mein Provinzblättchen immer sehr herablassend behandelt haben. Wer zuletzt lacht, lacht am besten …«

»Kann ich dich um einen Gefallen bitten, Christian?«

»Was denn?«

»Die *Monde* übernehme ich!«

»Hallo, Oreste, habe ich dich geweckt?«

»Maline? Maline Abruzze? Natürlich nicht, du hast mich nicht geweckt. Aber ich hätte gedacht, dass du mit einem Verräter wie mir nie wieder reden würdest. Wie weit seid ihr in Rouen?«

»Alle haben sich verbarrikadiert, natürlich wegen deines Artikels. Niemand traut sich mehr auf die Straße. Wir sind auf Alarmstufe siebzehn des Anti-Terror-Plans *Vigipirate* – der bisherige Rekord, nach dem 11. September 2001, war nur drei …«

»Tatsächlich?«

»Tatsächlich war dein Artikel ein Flop! Eine Stunde nach seiner Veröffentlichung haben wir den Täter identifiziert. Ein Einzeltäter. Es gibt weder ein Komplott noch Terroristen …«

»Das war auch nur eine Theorie«, erwiderte Oreste ein bisschen enttäuscht. »Das weißt du genauso gut wie ich … Hast du mich deshalb angerufen?«

»Nein. Ich möchte dich um einen Gefallen bitten.«

»Einen Gefallen?«

An dem Klang seiner Stimme hörte Maline, dass Oreste Armano-Baudry misstrauisch war. Sie legte daher ihre ganze Überzeugungskraft in die Geschichte von dem Schatz vor La Bouille, von Ramphastos' geheimen Notizbüchern …

»Bist du dir da ganz sicher, Maline?«

»Absolut! Die *Monde* verfügt über einen entscheidenden Vorteil: Der Tauchgang vor La Bouille findet kurz vor der großen Parade am Montag, dem 14. Juli, statt, in aller Frühe, ab sechs Uhr morgens. Eure Zeitung kann als einzige die Details liefern! Für die anderen ist es zu spät, sie hatten dann bereits Redaktionsschluss. Sie können von dem Schatz nicht mehr berichten! Und wenn die Zeitungen übermorgen früh erscheinen, sind wir schon ein- und wieder aufgetaucht.«

Sie spürte, dass Oreste noch immer zögerte.

»Maline, warum machst du mir so ein Geschenk?«

»Ich brauche dich, das ist ein kleiner Unterschied. Deine Zeitung, besser gesagt, die einzige Zeitung, die abends erscheint! Ich schicke dir morgen alle Informationen … Du schreibst mir den Jahrhundertartikel!«

Sie machte eine wohlüberlegte Pause.

»Jeder hat eine zweite Chance verdient …«

Sie legte auf. Oreste Armano-Baudry hatte angebissen.

Das war ein gutes Zeichen.

Sie freute sich schon auf die Reihe von irrationalen, grotesken Informationen, die sie morgen erfinden musste, um einen Artikel zu füttern, der Oreste Armano-Baudry vor seiner ganzen namhaften Redaktion lächerlich machen würde, wenn die Wahrheit erst einmal ans Licht käme.

»Du solltest dich schlafen legen, Maline«, sagte Christian Decultot. »Du bist erschöpft.«

»Bist du sicher, dass wir niemanden mehr benachrichtigen müssen?«

»Doch … Aber das machen wir morgen. Wie du weißt, findet der Tauchgang erst am Montag statt. Wir haben morgen den ganzen Tag Zeit.«

»Wen müssen wir noch benachrichtigen?«

»Los, ab ins Bett!«

»Wen?«

»Das gesamte Armada-Organisationskomitee zum Beispiel. Das sehen wir morgen. Ab ins Bett!«

»Das Armada-Organisatonskomitee? Den Präsidenten? Die Ehrenamtlichen? Den … den Pressesprecher auch? Ihn zu überzeugen ist wichtig, oder? Die Presse, das sind wir, oder? Wir dürfen keine Zeit verlieren.«

Malines Augen funkelten:

»Es wäre gut, wenn er noch heute Nacht Bescheid wüsste, oder? Glaubst du, dass sein Büro im Hotel Bourgtheroulde um diese Zeit noch geöffnet ist?«

Christian Decultot verdrehte seine weit geöffneten, gespielt zornigen Augen. Maline lächelte verschmitzt und entgegnete unmissverständlich:

»Du hast doch gesagt, dass ich ins Bett gehen soll!«

Montag, 14. Juli 2008:
Der Fluch des Jarls

57

DIE SUCHE
5 Uhr 45, La Bouille

Über dem Mäander bei La Bouille ging langsam die Sonne auf und neckte die bewaldete Steilküste von La Londe. Der Containerterminal des Außenhafens im äußersten Osten von Rouen wurde in leuchtendes Orange gehüllt. Von La Bouille aus gesehen verlieh das Morgenrot den Hunderten scheinbar willkürlich gestapelten Containern den Anschein von gigantischen Bauklötzen, die ein Riesenkind vor dem Zubettgehen einfach hatte liegen lassen.

Die Flussbiegung war so scharf, dass man nur ein paar Kilometer weit sehen konnte, doch alle wussten, dass die Großsegler in ein paar Stunden hinter der Napoleonsäule auftauchen würden, die am rechten Ufer die Hafeneinfahrt überwachte.

Das kleine Dorf La Bouille war noch ganz verschlafen. Die Eisengitter vor den Kunstateliers in den gepflasterten Gassen waren noch heruntergelassen, die Tische und Stühle vor den schicken Restaurants an der Seine noch angekettet, die Fensterläden der Hotels mit Flussblick noch zugezogen.

Die Liebespaare konnten noch ein paar Stunden die Zweisamkeit genießen, bevor ihre Fenster sich auf das romantische Schauspiel der Parade öffnen würden.

Die Schläfrigkeit des Dorfs kontrastierte mit der Emsigkeit am Seineufer vor La Bouille, nahe der Fähre. Innerhalb von wenigen Stunden waren ein großer unbefestigter Parkplatz und ein Fußballfeld in das Hauptquartier einer gewaltigen polizeilich-wissenschaftlichen Operation verwandelt worden. Der halbe Parkplatz war von Feuerwehr-, Bereitschaftspolizei- und Tauchklub-Autos besetzt. In der Nacht war unmittelbar am Fluss eine zwanzig Meter lange Zone aus Büros, Bungalows, Sanitäranlagen und Baracken errichtet worden. Zahlreiche Taucher zogen unter Aufsicht der Ordnungskräfte Neoprenanzüge in allen erdenklichen fluoreszierenden Farben an. Ohne die Flossen und schweren Atemluftflaschen hätte die Szene an den morgendlichen Start eines Triathlons erinnern können.

Genau hundertdreizehn Taucher. Inspektorin Colette Cadinot war damit beauftragt worden, eine Liste zu erstellen, alle Namen zu prüfen, möglichst genaue Informationen einzuholen. Es durfte sich nicht die geringste Gelegenheit bieten, durch die engen Maschen des Netzes zu schlüpfen. Der Sperrgürtel war auf mehrere Kilometer ausgedehnt worden und riegelte die meisten Hauptstraßen nach La Bouille über Moulineaux, Saint-Ouen-de-Thouberville und Caumont ab. Trotz der frühen Stunde hatten die Ordnungskräfte in den umliegenden Dörfern einige Schwierigkeiten, Touristen zurückzudrängen, die sich doppelt angezogen fühlten, von der Windjammerparade und dem Medienapparat, der seit gestern verrücktspielte: Auf dem Grund der Seine bei La Bouille lag ein sagenhafter Schatz!

Das Aufgebot musste abschreckend genug sein, um neugierige Besucher fernzuhalten, aber durchlässig genug, um einem ausgesprochen neugierigen, ausgesprochen behutsamen Besucher den

Zutritt zu ermöglichen, besonders über die Steilküste und den Wald von La Londe.

Das war die Herausforderung der außergewöhnlichen Mausefalle: Morten Nordraak so dicht wie möglich an die Goldsucher heran und die Falle über ihm zuschnappen zu lassen. In der Zone war ein so unsichtbares wie systematisches Überwachungssystem eingerichtet worden. Auf Anordnung von Inspektor Ovide Stepanu waren rechts der Seine Dutzende Fernrohre und Teleobjektive, die in einem Umkreis von zehn Kilometern der geringsten verdächtigen Bewegung lauerten, auf das gegenüberliegende Ufer ausgerichtet worden. Genutzt wurden alle Anhöhen in Sahurs, alle Kirchen, Mühlen und Schlösser in Marbeuf, Trémauville und Soquence. Noch ehrgeiziger waren die Vorkehrungen links der Seine. Neben den sichtbaren Ordnungskräften in den Dörfern und auf den Straßen waren an strategischen Punkten, in abgeschiedenen Häusern, Höfen und Hütten, Spezialeinheiten postiert worden, bei dem geringsten Anzeichen bereit zum Sprung. Inspektor Jérémy Mezenguel, der mit der Koordination im Wald von La Londe betraut war, konnte zusätzlich auf Scharfschützen zählen, die auf einigen Felsvorsprüngen positioniert waren, darunter dem verfallenen Bergfried der Burg Robert Le Diable.

Am Ufer ließ Kommissar Paturel sein Walkie-Talkie nicht aus den Augen. Er hatte den gestrigen Tag damit verbracht, sämtliche Genehmigungen einzuholen sowie Mittel und Männer anzufordern: Völlig überstürzt hatte er wenig motivierte hohe Beamte davon überzeugen müssen, dass es absolut notwendig war, die Operation noch vor dem Aufbruch der Großsegler durchzuführen.

Die größte Herausforderung seiner Karriere!

Nicht mehr als zehn Personen wussten, dass die ganze Aktion reine Inszenierung war, um den Staatsfeind Nummer eins in die Falle zu locken: er, Maline Abruzze, Christian Decultot, der Präfekt, der Innenminister und vermutlich noch eine Handvoll hoher Beamter.

Auch Maline Abruzze, die neben Kommissar Paturel stand, bekam es mit der Angst zu tun. Sie hatte die ganze Maskerade angezettelt. Es war ihre Idee gewesen! Jetzt, angesichts des Ausmaßes der getroffenen Maßnahmen, kamen ihr Zweifel …

Würde Nordraak anbeißen?

Würde der Tiger hervorkommen?

War er vielleicht schon da und beobachtete sie?

Zahlreiche Taucher liefen an ihr vorbei, fast alle jung und sportlich, begeistert von der Idee einer Schatzsuche. Sie haderte auch deshalb mit sich, weil sie Dutzende Hobbytaucher belog … Sie malte sich ihre Enttäuschung aus, wenn ihnen in ein paar Stunden offenbart würde, dass sie einer Zeitungsente aufgesessen waren, dass sie manipuliert, benutzt worden waren, um einen Mörder anzulocken!

Nicht einmal Olivier Levasseur wusste Bescheid.

Christian Decultot war hart geblieben: So wenige Menschen wie möglich sollten eingeweiht werden. Der Pressesprecher glaubte also ernsthaft, dass laut Ramphastos' Plänen auf dem Grund der Seine ein Schatz weilte, und hatte gestern eine bemerkenswerte Konferenz vor Journalisten aus aller Welt darüber gehalten.

Wie würde Olivier reagieren, wenn auch er in ein paar Stunden erfuhr, dass Maline ihn nicht ins Vertrauen gezogen hatte, nicht einmal in der seidenen Bettwäsche … Dass sie ihn wie die anderen getäuscht hatte! Der schöne Olivier gehörte nämlich zu den begeistertsten Tauchern. Er hatte darauf bestanden, persönlich an der Aktion teilzunehmen. Er sei sehr erfahren, habe alle Weltmeere erforscht, besonders den heimatlichen Indischen Ozean. Schließlich hatte er ihr anvertraut, dass er seinen unaussprechbaren Namen madagassischen Ursprungs gegen ein französisch klingendes Pseudonym getauscht habe, als er nach Metropolitan-Frankreich gekommen sei, um sich als internationaler Sprecher einen Ruf zu erwerben. Der Name dieses Piraten, Olivier Levasseur, der ein paar Kilometer von seinem Zuhause entfernt begraben lag, habe sich geradezu angeboten.

Zur Stunde hatte sich ihr schöner Liebhaber in einen Taucheranzug gezwängt und träumte wahrscheinlich davon, als Erster »Gefunden!« zu rufen.

Dabei gab es gar nichts zu finden!

Außer dem Tiger!

Der Kommissar stellte sein Funkgerät ab und warf Maline einen ungeduldigen Blick zu.

»Ich hoffe, dass er aufkreuzt, unser Serienkiller. Es wird nämlich nicht leicht, den ganzen Scheiß in der Seine als Schatz auszugeben.«

5 Uhr 45.

Ein Pfiff eröffnete die Untersuchung. Unter der Leitung des Brigadeführers, der normalerweise für Rettungsaktionen in der Seine zuständig war, begaben sich immer acht Taucher auf einmal in das graue Flusswasser. Geplant waren regelmäßige Wechsel zwischen Tauch- und strikten Kontrollgängen. Falls Nordraak einen Komplizen eingeschleust hatte, durfte ihn nichts denken lassen, dass die Operation unglaubwürdig war.

6 Uhr.

Ein zweiter Trupp versank im Fluss. Das Funkgerät des Kommissars rauschte. Maline vernahm nur ein paar kurze Wortwechsel zwischen Paturel, Stepanu und Mezenguel.

Immer noch nichts?

Immer noch nichts!

6 Uhr 15.

Alle Taucher waren mindestens schon einmal auf dem schlammigen Grund der Seine gewesen, trotzdem wirkten sie so motiviert, dass Maline sich immer unwohler fühlte.

Nordraak würde nicht kommen!

Vielleicht war er nicht einmal mehr in der Region.

Seit dem Beginn der Operation hatte es ein paar Mal falschen Alarm gegeben: Amateurschatzsucher, die sich trotz Verbots angeschlichen hatten. Das war gut, die Mausefalle durfte nicht vollkommen unzugänglich sein!

Sie mussten Morten Nordraak in dem Glauben lassen, dass er eine Chance hatte.

6 Uhr 20.

Maline verlor die Geduld. Diese Maskerade war grotesk!

Sie wich dem Blick des Kommissars aus.

Sie hatten mit hohem Einsatz gespielt, mit viel zu hohem Einsatz!

6 Uhr 22.

Gustave Paturel versuchte möglichst natürlich zu bleiben, als er sein Walkie-Talkie ans Ohr hielt.

»Er ist da«, verkündete Ovide Stepanu schlicht. »Direkt über Ihnen, im Wald von La Londe. Koordinaten: Lambert II, Weite: 2484,3–498,7, Höhe: 66 Meter. Drehen Sie sich nicht um, er beobachtet Sie.«

Der Kommissar wusste, dass die GPS-Programme und digitalen Höhenmodelle den Einsatzkräften, die sich im Wald von La Londe verschanzt hatten, äußerst präzise Lokalisierungen ermöglichten.

Er unternahm übermenschliche Anstrengungen, um sich seine Aufregung nicht anmerken zu lassen.

»Ovide? Kannst du mir die Identität bestätigen?«

Fünf lange Sekunden verstrichen.

Nicht umdrehen, Ruhe bewahren.

»Identität bestätigt!«, ertönte die Stimme des Inspektors.

»Mezenguel«, sagte der Kommissar, »abfangen!«

»Abfangen!«, brüllte Inspektor Jérémy Mezenguel in sein Funkgerät. »2484,3–498,7. 66 Meter.«

Er wusste, dass weniger als fünfzig Meter unterhalb der angezeigten Stelle ein Einsatzkommando postiert war. Von seinem Beobachtungsposten auf dem Château du Rouvray aus konnte er das Geschehen durch sein Fernglas genauestens verfolgen. Mithilfe der GPS- und DHM-Koordinaten konnte auch er Morten Nordraak ausfindig machen.

Der Flüchtige hatte sich den Schädel rasiert und sah in seiner unscheinbaren Aufmachung wie ein Tourist aus, der sich verlaufen hatte …

Aber er war es!

Fünfzig Meter unterhalb von Nordraaks Versteck stürzte das neunköpfige Team aus einer Hütte. Der Norweger bemerkte sie sofort. Er hatte wenig Vorsprung, fing in seiner wilden Verzweiflung aber an, in Richtung der Ruine Robert Le Diable den Hügel hinaufzurennen.

Die neun Polizisten, inzwischen kaum mehr dreißig Meter von ihm entfernt, eilten hinterher.

Mezenguel wusste, dass Morten Nordraak keine Chance hatte. Der Wald war abgeriegelt. Wohin es ihn auch verschlug, sie würden ihn in die Zange nehmen. Außerdem konnte Mezenguel ihn jederzeit von einem der Scharfschützen niederstrecken lassen, mit nur einem Wort: Feuer. Obendrein lief Nordraak in die Richtung des Schützen auf dem Bergfried der Robert Le Diable, genau in dessen Schusslinie.

Aber Mezenguel hatte die Anweisung, ihn lebend zu schnappen … Wenn möglich.

Die Steilküste von La Londe war extrem stark abfallend. Nordraak kam außer Atem und wurde langsamer. Die Polizisten würden ihn jeden Moment einholen.

Jérémy Mezenguels Fernglas schweifte durch den Wald.

»Scheiße!«, schrie er plötzlich.

Quer durch den Wald stiegen vier Fußgänger die Steilküste hinab, nicht einmal vierzig Meter oberhalb von Nordraak. Eine besonders neugierige Familie, die der Polizei entgangen war, die Mutter, zwei Kinder unter zehn Jahren und, wenige Meter hinter ihnen, ein Mann mit Kühlbox.

Der Gedanke, einen Fehler zu machen, ließ den Inspektor auf Probe vor Angst zittern. Im Nu stellte er sich ein Blutbad vor.

Wie sollte er sich entscheiden?

Das Fernglas schnitt ihm ins Gesicht. Der erste Polizist war noch zehn Meter von Nordraak entfernt.

Los, schneller, ihr kriegt ihn!

Das Fernglas schwenkte durch die Bäume wieder nach oben.

Der sechsjährige Junge überholte seine Schwester und hüpfte den Pfad hinunter.

Er war nur noch dreißig Meter oberhalb von Nordraak.

Verdammt! Stecht mir diesen Mörder aus!

Der norwegische Matrose, von seinem Sprint erschöpft, lehnte sich an einen Baum und machte eine weitere Atempause.

Würde er aufgeben?

Sie würden ihn schnappen! Die Kollegen würden ihn als Erstes erreichen.

Mezenguels Fernglas erstarrte in seiner Bewegung.

Aus Nordraaks Hosentasche ragte deutlich ein Pistolenlauf hervor. Das Metall glänzte im Morgenrot.

Ob die Kollegen die Waffe bemerkt hatten? Nein, unmöglich.

Der Junge war noch zwanzig Meter von ihm entfernt … Die Sicht war frei. Eine ideale Zielscheibe.

Verdammt …

»Feuer!«, schrie Mezenguel durch sein Funkgerät dem Scharfschützen zu, der hoch oben auf dem Bergfried der Burg Robert Le Diable stand.

Einen Augenblick nach dem Befehl explodierte Morten Nordraaks Herz.

Das sechsjährige Kind blieb wie angewurzelt stehen, vier Meter von der Leiche des Mannes entfernt, der soeben vor seinen Augen in einer Blutlache zusammengesunken war.

Nordraaks Fernrohr, das Mezenguel für den Lauf einer Pistole gehalten hatte, rollte ein paar Meter nach unten vor die Füße des ersten Polizeibeamten der Einsatztruppe. Zwei weitere Beamte kümmerten sich darum, die beiden Kinder von dem schrecklichen Anblick zu entfernen. Ein vierter beugte sich über den leblosen Körper, knöpfte das Hemd auf und entblößte die Schulter: fünf Tätowierungen, darunter ein Tiger.

Er bestätigte:

»Es ist Nordraak.«

Er war unbewaffnet.

Kurz darauf erreichte den Kommissar die Bestätigung. Maline und Inspektorin Cadinot, die neben ihm standen, erfuhren die Nachricht als Erste:

»Es ist vorbei«, sagte Paturel nüchtern. »Sie haben Morten Nordraak in der Nähe der Ruine Robert Le Diable erschossen.«

Alle verspürten sie eine tiefe Erleichterung, aber auch eine Art Leere, die mit dem geschäftigen Treiben um sie herum kontrastierte.

Die inzwischen nutzlose Schatzsuche ging weiter wie zuvor.

»Bravo, Maline«, sagte Paturel sanft. »Das war Ihre Idee. Wir haben ihn gefasst. Im letzten Moment, wenige Stunden vor der Parade. Sie sind eine Fee ... Dem Picknick an der Seine mit meinen Kindern steht nichts mehr im Wege!«

»Ich hatte es Ihnen versprochen«, entgegnete Maline freundlich.

Inspektorin Cadinot bemerkte jedoch, dass sich der Enthusiasmus des Kommissars in Grenzen hielt.

»Sie wirken fast enttäuscht, Kommissar.«

»Enttäuscht? Nein ... Das ist die abfallende Anspannung ... Und ich hätte Morten Nordraak gern lebend gehabt ... Aber das sehen wir später. Der Staatsfeind Nummer eins ist außer Gefecht, das ist das Wichtigste ...«

Jubelgeschrei ließ sie aufblicken.

Aus Sahurs kam die Fähre zurück, um in La Bouille anzulegen.

An Bord gratulierten einander in einem Freudentaumel Inspektor Ovide Stepanu und rund dreißig Polizeibeamte.

Sie setzten den Fuß auf La Bouille wie die Befreier eines besetzten Landes.

»Wir haben ihn!«, riefen sie überschwänglich. »Es hat geklappt! Wir haben gewonnen!«

Der Kommissar hielt sich ein Megafon an den Mund und befahl:

»Gut, das reicht jetzt. Packen wir zusammen. Machen wir der Parade Platz!«

Das Erstaunen der Taucher wich bald der Fassungslosigkeit. Die Flüsterpropaganda funktionierte. Einer nach dem anderen begriff, dass es auf dem sandigen Grund der Seine keinen Schatz gab, dass sie nur als Köder benutzt worden waren. Ihre Enttäuschung wurde durch die Meldung des Tages abgemildert: Im Wald von La Londe war der Flüchtige erschossen worden ... Ein bisschen dank ihnen.

An den Ufern der Seine herrschte eine freudige Kakofonie: die plätschernde Fähre, die Taucher, die sich aus ihren Anzügen schälten und auf der Suche nach verlässlichen Neuigkeiten mit ihren Nachbarn unterhielten, die Polizisten, deren Wachsamkeit nachließ.

Maline spürte gegenüber der festlichen Schau eine seltsame Gleichgültigkeit. Sie fühlte vor allem eine große Leere. Wahrscheinlich die Last der letzten vier schlaflosen Nächte und die nervliche Anspannung, die abrupt von ihr abgefallen waren, zu abrupt. Dabei war alles perfekt gelaufen, wie geplant. Alle Hauptdarsteller des Dramas waren tot. Die Polizei hatte gewonnen. Der Fall war abgeschlossen ...

Woher kam also der Eindruck des Unfertigen, das Gefühl, dass noch etwas fehlte?

Sie war wahrscheinlich zu müde, um das Happy End zu genießen. Das würde sie in vollen Zügen in den nächsten Stunden bis Tagen.

Der widerwärtige Fall war beendet, sie durfte nicht mehr daran denken!

Das war letztendlich nicht schwer …

Ein Lufthauch vertrieb die letzten grauen Wolken aus ihrem Kopf.

Dem trüben Fluss entstieg Olivier Levasseur. Sein Neoprenanzug war geöffnet und fiel ihm wie ein Rock über die Oberschenkel. Maline schauderte: Mit nacktem Oberkörper, tropfnass, das Haar platt gedrückt, fand sie ihn genauso begehrenswert wie an dem Tag, als sie ihn in einem einfachen Handtuch zum ersten Mal gesehen hatte.

Der Réunionese lächelte ihr zu und kam näher.

»So, du kleine Geheimniskrämerin, wir sollten also das Frühstück für den Tiger sein und du hast mir nichts gesagt? Wie einen kleinen Jungen hast du mich für diese Schatzgeschichte brennen lassen!«

Maline errötete. Olivier war ihr offenbar nicht böse! Auch er musste erleichtert über die Nachricht sein, dass Morten Nordraak tot war. Die letzte Gefahr für die Armada war abgewendet, alles kehrte genau rechtzeitig in die gewohnten Bahnen zurück.

Maline legte verliebt eine Hand auf Oliviers unteren Rücken.

»Du hast gar nichts verstanden … Ich habe die Finte nur ausgeheckt, um zu sehen, wie du deine Vorzüge in einen engen Tauchanzug quetschst und mit nacktem Oberkörper aus der Seine steigst.«

Olivier streichelte nun sie.

»Ach so, du kleiner Schelm … Aber warum brauchst du Hunderte andere Taucher, wo du mich doch ganz für dich haben kannst?«

Maline ging in die eigene Falle. Immer noch im Scherz sagte Olivier:

»Du hast dich bestimmt nicht gelangweilt, als ich unter Wasser war. Dieses ständige Kommen und Gehen von Männern in engen Anzügen!«

»Du auch nicht«, entgegnete Maline und suchte nach einer Antwort, während sie ihre Liebkosung intensivierte. »Ich weise darauf hin, dass es nicht nur Taucher gibt! Sondern auch ein paar hübsche Taucherinnen … Du hast dich unter Wasser bestimmt nicht gelangweilt.«

»Von wegen … In dem grauen Seinewasser! Und ich war damit beschäftigt, deinen verdammten Schatz zu suchen!«

»Lügenbold!«

Sie kniff ihn zärtlich in die weiche kupferbraune Haut. Olivier Levasseur warf einen neugierigen Blick auf ein paar Taucherinnen, die aus dem Wasser kamen, ihre Ausrüstung verstauten oder sich abtrockneten. Manche hatten ihren Anzug auf den flachen Bauch gerollt und zeigten über ihrer gebräunten Haut nur ein Bikinioberteil, andere, Verfechterinnen des Monokinis, öffneten den Reißverschluss einfach bis zum Bauchnabel.

Der Blick des Réunionesen blieb auf einer Frau haften.

»Jetzt, wo du es sagst, sieh mal …«

Maline kniff ihn erneut, diesmal fester.

»Wo?«

Er blickte zu einer Gestalt neben einer Bauhütte, die mit dem Rücken zu ihnen damit beschäftigt war, sich aus ihrem Anzug zu schälen.

»Aua … Die junge Frau da drüben.«

»Welche? Ich drehe ihr den Hals um!«

»Aua … Die Frau neben der Hütte. Du kannst sie nicht übersehen, das ist wirklich ein Ding, sie zieht sich gerade eine Mütze auf!«

Endlich sah Maline sie.

Eine junge Frau war bemüht, ihre lange blonde Mähne unter einer kuriosen naturweißen Wollmütze mit malvenfarbenen Blumen zu verbergen, die ihr erkennbar zu klein war. Vermutlich fürchtete sie das frische Lüftchen am Morgen.

»Ein Knackarsch«, ergänzte Olivier.

Er hatte wohl doch eine sadomasochistische Neigung, er schien sich gern kneifen zu lassen. Maline ließ es sich nicht nehmen. Der Form halber verzog Olivier Levasseur das Gesicht, lachte auf und sah woanders hin.

Maline dagegen konnte den Blick nicht abwenden.

Sie war nicht eifersüchtig, damit hatte es nichts zu tun.

Es war diese lächerliche Bemerkung: »Knackarsch«.

Vor gar nicht so langer Zeit hatte sie das Wort schon einmal in einem anderen Zusammenhang gehört … Sie starrte auf den wahrhaft perfekten Körper der jungen Frau, auch wenn sie ihn nur von hinten sah.

In ihr ging ein Alarm los.

Eine innere Sirene, die allen Synapsen in ihrem Gehirn die Anweisung erteilte, sich miteinander zu verknüpfen, als ob alle Puzzleteile der jüngsten Ereignisse verstreut auf dem Boden lagen und Maline sie in diesem Augenblick neu und anders zusammensetzen musste.

Die junge Frau machte eine Dreivierteldrehung.

Maline wäre beinah in Ohnmacht gefallen. All ihre Synapsen verknüpften sich gleichzeitig miteinander und ließen die Wahrheit in ihrem Kopf explodieren.

Meine Güte!

Es war, als hätte sich vor ihren Augen ein Vorhang geöffnet und eine neue Szene enthüllt, die zwar unglaublich, aber offenkundig war.

Sie waren allesamt hinters Licht geführt worden, von Anfang an!

Der Fallanalytiker Joe Roblin mit seinen glänzenden Schlussfolgerungen war nur eine Marionette in den Händen eines dämonischen Puppenspielers gewesen. Er hatte sich wie ein Kind manipulieren lassen!

Sie hatten vor ein paar Minuten einen Unschuldigen getötet!

Morten Nordraak hatte niemanden ermordet!

Der wahre Mörder war am Leben, frei und mächtig, mehr als je zuvor.

Maline wusste jetzt, wer er war.

58

ROLLOS GOLDENER RING

6 Uhr 01, Umgebung von Rouen

Der Mann auf dem weißen Sofa konnte sich nicht auf den Plasmabildschirm konzentrieren.

Alles geschah genau jetzt, am Ufer der Seine bei La Bouille, und er war hier, fern, überflüssig. Diese Sache mit dem Schatz in der Seine roch natürlich nach einer Falle, nach einem Coup, den die Polizei gelandet hatte, den sie übrigens gut eingefädelt hatte, sie hatte alle Mittel ausgeschöpft.

Es war ein Coup, den sie eingefädelt hatte, um Nordraak anzulocken. Der norwegische Matrose würde sich in die Höhle des Löwen begeben. Er war nicht besonders klug, seit drei Tagen tat er genau das, was er wollte. Mit ein bisschen Glück würde er sich sogar erschießen lassen! Was durchaus möglich war, die Polizei war bestimmt sehr angespannt, alle hielten Morten Nordraak für den Staatsfeind Nummer eins.

Welche Ironie!

Ein Matrose, der noch nie eine Waffe in der Hand gehabt hatte, der früher in Norwegen nur ein Taschendieb gewesen war, damals minderjährig und noch nicht bei der Marine. Ausnahmsweise einmal würde die Polizei Geschick beweisen. Sie würden Morten Nordraak schnappen. Er war ein idealer Täter, er würde für die Morde die Rübe hinhalten müssen. Wenn er zufälligerweise getötet werden würde, wäre alles perfekt. Der Norweger verdiente genau wie die drei anderen, dass der Fluch ihn ereilte! In wenigen Stunden würde die Armada zu Ende und alles wie zuvor sein, sogar besser als zuvor.

Der Mann sah auf seine Uhr. Die Geschichte von dem Schatz, der bei La Bouille auf dem Grund der Seine liegen sollte, ließ ihm keine Ruhe. Es war bestimmt nur ein Bluff! Da stand bestimmt nichts in Ramphastos' Notizbüchern ... Er wollte sich gedanklich davon überzeugen ... konnte seine Zweifel aber nicht zerstreuen.

Und wenn es doch stimmte? Wenn die Polizei nicht bluffte? Wenn Ramphastos' Notizbücher tatsächlich ein Geheimnis gehütet hatten, von dem er nichts wusste?

Der Mann versuchte, sich zu beruhigen.

Marine war vor Ort!

Niemand verdächtigte sie. Wer konnte sie schon erkennen? Weder Mungaray noch Sokolov noch Ramphastos! Sie sollte ihn anrufen, sobald sie etwas Neues wusste. Sie hatten den besten Plan geschmiedet: Marine würde sich vor Ort versichern, dass die Schatzgeschichte eine Erfindung der Polizei war, während er im Hintergrund agieren würde, damit er unerkannt blieb. Wenn er nach La Bouille gekommen wäre, hätte er Misstrauen erregt.

Er sah abermals auf seine Uhr.

Wie lange er doch warten musste.

Auf dem Wohnzimmertisch lag noch die Hülle einer DVD. *Libertalia – 5. Juli 2003* stand darauf. Er zwang sich, auf den großen

Bildschirm in der Wand zu sehen, sich auf den Film zu konzentrieren.

Der Fernseher zeigte das Standbild einer Überwachungskamera. Die Inneneinrichtung der *Libertalia* war erkennbar. Es musste ziemlich spät sein, denn es waren nur noch fünf Gäste da. An einem Tisch saßen vier Matrosen: Carlos Jésus Aquileras Mungaray, Paskah Supandji, Sergej Sokolov und Morten Nordraak. Sie waren sehr jung, kaum achtzehn Jahre alt. Wie Frömmler, die den Worten eines Priesters lauschten, hörten alle vier einem fünften Matrosen zu, der viel älter war als sie: Ramphastos.

Der Mann auf dem Sofa zischte:

»Wenn man bedenkt, dass an diesem verfluchten Abend alles angefangen hat!«

Ramphastos sprach sehr laut auf Englisch. Trotz der schlechten Bildqualität war seine Rede gut zu hören. Keiner der anderen Matrosen ergriff das Wort, alle schienen sie der Prophetenstimme zu lauschen.

»Das war der Anfang vom Ende«, rief Ramphastos. »Der Anfang vom Ende der Seeräuberei hier im Seinetal, der Tag, an dem Rollo einwilligte, die Plünderungen einer Krone und eines Landes, der Normandie, einzustellen. Rollo war ein Piratenkapitän, ein Adliger, ein Jarl, wie es in den nördlichen Gefilden heißt. Rollo wurde zum ersten Jarl der Normandie! Aber die Wikinger blieben ein Piratenvolk. Gefürchtet auf der ganzen Welt, sogar von den Kaiserreichen! Wisst ihr, was Rollo also gemacht hat?«

Keiner der vier Matrosen antwortete. Doch einer von ihnen, Mungaray, bestellte Ramphastos etwas zu trinken. Eindeutig nicht das erste Glas! Wie eine trunksüchtige Scheherazade würde er sein Glas erst vollständig geleert haben, wenn seine letzte

Geschichte erzählt war. Als er sicher sein konnte, dass er nicht verdursten würde, fuhr Ramphastos fort:

»Über drei Jahre hinweg ließ Rollo an einem Baum im Wald von Roumare einen goldenen Ring hängen. Ohne jede Wache, nur mit dem Verbot, ihn zu stehlen. Könnt ihr euch das vorstellen? Der Jarl, der ehemalige Plünderer, forderte damit alle Wikingerpiraten heraus!«

»Hat niemand den Ring gestohlen?«, wollte der junge Morten Nordraak schließlich wissen.

»Der einzigen offiziellen Geschichte zufolge«, erwiderte Ramphastos geheimnisvoll, »den Memoiren des Dudon de Saint-Quentin, blieb der Ring drei Jahre lang im Wald in der Nähe eines Tümpels hängen. Der Name des Ortes zeugt bis heute davon, Rollo-*mare,* Roumare. Drei Jahre lang wagte niemand, den Ring zu stehlen! Somit waren die Wikinger kein Piratenvolk mehr. Rollo, der Jarl, hatte sich durchgesetzt ... Er hatte gewonnen! Er war gleichzeitig letzter Jarl und erster Herzog der Normandie.«

Ramphastos machte eine Pause, bevor er sagte:

»Aber die wahre Geschichte geht anders ...«

Die vier Matrosen hingen an Ramphastos' Lippen. Er nahm sich die Zeit, sein Bier auszutrinken, und fuhr fort:

»Keiner hat jemals erfahren, dass ein junger Wikinger dem Jarl zu trotzen wagte! In einer sternenlosen Nacht stahl er den Ring. Gleich am nächsten Tag ersetzte Rollo den geraubten Ring durch einen anderen, der genauso aussah. Niemand hat jemals von dieser Schändung erfahren, doch Rollo ließ außerdem den Dieb heimlich suchen. Nach drei Monaten der Verfolgung wurde der junge Wikinger etwas nördlich von Lillebonne gefasst und gefoltert. Rollo wollte wissen, wo sein goldener Ring war, ob es im

Seinetal noch Piraten gab und wo diese Wikinger ihre Beute versteckt hielten! Der junge Wikinger ließ sich elf Tage lang foltern, ohne etwas zu verraten. Als Rollo ihn im Wald von Roumare, an derselben Stelle, wo er den Ring gestohlen hatte, bei lebendigem Leib verbrennen ließ, belegte der junge Wikinger den Jarl der Normandie mit seinem entsetzlichen Fluch! Jeder, der versuchte, die Beute der Piraten des Seinetals zu finden, werde verflucht werden! Kein Jarl, König oder Kaiser werde die Piraten, freie Menschen, jemals daran hindern, über die Welt zu herrschen und jeglicher Autorität zu trotzen! Die Beute der Piraten des Seinetals werde im Laufe der Jahrhunderte immer größer: Durch den Fluch sei sie für immer vor dem geschützt, der sich ihr nähern wolle, um sie zu plündern anstatt sie anzureichern!«

Der Mann erhob sich, hielt den Film an und schaltete den Fernseher aus.

Innerhalb der letzten fünf Jahre hatte er die Aufnahme Dutzende Male gesehen. Die vier jungen Matrosen hatten dem alten Säufer jedes Wort geglaubt! Wie viele tausend Matrosen waren im Laufe der Jahrhunderte abends in einem Wirtshaus von einem gewandten Märchendichter und literweise Bier auf diese Weise angeworben worden? Wie viele leichtgläubige junge Männer waren an Bord schwimmender Gräber gegangen, nachdem sie den Reiseberichten eines alten Seebären gelauscht hatten?

Die vier Matrosen, die an jenem Abend zufällig in der Kneipe gegenüber Ramphastos gesessen hatten, hatten die Enthüllungen des alten Seemanns allesamt für bare Münze genommen. Sie hatten an seine Geschichten geglaubt, an ihr Glück, ihren Segen.

Das Schicksal hatte ihnen diesen viel zu geschwätzigen Trunkenbold vorgesetzt!

In den kommenden Stunden mussten sie nur an eines gedacht haben, an die Beute, die berühmt-berüchtigte Beute, die im Laufe der Jahrhunderte von den Piraten des Seinetals angehäuft und durch einen Fluch geschützt worden war.

Bevor sie ein paar Tage später auseinandergingen, hatten die vier Matrosen vermutlich geschworen, das Geheimnis für sich zu behalten, hatten sich gegenseitig tätowiert, um den Pakt, die Chasse-Partie, zu besiegeln, hatten vereinbart, dem Schatz innerhalb von fünf Jahren auf die Spur zu kommen, und sich 2008 verabredet, um die Beute in vier gleich große Teile zu teilen.

Arme Irre!

Hatten sie Ramphastos nicht zugehört? Was war mit dem Fluch? Die Beute findet nur, wer *sich ihr nähern wollte, um sie anzureichern anstatt sie zu plündern!*

Glaubten sie wirklich, an einem einzigen Abend zu finden, was er seit über dreißig Jahren suchte?

Glaubten sie wirklich, innerhalb kürzester Zeit zu einer Suche in der Lage zu sein, die er schon so lange plante?

Noch einmal sah der Mann auf seine Uhr.

Warum rief Marine nicht an? War etwas passiert?

Nein, es war noch zu früh … Sie würde anrufen, er musste sich gedulden. Er stand auf und überprüfte, ob der Hörer richtig aufgelegt war … Er war es.

Er musste gegen den unwiderstehlichen Drang ankämpfen, sich vor Ort zu begeben und alles mit eigenen Augen zu sehen. Er wusste, dass er jetzt keine unnötigen Risiken eingehen durfte.

Marine würde anrufen.

59

DURCH DIE MASCHEN

6 Uhr 24, Seineufer, La Bouille

Maline ließ ihre Hand schlaff nach unten hängen. Olivier Levasseur, enttäuscht von dem unerwarteten Ende der Streicheleinheit an seinem Rücken, wandte sich zu ihr um. Er nahm ihren verstörten Blick wahr, hatte aber keine Gelegenheit, sie zu befragen.

»Verzeihung«, brachte Maline mit monotoner Stimme hervor. »Ich bin gleich wieder da.«

Maline sah, wie die blonde Frau mit der Wollmütze in der Bauhütte verschwand. Sie durfte sie um keinen Preis aus den Augen verlieren!

Sie schlich sich vorsichtig an. Sie war noch fünfzig Meter von der Bauhütte entfernt, die den Tauchern als improvisierte Garderobe diente, als sie die junge Frau wieder herauskommen sah. Sie trug eine kleine Handtasche aus hellblauem Stoff bei sich.

Maline blickte ihr nach.

Nicht aus den Augen verlieren, nicht auffallen.

Die junge Frau entfernte sich ein bisschen von dem Gedränge. Sie ging ein paar Meter entlang der Uferpromenade und holte, als sie sich vor langen Ohren in Sicherheit wähnte, ein Mobiltelefon hervor. Das Gespräch dauerte nicht länger als drei Minuten.

Sie legte auf, verstaute ihr Handy in der Handtasche und machte kehrt. Maline – noch immer aufmerksam, aber versteckt in der Masse aus Polizeibeamten und Tauchern, die gerade gründlich aufräumten – beobachtete, wie die junge Frau zurückkam.

Sie ging erneut in die Hütte und kam ein paar Minuten später wieder heraus, als wäre nichts gewesen.

Ohne Handtasche.

Sie rückte mechanisch ihre Wollmütze zurecht, der eine blonde Strähne entschlüpft war. Eine merkwürdige, geradezu lächerliche Wollmütze, die zu der grazilen Figur nicht passte. Nach ihrem Gesicht zu urteilen musste die Frau um die dreißig sein, während ihr Körper dem Vergleich mit einer Zwanzigjährigen standhielt. Maline sah dabei zu, wie die Taucherin vor dem Barackenlager eine Druckluftflasche packte, die schwere Last zwischen Arme und Brust klemmte und langsam auf einen hundert Meter entfernten Anhänger zuging, in den die Taucher ihre Ausrüstung legten.

Maline hatte mindestens ein paar Minuten Zeit.

Die Gelegenheit war günstig.

Während die junge Frau ihr den Rücken zukehrte und gemächlich davonlief, eilte Maline ohne groß nachzudenken in Richtung Bauhütte.

Sie ging hinein.

Die Hütte war ein einziger großer Raum. Allem Anschein nach der Frauen-Umkleideraum. Zwei fast fertig umgezogene Taucherinnen warfen ihr ein freundliches »Hallo« zu, Gruß der Verbundenheit zwischen Fremden, die soeben die gleiche körperliche Anstrengung unternommen hatten.

Maline versuchte, so normal wie möglich zu wirken. Nur rund fünfzehn Taschen lagen in der Garderobe, beinah sofort entdeckte sie vor ihr die kleine himmelblaue Handtasche. Gefolgt von den Blicken der beiden Taucherinnen ging sie durch den Raum und beugte sich kurzerhand über die Handtasche.

»Kann ich dir helfen?«, tönte es hinter ihrem Rücken.

Maline erstarrte.

Von schrecklicher Angst gepackt, drehte sie sich langsam um.

Die Frage galt nicht ihr!

Eine der Taucherinnen bat lediglich die andere, an ihrem Rücken die Träger einer Bluse zusammenzubinden. Die beiden schienen Malines Anwesenheit sogar vergessen zu haben. Ohne noch einmal tief durchzuatmen, öffnete sie die Handtasche, schnappte das Handy und ging hinaus, um einen natürlichen Gang bemüht und in dem Wunsch, so schnell wie möglich zu verschwinden.

»Tschüs«, sagte das Mädchen in der Bluse.

»Tschüs!«

Maline kam aus der Bauhütte.

Sie sah sich um. Die junge Frau mit der Mütze war noch nicht einmal zu dem Anhänger gelangt.

Sie ahnte nichts.

Maline überquerte den Parkplatz, auf dem Dutzende emsige Polizeibeamte sämtliche Einsatzmittel aufräumten. Sie ging etwa hundert Meter, hinauf in Richtung Dorfkirche und Landstraße. Sie blieb in Sichtweite, konnte das geklaute Mobiltelefon aber in Ruhe hervorholen.

Sie hatte eine einfache, unverfängliche Idee.

Gleich würde sie es wissen!

Nach ein paar Klicks kam sie zu der Liste mit den ausgehenden Anrufen und wählte die letzte Nummer.

Ein Freiton. Noch ein Freiton.

»Ja?«

Maline wartete ab.

»Marine, bist du's?«

Maline erkannte die Stimme. Sie hatte sich nicht geirrt!

Sie kannte den Mörder!

»Hallo? Marine? Ich kann dich nicht hören.«

Maline würde kein Risiko eingehen. Wenn sie wollte, dass ihr Gesprächspartner sie nicht erkannte, durfte sie nichts sagen. Sie wusste jetzt genug. Sie konnte Kommissar Paturel ausmachen, hundert Meter weiter unten, in ein Gespräch mit seinen Inspektoren vertieft.

Sie würde auflegen und sie benachrichtigen. Danach mussten sie die wahren Übeltäter nur noch abholen.

»Hallo? Wer ist da?«

Nichts sagen. Auflegen!

»Wer sind Sie? Was wollen Sie von mir? Antworten Sie!«

Auflegen, bevor er Verdacht schöpft und sich davonmacht.

»Wer ist da?«

Eine Pause. Dann, genau in dem Moment, als Maline auflegen wollte, gellte die Stimme:

»Sind Sie Maline Abruzze? Wohl oder übel … Sie sind die Einzige, die Marine erkennen konnte! Ich hätte vorsichtiger sein müssen. Wo ist Marine?«

Maline steckte den Schlag weg, schwieg aber weiter. Sie setzte nichts aufs Spiel, sie war im Vorteil, in Sicherheit. Die Stimme sprach lauter in den Hörer:

»Wo ist Marine?«

Keine Antwort. Die Stimme wurde leiser, unruhiger:

»Haben Sie die Polizei verständigt?«

Pause.

»Nein … Haben Sie noch nicht. Okay, hören Sie, verständigen Sie nicht die Polizei, noch nicht. Wir müssen uns treffen, wo Sie wollen, an einem für Sie sicheren Ort. Ich will Ihnen alles erklären. Aber gehen Sie nicht zur Polizei, zeigen Sie nicht meine Tochter an. Geben Sie mir die Gelegenheit, Ihnen alles zu erklären.«

»Okay«, sagte Maline trocken und schnell. »In einer halben Stunde am Kai von Rouen, vor der *Surcouf,* neben der *Cuauhtémoc.* Kommen Sie allein!«

Maline legte auf.

Natürlich hatte sie nicht die geringste Lust auf dieses Treffen, diese plumpe Falle! Sie würde die Polizei verständigen, der Kommissar stand in Sichtweite. Mit ein bisschen Glück, wenn der Mörder so nervös war, wie es am Telefon den Anschein gemacht hatte, mussten sie ihn vor der *Surcouf* nur wie eine Blume pflücken.

Maline fühlte sich leicht, stolz.

Sie hatte gewonnen!

Sie machte ein paar Schritte in Richtung Parkplatz, als das Telefon erneut klingelte.

Überrascht blieb sie stehen.

Sie hob reflexartig ab.

Er!

»Hallo, Maline Abruzze? Ich bin's noch mal …«

Die Nervosität in der Stimme des Mörders war einer beunruhigenden Ironie gewichen.

Nicht mitspielen, nicht antworten!

»Verzeihung, Mademoiselle Abruzze, wie unhöflich von mir. Ich könnte Ihnen anbieten, Sie zur *Cuauhtémoc* mitzunehmen!«

Maline, misstrauisch, sagte immer noch nichts. Worauf wollte er hinaus? Sie musste aufmerksam sein, die Worte im Telefon warfen ein Echo zurück. Er fuhr in demselben Tonfall fort:

»Keine falsche Scheu, wir können gemeinsam fahren. Ich am Steuer! Wo soll ich Sie abholen?«

Der Typ hielt sie für ein dummes Huhn!

Das Echo wurde immer klarer.

»Das können Sie doch nicht ablehnen!«, machte die Stimme.

Plötzlich packte Maline das Entsetzen.

Die letzten Worte des Mörders hatte sie nicht aus dem Lautsprecher des Handys gehört ... sondern hinter ihr!

Im nächsten Augenblick spürte sie an ihrem unteren Rücken den Lauf eines Revolvers.

»Keine Bewegung«, tönte die Stimme. »Kein Wort, kein Schrei. Sie wissen genauso gut wie ich, dass ich nicht bluffe, sondern durchaus töten kann, Sie haben es gesehen.«

Das hatte sie. Maline zitterte, sie saß in einer Falle, die sie selbst gebaut hatte.

Sie rührte sich nicht.

Die Polizei war doch da, Hunderte bewaffnete Polizisten, nur hundert Meter entfernt!

»Wenn Sie schießen«, sagte sie mit einer Stimme, die fest klingen sollte, »war es das für Sie. Die Polizei ist überall.«

»Wenn ich Sie laufen lasse«, machte es hinter ihr, »habe ich keine Chance. Und Marine auch nicht. Wenn ich Sie töte, haben wir eine geringe Chance ... Ich glaube, dass Sie der Polizei noch nichts gesagt haben, also folgen Sie mir, wir gehen.«

Wie gelähmt sah Maline zu den Hunderten Polizisten vor ihr. Sie waren so nah. Allesamt damit beschäftigt, ihren Triumph zu feiern. Am Ufer der Seine wurde ein spontanes Frühstück mit Kaffee und frischem Brot organisiert.

Niemand sah in ihre Richtung.

»Folgen Sie mir«, beharrte die Stimme hinter ihr. »Wenn Sie ein Zeichen geben, wenn ein Bulle zu uns sieht und die Situation erfasst, sind Sie von jetzt auf gleich tot! Spielen Sie nicht mit dem Feuer, folgen Sie mir!«

Maline warf einen letzten verzweifelten Blick auf den Parkplatz. Sie erkannte die zur Seine gewandten Umrisse von Olivier Levasseur, Kommissar Paturel, den Inspektoren. Doch in diesem Augenblick hoffte sie nur eines: dass sie sich nicht umdrehten!

Denn dann würde der Irre sie an Ort und Stelle erschießen. Da war sie sich sicher. Ihre Beine wollten sie kaum mehr tragen, sie wusste, wenn sie mit ihm ging, würde er ihre Leiche irgendwo in einer schmutzigen Ecke entsorgen. Doch sie hatte keine Wahl.

»Ich folge Ihnen«, wisperte Maline tonlos.

Sie gingen ein paar Meter in Richtung Ortsausgang. Der Mörder hielt sich noch immer mit erhobener Waffe hinter ihr.

»Ich habe lange überlegt, ob ich kommen soll«, erläuterte er. »Diese Geschichte von dem Schatz, gefunden in Ramphastos' geheimen Notizbüchern, hat mir zu sehr nach einer groben Falle ausgesehen. Aber die Neugier war stärker, ich musste alles mit eigenen Augen sehen, ich konnte nicht seelenruhig zu Hause auf Marines Antwort warten. Als sie mich angerufen hat, bin ich schon nach La Bouille hinuntergefahren, die Bullen hatten den Ort gerade wieder freigegeben. Als Sie mich angerufen haben, war ich auf der Suche nach einem Parkplatz und habe das Gespräch einfach ein bisschen hinausgezögert, um Sie zu finden …«

Maline fühlte sich dumm, ihr stiegen vor Ärger die Tränen in die Augen. Sie hatte alle Trümpfe in der Hand gehabt und sich an der Nase herumführen lassen.

Der Mörder bedeutete ihr, stehen zu bleiben. Am Straßenrand stand ein kleiner weißer Kühlwagen, ein Renault Kangoo.

»Steigen Sie in den Kühlwagen!«

Maline versuchte zu reagieren.

»Wo bringen Sie mich hin?«

Der Revolverlauf drückte noch ein bisschen fester gegen ihren Rücken, die Stimme des Mörders klang noch ein bisschen ironischer:

»Es wird Ihnen gefallen, Mademoiselle Abruzze, da bin ich mir sicher. Sie werden den Beginn der Parade aus nächster Nähe miterleben. An einem Ort, an dem Sie niemand suchen wird … Ich hoffe allerdings, dass Sie schwindelfrei sind. Los, einsteigen!«

60

KALTER KAFFEE

6 Uhr 57, Seineufer, La Bouille

Olivier Levasseur hielt Ausschau nach Maline.

Ich bin gleich wieder da, hatte sie gesagt … Vor mehr als dreißig Minuten.

Dann war sie in der Menge verschwunden und Olivier hatte sie aus dem Blick verloren, er hatte der Sache keine große Bedeutung beigemessen. Jetzt war er beunruhigt.

Vor dem improvisierten Frühstückstisch sprach er Kommissar Paturel an:

»Maline ist verschwunden!«

Der Kommissar hatte den Mund noch voll mit Croissant und die fröhliche Miene eines Angestellten aufgesetzt, der sich diebisch auf seinen Urlaub freute. Er sah den Pressesprecher belustigt an.

»Sie dürfte nicht weit sein. Bei über zehn Polizisten pro Quadratmeter kann ihr nicht viel passieren … Ich glaube aber, dass sie eine Frau ist, die sich nicht gern anbinden lässt, Monsieur Levasseur.«

Gustave Paturels Humor verlor sich in Olivier Levasseurs trübem Blick.

»Ich meine es ernst, *Commissaire*. Ich mache mir wirklich Sorgen.«

»Aber, aber, Levasseur, Sie sind doch ein großer Junge, und Maline ist ein großes Mädchen …«

»Sie verstehen nicht, *Commissaire*. Als sie mich vorhin einfach grundlos hat stehen lassen, da hätte man meinen können, dass sie ein Gespenst gesehen hat.«

In Paturel erwachte sofort der Instinkt eines Polizisten. Das nächste Croissant blieb zehn Zentimeter vor seinem Mund in der Luft schweben.

»Haben Sie es gesehen, das Gespenst? Wie sah es aus?«

»Eine junge Frau … Eine Taucherin, die sich eine Wollmütze aufgesetzt hat. Ich weiß, das klingt lächerlich, aber …«

Der Kommissar zeigte ihm mit einer Geste an, dass er still sein sollte. Panik stieg in ihm auf. Nordraak hatte eine Komplizin, die berühmte Blondine, die Mungaray aus der *Cantina* gelockt und Sergej Sokolovs Platz auf der *Mir* eingenommen hatte, eine Kellnerin auf der *Surcouf*, hatte Joe Roblin gesagt. Gestern waren sie auf der *Surcouf* gewesen, aber keine Kellnerin hatte gepasst, es war aussichtslos gewesen. Obwohl sie alle möglichen Szenarien zu Ende gedacht hatten, war sie bislang nur eine Randfigur, ein Mädchen, das Morten Nordraak hatte verführen können, keine Mörderin …

Paturel packte Levasseur am Arm:

»Wie sah sie aus? War sie blond?«

»Ja«, murmelte der Réunionese.

»Recht gut gebaut? Vor allem von hinten?«

»Ja … Aber …«

Der Kommissar ließ ihn nicht ausreden und sprach weiter:

»Wann war das?«

»Vor gut … dreißig Minuten ungefähr.«

»Scheiße!«

Kommissar Paturel eilte zu den Inspektoren Stepanu und Cadinot, die ebenfalls frühstückten.

»Ovide, Colette, ihr schnappt euch so viele Leute wie möglich und durchsucht mir die Umgebung, Meter für Meter. Wir suchen zwei Personen. Maline Abruzze und eine Taucherin, gute Figur, vielleicht mit einer Wollmütze auf ihren blonden Haaren.«

Manche Polizisten würden ihren Kaffee kalt trinken … Oder gar nicht trinken …

Kaum eine Viertelstunde später war die Gegend weitläufig durchkämmt worden.

Nichts!

Keine Spur von Maline oder der Blondine mit der Mütze!

Kommissar Paturel bestellte seine Garde in ein Bungalow-Büro, das während der Operation La Bouille als Rechenzentrum diente.

»Colette«, fragte der Kommissar bestimmt, »hast du dich nicht um die Anwerbung der Taucher gekümmert? Wie viele von ihnen waren Frauen?«

Colette Cadinot hatte es nicht nötig, ihre Dateien aufzurufen. Sie wusste die Antwort:

»Wir hatten hundertdreizehn Taucher, davon genau neunzehn Frauen. Wenn die Gesuchte einen Tauchanzug getragen hat, dann war sie offiziell akkreditiert, sonst hätte sie keinen Zutritt gehabt. Sie muss also auf meiner Liste stehen!«

Die Inspektorin öffnete eine Computerdatei und fuhr fort:

»Ich habe Alter und Anschrift von allen Taucherinnen. Wir haben über jede Nachforschungen angestellt, so gut wie an einem Tag möglich. Aber keine hat auch nur den geringsten Bezug zur *Surcouf,* das habe ich überprüft.«

»Okay«, sagte Paturel. »Es ist nicht deine Schuld. Das war sogar der Zweck der Operation: sie anzulocken. Man könnte behaupten, dass uns das gelungen ist. Jetzt müssen wir sie identifizieren! Levasseur, wie alt war die Frau Ihres Erachtens?«

Olivier Levasseur versuchte, sich zu konzentrieren.

»Um die dreißig, würde ich sagen. Vielleicht jünger …«

»Okay«, sagte der Kommissar. »Colette, entferne aus deiner Liste alle Taucherinnen, die unter zwanzig und über vierzig sind. Wie viele bleiben übrig?«

Colette Cadinot sortierte so schnell sie konnte die Namen aus ihrer Tabelle.

»Es sind jetzt noch elf«, erwiderte sie.

»Colette, du druckst mir die Liste mit den elf Namen aus. Wir riegeln die Zone ab und erfassen alle Taucherinnen, die noch da sind. Überprüft mir die Personalien. Die meisten frühstücken noch, nehme ich an. Mit ein bisschen Glück ist die Einzige, die fehlt, unsere Frau!«

Der brutale Einfall der Polizei in die ländliche, gesellige Atmosphäre am Seineufer löste Verblüffung aus. Jede der wenigen Frauen, meist in galanter Begleitung, sah sich plötzlich von mehreren Polizeibeamten umzingelt.

Kaum drei Minuten später hatte Kommissar Paturel ein Ergebnis: Von den elf Taucherinnen waren noch sieben vor Ort.

Er presste die Lippen aufeinander.

»Wir haben noch vier Namen! Es muss eine von den vieren sein! Colette, lies uns bitte die Liste vor.«

Colette Cadinot nannte die ihr bekannten Details:

»Carole Gonclaves, 31 Jahre, Route des Roches 19, Orival, vom Unterwasserklub der Region Elbeuf, Sophie Bouvier, 24 Jahre,

Boulevard Clemenceau 5, Le Havre, vom Tauchklub Paul Eluard, Marine Barbey, 35 Jahre, Rue d'Ecosse 12, von Normandie Plongée, Virginie Poussart, 25 Jahre, Résidence du Panorama in Mont-Saint-Aignan, von der Hochschulsportgemeinschaft der Universität Rouen.«

Kommissar Paturel sah auf seine Uhr. Er zögerte keine Sekunde.

»Scheiße, wir haben keine Wahl! Wenn Maline Abruzze in Gefahr ist, müssen wir Dampf machen. Das schulden wir ihr! Jeder kümmert sich um eine Frau. Colette, du versuchst, Carole Gonclaves zu finden, Jérémy, du übernimmst Sophie Bouvier, Ovide, du befasst dich mit Virginie Poussard und ich übernehme Marine Barbey. Jeder nimmt drei Beamte mit. Wenn niemand zu Hause ist, verschaffen wir uns Zutritt und durchsuchen die Wohnung! Levasseur, Sie lassen Ihr Mobiltelefon eingeschaltet. Sie sind der Einzige, der die Frau wirklich identifizieren kann, wir werden Sie brauchen.«

Die kupferfarbene Haut des Réunionesen war noch nie so blass gewesen.

61

ZWISCHEN HIMMEL UND SEINE

6 Uhr 59, Ufer von Rouen

Der weiße Renault Kangoo parkte an dem fast menschenleeren Ufer von Rouen, in der Nähe des Musée Maritime. Maline sah, wie sich plötzlich die Tür des Kühlwagens öffnete und eine Waffe auf sie gerichtet wurde.

»Umdrehen.«

Würde er sie hier erschießen, in diesem Lieferwagen? Die Angst lähmte sie. Es gelang ihr nicht, ihre Gedanken zu ordnen, eine Lösung zu finden, um aus der Situation herauszukommen.

»Umdrehen!«, beharrte die Stimme.

Maline drehte sich zu der kalten Wand. Zum Glück war die Gefrierfunktion im Inneren des Fahrzeugs nicht eingeschaltet. Sie spürte den Mörder in ihrem Rücken.

Was würde er tun? Würde ihr Leben hier ein Ende finden, in diesem Wagen, an dem verlassenen Kai? Der Schweiß lief ihr den Rücken hinab.

»Strecken Sie die Handgelenke aus«, befahl die Stimme.

Die Anweisung beruhigte Maline, er wollte sie nicht sofort umbringen. Sie streckte ihm die Hände entgegen und spürte, wie ein Seil in ihre Haut einschnitt. Der Mann band ihr die Arme hinter den Rücken. Er machte das Seil mithilfe eines komplexen Seemannsknotens fest.

»Gut, kommen Sie langsam heraus. Ich bleibe hinter Ihnen, wir gehen dicht beieinander, wie ein Liebespaar.«

Er drückte sich an Maline und sie gingen ein paar Meter. Das Ufer war noch immer menschenleer. Vor ihnen überragten sie die weißen, über achtzig Meter hohen Brückenpfeiler des Pont Gustave Flaubert. Maline stellte fest, dass der Verkehr unterbrochen war: Bald würden die beiden Fahrbahnplatten der Hebebrücke angehoben, damit die Dreimaster passieren konnten. Die Durchfahrt der Schiffe unter den Fahrbahnplatten der höchsten Hebebrücke Europas, die erst vor ein paar Wochen eingeweiht worden war, musste das schönste Bild der Armada 2008 abgeben. Die Fahrbahnplatten erhoben sich horizontal und bildeten an ihrem höchsten Punkt, in fünfundfünfzig Metern Höhe, den prächtigsten Triumphbogen zu Ehren der Seefahrt.

Maline spürte den Revolverlauf in ihrem Rücken.

Würde sie für das Schauspiel noch lange genug am Leben sein?

Was wollte ihr Angreifer? Was würde er mit ihr machen?

»Gehen Sie ein bisschen rückwärts«, sagte der Mann.

Sie traten ein paar Schritte zurück und versteckten sich hinter dem nächstgelegenen Bootshaus. Der Mann hob seinen Mund vor Malines Ohr:

»Der Techniker des Pont Flaubert verlässt gleich seine Kabine, um sicherzugehen, dass niemand auf der Brücke ist. Der Verkehr ist schon seit dreißig Minuten unterbrochen. Wenn er mit seiner Inspektion fertig ist, kehrt er in die Kabine zurück und betätigt den Hubmechanismus. Zwischen dem Moment, wo der Techniker den Fahrbahnplatten den Rücken zukehrt und dem Moment, wo er die Brücke anhebt, vergeht ein bisschen mehr als eine

Minute. Sobald ich es Ihnen sage, kommen Sie mit! Keine falsche Bewegung!«

Maline begriff. Die herrliche Aussicht auf die Parade, der Schwindel.

Der Wahnsinnige würde sie auf den Pont Flaubert entführen!

Nach ganz oben!

Warum?

Was hatte er vor?

Ein paar Minuten später sah Maline, wie ein Techniker auftauchte, überprüfte, ob die Brücke tatsächlich leer war, und wieder auf die Führungskabine am unteren Ende eines Pfeilers zuging.

»Jetzt«, sagte der Mann. »Schnell!«

Maline hatte keine Wahl. Die verrückte Aktion des Schwerverbrechers bedeutete für sie immerhin eine Gnadenfrist. Er hätte sie längst erschießen können.

Maline sah sich um, doch um sie herum blieb es hoffnungslos leer. Die Zufahrt zum Pont Flaubert war lange zuvor gesperrt worden. Sie stiegen über das Betongeländer vor der Zufahrtsstraße und erreichten schnellen Schrittes, leicht gebückt, die Fahrbahnplatten.

Sie waren nur wenige Meter über der Seine gelaufen, da spürte Maline das ganze Gewicht ihres Angreifers auf sich. Er warf sie zu Boden, hielt sie dabei aber kaum fest. Da Maline die Hände auf dem Rücken zusammengebunden hatte, konnte sie sich nicht abstützen. Sie drehte sich reflexartig im Fall, sodass nicht ihr Gesicht, sondern ihre Schulter heftig auf dem Beton aufschlug.

Anschließend drückte der Mann Maline nieder, ein starker Schmerz durchfuhr sie. Er flüsterte:

»Um nicht gesehen zu werden, müssen wir mindestens so lange

liegen bleiben, bis die Fahrbahnplatten zwanzig Meter nach oben gefahren sind. Wenn wir uns dann nicht zu nah an den Rand begeben, sind wir für keinen Beobachter auf der Seine oder an den Ufern sichtbar.«

Er war verrückt!

Sie spürte seinen Körper auf ihr, in ihrem Nacken den kalten Revolverlauf.

Die Schulter tat ihr furchtbar weh, aber sie lebte.

Wie lange noch?

Die Fahrbahnplatten bewegten sich!

Die schweren Stahlketten ächzten.

Sie wusste, dass das Anheben der beiden 2600 Tonnen schweren Platten bis zu der maximalen Höhe von fünfundfünfzig Metern insgesamt zwölf Minuten dauerte.

Obwohl sie schreckliche Angst hatte, ließ Maline sich von dem irritieren, was sie überkam. Dem gewaltigen Betonsockel, der wie ein gigantischer Aufzug horizontal nach oben stieg, dem Wind, der allmählich immer stärker wurde und ihr ins Gesicht peitschte, dem immer näher rückenden Himmel.

Sie blickte nach oben. Das über sechs Zentimeter dicke Stahlseil setzte eine gewaltige Kraft frei und wickelte sich um die Flügel des Brückenpfeilers, der jetzt unglaublich nah war.

Langsam begriff Maline.

Er war gar nicht so verrückt.

Falls jemand ihr Verschwinden bemerkte – wer könnte auf die Idee kommen, sie hier oben, auf der Fahrbahn des Pont Flaubert, zu suchen?

Plötzlich stoppte die schwerfällige Bewegung, als würde das Stahlseil von einem gigantischen Gebiss festgehalten. Die Fahrbahnplatten blieben stehen. Sie befanden sich nun fünfundfünfzig Meter über der Seine.

Der Mann ließ von ihr ab, blieb aber gebückt und richtete noch immer seine Waffe auf sie:

»Wir stehen vorsichtig auf. Wenn Sie zu nah an den Rand rücken, in der Hoffnung, dass Sie jemand sieht, erschieße ich Sie.«

Um sich mit verbundenen Händen zu erheben, musste Maline sich auf die Ellbogen stützen. Erneut durchfuhr ein unerträglicher Schmerz ihre Schulter. Der Mann machte keine Anstalten, ihr zu helfen. Der scharfe Wind blies ihr ins Gesicht wie auf einer Klippe am Meer.

Endlich hatte sie sich aufgerichtet.

Ein paar Sekunden lang vergaß Maline, dass ein Mörder sie bedrohte und alsbald ihre Leiche von dieser 2600 Tonnen schweren, gen Himmel gerichteten Grabsäule stürzen würde.

Auf der angehobenen Fahrbahn, direkt über den Masttoppen, war der Blick auf die Seine atemberaubend.

Sie befanden sich genau zwischen den beiden Ufern, den aneinandergereihten Großseglern, dem wachsenden Betrieb an Deck der Schiffe, die sich auf die Abfahrt vorbereiteten, und den Segeln, die allmählich gehisst wurden. Wie ein außergewöhnlicher Film mit Tausenden Statisten. Das Panorama umfasste neben den Ufern auch ganz Rouen und die in Richtung des Flusses strömenden Menschen.

Ihr Angreifer lächelte sadistisch:

»Der schönste Blick auf die Armada, oder? Zur besten Zeit? Wie immer, Mademoiselle Abruzze, sind Sie zur richtigen Zeit am richtigen Ort … Ich beneide Sie, Mademoiselle Abruzze, nur wenige Menschen auf dieser Welt dürfen einem so schönen

Schauspiel beiwohnen, bevor sie die Augen für immer schließen.«

Maline drehte sich um und fragte aggressiv:

»Was haben Sie mit mir vor?«

»Sie lassen mir seit heute Morgen keine Wahl … Ich habe lange nachgedacht. Nicht darüber, ob ich Sie am Leben lasse, da will ich Ihnen keine Illusionen machen, sondern über die Art und Weise, wie ich es Ihnen nehme. Zunächst hatte ich die Idee, sie zum Sprung zu zwingen … Das hätte mir sehr gefallen. Fünfundfünfzig Meter, das überleben nicht viele … Der Weltrekord im Wasserspringen liegt bei vierundfünfzig Metern! Aber Sie sind erstaunlich überlebensfähig, Maline. Doch vor allem hätte jemand am Ufer oder auf einem Dreimaster Sie fallen sehen können. Und ich säße hier oben auf der Fahrbahn in der Falle. Ich werde also eine langweiligere Methode anwenden müssen, die sich allerdings in letzter Zeit bewährt hat, Sie werden sehen.«

Er schob einen Hemdzipfel ein wenig zur Seite: An seinem Gürtel war ein Dolch befestigt.

Maline gefror das Blut in den Adern.

Sie konnte sich nicht vorstellen, in ein paar Sekunden ihr Leben zu verlieren, zu spüren, wie die Klinge ihr Herz durchstieß. Aber sie konnte ihren Blick nicht von dem Dolch abwenden.

Der Mann war verrückt und entschlossen. Wer konnte sie von hier schon retten? Niemand, gar niemand wusste, wo sie war! Sie kämpfte erneut mit den Tränen und hielt sich mit Mühe zurück.

Durchhalten. Sie musste jetzt durchhalten, bis zum Schluss.

»Und … Und wenn Sie meine Leiche hier liegen lassen, was machen Sie dann?«

Abermals erglomm die Ironie auf dem Gesicht des Mörders.

»Ich könnte Ihnen erst antworten, wenn es so weit ist, es würde Sie nicht mehr kümmern. Aber ich denke, dass ich den ganzen Vormittag das wunderbare Schauspiel der Segelschiffe genieße, die unter dieser Brücke hindurchfahren. Dann gehe ich genauso unbemerkt wieder nach unten, wie wir nach oben gegangen sind. Sie haben gesehen, dass das nicht schwer ist … Ich gestehe, dass ich morgen genüsslich die Zeitung lesen werde: *Das unfassbare Rätsel von der Frau, die in fünfundfünfzig Metern Höhe inmitten der Hebebrücke erdolcht aufgefunden wurde.* Von einem Engel getötet? Eine harte Nuss, für die Polizei noch interessanter als der Doppelmord an der Blauen Kapelle, oder?«

Maline versuchte, ihre Gedanken zu ordnen. Der Mann hatte keinerlei Skrupel. Andererseits hatte er es nicht eilig, das war die Gunst der Stunde, sie musste also Zeit gewinnen.

Koste es, was es wolle.

Um nicht die Hoffnung zu verlieren.

Sie tat so, als wollte sie ein Stück nach vorn gehen. Sofort richtete sich der Revolver auf sie.

»Stehen bleiben!«

»Wenn Sie schießen, wird Sie der Knall verraten!«

»Vielleicht … Vielleicht auch nicht. Sie werden tot sein, Sie werden es nie erfahren.«

Maline ging zwar nicht weiter, schätzte aber die benötigte Zeit ab, um zwei Meter zu rennen und über die Balustrade der Fahrbahn zu springen.

Wenige Sekunden. Er hätte vielleicht nicht mehr die Zeit zu schießen.

Doch sie würde einen so gut wie sicheren Tod wählen, einen Sprung aus fünfundfünfzig Metern Höhe, die Hände auf den

Rücken gebunden. Aus dieser Höhe würde der Wasserspiegel die Dichte eines Betonblocks haben!

Und wenn es ihre einzige Chance war?

Nachdenken, Zeit schinden.

»Bevor ich sterbe«, fragte Maline, »würde ich gern wissen, was jemanden dazu treibt, drei unschuldige Matrosen brutal zu erdolchen …«

»Ah«, machte der Mann. »Die Journalistin spricht. Nicht sterben, ohne Bescheid zu wissen … Ich tue Ihnen den Gefallen, ich erzähle Ihnen eine Geschichte, Mademoiselle Abruzze. Wir haben Zeit, oder? Setzen Sie sich.«

Maline setzte sich widerwillig. Der Mann legte auf sie an.

»Vor inzwischen langer Zeit, vor fast fünfundzwanzig Jahren, war ich wie diese jungen Matrosen. Eingebildet, gierig, fasziniert von der Suche nach einer Beute, die mich steinreich machen würde. Davon, ein Vermögen zu plündern, das unter Wasser auf mich wartete. Ich konnte mit diesen Geschichten von einem Fluch nichts anfangen, von Würde, von Respekt vor einer Beute, die über Jahrhunderte hinweg angehäuft worden war. Ich war nahe dran an dem Schatz, hatte ihn sogar fast gefunden, meine Tochter war dabei, ich hatte meine Familie zu Leichtsinn verleitet. Als ich wieder auftauchte, war meine Frau nicht mehr bei mir, ein paar Meter weiter schwamm sie in ihrem Blut, tot!«

»Was war passiert?«, fragte Maline verwundert.

»Die dämlichen Bullen haben auf einen Jagdunfall geschlossen, wobei der Schuldige nie gefunden wurde. Schicksal, haben sie gesagt … Schicksal! Ich habe jahrelang darüber nachgedacht. Was unterscheidet das Schicksal, die Vorsehung, von einem Fluch? Einem Bann? Für Muriels Tod bin ich allein verantwortlich, ich allein habe ihr dieses Schicksal beschert. Dabei war ich gewarnt.

Die Strafe würde treffen, wer sich nicht reinen Herzens der Beute näherte. Wer sich ihr näherte, um sie zu rauben anstatt sie zu beschützen.

Ich war gewarnt und wollte nicht hören.

Muriel ist tot. Sie musste sterben, damit mir die Augen aufgehen. Damit uns die Augen aufgehen, Marine und mir.«

Maline dachte an Joe Roblins Worte, an das Aître Saint-Maclou, die Schizophrenie des Mörders. *Es ist ein bisschen wie mit einem schüchternen Verehrer, der eine Frau begehrt, die er nicht anzurühren wagt, gegenüber allen anderen Verehrern aber eine zwanghafte Eifersucht verspürt.* Seit dem Unfalltod seiner Frau während eines Tauchgangs wagte er nicht mehr, die Beute zu begehren, geschweige denn sich ihr zu nähern … Aber die Vorstellung, ein anderer könnte sie aufspüren, könnte ihr sogar nahe kommen, ohne dabei den Tod zu finden, war für ihn unerträglich.

Er hatte den Verstand verloren!

Maline versuchte, ihn in die Enge zu treiben:

»Also haben Sie die drei Matrosen und indirekt auch Morten Nordraak nur deshalb getötet? Weil Sie nicht ertragen konnten, dass sie die Beute vor Ihnen finden …«

Anders als Maline gehofft hatte, hatte sie den Mann nicht verärgert:

»Das verstehen Sie nicht, Mademoiselle Abruzze. Niemand versteht das. Ich selbst musste erst meine Frau opfern, bevor ich verstand. Aus Ihrer Sicht bin ich ein Krimineller, der tötet, weil er ein riesiges Vermögen nicht teilen will, weil er es für sich allein haben will … Etwas anderes als Habgier können Sie nicht nachvollziehen, niemand kann das, dabei hat das Gold nichts damit zu tun … Und auch nicht der Reichtum …«

Wieder dachte Maline an Roblins Metapher. Der Profiler hatte recht gehabt. Der Mann litt unter einem Triebverzicht, er wollte nicht zugeben, dass er die Beute begehrte. Das Töten war Substitution, wie bei einem Sadisten, der Sexualverbrechen beging, weil er das Verlangen nach einer Frau unterdrückte.

Plötzlich wurde die Stille ihres Adlerhorsts durch Malines klingelndes Handy zerrissen.

Hoffnung?

Jemand hatte ihr Verschwinden bemerkt! Olivier hatte Alarm geschlagen, es wurde nach ihr gesucht. Mit den Händen auf dem Rücken konnte Maline nicht abheben.

Ihr Angreifer ließ das Telefon klingeln. Als er hörte, dass ihr eine Nachricht hinterlassen wurde, griff er ohne zu zögern in ihre Hosentasche und nahm das Handy an sich.

Wer suchte sie? Olivier? Christian Decultot? Kommissar Paturel?

Der Mann setzte ein sadistisches Grinsen auf.

»Raten Sie mal, wer Sie angerufen hat, Mademoiselle Abruzze. Nein, das erraten Sie nie!«

Das Grinsen wurde noch teuflischer.

»Ihr Vater! Er weist darauf hin, dass Ihre Cousins aus der Bourgogne abgereist sind, ein bisschen beleidigt, weil sie Sie nicht gesehen haben. Jetzt haben Sie zumindest eine gute Ausrede, um sie nie wiederzusehen! Allerdings erinnert Ihr Vater Sie an Ihr Versprechen: Sie sollen ihn noch heute Morgen in Oissel abholen, um ihn zur Parade auf der Seine mitzunehmen. Das ist nicht gerade vernünftig, Mademoiselle Abruzze … Etwas zu versprechen, das Sie nicht halten können! Das ist nicht nett gegenüber Ihrem alten Vater. Kommen Sie schon … Machen Sie sich keine allzu großen Vorwürfe, er wird nicht lange böse sein. Ich bin mir sicher, dass er Verständnis hat, wenn er erfährt, dass Ihr hübscher Körper am Morgen der Parade erdolcht aufgefunden wurde …«

Die Augen schließen. Laufen. Springen.

Doch der Wind warf sie zu Boden.

Sie war wie gelähmt, unfähig zu jeder Handlung.

62

FÜNF GEISTER

7 Uhr 23, Rue d'Ecosse 12

Kommissar Paturel hielt die Hand des Polizeibeamten zurück, der gerade auf die Sprechanlage drücken wollte.

Marine Barbey – 315 – Dritte Etage.

»Wir klingeln bei jemand anderem, um uns die Haustür öffnen zu lassen«, erklärte der Kommissar, »und gehen direkt in die dritte Etage. Ich will, dass wir diese Marine Barbey überraschen.«

Eine Nachbarin machte ihnen die Tür auf. Die vier Polizisten gingen die enge Treppe in dem Haus in der Rue d'Ecosse hinauf. Ein gewöhnliches, modernes Gebäude, das unlängst renoviert worden war. Der Kommissar sah sich vor. Unter den vier Verdächtigen hatte er sich bewusst für Marine Barbey entschieden. Eine Intuition, eine Assoziation, eine klare Analogie zwischen den Matrosenmorden und diesem Vornamen, Marine. Eine zu klare Analogie? Nicht unbedingt. Der Kommissar glaubte nicht an Zufälle.

Sie blieben stehen. An der Wohnungstür Nummer 315 stand kein Name.

Gustave Paturel klopfte.

Wenige Sekunden später ging die von einer Türkette zurückgehaltene Tür einen Spalt weit auf.

»Marine Barbey? Ich bin *Commissaire* Gustave Paturel. Sie haben doch gerade an der Tauchaktion bei La Bouille teilgenommen? Wir würden Ihnen gern noch ein paar Fragen stellen.«

»Gibt es ein Problem?«, fragte die Frauenstimme erstaunt.

Auf dem Weg hatten sie ihre Argumentation vorbereitet.

»Nein, nein. Es gibt kein Problem. Wir denken nur, dass der getötete Mörder, Morten Nordraak, ein oder mehrere Komplizen vor Ort hatte. Wir haben eine Liste mit möglichen Verdächtigen. Wir befragen derzeit alle Zeugen, ob ihnen ein paar Gesichter etwas sagen.«

Die junge Frau wirkte nicht ganz überzeugt, öffnete aber die Tür. Die vier Polizisten traten ein. Marine Barbey kam offenbar gerade aus der Dusche. Sie trug einen weißen Bademantel, auf den ihre langen blonden Haare tropften.

Sie ist es, dachte Gustave Paturel.

Der Bademantel ließ Marine Barbeys Statur nur erahnen, doch sie entsprach genau der Beschreibung: groß, schlank, blond.

»Entschuldigen Sie bitte«, sagte Marine Barbey. »Ich habe geduscht. Ich bin gerade erst aus La Bouille zurückgekehrt und habe mich furchtbar schmutzig gefühlt. Mein erster Tauchgang in der Seine … Normalerweise tauche ich im Schwimmbad oder im Meer … Was hat es mit dieser Zeugenaussage auf sich, Inspektor?«

»*Commissaire* … *Voilà*, Polizeibeamter Da Costa zeigt Ihnen ein paar Fotos. Sie müssen uns nur sagen, ob Sie eine der Personen heute Morgen in der Sicherheitszone gesehen haben.«

»Warum haben Sie uns nicht vorhin gefragt?«

Paturel hatte die Frage erwartet.

»Wir hatten die Information zu dem Zeitpunkt noch nicht. Keine Sorge, es dauert nur ein paar Minuten.«

Poizeibeamter Da Costa holte die Verbrecherkartei der Region hervor, die sie aus Gründen der Glaubwürdigkeit mitgebracht hatten. Der Plan war simpel: Während Da Costa Marine Barbey beschäftigte, würden Gustave Paturel und die zwei anderen Polizisten sich unauffällig in der Wohnung umsehen, in der Hoffnung, eine Spur, ein Detail zu entdecken, das die Frau mit dem vierfachen Mord in Verbindung brachte. Ein Frontalangriff wäre selbstmörderisch gewesen: Sie hatten keinerlei Gewissheit, dass es sich um die Gesuchte handelte, und selbst wenn sie es wäre, hatten sie nicht den geringsten Beweis.

Marine Barbey zeigte sich kooperativ. Entweder sie fühlte sich sicher oder sie spielte freiwillig mit, um es den Polizisten nicht zu leicht zu machen. Da Costa blätterte durch einen dicken Ordner mit mehreren Hundert Fotos. Kommissar Paturel ging indessen durch die Wohnung.

Nichts fiel ins Auge. Weder Nippes noch Staub noch Bilderrahmen mit privaten Fotos.

Kein Indiz.

Die Wohnzimmereinrichtung war schlicht, ein Tisch, an dem Marine Barbey mit Da Costa saß, ein weißes Ledersofa, ein Wohnzimmertisch und ein sehr großer, in die Wand eingelassener Plasmafernseher. Ein bisschen freundlicher machten den Raum nur ein paar neutrale Fotos von Seelandschaften an den übrigen Wänden.

Nichts erregte Anstoß. Nichts, woran man sich festhalten konnte.

Gustave Paturel musste sich etwas einfallen lassen. Zunächst musste er sich vergewissern, dass Marine Barbey tatsächlich die junge Frau mit der Mütze war.

Er hüstelte:

»Verzeihen Sie die Störung, Mademoiselle Barbey. Hätten Sie ein Glas Wasser für mich?«

Lächelnd blickte sie auf und erwiderte ohne Allüren:

»Ich bringe Ihnen etwas, *Commissaire*.«

Sie erhob sich und ging in Richtung Küche. Paturel nahm sein Mobiltelefon in die Hand. Während die Frau sich reckte, um ein Glas aus einem Regal zu holen, legte der Kommissar einen Finger auf den Auslöser.

Marine Barbey drehte ihm ein paar Sekunden den Rücken zu, um das Glas am Wasserhahn aufzufüllen. Der Kommissar richtete die Kamera aus und hustete, damit sie das leise Klicken des Auslösers nicht hörte. Wenn Marine Barbey etwas mitbekommen hatte, ließ sie es sich nicht anmerken.

Sie reichte dem Kommissar anmutig lächelnd das Wasserglas und kehrte zu dem Tisch zurück, um die Porträts der scheinbaren Verdächtigen zu studieren. Gustave Paturel holte ein Aspirin aus der Tasche und leerte das Glas in einem Zug. Er hatte wirklich Kopfschmerzen! Ohne hinzusehen drückte er die richtigen Tasten und sendete das Foto an Olivier Levasseur. Er verkniff sich ein selbstzufriedenes Lächeln. Solche technischen Meisterleistungen waren normalerweise nicht seine Stärke.

Er ging noch einmal durch die Wohnung, wagte aber nicht, die anderen Zimmer zu betreten.

»Verzeihen Sie nochmals, Mademoiselle Barbey, tauchen Sie oft?«

»Nicht so oft, wie ich gern würde … Eigentlich bin ich auf der Suche nach einer Stelle. Finanziell gesehen ist das Tauchen …«

Sie wirkte vollkommen entspannt … Aber sie log!

Diese Wohnung war nur eine Kulisse, eine Fassade, viel zu neutral, um nicht etwas zu verbergen!

Um was zu verbergen? Wo sollte er suchen?

Drei Töne zeigten an, dass auf seinem Handy eine Nachricht eingegangen war.

»Verzeihung …«

Gustave Paturel las die SMS.

Es war Olivier Levasseur, die Nachricht war kurz. Eindeutig.

Sie ist es.

Kommissar Paturel tat sein Möglichstes, um seine Aufregung zu kaschieren. Diese Frau war also die Komplizin eines Mannes, der in den letzten drei Tagen vier Menschen getötet hatte! Von ihrer Aussage hing vielleicht das Leben eines fünften Opfers ab: Maline Abruzze. Kurz dachte Paturel darüber nach, die Karten auf den Tischen zu legen, Marine Barbey festzunehmen, ihr Handschellen anzulegen, die Wohnung von oben bis unten zu durchsuchen …

Aber setzte er dadurch nicht alles aufs Spiel, würde er Maline Abruzze nicht endgültig ins Verderben stürzen?

Die Frau wirkte selbstbewusst. Es war gut möglich, dass in der Wohnung nichts Verdächtiges zu finden war. Ohne Beweise würde sie sich nicht erweichen lassen, würde sie die zu Unrecht Angeklagte spielen. Er hätte verloren. Er musste einen Angriffspunkt finden, die Andeutung einer Spur, irgendeinen Hebel …

Erneut ließ er den Blick durch den Raum schweifen.

Nichts!

Nichts außer kahlen Wänden, einem blütenweißen Sofa, einem Wohnzimmertisch, einem modernen Plasmabildschirm …

Nichts …

Abermals inspizierte der Kommissar die wenigen Bilder und nackten Möbel, bis sein Blick an der leuchtend grünen Anzeige des DVD-Laufwerks unter dem Plasmafernseher hängen blieb.

Er stand auf Pause.

Das logische Denkvermögen des Kommissars setzte sich in Gang.

Die junge Frau hatte also eine DVD angesehen, bevor sie gekommen waren! Merkwürdig, hatte sie nicht gesagt, dass sie gerade aus La Bouille komme, dass sie geduscht habe? Wie hatte sie die Zeit gefunden, eine DVD anzusehen? Es sei denn, das Laufwerk hatte bereits auf Pause gestanden, als sie heimgekehrt war ...

Gustave Paturel starrte zu der Fernbedienung auf dem weißen Sofa. Der einzige Gegenstand, der in dem allzu aufgeräumten Zimmer herumlag.

Was setzte er eigentlich aufs Spiel?

Er ging ein paar Schritte vor, lehnte sich über das Sofa und griff geradewegs nach der Fernbedienung.

Die Maske fiel sofort.

Marine Barbey blickte auf und sah den Kommissar unverwandt an, aus plötzlich blutunterlaufenen Augen, als hätte er etwas Heiliges angefasst, als hätte er ihre Privatsphäre verletzt. In einem verzweifelten Impuls versuchte sie, nach vorn zu stürzen, doch Polizeibeamter Da Costa hielt sie fest.

Es war zwecklos. Es war zu spät. Kommissar Gustave Paturel hatte bereits auf Play gedrückt.

Auf dem riesigen Bildschirm erschienen vor dem unverwechselbaren Hintergrund der *Libertalia* Carlos Jésus Aquileras Mungaray, Paskah Supandji, Sergej Sokolov, Morten Nordraak und Ramphastos.

Quicklebendig!

Fünf Geister!

Als ob die fünf brutal ermordeten Opfer aus dem Jenseits gekommen wären, um ihren Mörder anzuklagen!

Niemand rührte sich mehr in dem Zimmer. Da Costa umklammerte jetzt fest Marine Barbey, die auf ihrem Stuhl saß. Die vier Polizeibeamten sahen sich den Film an und versuchten, das Gesehene zu verstehen. Die Aufnahme war beinah tonlos, selbst Ramphastos schwieg. Nach ein paar Minuten zeigte die Überwachungskamera, wie die fünf Matrosen sichtlich unzufrieden die Kneipe verließen, weil der Wirt schließen wollte und sie hinausdrängte. Die Kamera filmte eine ganze Weile die leeren Stühle, bevor eine junge Frau kam und aufräumte.

Alle erkannten Marine Barbey, ein paar Jahre jünger. Sie fing an, die Stühle umgedreht auf die Tische zu stellen. Das Standbild der Überwachungskamera schien unendlich.

Sie ist es, dachte Kommissar Paturel. Sie ist die letzte Verbindung, Nordraaks berühmte Komplizin.

Die Kellnerin der *Libertalia!*

Eine Kellnerin, wie Joe Roblin vermutet hatte. Die junge Kellnerin hatte an jenem Abend alles gehört, Ramphastos' Fabeln, seine Geschichten von Piraten, von einem Schatz, einer Beute. Es musste ein Leichtes gewesen sein, zu der Gruppe der jungen Matrosen Zugang zu finden. Wahrscheinlich hatte sie sich in Morten Nordraak vernarrt, war seine Komplizin geworden, hatte sich bereit erklärt, ihn bei der Tötung der drei anderen zu unterstützen … und von Ramphastos, des letzten störenden Zeugen, den sie jeden Abend beobachtet hatte … Aber Nordraak war jetzt tot. Marine Barbey war verhaftet. Dieses Mal war der Fall definitiv abgeschlossen! Er musste der Verrückten nur noch das Geständnis abringen, was sie mit Maline Abruzze gemacht hatte!

Der Kommissar atmete auf. Zumindest kurz.

Aus den Lautsprechern des Plasmabildschirms tönte das Geräusch einer laut zuschlagenden Tür. Alle Blicke richteten sich wieder auf den Film. Eine Männerstimme aus dem Off durchbrach die Stille der geschlossenen Kneipe.

»Meine Güte, endlich sind sie weg. Teufel noch eins! Du hast es gehört, Marine. Der alte Säufer hat ihnen alles erzählt! Sie wissen alles! An einem einzigen Abend haben sie alles erfahren, von vorne bis hinten. Alles ist verloren! All die Jahre sind verloren.«

Marine Barbeys zarte Gestalt auf dem Bildschirm versteifte sich. Sie ließ einen Stuhl los und starrte auf die Tür, von wo die Stimme kam.

»Was ... Was sollen wir tun, Papa?«

Ein Schemen schob sich vor die Kamera. Nur sein Rücken war sichtbar. Ein männlicher Körper beugte sich über Marine und umarmte sie zärtlich.

»Wir haben keine Wahl, mein Täubchen. Wir müssen die Beute beschützen, koste es, was es wolle. Es gibt keine andere Möglichkeit. Wenn sie der Beute zu nahe kommen, müssen wir sie eliminieren. Du weißt doch, mein kleines Mädchen, wir müssen den Fluch des Jarls eigenhändig erfüllen.«

Kommissar Gustave Paturel verlor den Boden unter den Füßen. Erst jetzt verstand er.

Morten Nordraak war unschuldig!

Der wahre Mörder lebte und war auf freiem Fuß. Die Wahrheit kam zu spät ans Licht. Maline Abruzze war in Lebensgefahr, in der Gewalt eines gefährlichen Irren, in den Klauen dieses Monsters, dessen Gesicht jetzt auf der riesigen Bildfläche erschien. Eines Mannes, der ihnen seit dem ersten Mord etwas vormachte.

Und doch war es so offensichtlich. Er war Ramphastos immer

am Nächsten gewesen, Tag für Tag, Nacht für Nacht, viele Jahre lang.

Serge Voranger, der Wirt der *Libertalia*.

Kommissar Gustave Paturel griff entschlossen nach der Fernbedienung, drückte auf Pause und wandte sich an Marine Barbey.

»Marine, wo ist Ihr Vater?«

63

UFER DES ABSCHIEDS

7 Uhr 31, Pont Gustave Flaubert

Auf der Fahrbahn des Pont Flaubert sitzend, sah Maline, wie sich fünfundfünfzig Meter unter ihr die Aufbruchstimmung um die Dreimaster verstärkte, insbesondere an Deck der Schiffe. An allen Ecken und Enden der Großsegler machten sich Matrosen zu schaffen, hievten sich auf die Rahen, setzten die vorderen und hinteren Großsegel.

Maline verbog sich den Hals, in der Hoffnung, dass der Blick eines Matrosen oben auf der Mars auf sie fiel. Doch die Matrosen waren viel zu beschäftigt, um zu der erhobenen Fahrbahnplatte zu blicken, und selbst wenn sie es getan hätten: Sie hätten sie nicht gesehen.

Sie musste weiterreden, ihn provozieren, um Zeit zu gewinnen.

Zeit, um das Ende hinauszuzögern, das unausweichliche Ende.

»Man wird Sie finden«, sagte Maline. »Jemand wird Ihnen auf die Schliche kommen. Die *Libertalia*, Kneipe der Matrosen, Ramphastos als Stammgast, Sie waren der Mittelpunkt dieser ganzen Geschichte. Ramphastos hat seine Tage und Nächte jahrelang bei Ihnen verbracht, Tausende Nächte insgesamt … Am Ende haben auch Sie an die Legenden geglaubt, die er so gut erzählen konnte.

Mit der Zeit haben auch Sie sich gesagt, dass an seinen Geschichten etwas Wahres sein musste. Wie die vier Achtzehnjährigen, die Sie getötet haben. Früher oder später wird jemand eine Verbindung zwischen den ganzen Morden, der *Libertalia* und ihrem Besitzer Serge Voranger herstellen, der verrückt geworden ist, weil er zu lange hinter seinem Tresen den irrsinnigen Lügenmärchen eines betrunkenen Seebären gelauscht hat!«

Serge Voranger wirkte betroffen. Er ließ den Revolverlauf leicht sinken.

»Ich bin lange vor der *Libertalia* verrückt geworden, wie Sie es nennen, Mademoiselle Abruzze … Aber es stimmt, die Eröffnung einer Piratenbar war ein Geniestreich. Fünfzehn Jahre lang hat mir der alte Ramphastos alles erzählt, alles, was er wusste, Tag für Tag, Nacht für Nacht, Wort für Wort. Mit jeder Nacht wurde er betrunkener, mit jeder Nacht wurde er verwirrter, aber auch sorgloser. Ich habe ihn jahrelang bespitzelt, Mademoiselle Abruzze, habe ihn beobachtet und gefilmt, habe ihm zugehört und Fragen gestellt … Ich hatte genug Zeit, um die Spreu vom Weizen zu trennen, die Legenden von der Wahrheit, um Nachforschungen anzustellen … Ja doch, Mademoiselle Abruzze, die Beute existiert! Dreißig Jahre lang habe ich die außergewöhnlichste Dokumentierung dieser Beute archiviert. Marine und ich sind fast am Ziel! Am Ende eines langen, unaufhörlichen Schaffens. Ich habe jetzt Beweise. Ich trage sie immer bei mir! Dreißig Jahre der Suche.«

Maline fragte sich, was er damit meinte: *Ich trage sie immer bei mir.* Aber der Wirt der *Libertalia* fuhr überschwänglich fort:

»Ich bin der neue Hüter der Beute, Mademoiselle Abruzze, in der Nachfolge von Fleury, Verrazzano und Idrisi – seit Ramphastos tot ist, bin ich der neue Hüter. Der Säufer war der Verantwortung nicht mehr würdig, er hat zu viel geredet! Ungläubige wie Sie werden uns nie ernst nehmen, Mademoiselle Abruzze, aber die sagenhafte Seine-Beute existiert … Und der Fluch des Jarls muss auf jene fallen, die ihr zu nahe kommen.«

»Die vier jungen Männer? Vier unschuldige junge Männer …«

»An einem einzigen Abend! An einem einzigen Abend hat der alte Säufer ihnen die kostbarsten Geheimnisse verraten! Hat vier kaum volljährige Schiffsjungen, die an dem Abend durch Zufall in meiner Kneipe gelandet sind, in das Geheimnis eingeweiht. Und die Burschen haben natürlich alles geglaubt! Sie haben die Gelegenheit nicht verstreichen lassen. Sie haben Ramphastos vor meiner Nase abgefüllt, und ich konnte nichts dagegen tun. Er hat ihnen alles erzählt! Als ich sie schließlich vor die Tür gesetzt habe, war mir klar, dass sie nichts vergessen würden. Ich kenne diese brennende Leidenschaft, den Goldhunger, der unter jungen Matrosen so verbreitet ist. Sie hatten sich das Virus eingefangen, Ramphastos hatte sie angesteckt. Zum Glück ist es Marine gelungen, sich der Gruppe anzunähern, sie war ihnen in der Kneipe aufgefallen, sie haben keinen Verdacht geschöpft, sie hatte ihre Argumente, um sich in einen Männerklub aufnehmen zu lassen. Sie hat mitbekommen, wie sie die Chasse-Partie unterzeichnet, sich tätowiert, einander Solidarität geschworen, die Forschungsarbeit aufgeteilt und ein Treffen in fünf Jahren vereinbart haben, auf der nächsten Armada, um sich der Seine-Beute zu bemächtigen. Die vier Burschen dachten, sie würden in fünf Jahren finden, wofür ich mein ganzes Leben lang gebraucht habe! Der Hüter war ich, ich allein. Sie waren unwürdig. Ich musste den Fluch erfüllen, den gleichen, der fünfundzwanzig Jahre zuvor mich ereilt hatte …«

Der Wahnsinn übermannte ihn.

Maline hob den Blick. Über ihr waren nur der Himmel und der peitschende Wind, als ob sie sich inmitten des Ozeans befänden, allein auf der Welt.

Maline musste seinen Irrsinn befeuern, ihn reden lassen, auf seine größenwahnsinnige Schizophrenie setzen, ihn noch mehr hineintreiben, damit seine Wachsamkeit nachließ.

»Warum haben Sie Mungaray, den jungen Mexikaner, getötet? Warum ihn zuerst?«

»Er war am gefährlichsten«, entgegnete Voranger, »am verantwortungslosesten! Er war vor dreitausend Menschen bei Quillebeuf in die Seine getaucht, genau an der Stelle, wo die *Télémaque* untergegangen war. Ich musste ihn stoppen! Marine hat ihn aus der *Cantina* gelockt, in eine leere Gasse, Rue du Champde-Foire-aux-Boissons. Er ist gestorben, ohne zu wissen, warum, ohne meine Tochter anfassen zu können.«

»Und das Brandzeichen? Ein Zeichen für den Fluch des Jarls?«

Serge Voranger grinste hämisch.

»Sagen wir so, es war ein persönliches Zeichen, ein kleines Andenken ... Ob Sie mir glauben oder nicht, Mademoiselle Abruzze, es hat mir wahnsinnig gutgetan, die übermütigen Burschen wie gewöhnliches Vieh mit dem Zeichen von Marais-Vernier zu markieren. Wie eine Revanche, als würde ich das Schicksal unterwerfen. Und technisch war es ziemlich einfach: ein Brennstempel, ein Schweißbrenner, versteckt in dem Kangoo, und die Sache war geritzt. Der Rest war amüsanter. Ich habe Mungarays Leiche drei Stunden lang in meinem Kühlwagen versteckt, und am frühen Morgen, während meiner Liefertour, habe ich sie vor die *Cuauhtémoc* gelegt, neben die *Surcouf*. Ein Lieferwagen, der an den Kais ausliefert, fällt nicht auf ... Ich habe zwar dieses Jahr keinen Stand mehr auf der Armada, aber an ein paar Kunden liefere ich immer noch Getränke aus, an ein paar Stände an den Kais, ein paar Ausflugsschiffe, darunter die *Surcouf* …«

Serge Voranger stand auf, Maline noch immer mit seiner Waffe bedrohend. Er vergewisserte sich, dass ihn von unten niemand bemerkte, und machte, äußerst erregt, ein paar Schritte auf der Fahrbahn:

»Mungarays Leiche hat nie in der Gefriertruhe der *Surcouf* gelegen! Er war in meinem Wagen! Wir Gastronomen tauschen uns aus, ich wusste, dass Nicolas Neufville, dieser Schuft, sich gegenüber den Kapitänen der Ausflugsschiffe wie der letzte Mensch benommen hat, dass er hinter ihrem Rücken einen Reibach gemacht hat. Ich wusste auch, dass er ihnen heimlich, spät nachts, Druck machen würde, in jener Nacht beispielsweise dem Kapitän der *Surcouf*. Als ich am Morgen des Mordes meine Palette Dosenbier geliefert habe, konnte ich nicht widerstehen, unten in die Gefriertruhe ein paar von Mungarays Haaren zu legen. Die Leiche war nur ein paar Meter entfernt und Neufville am Tatort, da wollte ich mir das Vergnügen nicht nehmen lassen! Als Sie das erste Mal in die *Libertalia* gekommen sind, Mademoiselle Abruzze, da habe ich versucht, Sie auf die Spur dieses Schufts zu bringen, erinnern Sie sich?«

Maline erinnerte sich. Sie stützte sich auf den Ellbogen, verzog das Gesicht, versuchte, den Schmerz in der Schulter zu ignorieren und aufzustehen.

»Sitzen bleiben«, befahl der Mörder, »oder ich schieße!«

Maline sah ihn an, hielt aber nicht inne.

»Na und? Dann schießen Sie doch! Niemand kann mich sehen! Ich will nur aufstehen, um ein bisschen zu gehen, wie Sie.«

Voranger schoss nicht, behielt jedoch den Revolver misstrauisch auf sie angelegt.

Maline hatte das Gefühl, einen kleinen, winzig kleinen Sieg errungen zu haben. Ihr bot sich ein unglaublicher Blick auf den Getreideterminal, der am linken Ufer die Silos überragte, gewaltige verlassene Betonblocks, von wo aus keine Hilfe kommen würde.

Sie musste ihn weiterreden lassen, auf Zeit spielen, sich etwas einfallen lassen.

»Und Daniel Lovichi, der Obdachlose, was hat er mit all dem zu tun?«

»Ich musste die Tatwaffe loswerden. Ich kannte den kleinen Scheißer, er war auch ab und zu in der *Libertalia*. Niemand hat den Zusammenhang gesehen! Ich habe zwei Fliegen mit einer Klappe geschlagen. Während er geschlafen hat, habe ich den Dolch auf seinen Karton gelegt. Ich habe die Tatwaffe einem Typen untergejubelt, der ein paar Tage als Mörder durchgehen konnte. Ich habe sogar drei Fliegen mit einer Klappe geschlagen, wenn ich das so sagen darf. Ich bin mit Lovichis Gewohnheiten vertraut, ich habe es so eingefädelt, dass Ramphastos vor Lovichis Augen seine Scheine gezählt hat … Fünftausend Euro. Wenn er Ramphastos angreifen oder, noch besser, ihn mit der Mordwaffe töten würde … Ein gelungener Streich, nicht wahr? Aber dummerweise sind an dem Abend Sie dazwischengekommen, Mademoiselle Abruzze. Dabei habe ich versucht, Sie aufzuhalten, indem ich Ihnen einen Roman erzählt habe, damit Ramphastos allein gehen würde, ohne Ihren Schutz! Der alte Säufer hatte keinen Sinn für Geheimnisse mehr, fast hätte er Ihnen am ersten Abend alles über den Fluch des Jarls offenbart! Wissen Sie noch: Wenn Marine nicht absichtlich ihr Tablett mit den Biergläsern hätte fallen lassen und ich Sie nicht kurz darauf vor die Tür gesetzt hätte, dann hätte Ihnen der alte Säufer alles erzählt!«

Jetzt erinnerte sich Maline. Es war glasklar! Wie hatten ihr all die Zeichen, die in die gleiche Richtung wiesen, entgehen können?

»Woher wussten Sie von den fünftausend Euro?«, fragte sie.

Serge Voranger wandte sich um, auf den Lippen ein triumphierendes Lächeln:

»Die habe ich Ramphastos gegeben, als Lovichi gerade in der Nähe war! Es gibt keine Zufälle, man muss sich selbst darum kümmern ... Ramphastos hatte noch ein paar Kontakte bei der Marine und dem Schmuggel, er hat mir regelmäßig Rum liefern lassen, beste Qualität, direkt von den Maskarenen, reserviert für meine Stammkunden ... Natürlich alles schwarz gehandelt. Das hätte Ramphastos den Bullen nie erzählt!«

Serge Voranger verstummte und sah eine Weile flussabwärts zu dem Hafenbecken Saint-Gervais, in dem Dutzende Jachten lagen, eine luxuriöser als die andere. Er drehte Maline den Rücken zu.

Die Gelegenheit nutzen? Laufen? Springen?

Malines Beine waren nicht imstande, auf sie zu hören, sie an den Abgrund zu tragen, vornüber ins Nichts zu stürzen. Als hätte er Malines Absichten erahnt, drehte sich der Mörder jäh um. An seinem Blick erkannte sie, dass er die Geduld verlor, dass er zu einem Zeitpunkt, der immer näher rückte, das sadistische Spiel beenden und den letzten Zeugen töten würde.

Sie.

Die letzte Zeugin. Und die letzte Vertraute. Maline wich seinem Blick aus und versank ebenfalls in dem Schauspiel des Jachthaftens unter ihnen.

»Abgesehen von den Ablenkungsmanövern, um die Polizei, Neufville und Lovichi zu verwirren, war Ihr eigentlicher Plan aber, die drei Matrosen zu töten und dem vierten, dem vorbestraften Morten Nordraak, die Morde in die Schuhe zu schieben?«

Serge Voranger ließ sich das Vergnügen, seinen Plan auszuführen, nicht nehmen.

»Natürlich … Ein guter Plan, nicht wahr? Der wunderbar aufgegangen ist. Von Marine wusste ich, dass sich die vier Matrosen untereinander über Codes verständigten, dass sie sich erst in der Kirche von Villequier und dann in der Blauen Kapelle verabredet hatten. Von einem geklauten Handy aus habe ich ein paar spanische Nachrichten an Mungaray gesendet, um der Polizei Hinweise zu liefern, die sie entschlüsseln würde, sobald die drei Matrosen tot und Nordraak auf der Flucht sein würde. Die Realität hat meine Erwartungen übertroffen. Sie, Mademoiselle Abruzze, sind der Schnitzeljagd ein bisschen schneller als geplant auf die Spur gekommen. Aber zu dem Zeitpunkt waren Sie mir noch nicht gefährlich. Im Gegenteil, Sie haben mir einen Wahnsinnsgefallen getan! Sie sind in Villequier Morten Nordraak begegnet und haben aus meinem Sündenbock den Staatsfeind Nummer eins gemacht! Noch dazu haben Sie ihn gebührend eingeschüchtert: Er ist vorsichtig geworden und zu dem Treffen an der Blauen Kapelle nicht erschienen.«

Maline drehte sich um hundertachtzig Grad. Konnte sie jemand sehen, vor ihr auf den Hügeln von Canteleu, flussabwärts auf den Hügeln der Côte Sainte-Catherine? War es möglich, sie von den Gebäuden aus zu erkennen, ein paar Kilometer Luftlinie entfernt? Nein, natürlich nicht … Sie hatte keine Chance, der geisteskranke Mörder hatte sie von Anfang an benutzt, hatte sie manipuliert wie alle anderen auch, die Polizei, Joe Roblin!

Serge Voranger, außerstande, der Genugtuung zu widerstehen, seine Intrige zu enthüllen, sprach weiter:

»Marine hat Sergei Sokolov an Deck der *Mir* ersetzt. Ein anständiger Junge, ein Träumer, der von dem Räderwerk, in das er geraten war, gar nichts mehr mitbekam. Ist es meine Schuld, dass dieser Fantast in meiner Kneipe gelandet ist und Ramphastos' Erzählungen geglaubt hat? Ist es meine Schuld oder die des Schicksals? Es war nicht schwierig, ihn am Ort des Treffens an der Blauen Kapelle zu erdolchen und in dem Kangoo zu verstecken. Paskah Supandji, der Indonesier, war misstrauischer. Der Mistkerl hat mich am Arm verletzt, woraufhin ich zu laut war. Eine Nachbarin hat Alarm geschlagen, ich musste fliehen und mein Blut, meine DNA, auf dem Kies am Tatort zurücklassen. Aber was machte das letztendlich für einen Unterschied? Wer würde mich verdächtigen? Marine saß zusammengekauert in ihrer russischen Uniform an Deck der *Mir,* ich habe sie vierzig Minuten später abgeholt, wir haben Sokolovs Leichnam unauffällig an seinen Platz gelegt. Ich muss gestehen, dass ich ziemlich stolz auf meine kleine improvisierte Inszenierung bin … Ich kann mir kaum vorstellen, wie ratlos die Polizei gewesen sein muss!«

Maline dachte daran, dass sie am Abend des Doppelmords mit Oreste Armano-Baudry nach einer Bar gesucht und festgestellt hatte, dass die *Libertalia* geschlossen war. Ausgerechnet während der Armada! Wie hatte sie einem so eindeutigen Zeichen keine Aufmerksamkeit schenken können?

Serge Voranger fuhr triumphierend fort:

»Morten Nordraak, eines dreifachen Mordes verdächtigt … Sogar unschuldig würde er sich nicht der Polizei stellen! Er würde auf der *Christian Radich* das Ende der Armada abwarten, in der Hoffnung, bis dahin nicht entdeckt zu werden. Am nächsten Morgen hat Ramphastos Sie angerufen, um mit Ihnen ein Treffen zu vereinbaren. Nachdem er von dem Doppelmord erfahren hatte, wollte er Ihnen in einem lichten Moment alles gestehen, was er wusste. Zum Glück hat der närrische Alte nie mich verdächtigt. Er hat Sie von der *Libertalia* aus angerufen, um sich für 18 Uhr mit Ihnen zu verabreden! Für die Schlussszene war jetzt alles an seinem Platz … Das Opfer, Ramphastos, den ich unbedingt zum Schweigen bringen musste, bevor er alles verriet, der ideale Täter, Morten Nordraak, der Staatsfeind auf der Flucht, die Zeugin, Sie, Maline Abruzze. Sie waren mir wirklich sehr nützlich. Der Rest war ein Kinderspiel. Ich habe Morten Nordraak auf der *Christian Radich* eine mit Ramphastos unterzeichnete Pseudonachricht zukommen lassen: Er sollte um 18 Uhr in die *Libertalia* kommen. Ich wusste, er würde sich vorsehen, aber er würde kommen. Die Verlockung des Goldes, wie immer … Mademoiselle Abruzze, Sie mussten nur einen Blick auf Morten Nordraak werfen, um Ramphastos ins Verderben zu stürzen. Marine, versteckt in einer leer stehenden Wohnung gegenüber der *Libertalia,* hat ihn ohne Weiteres erschossen. Aus Gründen der Glaubwürdigkeit hat sie zusätzlich auf meinen Arm gezielt und so getan, als würde sie auf Sie schießen. Keine Sorge, Maline, wir haben Sie als Zeugin gebraucht, wir wollten nicht, dass Sie sterben … Zumindest nicht zu dem Zeitpunkt!«

Maline dachte an die Schießerei in der *Libertalia* zurück. Sie war von Anfang bis Ende manipuliert worden, um eine präzisere Zeugenaussage zu machen, um einen Unschuldigen verfolgen und töten zu lassen!

Die Geschichte kam zum Ende …

Nicht schweigen, ihn weiterreden lassen …

»Ihre Tochter muss ganz schön viel Mumm haben, dass sie kaltblütig einen Menschen erschießen und auf ihren eigenen Vater zielen konnte …«

Ein Lächeln huschte über Serge Vorangers Gesicht.

»Ich wusste, dass es ihr nicht an Entschlossenheit fehlen würde … Auch sie kennt den Fluch, sie war einmal Zeugin, Augenzeugin gewesen. Sie hat nicht gefackelt, noch nie. Das ist meine Tochter, nicht wahr? Ich für meinen Teil hatte großen Spaß daran, angesichts der Verwüstung den verzweifelten Kneipenwirt zu spielen. Das ist mir gelungen, oder? *Voilà*, jetzt wissen Sie alles. Schlimmstenfalls würde Morten Nordraak der vier Morde bezichtigt werden, bestenfalls während seiner Flucht von der Polizei erschossen werden! Die Großsegler und Matrosen brechen wieder auf, die Geheimnisse sind gewahrt … für immer. Ich bin der letzte Hüter der Beute … Sogar Ihre letzte Chance, der Bluff mit dem Schatz von La Bouille, hat sich gegen Sie gewendet! Dabei war die Nummer gut aufgezogen … Aber Morten Nordraak wurde getötet … Und Sie, Mademoiselle Abruzze, sind auch nicht mehr lange da, um Zeugnis abzulegen. Schade … Keine Chance … Sehen Sie, wie ich Ihnen gesagt habe. Das Schicksal! Es gibt keine Zufälle. Man muss dem Schicksal würdig, muss rein sein, damit es einem wohlgesinnt ist …«

Weiterreden, etwas anderes suchen.

Maline sah erneut zu den Kais von Rouen, die Segel der Schiffe blähten sich jetzt im Wind. Auf dem Uferweg drängten sich allmählich die Menschen. Die *Amerigo Vespucci,* der vielleicht schönste Dreimaster der Welt, begann mit dem Ablegemanöver. Die Matrosen machten die Leinen los.

Etwas anderes suchen.

Aber was?

Maline versuchte noch einmal, die Fesseln um ihre Handgelenke auf dem Rücken zu lockern, ohne Erfolg.

Was soll's, springen!

Unvermittelt stützte sich Maline mit aller Kraft auf ihre Oberschenkel, schloss die Augen und katapultierte sich nach vorn. Sie spürte nur, wie sie gegen ein Hindernis stieß, das weniger hart und näher als die Brüstung war.

Serge Vorangers Bein?

Sie fiel auf die Betonplatte, verlor das Gleichgewicht und konnte ihren Sturz nicht verhindern. Die verletzte Schulter erlitt einen weiteren Stoß. Maline glaubte, bei dem Aufprall zu explodieren, der Schmerz durchbohrte sie. Sie drehte sich ein paar Mal um sich selbst, bis sie auf dem Rücken liegen blieb.

Serge Voranger war ihr überlegen. Der Anblick des Mörders, wie er vor dem gewaltigen Brückenpfeiler über ihr stand, war surrealistisch.

»Ich denke, wir verlieren beide die Geduld, Mademoiselle Abruzze. Es ist für alle Parteien am besten, die Sache zu beenden … Wenn Sie nicht die dumme Idee gehabt hätten, das Handy meiner Tochter zu stehlen, wären wir jetzt nicht hier … Aber Sie müssen es nicht bereuen … Sie wissen ja, das Schicksal …«

Der Wind pfiff Maline um die Ohren. Sie versuchte, zurück auf die Fahrbahn zu kriechen.

Ein lächerlicher Versuch.

Der Mörder hatte einen Fuß auf ihr.

»Was ist Ihnen lieber, Maline? Dass ich Ihnen die Augen verbinde? Sie vorher bewusstlos schlage? Ich nehme an, dass Sie nicht unbedingt zusehen wollen, wie ich Ihnen den Dolch ins Herz stoße?«

Maline kroch noch fünfzig Zentimeter weiter, angsterfüllt, ohne etwas entgegnen zu können.

So konnte sie doch nicht sterben!

Serge Voranger wartete vergeblich auf eine Antwort.

Er sah die Journalistin verächtlich an, bis er ihr plötzlich heftig in die Rippen stieß.

Maline krümmte sich vor Schmerz.

»Sie machen es mir nicht einfach, Mademoiselle Abruzze! Drehen Sie sich um! Gehen Sie auf die Knie und drehen Sie sich um!«

Maline rührte sich nicht.

Zwei weitere Fußtritte gaben ihr zu verstehen, dass sie keine Wahl hatte. Sie stützte sich erneut auf die schmerzende Schulter und setzte sich auf.

Des Lebensmutes beraubt.

Kniend, die Hände auf dem Rücken, sah Maline ein letztes Mal zu ihrem Peiniger. Er stand zwei Meter vor ihr und wirkte beinah so, als bedauerte er den Mord, den er gleich begehen würde.

»Drehen Sie sich um, Mademoiselle Abruzze. Seien Sie nicht dumm!«

Maline spürte, wie der letzte Widerstand in ihr erlosch.

Sie drehte sich langsam auf ihren Knien, sah, wie das großartige Schauspiel des Hafenbeckens Saint-Gervais, des verlassenen Hafens am linken Ufer, der Kais an der Seine an ihren Augen vorbeizog ... Sie sah den Aufbruch der Schiffe zur Parade. Den Moment des Abschieds. Den Moment, in dem die Frauen den abreisenden Matrosen nachweinten.

Sie starrte auf die Betonplatte vor ihr. Ihre Gedanken schweiften in die Ferne. Die Textur des Betons verschwamm vor ihren Augen, Maline sah nur noch Sand, weißen Sand, der sich mit der Betonplatte vermischte.

Fatou. Wo bist du, Fatou?

Verzerrt durch die Perspektive, zeichnete sich auf dem milchig weißen Beton ein riesiger Schatten ab.

Hinter ihrem Rücken.

Ein überlanger Arm reckte sich, erweitert durch einen Dolch.

Er würde auf sie niedergehen.

Maline schloss die Augen.

Ihr letzter Gedanke galt Fatou.

64

DER LETZTE HÜTER DER BEUTE

8 Uhr 05, Pont Gustave Flaubert

Die Augen geschlossen, niederkniend wie eine Verurteilte, hörte Maline eine himmlische Stimme, wie ein göttliches Einschreiten.

»Lassen Sie die Waffe fallen, Voranger! Zehn Scharfschützen peilen Sie an! Eine Bewegung und Sie sind tot!«

Gott hatte die Stimme von Kommissar Gustave Paturel.

Maline öffnete die Augen, ohne etwas zu sehen.

»Zweite Verwarnung, Voranger. Lassen Sie das Messer fallen. Ich habe zehn Schützen direkt hinter Ihnen auf den Silos postiert. Sie alle haben ihre Waffen auf Sie gerichtet.«

Schließlich verstand Maline, woher die Stimme des Kommissars kam: Er stand am Ufer, gegenüber der Führungskabine des Pont Flaubert, und sprach durch den Lautsprecher eines Polizeiwagens.

»Voranger. Wir haben Ihre Tochter. Wir bluffen nicht, sonst wären wir nicht hier! Lassen Sie sofort die Waffe fallen oder ich lasse Sie erschießen.«

Maline wagte nicht, sich umzudrehen. Zu hören, dass seine Tochter in den Händen der Polizei war, hatte Voranger sicherlich erschüttert. Doch er war verrückt genug, um sich auf sie zu stürzen und sie zu erdolchen, während er selbst von Kugeln durchlöchert würde.

Kommissar Paturels Stimme erklang wie ein Fallbeil.

»Pech für Sie, Voran…«

Maline hörte das Klirren eines Messers, das auf eine Betonplatte fiel. Sie richtete sich auf und wandte sich um.

»Hände hoch, Voranger«, erschallte erneut die Stimme des Kommissars. »Und kommen Sie an die Brüstung.«

Der Mörder hob die Arme und starrte auf Maline. Er wusste, wenn der Kommissar nicht bluffte, waren hinter ihm auf den Hafensilos zehn Zielfernrohre auf ihn gerichtet.

»Sie müssen sich ergeben, Voranger«, sagte Maline mit weicher Stimme. »Sie können jetzt nicht mehr gewinnen …«

Serge Voranger setzte ein seltsames Lächeln auf und flüsterte beinah:

»Sie haben nichts verstanden, Mademoiselle Abruzze. Mein Leben hat keine Bedeutung. Allein die Beute zählt. Das uralte Geheimnis überdauert uns alle, überdauert unser kurzes, erbärmliches Leben … Ich bin der Hüter, Mademoiselle Abruzze. Glauben Sie wirklich, dass ich all die Geheimnisse der Polizei übergebe?«

Serge Voranger hob die Arme noch höher, als wollte er deutlich zeigen, dass er sich ergab.

Er entfernte sich ein bisschen von Maline, machte plötzlich einen Schritt zur Seite und sprang ins Nichts.

Man hörte keinen Schuss.

Man hörte nicht den Aufprall eines Körpers, der ins Wasser stürzte.

Maline eilte an den Fahrbahnrand des Pont Flaubert.

Ihr wurde schwindlig.

Als sie mit geschlossenen Augen auf den Knien gewesen war, hatte sie nicht gesehen, wie die *Amerigo Vespucci* näher gekommen war. Der gigantische italienische Dreimaster fuhr in diesem Augenblick unter dem Brückenbogen hindurch. Maline hatte den Eindruck, dass der große Kreuzmast an der Fahrbahnplatte zerschellen würde, so dicht schien er ihr.

Der Anblick war surreal.

Serge Voranger hatte nicht aufgegeben! Als ob sein Entschluss schon lange festgestanden hätte, war er im richtigen Moment von der Fahrbahnplatte der Hebebrücke gesprungen.

Nicht in einen fünfundfünfzig Meter tiefen Abgrund.

Es war ein Sprung aus kaum zehn Metern auf die oberste Rah des Fockmasts der *Amerigo Vespucci!*

Serge Voranger hing in fünfzig Metern Höhe und umarmte fest einen Holzbalken, während seine Beine versuchten, Halt zu finden, indem sie sich auf wacklige hanffarbene Leinen stützten. Die *Amerigo Vespucci* setzte majestätisch ihren Weg fort, ohne langsamer zu werden, offenbar ohne sich um den blinden Passagier zu kümmern. Auf dem noblen Deck des italienischen Schiffs aus hellem Parkett sammelten sich jedoch die Matrosen, verblüfft, den Kopf im Nacken. Sie dachten wahrscheinlich, dass sie es mit einer Art wahnwitziger Wette zu tun hatten!

So würde Serge Voranger ihnen aber nicht entkommen! Es ergab keinen Sinn. Diese letzte Flucht war zum Scheitern verurteilt. Was erhoffte er sich davon?

Maline sah zu Serge Voranger, der sein Körpergewicht inzwischen ausbalanciert hatte. Er entfernte sich mit dem Schiff zwar allmählich, befand sich aber fast auf ihrer Höhe.

Die Gesichtszüge des verückten Seiltänzers waren schrecklich verzerrt.

Maline begriff.

Ein Blutfleck färbte seinen Hemdärmel. Die Wunden, die Paskah Supandji und seine eigene Tochter ihm zugefügt hatten, waren durch den Sprung wieder aufgegangen. Maline sah jetzt deutlich, wie Voranger verzweifelt versuchte, sich festzuklammern, um nicht den Halt zu verlieren und fünfzig Meter in die Tiefe zu stürzen.

Ohne Hilfe würde er nicht lange durchhalten.

Fassungslos beobachtete Maline die Hektik an Deck der *Amerigo Vespucci*. Ein paar flinke Matrosen eilten bereits zu den Strickleitern. Nach dem ersten Schreck reagierten die Seeleute jetzt. Mit einem Mal übertönte ein italienischer Matrose die anderen:

»Criminale.«

An Deck herrschte ein kurzes Gedränge, die italienischen Matrosen wechselten rasche Worte. Dann bewegte sich plötzlich niemand mehr, abgesehen von den ersten Matrosen, die die Strickleitern wieder hinunterkletterten. Die Nachricht musste von Schiff zu Schiff kursiert sein, schneller wie ein Lauffeuer.

Der blinde Passagier war der Mörder dreier junger Matrosen, um die sie getrauert hatten.

Der Mann, der drei der Ihrigen erdolcht hatte.

Mehr als hundert italienische Matrosen, inzwischen beinah gleichgültig, demonstrativ die Arme verschränkend, blickten hoch zu dem Fockmast.

Serge Voranger sagte kein Wort. Seine Beine strampelten auf der verzweifelten Suche nach Halt. Noch konnte er dort ausharren, aber der Schmerz in seinem Gesicht ließ erkennen, dass er sich nicht mehr lange würde halten können. Plötzlich löste er zunächst seinen gesunden Arm. Er schien sich eine Art Kette vom Hals zu reißen.

Voranger spürte, wie seinem verletzten Arm der lackierte Holzbalken entglitt. Er unternahm einen letzten Versuch, sich an ein Tau zu klammern, doch er fiel zu schnell.

Zum ersten Mal brachen seine Knochen, als er gegen die mittlere Rah prallte, dann stürzte er wie ein Stein fünfzig Meter in die Tiefe, auf das makellose Holzdeck des italienischen Segelschiffs, und bespritzte die Ruderpinne aus Kupfer und lackiertem Holz.

Die über hundert Matrosen bildeten schnell einen Kreis um den verrenkten Körper. Ein Offizier bahnte sich einen Weg durch die Menge und scheuchte die Matrosen wieder auseinander, indem er sie mit Kommandos, die keine Widerrede duldeten, an ihren Platz zurückschickte. Zwei unglücklichen Matrosen neben ihm befahl er, den leblosen Körper in eine Leichenkajüte zu tragen, und einem dritten unglückseligen, Deck und Ruderpinne zu reinigen.

Die zwei italienischen Matrosen legten den leblosen Körper auf ein Bett in einer unbesetzten Kajüte. Der jüngere der beiden, kaum volljährig, ertrug nicht länger den Anblick des zerfetzten Körpers, des ramponierten Gesichts, den Anblick dieser weichen Puppe mit den gebrochenen Knochen, die er hatte tragen müssen. Sobald die Leiche auf dem Bett lag, rannte er zu den Toiletten, um sich zu übergeben.

Fabrizio Longini stand eine Weile allein vor der Leiche.

Fabrizio kam aus einer sehr gläubigen Familie. Er hatte das merkwürdige Bedürfnis, ein kurzes Gebet für den Mann zu sprechen, wie seine Mutter es ihm beigebracht hatte, obwohl man ihm gesagt hatte, dass es sich um den Mörder der Matrosen handele.

Ein Monster.

Fabrizio nahm respektvoll seine Mütze ab. Er wollte gerade die Hände falten, da bemerkte er etwas Eigenartiges: Die verrenkte Leiche hatte eine geballte Faust, als ob sie etwas Wertvolles in der Hand hielte.

Er näherte sich.

Der Anblick erinnerte ihn an die sterblichen Überreste seiner Großmutter Federica, über die er als Teenager eine ganze Nacht gewacht hatte. Auch Federica war mit geballter Faust gestorben, darin ihr Rosenkranz. Behutsam bog Fabrizio einen Finger nach dem anderen auseinander. Sein Mut erstaunte ihn selbst.

Was er sah, weckte seine Neugier.

Der Mörder hielt einen Datenspeicher in der Faust, einen dieser winzigen Sticks, die sich an Computer anschließen ließen und Platz für mehrere Gigabytes hatten. Fabrizio nahm den Stick an sich.

Er war noch warm von der geschlossenen Hand der Leiche.

Fabrizio spürte nicht einmal einen Anflug von Ekel. Seine Gedanken rasten. Er kannte die Legenden, die auf den Schiffen umgingen: Die vier erdolchten Matrosen hatten einen Schatz, eine Beute gesucht, die in den Seineschleifen verborgen lag. Ihr Mörder hatte nicht gewollt, dass sie die Wahrheit erfuhren.

Viele Matrosen glaubten heute nicht mehr an solche Legenden.

Fabrizio glaubte daran.

Er glaubte an Mythen, an das Schicksal, seine Vorsehung.

Die Opfer und der Mörder, alle waren sie nun tot.

Es gab keine Zeugen mehr.

Das Geräusch von fließendem Wasser zeigte ihm an, dass der junge Kadett in die Totenkajüte zurückkam.

Ein unmerkliches Lächeln spielte um Fabrizios Mund.

Langsam legte er die Hand um den kleinen Datenspeicher.

EPILOG

65

PARADE

16 Uhr 23, Aizier, Route des Chaumières

Maline lag auf der frisch gemähten Wiese vor Christian Decultots Landhaus, das sich auf der Route des Chaumières zwischen den Dörfern Aizier und Vieux-Port befand.

Mit ihrem nackten Fuß versuchte sie, ein Gänseblümchen zu pflücken.

Die Wiese fiel sanft zum Fluss ab, wie ein kleines grünes Amphitheater vor dem Schauspiel der Großsegler auf der Seine.

»Lass das«, sagte Olivier Levasseur. »Ruh dich ein bisschen aus!«

Olivier Levasseur diente ihr als Kopfkissen. Maline mochte noch immer seinen Geruch, seine Gelassenheit, seine annehmbare Stärke.

Auf dem Mäander der Seine tauchte mit gesetzten Segeln die gewaltige *Dar Młodzieży* auf. Der polnische Dreimaster, weiß vom Rumpf über die Kadettenuniformen bis hin zu den Segeln, löste donnernden Beifall aus. Der Jubel, der sie kilometerlang begleitete, schwellte den polnischen Kadetten die Brust, manche unter ihnen nicht einmal sechzehn Jahre alt.

Direkt vor Maline schwenkten Kinder energisch ein Transparent mit der Aufschrift *Danke – Auf Wiedersehen* in polnischer

Sprache. Offenbar hatten sie Spruchbänder in über zwanzig Sprachen vorbereitet!

Die Kinder erinnerten Maline an Léa und Hugo, Kommissar Gustave Paturels Kinder. Sie hatte die beiden noch nie gesehen, wusste aber, dass sie mit ihrem Vater, der endlich Zeit für sie hatte, in diesem Augenblick an der Seine saßen und jedem Schiff applaudierten.

Er hatte sein Versprechen gehalten!

Sie war dem Kommissar zu großem Dank verpflichtet. Er hatte Serge Vorangers Tochter, Marine Barbey, in letzter Minute ein Geständnis entlockt. Überstürzt hatte er seinen Subaru unter dem Pont Flaubert geparkt und gepokert …

Er war allein gewesen.

Er hatte keine Scharfschützen auf den Silos platziert.

Nachdem sich der Fallanalytiker Joe Roblin trotz seiner brillanten Schlussfolgerungen vollkommen von Serge Voranger hatte manipulieren lassen, konnte nun Kommissar Paturel sich rühmen, den Serienmörder in die Falle gelockt zu haben!

Die *Dar Młodzieży* näherte sich. Maline hatte von dem Gänseblümchen abgelassen, dafür aber einen langen Grashalm entdeckt, mit dem sie Olivier Levasseurs Ohr kitzelte. Der schöne Olivier schien eine Überdosis von Segelschiffen genommen und nur ein Interesse zu haben: auf der Wiese dösen.

Maline, von Oliviers mangelnder Reaktion ein bisschen enttäuscht, schweifte in Gedanken ab. Soeben hatte sie von General Sudoku erfahren, dass das Armada-Organisationskomitee gegen Nicolas Neufville wegen unangemessener Einflussnahme Anzeige erstattet hatte.

Das war geschafft!

Aber die Nachricht, die Maline am meisten überrascht hatte, war von Oreste Armano-Baudry gekommen. Sobald der junge Journalist der *Monde* von dem glücklichen Ausgang der Armada-Mordserie erfahren hatte, hatte er sie angerufen, um ihr zu gratulieren:

»Nichts für ungut, Maline. Ich bin wirklich froh, dass du mit dem Leben davongekommen bist! Ich habe viel an unser Abenteuer gedacht und mir ist eine geniale Idee gekommen: Wir müssen unbedingt ein Buch darüber schreiben. Den passenden Verleger habe ich schon gefunden, ein Freund meines Vaters, er kann das Buch noch vor Ende des Jahres herausbringen. Ich kann es natürlich allein schreiben, aber ich dachte, du könntest vielleicht auch ...«

Maline war in ein Lachen ausgebrochen und hatte einfach aufgelegt. Sie wusste, dass Oreste nicht böse sein und ihr ein signiertes Exemplar seines Bestsellers zuschicken würde ...

Maline ließ von Oliviers Ohr ab und steckte den Grashalm in sein linkes Nasenloch. Der Pressesprecher murrte:

»Ich schlafe ...«

»Glaubst du an die Seine-Beute? An den Schatz?«

»Nein«, brummte Olivier. »Nur an den Schatz von La Buse, meinem Urahn ...«

Der Halm drang noch tiefer in das andere Nasenloch ein.

»Antworte mir! Ernsthaft!«

»Autsch ... Was weiß denn ich. Vielleicht ... Ich schlafe!«

»Tja, ob du's glaubst oder nicht, ich glaube an ihn ... Soll ich ihn dir beschreiben?«

»Nur zu«, sagte Olivier und drehte sich auf den Bauch, um seine Nase in Sicherheit zu bringen ... Und in Ruhe zu schlafen.

»Also, pass auf. Hör gut zu! Er liegt in einem Landhaus, ähnlich dem hinter uns, einem schönen Landhaus an der Seine. Der Schatz befindet sich im Inneren, du gehst die Eichentreppe hinauf, betrittst das Mansardenzimmer mit Blick auf den Fluss. Der Schatz liegt unter einer dicken Bettdecke in einem alten rustikalen Bett. Ich bin es! Na, was meinst du? Ich kann der Beute noch einen Mann hinzufügen, wenn du darauf bestehst, einen schönen, splitternackten Réunionesen, ebenfalls unter der Bettdecke versteckt. Wenn dir das nicht reicht, kommen noch ein normannischer Schrank in das Zimmer, zwei Schalen auf den Frühstückstisch, ein schnarchender Hund neben den Kamin, blühende Apfelbäume in den Garten, eine kleine Steintreppe, die direkt an die Seine führt, ein Boot mit zwei Rudern, eine Grillparty, eine Schaukel auf der Wiese, Freunde, eine halb leere Flasche Calvados, ein Geburtstagskuchen mit Kerzen … Kinder … Eines oder zwei, nicht mehr. Also? Was denkst du über meinen Schatz? Glaubst du daran?«

Olivier Levasseur antwortete nicht.

Sein schöner Brustkorb hob und senkte sich langsam, als würde er schlafen. Maline strich mit dem Grashalm sanft über seinen Nacken.

Du hast recht … Ich lasse dich darüber nachdenken … Wir sprechen in fünf Jahren noch einmal darüber, wenn die Segelschiffe zurückkommen …

Maline stand auf und ging ein paar Schritte.

Warum eigentlich sollte sie einen solchen Schatz mit einem Mann teilen? Mit einem einzigen Mann? In ihrer Todesangst hatte sie zu ihrer großen Verwunderung an Fatou gedacht, nicht an Olivier … Wenn Olivier Levasseur, anstatt wie ein Murmeltier zu schnarchen, als Antwort *Oh jaaaaa* gesagt hätte, er glaube an ihren Schatz, dann wäre sie lachend davongelaufen.

Derzeit konnten ihr die Männer gestohlen bleiben, konnte ihr die Liebe gestohlen bleiben.

Sie war Single und am Leben!

Sie spazierte noch ein bisschen am Ufer entlang. Sie liebte das grüne Gras, das ihre nackten Füße kitzelte.

Sie wandte sich einem alten, in einem Klappstuhl aus Leinen schlafenden Mann zu, den ein breiter Strohhut vor der Sonne schützte.

»Alles gut, Papa?«

Als einzige Antwort erhielt sie ein friedliches Schnarchen.

Hat sich ja gelohnt, dass ich mir so viel Mühe gegeben habe, um mein Versprechen zu halten, dachte Maline belustigt.

Eine ganze Weile bewunderte sie das entspannte Gesicht ihres Vaters.

Er war glücklich.

Sie war keine Tochter, die diesen Namen nicht verdiente! Sie hatte sogar bei ihrem Liebhaber durchgesetzt, ihren Vater mitzunehmen … Kein Wunder, dass sich der schöne Olivier gegenüber ihrem erbärmlichen Heiratsantrag taub gestellt hatte.

Maline ging weiter.

Es gab da ein weiteres Versprechen, das sie einzulösen hatte. Ein Artikel für die *SeinoMarin,* bestellt von General Sudoku persönlich!

Etwas weiter entfernt hatte sich ein zehnjähriger Junge ein bisschen abgesetzt.

Schweigend blickte er der *Dar Młodzieży* nach.

Der Junge war schon nicht mehr am Seineufer, er war bereits auf diesem Schiff, mit vereinten Kräften hissten ein Dutzend Kadetten seines Alters und er das hintere Großsegel auf dem Besanmast und segelten in die Ferne.

Maline dachte an diesen Satz von Sudoku: »Sie müssen diese Wahnsinnsorganisation von den leuchtenden Augen eines Kindes her denken, das ein Schiff vom anderen Ende der Welt auf der heimatlichen Seine vorbeisegeln sieht.«

Historische und geografische Angaben

Die erzählte Geschichte ist zwar ein reines Fantasieprodukt, der historische und geografische Kontext sind dagegen vollkommen real.

Alle in dem vorliegenden Roman genannten Orte gibt es wirklich … ausgenommen die *Libertalia.* Es gibt eine Blaue Kapelle in Caudebec-en-Caux; eine in Europa einzigartige, einen Totentanz darstellende Holzschnitzerei in den Pfeilern des Aître Saint-Maclou; eine Victor-Hugo-Statue sowie eingravierte Zitate des Autors in Villequier; die beeindruckenden Gräber seiner Frau und Töchter auf dem Dorffriedhof sowie ein Goldenes Buch in der Kirche; eine Tafel zu Ehren von Robert Fulton auf dem schönsten Mareografen am Ufer von Rouen; in die Fassade des Hôtel des Sauvages gemeißelte Indianerbüsten am Quai du Havre; einen hübschen kleinen Seine-Strand an der Leuchtbake, mitten im Marais Vernier zwischen Pont de Normandie und Pont de Tancarville; eine schmale, fünfzehn Kilometer lange Uferstraße zwischen Villequier und Notre-Dame-de-Gravenchon, die für Autos zwar gesperrt, aber befahrbar ist; eine sechste Brücke, deren Fahrbahnplatten sich bis zu fünfundfünfzig Meter über die Seine erheben …

Auch Ramphastos' Erzählungen, so unglaublich sie auch sein

mögen, beruhen allesamt auf historischen Begebenheiten … Die *Télémaque* ist bei Quillebeuf gesunken (und bedeutende Unterwasserforscher suchen regelmäßig nach dem Wrack); der Pirat Jean Fleury hat Karl V. 1522 den Schatz der Azteken vor der Nase weggeschnappt und dadurch Jehan Ango ein einträgliches Geschäft gemacht (als kuriose Glasmalerei kann das glorreiche Ereignis bis heute in der Kirche von Villequier bewundert werden); Giovanni da Verrazzano ist mit leerem Frachtraum aus New York zurückgekehrt, zur großen Enttäuschung Franz I. und seiner Reeder; die Piratenutopien sind tatsächlich der Ursprung des modernen Anarchismus, und die kurzlebige »Republik« Libertalia hat es tatsächlich gegeben; der Pirat Olivier Levasseur, begraben auf La Réunion, ist auch unter dem Namen La Buse bekannt, und zahlreiche Forscher auf der ganzen Welt widmen ihr Dasein dem Wunsch, das Geheimnis seines Kryptogramms zu lüften; in den wenigen Dokumentationen über Rollo, den ersten Jarl der Normandie, wird ein goldener Ring erwähnt, der mehrere Jahre im Wald von Roumare an einem Baum hing.

Diese und viele weitere Geschichten erzählen zwei schöne Museen an der Seine … Wie auch die anderen Örtlichkeiten im Seinetal sind sie einen Umweg wert …

Mit diesem Roman habe ich versucht, die Armada – das festliche Ambiente, den Andrang an den Kais und die prächtigen Ausstattungen der alten Takelagen – wirklichkeitstreu abzubilden. Geschrieben habe ich ihn mehrere Monate vor der Zusammenkunft der Großsegler, als noch nicht feststand, welche Schiffe 2008 nach Rouen kommen würden. Manche alte Bekannte der vergangenen Armadas, die in dieser Geschichte vorkommen, werden nicht wiederkehren … Ihre Anwesenheit stellt die wesentliche Verdrehung der Wahrheit dar.

Schließlich sind alle Figuren dieser Geschichte, ihre Eigenschaften und Handlungen, fiktiv … Der Roman versteht sich vor allem als Hommage an die Tausenden von Menschen, die sich für das großartige Ereignis einsetzen, für dieses einzigartige, grenzüberschreitende, kostenlose, beliebte, bunte und fröhliche Fest …

Und, mit einem Augenzwinkern, an die Liebesbande, die unter Segeln entstanden sind … insbesondere an meine!

Quellennachweis

Das Zitat auf Seite 7 entstammt der Erzählung *Der Horla* von Guy de Maupassant, Deutsch von Georg von Ompteda, erschienen bei Zenodot, 2015.

Das Zitat auf Seite 72 ist von Victor Hugo: *Vous n'êtes pas jolie. Vous êtes pire.* aus: »Propos de table de Victor Hugo / recueillis par Richard Lesclide«. Anmerkung der Übersetzerin.

Das Zitat auf Seite 127 entstammt dem Gedicht *In Villequier* von Victor Hugo, Originaltitel *À Villequier*, in: »Les Contemplations«, erschienen bei Garnier, 1969, Deutsch von Ina Böhme.

Das Zitat auf den Seiten 204–205 entstammt dem Gedicht *Morgen früh, bei Tagesanbruch* von Victor Hugo, Originaltitel *Demain, dès l'aube*, in: »Les Contemplations«, erschienen bei Garnier, 1969, Deutsch von Ina Böhme.

LESEPROBE

»Was fehlt Ihnen denn, Leyli? Sie sind hübsch. Sie haben drei hübsche Kinder. Bamby, Alpha, Tidiane. Sie kommen doch ganz gut zurecht.«

»Gut zurecht? Allem Anschein nach, ja. Doch das sieht nur so aus. Nein, o nein, wir sind keine hübsche Familie. Uns fehlt etwas ganz Wesentliches.«

»Ein Papa.«

Leyli kicherte.

»Nein, nein. Auf einen Papa, oder auch mehrere, können wir vier ganz gut verzichten.«

»Was fehlt Ihnen dann?«

Leylis Augen öffneten sich wie die Lamellen einer Jalousie, durch die ein Sonnenstrahl in ein dunkles Zimmer fiel und den Staub funkeln ließ wie Sterne.

»Sie sind sehr indiskret, mein Herr. Wir kennen uns kaum, und Sie glauben, ich würde Ihnen mein größtes Geheimnis anvertrauen?«

Er erwiderte nichts. Die Jalousie vor Leylis Augen hatte sich schon wieder geschlossen, ließ den Alkoven erneut im Dunkel versinken. Sie wandte sich zum Meer, stieß den Rauch aus, wie um die Wolken zu verdüstern.

»Es ist mehr als ein Geheimnis, mein überaus neugieriger Herr. Es ist ein Fluch. Ich bin eine schlechte Mutter. Meine drei Kinder sind verdammt. Meine einzige Hoffnung ist, dass eins von ihnen, wenigstens eins, von diesem Bann verschont bleibt.«

Sie schloss die Augen. Er fragte noch:

»Wer hat sie verflucht?«

Hinter der heruntergelassenen Jalousie ihrer Lider zuckten Blitze.

»Sie. Ich. Die ganze Welt. In dieser Angelegenheit ist niemand ohne Schuld.«

1

6:48 Uhr

Lautlos glitt der Lastkahn unter dem Autobus 22 hindurch.

Leyli, die Stirn ans Fenster gedrückt, saß zwei Reihen hinter dem Fahrer und beobachtete, wie sich die riesigen, auf dem flachen Kahn aufgetürmten Pyramiden aus weißem Sand entfernten. Sie stellte sich vor, dass man ihren Sand stahl. Nachdem man ihnen schon alles andere genommen hatte, nahmen sie ihnen auch noch den Strand, Sandkorn für Sandkorn.

Der Autobus 22 überquerte den Kanal, der von Arles nach Bouc führte, und fuhr nun die Avenue Maurice-Thorez hinauf. Leylis Gedanken dümpelten im Fahrwasser des Lastkahns dahin. Sie hatte diesen Kanal immer wie eine aufplatzende Naht empfunden, und die Stadt Port-de-Bouc wie ein Fleckchen Erde, das allmählich ins Meer abdriftete, heute vom Festland durch eine zwanzig Meter breite Meerenge getrennt. Und morgen durch einen Ozean.

Das ist idiotisch, rief sich Leyli zur Ordnung, während der Bus wieder auf die vierspurige Umgehungsstraße traf, deren steter Verkehrsstrom Port-de-Bouc viel mehr vom Rest der Welt trennte als der stille, baumbestandene Kanal, auf dem sich ein paar träge Lastkähne vorwärtsschoben. Es war noch nicht einmal sieben Uhr morgens. Der Tag war zwar angebrochen, hatte aber erst ein müdes Auge geöffnet. Das fahle Licht der Scheinwerfer huschte über ihr Spiegelbild im Busfenster. Dieses eine Mal fand Leyli sich hübsch. Sie hatte sich wirklich Mühe gegeben. Vor über einer Stunde war sie aufgestanden, um bunte Perlen in ihre Haarsträhnen zu flechten. So wie ihre Mutter es in Segu am Fluss gemacht hatte, in jenen Sommermonaten, in denen die Sonne alles verbrannte; in jenen Monaten, in denen man sie ihr vorenthalten hatte.

Sie wollte verführerisch sein. Das war wichtig. Patrice, eigentlich Monsieur Pellegrin, der Angestellte, der sich bei der FOS-IMMO um ihren Antrag kümmerte, war ihren Farben gegenüber nicht abgeneigt. Auch nicht ihrem Lächeln und ihrer Lebensfreude. Ihrer Abstammung von den westafrikanischen Fulbe. Ihrer Mischlingsfamilie.

Der Bus 22 fuhr die Avenue du Groupe-Manouchian entlang und an der Cité Agache vorbei.

Ihre Familie. Leyli schob die Sonnenbrille auf die Stirn und breitete vorsichtig Fotos auf ihrem Schoß aus. Um Patrice Pellegrin zu rühren, waren die Fotos eine genauso wichtige Waffe wie ihr Charme. Sie hatte sie sorgfältig ausgesucht, sowohl die von Tidiane, Alpha und Bamby als auch die Aufnahmen von ihrer Wohnung. War Patrice verheiratet? Hatte er Kinder? War er beeinflussbar? Und wenn ja, hatte er selbst Einfluss?

Sie näherte sich ihrem Ziel. Der Bus 22 fuhr durch das Gewerbegebiet, schlängelte sich zwischen einem riesigen Carrefour, einem Quick und einem Starbucks hindurch. Seit ihrem letzten Besuch bei der FOS-IMMO vor ein paar Monaten waren rund ein Dutzend neue Geschäfte entstanden. Lauter fast identische Wellblechwürfel, und dennoch auf den ersten Blick leicht zu erkennen: der Buffalo Grill an den weißen Hörnern, Jardiland an der orangenen Blume, das Red-Corner-Hotel am pyramidenförmigen Dach. Von einem Plakat an der Fassade eines Multiplex-Kinos aus Glas und Stahl starrte sie ein gigantischer Johnny Depp als Jack Sparrow an. Für einen Moment hatte sie den Eindruck, dass Johnnys mit Perlen durchflochtene Zöpfe ihren glichen.

Hier sah sich alles zum Verwechseln ähnlich, und alles sah aus wie anderswo auch.

Der Bus fuhr Richtung Canal de Caronte, der zwischen dem Mittelmeer und dem Lagunensee Étang de Berre, verlief. Anschließend bog der Bus in die Rue Urdy-Milou, wo sich die Geschäftsräume der FOS-IMMO befanden. Leyli betrachtete ein letztes Mal ihr Spiegelbild. Das zunehmende Tageslicht ließ allmählich ihren Widerschein im Fensterglas verschwinden. Sie musste Patrice Pellegrin vor allem davon überzeugen, dass sie anders war als all diese seelenlosen Orte im Überall und Nirgendwo, auch wenn sie im Grunde ebenso gut hierhin wie dorthin gehörte.

Sie musste, schlicht und ergreifend, Patrice davon überzeugen, dass sie einzigartig war. Übrigens, je länger sie darüber nachdachte, desto unsicherer wurde sie, ob der Typ von der FOS-IMMO tatsächlich Patrice mit Vornamen hieß.

2

6:49 Uhr

Bamby stand François gegenüber.

Die geschickt aufgehängten Spiegel im Zimmer Scheherazade des Red-Corner-Hotels vervielfältigten den Blickwinkel, so als würde sie rundherum von einem Dutzend Kameras gefilmt, die ihr Bild dann an die Wände und die Decke projizierten.

François hatte noch nie ein so hübsches Mädchen gesehen.

Zumindest nicht in den letzten zwanzig Jahren. Nicht, seit er aufgehört hatte, durch die Welt zu reisen und sich für ein paar Dollar eine thailändische oder nigerianische Prostituierte zu gönnen, die eine Miss World hätte werden können, wenn der Lauf des Lebens sie nicht zufällig zur Bordsteinschwalbe gemacht hätte. Nicht, seit er ein geregeltes Leben mit Solène, Hugo und Mélanie führte, sich ein Einfamilienhaus in Aubagne zugelegt hatte, sich jeden Morgen die Krawatte band, um anschließend die Konten von *Vogelzug* zu prüfen. Seitdem ging er höchstens zweimal pro Jahr auf Geschäftsreise. Und nie weiter als bis nach Marokko oder Tunesien.

François rechnete im Kopf rasch nach: Seit einem Jahr hatte er Solène nicht mehr betrogen. Fast ohne es zu merken, war er treu geworden. Bei *Vogelzug*, unter den leidenschaftlichen Kämpferinnen für die Sache der Flüchtlinge, waren selten Frauen, die sich freizügig kleideten, ihre Kurven betonten oder die Rundungen ihrer Brüste zur Schau stellten.

Und noch weniger hatte er Gelegenheit, sie zu berühren.

Das Mädchen, das sich vor ihm räkelte, hieß Bamby. Ein Name aus Mali. Sie war vierundzwanzig Jahre alt, besaß den Körper einer afrikanischen Prinzessin und schrieb im Fach Anthropologie gerade ihre Doktorarbeit über Flüchtlingsmigration. Sie hatte ihn zufällig kontaktiert, er gehörte zum Panel von fünfzig Fachleuten zum Thema Einwanderungsregulierung, das Bestandteil ihrer wissenschaftlichen Untersuchungen war. Fünfzig Stunden mit einem Diktiergerät aufgezeichnete Interviews … darunter seines, ein einstündiger Monolog mit Ausnahme einiger Unterbrechungen, wenn ihn die Arbeit in die *Vogelzug*-Büros rief.

Bamby schien von seinem Werdegang fasziniert gewesen zu sein. François hatte ihn ausgeschmückt, seine Überzeugungen, seine Tätigkeit geschildert und seine Gemütszustände ausgebreitet. Er hatte von der Unbekümmertheit seiner Anfänge und seinen Reisen ohne Gepäck erzählt, die mit den Jahren der Erfahrung, dem fortschreitenden Alter, dem Erfolg und anderen Verlockungen Platz gemacht hatten.

Sie hatte ihm seinen Text per Mail zur Freigabe geschickt, ehe sie sich zwei Wochen später wieder getroffen hatten, ein Abend mit angeregten Gesprächen, diesmal ohne Diktiergerät, an dessen Ende sie sich aber lange umarmt hatten, ehe sie sich trennten. *Rufen Sie mich an, wenn Sie wollen ...*

Die hinreißende Doktorandin hatte ihn angerufen. Sie hatte unglaublich viel zu tun. Die Doktorarbeit, die Vorlesungen an der Fakultät, die sie vorbereiten musste, keine Zeit für eine Affäre, nicht im Moment, ihre Zeit war kostbar und durfte nicht vergeudet werden.

Das traf sich gut: François teilte diese Einstellung.

Keine Zeit vergeuden.

Warum nicht ein Treffen hier, im Red-Corner-Hotel in der Nähe?